ज्ञान गरिमा के
**68 वर्ष**

भारतीय
ज्ञानपीठ



णाणं
पयासयं

वीर नि.सं
2470

ई.सन्
1944

भारतीय ज्ञानपीठ

# विभाजन

## भारतीय भाषाओं की कहानियाँ

(खंड-दो)

# विभाजन
# भारतीय भाषाओं की कहानियाँ
## (खंड-दो)

सम्पादक
नरेन्द्र मोहन

भारतीय ज्ञानपीठ

लोकोदय ग्रन्थमाला : ग्रन्थांक 1113
ग्रन्थमाला सम्पादक
रवीन्द्र कालिया
सह-सम्पादक
गुलाबचन्द्र जैन

विभाजन : भारतीय भाषाओं की कहानियाँ (खंड-2)
(कहानी)
सम्पा. : नरेन्द्र मोहन

दूसरा संस्करण : 2012
मूल्य : 400 रुपये

ISBN 978-81-263-4086-6

प्रकाशक : भारतीय ज्ञानपीठ
18, इन्स्टीट्यूशनल एरिया, लोदी रोड, नयी दिल्ली-110 003

मुद्रक : बालाजी ऑफसेट, शाहदरा, दिल्ली-110 032

आवरण : राधेश्याम अग्रवाल, आवरण-सज्जा : ज्ञानपीठ कला प्रभाग



VIBHAJAN : Bharatiya Bhashaon Ki Kahaniya (Vol- II)
(Short Stories)
Edited by Narendra Mohan

Published by : Bharatiya Jnanpith
18, Institutional Area, Lodi Road, New Delhi-110 003

e-mail : jnanpith@satyam.net.in, sales@jnanpith.net
website : www.jnanpith.net

Second Edition : 2012
Price : Rs. 400

*श्री विष्णु प्रभाकर के लिए*

# अनुक्रम

## 'व्यथा का सरगम' से 'ठंडी दीवारें' तक



## 'पनाहगाह' से 'रिसते घाव' तक

## 'अपनी शक़्ल' से 'मैं ज़िन्दा रहूँगा' तक



## 'पड़ोसी' से 'भूतों का खेल' तक



## 'आदाब' से 'माँ-बेटा' तक

‘व्यथा का सरगम’

से

‘ठंडी दीवारें’

तक

# व्यथा का सरगम

अमृत राय

आज अमावस की रात है। गहरी। काली। नीरव। निःस्तब्ध। केवल दूर पर कुत्तों के भूँकने की आवाज़—और कुछ गीदड़ों की। मनुष्य की आवाज़ तो गाने की एकाध कड़ी के रूप में कभी-कभी सुनाई पड़ जाती है, किसी रिक्शेवाले के किसी रोमांटिक फ़िल्मी गाने की एक कड़ी; वर्ना सन्नाटा।

पास के ही किसी घर से शहनाई का व्याकुल स्वर आ रहा है। शहनाई भी अजब बाजा है जो दुख-सुख दोनों में समान रूप से आदमी का साथ देता है। आज न जाने क्यों सुरेश्वर...

...मगर आप उसे क्या जानें। आपने शायद कभी उसे बीन बजाते नहीं सुना। जब वह आँद बन्द करके बीन के तारों पर अपनी उँगलियाँ दौड़ाने लगता है तो विश्वास ही नहीं होता कि यह सुरेश्वर जो सामने बैठा है, उसकी अभी उठान पर की उम्र है, उसने अभी कुल तीस बसन्त देखे हैं। उसके स्वरों से प्रवाहित होनेवाली व्यथा की उस सरिता में जिसने भी एक बार नहाया उसका रोम-रोम जैसे काँप उठा और उसे लगा मानो अनेक पतझर और शिशिर बजानेवाले की अस्थि और मज्जा में जाकर बस गये हों।

सुरेश्वर रेलवे के एक आफिस में क्लर्क है। रेलों की घड़घड़ाहट और फाइलों की थकान को अपनी बीन के स्वरों में बाँधकर उसने उन्हें नया ही रूप दे दिया है। दिन-भर की दौड़-धूप के बाद रात को यही उसकी शान्ति का निर्झर है, यही उसका सहारा है, कवच है, मानो यह न हो तो दफ्तर की फाइलें उसे खा जाएँगी। रात को अपना कमरा बन्द करके (जिसमें पड़ोसियों की नींद न खराब हो!) वह अकसर बड़ी देर तक बजाता रहता है। रात को इन घड़ियों का एकान्त उसे बहुत प्रिय है। वह चाहता है कि जल्दी ही सो जाये जिसमें दूसरे रोज़ तक अपनी बीन में खोया रहता है और समझता रहता है कि किसी बिन्दु पर पहुँचकर घड़ी की सुइयाँ अचल हो गयी हैं।....

सो, आज न जाने क्यों सुरेश्वर का मन उदास है। शहनाई का वह पतला स्वर खंजर की तरह उसके दिल के अन्दर उतरता चला जा रहा है। एक अजीब-सी वेदना, एक अजीब-सा दर्द उसे अपने अन्दर समो रहा है। उसकी बीन आज खामोश है। आज तो वह बस सुन रहा है। शहनाई के स्वर की वह बंकिम कटार उसके अन्दर उतरती ही चली जा रही है। सुरेश्वर जानना चाहता है कि अपने उतार और चढ़ाव में वह उससे क्या कहना चाहती है, पीड़ा की वह कौन-सी अतल गहराई है जिसे छू लेने का उसने संकल्प किया है। शहनाई का स्वर उसके गहरे से गहरे मन में एक अत्यन्त सुन्दरी पार्वत्य युवती का आकार ग्रहण कर रहा है। यह युवती किसी क्रूर दैत्य द्वारा शापित है, उसका सखा खो गया है, उसके परिजनों ने उसे छोड़ दिया है और उसे अकेले ही अपनी व्यथाओं का पर्वत ढोना है। उसकी मुखश्री तुहिनस्नात मटर के फूल के समान है, उसके कपड़े हिम के सदृश धवल हैं। पर उसकी मुखमुद्रा को जैसे किसी गहरी उदासी का धुआँ लग गया हो।

...शहनाई के स्वर को इस मानव-चित्र में बदलकर सुरेश्वर उसी को देखता हुआ खोया-सा, ठगा-सा बैठा था। हठात् जैसे किसी ने उसके कन्धे पकड़कर उसे झँझोड़ा और होश में ला दिया। और तब उसे पता चला कि वह अपने-आपको छल रहा था। जो मानस-चित्र उसकी आँखों के आगे आ रहा है वह शहनाई के स्वर का चित्र नहीं है, मांस-मज्जा की एक वास्तविक तरुणी का चित्र है जिसे उसने आज ही शरणार्थियों की गाड़ी से उतरते देखा है। वह हजारा जिले की एक सीमान्तदेशीय हिन्दू पठान तरुणी का चित्र है...जब शहनाई ने किसी भयानक दर्द को अपने स्वरों में बाँधने की कोशिश की तो वह व्यथा-सुन्दरी आपसे-आप उसकी आँखों के आगे आ गयी, समुद्र के फेन से निकलती हुई वीनस के समान...

...हाँ, सचमुच वीनस...उर्वशी...तक्षशिला की सुन्दरी...सरो के पेड़ की-सी सुघड़ लम्बाई, स्वस्थ यौवन से भरपूर छरहरा शरीर, सीमान्त के कागजी बादाम जैसी ही आँखें, चन्दन-सा गौर, सुसंस्कृत मुखमंडल, लम्बी-सी वेणी। मगर सबके ऊपर अंगराग के स्थान पर उदासी का एक गहरा लेप जो चेहरे के भाव को आमूल बदल देता है। उसे देखकर कोई उच्छृंखल भाव जैसे पास पर भी नहीं मार सकता; देखने के साथ ही उसे लगातार देखते रहने की इच्छा होती है, एकटक, मगर उसके साथ ही साथ पूरे वक्त जैसे कोई भीतर बैठा एक बड़ी तकलीफ़देह कड़ी गुन-गुनाता रहता है...

सुरेश्वर ने आज ही तो उनके रहने की जगह देखी। धन्य भाग जो दूसरा महायुद्ध हुआ, वर्ना न लड़ाई होती, न मिलिटरी की बारकें बनतीं और न आज मनुष्य की पशुता से भागकर शरण माँगनेवालों को टिकने का कहीं कोई ठिकाना होता! शरणार्थियों को ये बनी-बनायी बारकें यों मिल गयी गोया इन्हीं के लिए

बनाई गयी हों। इन्हीं बारकों में अपने घरबार, खेती-किसानी, दुकानदारी से उखड़े हुए लोग अपना सारा सामान लिये-दिये पड़े थे। टीन के बड़े बक्स, मँझोले बक्स, छोटे बक्स, खाटों के पाये-पाटियाँ, सुतली या बाध, सब अलग-अलग मोड़कर रखी हुईं; चटाइयाँ, एकाध बाल्टी, लोटा, थाली, कनस्तर—किसी-किसी के पास अपना हुक्का भी। यही उनकी सारी गिरस्ती थी। इसी गिरस्ती के घिरे-बँधे वे इस नयी दुनिया में अपने लिए जगह बना रहे थे। बीविया कुएँ से पानी ला रही थीं या रोटी पका रही थीं और बच्चे धूल में सने, कुछ सहमे-सहमे-से खेल रहे थे, लोहता की खाक का मिलान हजारा की खाक से करके यह पता लगा रहे थे कि पशुता के कीटाणु कहाँ ज़्यादा हैं और अपने ज़ेहन से उन डरावनी शक़्लों को निकालने की कोशिश कर रहे थे जिन्होंने उनकी नादान ज़िन्दगी को भी चारों तरफ से डर की रस्सियों से कस दिया था।

यहीं इसी नयी दुनिया में उस शाम को सुरेश्वर ने उस व्यथा-सुन्दरी को हलके-हलके रोटी सेंकते देखा था...

...और उसकी विपत्ति की कहानी सुनी थी एक ऐसे आदमी से जो बन्नो की पुरानी दुनिया में भी उसका पड़ोसी था और आज इस नयी दुनिया में भी, जिसकी दीवार उठ ही न पाती थी, क्योंकि वह आदम के बच्चे को हाड़तोड़ ईमानदार मेहनत की पुख़्ता नींव पर नहीं बल्कि पब्लिक की दया की थोथी भुस-भुसी नींव पर आधारित थी। सुरेश्वर के यह पूछने पर कि उन्हें यहाँ कैसा लगता है, जिला हजारा की रहनेवाली उस व्यथा-सुन्दरी बन्नो के पड़ोसी उस अधेड़ आदमी ने जो बात कही थी वह सुरेश्वर को भूलती नहीं 'किसी की भीख के टुकड़े पर ज़िन्दा रहने से ज्यादा लानत की बात दूसरी नहीं होती, बाबूजी!' उसी से सुरेश्वर को यह भी पता लगा था कि बन्नो की शादी हाल ही में हुई थी, उसी गाँव में, जब कि मारकाट शुरू हुई। उसके आदमी को कातिलों ने नेजा भोंककर मार डाला और इसे उठाकर ले गये। फिर बन्नो ने वहाँ क्या-क्या देखा और कैसे एक रात जान पर खेलकर वह भाग निकली और छुपते-छुपते दूसरे भागनेवालों के संग जा मिली, इसकी एक काफी साहसिक कहानी थी।

वह अधेड़ आदमी जब शाम के धुँधलके में एक छोटी-सी चारपाई पर बैठा वह किस्सा सुना रहा था, उस वक्त उसकी नायिका बन्नो इतने भयानक अनुभवों, पीड़ाओं और साहस को अपने उस नाज़ुक शरीर में समेटे खामोशी के संग रोटियाँ सेंक रही थी। उसी ख़ामोशी से अपनी तकलीफ़ों को सहते-सहते वह कुछ-कुछ विक्षिप्त-सी हो गयी थी, बोलने या हँसने में भी अब शायद उसे तकलीफ होती थी। उस दुनिया की तमाम और चीजों के संग जिनमें उसकी असमत और उसका पहरेदार भी था, उसका बोलना और हँसना भी जलकर राख हो गया था। पाँच

हज़ार या पचास हज़ार साल पहले आये भूडोल में उसकी ज़िन्दगी के बिना पलस्तर के, टूटे हुए मकान में (अभी उसकी शादी को हुए ही कै दिन हुए थे!) उसकी उमंगों के पंछी भी जहाँ-तहाँ मरे पड़े थे; जो कभी सर्द लाशें थीं वही अब ठठरियाँ हो गयी थीं और शीशे की तरह चमकीले किसी पत्थर में गोया हँसी बीच में ही रुक गयी थी, मुँह खुला का खुला ही रह गया था।

बारक के पास ही कुआँ था। कुएँ के पास ही एक कोठरी-सी थी। पता नहीं, लड़ाई के दिनों में वह किस काम में आती थी, अब तो वह खाली पड़ी रहती है, लड़के दिन के वक़्त उसमें लुकते-छिपते हैं।

आज शाम के साढ़े सात बजे उसमें अचानक बड़ी जान आ गयी थी। बन्नो पानी भरने गयी तो थोड़ी दूर पर ही उस कोठरी से उसे किसी के चीखने या चीख के जबर्दस्ती रूँध दिये जाने की हलकी-सी आवाज़ आयी, हलकी मगर पैनी। कुछ मर्द आवाज़ों की फुसफुसाहट भी उसके कानों में पड़ी। उसने तय किया कि पता लगाना चाहिए। पानी लेकर लौटी। पानी रखा। एक ताक पर से अपना खंज़र उठाया और चली।

वह कोई दस गज की दूरी पर रही होगी जबकि कोठरी में से किसी आदमी ने कुछ खोजने के लिए एक दिया-सलाई जलायी जो भक् से बुझ भी गयी।

बन्नो ने देखा कि चार-पाँच आदमियों ने एक नौजवान लड़की को ज़मीन पर दाब रखा है, लड़की चित लेटी हुई है या लिटायी हुई है, उसके तन पर एक भी कपड़ा नहीं है, दो-तीन जवान उसके हाथ-पाँव कसे हुए हैं और वह मादरजाद नंगी लड़की छटपटा रही है...

कुछ खास जोशीले 'शरणार्थी' नौजवानों के एक गिरोह ने आज शिकार किया था। उनका ख़ून भी ख़ून है, पानी नहीं, उन्हें बदला लेना आता है, वह अपनी जिल्लत का बदला लेंगे, अपने धर्म की किसी लड़की की लुटी हुई अस्मत का बदला वो दुश्मन की लड़की की अस्मत लूटकर चुकाएँगे।

पास के एक गाँव से पाँच-छः नौजवान कुछ चोरी और कुछ सीना-जोरी (यानी एक-दो आदमियों को घायल करके) एक लड़की को उठा लाये थे और इस वक़्त बारी-बारी से उसकी अस्मत लूटकर न सिर्फ अपने वहशीपन को खुराक पहुँचा रहे थे बल्कि उसके साथ-ही-साथ अपनी कौम की खिदमत भी कर रहे थे।

एक लमहे को जो दियासलाई जली थी उसमें बन्नो ने इन कौम के ख़ादिमों को अपने कर्तव्य में रत देख लिया।

उसे बात समझने में ज़रा भी देर नहीं लगी। एक तो स्थिति यों ही दियासलाई की लाल-सी रोशनी में इनसान की हैवानियत की तरह स्पष्ट थी, दूसरे बन्नो...उसे

भी क्या कुछ बतलाने की ज़रूरत थी। वह जो कि ख़ुद ऐसे ही एक नाटक की नायिका रह चुकी थी!

बन्नो के भीतर बैठे हुए पशु की आत्मा को गम्भीर सन्तोष मिला, गहरी तृप्ति का सुख...इसे ऐसे ही चीर डालना चाहिए...इसी का ख़ुदा उन जानवरों का भी ख़ुदा है...इसे यों ही चीर डालना चाहिए...

बन्नो के भीतर ही भीतर पैशाचिक उल्लास की लहर दौड़ गयी।

मगर कोई डेढ़-दो मिनट के अन्दर ही एक विचित्र मरोड़ के साथ एक दूसरी लहर उठी—साँप काटने पर आदमी को जो लहर आती है वह लहर, उसमें झाग निकलती है!

बन्नो को लगा कि जैसे वह एक बड़े आईने के सामने हो। जो लड़की ज़मीन पर मादरजाद नंगी, चित लेटी है वो वही है, बन्नो, उसी को आधी दर्जन बाँहें ज़मीन से चिपकाये हुए हैं और भेड़ियों जैसी भूखी-भूखी ये आँखें वही हैं जो पहले भी उसे यों ही घूर चुकी हैं...

'कौन है, कौन है, यहाँ क्या हो रहा है?' चिल्लाती हुई वह खंज़र हाथ में लिए तेजी से कोठरी में दाख़िल हुई। अन्दर खलबली मच गयी। एक-दो ने पहले भागने की कोशिश की, मगर फिर सबने यही तय किया कि देखना चाहिए माज़रा क्या है, हमारे काम में ख़लल डालनेवाला यह कौन-सा शैतान ज़मीन पर उतर आया।

बन्नो ने एक-दो जवानों पर हमला किया, मगर वे सधे हुए खिलाड़ी थे, बच गये और बन्नो की तरफ लपके कि उसके हाथ से खंजर छीन लें, मगर इसके पहले कि वे ऐसा कर पाएँ, बन्नों ने बिजली की तेजी से दौड़कर उस लड़की के पेट में खंजर भोंक दिया था और वही खंजर अपने सीने में चुभा लिया था।

*(हिन्दी कहानी)*

# परमेशर सिंह

अहमद नदीम कासनी

अख़्तर अपनी माँ से अचानक यूँ बिछड़ गया जैसे भागते हुए किसी को जेब से रुपया गिरे। अभी था और अभी गायब। ढूँढ़िया पड़ी मगर बस इसी हद तक कि लुटे-पिटे काफ़िले के आखिरी सिरे पर एक हलचल साबुन के झाग की तरह उठी और बैठ गयी।

कहीं आ ही रहा होगा, किसी ने कह दिया, हजारों का काफ़िला है और अख़्तर की माँ इस तसल्ली को थामे पाकिस्तान की तरफ चली आयी थी। 'आ ही रहा होगा', वह सोचती 'कोई तितली पकड़ने गया होगा और फिर माँ को न पाकर रोया होगा और फिर...फिर अब कहीं आ रहा होगा। समझदार है पाँच साल से कुछ ऊपर हो चला है, आ जाएगा या पाकिस्तान में ज़रा ठिकाने से बैठूँगी तो ढूँढ़ लूँगी।'

लेकिन अख़्तर तो सीमा के कुल 15 मील उधर यूँ ही बस किसी वजह के बिना इतने बड़े काफ़िले से कट गया था। अपनी माँ के खयाल के अनुसार उसने तितली का पीछा किया या किसी खेत में से गन्ना तोड़ने गया और तोड़ता ही रह गया ताहम जब रोता चिल्लाता एक तरफ भागा जा रहा था तो चन्द सिखों ने उसे घेर लिया था और अख़्तर ने तैश में आकर कहा था, "मैं नारा-ए-तकबीर मार दूँगा..." और यह कहकर सहम गया था।

सब सिख सहसा हँस पड़े थे सिवाय एक सिख के जिसका नाम परमेशर सिंह था, ढीली-ढाली पगड़ी में से उसके उलझे हुए केश झाँक रहे थे और जूड़ा तो बिलकुल नंगा था, वह बोला, "हँसो नहीं यारो! इस बच्चे को भी तो उसी वाहे गुरु ने पैदा किया है जिसने तुम्हें और तुम्हारे बच्चों को पैदा किया है।"

और नौजवान सिख, जिसने अब तक कृपाण निकाल ली थी, बोला, "ज़रा ठहर परमेशर, कृपाण अपना धर्म पूरा कर ले फिर हम अपने धर्म की बात करेंगे।"

"मारो नहीं यारो" परमेश्वर सिंह की आवाज़ में पुकार थी। "इसे मारो नहीं, इतना ज़रा-सा तो है और इसे भी तो उसी वाहे गुरु जी ने पैदा किया है

जिसने...।''

''पूछ लेते हैं इसी से।'' एक और सिख बोला। फिर उसने सहमे हुए अख़्तर के पास जाकर कहा, ''बोलो, तुम्हें किसने पैदा किया? खुदा ने कि वाहे गुरु जी ने?''

अख़्तर ने सारी ख़ुश्की को निगलने की कोशिश की जो उसकी ज़बान की नोक से लेकर उसकी नाभि तक फैल चुकी थी। आँखें झपका कर उसने आँसुओं को गिरा देना चाहा जो रेत की तरह उसके पपोटों में खटक रहे थे। उसने परमेशर सिंह को यूँ देखा जैसे माँ को देख रहा हो। मुँह में गये हुए एक आँसू को थूक डाला और बोला, ''पता नहीं।''

''लो और सुनो।'' किसी ने कहा और अख़्तर को गाली देकर हँसने लगा।

अख़्तर ने भी अभी अपनी बात पूरी नहीं की थी, ''अम्मा तो कहती है मैं भूसे की कोठड़ी में पड़ा मिला था।''

सब सिख हँसने लगे मगर परमेशर सिंह बच्चों की तरह बिलबिला कर कुछ यूँ रोया कि कुछ दूसरे सिख भौंचक्के से रह गये और परमेशर सिंह रोनी हुई आवाज़ में जैसे विलाप करने लगा, ''सब बच्चे एक से होते हैं यारो, मेरा करतारा भी तो यही कहता था। वह भी तो उसकी माँ को भूसे की कोठड़ी में पड़ा मिला था।''

कृपाण म्यान में चली गयी। सिखों ने परमेशर सिंह से थोड़ी देर खुसुर-फुसुर की फिर एक सिख आगे बढ़ा, बिलखते हुए अख़्तर को पकड़े वह चुपचाप रोते हुए परमेशर सिंह के पास लाकर बोला, ''ले परमेशर सँभाल इसे, केश बढ़वाकर इसे अपना करतारा बना ले, ले पकड़।''

परमेशर सिंह ने अख़्तर को यूँ झपट कर उठा लिया कि उसकी पगड़ी खुल गयी और केशों की लटें लटकने लगीं। उसने अख़्तर को पागलों की तरह चूमा, उसे अपने सीने से भींचा और फिर उसकी आँखों में आँखें डालकर और मुस्करा कर कुछ ऐसी बातें सोचने लगा जिसने उसके चेहरे को चमका दिया फिर उसने पलट कर दूसरे सिखों की तरफ देखा, अचानक अख़्तर को नीचे उतार कर वह सिखों की तरफ लपका मगर उनके पास से गुज़र कर दूर तक भागा चला गया। झाड़ियों के एक झुण्ड में बन्दरों की तरह कूदता और झपटता रहा और उसके केश उसकी लपक-झपट का साथ देते रहे। दूसरे सिख हैरान खड़े हुए देखते रहे फिर वह एक हाथ को दूसरे हाथ पर रखे भागा हुआ वापस आया। उसकी भीगी हुई दाढ़ी में फँसे हुए होंठों पर मुस्कराहट थी और सुर्ख आँखों में चमक थी और वह बुरी तरह हाँफ रहा था।

अख़्तर के पास आकर वह घुटनों के बल बैठ गया और बोला, ''नाम क्या है तुम्हारा?''

"अख़्तर।" अबकी अख़्तर की आवाज़ भर्राई हुई नहीं थी।

"अख़्तर बेटे!" परमेशर सिंह ने बड़े प्यार से कहा, "ज़रा मेरी उँगलियों में से झाँको तो।"

अख़्तर ज़रा-सा झुक गया। परमेशर सिंह ने दोनों हाथों में ज़रा-सी झिरी पैदा की और फौरन बन्द कर ली। "अहा!" अख़्तर ने ताली बजाकर अपने हाथों को परमेशर सिंह के हाथों की तरह बन्द कर लिया और आँसुओं में मुस्करा कर बोला, "तितली।"

"लोगे?" परमेशर सिंह ने पूछा।

"हाँ" अख़्तर ने अपने हाथों को मला।

"तो" परमेशर सिंह ने अपने हाथों को खोला। अख़्तर ने तितली को पकड़ने की कोशिश की मगर वह रास्ता पाते ही उड़ गयी और अख़्तर की उँगलियों की पोरों पर अपने परों के रंगों के ज़र्रे छोड़ गयी। अख़्तर उदास हो गया और परमेशर सिंह दूसरे सिखों की तरफ देखकर कहने लगा, "सब बच्चे ऐसे क्यों होते हैं यारो? करतारे की तितली भी उड़ जाती थी तो यूँ ही मुँह लटका लेता था।"

"परमेशर सिंह तू आधा पागल हो गया है।" नौजवान सिख ने ज़रा नाराज़गी से कहा और फिर सारा दल वापस जाने लगा।

परमेशर सिंह ने अख़्तर को कन्धे पर बैठा लिया और जब उसी तरफ चलने लगा जिधर दूसरे सिख गये थे तो अख़्तर फफक-फफक कर रोने लगा।

"हम अम्मा पास जाएँगे।" परमेशर सिंह ने हाथ उठाकर उसे थपकने की कोशिश की मगर अख़्तर ने उसका हाथ झटक दिया। फिर जब परमेशर सिंह ने कहा कि हाँ बेटे! तुम्हें तुम्हारी माँ के पास लिए चलता हूँ तो अख़्तर चुप हो गया सिर्फ कभी-कभी सिसक लेता था और परमेशर सिंह की थपकियों को बड़ी नागवारी से बरदाश्त करता जा रहा था।

परमेशर सिंह उसे अपने घर ले आया। वह किसी मुसलमान का घर था लुटा-पुटा। परमेशर सिंह जब जिला लाहौर से जिला अमृतसर में आया था तो गाँव वालों ने उसे यह मकान अलाट कर दिया था। वह अपनी बीवी और बेटी समेत चारदीवारों में दाख़िल हुआ था तो ठिठक कर रह गया था। उसकी आँखें पथरा-सी गयी थीं और वह बड़ी रहस्यपूर्ण कानाफूसी में बोला था, "यहाँ कोई चीज कुरान पढ़ रही है।"

ग्रन्थी जी और गाँव के दूसरे लोग हँस पड़े थे। परमेशर सिंह की बीवी ने उन्हें पहले से बता दिया था कि करतार सिंह के बिछड़ते ही इसे कुछ हो गया है, जाने क्या हो गया है ऐसा उसने कहा था, "वाहे गुरु जी झूठ न बुलवाएँ तो वहाँ दिन में कोई दस बार तो यह करतार सिंह को गधों की तरह पीट डालता था और

जब करतार सिंह बिछड़ा था तो मैं खैर रो-धो ली पर इसका रोने से भी जी हल्का नहीं हुआ। वहाँ मजाल है जो बेटी अमरकौर को मैं भी ज़रा गुस्से से देख लेती, बिफर जाता था, कहता था, ''बेटी को बुरा मत कहो। बेटी बड़ी मसकीन होती है। यह तो एक मुसाफिर है बेचारी हमारे घरौंदे में सुस्ताने बैठ गयी है। वक़्त आएगा तो चली जाएगी।''...और अब अमरकौर से ज़रा-सा भी कसूर हो जाए तो आपे में नहीं रहता। यह तक बक देता है कि 'बेटियाँ बीवियाँ अपहरण होती सुनी थीं यारो, यह नहीं सुना था कि पाँच-छह बरस के बेटे भी उठ जाते हैं।' वह एक महीने से इस घर में ठहरा था मगर हर रात उसका नियम था कि पहले सोते में निरन्तर करवटें बदलता फिर बड़बड़ाने लगता और फिर उठ बैठता। बड़ी डरी हुई कानाफूसी में पत्नी से कहता, ''सुनती हो यहाँ कोई चीज कुरान पढ़ रही है।'' पत्नी उसे सिर्फ 'हूँ' कहकर टाल जाती मगर अमरकौर को कानाफूसी के बाद रातभर नींद न आती थी। उसे अँधेरे में बहुत-सी परछाइयाँ हर तरफ कुरान पढ़ती नज़र आती थीं और जब ज़रा-सी पौ फटती तो वह कानों में उँगलियाँ दे लेती थी। वहाँ जिला लाहौर में उनका घर मस्जिद के पड़ोस ही में था और जब सुबह अज़ान होती थी तो कैसा मज़ा आता था। ऐसे लगता था जैसे पूरब से फूटता उजाला गाने लगा हो। फिर जब उसकी पड़ोसन प्रीतम कौर को चन्द नौजवानों ने ख़राब करके चीथड़े की तरह घूरे पर फेंक दिया था तो जाने क्या हुआ कि अज़ान देने वाले की आवाज़ में भी उसे प्रीतम कौर की चीख़ सुनाई दे जाती थी। अज़ान की कल्पना तक उसे भयभीत कर देती थी और वह भूल जाती थी कि अब उनके पड़ोस में मस्जिद नहीं है। यूँ ही कानों में उँगलियाँ देते हुए वह सो जाती और रात भर जागने की वजह से दिन चढ़े तक सोयी रहती और परमेशर सिंह इस बात पर बिगड़ जाता, ''ठीक है सोये नहीं तो और क्या करे। निकम्मी तो होती ही हैं ये छोकरियाँ। लड़का होता तो मालूम नहीं कितने काम कर चुका होता यारो।''

परमेशर सिंह जब आँगन में दाखिल हुआ तो नियम विरुद्ध उसके होंठों पर मुस्कराहट थी। उसके खुले केश कंघे समेत उसकी पीठ और कन्धे पर बिखरे हुए थे और उसका एक हाथ अख़्तर की कमर को थपके जा रहा था। उसकी बीवी एक तरफ बैठी छाज में गेहूँ फटक रही थी। उसके हाथ जहाँ थे वहीं रुक गये और वह टुकर-टुकर परमेशर सिंह को देखने लगी फिर वह छाज पर से कूदती हुई आयी और बोली, ''यह कौन?'' परमेशर सिंह निरन्तर मुस्कराते हुए बोला, ''डरो नहीं बेवकूफ़, इसकी आदतें बिलकुल करतारे की तरह हैं। यह भी अपनी माँ को भूसे की कोठड़ी में मिला था। यह भी तितलियों का आशिक है। इसका नाम अख़्तर है।''

''अख़्तर?'' बीवी के तेवर बदल गये।

"तुम इसे अख़्तर सिंह कह देना।" परमेशर सिंह ने स्पष्टता की "और फिर केशों का क्या है, एक दिन में बढ़ आते हैं। कड़ा और कछहरा पहना दो, कंघा केशों के बढ़ते ही लग जाएगा।"

"पर यह है किसका?" बीवी ने और स्पष्टता चाही।

"किसका है!" परमेशर सिंह ने अख़्तर को कन्धे पर से उतार कर उसे ज़मीन पर खड़ा कर दिया और उसके सिर पर हाथ फेरने लगा। वाहे गुरु जी का है, हमारा अपना है और फिर यारो यह औरत इतना भी नहीं देख सकती कि अख़्तर के माथे में जो तिल है वह करतारे ही का तिल है। करतारे के भी तो एक तिल था, और यहीं था, ज़रा बड़ा था, और हम तो उसे यही तिल पर तो चूमते थे और यह अख़्तर के कानों की लोयें गुलाब के फूलों की तरह गुलाबी हैं तो यारो! पर यह औरत यह तक नहीं सोचती कि करतारे के कानों की लोयें भी तो ऐसी ही थीं, फ़र्क़ सिर्फ़ इतना है कि वह ज़रा मोटी थीं यह ज़रा पतली है...।

अख़्तर अब तक मारे अचम्भे के जब्त किये बैठा था, बिलबिला उठा, "हम यहाँ नहीं रहेंगे! हम अम्मा के पास जाएँगे अम्मा के पास।"

परमेशर सिंह ने अख़्तर का हाथ पकड़कर उसे बीवी की तरफ बढ़ाया, "अरी तो, यह अम्मा के पास जाना चाहता है।"

"तो जाये" बीवी की आँखों में और चेहरे पर वही प्रेत छा गया था जिसे परमेशर सिंह अपनी आँखों और चेहरे में से नोचकर बाहर खेतों में झटक आया था। "डाका डालने गया था सूरमा और उठा लाया यह हाथ भर का लौंडा। अरे कोई लकड़ी उठा लाता तो हजार में न सही, दो सौ में तो बिक जाती। कोई उजड़े घर का खाट-खटोला बन जाता और फिर पगले...पगले...तुझे तो कुछ हो गया है। देखता नहीं यह लड़का मुसल्ला...जहाँ से उठा लाये हो वहीं डाल आओ और ख़बरदार जो इसने मेरे चौके में पाँव रखा।"

परमेशर सिंह ने विनती की, "करतारे और अख़्तर को एक ही वाहे गुरु जी ने पैदा किया है, समझीं?"

"नहीं।" अबकी बार बीवी चीख उठी, "मैं नहीं समझी और न कुछ समझना चाहती हूँ। मैं रात ही रात झटका कर डालूँगी। इसको काटकर फेंक दूँगी। उठा लाया है वहाँ से। ले जा इसे फेंक दे बाहर।"

"मैं तुझे न फेंक दूँ बाहर?" अबके परमेशर सिंह बिगड़ गया, "तुम्हारा न कर डालूँ झटका?" वह बीवी की तरफ बढ़ा और बीवी अपने सीने को दो हत्थड़ों से पीटती चीखती-चिल्लाती भागी। पड़ोस से अमरकौर दौड़ी आयी। उसके पीछे गली की दूसरी औरतें भी इकट्ठी हो गयीं, मर्द भी जमा हो गये और परमेशर सिंह की बीवी पिटने से बच गयी। फिर सबने उसे समझाया कि नेक काम है एक

मुसलमान को सिख बनाना। पुराना जमाना होता तो परमेशर सिंह गुरु मशहूर हो चुका होता। बीवी को ढाढ़स बँधी मगर अमरकौर कोने में बैठी घुटनों में सिर दिये रोती रही। अचानक परमेशर सिंह ने गरज कर सारे हजूम को हिला दिया, ''अख़्तर किधर गया?'' वह चिंघाड़ा, ''अरे वह किधर गया हमारा अख़्तर, अरे वह हममें से किसी कसाई के हत्थे तो नहीं चढ़ गया यारो! अख़्तर...अख़्तर...!''

''मैं तुम्हारे पास नहीं आऊँगा।'' पगडण्डी के मोड़ पर ज्ञानसिंह के गन्ने के खेत की आड़ से रोते हुए अख़्तर ने परमेशर सिंह को डाँट दिया, ''तुम तो सिख हो।''

''हाँ बेटे सिख तो हूँ।'' परमेशर सिंह ने जैसे मजबूर होकर अपराध कबूल कर लिया।

''तो फिर हम नहीं आएँगे।'' अख़्तर ने पुराने आँसुओं को पोंछ कर नये आँसुओं के लिए रास्ता साफ़ किया।

''नहीं आओगे?'' परमेशर सिंह का लहजा अचानक बदल गया।

''नहीं।''

''नहीं आओगे?''

''नहीं नहीं नहीं।''

''कैसे नहीं आओगे?'' परमेशर सिंह ने अख़्तर को कान से पकड़ा और निचले होठों को दाँत में दबाकर चटाख़ से एक थप्पड़ मार दिया, ''चलो'' वह कड़का।

अख़्तर यूँ सहम गया जैसे एकदम उसका सारा ख़ून निचुड़ कर रह गया है और फिर एकाएक ज़मीन पर गिर कर पाँव पटकने और खाक उड़ाने और बिलख-बिलख कर रोने लगा, ''नहीं चलता बस नहीं चलता, तुम सिख हो मैं सिखों के पास नहीं जाऊँगा। मैं अपनी अम्मा के पास जाऊँगा मैं तुम्हें मार दूँगा।''

अब जैसे परमेशर सिंह के सहमने की बारी थी। उसका सारा ख़ून जैसे निचुड़ कर रह गया था। उसने अपने हाथ को दाँतों में जकड़ लिया। उसके नथने फड़कने लगे और फिर इस जोर से रो दिया कि खेत के परले मोड़ पर आते हुए चन्द पड़ोसी और उनके बच्चे भी सहम कर रह गये और ठिठक गये। परमेशर सिंह घुटनों के बल अख़्तर के सामने बैठ गया। बच्चों की तरह यूँ सिसक-सिसक कर रोने लगा कि उसका निचला होंठ भी बच्चों की तरह लटक आया और फिर बच्चों की-सी रोनी आवाज़ में बोला, ''मुझे माफ़ कर दे अख़्तर, मुझे तुम्हारे ख़ुदा की कसम, मैं तुम्हारा दोस्त हूँ, अकेले यहाँ से जाओगे तो तुम्हें कोई मार देगा फिर तुम्हारी माँ पाकिस्तान से आकर मुझे मारेगी। मैं खुद जाकर तुम्हें पाकिस्तान छोड़ आऊँगा,

सुना? सुन रहे हो ना? फिर वहाँ अगर तुम्हें एक लड़का मिल जाये न करतारा नाम का तो फिर तुम उसे इस गाँव में छोड़ जाना अच्छा?''

''अच्छा।'' अख़्तर ने उलटे हाथों से आँसू पोंछते हुए परमेशर सिंह से सौदा कर लिया।

परमेशर सिंह ने अख़्तर को कन्धे पर बैठा लिया और चला। मगर एक ही कदम उठाकर रुक गया। सामने बहुत से बच्चे और चन्द पड़ोसी खड़े उसकी तमाम हरकतें देख रहे थे। अधेड़ उम्र का एक पड़ोसी बोला, ''रोते क्यों हो परमेशर, अरे कुछ एक महीने की तो बात है। एक महीने में उसके केश बढ़ आएँगे तो बिलकुल करतारा लगेगा।''

कुछ कहे बगैर वह तेज़-तेज़ कदम उठाने लगा फिर एक जगह रुककर उसने पलट कर अपने पीछे आने वाले पड़ोसियों की तरफ देखा।

''तुम कितने जालिम लोग हो यारो अख़्तर को करतारा बनाते हो और अगर उधर कोई करतारे को अख़्तर बना ले तो? उसे जालिम ही कहोगे ना?'' फिर उसकी आवाज़ में गरज आ गयी, ''यह लड़का मुसलमान ही रहेगा दरबार साहब की सौंह (सौगन्ध) मैं कल अमृतसर जाकर उसके अँग्रेज़ी बाल बनवा लाऊँगा। तुमने मुझे समझ क्या रखा है? खालसा हूँ सीने में शेर का दिल है, मुर्गी का नहीं।''

परमेशर सिंह अपने घर में दाख़िल होकर अभी अपनी बीवी और बेटी को अख़्तर की सेवा के बारे में आदेश ही दे रहा था कि गाँव का ग्रन्थी सरदार सन्तोख सिंह अन्दर आया और बोला, ''परमेशर!''

''जी'', परमेशर सिंह ने पलट कर देखा। ग्रन्थी जी के पीछे उसके सब पड़ोसी भी थे।

''देखो'' ग्रन्थी जी ने बड़े रोब से कहा, ''कल से यह लड़का खालसे की सी पगड़ी बाँधेगा, कड़ा पहनेगा। धर्मशाला आएगा और इसे प्रसाद खिलाया जाएगा। इसके केशों को कैंची नहीं छूएगी। छू गयी तो कल ही से यह घर खाली कर दो। समझे।''

''जी'' परमेशर सिंह ने अहिस्ता से कहा।

''हाँ'', ग्रन्थी जी ने आखिरी चोट लगायी।

''ऐसा ही होगा ग्रन्थी जी!'' परमेशर सिंह की बीवी बोली, ''पहले ही से रातों को घर के कोन-कोने से कोई चीज कुरान पढ़ती सुनाई देती है। लगता है यह पहले जन्म ही मुसला रह चुका है। अमरकौर बेटी ने जब से सुना है कि हमारे घर में मुसला छोकरा आया है तब से वह बैठी रो रही है। कहती है, घर पर कोई आफ़त आएगी। परमेशर सिंह ने उसका कहा न माना तो मैं भी धर्मशाला में चली आऊँगी

और अमरकौर भी, फिर यह पड़ा इस छोकरे को चाटे मुआ निकम्मा, वाहे गुरु जी का भी लिहाज नहीं।''

''वाहे गुरुजी का कौन लिहाज नहीं करता गधी!'' परमेशर सिंह ने ग्रन्थी जी की बात का गुस्सा बीवी पर निकाला। फिर वह देर तक धीरे-धीरे गालियाँ देता रहा। कुछ देर के बाद वह उठकर ग्रन्थी जी के सामने आ गया, ''अच्छा जी अच्छा।'' उसने कहा और कुछ यूँ कहा कि ग्रन्थी जी पड़ोसियों के साथ फौरन विदा हो गये।

चन्द ही दिनों में अख़्तर को दूसरे सिख लड़कों से पहचानना मुश्किल हो गया। वही कानों की लो तक कसकर बँधी हुई पगड़ी, वही हाथ का कड़ा और वही कच्छहरा। सिर्फ जब वह घर में आकर पगड़ी उतारता था तो उसके ग़ैर सिख होने का भेद खुलता था लेकिन उसके बाल धड़ाधड़ बढ़ रहे थे। परमेशर सिंह की बीवी इन बालों को छूकर बहुत खुश होती थी, ''ज़रा इधर तो आ अमरकौरे! यह देख, केश बन रहे हैं। फिर एक दिन जूड़ा बनेगा, कंघा लगेगा और उसका नाम रखा जाएगा करतार सिंह।''

''नहीं माँ!'' अमरकौर वहीं से जवाब देती, ''जैसे वाहे गुरु जी एक हैं और ग्रन्थ साहब एक हैं और चाँद एक है इसी तरह करतारा भी एक ही है मेरा नन्हा मुन्ना भाई।'' फिर वह फूट-फूटकर रो देती और फिर मचल कर कहती, ''मैं इस खिलौने से नहीं बहलूँगी माँ, मैं जानती हूँ यह मुसला है और जो करतारा होता वह मुसला नहीं होता।''

''मैं कब कहती हूँ कि यह सचमुच करतारा है मेरा चाँद-सा लाड़ला बेटा।'' परमेशर सिंह की बीवी भी रो देतीं। दोनों अख़्तर को अकेला छोड़कर किसी अकेले कोने में बैठ जातीं, खूब रोतीं। एक दूसरे को तसल्ली देतीं और फिर जोर-जोर से रोने लगतीं। वे अपने करतारे के लिए रोतीं। अख़्तर चन्द रोज अपनी माँ के लिए रोता रहा फिर किसी और बात पर रोता। जब परमेशर सिंह शरणार्थियों की इमदादी पंचायतों से कुछ अनाज कपड़ा लेकर आता तो अख़्तर भाग कर जाता, उसकी टाँगों में लिपट जाता और रो-रोकर कहता, ''मेरे सिर पर पगड़ी बाँधो परमू! मेरे केश बढ़ा दो, मुझे कंघा खरीद दो।''

परमेशर सिंह उसे सीने से लगा लेता और भर्रायी हुई आवाज़ में कहता, ''सब कुछ हो जाएगा बच्चे, सब कुछ हो जाएगा, पर एक बात नहीं होगी। वह बात कभी नहीं होगी, वह नहीं होगी मुझसे, समझे? यह केश-वेश सब बढ़ आएँगे।''

अख़्तर अपनी अम्मा को अब बहुत कम याद करता था। जब तक परमेशर सिंह घर में रहता वह उससे चिमटा रहता और जब वह कहीं बाहर जाता तो अख़्तर

उसकी बीवी और अमरकौर की तरफ यूँ देखता रहता जैसे उससे प्यार की भीख मांग रहा है। परमेशर सिंह की बीवी उसे नहलाती, उसके कपड़े धोती और फिर उसके बालों में कंघी करते हुए रोने लगती और रोती रह जाती। अलबत्ता अमरकौर ने अख़्तर की तरफ जब भी देखा नाक उछाल दी। शुरू-शुरू में तो उसने अख़्तर को एक धमोका भी जड़ दिया था लेकिन जब अख़्तर ने परमेशर सिंह से उसकी शिकायत की तो परमेशर सिंह बिफर गया और अमरकौर को बड़ी-बड़ी गालियाँ देता रहा और उसकी तरफ यूँ बढ़ा कि अगर उसकी बीवी रास्ते में उसके पाँव न पड़ जाती तो वह बेटी को उठाकर दीवार पर से गली में पटक देता, 'उल्लू की पट्ठी'—उस रोज उसने कड़ककर कहा था, "सुना तो यही था कि लड़कियाँ उठ रही हैं पर यहाँ यह मुशटंडी हमारे साथ लगी चली आयी और उठा गया तो पाँच साल का लड़का जिसे अभी नाक तक पोंछना नहीं आता था। अजब अँधेर है यारो।" इस घटना के बाद अमरकौर ने अख़्तर पर हाथ तो ख़ैर कभी न उठाया मगर उसकी नफ़रत दुगनी हो गयी थी।

एक रोज अख़्तर को तेज बुखार आ गया। परमेशर सिंह वैद्य के पास चला गया। उसके जाने के कुछ देर बाद उसकी बीवी पड़ोसन से पिसी हुई सौंफ माँगने चली गयी। अख़्तर को प्यास लगी, 'पानी' उसने कहा फिर कुछ देर बाद लाल-लाल सूजी-सूजी आँखें खोलीं, इधर-उधर देखा, 'पानी' का शब्द एक कराह बनकर उसके हलक से निकला। कुछ देर बाद लिहाफ़ को एक तरफ झटककर उठ बैठा। अमरकौर सामने दहलीज़ पर बैठी खजूर के पत्तों से चंगेर बना रही थी। 'पानी दे' अख़्तर ने उसे डाँटा। अमरकौर ने भौहें सिकोड़ कर उसे घूर कर देखा और अपने काम में जुट गयी। अबकी अख़्तर चिल्ला उठा, "पानी देती है कि नहीं, पानी दे वर्ना मैं मारूँगा।" अमरकौर ने अबकी उसकी तरफ देखा ही नहीं, बोली, "मार तो सही, तू करतारा तो नहीं कि मैं तेरी मार सहू लूँगी, मैं तो तेरी बोटी-बोटी कर डालूँगी।" अख़्तर बिलख-बिलख कर रो दिया और आज मुद्दत के बाद उसने अपनी माँ को याद किया। फिर जब परमेशर सिंह दवा ले आया और उसकी बीवी भी पिसी सौंफ लेकर आ गयी तो अख़्तर ने रोते-रोते बुरी हालत बना ली थी और वह सिसक-सिसक कर कह रहा था—हम तो अब अम्मा के पास चलेंगे। यह अमरकौर सुअर की बच्ची तो पानी भी नहीं पिलाती। हम तो अम्मा के पास जाएँगे।

परमेशर सिंह ने अमरकौर की तरफ गुस्से से देखा, वह रो रही थी। अपनी माँ से कह रही थी, "क्या पानी पिलाऊँ, करतारा भी कहीं इसी तरह पानी माँग रहा होगा। किसी को उस पर तरस न आये तो हमें क्यों तरस आये इस पर? हाँ।"

परमेशर अख़्तर की तरफ बढ़ा और अपनी बीवी की तरफ इशारा करते हुए

बोला, ''यह भी तो तुम्हारी अम्मा है बेटे।''

''नहीं'' अख़्तर बड़े गुस्से से बोला, ''यह तो सिख है, मेरी अम्मा तो पाँच वक्त नमाज पढ़ती है और 'बिस्मिल्ला' कहकर पानी पिलाती है।''

परमेशर सिंह की बीवी जल्दी से एक प्याला भरकर लायी तो अख़्तर ने प्याले को दीवार पर दे मारा और चिल्लाया, ''तुम्हारे हाथ से नहीं पिएँगे, तुम तो अमरकौर सुअर की बच्ची की अम्मा हो। हम तो परमूँ के हाथ से पिएँगे।''

''यह भी तो मुझी सुअर की बच्ची का बाप है।'' अमरकौर ने जलकर कहा।

''तो हुआ करे, तुम्हें इससे क्या?''

परमेशर सिंह के चेहरे पर अजीब कैफ़ियतें धूप-छाँव-सी पैदा कर गयीं। वह अख़्तर की माँग पर मुस्कराया भी और रो भी दिया। फिर उसने अख़्तर को पानी पिलाया, उसके माथे को चूमा, उसकी पीठ पर हाथ फेरा, उसे बिस्तर पर लिटाकर उसके सिर को हौले-हौले खुजाता रहा तब कहीं शाम को जाकर उसने पहलू बदला। उस वक्त अख़्तर का बुख़ार उतर चुका था और वह बड़े मजे से सो रहा था।

आज बहुत समय के बाद परमेशर सिंह भड़क उठा और निहायत अहिस्ता-अहिस्ता बोला, ''अरी सुनती हो! सुन रही हो! यहाँ कोई चीज कुरान पढ़ रही है।''

बीवी ने पहले तो परमेशर की पुरानी आदत कहकर टालना चाहा फिर एकदम बुड़बुड़ाकर उठी और अमरकौर की खाट की तरफ हाथ बढ़ाकर उसे हौले-हौले से हिलाकर अहिस्ता से बोली, ''बेटी!''

''क्या है माँ?'' अमरकौर चौंक उठी।

और उसने कानाफूसी की, ''सुनो तो सचमुच कोई चीज कुरान पढ़ रही है।''

यह एक क्षण का सन्नाटा बड़ा ख़ौफ़नाक था। अमरकौर की चीख उससे भी ज़्यादा ख़तरनाक थी और फिर अख़्तर की चीख उससे भी ज्यादा ख़ौफ़नाक थी।

''क्या हुआ बेटा?'' परमेशर सिंह तड़पकर उठा और अख़्तर की खाट पर जाकर उसे अपनी छाती से भींच लिया, ''डर गया बेटा?''

''हाँ।'' अख़्तर लिहाफ़ में से सिर निकाल कर बोला, ''कोई चीज़ चीखती थी।''

''अमरकौर चीखी थी।'' परमेशर सिंह ने कहा, ''हम सब यूँ समझे जैसे कोई चीज़ कुरान पढ़ रही है।''

''मैं पढ़ रहा था।'' अख़्तर बोला।

अबके भी अमरकौर के मुँह से हल्की-सी चीख निकल गयी।

बीवी ने जल्दी से चिराग जला दिया और अमरकौर की खाट पर बैठकर वे दोनों अख़्तर को यूँ देखने लगीं जैसे वह अभी धुआँ बनकर दरवाज़े की झुरियों में से बाहर उड़ जाएगा और बाहर से एक डरावनी आवाज़ आएगी—मैं जिन्न हूँ। मैं कल रात फिर आकर कुरान पढ़ूँगा।

"क्या पढ़ रहे थे भला।" परमेशर ने पूछा।

"पढ़ूँ?" अख़्तर ने कहा।

"हाँ हाँ" परमेशर ने बड़े शौक से कहा।

और अख़्तर 'कुल हू अल्लाह हूँ अहद' पढ़ने लगा। अहद पर पहुँच कर उसने अपने गले में 'छूह' की और फिर परमेशर सिंह की तरफ मुस्करा कर देखते हुए बोला, "तुम्हारे सीने पर भी छुह कर दूँ?"

"हाँ हाँ" परमेशर सिंह ने गिरेबान का बटन खोल दिया और अख़्तर ने छूह कर दी।

अबके अमरकौर ने बड़ी मुश्किल से चीख पर काबू पाया।

परमेशर सिंह बोला, "क्या नींद नहीं आती थी?"

"हाँ" अख़्तर बोला, "अम्मा याद आ गयी। अम्मा कहती है नींद न आये तो तीन बार 'कुल हू अल्लाह' पढ़ो नींद आ जाएगी। अब आ रही थी तो अमरकौर ने डरा दिया।"

"फिर से पढ़कर सो जाओ।" परमेशर सिंह ने कहा, "रोज़ पढ़ा करो, ऊँचे-ऊँचे पढ़ा करो। इसे भूलना नहीं वर्ना तुम्हारी अम्मा तुम्हें मारेगी। लो अब सो जाओ।" उसने अख़्तर को लिटाकर उसे लिहाफ़ ओढ़ा दिया और फिर चिराग़ बुझाने के लिए बड़ा तो अमरकौर पुकारी, "नहीं-नहीं बाबा...बुझाओ नहीं, डर लगता है।"

"डर लगता है?" परमेशर सिंह ने हैरान होकर पूछा, "किससे डर लगता है?"

"जलता रहे क्या है?" बीवी बोली।

और परमेशर सिंह दिया बुझाकर हँस दिया, 'पगलियाँ' वह बोला 'गधियाँ'।

रात के अँधेरे में अख़्तर अहिस्ता-अहिस्ता 'कुल हू अल्लाह' पढ़ता रहा फिर कुछ देर के बाद वह ज़रा-ज़रा-सा खर्राटे लेने लगा। परमेशर सिंह भी सो गया और उसकी बीवी भी, मगर अमरकौर रात भर कच्ची नींद में पड़ोस की मस्जिद की अज़ान सुनती रही और डरती रही।

अब अख़्तर के अच्छे-खासे केश बढ़ आये थे। नन्हें से जूड़े में कंघा भी अटक जाता था। गाँव वालों की तरह परमेशर सिंह की बीवी भी उसे करतारा कहने लगी थी और उससे खासी ममता से पेश आती थी मगर अमरकौर अख़्तर को यूँ

देखती थी जैसे वह कोई बहुरूपिया है और अभी पगड़ी और केश उतार कर फेंक देगा और 'कुल हू अल्लाह' पढ़ता हुआ ग़ायब हो जाएगा।

एक दिन परमेशर सिंह बड़ी तेजी से घर आया और हाँफते-हाँफते अपनी बीवी से पूछा, "वह कहाँ है?"

"कौन अमरकौर?"

"नहीं।"

"करतारा?"

"नहीं" फिर कुछ सोचकर बोला, "हाँ हाँ वही करतारा?"

"बाहर खेलने गया है गली में होगा।"

परमेशर सिंह वापस लपका, गली में जाकर भागने लगा।

बाहर खेतों में जाकर उसकी रफ्तार और तेज हो गयी। फिर उसे दूर ज्ञानसिंह के गन्ने की फ़सल के पास चन्द बच्चे कबड्डी खेलते नज़र आये। खेत की ओट से उसने देखा कि अख़्तर ने एक लड़के को घुटनों तले दे रखा है और उस लड़के के होठों से खून फूट रहा है। फिर उस लड़के ने जैसे हार मान ली और जब अख़्तर की पकड़ से छूटा तो बोला, "क्यों बे करतारू, तूने मेरे मुँह पर घुटना क्यों मारा?"

"अच्छा किया जो मारा।" अख़्तर अकड़कर बोला और बिखरे हुए जूड़े की लटें सँभालकर उनमें कन्धा फँसाने लगा।

"तुम्हारे रसूल ने तुम्हें यही समझाया है?" लड़के ने कटाक्ष से पूछा। अख़्तर एक क्षण के लिए चकरा गया फिर कुछ सोचकर बोला, "और क्या तुम्हारे गुरु ने यही समझाया है कि...।"

"मुसला।" लड़के ने उसे गाली दी।

"सिखड़ा।" अख़्तर ने उसे गाली दी।

सब लड़के अख़्तर पर टूट पड़े मगर परमेशर सिंह की एक ही कड़क से मैदान साफ था। उसने अख़्तर की पगड़ी बाँधी और उसे एक तरफ ले जाकर बोला, "सुनो बेटा, मेरे पास रहोगे कि अम्मा के पास जाओगे?" अख़्तर कोई फ़ैसला न कर सका। कुछ देर तक परमेशर सिंह की आँखों में आँखें डाले खड़ा रहा फिर मुस्कराता रहा और बोला, "अम्मा के पास जाऊँगा।"

"और मेरे पास नहीं रहोगे?" परमेशर सिंह का रंग यूँ सुर्ख हो गया जैसे वह रो देगा।

"तुम्हारे पास भी रहूँगा।"

अख़्तर ने समस्या का हल पेश कर दिया।

परमेशर सिंह ने उसे उठाकर सीने से लगा लिया और वे आँसू जो उदासीनता ने आँखों में जमा किये थे, खुशी के आँसू बनकर टपक पड़े। वह बोला, "देखो बेटे

अख़्तर! यह जो फ़ौज़ आ रही है, यह फ़ौज़ी तुम्हें मुझसे छीनने आ रहे हैं, कहीं छुप जाओ और फिर जब वे चले जाएँगे ना, तब मैं तुम्हें ले आऊँगा।''

परमेशर सिंह को उस वक्त दूर-दूर गुब्बार का एक फैलता बगोला दिखाई दिया। मेड़ पर चढ़कर उसने लम्बे होते हुए बगोले को गौर से देखा और अचानक तड़प कर बोला, ''फौजियों की लारी आ गयी।''

वह मेड़ पर से कूद पड़ा और गन्ने के खेत का पूरा चक्कर काट गया, ''ज्ञाने, ओ ज्ञानसिंह!'' वह चिल्लाया। ज्ञानसिंह फ़सल के अन्दर से निकलकर आया। उसके एक हाथ में दराँती और दूसरे में थोड़ी-सी घास थी। परमेशर सिंह उसे अलग ले गया। उसे कोई बात समझायी फिर दोनों अख़्तर की तरफ आये। ज्ञानसिंह ने फ़सल में से एक गन्ना तोड़कर दराँती से उसके पत्ते काटे और उसे अख़्तर के हवाले करके बोला, ''आओ भाई करतारे, तुम मेरे पास बैठकर गन्ना चूसो। जब तक यह फ़ौज़ी चले जाएँ। अच्छा खासा बना-बनाया खालसा हथियाने आये हैं।'' परमेशर सिंह ने अख़्तर से जाने की इजाजत माँगी 'जाऊँ?' और अख़्तर ने दाँतों में गन्ने का लम्बा-सा छिलका जकड़े हुए मुस्कराने की कोशिश की। इजाजत पाकर परमेशर सिंह गाँव के तरफ भाग गया। बगोला गाँव की तरफ बढ़ा आ रहा था। घर जाकर उसने बीवी और बेटी को समझाया और फिर भागम-भाग ग्रन्थी जी के पास गया। उनसे बात करके इधर-उधर दूसरे लोगों को समझाता फिरा और जब फ़ौज़ियों की लारी धर्मशाला से उधर खेतों में रुक गयी तो एक फ़ौज़ी और पुलिसवाले ग्रन्थी के पास आये। उनके साथ इलाके का लम्बरदार भी था। मुसलमान लड़कियों के बारे में पूछताछ होती रही।...ग्रन्थी जी ने ग्रन्थ साहब की कसम खाकर कह दिया कि गाँव में कोई मुसलमान लड़की नहीं है। लड़के की बात दूसरी है। किसी ने परमेशर सिंह के कान में कानाफूसी की और आस-पास के सिख परमेशर सिंह समेत मुस्कराने लगे। फिर एक फ़ौज़ी अफ़सर ने गाँव वालों के सामने एक तकरीर की। उसने उस ममता पर बड़ा ज़ोर दिया जो उन माँओं के दिलों में उन दिनों टीस बनकर रह गयी थी जिनकी बेटियाँ छिन गयी थीं। उसने उन भाइयों और पतियों के प्यार की बड़ी करुणामयी तस्वीर खींची जिनकी बहनें और बीवियाँ उनसे हथिया ली गयी थीं और मज़हब का क्या है दोस्तो! उसने कहा था, ''दुनिया का हर मज़हब इनसान को इनसान बनाना सिखाता है और तुम मज़हब का नाम लेकर इनसान को इनसान से चुरा लेते हो, उनके सतीत्व पर नाचते हो, हम सिख हैं, हम मुसलमान हैं, हम वाहे गुरु जी के चेले हैं, हम रसूल के गुलाम हैं।''

भाषण के बाद भीड़ तितर-बितर होने लगी। फ़ौज़ियों के अफ़सर ने ग्रन्थी जी को धन्यवाद किया और उनसे हाथ मिलाया और लारी चली गयी।

सबसे पहले ग्रन्थी जी ने परमेशर सिंह को मुबारकबाद दी फिर दूसरे लोगों ने

परमेशर सिंह को घेर लिया और उसे मुबारकबाद देने लगे लेकिन परमेशर सिंह के लारी के आने से पहले होश-हवास उड़ रहे थे तो अब लारी के जाने के बाद लुटा-लुटा-सा लग रहा था। फिर वह गाँव में से निकल कर ज्ञानसिंह के खेत में आया। अख़्तर को कन्धे पर बैठाकर घर में ले आया। खाना खिलाने के बाद उसे खाट पर लिटाकर कुछ यूँ थपका कि उसे नींद आ गयी। परमेशर सिंह देर तक अख़्तर की खाट पर बैठा रहा। कभी-कभी दाढ़ी खुजाता और इधर-उधर देखकर फिर सोच में डूब जाता। पड़ोस की छत पर खेलता हुआ एक बच्चा अचानक एड़ी पकड़कर बैठ गया और जोर-जोर से रोने लगा, ''हाय इतना बड़ा काँटा उतर गया पूरा का पूरा।'' वह चिल्लाया और फिर उसकी माँ नंगे सिर ऊपर भागी। उसे उठाकर गोद में बिठा लिया फिर नीचे बेटी को पुकार कर सुई मँगवायी, काँटा निकालने के बाद उसे बार-बार चूमा और फिर नीचे झुककर पुकारी, ''अरे मेरा दुपट्टा तो ऊपर फेंक देना, कैसी बेहयायी से ऊपर भागी चली आयी।''

परमेशर सिंह ने कुछ देर बाद चौंककर अपनी बीवी से पूछा, ''सुनो, क्या तुम्हें करतारा अब भी याद आता है।''

''लो और सुनो।'' बीवी बोली और फिर एकदम छाजों रो दी, ''करतारा तो मेरे कलेजे का नासूर बन गया है परमेशर।''

करतारे का नाम सुनकर उधर से अमरकौर उठकर आयी और माँ के घुटने के पास बैठकर रोने लगी। परमेशर यूँ बिदककर जल्दी से उठा जैसे उसने सीसे के बर्तनों से भरा हुआ थाल अचानक ज़मीन पर दे मारा है।

शाम को खाने के बाद वह अख़्तर को उँगली से पकड़े दालान में आया और बोला, ''तुम तो दिन भर खूब सोये हो बेटा, चलो आज ज़रा घूमने चलते हैं, चाँदनी रात है।''

अख़्तर फौरन मान गया। परमेशर ने उसे एक कम्बल में लपेटा और कन्धे पर बैठा लिया। खेतों में आकर वह बोला, ''यह चाँद जो पूरब से निकल रहा है न बेटे, यह जब हमारे सिर पर पहुँचेगा तो सुबह हो जाएगी।''

अख़्तर चाँद की तरफ देखने लगा।

''यह चाँद जो यहाँ चमक रहा है न, यह वहाँ भी चमक रहा होगा हमारी अम्मा के देश में।''

इस बार अख़्तर ने झुककर परमेशर की तरफ देखने की कोशिश की।

''यह चाँद जब हमारे सिर पर आएगा तो वहाँ तुम्हारी अम्मा के सिर पर भी होगा।''

अबके अख़्तर बोला, ''हम चाँद देख रहे हैं तो क्या अम्मा भी चाँद देख रही होगी?''

"हाँ।" परमेशर की आवाज़ में गूँज थी, "चलोगे अम्मा के पास।"

"हाँ।" अख़्तर बोला, "पर तुम ले तो जाते नहीं, तुम बहुत बुरे हो, तुम सिख हो।"

परमेशर सिंह बोला, "नहीं बेटे, आज तुम्हें जरूर ले जाऊँगा। तुम्हारी अम्मा की चिट्ठी आयी है। वह कहती है, मैं अख़्तर बेटे के लिए उदास हूँ।"

"मैं भी तो उदास हूँ।" अख़्तर को जैसे कोई भूली हुई बात याद आ गयी।

"मैं तुम्हें तुम्हारी अम्मा के पास लिए जा रहा हूँ।"

"सच?" अख़्तर परमेश सिंह के कन्धे पर कूदने लगा और ज़ोर-ज़ोर से बोलने लगा, "हम अम्मा पास जा रहे हैं। परमूँ हमें अम्मा पास ले जाएगा। हम वहाँ से परमूँ को चिट्ठी लिखेंगे।

परमेशर सिंह चुपचाप रोये जा रहा था। आँसू पोंछकर और गला साफ करके उसने अख़्तर से पूछा," "गाना सुनोगे?"

"हाँ"

"पहले तुम कुरान सुनाओ।"

"अच्छा।" और अख़्तर ने 'कुल हू अल्लाह अहद' पढ़ने लगा और अहद पर पहुँचकर उसने अपने सीने पर छूह की और पर पहुँचकर उसने अपने सीने पर छूह की और बोला, "लाओ तुम्हारे सीने पर भी छूह कर दूँ।"

रुककर परमेशर सिंह ने अपने गिरेबान का एक बटन खोला और ऊपर देखा, अख़्तर ने लटक कर उसके सीने पर छूह कर दी और बोला, "अब तुम सुनाओ।"

परमेशर सिंह ने अख़्तर को दूसरे कन्धे पर बैठा लिया। उसे बच्चों का कोई गीत याद नहीं था इसलिए उसने तरह-तरह के गीत गाने शुरू किये और गाते-गाते तेज़-तेज़ चलने लगा। अख़्तर चुपचाप सुनता रहा।

*बन्तो दा सिर वन वर्गा जे*
*बन्तो दा मुँह चन वर्गा जे*
*बन्तो दा लक चितराज़े*
*लोको*
*बन्तो दा लक चितरा*

"बन्तो कौन है?" अख़्तर ने परमेशर सिंह को टोका।

परमेशर सिंह हँसा फिर ज़रा विराम के बाद बोला, "मेरी बीवी, अमरकौर की माँ, उसका नाम भी तो बन्तो है। तुम्हारी अम्मा का नाम भी बन्तो ही होगा।"

"क्यों?" अख़्तर नाराज़ हो गया। "वह कोई सिख है?"

परमेशर सिंह ख़ामोश हो गया।

चाँद बहुत ऊँचा हो गया था। रात ख़ामोश थी। कभी-कभी गन्ने के खेतों के आस-पास गीदड़ रोते और फिर सन्नाटा छा जाता। अख़्तर पहले तो गीदड़ों की आवाज़ से डरा मगर परमेशर सिंह के समझाने से बहल गया और एक बार ख़ामोशी के लम्बे विराम के बाद उसने परमेशर सिंह से पूछा, "अब क्यों नहीं रोते गीदड़?" परमेशर सिंह हँस दिया फिर उसे एक कहानी याद आ गयी। यह गुरु गोविन्द सिंह की कहानी थी लेकिन उसने बड़े सलीके से सिखों के नामों को मुसलमानों के नामों में बदल दिया और अख़्तर 'फिर? फिर?' की रट लगाता रहा और कहानी अभी जारी थी जब अख़्तर एकदम बोला, "अरे चाँद तो सिर पर आ गया।"

परमेशर सिंह ने भी रुककर ऊपर देखा। फिर वह निकट के टीले पर चढ़कर दूर से देखने लगा और बोला, "तुम्हारी अम्मा का देश जाने किधर चला गया।"

वह कुछ देर टीले पर खड़ा रहा जब अचानक कहीं बहुत दूर से अज़ान की आवाज़ आने लगी और अख़्तर मारे खुशी के यूँ कूदा कि परमेशर सिंह उसे बड़ी मुश्किल से सँभाल सका। उसे कन्धों पर से उतार वह ज़मीन पर बैठ गया और खड़े-खड़े अख़्तर के कन्धों पर हाथ रखकर बोला, "जाओ, बेटे तुम्हें तुम्हारी अम्मा ने पुकारा है। बस तुम इस आवाज़ की सीध में...।"

'शश' अख़्तर ने अपने होठों पर उँगली रख दी और कानाफूसी में बोला, "अज़ान के वक्त नहीं बोलते।"

"पर मैं तो सिख हूँ बेटे।" परमेशर सिंह बोला।

"शश" अबके अख़्तर ने बिगड़कर उसे घूरा।

और परमेशर सिंह ने उसे गोद में बिठा लिया। उसके माथे पर एक बहुत लम्बा प्यार दिया और अजान ख़त्म होने के बाद आस्तीनों से आँखों को रगड़कर भर्रायी हुई आवाज़ में बोला, "मैं यहाँ से आगे नहीं जाऊँगा, बस तुम...।"

"क्यों? क्यों नहीं जाओगे?" अख़्तर ने पूछा।

"तुम्हारी अम्मा ने चिट्ठी में यही लिखा है कि अख़्तर अकेला आएगा।" परमेशर सिंह ने अख़्तर को फुसला लिया, "बस तुम सीधे चले जाओ। सामने एक गाँव आएगा। वहाँ जाकर अपना नाम बताना करतारा नहीं, अख़्तर, फिर अपनी अम्मा का नाम बताना, अपने गाँव का नाम बताना और देखो मुझे एक चिट्ठी ज़रूर लिखना।"

"लिखूँगा।" अख़्तर ने वादा किया।

"अच्छा हाँ, तुम्हें करतारा नाम का कोई लड़का मिले न, तो उसे इधर भेज देना अच्छा?"

"अच्छा।"

परमेशर सिंह ने एक बार फिर अख़्तर का माथा चूमा और जैसे कुछ निगल

कर बोला, "जाओ!"

अख़्तर कुछ कदम चला मगर पलट आया, "तुम भी आ जाओ ना।"

"नहीं भाई।" परमेशर सिंह ने उसे समझाया, "तुम्हारी अम्मा ने चिट्ठी में यह नहीं लिखा।"

"मुझे डर लगता है।" अख़्तर बोला।

"कुरान क्यों नहीं पढ़ते?" परमेशर सिंह ने सुझाव दिया।

"अच्छा।" बात अख़्तर की समझ में आ गयी और वह 'कुल हू अल्लाह' का विर्द (जप) करता हुआ जाने लगा।

नरम-नरम पौ क्षितिज के दायरे पर अँधेरे से लड़ रही थी। और नन्हा-सा अख़्तर दूर धुँधली पगडंडी पर एक लम्बे-तगड़े सिख जवान की तरह तेज-तेज जा रहा था। परमेशर सिंह उस पर नज़रें गड़ाये टीले पर बैठा रहा और जब अख़्तर का बिन्दु अन्तरिक्ष का एक हिस्सा बन गया तो वह वहाँ से उतर आया।

अख़्तर अभी गाँव के निकट नहीं पहुँचा था कि दो सिपाही लपक कर आये और उसे रोककर बोले, "कौन हो तुम?"

"अख़्तर।" वह उनसे यूँ बोला जैसे सारी दुनिया उसका नाम जानती है।

दोनों सिपाही कभी अख़्तर के चेहरे को देखते थे और कभी उसकी सिखों-सी पगड़ी को, फिर एक ने आगे बढ़कर उसकी पगड़ी झटके से उतार ली तो अख़्तर के केश खुलकर इधर-उधर बिखर गये।

अख़्तर ने भिन्ना कर पगड़ी छीनी और फिर सिर को एक हाथ से टटोलते हुए वह ज़मीन पर लेट गया और जोर-जोर से रोते हुए बोला, "मेरा कंघा लाओ, तुमने मेरा कंघा ले लिया है। दे दो वर्ना मैं तुम्हें मार दूँगा।"

एकदम दोनों सिपाही ज़मीन पर 'धप्' से गिरे और राइफलों को कन्धे से लगाकर जैसे निशाना बाँधने लगे।

'हाल्ट' एक ने पुकारा और जैसे जवाब का इन्तज़ार करने लगा। फिर बढ़ते हुए उजाले में उन्होंने एक-दूसरे की तरफ देखा...और एक ने फायर कर दिया। अख़्तर फायर की आवाज़ से दहल कर रह गया और सिपाहियों को एक तरफ भागता देखकर वह भी रोता-चिल्लाता हुआ उनके पीछे भागा।

सिपाही जब एक जगह जाकर रुके तो परमेशर सिंह अपनी जाँघ पर कसकर पगड़ी बाँध चुका था। मगर ख़ून उसकी पगड़ी की सैकड़ों परतों में से भी फूट आया था और वह कह रहा था, "मुझे क्यों मारा? मैं तो अख़्तर के केश काटना भूल गया था। मैं तो अख़्तर को उसका धर्म वापस देने आया था यारो।"

दूर अख़्तर भागा आ रहा था और उसके केश हवा में उड़ रहे थे।

*(उर्दू कहानी : अनुवाद : नन्दकिशोर विक्रम)*

# शरणदाता

अज्ञेय

"यह कभी हो ही नहीं सकता, देविन्दरलाल जी!"

रफ़ीकुद्दीन वकील की वाणी में आग्रह था, चेहरे पर आग्रह के साथ चिन्ता और व्यथा का भाव। उन्होंने फिर दुहराया, "यह कभी नहीं हो सकता देविन्दरलाल जी!"

देविन्दरलाल ने उनके इस आग्रह को जैसे क़बूलते हुए, पर अपनी लाचारी जताते हुए कहा, "सब लोग चले गये। आपसे मुझे कोई डर नहीं बल्कि आपका तो सहारा है, लेकिन आप जानते हैं, जब एक बार लोगों को डर जकड़ लेता है और भगदड़ पड़ जाती है, तब फिजा ही कुछ और हो जाती है। हर कोई हर किसी को शुबहे की नज़र से देखता है, और खामखाह दुश्मन हो जाता है। आप तो मुहल्ले के सरवरा हैं, पर बाहर से आने-जाने वालों का क्या ठिकाण है? आप तो देख ही रहे हैं, कैसी-कैसी वारदातें हो रही हैं..."

रफ़ीकुद्दीन ने बात काटते हुए कहा, "नहीं साहब, हमारी नाक कट जाएगी। कोई बात है भला कि आप घर-बार छोड़कर अपने ही शहर में पनाहगर्जी हो जाएँ? हम तो आपको जाने न देंगे—बल्कि जबरदस्ती रोक लेंगे। मैं तो इसे मेजारटी का फर्ज मानता हूँ कि वह माइनारिटी की हिफ़ाज़त करे और उन्हें घर छोड़-छोड़कर भागने न दे। हम पड़ोसी की हिफ़ाज़त न कर सके तो मुल्क की हिफ़ाज़त क्या खाक करेंगे! और मुझे पूरा यक़ीन है कि बाहर की तो खैर बात ही क्या, पंजाब में ही कई हिन्दू भी, जहाँ उनकी बहुतायत है, ऐसा ही सोच और कर रहे होंगे। आप न जाइए, न जाइए। आपकी हिफ़ाज़त की जिम्मेदारी मेरे सिर, बस?"

देविन्दरलाल के पड़ोस के हिन्दू परिवार धीरे-धीरे एक-एक करके खिसक गये थे। होता यह कि दोपहर-शाम जब कभी साक्षात् होता, देविन्दरलाल पूछते, "कहो लालाजी (या बाऊजी या पंडजी), क्या सलाह बणायी है आपने? और वे उत्तर देते, 'जी सलाह क्या बणणी है, यहीं रह रहे हैं, देखी जाएगी—' पर शाम को

या अगले दिन सवेरे देविन्दरलाल देखते कि वे चुपचाप ज़रूरी सामान लेकर कहीं खिसक गये हैं, कोई लाहौर से बाहर, कोई लाहौर में ही हिन्दुओं के मुहल्ले में। और अन्त में यह परिस्थिति आ गयी थी कि अब उनके दाहिनी ओर चार मकान खाली छोड़कर एक मुसलमान गूजर का अहाता पड़ता था जिसमें एक ओर गूजर की भैंसें और दूसरी ओर कई छोटे-मोटे मुसलमान कारीगर रहते थे, बायीं ओर भी देविन्दर और रफ़ीकुद्दीन के मकानों के बीच के मकान खाली थे और रफ़ीकुद्दीन के मकान के बाद मोजंग का अड्डा पड़ता था, जिसके बाद तो विशुद्ध मुसलमान बस्ती थी। देविन्दरलाल और रफ़ीकुद्दीन में पुरानी दोस्ती थी, और एक-एक आदमी के जाने पर उनमें चर्चा होती थी। अन्त में जब एक दिन देविन्दरलाल ने जताया कि वे भी चले जाने की बात पर विचार कर रहे हैं तब रफ़ीकुद्दीन को धक्का लगा और उन्होंने व्यथित स्वर में कहा, "देविन्दरलाल जी, आप भी!"

रफ़ीकुद्दीन का आश्वासन पाकर देविन्दरलाल रह गये। तब यह तय हुआ कि अगर खुदा न करे कोई खतरे की बात हुई ही, तो रफ़ीकुद्दीन उन्हें पहले ख़बर भी कर देंगे और हिफ़ाज़त का इन्तज़ाम भी कर देंगे—चाहे जैसे हो। देविन्दरलाल की स्त्री तो कुछ दिन पहले ही जालन्धर मायके गयी हुई थी, उसे लिख दिया गया कि अभी न आये, वहीं रहे। रह गये देविन्दर और उनका पहाड़िया नौकर सन्तू।

किन्तु यह व्यवस्था बहुत दिन नहीं चली। चौथे ही दिन सवेरे उठकर उन्होंने देखा, सन्तू भाग गया है। अपने हाथों चाय बनाकर उन्होंने पी, धोने को बर्तन उठा रहे थे कि रफ़ीकुद्दीन ने आकर खबर दी, सारे शहर में मारकाट हो रही है और थोड़ी देर में मोजंग में भी हत्यारों के गिरोह बँध-बँधकर निकलेंगे। कहीं जाने का समय नहीं है, देविन्दरलाल अपना जरूरी और कीमती सामान ले लें और उनके साथ उनके घर चले चलें। यह बला टल जाए तो फिर घर लौट आवेंगे...

'कीमती' सामान कुछ था नहीं। गहना-छल्ला सब स्त्री के साथ जालन्धर चला गया था, रुपया थोड़ा-बहुत बैंक में था, और ज्यादा फैलाव कुछ उन्होंने किया नहीं था। यों गृहस्थ को अपनी गिरिस्ती की हर चीज़ कीमती मालूम होती है...देविन्दरलाल घंटे भर बाद ट्रंक-बिस्तर के साथ रफ़ीकुद्दीन के यहाँ जा पहुँचे।

तीसरे पहर उन्होंने देखा, हुल्लड़ मोजंग में आ पहुँचा है। शाम होते-होते उनकी निर्निगेष आँखों के सामने ही उनके घर का ताला तोड़ा गया और जो कुछ था लुट गया। रात को जहाँ-तहाँ लपटें उठने लगीं और भादों की उमस धुआँ खाकर और भी गलघोंटू हो गयी...

रफ़ीकुद्दीन भी आँखों में पराजय लिए चुपचाप देखते रहे। केवल एक बार उन्होंने कहा, "यह दिन भी था देखने को—और आज़ादी के नाम पर! या अल्लाह!"

लेकिन ख़ुदा जिसे घर से निकालता है, उसे फिर गली में भी पनाह नहीं देता।

देविन्दरलाल घर से बाहर तो निकल ही न सकते, रफ़ीकुद्दीन ही आते-लाते। काम करने का तो वातावरण ही नहीं था, वे घूम-घाम आते, बाजार कर आते, और शहर की खबर ले आते, देविन्दर को सुनाते और फिर दोनों बहुत देर तक देश के भविष्य पर आलोचना किया करते। देविन्दर ने पहले तो लक्ष्य नहीं किया, लेकिन बाद में पहचानने लगा कि रफ़ीकुद्दीन की बातों में कुछ चिन्ता का और कुछ एक और पीड़ा का भी स्वर है जिसे वह नाम नहीं दे सकता—थकान? उदासी? विरक्ति? पराजय? न जाने...

शहर तो वीरान हो गया था। जहाँ-तहाँ लाशें सड़ने लगीं, घर लुट चुके थे और अब जल रहे थे। शहर के एक नामी डाक्टर के पास कुछ प्रतिष्ठित लोग गये थे यह प्रार्थना लेकर कि वे मुहल्लों में जावें, उनकी सब लोग इज़्ज़त करते हैं, इसलिए उनके समझाने का असर होगा और मरीज भी वे देख सकेंगे। वे दो मुसलमान नेताओं के साथ निकले। दो-तीन मुहल्ले घूमकर मुसलमानों की बस्ती में एक मरीज को देखने के लिए स्टेथेस्कोप निकालकर मरीज पर झुके ही थे कि मरीज के ही एक रिश्तेदार ने पीठ में छुरा भोंक दिया...

हिन्दू मुहल्ले में रेलवे के एक कर्मचारी ने बहुत-से निराश्रितों को अपने घर में जगह दी थी जिनके घर-बार सब लुट चुके थे। पुलिस को उसने ख़बर दी थी कि ये निराश्रित उसके घर टिके हैं, हो सके तो उनके घरों और माल की हिफ़ाज़त की जाये। पुलिस ने आकर शरणागतों के साथ उसे और उसके घर की स्त्रियों को गिरफ़्तार कर लिया और ले गयी! पीछे घर पर हमला हुआ, लूट हुई और घर में आग लगा दी गयी। तीन दिन बाद उसे और उसके परिवार को थाने से छोड़ा गया और हिफाजत के लिए हथियारबन्द पुलिस के दो सिपाही साथ किये गये। थाने से पचास कदम के फ़ासले पर पुलिसवालों ने अचानक बन्दूक उठाकर उस पर और उसके परिवार पर गोली चलायी। वह और तीन स्त्रियाँ मारी गयीं। उसकी माँ और स्त्री घायल होकर गिर गयीं और सड़क पर पड़ी रहीं...

विषाक्त वातावरण, द्वेष और घृणा की चाबुक से तड़फड़ाते हुए हिंसा के घोड़े, विष फैलाने को सम्प्रदायों के अपने संगठन, और उसे भड़काने को पुलिस और नौकरशाही! देविन्दरलाल को अचानक लगता कि वह और रफ़ीकुद्दीन ही गलत हैं जो कि बैठे हुए हैं, जबकि सब कुछ भड़क रहा है, उफन रहा है, झुलस और जल रहा है...और वे लक्ष्य करते कि वह अस्पष्ट स्वर जो वे रफ़ीकुद्दीन की बातों में पाते थे, धीरे-धीरे कुछ स्पष्ट होता जाता है—एक लज्जित-सी रुखाई का स्वर...

हिन्दुस्तान-पाकिस्तान की अनुमानित सीमा के पास के एक गाँव में कई सौ मुसलमानों ने सिक्खों के गाँव में शरण पायी। अन्त में जब आसपास के गाँव के और अमृतसर शहर के लोगों के दबाव ने उस गाँव में उनके लिए फिर आसन्न संकट की स्थिति पैदा कर दी, तब गाँव के लोगों ने अपने मेहमानों को अमृतसर स्टेशन पहुँचाने का निश्चय किया जहाँ से वे सुरक्षित मुसलमान इलाके में जा सकें, और दो-ढाई सौ आदमी किरपानें निकालकर उन्हें घेरे में लेकर स्टेशन पहुँचा आये—किसी को कोई क्षति नहीं पहुँची...

घटना सुनाकर रफ़ीकुद्दीन ने कहा, "आखिर तो लाचारी होती है। अकेले इनसान को झुकना ही पड़ता है। वहाँ तो पूरा गाँव था, फिर भी उन्हें हारना पड़ा। लेकिन आखिर तक उन्होंने निबाहा, इसकी दाद देनी चाहिए। उन्हें पहुँचा आये..."

देविन्दरलाल ने हामी भरी। लेकिन सहसा पहला वाक्य उनके स्मृतिपटल पर उभर आया, "आखिर तो लाचारी होती है—अकेले इनसान को झुकना ही पड़ता है!"

उन्होंने एक तीखी नज़र से रफ़ीकुद्दीन की ओर देखा, पर वे कुछ बोले नहीं।

अपराह्न में छः-सात आदमी रफ़ीकुद्दीन से मिलने आये। रफ़ीकुद्दीन ने उन्हें अपने बैठक में ले जाकर दरवाज़े बन्द कर लिये। डेढ़-दो घंटे तक बातें हुईं। सारी बात प्रायः धीरे-धीरे ही हुई, बीच-बीच में कोई स्वर ऊँचा उठ जाता और एक-आध शब्द देविन्दरलाल के कान में पड़ जाता—'बेवकूफ़ी', 'गद्दारी', 'इस्लाम',...वाक्यों को पूरा करने की कोशिश उन्होंने आयासपूर्वक नहीं की। दो घंटे बाद जब उनको विदा करके रफ़ीकुद्दीन बैठक से निकलकर आये, तब भी उनसे लपककर पूछने की स्वाभाविक प्रेरणा को उन्होंने दबाया। पर जब रफ़ीकुद्दीन उनकी ओर खिंचा हुआ चेहरा झुकाये, उनकी बगल से निकलकर बिना एक शब्द कहे भीतर जाने लगे तब उनसे न रहा गया और उन्होंने आग्रह के स्वर में पूछा, "क्या बात है रफ़ीक साहब, खैर तो है?"

रफ़ीकुद्दीन ने मुँह उठाकर एक बार उनकी ओर देखा, बोले नहीं। फिर आँखें झुका लीं।

अब देविन्दरलाल ने कहा, "मैं समझता हूँ। मेरी वजह से आपको जलील होना पड़ रहा है और खतरा उठाना पड़ रहा है सो अलग। लेकिन आप मुझे जाने दीजिए। मेरे लिए आप जोख़िम में न पड़ें। आपने जो कुछ किया है उसके लिए मैं बहुत शुक्रगुज़ार हूँ। आपका एहसान..."

रफ़ीकुद्दीन ने दोनों हाथ देविन्दरलाल के कन्धों पर रख दिये। कहा, "देविन्दरलाल जी!" उनकी साँस तेज़ चलने लगी। फिर वह सहसा भीतर चले गये।

लेकिन खाने के वक्त देविन्दरलाल ने फिर सवाल उठाया। बोले, "आप खुशी से न जाने देंगे तो मैं चुपचाप खिसक जाऊँगा। आप सच-सच बतलाइए आपसे उन्होंने क्या कहा?"

"धमकियाँ देते रहे और क्या?"

"फिर भी, क्या धमकी आख़िर..."

"धमकी को भी 'क्या' होती है क्या? उन्हें शिकार चाहिए...हल्ला करके न मिलेगा तो आग लगाकर लेंगे।"

"ऐसा! तभी तो मैं कहता हूँ, मैं चला। मैं इस वक्त अकेला आदमी हूँ, कहीं निकल ही जाऊँगा। आप घर-बार वाले आदमी—ये लोग तो सब तबाह कर डालने पर तुले हैं।"

"गुंडे हैं बिलकुल!"

"मैं आज ही चला जाऊँगा..."

"यह कैसे हो सकता है? आखिर आपको चले जाने से हमीं ने रोका था, हमारी भी तो कुछ ज़िम्मेदारी है..."

"आपने भला चाहकर ही रोका था—उससे आगे कोई ज़िम्मेदारी नहीं है..."

"आप जाएँगे कहाँ..."

"देखा जाएगा..."

"नहीं, यह नामुमकिन बात है।"

किन्तु बहस के बाद तय हुआ यही कि देविन्दरलाल वहाँ से टल जाएँगे। रफ़ीकुद्दीन और कहीं पड़ोस में उनके एक और मुसलमान दोस्त के यहाँ छिपकर रहने का प्रबन्ध कर देंगे—वहाँ तकलीफ तो होगी पर खतरा नहीं होगा क्योंकि देविन्दरलाल घर में नहीं रहेंगे। वहाँ पर रहकर जान की हिफाजत तो रहेगी, तब तक कुछ और उपाय सोचा जाएगा निकलने का...

देविन्दरलाल शेख अताउल्लाह के अहाते के अन्दर पिछली तरफ पेड़ों के झुरमुट की आड़ में बनी हुई एक गैराज में पहुँच गये। ठीक गैराज में तो नहीं, गैराज की बगल में एक कोठरी थी जिसके सामने दीवारों से घिरा हुआ एक छोटा-सा आँगन था। पहले शायद यह ड्राइवर के रहने के काम आती हो। कोठरी में ठीक सामने और गैराज की तरफ के किवाड़ों को छोड़कर खिड़की वगैरह नहीं थी। एक तरफ एक खाट पड़ी थी, आले में एक लोटा। फर्श कच्चा, मगर लिपा हुआ। गैराज के बाहर लोहे की चादर का मज़बूत फाटक था, जिसमें ताला पड़ा था। फाटक के अन्दर ही कच्चे फर्श में एक गढ़ा-सा खुदा हुआ था जिसकी एक ओर चूना मिली

मिट्टी का ढेर और एक मिट्टी का लोटा देखकर गढ़े का उपयोग समझते देर न लगी।

देविन्दरलाल का ट्रंक और बिस्तर जब कोठरी के कोने में रख दिया गया और बाहर आँगन का फाटक बन्द करके उसमें भी ताला लगा दिया गया, तब थोड़ी देर वे हतबुद्धि खड़े रहे। यह है आज़ादी! पहले विदेशी सरकार लोगों को कैद करती थी कि वे आजादी के लिए लड़ना चाहते थे, अब अपने ही भाई अपनों को तहनाई क़ैद दे रहे हैं क्योंकि वे आज़ादी के लिए ही लड़ाई रोकना चाहते हैं! फिर मानव प्राणी का स्वाभाविक वस्तुवाद जागा और उन्होंने गैराज-कोठरी-आँगन का निरीक्षण इस दृष्टि से आरम्भ किया कि क्या-क्या सुविधाएँ वे अपने लिए कर सकते हैं।

गैराज ठीक है, थोड़ी-सी दुर्गन्ध होगी, ज्यादा नहीं, बीच का किवाड़ बन्द रखने से कोठरी में नहीं आएगी। नहाने का कोई सवाल ही नहीं—पानी शायद मुँह-हाथ धोने को काफी हो जाया करेगा...

कोठरी...ठीक है। रोशनी नहीं है, पढ़ने-लिखने का सवाल नहीं उठता। पर कामचलाऊ रोशनी आँगन से प्रतिबिम्बित होकर आ जाती है क्योंकि आँगन की एक ओर सामने के मकान की कोने वाली बत्ती से रोशनी पड़ती है। बल्कि आँगन में इस जगह खड़े होकर शायद कुछ पढ़ा भी जा सके। लेकिन पढ़ने को है ही कुछ नहीं, यह तो ध्यान ही न रहा था।

देविन्दरलाल फिर ठिठक गये। सरकारी कैद में तो गा-चिल्ला भी सकते हैं, यहाँ तो चुप रहना होगा!

उन्हें याद आया, उन्होंने पढ़ा है, जेल में लोग चिड़िया, कबूतर, गिलहरी, बिल्ली आदि से दोस्ती करके अकेलापन दूर करते हैं, यह भी न हो तो कोठरी में मकड़ी-चींटा आदि का अध्ययन करके...उन्होंने एक बार चारों ओर नज़र दौड़ाई। मच्छरों से भी बन्धुभाव हो सकता है, यह उनका मन किसी तरह नहीं स्वीकार कर पाया।

वे आँगन में खड़े होकर आकाश देखने लगे। आज़ाद देश का आकाश! और नीचे से, अभ्यर्थना में—जलते हुए घरों का धुआँ! धूपेन धापयामः। लाल चन्दन—रक्त चन्दन...

अचानक उन्होंने आँगन की दीवार पर एक छाया देखी—एक बिलार! उन्होंने बुलाया, 'आओ, आओ' पर वह वहीं बैठा स्थिर दृष्टि से ताकता रहा।

जहाँ बिलार आता है, वहाँ अकेलापन नहीं है। देविन्दरलाल ने कोठरी में जाकर बिस्तरा बिछाया और थोड़ी देर में निर्द्वन्द्व भाव से सो गये।

दिन छिपे के वक्त केवल एक बार खाना आता था। यों वह दो वक्त के लिए काफी होता था। उसी समय कोठरी और गैराज के लोटे भर दिए जाते थे। लाता था

एक जवान लड़का, जो स्पष्ट ही नौकर नहीं था, देविन्दरलाल ने अनुमान किया कि शेख साहब का लड़का होगा। वह बोलता बिलकुल नहीं था। देविन्दरलाल ने पहले दिन पूछा था कि शहर का क्या हाल है तो उसने एक अजनबी दृष्टि से उन्हें देख लिया था। फिर पूछा कि अभी अमन हुआ है या नहीं? तो उसने नकारात्मक सिर हिला दिया था। और सब ख़ैरियत? तो फिर हिलाया था—हाँ।

देविन्दरलाल चाहते तो खाना दूसरे वक्त के लिए रख सकते थे, पर एक बार आता है तो एक बार ही खा लेना चाहिए, यह सोचकर वे डटकर खा लेते थे और बाकी बिलार को दे देते थे। बिलार खूब हिल गया था, आकर गोद में बैठ जाता और खाता रहता, फिर हड्डी-वड्डी लेकर आँगन के कोने में बैठकर चबाता रहता या ऊब जाता तो देविन्दरलाल के पास आकर घुरघराने लगता।

इस तरह शाम कट जाती थी, रात घनी हो आती थी। तब वे सो जाते थे। सुबह उठकर आँगन में कुछ वरजिश कर लेते थे कि शरीर ठीक रहे, बाकी दिन कोठरी में बैठे कभी कंकड़ों से खेलते, कभी आँगन की दीवार पर बैठने वाली गौरैया देखते, कभी दूर से कबूतर की गुटर-गूँ सुनते—और कभी सामने के कोने से शेखजी के घर के लोगों की बातचीत भी सुन पड़ती। अलग-अलग आवाज़ें वे पहचानने लगे थे, और तीन-चार दिन में ही वे घर के भीतर के जीवन और व्यक्तियों से परिचित हो गये थे। एक भारी-सी जनानी आवाज़ थी—शेख साहब की बीवी की, एक और तीखी जनानी आवाज़ थी जिसके स्वर में वय का खुरदरापन था—घर की कोई और बुजुर्ग स्त्री, एक विनीत युवा स्वर था जो प्रायः पहली आवाज़ की 'जैबू! नी जैबू!' पुकार के उत्तर में बोलता था और इसलिए शेख साहब की लड़की जेबुन्निसा का स्वर था। दो मर्दानी आवाज़ें भी सुन पड़ती थीं—एक तो आबिद मियाँ की, जो शेख साहब का लड़का हुआ, और जो इसलिए वही लड़का है जो खाना लेकर आता है, और एक बड़ी भारी और चरबी से चिकनी आवाज़ जो शेख साहब की आवाज़ है। इस आवाज़ को देविन्दरलाल सुन तो सकते लेकिन इसकी बात के शब्दाकार कभी पहचान में न आते—दूर से तीखी आवाज़ों के बोल ही स्पष्ट समझ आते हैं।

जैबू की आवाज़ से देविन्दरलाल का लगाव था। घर की युवती लड़की की आवाज़ थी, इस स्वाभाविक आकर्षण से ही नहीं, वह विनीत थी, इसलिए। मन-ही-मन वे जेबुन्निसा के बारे में अपने ऊहापोह को रोमानी खिलवाड़ कहकर अपने को थोड़ा झिड़क भी लेते थे, पर अकसर वे यह भी सोचते थे कि क्या यह आवाज़ भी लोगों में फिरकापरस्ती का जहर भरती होगी? सकती होगी? शेख साहब पुलिस के किसी दफ्तर मे शायद हेड क्लर्क हैं। देविन्दरलाल को यहाँ लाते समय रफ़ीकुद्दीन ने यही कहा था कि पुलिसियों का घर तो सुरक्षित होता है, वह बात

ठीक भी है, लेकिन सुरक्षित होता है इसलिए शायद बहुत-से उपद्रवों की जड़ भी होता है। ऐसे घर में सभी लोग जहर फैलाने वाले हों तो अचम्भा क्या...

लेकिन खाते वक्त भी वे सोचते, खाने में कौन-सी चीज़ किस हाथ की बनी होगी! परोसा किसने होगा! सुनी बातों से वे जानते थे कि पकाने में बड़ा हिस्सा तो उस तीखी खुरदरी आवाज़ वाली स्त्री का रहता था, पर परोसना शायद जेबुन्निसा के ही ज़िम्मे था। और यही सब सोचते-सोचते देविन्दरलाल खाना खाते और कुछ ज़्यादा ही खा लेते थे...

खाने में बड़ी-बड़ी मुसलमानी रोटियों के बजाय छोटे-छोटे हिन्दू फुलके देखकर देविन्दरलाल के जीवन की एकरसता में थोड़ा-सा परिवर्तन आया। मांस तो था, लेकिन आज रबड़ी भी थी जबकि पीछे मीठे के नाम एक-आध बार शाह टुकड़ा और एक बार फिरनी आयी थी। आबिद जब खाना रखकर चला गया, तब देविन्दरलाल क्षण-भर उसे देखते रहे। उनकी उँगलियाँ फुलकों से खेलने-सी लगीं—उन्होंने एकाध को उठाकर फिर रख दिया, पल-भर के लिए अपने घर का दृश्य उनकी आँखों के आगे दौड़ गया। उन्होंने फिर दो-एक फुलके उठाये और फिर रख दिये।

हठात् वे चौंके।

तीन-एक फुलकों की तह के बीच में कागज की एक पुड़िया-सी पड़ी थी।

देविन्दरलाल ने पुड़िया खोली।

पुड़िया में कुछ नहीं था।

देविन्दरलाल उसे फिर गोल करके फेंक देनेवाले ही थे कि हाथ ठिठक गया। उन्होंने कोठरी से आँगन में जाकर कोने में पंजों पर खड़े होकर बाहर की रोशनी में पुर्जा देखा, उस पर कुछ लिखा था। केवल एक सतर :

"खाना कुत्ते को खिलाकर खाइएगा।"

देविन्दरलाल ने काग़ज़ की चिन्दियाँ की। चिन्दियों को मसला। कोठरी से गैराज में जाकर उसे गड्ढे में डाल दिया। फिर आँगन में लौट आये और टहलने लगे।"

मस्तिष्क ने कुछ नहीं कहा। सन्न रहा। केवल एक नाम उसके भीतर खोया-सा चक्कर काटता रहा, जैबू...जैबू...जैबू...

थोड़ी देर बाद वह फिर खाने के पास जाकर खड़े हो गये।

यह उनका खाना है—देविन्दरलाल का। मित्र के नहीं, तो मित्र के मित्र के यहाँ से आया है और उनके मेजबान के, उनके आश्रयदाता के।

जैबू के।

जैबू के पिता के।

कुत्ता यहाँ-कहाँ है?

देविन्दरलाल टहलने लगे।

आँगन की दीवार पर छाया सरकी। बिलार बैठा था।

देविन्दरलाल ने बुलाया। वह लपककर कन्धे पर आ रहा। देविन्दरलाल ने उसे गोद में लिया और पीठ सहलाने लगे। वह घुरघुराने लगा। देविन्दरलाल कोठरी में गये। थोड़ी देर बिलार को पुकारते रहे, फिर धीरे-धीरे बोले, ''देखो बेटा, तुम मेरे मेहमान, मैं शेख साहब का, है न? वे मेरे साथ जो करना चाहते हैं, वही मैं तुम्हारे साथ करना चाहता हूँ। चाहता नहीं हूँ, पर करने जा रहा हूँ। वे भी चाहते हैं कि नहीं, पता नहीं, यही तो जानना है। इसीलिए तो मैं तुम्हारे साथ वह करना चाहता हूँ जो मेरे साथ वे पता नहीं चाहते हैं कि नहीं...नहीं, सब बात गड़बड़ हो गयी। अच्छा, रोज मेरी जूठन तुम खाते हो, आज तुम्हारी मैं खाऊँगा। हाँ, यही ठीक है। लो खाओ...''

बिलार ने मांस खाया। हड्डी झपटना चाहता था, पर देविन्दरलाल ने उसे गोदी में लिये-लिये ही रबड़ी खिलायी—वह सब चाट गया। देविन्दरलाल उसे गोदी में लिये सहलाते रहे।

जानवरों में तो सहज ज्ञान होता है खाद्य-अखाद्य का, नहीं तो वे बचते कैसे? सब जानवरों में होता है, और बिल्ली तो जानवरों में शायद सबसे अधिक ज्ञान के सहारे जीने वाली है, तभी तो कुत्ते की तरह पलती नहीं...बिल्ली जो खा ले वह सर्वथा खाद्य है—यों बिल्ली सड़ी मछली खा ले जिसे इनसान न खाये वह और बात है...

सहसा बिलार जोर से गुस्से से चीखा और उछलकर गोद से बाहर जा कूदा, चीखता-गुर्राता-सा कूदकर दीवार पर चढ़ा और गैराज की छत पर जा पहुँचा। वहाँ से थोड़ी देर तक उनके कानों में अपने-आपसे ही लड़ने की आवाज़ आती रही। फिर धीरे-धीरे गुस्से का स्वर दर्द के स्वर में परिणत हुआ, फिर एक करुण रिरियाहट में, एक दुर्बल चीख में, एक बुझती हुई-सी कराह में, फिर एक सहसा चुप हो जानेवाली लम्बी साँस में...

मर गया...

देविन्दरलाल फिर खाने को देखने लगे। वह कुछ साफ-साफ दीखता हो सो नहीं, पर देविन्दरलाल जी की आँखें निस्पन्द उसे देखती रहीं।

आजादी। भाईचारा। देश—राष्ट्र...

एक ने कहा कि हम जोर करके देखेंगे और रक्षा करेंगे, पर घर से निकाल दिया। दूसरे ने आश्रय दिया, और विष दिया।

और साथ में चेतावनी, कि विष दिया जा रहा है।

देविन्दरलाल का मन ग्लानि से उमड़ आया। इस धक्के को राजनीति की

भुरभुरी रेत की दीवार के सहारे नहीं, दर्शन के सहारे ही झेला जा सकता था।

उन्होंने खाना उठाकर बाहर आँगन में रख दिया। दो घूँट पानी पिया। फिर टहलने लगे।

तनिक देर बाद उन्होंने आकर ट्रंक खोला। एक बार सरसरी दृष्टि से सब चीजों को देखा, फिर ऊपर के खाने में से दो-एक काग़ज़, दो-एक फोटो, एक सेविंग बैंक की पासबुक और एक बड़ा-सा लिफ़ाफ़ा निकालकर, एक काले शेरवानी-नुमा कोट की जेब में रखकर कोट पहन लिया। आँगन में आकर एक क्षणभर कान लगाकर सुना।

फिर वे आँगन की दीवार पर चढ़कर बाहर फाँद गये और बाहर सड़क पर निकल आये—वे स्वयं नहीं जान सके कि कैसे।

इसके बाद की घटना, घटना नहीं है। घटनाएँ सब अधूरी होती हैं। पूरी तो कहानी होती है। कहानी की संगति मानवीय तर्क या विवेक या कला या सौन्दर्य-बोध की बनायी हुई संगति है, इसलिए मानव को दीख जाती है और वह पूर्णता का आनन्द पा लेता है। घटना की संगति मानव पर किसी शक्ति की—कह लीजिए काल या प्रकृति या संयोग या दैव या भगवान की—बनायी हुई संगति है। इसलिए मानव को सहसा नहीं भी दीखती। इसलिए इसके बाद जो कुछ हुआ और जैसे हुआ वह बताना जरूरी नहीं। इतना बताने से काम चल जाएगा कि डेढ़ महीने बाद अपने घर का पता लेने के लिए देविन्दरलाल अपना पता देकर दिल्ली रेडियो से अपील करवा रहे थे तब एक दिन उन्हें लाहौर की मुहरवाली एक छोटी-सी चिट्ठी मिली थी :

''आप बचकर चले गये, इसके लिए ख़ुदा का लाख-लाख शुक्र है। मैं मनाती हूँ कि रेडियो पर जिनके नाम आपने अपील की है, वे सब सलामती से आपके पास पहुँच जाएँ। अब्बा ने जो किया या करना चाहा उसके लिए मैं माफी माँगती हूँ और यह भी याद दिलाती हूँ कि उसकी काट मैंने ही कर दी थी। अहसान नहीं जताती—मेरा कोई अहसान आप पर नहीं है—सिर्फ यह इल्तजा करती हूँ कि आपके मुल्क में अकलीयत का कोई मजलूम हो तो याद कर लीजिएगा। इसलिए नहीं कि वह मुसलमान है, इसलिए कि आप इनसान हैं। ख़ुदा हाफिज़।''

देविन्दरलाल की स्मृति में शेख अताउल्लाह की चरबी से चिकनी भारी आवाज़ गूँज गयी, 'जैबू ! जैबू!' और फिर गैराज की छत पर छटपटा कर धीरे-धीरे शान्त होनेवाले बिलार की वह दर्द-भरी कराह, जो केवल एक लम्बी साँस बनकर चुप हो गयी थी।

उन्होंने चिट्ठी की छोटी-सी गोली बनाकर चुटकी से उड़ा दी।

*(हिन्दी कहानी)*

# सीढ़ियाँ

## इन्तज़ार हुसैन

बशीर भाई डेढ़-दो मिनट नितान्त चुप बैठे रहे। यहाँ तक कि अख्तर को बेकली बल्कि फ़िक्र-सी होने लगी। उन्होंने धीरे से एक ठंडा साँस लिया और ज़रा हिले-डुले तो अख्तर की जान में जान आयी मगर साथ में ही यह धड़का कि न जाने उनकी ज़बान से क्या निकले।

''वक्त क्या था?''

''वक्त?'' अख्तर सोच में पड़ गया। ''वक्त का तो ध्यान नहीं है।''

''वक्त का ध्यान रखना चाहिए।'' बशीर भाई उसी गम्भीर लहजे में बोले, ''उसके बगैर तो बात ही पूरी नहीं होती। अव्वले शब (रात का प्रारिम्भक समय) है तो ऐसी फ़िक्र की बात नहीं, शैतानी। शब (रात्रि बुरे विचार) आते हैं जिनकी बुनियाद नहीं। आखिरे-शब (रात का अन्तिम भाग) है तो सदका। दान दे देना चाहिए।''

अख्तर का दिल धड़कने लगा था। रज़ी उसी तरह खामोश था। बस आँखों में आश्चर्य की कैफ़ियत ज़्यादा गहरी हो गयी थी।

''मेरी आदत है कि वक्त जरूर देख लेता हूँ,'' बशीर भाई की आवाज़ अब ज़रा जाग चुकी थी, ''और फिर अपना तो ऐसा किस्सा है कि कुछ होना होता है तो जरूर पहले दिख जाता है। और हमेशा तड़के में आँख पट से खुल जाती है। लगता है कि अभी जागते में कुछ देखा था...यहाँ जब मैं आया हूँ तो कई महीने हैरान-परेशान फिरता रहा। बड़ा परेशान। बेहतरी की कोई सूरत न निकले। ख़ैर! एक रोज़ क्या देखता हूँ कि नाना मरहूम हैं, मस्जिद से निकले हैं, हाथ में पेड़ों का दौना है, ताज़ा हरे पत्ते का दौना। दौने में से एक पेड़ा लिया है और मुझे दे रहे हैं...पट से आँख खुल गयी...सुबह की अज़ान हो रही थी। उठा, वजू किया और नमाज को खड़ा हो गया...यह समझ लो कि तीसरे दिन नौकरी मिल गयी।''

रज़ी और अख़्तर बड़ी तन्मयता से सुन रहे थे। सैयद उसी तरह उनकी

चारपाइयों की तरफ करवट लिये आँखें बन्द किये लेटा था और सोने की कोशिश कर रहा था।

"बशीर भाई", अख़्तर बोला, "मुझे तो मुर्दे बहुत ही दीखते है। यह क्या बात है?"

"मुर्दे को देखना बरकत की निशानी है। उम्र ज्यादा होती है।"

"मगर...यह...?" अख़्तर झिझक गया।

"हाँ, इसकी सूरत ज़रा मुख़्तलिफ हो गयी है," बशीर भाई अपने लहजे से यह साबित कर रहे थे कि कोई बहुत ज़्यादा फ़िक्र की बात नहीं है। "मुर्दे को साथ ख़ाते देखना कुछ अच्छा नहीं...अकाल की निशानी है।" बशीर भाई चुप होते होते फिर बोले, और अबके कुछ ऊँची आवाज़ में, "मगर तुम्हें तो वक़्त का पता नहीं। बे-वक़्त ख़्वाब पर ऐतबार नहीं करना चाहिए। एहतियातन सदका दे दो।"

सैयद ने झुँझलाहट से करवट ली और उठकर बैठ गया। "यारों तुम कमाल लोग हो। और अख़्तर तो, मैं जानूँ, सोता ही नहीं। आधी रात तक ख्वाब बयान करता है, आधी रात के बाद ख़्वाब देखने शुरू करता है। क्यों भई अख्तर, तुझे सोने को घड़ी दो घड़ी मिल जाती है?"

अख़्तर गरमाये हुए लहजे में बोला, "अजब आदमी हो, हर बात को मज़ाक में लेते हो।"

"अजब आदमी तो तुम हो, रोज ख़्वाब देखते हो। आखिर मैं भी तो हूँ, मुझे क्यों ख़्वाब नहीं दीखते।"

"ख़्वाब तो खैर आदमी की फ़ितरत है, सब ही को दीखते हैं, बस कम ज़्यादा की बात है," बशीर भाई कहने लगे।

"मगर मेरी फितरत कहाँ रफू चक्कर हो गयी। मुझे तो सिरे से ख़्वाब दीखता ही नहीं।"

"बिलकुल नहीं दीखता?" अख़्तर ने हैरानी से पूछा।

"जिस रोज से आया हूँ, उस रोज से तो कम-अज-कम बिलकुल नहीं दीखा।"

"हद हो गयी! सुन रहे हो बशीर भाई?"

"हद तो तुम्हारे साथ हुई है," सैयद कहने लगा, "मैं हैरान हूँ कि इस डेढ़ बालिश्त के कोठे पे तुम कैसे ख़्वाब देख लेते हो। कमाल कोठा है, चार चारपाइयों में छत छुप जाती है। रात को कभी उठना हो तो चारपाई से कदम उतारते हुए लगता है कि गली में गिर पड़ूँगा...हमारे घर की छत थी कि...," कहते-कहते रुका, फिर अहिस्ता से बोला, "गये को क्या रोना! अब तो शायद जाती हुई ईटें भी बाकी न हों।"

सैयद ने उठकर मुँडेर पर रखी हुई सुराही से पानी पिया। कहने लगा, ''पानी गर्म है। कब की भरी हुई है सुराही?''

''भरी हुई तो तीसरे पहर ही की है,'' बशीर भाई बोले, ''मगर यह ऊडी हो गयी है अब कल को कोरी सुराही लाएँगे।''

''लालटेन की बत्ती मन्दी कर दूँ?'' सैयद पूछने लगा, ''बुरी लगती है रोशनी।''

''कम कर दो और कोने में रख दो। अब थोड़ी देर में तो चाँद भी निकल आएगा,'' बशीर भाई ने जवाब दिया।

सैयद ने लालटेन को कम करते-करते हिला के देखा। ''तेल कम है, रात को गुल न हो जाए।'' वह मुँह ही मुँह में बुड़बुड़ाया और बुझती हुई बत्ती को को इक ज़रा ऊँचा कर लालटेन एक तरफ मुँडेर के नीचे रख दी। लालटेन की हलकी रोशनी एक छोटे से कोने में सिमट गयी और छत पे अँधेरा छा गया। बिस्तर यूँ रज़ी और अख़्तर की चारपाइयों पर भी थे लेकिन इस अँधेरे में सैयद का चाँदनी बिस्तर चमक रहा था। बशीर भाई की चारपाई पे बिस्तर के नाम पर बस एक दोसूती थी जो उन्होंने समेट कर तकिये की तरह सिरहाने रख ली थी और छत पे छिड़काव करते हुए एक भरा लोटा अपनी खर्री चारपाई पे छिड़क दिया था, जिसकी वजह से उनकी नंगी पीठ ही को तरी नहीं पहुँच रही थी, बल्कि भीगे बानों की सौंधी ख़ुशबू ने उनके सूँघने की शक्ति को भी सुगन्धित कर रखा था।

''बशीर भाई!'' रज़ी बहुत देर से गुमसुम बैठा था। उसने खँखार के गला साफ़ किया और फिर बोला, ''बशीर भाई, ख़्वाब में बड़ा अलम[1] देखें तो कैसा है?''

बशीर भाई ने सोचते हुए जवाब दिया, ''बहुत मुबारक है, लेकिन ख्वाब बयान करो।''

अख़्तर रज़ी की तरफ तन्मयता से ध्यान देने लगा। सैयद ने आहिस्ता से करवट बदली और दूसरी तरफ मुँह कर लिया। उसने फिर आँखें बन्द करके सोने की कोशिश शुरू कर दी थी।

''वह दिन याद है ना बशीर भाई आपको कि आप नमाज के लिए उठे थे और मुझसे पूछ रहे थे कि आज इतनी सवेरे कैसे उठ बैठे। असल में उस रात मुझे नींद ही नहीं आयी। जानें क्या हो गया, रात करवतें लेते गुजर गयी। और तरह-तरह के ख़याल वसवसे, दिल में पैदा होने लगे, सुबह के होते एक झपकी-सी आयी, क्या देखता हूँ कि...'' रज़ी की ज़बान ज़रा-ज़रा लड़खड़ाने लगी और बदन

1. करबला का प्रतीक धर्म ध्वज जिसमें शिया मुसलमान बड़ी आस्था रखते है।

में कँपकँपी-सी पैदा हुई "...कि हमारा इमामबाड़ा है। और...इमामबाड़ा है और वाँ बड़ा अलम निकल रहा है...बड़ा अलम, बिलकुल उसी तरह, वही सब्ज़ लहराता हुआ पटका, लचकता हुआ चाँदी का पंजा, ऐसा चमक रहा था। पंजा, ऐसा कि मेरी आँखों में चकाचौंध हो गयी। बस, इतने में मेरी आँख खुल गयी।"

बशीर भाई लेटे से उठकर बैठ गये थे और आँखें उन्होंने बन्द कर ली थीं। अख़्तर पे ऐसा रौब तारी हुआ था कि सारा जिस्म सकते में आ गया था। खुद रज़ी के जिस्म में अब तक एक हलकी-सी कँपकँपी बाकी थी। सैयद ने भी करवट लेकर उनकी तरफ मुँह कर लिया था। बन्द आँखें खुल गयी थीं और जहन के अँधेरे में एक छेद-सा बन रहा था कि एक किरन उससे छनकर रोशन लकीर बनाती हुई अन्दर पहुँच रही थी। अज़ाख़ाने[1] के लोबान (एक सुगन्धित गोंद) से बसे हुए अँधेरे में चमकते हुए अलम, चाँदी और सोने का सा प्रकाश देते हुए पंजे, सब्ज़ो-सुर्ख़ रेशमी पटकों के सुनहरी रूपहली गोटे से टँके हुए किनारे, बीच छत में लटका हुआ वह झमक-झमक करता हुआ झाड़, जिसमें शीशे की सफ़ेद-सफ़ेद कोनेदार अनगिनत फलियाँ लटक रही थीं, जिसकी एक टूटी हुई फली नामालूम तरीके पर जाने कहाँ से उसके पास आ गयी थी, बाहर से सफेद और एक आँख बन्द करके दूसरी आँख पे लगा के देखो तो अन्दर से सात रंग...

"बहुत अजब ख्वाब है," अख़्तर बड़बड़ाया।

"ख्वाब नहीं है," बशीर भाई हौले से बोले।

अख़्तर और रज़ी दोनों उन्हें तकने लगे।

बशीर भाई ने सवाल किया, "तुम सो गये थे या...?"

"पूरी तरह सोया भी नहीं था, बस एक झपकी-सी आयी थी।"

बशीर भाई सोच में पड़ गये। फिर आहिस्ता से बोले, "ख़्वाब नहीं था। बशारत (शुभ सूचना की आस घोषणा) हुई है।"

रज़ी खामोशी से उन्हें तकता रहा। उसकी आँखों में मानी की कैफ़ियत देर से तैर रही थी। अब अचानक खुशी की चमक लहरायी। लेकिन जल्द ही यह लहर मद्धम पड़ गयी।

और उसकी जगह चिन्ता की कैफियत ने ले ली।

"अब के बरस," वह चिन्ताग्रस्त धीमी आवाज़ में बोला, "हमारे इमामबाड़े में बड़े अलम का जुलूस नहीं निकला था।"

"क्यों?"

बशीर भाई और अख़्तर दोनों चिन्तित हो गये।

"हमारे खानदान के सब लोग तो याँ पे चले आये थे। बस मेरी माँजी वाँ रह

1. शोक गृह : जहाँ शिया मुसलमान मोहर्रम के दिनों मातम करते हैं।

गयी थीं, उन्होंने कहा था कि मरते दम तक इमामबाड़ा नहीं छोड़ूँगी। हर साल अकेली मुहर्रम का इन्तज़ाम करती थीं और बड़ा अलम उसी शान से निकलता था।''

''फिर?''

''बहुत बूढ़ी हो गयीं थीं वह। मैं पहुँच भी नहीं सका। बस...'' उसकी आवाज़ भर्रा गयी। आँखों में आँसू झलक आये।

बशीर भाई और अख़्तर के सिर झुक गये। सैयद उठ के बैठ गया था।

बशीर भाई ने ठंडा साँस लिया।

''एक घर में रहते हो और तुमने बताया भी नहीं,'' अख़्तर बहुत देर के बाद बोला।

''क्या बताता!''

बशीर भाई और अख़्तर फिर गुमसुम हो गये। उनके जहन कुछ खाली से हो गये थे।

सैयद के जहन में खिड़की-सी खुल गयी थी और किरन अँधेरे में आड़ा-तिरछा रास्ता बनाती हुई सफर कर रही थी। मुहर्रम के दस दिनों और चिहिलुम[1] के कुछ दिनों के अलावा साल भर उसमें ताला पड़ा रहता था। अनजान को जानने की ख़्वाहिश जब बहुत जोर करती तो वह चुपके-चुपके दरवाजे पे जाता, किवाड़ों की दरारों में से झाँकता, वहाँ से कुछ नज़र न आता तो किवाड़ों के जोड़ों पे पैर रख ताला लगी हुई कुंडी पकड़ दरवाजे से ऊपर वाली जाली में से झाँकता रहता। यहाँ तक कि अँधेरे में नज़र सफर करने लग पड़ती और झाड़ झिलमिल-झिलमिल करने लगता। बहुत देर हो जाती और इससे ज्यादा कुछ नज़र न आता और उसका दिल रौब खा के आप ही आप धड़कने लगता और वह आहिस्ता से उतर कर बाहर हो लेता। तहखाना, जिसकी खिड़की अँधेरिया जीने में खुलती थी, इससे भी ज्यादा अन्धकारमय था। उसके अँधेरे से उस पर रौब तारी नहीं होता था—बस डर लगता था। उसमें रहने वाला कौड़ियाला साँप अगरचे अम्मा जी बयान के मुताबिक बगैर छेड़े किसी से कुछ न कहता था। सुनते हैं एक दफा रात को जीने पे चढ़ते हुए उनका हाथ भी इस गिलगिली चीज पे पड़ गया था, मगर वह बगैर फुँकारे सड़-सड़ करता हुआ खिड़की के अन्दर घुस गया। फिर भी खिड़की में खड़े होकर जमकर तहखाने के अँधेरे का जायजा लेने की हिम्मत उसे भी न हुई। कौड़ियाले साँप को वह कभी न देख सका, लेकिन बन्दी कसमें खाती थी कि उसने अपनी आँख से उसे देखा है।

''झूटी।''

''अच्छा तो मत मान।''

---

1. करबला के शहीदों के चालीसवें की रस्म।

"खा कसम अल्ला की।"

"अल्ला की कसम"

उसे फिर भी पूरी तरह यकीन नहीं आया। "अच्छा कैसा था वह?"

"काला, काले पे सफेद कौड़ियों-सी, कौड़ियाँ...मैंने जो झाँका तो दिवाल पे चढ़ रिया था। झट से मैंने खिड़की बन्द कर ली।"

उसका दिल धड़-धड़ करने लगा। वो एक दूसरे को तकने लगे। सहमी-सहमी नज़रें धड़-धड़ करते हुए दिल सीढ़ियों पे बैठे-बैठे वो एक साथ उठ खड़े हुए और उतर कर सहन में कुएँ की पक्की मन पे जा बैठे।

दोनों कुएँ में झाँकने लगे। उजाला मद्धम पड़ते-पड़ते हलका-हलका साया बना जो गहरा होता गया, फिर बिलकुल अँधेरा हो गया। अँधेरे की तह में लहरें लेता हुआ पानी जहाँ-तहाँ बिजली की तरह चमकता और अँधेरिया होता जाता या चमकती काली पड़ती लहरों पे दो परछाइयाँ।

"जिन्न।"

"हट बावली। जिन्न कहीं कुएँ में रहते हैं।"

"फिर कौन हैं ये?"

उसने बुज़ुर्गों के लहजे में जवाब दिया, "कोई भी नहीं है। तू तो पगली है...अच्छा देख, मैं आवाज़ लगाता हूँ।" और उसने कुएँ में मुँह डाल के जोर से आवाज़ दी, "कौन है?" अँधेरे में एक गूँज पैदा हुई और चमकती काली पड़ती लहरिया आवाज़ पैदा हुई, "कौन है?" दोनों ने डर के जल्दी से गरदनें बाहर निकाल लीं।

"अन्दर कोई है!" बन्दी का दिल धक-धक कर रहा था।

"कोई भी नहीं।" उसने इस बेपरवाही से जवाब दिया जैसे वह बिलकुल नहीं डरा है।

वो दोनों चुपचाप बैठे रहे। फिर वह डर आप-ही-आप खत्म होने लगा। बन्दी ने बैठे-बैठे एक साथ सवाल किया, "सैयद, कुएँ में इतना बहुत-सा पानी कहाँ से आता है?"

वह उसकी जहालत पे हँस पड़ा, "इत्ता भी नहीं पता। ज़मीन के अन्दर पानी ही पानी है। कुएँ का पानी जब ही तो कभी ख़त्म नहीं होता।"

"ज़मीन के अन्दर अगर पानी भरा हुआ है," वह सोचते हुए बोली, "तो फिर साँप कहाँ रहते हैं?"

साँप कहाँ रहते हैं? वह भी सोच में पड़ गया। साँप पानी का थोड़े ही बस ज़मीन का बासी है। ज़मीन के अन्दर पानी है तो साँप कहाँ रहता होगा? और फिर राजा बासठ का महल कैसे बना होगा?

इतना देर में बन्दी ने दूसरा सवाल कर डाला, "सैयद, साँप पहले जन्नत में

रहता था?''

''हाँ।''

''जन्नत में रहता था तो ज़मीन पे कैसे आ गया?''

''उसने गुनाह किया था। अल्ला मियाँ का अजाब (प्रकोप) पड़ा। उसकी टाँगें टूट गयीं और वह ज़मीन पे आ पड़ा।

गुनाह, बन्दी की आँखों में फिर डर झलकने लगा। और फिर दोनों का दिल हौले-हौले धड़कने लगा।

फिर बन्दी उठ खड़ी हुई, ''हमें तो प्यास लग रही है। हम घर जा रिये हैं।''

उसने जल्दी से मन पे पड़ा हुआ चमड़े का डोल सँभाल लिया, ''कुएँ का पानी पीएँगे। बहुत ठंडा होता है।'' और उसने फुर्ती से कुएँ में डोल डाला! रस्सी उसकी उँगलियों और हथेलियों की जिल्द को रगड़ती-छीलती तेजी से गुज़रने लगी और फिर एक साथ पानी में डोल के डूबने का मीठा-सा शोर हुआ, जिससे उसके सारे बदन में मिठास की एक लहर-सी दौड़ गयी। दोनों मिलकर भरा डोल खींचने लगे और दिलों में एक अजब-सी लज़्ज़त जागने लगी। मीठे ठंडे पानी से भरा डोल जब बाहर आया तो पहले बन्दी ने डोल थामा और उसने ओक से जी भर के पानी पिया और फिर डोल थाम के बन्दी के गोरे हाथों की ओक में पानी डालना शुरू किया। गोरे हाथों से बनी हुई ढलवाँ गहरी होती हुई ओक, मोती-सा पानी, पतले-पतले होंठ, उसने एक बार पानी की धार इतनी तेज की कि उसके कपड़े तर-ब-तर हो गये और गले में फन्दा लग गया...

''असल में वह मन्नत का अलम था,'' रज़ी कह रहा था, ''हमारी अम्माँ के कोई औलाद नहीं होती थी। वह कर्बला-ए-मुअल्ला गयीं। इमाम के रोज़े पे तो हर शख़्स जा के दुआ माँग लेता है। वह साबिर हुए ना। मगर...अम्माँ कहती थीं कि छोटे हज़रत की दरगाह पे वो ज़लाल (तेज़) बरसता है कि वाँ दाखिल होते ही कम्पन हो जाती है। कोई दिन नहीं जाता कि मोजज़ा[1] न होता हो। जिस वक्त अम्माँ पहुँची हैं उसी वक्त एक अज़ीब वाकया हुआ। एक शख्स दरगाह से निकल रहा था। निकलते निकलते दरवाज़े ने उसके पैर पकड़ लिये, न आगे हिल सकता है, न पीछे हट सकता है और बदन सुर्ख जैसे बिजली गिरी हो...उसकी माँ ज़ारों-कतार रोवे। बहुत देर हो गयी तो एक खिदमत-गार पास आया कि बीवी, तेरे बेटे से कोई बेअदबी हुई। छोटे हज़रत को जलाल आ गया है। अब तू इमाम की सरकार में जा। वह मना सकते हैं छोटे हज़रत को। माँ रोती पीटती इमाम के रोजे पे गयीं और ज़रीह[2] पकड़ ली...'' उसकी आवाज़ में सरगोशी की कैफ़ियत पैदा होने लगी,

---

1. चमत्कार
2. क़ब्र पर पड़ा हुआ कपड़ा।

"इतने में क्या देखते हैं कि दरगाह में रोशनी-सी फैल गयी और अचानक उस शख़्स की हालत दुरुस्त हो गयी।"

"कमाल है," अख़्तर ने बहुत आहिस्ता से कहा।

बशीर भाई ने एक जमुहाई ली और गुम मथान हो गये।

"उसने असल में झूठी कसम खायी थी," रज़ी आहिस्ता से बोला।

बशीर भाई और अख़्तर की खामोशी से फ़ायदा उठाकर रज़ी फिर शुरू हो गया, "हाँ तो अम्माँ ने कहा, 'जो हो सो हो दरगाह से गोद भर के जाऊँगी।' रातभर ज़रीह को पकड़े दुआ माँगती रहीं, रोती रहीं, तड़के में एक साथ आँख झपक गयी। क्या देखती हैं कि दरगाह में शेर दाख़िल हो रहा है। हड़बड़ा के आँख खोल दीं। सामने अलम पे नज़र पड़ी। पंजे से किरनें फूट रही थीं और एक ताज़ा चमेली का फूल अम्माँ की गोद में आ पड़ा..."

"हाँ साब, बड़ी बात है उनकी," बशीर भाई आवाज़ को इक ज़रा ऊँचा करते हुए बोले।

"वह अलम", रज़ी की आवाज़ में एक अजीब-से ख़्वाब की सी कैफ़ियत पैदा हो गयी थी, "असली अलम है। फ़ुरात[1] में से निकला था। ज़रीह के सिरहाने सब्ज़ पटके में लिपटा खड़ा रहता है। अजब दबदबा टपकता है। और आशूरा (मुहर्रम की दसवीं तारीख़) को उससे ऐसी शुआएँ फूटती हैं कि उस पर निगाह नहीं ठहरती...जैसे सूरज चमक रहा हो..."

सैयद को सचमुच लग रहा था कि शुआएँ उसकी आँखों को चकाचौंध कर रही हैं और आँखों से होती हुई ज़हन की अँधेरी कोठरी में लहरिये बनाती हुई चल रही हैं। अँधेरी कोठरी लौ दे रही थी और ढके-छुपे कोने उजियाले हो रहे थे। जगमगाते अँधेरे प्रकाशमान ख़्वाब, दमकता चेहरा, लौ देते अलम, लौ देती पतंगें। पतंग कि कट के चलती तो लगता कि बन्दी रूठ के जा रही है। बन्दी कि कटकर के जाती दिखाई देता कि पतंग कट गयी। ख़्वाब कि सीढ़ियाँ तय करता चला जा रहा है और सीढ़ियाँ लहरिये निवाड़ की तरह फैलती खुलती चली जा रही हैं और पतंग की डोर चुटकी में आते-आते निकल गयी है। सीढ़ियाँ जो कभी सुरंग में से होती हुई निकलतीं। और कभी खुली हुई जगह में ऊँची होती चली जातीं। वह चढ़ता चला जाता, चढ़ता चला जाता, फिर उसका दिल धड़कने लगता कि अब गिरा। फिर किसी गहरे कुएँ में गिरने लगता, आहिस्ता-आहिस्ता, गिरते-गिरते फिर उठने लगता, और डर से एक साथ उसकी आँख खुल जाती।

"अम्माँ जी, मैंने ख़्वाब देखा कि मैं ज़ीने पे चढ़ रहा हूँ।"

---

1. करबला (इराक़) के मैदान की एक नहर जहाँ इमाम हुसैन प्यासे शहीद हुए थे।

''पैगम्बरी ख़्वाब है बेटा। तरक्की करोगे, अफ़सर बनोगे।''

''अम्मा जी, ख़्वाब में अगर कोई पतंग उड़ती देखे?''

''नहीं बेटा, ऐसे ख़्वाब नहीं देखते।'' अम्माँ जी बोलीं,

''पतंग देखना अच्छा नयीं, परेशानी बे-वतन होने की निशानी।''

''अम्मा जी मैंने ख़्वाब देखा कि जैसे मैं हूँ, जीने पे चढ़ रहा हूँ, चढ़ता चला जा रहा हूँ। बहुत देर बाद कोठा आया है और ज़ीना गायब...और मैं कोठे पे अकेला खड़ा रह गया हूँ और पतंग...''

''नयीं बेटा, यह ख़्वाब नयीं है,'' अम्माँ जी ने उसकी बात काट दी, ''दिन भर तू कोठों-छतों को खूँदे है, वही सोते में भी ख़याल रहवे है...ऐसे ख़्वाब नहीं देखा करते।''

''अम्माँ जी, मैंने ख़्वाब देखा कि जैसे हमारा कोठा है और मुँडेर पे एक बंदर...''

अम्माँ जी ने बात काट दी और अब के डाँट के बोलीं, ''अच्छा अब तू सोवेगा नयीं।''

''अच्छा अम्मा जी, वह कहानी तो पूरी कर दो।''

''हाँ तो कहाँ तक वह कहानी हुई थी? खुदा तुम्हारा भला करे...''

''शहजादी ने पूछा कि तुम कौन हो।''

''हाँ, खुदा तुम्हारा भला करे, शहज़ादी उसके सिर हुई कि यह बता दे तू कौन है। उसने बहुत मना किया कि नेकबख़्त तू नुक़सान उठावेगी, मत पूछ। मगर शहज़ादी अटवाँटी-खटवाँटी ले के पड़ गयी कि जब तक तू बताएगा नयीं, बात नयीं करूँगी। 'अच्छा बीवी, तेरी यही मंशा है तो चल दरिया पे, वाँ बताऊँगा।' दोनों चल पड़े। दरिया पे पहुँच गये। बोला कि देख मत पूछ। बोली कि ज़रूर पूछूँगी। वह दरिया में उतरने लगा। पानी सीने तक आ गया, फिर बोला कि नेक़बख्त मान जा, मत पूछ। बोली कि ज़रूर पूछूँगी। गर्दन तक आया। फिर मना किया, फिर न मानी। फिर मुँह तक आया। फिर कहा कि देख पछतावेगी, अब भी वक़्त है। उसने कहा, ज़रूर पूछूँगी। उसने गोता लगाया। अन्दर से काला फन निकला और फिर पानी में ग़ायब हो गया...''

''चाँदी से उस फूल को छुवा करके अलम बनवाया था। उसी साल मेरी पैदाइश हुई।''

''पाकीज़ा समझना चाहिए उसे।'' बशीर भाई बोले।

''मगर...'' रज़ी की जबान लड़खड़ाने लगी और बदन में कम्पन पैदा हो गया। ''मगर वह...''

"क्या मतलब?" बशीर भाई ने सवाल किया।

"वह गायब हो गया।"

"कैसे?" बशीर भाई और अख़्तर दोनों चौंक पड़े।

"उस साल जुलूस नहीं निकला।" रज़ी के बदन में अब तक थरथरी थी। "एक हमारे पड़ोसी हैं। कहते थे कि इमामबाड़े में उस रात किसी ने चिराग़ तक नहीं जलाया। सुबह की नमाज़ को मैं उठा तो देखा कि इमामबाड़े में गैस की सी रोशनी हो रही है...सुबह को जाके देखा तो यह माज़रा नज़र आया कि सब अलम रखे हैं। बड़ा अलम गायब..."

धुँधलाते हुए अँधेरे फिर रोशन होने लगे। कुएँ की मन पे बैठे-बैठे अचानक धूप में एक पतंग का साया डगमगाता नज़र आया। 'पतंग' और दोनों तीर की तरह ज़ीने में और ज़ीने से जल्दी-जल्दी सीढ़ियाँ चढ़ते हुए कोठे पे हो लिये।

"किधर गयी?" उसने चारों तरफ़ निगाह दौड़ायी।

बन्दी ने यकीन के साथ कहा, "गिरी तो इसी छत पे है।"

"इस छत पे है तो फिर कहाँ है?"

और एक साथ बन्दी की गिरफ़्त उसकी आस्तीन से फिर आस्तीन के साथ बाज़ू पे जकड़ती चली गयी, "सैयद...बन्दर..."

वह डर गया। "कहाँ?"

'वह', उसने आँखों से दीवार की तरफ़ इशारा किया।

दीवार पे एक बड़ा-सा बन्दर बैठा था। दोनों को देख के ऊँघते-ऊँघते एक साथ खड़ा हो गया, और बदन के सारे बाल काँटों की तरह खड़े हो गये। उनके पाँव जहाँ के तहाँ जमे रहे गये और जिस्म सुन्न पड़ गया। बन्दर खड़ा रहा, गुर्राया, फिर आहिस्ता-आहिस्ता मुँडेर पे चलता हुआ दीवार के सहारे नीचे गली में उतर के आँखों से ओझल हो गया।

जब वो वापस ज़ीने में पहुँचे तो दिल धड़-धड़ कर रहे थे और बदन से पसीने की तल्लियाँ चल रही थीं। बन्दी ने अपनी कमीज़ से मुँह पोंछा, गर्दन साफ़ की, बिगड़ी हुई लटें सँवारीं। फिर वो दोनों सीढ़ी पे बैठ गये। उसने सहमी-सहमी नज़रों से बन्दी को देखा जिसकी दहशतज़दा आँखें ज़ीने के अँधेरे में कुछ और ज्यादा दहशतज़दा लग रही थीं। वह डर गया। "चलो!" वह बेइरादा उठ खड़ा हुआ। दोनों सीढ़ियाँ उतरने लगे। उतरते-उतरते पहले मोड़ पे वह रुका और अँधेरे ज़ीने से बाहर उस रोशनदान में देखने लगा जिसमें से नज़र आने वाला रोशनदान और उससे परे फैले हुए दरख़त एक विचित्र दुनिया-सी लगते थे।

"उधर मत देखो!" बन्दी ने उसे ख़बरदार किया।

"क्यों?"

"उधर एक जादूगरनी रहती है," वह अपनी खौफ़ज़दा आँखों को चमका के कहने लगी, "उसके पास एक आईना है। जिसे वह आईना दिखाती है वह उसके साथ लग लेता है।"

"झूटी।"

"अल्ला की कसम।"

उसने डरते-डरते एक बार फिर रोशनदान में से झाँका, "कहीं भी नयीं है।"

"अच्छा मैं देखूँ," वह रोशनदान की तरफ़ बढ़ी।

उसने बहुत कोशिश की लेकिन रोशनदान तक उसका मुँह नहीं पहुँच सका। उसने गिड़गिड़ाते हुए कहा, "सैयद हमें दिखा दे!"

उसने बन्दी को इस अन्दाज़ से सहारा दिया कि सीढ़ी से उसके पैर उठ गये और चेहरा रोशनदान के सामने आ गया, और उसे लगा कि जैसे मीठे पानी से भरा डोल उसने थाम रखा है...

अँधेरे में उतरती हुई किरन उलझ कर टूट गयी। उसने करवट ली और उठकर बैठ गया। अख़्तर, बशीर भाई, रज़ी, तीनों सोये पड़े थे। बल्कि बशीर भाई ने तो बाक़ायदा खर्राटे भी लेने शुरू कर दिये थे। चाँद चढ़ने लगा था। और चाँदनी उसके सिरहाने से उतरती हुई पाँयती तक फैल चुकी थी। वह उठकर मुँडेर के नीचे वाली अँधेरे में छुपी हुई उस नाली पर पहुँचा जो बरसात में बारिश के पानी के निकास के लिए और बाकी दिनों में पेशाब करने के काम आती थी। फिर वहाँ से उठकर उसने सुराही से शीशे के गिलास में पानी उँड़ेला और गट-गट भरा गिलास पी गया। पानी अब खासा ठंडा हो गया था। कोने में रखी हुई लालटेन को उसने देखा कि बुझ चुकी है। चारपाई पे लेटते हुए उसकी नज़र रज़ी पे पड़ी और उसे ऐसा लगा कि वह अभी सोया नहीं है।

"रज़ी।"

रज़ी ने आँखें खोल दीं, "हूँ।"

"सोये नहीं तुम?"

"सोने लगा था कि तुम्हारी आहट से आँख खुल गयी।"

दोनों चुप हो गये। रज़ी की आँखें आहिस्ता-आहिस्ता बन्द होने लगीं। अख़्तर और बशीर भाई उसी तरह सोये पड़े थे। अब अख़्तर ने भी आहिस्ता-आहिस्ता खर्राटे लेने शुरू कर दिये थे।

उसने लम्बी-सी जमुहाई ली और करवट लेते हुए फिर रज़ी को टहोका, "रज़ी, सो गये क्या?"

रज़ी ने फिर आँखें खोल दीं, "नहीं, जागता हूँ।" उसने नींद से भरी हुई आवाज़ में जवाब दिया।

"रज़ी," उसने बड़ी सादगी से, जिसमें दुख भी शामिल था, पूछा, "मुझे आखिर ख़्वाब क्यों नहीं दीखते?"

रज़ी हँस दिया, "अब ज़रूरी तो नहीं कि हर शख़्स को रोज़ ख़्वाब ही दीखा करें।"

दोनों फिर चुप हो गये। रज़ी की आँखों में नींद तैर रही थी। वह करवट लेकर फिर आँखें बन्द कर लेना चाहता था कि सैयद ने उसे फिर सम्बोधित कर लिया, "मैंने बचपन में एक ख़्वाब देखा था कि...एक पतंग के पीछे मैं ज़ीने पे चढ़ रहा हूँ और सीढ़ियाँ हैं कि..."

"यह ख्वाब है?" रज़ी हँस दिया, "भई ये तो इधर-उधर के ख़यालात होते हैं, जो रात को सोते में सामने आ जाते हैं।"

सैयद सोच में पड़ गया। क्या वाकई यह ख़्वाब नहीं है। वह सोचने लगा। तो क्या फिर उसकी सारी ज़िन्दगी ही ख़्वाबों से खाली है। उसे कभी कोई ख़्वाब नहीं दिखाई दिया? उसके ख़यालों ने, यादों में तैरते झिलमिल करते कई गालों को चुटकी में पकड़ा, मगर फिर उसे याद आया कि वो ख़्वाब तो नहीं, असली वाक़यात हैं। उसने अपनी पूरी पिछली ज़िन्दगी पे निगाह दौड़ाई। हर वाकये में, हर गोशे में एक ख़्वाब की कैफ़ियत दिखाई दी, मगर कोई ख़्वाब गिरफ्त में न आ सका। उसे यूँ महसूस हुआ कि ख़्वाब उसके अतीत में रिलमिल गये हैं या वह कोई अबरक़ मिला गुलाल है कि रोशनी के ज़र्रों ने उसमें दमक तो पैदा कर दी है, मगर वो अलग नहीं चुने जा सकते, या इमामबाड़े में टँगे झाड़ की कोई फली है कि बाहर से सफ़ेद, अन्दर रंग ही रंग, जिन्हें बाहर नहीं निकाला जा सकता, या कुएँ की गहराई में चमकता काला पड़ता पानी कि दोनों में फ़र्क नहीं किया जा सकता।

"रज़ी, जागते हो?"

"हूँ।" रज़ी की आवाज़ नींद से बोझिल हो चुकी थी।

"अब इतने लम्बे ख़्वाब के बाद कोई क्या ख़्वाब देखे!" वह बड़बड़ाने लगा, "मुझे तो अपना वह मकान ही इक ख़्वाब-सा लगता है। ज़ीने में चलते हुए लगता कि सुरंग में चल रहे हैं। एक मोड़ के बाद दूसरा मोड़, दूसरे मोड़ के बाद तीसरा मोड़—यूँ मालूम होता कि मोड़ आते चले जाएँगे, सीढ़ियाँ फैलती चली जाएँगी कि इतने में एकदम से खुली रोशन छत आ जाती। लगता कि किसी अजनबी देश में दाख़िल हो गये हैं...कभी-कभी तो अपनी छत पे अजब वीरानी-सी छायी होती। ऊँचे वाले कोठे की मुँडेर पे कोई बन्दर ऊँघते-ऊँघते सो जाता, जैसे अब कभी नहीं उठेगा। फिर कभी एक साथ झुरझुरी लेता और कोठे से नीचे की छत पे और नीचे की छत से ज़ीने की तरफ़...हम दोनों का दिल धड़कने लगा। वह आहिस्ता-आहिस्ता अँधेरे ज़ीने की सीढ़ियों पे उतरता रुकता नीचे आया। हम दालान के खम्भे के पीछे छुप गये। वह कुएँ की मन पे जा बैठा...बैठा रहा...फिर

ग़ायब हो गया...या शायद कुएँ में उतर गया हो...''

रज़ी की नींद ग़ायब होने लगी। उसने गौर से सैयद की तरफ़ देखा। वह फिर शुरू हो गया, ''हम कुएँ में झाँकने लगे। फिर हम ज़ोर से चिल्लाए, ''कौन है?'' सारा कुआँ गूँज गया और एक लहरिया किरन पानी में से उठकर अँधेरे में पेच बनाती बलखाती बाहर निकल सारे आँगन में फैल गयी, जैसे किसी ने रात में महताबी जलायी हो। चमकते हुए पानी पे एक अक्स तैर रहा था। 'पतंग'—मैंने नज़र ऊपर की। एक बहुत बड़ी अधकटी पतंग, आधी काली, आधी सफ़ेद कट गयी थी और उसकी डोर कि धूप में बावले की तरह झिलमिला रही थी, मुँडेर से आँगन में, आँगन से मेरे सिर पै। मैंने हाथ बढ़ाया। मगर हाथ में से निकलती चली गयी। मैं तीर की तरह ज़ीने में दौड़ा...ज़ीने में अँधेरा...तहख़ाने की खिड़की के पास पहुँच के मेरा दिल धड़कने लगा। मैंने आँखें भींचीं और ऊपर चढ़ता चला गया। एक मोड़, दूसरा मोड़, सीढ़ियाँ, फिर सीढ़ियाँ, उसके बाद फिर सीढ़ियाँ...जैसे चढ़ते-चढ़ते सदी गुज़र गयी हो...फिर खुला ज़ीना आ गया, मगर सीढ़ियों का फिर वही चक्कर, सीढ़ियाँ, और फिर सीढ़ियाँ, और फिर...''

''यार तुम तो ख़्वाब की सी बातें कर रहे हो,'' रज़ी ने हैरान हो के उसे देखा।

सैयद ख़ामोश हो गया।

चाँद और ऊपर चढ़ आया था। और चाँदनी उसके पाँयते से उतरती हुई सामने वाली दीवार के किनारों को छूने लगी थी। सुराही के बराबर रखा हुआ गिलास कहीं-कहीं से यूँ चमक रहा था जैसे उसमें चन्द किरनें कैद हो गयी हों। बशीर भाई और अख़्तर बदस्तूर सन्ना रहे थे। ठंडक हो जाने की वजह से बशीर भाई ने दोसूती सिरहाने से हटाकर अपने ऊपर डाल ली थी। और अख़्तर की टाँगों पर पड़ी हुई दुलाई अब सीने तक आ गयी थी।

रज़ी कई मिनट तक आँखें बन्द किये पड़ा रहा, फिर उकता कर आँखें खोल दीं।

''सैयद!''

''हूँ!'' सैयद की आवाज़ नींद का-सा असर पैदा हो चुका था।

''सो रहे हो? यार मेरी तो नींद उड़ गयी।''

सैयद ने नींद से बोझिल आँखें खोलीं, रज़ी की तरफ़ देखते हुए रहस्य भरे लहज़े में बोला, ''मेरा दिल धड़क रहा है, कोई ख़्वाब दीखेगा आज।'' और उसकी आँखें फिर बन्द होने लगीं।

*(उर्दू से अनुवाद : डॉ. शाहीना तबस्सुम)*

# जड़ें

इस्मत चुग़ताई

सबके चेहरे उड़े हुए थे। घर में खाना तक न पका था। आज छठा दिन था। बच्चे स्कूल छोड़े, घर में बैठे, अपनी और सारे परिवार की ज़िन्दगी बवाल किये दे रहे थे। वही मार-पिटाई, धौलधप्पा वही ऊधम, जैसे 15 अगस्त आया ही न हो। कमबख़्तों को ये भी ध्यान नहीं कि अंग्रेज़ चले गये और जाते-जाते ऐसा गहरा घाव मार गये जो वर्षों रिसता रहेगा। भारत पर अत्याचार कुछ ऐसे क्रूर हाथों और शस्त्रों से हुआ है कि हजारों धमनियाँ कट गयी हैं, खून की नदियाँ बह रही हैं। किसी में इतनी शक्ति नहीं कि टाँका लगा सके।

कुछ दिनों से शहर का वातावरण ऐसा गन्दा हो रहा था कि शहर के सारे मुसलमान एक तरह से नज़रबन्द बैठे थे। घरों में ताले पड़े थे और बाहर पुलिस का पहरा था। और इस तरह कलेजे के टुकड़ों को, सीने पर मूँग दलने के लिए छोड़ दिया गया था। वैसे सिविल लाइंस में अमन ही था, जैसा कि होता है। ये तो गन्दगी वहीं अधिक उछलती है, जहाँ ये बच्चे होते हैं। जहाँ गरीबी होती है वहीं अज्ञानता के घोड़े पर धर्म के ढेर बजबजाते हैं। और ये ढेर कुरेदे जा चुके हैं। ऊपर से पंजाब से आनेवालों की संख्या दिन प्रतिदिन बढ़ती ही जा रही थी जिससे अल्पसंख्यकों के दिलों में ख़ौफ बढ़ता ही जा रहा था। गन्दगी के ढेर तेजी से कुरेदे जा रहे थे और दुर्गन्ध रेंगती-रेंगती साफ-सुथरी सड़कों पर पहुँच चुकी थी।

दो स्थानों पर तो खुला प्रदर्शन भी हुआ। लेकिन मारवाड़ राज्य के हिन्दू और मुसलमान इस प्रकार एक-दूसरे के समान हैं कि इन्हें नाम, चेहरे या कपड़े से भी बाहर वाले बड़ी मुश्किल से पहचान सकते हैं। बाहर वाले अल्पसंख्यक लोग जो आसानी से पहचाने जा सकते थे, वो तो पन्द्रह अगस्त की महक पाकर ही पाकिस्तान की सीमाओं से खिसक गये थे। बच गये राज्य के पुराने निवासी, तो उनमें ना तो इतनी समझ थी और ना ही इनकी इतनी हैसियत थी कि पाकिस्तान और भारत की समस्या इन्हें कोई बैठकर समझाता। जिन्हें समझना था, वह समझ

चुके थे और वह सुरक्षित भी हो चुके थे। शेष जो ये सुनकर गये थे, कि चार आने का गेहूँ और चार आने की हाथ भर लम्बी रोटी मिलती है, वो लूट रहे थे। क्योंकि वहाँ जाकर उन्हें यह भी पता चला कि चार सेर का गेहूँ खरीदने के लिए एक रुपये की भी ज़रूरत होती है। और हाथ भर लम्बी रोटी के लिए पूरी चवन्नी देनी पड़ती है। और ये रुपया, अठन्नियाँ न किसी दुकान में मिलीं न ही खेतों में उगीं। इन्हें प्राप्त करना इतना ही कठिन था जितना जीवित रहने के लिए भाग-दौड़।

जब खुल्लमखुल्ला इलाकों से अल्पसंख्यकों को निकालने का निर्णय लिया गया तो बड़ी कठिनाई सामने आयी। ठाकुरों ने साफ़ कह दिया कि साहब जनता ऐसी गुँथी-मिली रहती है कि मुसलमानों को चुनकर निकालने के लिए स्टाफ़ की ज़रूरत है। जो कि एक फालतू खर्च है। वैसे आप अगर ज़मीन का कोई टुकड़ा शरणार्थियों के लिए खरीदना चाहें तो वो खाली कराए जा सकते हैं। जानवर तो रहते ही हैं। जब कहिए जंगल साफ करवा दिया जाए।

अब शेष रह गये कुछ गिने-चुने परिवार जो या तो महाराजा के चेले-चपाटे में से थे और जिनके जाने का सवाल ही कहाँ। और जो जाने को तुले बैठे थे उनके बिस्तर बँध रहे थे। हमारा परिवार भी उसी श्रेणी में आता था। जल्दी न थी। मगर इन्होंने तो आकर बौखला ही दिया। फिर भी किसी ने अधिक महत्त्व नहीं दिया। वह तो किसी के कान पर जूँ तक न रेंगती और वर्षों सामान न बँधता जो अल्लाह भला करे छब्बा मियाँ का, वो पैंतरा न चलते। बड़े भाई तो जाने ही वाले थे, कह-कहकर हार गये थे तो मियाँ छब्बा ने क्या किया कि स्कूल की दीवार पर 'पाकिस्तान ज़िन्दाबाद' लिखने का फैसला कर लिया। रूपचन्द जी के बच्चों ने इसका विरोध किया और उसकी जगह 'अखंड भारत' लिख दिया। निष्कर्ष ये कि चल गया जूता और एक-दूसरे को धरती से मिटा देने का वचन। बात बढ़ गयी। यहाँ तक कि पुलिस आ गयी और जो कुछ गिनती के मुसलमान बचे थे उन्हें लॉरी में भरकर घरों में भिजवा दिया गया।

अब सुनिये, कि ज्योंही बच्चे घर में आये, हमेशा हैज़ा, महामारी के हवाले करनेवाली माएँ ममता से बेकरार होकर दौड़ीं और कलेजे से लगा लिया। और कोई दिन ऐसा भी होता कि रूपचन्द जी के बच्चों से छब्बा लड़कर आता तो दुल्हन भाभी उसकी वह जूतियों से मरहम-पट्टी करतीं कि तौबा भली और उठाकर इन्हें रूपचन्द के पास भेज दिया जाता कि पिलाएँ उसे अरंडी का तेल और कोनेन का मिश्रण, क्योंकि रूपचन्द जी हमारे खानदानी डाक्टर ही नहीं, अब्बा के पुराने दोस्त भी थे। डाक्टर साहब की दोस्ती अब्बा से, इनके बेटों की भाइयों से, बहुओं की हमारी भावजों से, और नयी पौध की नयी पौध से आपस में दाँतकाटी दोस्ती थी। दोनों परिवार की वर्तमान तीन पीढ़ियाँ एक-दूसरे से ऐसी घुली-मिली थीं कि कोई

सोच भी नहीं सकता था कि भारत के बँटवारे के बाद इस प्रेम में दरार पड़ जाएगी। जबकि दोनों परिवारों में मुस्लिम लीगी, काँग्रेसी और महासभाई मौजूद थे। धार्मिक और राजनीतिक वाद-विवाद भी जमकर होता था मगर ऐसे ही जैसे फुटबॉल या क्रिकेट मैच होता है। इधर अब्बा काँग्रेसी थे तो उधर डॉक्टर साहब और बड़े भाई लीगी थे तो उधर ज्ञानचन्द महासभाई, इधर मँझले भाई कम्युनिस्ट थे तो उधर गुलाबचन्द सोशलिस्ट और फिर इसी हिसाब से मर्दों की पत्नियाँ और बच्चे भी इसी पार्टी के थे। आमतौर पर जब बहस-मुबाहिसा होता तो काँग्रेस का पलड़ा हमेशा भारी रहता, कम्युनिस्ट और सोशलिस्ट गालियाँ खाते मगर काँग्रेस ही में घुस पड़ते। बच जाते महासभाई और लीगी। ये दोनों हमेशा साथ देते वैसे वह एक-दूसरे के दुश्मन होते, फिर भी दोनों मिलकर काँग्रेस पर हमला करते।

लेकिन इधर कुछ साल से मुस्लिम लीग का जोर बढ़ता जा रहा था और दूसरी ओर महासभा का। काँग्रेस का तो बिलकुल पटरा हो गया। बड़े भाई की देख-रेख में घर की सारी पौध केवल दो-एक पक्षपात रहित काँग्रेसियों को छोड़कर नेशनल गार्ड की तरह डट गयी। इधर ज्ञानचन्द की सरदारी में सेवक संघ का छोटा-सा दल डट गया। मगर प्रेम वही रहा पहले जैसा।

"अपने लल्लू की शादी तो मुन्नी ही से करूँगा।" महासभाई ज्ञानचन्द के लीगी पिता से कहते, "सोने के पाजेब लाऊँगा।"

"यार मुलम्मे की न ठोक देना।" अर्थात् बड़े भाई ज्ञानचन्द की साहूकारी पर हमला करते हैं।

और इधर नेशनल गार्ड दीवारों पर, "पाकिस्तान ज़िन्दाबाद" लिख देते और सेवक संघ का दल इसे बिगाड़ कर 'अखंड भारत' लिख देता। यह उस समय की घटना है जब पाकिस्तान का लेन-देन एक हँसने-हँसाने की बात थी।

अब्बा और रूपचन्द यह सब कुछ सुनते और मुस्कुराते और फिर सबको एक बनाने के इरादे बाँधने लगते।

अम्मा और चाची राजनीति से दूर धनिये, हल्दी और बेटियों के जहेजों की बातें किया करतीं और बहुएँ एक-दूसरे के फैशन चुराने की ताक में लगी रहतीं, नमक-मिर्च के साथ-साथ डॉक्टर साहब के यहाँ से दवाएँ भी मँगवायी जातीं। हर दिन किसी को छींक आयी और वह दौड़ा डाक्टर साहब के पास या जहाँ कोई बीमार हुआ और अम्मा ने दाल भरी रोटी बनवानी शुरू की और डाक्टर साहब को कहला भेजा कि खाना हो तो आ जाएँ। अब डाक्टर साहब अपने पोतों का हाथ पकड़े आ पहुँचे।

चलते वक्त पत्नी कहतीं, "खाना मत खाना सुना।"

"हूँ तो फिर फीस कैसे वसूल करूँ—देखो जी लाला और चुन्नी को

भेज देना।''

''हाय राम तुम्हें तो लाज भी नहीं आती'' चाची बड़बड़ातीं। मज़ा तो तब आता जब कभी अम्मा की तबीयत ख़राब होती और अम्मा काँप जातीं।

''ना भई ना मैं इस जोकर से इलाज नहीं करवाऊँगी।'' मगर घर के डाक्टर को छोड़कर शहर से कौन बुलाने जाता। डाक्टर साहब बुलाते ही दौड़े चले आते, ''अकेले-अकेले पुलाव उड़ाओगी तो बीमार पड़ोगी।'' वह चिल्लाते।

''जैसे तुम खाओ हो वैसा औरों को समझते हो''—अम्मा पर्दे के पीछे से भिनभिनातीं।

''अरे ये बीमारी का तो बहाना है भई, तुम वैसे ही कहला भेजा करो, मैं आ जाया करूँगा। ये ढोंग काहे को रचती हो।'' वो आँखों में शरारत जमाकर मुस्कुराते और अम्मा जल कर हाथ खींच लेती और बातें सुनातीं। अब्बा मुस्कुरा कर रह जाते।

एक मरीज को देखने आते तो घर के सारे रोगी खड़े हो जाते। कोई अपना पेट लिये चला आ रहा है तो किसी का फोड़ा छिल गया। किसी का कान पक गया है तो किसी की नाक फूली पड़ी है।

''क्या मुसीबत है डिप्टी साहब! एकाध को जहर दे दूँगा। क्या मुझे 'सलोतरी' समझ रखा है कि दुनिया भर के जानवर टूट पड़े।'' वह रोगियों को देखते जाते और मुस्कुराते।

और जहाँ कोई नया बच्चा जनमने वाला होता तो वह कहते—

''मुफ़्त का डाक्टर है पैदा किए जाओ कमबख़्त के सीने पर कोदो दलने के लिए।''

मगर ज्योंही दर्द शुरू होता, वह अपने बरामदे से हमारे बरामदे का चक्कर काटने लगते। चीख चिंघाड़ से सबको बौखला देते। मौहल्ले-टोले वालों का आना तक मुश्किल।

पर ज्योंही बच्चे की पहली आवाज़ इनके कानों में पहुँचती वह बरामदे से दरवाजा, दरवाजे से कमरे के अन्दर आ जाते और इनके साथ अब्बा भी बावले होकर आ जाते। औरतें कोसती-पीटती पर्दे में हो जातीं। बच्चे की नाड़ी देखकर वह उसकी माँ की पीठ ठोकते 'वाह मेरी शेरनी', और बच्चे का नाल काटकर उसे नहलाना शुरू कर देते। अब्बा घबरा-घबराकर फूहड़ नर्स का काम करते। फिर अम्मा चिल्लाना शुरू कर देतीं—

''लो गजब खुदा का ये मर्द हैं कि जच्चा घर में पिले पड़ते हैं।''

परिस्थिति को भाँप कर दोनों डाँट खाए हुए बच्चे की तरह बाहर भागते।

अब फिर अब्बा के ऊपर जब फालिज का हमला हुआ तो रूपचन्द जी अस्पताल से रिटायर हो चुके थे और इनकी सारी प्रैक्टिस इनके और हमारे घर तक

ही सीमित रह गयी थी। इलाज तो और भी कई डाक्टर कर रहे थे मगर नर्स के और अम्मा के साथ डाक्टर साहब ही जागते, और जिस समय से वह अब्बा को दफ़ना कर आये, ख़ानदानी प्रेम के इलावा इन्हें जिम्मेदारी का भी एहसास हो गया। बच्चों की फीस माफ कराने स्कूल दौड़े जाते। लड़कियों-बालियों के दहेज के लिए ज्ञानचन्द की वाणी बन्द रखते। घर का कोई भी विशेष कार्य बिना डॉक्टर साहब की राय के न होता। पश्चिमी कोने को तुड़वाकर जब दो कमरे बढ़ाने का प्रश्न उठा तो डाक्टर साहब की ही राय से तुड़वाया गया।

''उससे ऊपर दो कमरे बढ़वा लो'', उन्होंने राय दी और वह मानी गयी। फजन एफ. ए. में साइंस लेने को तैयार न था, डाक्टर साहब जूता लेकर पिल पड़े मामला ठंडा हो गया। फ़रीदा, मियाँ से लड़कर घर आन बैठी, डाक्टर साहब के पास उसका पति पहुँचा और दूसरे दिन उनकी मँझली बहू शीला जब ब्याह कर आयी तो आया का झगड़ा भी समाप्त हो गया। बेचारी अस्पताल से भागी आयी। फीस तो दूर की चीज है ऊपर से छठे दिन कुर्ता-टोपी लेकर आयी।

पर आज जब छब्बा लड़कर आये तो इनकी ऐसी आवभगत हुई जैसे मैदान मार कर आया हो कोई बहादुर मर्द। सभी ने इसकी बहादुरी का वर्णन जानना चाहा और बहुत-सी जवानों के सामने अम्मा गूँगी बनी रहीं। आज से नहीं, वह 15 अगस्त से जब डाक्टर साहब के घर पर तिरंगा झंडा लहराया और अपने घर पर लीग का झंडा टँगा था उसी दिन से उनकी जुबान को चुप लग गयी थी। इन झंडों के बीच एक लम्बी खाई का निर्माण हो चुका था। जिसकी भयानक गहराई अपनी दुखी आँखों से देख-देखकर सिहर जातीं अम्मा। फिर शरणार्थियों की संख्या बढ़ने लगी। बड़ी बहू के मौके वाले बहावलपुर से माल लुटाकर और किसी तरह जान बचाकर जब आये तो खाई की चौड़ाई और बढ़ गयी। फिर रावलपिंडी से जब निर्मला के ससुराल वाले मूर्च्छित अवस्था में आये तो इस खाई में अजगर फुँफकारें मारने लगे। जब छोटी भाभी ने अपने बच्चे का पेट दिखाने को भेजा तो शीला भाभी ने नौकर को भगा दिया।

और किसी ने भी इस मामले पर वाद-विवाद नहीं छेड़ा, सारे घर के लोग एकदम रुक गये। बड़ी भाभी तो अपने हिस्टीरिया के दौरे भूलकर लपाझप कपड़े बाँधने लगीं। ''मेरे ट्रंक को हाथ न लगाना'' अम्मा की ज़ुबान अन्त में खुली और सबके सब हक्का-बक्का रह गये।

''क्या आप नहीं जाएँगी।'' बड़े भइया तैश से बोले।

''नौजमोई मैं सिन्धों में मरने जाऊँ। अल्लाह मारियाँ बुर्के-पाजामे फड़काती फिरे हैं।''

''तो सँझले के पास ढाके चली जाएँ।''

''ऐ वो ढाके काहे को जाएँगी। वहाँ बंगाली की तरह चावल हाथों से लसेड़-लसेड़ कर खाएँगी।'' सँझली की सास ममानी बी ने ताना दिया।

''तो रावलपिण्डी चलो फ़रीदा के यहाँ'', खाला बोलीं।

''तौबा मेरी, अल्लाह पाक पंजाबियों के हाथों मिट्टी गन्दी न कराये। मिट गये दोज़खियों (नरक वासी) की तो ज़ुबान बोले हैं।'' आज तो मेरी कम बोलने वाली अम्मा पटापट बोलीं।

''ऐ बुआ तुम्हारी तो वही मसल हो गयी कि ऊँचे के नीचे, भेर लिये कि पेड़ तले बैठी तेरा घर न जानूँ। ऐ बी यह कट्टू गिलहरी की तरह गमजह मस्तियाँ कि राजा ने बुलाया है। लो भई झमझम करता हाथी भेजा। चक-चक ये तो काला-काला कि घोड़ा भेजा, चक-चक ये तो लातें झाड़े कि...''

वातावरण विषैला-सा था इसके बावजूद कहकहा पड़ गया। मेरी अम्मा का मुँह ज़रा-सा फूल गया।

''क्या बच्चों की-सी बातें हो रही हैं।'' नेशनल गार्ड के सरदार अली बोले।

''जिनका सर न पैर, क्या इरादा है यहाँ रहकर कट मरने का।''

''तुम लोग जाओ अब मैं कहाँ जाऊँगी अपनी अन्तिम घड़ी में।''

''तो अन्तिम घड़ियों में काफ़िरों से गत बनवाओगी?'' खाला बी पोटलियों को गिनती जाती थीं। और पोटलियों में सोने-चाँदी के गहनों से लकर करहडियों का मंजन, सूखी मेथी, और मुल्तानी मिट्टी तक थी। इन चीजों को वो ऐसे कलेजे से लगा कर ले जा रही थीं मानो पाकिस्तान का एस्ट्रलिंग बैलेंस कम हो जाएगा। तीन बार बड़े भाई ने जलकर इनकी पुराने रोहड़ की पोटलियाँ फेकीं। पर वह ऐसी चिंघाड़ीं मानो अगर उनकी यह दौलत न गयी तो पाकिस्तान गरीब रह जाएगा। फिर मजबूर होकर बच्चों की मौत में डूबी हुई गदेलों की रुई की पोटलियाँ बाँधनी पड़ीं। बर्तन बोरों में भरे गये। पलंगों के पाचे-पट्टियाँ खोलकर झलंगों में बाँधी गयीं, और देखते ही देखते जमा जमाया घर टेढ़ी-मेढ़ी गठरियों और बोगचों में परिवर्तित हो गया। अब तो सामानों के पैर लग गये हैं। थोड़ा सुस्ताने को बैठा है अभी फिर उठकर नाचने लगेगा।

पर अम्मा का ट्रंक ज्यों का ज्यों रखा रहा।

''आपा का इरादा यहीं मरने का है तो इन्हें कौन रोक सकता है'', भाई साहब ने अन्त में कहा।

और मेरी मासूम सूरत वाली अम्मा भटकती आँखों से आसमान को तकती रहीं, जैसे वो स्वयं अपने आपसे पूछती हों, कौन मार डालेगा? और कब?

''अम्मा तो सठिया गयी हैं। इस उम्र में इनकी बुद्धि ठिकाने पर नहीं है''

मँझला भाई कान में खुसपुसाया।

"क्या मालूम इन्हें कि काफ़िरों ने मासूमों पर तो और भी अत्याचार किया है। अपना देश होगा तो जान-माल की तो सुरक्षा होगी।"

अगर मेरी कम बोलने वाली अम्मा की ज़ुबान तेज़ होती तो वह ज़रूर कहतीं, 'अपना देश है किस चिड़िया का नाम? लोगो! वह है कहाँ अपना देश? जिस मिट्टी में जन्म लिया, जिसमें लोट-पोट कर पले-बढ़े वही अपना देश न हुआ तो फिर जहाँ चार दिन को जाकर बस जाओ वह कैसे अपना देश हो जाएगा? और फिर कौन जाने वहाँ से भी कोई निकाल दे। कहे जाओ नया देश बसाओ। अब यहाँ सुबह का चिराग बनी बैठी हूँ। एक नन्हा-सा झोंका आया और देश का झगड़ा समाप्त और ये देश उजड़ जाने और बसाने का खेल मधुर भी तो नहीं। एक दिन था मुग़ल अपना देश छोड़कर नया देश बसाने आये थे। आज फिर चलो देश बसाने, देश न हुआ पैर की जूती हो गयी, थोड़ा कसी नहीं कि उतार फेंकी और फिर दूसरी पहन ली'—मगर अम्मा चुप रहीं। अब इनका चेहरा पहले से अधिक थका हुआ मालूम होने लगा। जैसे वह सैकड़ों वर्षों से देश की खोज में खाक छानने के बाद थककर बैठी हों और इस खोज में स्वयं को भी खो चुकी हों।

अम्मा अपनी जगह ऐसी जमी रहीं जैसे बड़ के पेड़ की जड़ आँधी-तूफान में खड़ी रहती है। पर जब बेटी, बहुएँ, दामाद, पोते-पोतियाँ, नवासे-नवासियाँ, पूरे का पूरा जनसमूह फाटक से निकल कर पुलिस की सुरक्षा में लारियों में सवार हुआ तो इनके दिल के टुकड़े उड़ने लगे। बेचैन नज़रों से इन्होंने खाई के उस पार बेबसी से देखा। सड़क बीच का घर इतना दूर लगा जैसे दूर पौ फटने से पहले गर्दिश में बादल का टुकड़ा। रूपचन्द जी का बरामदा सुनसान पड़ा था। दो-एक बच्चे बाहर निकले मगर हाथ पकड़ कर वापस घसीट लिए गये पर अम्मा की आँसू भरी आँखों ने इनकी आँखों को देख लिया। जो दरवाज़े की झिरियों के पीछे गीली हो रही थीं। जब लारियाँ धूल उड़ातीं पूरे घर को ले उड़ीं तो एक बायीं ओर की मुर्दा लज्जा ने साँस ली। दरवाज़ा खुला और बोझिल चालों से रूपचन्द जी चोरों की तरह सामने के खाली ढनढन घर को ताकने निकले और थोड़ी देर तक धूल के गुबार में बिछड़ी सूरतों को ढूँढ़ते रहे और फिर इनकी असफल निगाहें अपराधी शैली में, इस उजड़े दरवाज़े से भटकती हुई वापस धरती में धँस गयीं।

जब सारी उम्र की पूँजी को खुदा के हवाले करके अम्मा ढनढार आँगन में आकर खड़ी हुईं तो इनका बूढ़ा दिल नन्हें बच्चे की तरह सहम कर मुर्झा गया जैसे चारों ओर से भूत आकर इन्हें दबोच लेंगे। चकराकर इन्होंने खम्बों का सहारा लिया। सामने नज़र उठी तो कलेजा मुँह को आ गया। यही तो वह कमरा था जिसे

दूल्हे की प्यार भरी गोद में लाँघकर आयी थीं। यहीं तो कमसिन डरभरी आँखों वाली भोली-सी दुल्हन के चाँद से चेहरे पर से घूँघट उठा था और जिसने जीवनभर की गुलामी लिख दी थी। वह सामने कोने वाले कमरे में पहली बेटी पैदा हुई थी और बड़ी बेटी की याद एकदम से कौंध बनकर कलेजे में समा गयी। वहाँ कोने में उसका नाल गड़ा था। एक नहीं दस नाल गड़े थे। और दस आत्माओं ने यहीं पहली साँस ली थी। दस मांस व हड्डी की मूर्तियों ने, दस इनसानों ने इसी पवित्र कमरे में जन्म लिया था। इस पवित्र कोख से जिसे आज वो छोड़कर चले गये थे। जैसे वह पुरानी कजली थी जिसे काँटों में उलझा कर वो सब चले गये। अमन व शान्ति की खोज में, रुपये के चार सेर गेहूँ के पीछे और वह नन्हीं-नन्हीं हस्तियों की प्यारी-प्यारी आ-गु-आ-गु से कमरा अब तक गूँज रहा था। लपक कर वह कमरे में गोद फैलाकर दौड़ गयीं पर इनकी गोद खाली रही। वह गोद जिसे सुहागिनें पवित्रता से छूकर हाथ कोख को लगाती थीं आज खाली थी। कमरा खाली पड़ा भायँ-भायँ कर रहा था। वहशत से वह लौट गयीं। मगर छूटे हुए कल्पना के कदम न लौटा सकीं। वह दूसरे कमरे में लड़खड़ा गयीं। यहीं तो जीवनसाथी ने पचास वर्ष गुज़ार चुकने के बाद मुँह मोड़ लिया था। यहीं दरवाज़े के सामने कफ़न में लिपटी लाश रखी गयी थी, सारा परिवार घेरे खड़ा था। किस्मत वाले थे वो जो अपने प्यारों की गोद में सिधारे पर जीवनसाथी को छोड़ गये। जो आज बेकफ़न की लाश की तरह लावारिस पड़ गयी। पाँवों ने उत्तर दिया और वहीं बैठ गयीं जहाँ मीत के सिरहाने कई वर्ष इन कँपकँपाते हाथों ने चिराग़ जलाया था। पर आज चिराग़ में तेल न था और बत्ती भी समाप्त हो चुकी थी।

सामने रूपचन्द अपने बरामदे में तेजी से टहल रहे थे। गालियाँ दे रहे थे अपने बीवी-बच्चों को, नौकरों को, सरकार को और अपने सामने फैली वीरान सड़क को, ईंट-पत्थर को, चाकू-छूरी को, यहाँ तक कि पूरा विश्व इनकी गालियों की बमबारी के आगे सहम गया था। और विशेष इस खाली घर को जो सड़क के उस पार खड़ा इनको मुँह चिढ़ा रहा था। जैसे स्वयं इन्होंने अपने हाथों से इसकी ईंट से ईंट बजा दी हो। वह कोई चीज अपने मस्तिष्क में से झटक देना चाहते थे। पूरी शक्ति की मदद से नोंचकर फेंक देना चाहते थे। मगर असफल होकर झुँझला बैठे। कपट की जड़ों की तरह जो चीज इनके अस्तित्व में जम चुकी थी वह उसे पूरी शक्ति से खींच रहे थे मगर साथ-साथ जैसे इनका मांस खिंचा चला आता हो, वह कराह कर छोड़ देते थे। फिर एकाएक इनकी गालियाँ बन्द हो गयी। टहल थम गयी और वो मोटर में बैठकर चल दिये।

रात हुई। जब गली के नुक्कड़ पर सन्नाटा छा गया तो पिछले दरवाज़े से

रूपचन्द जी की पत्नी दो परोसी हुई थालियाँ ऊपर नीचे रखे चोरों की तरह अन्दर आयीं। दोनों बूढ़ी औरतें चुप एक-दूसरे के आमने-सामने बैठ गयी। ज़ुबानें बन्द रहीं पर आँखें सब कुछ कह रही थीं। दोनों थालियों का खाना ज्यूँ का त्यूँ रखा था। औरतें जब किसी की चुगली करती हैं तो इनकी ज़ुबानें कैंचियों की तरह निकल पड़ती हैं। पर जहाँ भावनाओं ने हमला किया और मुँह में ताले पड़ गये।

रात भर न जाने कितनी देर तक यादें अकेला पाकर अचानक हमला करती रहीं। न जाने रास्ते ही में कहीं सब न ख़त्म हो जाएँ। आजकल तो पूरी-पूरी रेलें कट रही हैं। पचास वर्ष ख़ून से सींचकर खेती तैयार की थी और आज वह देश निकाले नयी धरती की तलाश में जैसी-तैसी हालत में चल पड़े थे, कौन जाने नयी धरती इन पौधों को रास आये न आये, कुम्हला तो न जाएँगे ये गरीबुल वतन पौधे। छोटी बहू का तो पूरा महीना है न जाने किस जंगल में जच्चा घर बने। घर-परिवार, नौकरी, व्यापार सब कुछ छोड़ के चल पड़े। नये देश में। चील-कौओं ने कुछ छोड़ा भी होगा। या मुँह तकते ही लौट आएँगे और जो लौटकर आएँ तो फिर से जड़ें पकड़ने का मौका मिलेगा भी या नहीं—कौन जाने यह बुढ़िया उनके लौट आने तक जीवित रहेगी भी कि नहीं।

अम्मा पत्थर की मूरत बन गयी थीं। नींद कहाँ, सारी रात बूढ़ा शरीर बेटियों की कटी-फटी लाशें, नौजवान बहुओं का नंगा जुलूस और पोतों-नवासों के चिथड़े उड़ते देख कर थर्राता रहा। न जाने कब झपकी ने हमला कर दिया। ऐसा प्रतीत हुआ दरवाज़े पर दुनिया भर का हंगामा हो रहा है। जान प्यारी न सही, पर बिना तेल का दीया भी बुझते समय काँप उठता है और सीधी-सादी मौत ही क्या कम निर्दयी होती है जो ऊपर से वह इनसान का भूत बनकर सामने आये। सुना है बूढ़ियों तक को बाल पकड़ कर सड़कों पर घसीटते हैं। यहाँ तक कि खाल छिलकर हड्डियाँ तक झलक आती हैं और फिर वही दुनिया के अज़ाब प्रकट होते हैं, जिनको सोचकर ही नर्क के फ़रिश्ते पीले पड़ जाएँ।

दस्तक की घनगरज बढ़ती जा रही थी। यमराज को जल्दी पड़ी थी और फिर अपने आप सारी चिटखनी खुलने लगीं, बत्तियाँ जल उठीं जैसे दूर कुएँ की तलहटी से किसी की आवाज़ आयी। शायद बड़ा लड़का पुकार रहा था—नहीं ये तो छोटे और मँझले की आवाज़ थी दूसरी दुनिया के ध्वस्त कोने से। तो मिल गया सबको अपना देश? इतनी जल्दी? सँझला, उसके पीछे छोटा, साफ तो खड़े थे, गोदों में बच्चों को उठाए हुए बहुएँ। फिर एकदम से सारा घर जीवित हो उठा, सारी आत्माएँ जाग उठीं और दुखियारी माँ के आस-पास जमा होने लगीं। छोटे-बड़े हाथ प्यार से

छूने लगे। सूखे होंठों में एकाएक कोंपलें फूट निकलीं। खुशी से सारे होश तितर-बितर होकर अँधेरे में भँवर डालते डूब गये।

जब आँख खुली तो रगों पर जानी-पहचानी उँगलियाँ रेंग रही थीं।

"अरे भाभी मुझे वैसे ही बुला लिया करो, चला आऊँगा। ये ढोंग काहे को रचाती हो", रूपचन्द जी पर्दे के पीछे से कह रहे थे।

"और भाभी आज तो फीस दिलवा दो। देखो तुम्हारे नालायक लड़कों को लोनी जंक्शन से पकड़ लाया हूँ। भागते जाते थे बदमाश कहीं के। पुलिस सुपरिंटेंडेंट का भी विश्वास नहीं करते थे।"

फिर बूढ़े होंठो में कोंपलें फूट निकलीं। वह उठकर बैठ गयीं। थोड़ी देर चुप रहीं। फिर दो गर्म-गर्म मोती लुढ़क कर रूपचन्द जी के झुर्रियों भरे हाथ पर गिर पड़े।

*(उर्दू कहानी : अनुवाद : नन्द किशोर विक्रम)*

# चारा काटने की मशीन

## उपेन्द्रनाथ अश्क

रेल की लाइनों के पार, इस्लामाबाद की नयी आबादी के मुसलमान जब सामान का मोह छोड़, जान का मोह लेकर भागने लगे तो हमारे पड़ोसी लहनासिंह की पत्नी चेती।

"तुम हाथ पर हाथ धरे नामर्दों की भाँति बैठे रहोगे," सरदारनी ने कहा, "और लोग एक से एक बढ़िया घर पर क़ब्ज़ा कर लेंगे।"

सरदार लहनासिंह और चाहे जो सुन लें, परन्तु औरत जात के मुँह से 'नामर्द' सुनना उन्हें कभी गवारा न था। इसलिए उन्होंने अपनी ढीली पगड़ी को उतारकर फिर से जूड़े पर लपेटा; धरती पर लटकती हुई तहमद का किनारा कमर में खोंसा; कृपाण को म्यान से निकालकर उसकी धार का निरीक्षण करके उसे फिर म्यान में रखा और फिर इस्लामाबाद के किसी बढ़िया 'नये' मकान पर अधिकार जमाने के विचार से चल पड़े।

वे अहाते ही में थे कि सरदारनी ने दौड़कर एक बड़ा-सा ताला उनके हाथ में दे दिया। "मकान मिल गया तो उस पर अपना क़ब्ज़ा कैसे जमाओगे?"

सरदार लहनासिंह ने एक हाथ में ताला लिया, दूसरा कृपाण पर रखा और लाइनें पार कर इस्लामाबाद की ओर बढ़े।

खालसा कालेज रोड, अमृतसर पर, पुतली घर के समीप ही हमारी कोठी थी। उसके बराबर एक खुला अहाता था। वहीं सरदार लहनासिंह चारा काटने की मशीनें बेचते थे। अहाते के कोने में दो-तीन अँधेरी-सीली कोठरियाँ थीं।

मकान की किल्लत के कारण सरदार साहब वहीं रहते थे। यद्यपि काम उन्होंने डेढ़-दो हजार रुपये से आरम्भ किया था, पर लड़ाई के दिनों में (किसानों के पास रुपये का बाहुल्य होने से) उनका काम खूब चमका। रुपया आया तो सामान भी आया और सुख-सुविधा की आकांक्षा भी जगी। यद्यपि प्रारम्भ में उस अहाते और उन कोठरियों को पाकर पति-पत्नी बड़े प्रसन्न हुए थे, परन्तु अब उनकी पत्नी,

जो 'सरदारनी' कहलाने लगी थी, उन कोठरियों तथा उनकी सील और अँधेरे को अतीव उपेक्षा से देखने लगी थी। ग्राहकों को मशीनों की फुर्ती दिखाने के लिए दिन-भर उसमें चारा कटता रहता था। अहाते-भर में मशीनों की कतारें लगी थीं जो भावना-रहित हो अपने तीखे छूरों से चारे के पूले काटती रहती थीं। सरदारनी के कानों में उनकी कर्कश ध्वनि हथौड़ों की अनवरत चोटों-सी लगती थीं। जहाँ-तहाँ पड़े हुए चरी के पूले और चारे के ढेर अब उसकी आँखों को अखरने लगे। सरदार लहनासिंह तो—यद्यपि उनकी पगड़ी और तहमद रेशमी हो गयी थी और उनके गले में लकीरदार गबरुन की कमीज़ का स्थान घुटनों तक लम्बी बोस्की की कमीज ने ले लिया था—वही पुराने लहनासिंह थे। उन्हें न कोठरियों की तंगी अखरती थी, न तारीकी, न मशीनों की कर्कशता, न चारे के ढेरों की निरीहता, बल्कि वे तो इस सारे वातावरण में बड़े मस्त रहते थे। वे उन सरदारों में से हैं जिनके सम्बन्ध में एक सिख लेखक ने लिखा है कि जिधर से पलटकर देख लो, सिख दिखाई देंगे।

कुछ पतले-दुबले हों, यह बात नहीं। अच्छे-खासे हृष्ट-पुष्ट आदमी थे और उनकी मर्दुमी के परिणामस्वरूप पाँच बच्चे जोंकों की तरह सरदारनी से चिपटे रहते थे। परन्तु यह सरदारनी का ढंग था। उसे यदि सरदार लहनासिंह से कोई काम कराना होता, जिसमें कुछ बुद्धि की आवश्यकता हो तो वह उन्हें 'बुद्धू' कहकर उकसाती और यदि ऐसा काम कराना होता, जिसमें कुछ बहादुरी की जरूरत हो तो उन्हें नामर्द का ताना देती। उसका ढंग था तो खासा अशिष्ट पर रुपया आने और अच्छे कपड़े पहनने ही से तो अशिष्ट आदमी शिष्ट नहीं हो जाता। फिर सरदारनी को नये धन का भान चाहे हो, शिष्टता का भान कभी न था।

सरदार लहनासिंह इस्लामाबाद पहुँचे तो वहाँ मार-धाड़ मची हुई थी। उनकी चारा काटने की मशीनें जिस प्रकार भावना-रहित होकर चरी के निरीह पूले काटती थीं, कुछ उसी प्रकार उन दिनों एक धर्म के अनुयायी दूसरे धर्म के अनुयायियों को काट रहे थे। सरदार लहनासिंह ने अपनी चमचमाती हुई कृपाण निकाली कि यदि किसी मुसलमान से मुठभेड़ हो जाये तो तत्काल उसे अपनी मर्दुमी का प्रमाण दे दें। परन्तु इस ओर जीवित मुसलमान का निशान तक न था। हाँ, गलियों में रक्तपात के चिह्न अवश्य थे। और दूर लूट-मार की आवाज़ें भी आ रही थीं।

तभी, जब वे सतर्कता से बढ़े जा रहे थे, उनको अपने मित्र गुरदयाल सिंह मकान का ताला तोड़ते दिखाई दिये।

सरदार लहनासिंह ने रुककर प्रश्नसूचक दृष्टि से उनकी ओर देखा।

''मैं तो इस मकान पर कब्जा कर रहा हूँ।'' सरदार गुरदयालसिंह ने एक उचटती हुई दृष्टि अपने मित्र पर डाली और निरन्तर अपने काम में लगे रहे।

तब सरदार लहनासिंह ने ढीली होती हुई पगड़ी का सिरा निकालकर पेच

कसा और अपने मित्र के नये मकान की ओर देखा। उसे देखकर उन्हें अपने लिए मकान देखने की याद आयी और वे तत्काल बढ़े। दो-एक मकान छोड़कर उन्हें सरदार गुरदयालसिंह की अपेक्षा कहीं बड़ा और सुन्दर मकान दिखाई दिया, जिस पर ताला लगा था। आव देखा न ताव, उन्होंने गली में से एक बड़ी-सी ईंट उठायी और दो-चार चोटों ही में ताला तोड़ डाला।

वह मकान यद्यपि बहुत बड़ा न था, परन्तु उनकी उन कोठरियों की तुलना में तो स्वर्ग से कम न था, कदाचित् किसी शौकीन क्लर्क का मकान था, क्योंकि एक छोटा-सा रेडियो भी वहाँ था और ग्रामोफोन भी। गहने-कपड़े न थे और ट्रंक खुले पड़े थे। मकान वाला शायद मार-धाड़ से पहले शरणार्थी कैम्प या पाकिस्तान भाग गया था। जो सामान वह आसानी से साथ ले जा सकता था, ले गया था। फिर भी जरूरत का काफी सामान घर में पड़ा था। यह सब देखकर सरदार लहनासिंह ने उल्टी कलाई मुँह पर रखी और जोर से बकरा बुलाया।[1] फिर तहमद की कोर को दोनों ओर से कमर में खोंसा और सामान का निरीक्षण करने लगे।

जितनी काम की चीजें थीं, वे सब चुनकर उन्होंने एक ओर रखीं, अनावश्यक उठाकर बाहर फेंकी, वही बड़ा ताला, जो वे घर से लाये थे, मकान में लगाया, गुरदयालसिंह को बुलाकर समझाया कि उनके मकान का खयाल रखें और स्वयं अपना सामान लाने चले कि मकान पूर्ण रूप से उनका हो जाये।

जब वे अपने घर पहुँचे तो उन्हें खयाल आया कि सामान ले जाएँगे कैसे? इस भगदड़ में तांगा-इक्का कहाँ? तब अहाते से साइकिल लेकर वे अपने पुराने मित्र रामधन ग्वाले के यहाँ पहुँचे जिसकी बैलगाड़ी पर (ट्रकों पर लाने-ले आने से पहले) वे अपनी चारा काटने की मशीनें लादा करते थे। मिन्नत-समाजत कर, दोहरी मज़दूरी का लालच देने के बाद वे उसे ले आये।

जब सारा सामान गाड़ी में लद गया और वे चलने को तैयार हुए तो सरदारनी ने साथ चलने का अनुरोध किया। तब उन्होंने उस नेकबख़्त को समझाया कि वहाँ के दूसरे सरदार अपनी सिंहनियों को बुला लेंगे तो वे भी ले जाएँगे। वे लाख सिंहनियाँ सही—सरदार लहनासिंह ने अपनी पत्नी को समझाया—पर हैं तो औरतें ही और दंगे-फिसाद में औरतों ही को अधिक सहना पड़ा है। फिर उन्होंने समझाया कि अहाते का भी तो खयाल रखना चाहिए। शरणार्थी धड़ाधड़ आ रहे हैं, कौन जाने यहाँ घर खुला देखकर जम जाए।

सरदारनी मान गयी, परन्तु जब सरदार लहनासिंह चलने लगे तो उसने सुझाया कि वे सामान के साथ चारा काटने की एक मशीन ले जाकर अवश्य अपने

1. पंजाबी जाट जब बहुत प्रसन्न होते हैं तो उल्टी कलाई मुँह पर रखकर बकरे की-सी आवाज़ निकालते हैं।

नये घर में स्थापित कर दें, ताकि उनकी मिलकियत में किसी प्रकार का सन्देह न रहे और सभी को पता चल जाये कि यह मकान चारा काटने की मशीनों वाले सरदार लहनासिंह का है।

सरदारनी का यह प्रस्ताव सरदार जी को बहुत अच्छा लगा।

यद्यपि बैलगाड़ी में और स्थान न था, परन्तु सामान पर सबसे ऊपर चारा काटने की एक मशीन किसी-न-किसी प्रकार रखी गयी। गिर न जाये, इसलिए रस्सों से उसे कसकर बाँधा गया और सरदार लहनासिंह अपने नये घर पहुँचे। गली ही में उन्होंने देखा कि सरदार गुरदयालसिंह की सिंहनी और बच्चे तो नये मकान में पहुँच भी गये हैं। तब उन्हें लगा कि उनसे भारी गलती हो गयी है। उन्हें भी अपनी सिंहनी को तत्काल ले आना चाहिए। यदि पतला-दुबला गुरदयाल अपनी सिंहनी को ला सकता है तो वे क्यों नहीं ला सकते।

यह सोचना था कि सारे सामान को उसी प्रकार ड्योढ़ी में रख वही बड़ा-सा ताला लगा, उन्होंने गुरदयालसिंह से कहा कि भाई ज़रा खयाल रखना, मैं भी अपनी सिंहनी को ले आऊँ, संगत हो जाएगी।

और उसी बैलगाड़ी पर सरदार लहनासिंह उल्टे पाँव लौटे। घर पहुँचकर उन्होंने अपनी सरदारनी को बच्चों के साथ तत्काल तैयार होने के लिए कहा।

परन्तु एक-डेढ़ घंटे के बाद जब अपने बीवी-बच्चों सहित सरदार लहनासिंह इस्लामाबाद पहुँचे तो उनके नये मकान का ताला टूटा पड़ा था। ड्योढ़ी से उनका सारा सामान ग़ायब था। केवल चारा काटने की मशीन अपने पहरे पर मुस्तैदी से जमी हुई थी। घबराकर उन्होंने गुरदयालसिंह को आवाज़ दी, परन्तु उनके मकान में कोई और सरदार विराजमान थे। उनसे पता चला कि गुरदयालसिंह दूसरी गली के एक और अच्छे मकान में चले गये हैं। तब सरदार लहनासिंह कृपाण निकालकर अपने मकान की ओर बढ़े कि देखें चोर और क्या-क्या ले गये हैं।

ड्योढ़ी में उनके प्रवेश करते ही दो लम्बे-तड़ंगे सिखों ने उनका रास्ता रोक लिया, बैलगाड़ी पर सवार उनके बीवी-बच्चों की ओर संकेत करते हुए उन्होंने कहा कि यह मकान शरणार्थियों के लिए नहीं। इसमें थानेदार बलवन्तसिंह रहते हैं। थानेदार का नाम सुनकर लहनासिंह की कृपाण म्यान में चली गयी और पगड़ी कुछ और ढीली हो गयी।

"हुजूर, इस मकान पर तो मेरा ताला पड़ा था। मेरा सारा सामान...।"

"चलो-चलो बाहर निकलो। अदालत में जाकर दावा करो। दूसरे के सामान को अपना बताते हो।"

और उन्होंने सरदार लहनासिंह को ड्योढ़ी से ढकेल दिया। तभी लहनासिंह

की दृष्टि चारा काटने की मशीन पर गयी और उन्होंने कहा :

"देखिए, यह मेरी चारा काटने की मशीन है, किसी से पूछ लीजिए, मुझे यहाँ सभी जानते हैं।"

परन्तु शोर सुनकर अपने 'नये' मकानों से जो सरदार या लाला बाहर निकले उनमें एक भी परिचित आकृति लहनासिंह को न दिखाई दी।

"यों क्यों नहीं कहते कि चारा काटने की मशीन चाहिए," उन्हें धकेलने वाले एक सिख ने कहा और वह अपने साथी से बोला, "सुट्ट ओ करतारसिंहा, मशीन नूं बाहर। गरीब शरणार्थी हण। असां इह मशीन साली की करनी ए।"

और दोनों ने मशीन बाहर फेंक दी।

दो-ढाई घंटे के असफल वाबेले के बाद जब सरदार लहनासिंह, रात आ गयी जानकर, वापस अपने अहाते को चले तो उनके बीवी-बच्चे पैदल जा रहे थे और बैलगाड़ी पर केवल चारा काटने की मशीन लदी हुई थी।

*(हिन्दी कहानी)*

# या ख़ुदा

## कुदरतुल्ला शहाब

"उस तरफ़ क्या ताकती है, साली तेरा खसम है उधर?" अमरीक सिंह ने कृपाण की नोक से दिलशाद की पसलियों को गुदगुदाया, और बायाँ गाल खींचकर उसका मुँह पश्चिम से पूरब की ओर घुमा दिया।

दिलशाद मुस्करा दी। यह मुस्कराहट उसकी विशेषता बन गयी थी। बचपन में उसका सफलतम हथियार उसका रोना था। एक थोड़ी-सी ईं-ईं, राँ-राँ करके वह माँ के सीने में छुपे हुए दूध से लेकर, अलमारी में रखी हुई बर्फी तक हरेक चीज प्राप्त कर लेती थी। अब जवानी ने उसकी मुस्कराहट में प्रभाव पैदा कर दिया था। इस नये जादू के बारे में उसे उस समय मालूम हुआ, जब उसकी एक मुस्कराहट पर निसार होकर रहीम ख़ाँ ने क़सम खा ली थी कि, अगर चाँद-सूरज या तारे भी उसे उठा ले जाएँ तो वह धरती-आकाश के फैलाव फाँदकर उसे छीन लाएगा।

रहीम ख़ाँ झूठा था। मक्कार कहीं का। आसमानों की बात तो दूर की बात थी, वह तो उसे धरती ही धरती खो बैठा। दिलशाद नज़र बचा-बचाकर बैठी थी, और कल्पना में अपने माथे को उस स्थान पर झुका दिया करती थी, जिसके दामन में दया की एक बेचैन दुनिया छुपी बतायी जाती थी। पश्चिम की ओर काबा था। काबा अल्लाह का घर था। उसकी कल्पना दिलशाद के दिल में श्रद्धा और आशा का एक चमकता दीया जला देती थी। लेकिन, अमरीक सिंह को पश्चिम से बड़ी चिढ़ थी। यूँ भी सिखों की इस बस्ती में कुछ रीतियाँ बड़ी टेढ़ी थीं। एक तो करेला दूजा नीम चढ़ा। बारह बजे से बारह बजे तक उनके शरीर कमान की तरह तने रहते थे। यूँ मालूम होता था, किसी ने बस्ती-भर के बच्चों, जवानों और बूढ़ों को बिजली के तार में पिरोकर, उनमें करंट दौड़ा दिया हो।

अमरीक सिंह का घर मस्जिद के पीछे था। उस मस्जिद के सम्बन्ध में सारे गाँव में यह बात फैल रही थी, कि शाम होते ही, उसके कुएँ से विचित्र डरावनी आवाज़ें आती हैं, जैसे दो-चार बकरों के गले पर एक साथ छुरी फेरी जा रही हो।

"साला-हरामी!"

अमरीक सिंह कहा करता था, "मरने के बाद भी डकरा रहा है, भैंसे के समान। डाल तो कुछ टोकरे कुएँ में।"

"अरे भाई, छोड़ो भी।" अमरीक सिंह का भाई त्रिलोक सिंह मज़ाक़ उड़ा रहा था, "बाँग दे रहा है मुल्ला।"

लेकिन अमरीक सिंह की पत्नी डरती थी। रात के सन्नाटे में जब मस्जिद का कुआँ गला फाड़-फाड़कर चिंघाड़ता तो उसका सारा शरीर पसीने में नहा उठता। उसकी आँखों के सामने मुल्ला अलीबख़्श का चित्र आ जाता, जो मस्जिद के हुजरे में रहा करता था। निर्बल शरीर, दो हाथ की सफेद दाढ़ी, आँखों पर मोटे शीशे का चश्मा, सिर पर पीली मलमल की बेढब-सी पगड़ी। हाथों में कँपकँपाहट, गर्दन में उभरी नसें। लेकिन जब वह मिम्बर पर खड़ा होकर, पाँचों समय की अजान देता था, तो मस्जिद के गुम्बज गूँज उठते।

अज़ान की आवाज़ से अमरीक सिंह की पत्नी को बड़ा कष्ट होता। उसने बड़े-बूढ़ों से सुन रखा था, कि अज़ान में काले जादू के बोल होते हैं। जवान औरतें उसे सुनकर 'बाँगी' हो जाती हैं। अगर अविवाहित लड़की बाँगी हो जाए तो उसके बाँझ होने का डर रहता है, और अगर विवाहित पत्नी बाँगी हो जाये तो उसके गर्भ गिरने लगते थे। इसलिए अमरीक सिंह के घर में, कई पीढ़ियों से यह रीति थी, कि उधर अज़ान की आवाज़ हवा में लहरायी और इधर किसी ने कटोरे चम्मच से बजाना आरम्भ किया, किसी ने चिमटे को तवे से लड़ाया। कोई भागकर कोठरी में जा घुसी।

अमरीक सिंह की पत्नी के पेट में सवा लाख खालसे पल रहे थे। सिक्खों की गिनती में एक सिक्ख सवा लाख इनसानों के बराबर गिना जाता था। जब मस्जिद का कुआँ आधी रात गये अमरीक सिंह की पत्नी की कल्पना में भयानक गूँज बनकर डकारता तो उसके पेट में खालसों की फ़ौज़ भाग-दौड़ मचाने लगती। कभी उसके कानों में कुएँ की चिंघाड़ें दिल दहला देने वाले रूप में गूँजतीं, कभी उसकी कल्पना में कुआँ जबड़ा फाड़े उसकी ओर लपकता। हर समय उसे यह धड़का लगा रहता कि, मुल्ला अलीबख़्श कुएँ की दीवार के साथ रेंगता हुआ बाहर निकल रहा है, और आँख झपकते ही कुएँ की मुँडेर पर खड़ा होकर न जाने उसे कब बाँग कर रख देगा।

अमरीक की बहन अभी अविवाहित थी, लेकिन उसके दिल पर सवा लाख का कब्जा था। रात को जब वह अपनी चारपाई पर लेटकर उन मीठी-मीठी गुदगुदाइयों को याद करती जो मकई के खेत की ओट में सवा लाखों की भूखी उँगलियाँ उसके शरीर को छलनी बनाकर रख देती थीं, तो उसके सीने में इच्छाओं

की एक भीड़ उमड़ आती, और वह विचारों ही विचारों में अपने शरीर को जवाँ-जवाँ शक्तिशाली खालसों के अस्तित्व से आबाद कर लेती—मगर, फिर, मस्जिद वाले कुएँ की दिल दहला देनेवाली आवाज़ उसकी कल्पना के महल को ढहा देती, और उसे तुरन्त महसूस होता कि कुएँ की गहराई से भी मुल्ला अलीबख़्श काले जादू के बोल पुकार-पुकार कर उसके पेट से चलने वाली पीढ़ियों के नाके बन्द कर रहा है।

अमरीक को अपनी पत्नी और बहन दोनों पर गुस्सा आता था। कायर की बच्चियाँ! मुल्ला अलीबख़्श तो कब से दूर दफन हो चुका है। जिस दिन वह कुएँ की मुँडेर पर बैठा वज़ू कर रहा था, अमरीक ने खुद उसे भाले की नोंक पर उछाला, त्रिलोक ने उस पर अपनी कृपाण को आज़माया, ज्ञानी दरबार सिंह ने उसके झुझाते हुए ख़ून में लथपथ शरीर को तड़ाक से कुएँ में फेंक डाला।

एक मुल्ला अलीबख़्श ही क्या अब तो चमकोर का सारा गाँव साफ हो चुका था, कुछ लोग भाग गये थे, कुछ मर चुके थे। लेकिन यह औरतें थीं कि अब भी बाँगों के डर से अपनी बच्चेदानियों को छुपाये-छुपाये फिरती थीं। इसलिए जब अमरीक सिंह की पत्नी और बहन सोते-सोते चीखकर छातियाँ पीटने लगतीं तो उसका दिल क्रोध से बुरी तरह जलने लगता, और वह चिमटा उठाकर उन्हें पीटने लगता। मारते-मारते उसके हाथ थक जाते। बाजुओं में थकान आ जाती और वह अपनी दाढ़ी से पसीने की बूँदों को पोंछता हुआ पागलों के समान लपककर दिलशाद के पास चला जाता। इसी प्रकार गाँवभर के लोग अपनी पत्नियों और बहनों से भागकर अपने शरीर के तूफ़ान को कम करने के लिए दिलशाद के पास चले जाया करते थे।

दिलशाद को मस्जिद में रखा गया था। यूँ तो उसके पास शरीर भी था और जान भी, लेकिन, उसकी सबसे लोकप्रिय चीज उसके अब्बा की वह माला (तस्बीह) थी। मुल्ला अलीबख़्श के हाथ उस माला पर घूमते-घूमते बूढ़े हो गये थे। पीले पत्थर के गोल-गोल दानों पर उसकी उँगलियों के निशान फ़रयादी के समान चिपके हुए थे। यही कुछ मोती थे जिससे दिलशाद की लुटी हुई सीप अब तक आबाद थी। वह दिन-भर उस माला को गले में डाले कमीज़ के नीचे छुपाये रहती थी, लेकिन शाम पड़ते ही उसे किसी वीरान कोने में दबा देती थी।

आधी रात गये वह मस्जिद वाले कुएँ की मुँडेर से लिपटकर रोया करती थी। उसकी आँखें कुएँ में टकटकी लगाये थक जाती थीं, कि शायद उसके अब्बा की तैरती हुई पगड़ी की एक झलक, कभी उसकी आँखों को जीवित कर दे। उसके कान कुएँ की तरफ लगे थक जाते थे, कि शायद उसके अब्बा की अन्तिम सिसकी,

एक बार फिर सुनाई दे, या वे भयानक चिंघाड़ें, जिन्होंने गाँवभर की औरतों को परेशान कर रखा था, उसके कानों तक भी पहुँचें। लेकिन कुआँ अँधेरों से भरा था और कब्र के समान ख़ामोश। जब कभी कोई आवारा चमगादड़ उसमें पर फड़फड़ाती तो, हर फड़फड़ाहट के साथ बदबू के तेज भभके वातावरण में बिखर जाते थे, क्योंकि अलीबख़्श का गला मरने के बाद भी बन्द रखने के लिए, कुएँ को गन्दे कूड़े-करकट से अटाअट भर दिया था।

दिलशाद का अस्तित्व एक टूटे हुए तारे के समान था, जिसके टुकड़े आकाश के वीरानों में अकेले ही अकेले भटक रहे हों। आकाश का फैलाव मिट चुका था। सूरज और चाँद छुप गये थे। तारों के दीप बुझ चुके थे। वह अकेली रह गयी थी, बिना किसी सहारे के मस्जिद के दरवाजे के साथ लगी हुई, सहमी हुई, घबरायी हुई—चकित। उसके दम से मस्जिद फिर आबाद हो गयी थी। लोग बोरियाँ बाँध-बाँधकर वहाँ आते थे।

चमकौर की मस्जिद, गुरुद्वारों से भी अधिक आबाद हो गयी थी। धीरे-धीरे विवाहित और अविवाहित माँओं को यह अहसास सताने लगा कि मुल्ला अलीबख़्श के बाद उसकी बेटी उनकी कोख को लूटने पर तुली है। वह तो चिमटे खा-खाकर अपनी चारपाइयों पर सो जाती थीं, लेकिन उनके बहादुर पति रात-भर दिलशाद के साथ अपनी आनेवाली पीढ़ियों का सौदा किया करते थे। अमरीक सिंह, उसका बाप, उसका भाई—एक के बाद दूसरा, दूसरे के साथ तीसरा...रात-भर वे नज़रें बचा-बचाकर मौका जाँच-जाँचकर मस्जिद के आस्ताने पर हाज़िरी देते थे। भुनी कलेजी और गुर्दे उड़ाते थे। तले हुए कबाबों का दौर चलता था और अपनी पीढ़ी के बीज जिन्हें हरा-भरा रखने के लिए उनकी पत्नियाँ सौ-सौ तरह के जतन करतीं, वह बिना झिझके मस्जिद की चारदीवारी में बिखेर आते—और एक दिन बैठे-बिठाये दिलशाद सरसों के समान फूल उठी। जब यह बात फैली तो गाँव में आग लग गयी थी, पत्नियों ने चीख-चीखकर अपना सिर पीट लिया, क्वाँरी लड़कियों ने रो-रोकर अपनी आँखें सुजा लीं और मकई के खेतों में छुप-छुपकर अपने खालसों से मिलना छोड़ दिया। कुएँ की चिंघाड़े तेज होने लगीं। घरों में फिट पर फिट आने लगे। चिमटे पर चिमटे चलने लगे। एक कोहराम मच गया। पहले तो सबकी यह राय हुई कि बच्चे के जन्म लेने से पहले ही दिलशाद को मारकर कुएँ में फेंक दिया जाए, लेकिन फिर अमरीक सिंह को एक लाभदायक तरकीब सूझी। आम के आम गुठलियों के दाम। एक दिन वह दिलशाद को, अपनी गाड़ी में बिठाकर, पास के थाने में ले गया और अपहरण की गयी मुसलमान औरतों को खोज निकालने के अपने प्रयत्न के सबूत में दिलशाद को पेश कर दिया।

थानेदार लभूराम ने अमरीक सिंह के इस कार्य की बड़ी प्रशंसा की। पुलिस की ओर से धन्यवाद का एक प्रमाण-पत्र उसे मिलेगा, और कमिश्नर साहब की ओर से भी। फिर थानेदार साहब ने ऐनक उठाकर दिलशाद को भरपूर नज़रों से देखा। अच्छी जवान थोड़ी पीली-सी। लेकिन गर्म-गर्म, और जब उनकी नज़र दिलशाद के पेट पर पड़ी तो उनकी उभरी हुई इच्छा को एक धक्का-सा लगा। पहले उन्होंने सोचा कि अगर दस-बीस दिन की बात हो उसे भी थाने में रख लें, लेकिन जब हेड कांस्टेबल दुर्योधन सिंह ने जोड़-तोड़ के हिसाब लगाया कि, अभी 'ख़लास' होने में साढ़े तीन महीने शेष हैं, तो थानेदार को बड़ी निराशा हुई। लेकिन फिर भी रात को खाना खाकर पतली-सी बनियान और जाँघिया डालकर चारपाई पर लेटे तो, उन्होंने पाँव दबाने के लिए दिलशाद को अपने पास बुलाया। जाते चोर की लँगोटी ही सही। थानेदार साहब के पाँव का दर्द बढ़ते-बढ़ते पिंडलियों तक आ गया, फिर घुटनों में, फिर रानों के अन्दर—फिर कूल्हों के आसपास, फिर वह दिलशाद का हाथ पकड़कर अपनी दुखती हुई रगों को दबाते रहे। थानेदार जी के लिए इच्छा का दूसरा नाम संतोष था।

दिलशाद के लिए यह कोई नयी बात नहीं थी। पिछले कुछ महीनों में उसने जीवन के कुछ ऐसे खेल खेले, कि उसके शरीर की बोटी-बोटी जैसे मरहम का फाहा बनकर रह गयी थी। जो कोई जहाँ से चाहता लगा लेता। उसके शरीर का हर भाग भड़कते हुए, काँपते हुए, बेचैन इनसानों को कुछ क्षणों में ही सन्तोष का प्याला पिला देता था। लेकिन उसकी अपनी रग-रग में कितने फोड़े थे—काश! रहीम खाँ होता तो देखता। दिलशाद को अपने आप पर गुस्सा आता था कि, उसने बेचारे रहीम खाँ को बेकार ही निराश किया था। एक दिन जब उसने उसे जबरदस्ती चूमने की कोशिश की थी, तो दिलशाद ने गुस्से से उसके सिर पर ऐसा दोहत्थड़ मारा था, कि उसकी चूड़ियाँ टूटकर रहीम ख़ाँ के माथे में गड़ गयी थीं, और फिर रात-भर अंगारों पर लोटती रही थी कि, न जाने ख़ुदा और रहीम ख़ाँ को इस पाप की क्या सज़ा देंगे। बेचारा रहीम ख़ाँ!

पन्द्रह-बीस दिन बाद जब थानेदार के घुटनों, कूल्हों और कमर का दर्द कुछ कम हुआ तो उन्होंने दिलशाद को छुट्टी दे दी और हेड कान्स्टेबल के साथ अम्बाला कैम्प में भेज दिया। रास्ते में हेड कांस्टेबल के कूल्हों और घुटनों में कई बार दर्द उठा, लेकिन दिलशाद फुर्ती से उसके दर्द का उपचार करती रही। दस घंटे की यात्रा उन्होंने दस-बारह दिनों में कुशलता के साथ तय की।

अम्बाला कैम्प में बहुत-सी लड़कियाँ थीं। बहुत सुन्दर, जवान औरतें भी, लेकिन टूटे हुए तारों के समान, जिनकी चमक बुझ गयी थी। जिनकी आकाश गंगा लुट गयी हो। हर दिन फ़ौज़ी ट्रक आते थे, और नयी-नयी लड़कियों को, नयी-

नयी औरतों को कैम्प में छोड़ जाते थे।

दिलशाद को अब एक प्रकार की छुट्टी थी। यूँ तो अच्छी सन्तान हमेशा माँ-बाप का सहारा होती है। लेकिन दिलशाद को अपनी होनेवाली सन्तान पर बड़ा भरोसा था। उसने पैदा होने से पहले की अपनी मजबूर माँ को अपने संरक्षण में ले रखा था।

अम्बाला कैम्प के पास रेलवे लाइन थी। सूरज के उजाले में रेल की पटरियाँ, चाँदी के तार बनकर चमकती थीं और बहुत दूर पश्चिम की ओर उनकी चाँदी जैसी लड़ियाँ, सपनों के सुहाने टापुओं में गुम हो जाती थीं, और कैम्प की औरतें उन पटरियों को छू-छूकर मस्त हो जाती थीं कि उनका दूसरा सिरा पूर्वी पंजाब में नहीं, बल्कि पश्चिमी पंजाब में है। पश्चिमी पंजाब का ध्यान आते ही दिलशाद की याद में एक नन्हा-सा दीया टिमटिमा उठता—पश्चिम में काबा है—काबा अल्लाह का घर है। लेकिन कैम्प की दूसरी औरतें कहती थीं, पश्चिम में और भी बहुत कुछ है। वहाँ हमारे भाई हैं, हमारी बहनें हैं, हमारे माँ-बाप हैं, वहाँ आदर है, वहाँ आराम है—दिलशाद सोचती थी कि शायद वहाँ रहीम ख़ाँ भी हो। यह ध्यान आते ही उसके शरीर का अंग-अंग मचल उठता। वह बेचैन हो जाती कि, पर लगाये, उड़ जाये और अपने थके, दुखे हुए शरीर पर पवित्र धरती की मिट्टी मल ले। सप्ताह दो सप्ताह, महीने दो महीने, दिन बीतते गये। रातें बीतीं और पश्चिम की प्रसन्न कर देनेवाली कल्पना, दिलशाद के सीने में गुलबूटे खिलाती रही। अम्बाला कैम्प की आबादी बढ़ती गयी। मेजर प्रीतम सिंह और उसके जवानों का दिल अच्छी तरह भर गया तो, एक दिन वह रेल भी आ गयी जिसकी प्रतीक्षा में आशाओं के दीये अभी तक जल रहे थे। जब वह रेल में सवार हुई, तो दिलशाद को मुल्ला अलीबख़्श की याद आ गयी। वह भी इसी प्रकार रेल में बैठकर हज को रवाना हुआ था। गले में हार था और गाँव के लोग बाजा बजाते स्टेशन तक आये थे।

रेल के हर फर्राटे के साथ औरतों के टूटे हुए शीशे झनझना उठते थे। पहियों के हर चक्कर के साथ उनके शरीर और आत्मा का बल निकल जाता था। जब वह खिड़कियों से झाँक-झाँककर तार के खम्बों को देखती, तो उसे विश्वास हो जाता कि, वह आगे की ओर जा रही है। धरती का जो चप्पा उनके नीचे से निकलता वह उन्हें पूर्वी पंजाब से उठाकर पश्चिम के निकट ले जाता। अगर कहीं गाड़ी रुकती तो सारी दुनिया दम साध लेती। समय की गति रुक जाती और उन्हें यह डर लगता कि इंजन के सामने शायद बड़े-बड़े पहाड़ उग आये हैं। जब गाड़ी दोबारा चलती तो, दिल की धड़कनें जाग उठतीं। सीनों की इच्छाएँ ताज़ा हो जातीं, और वे खिड़की से हाथ निकालकर उन हवाओं को छूने की कोशिश करतीं जो पश्चिम की ओर से आ रही थीं।

लुधियाना, फुलवार, जालन्धर...अमृतसर हर ठिकाने पर औरतों के जीवन के बन्द खुलते गये। उनके शरीर में सोया संगीत जागने लगा। वे गुनगुनाने लगीं, मुस्कराने लगीं, आँखें मल-मलकर एक-दूसरे को देखने लगीं, जैसे किसी भयानक सपने को बहलाने की कोशिश कर रही हों। किसी ने बालों में कंघी की, किसी ने दुपट्टे के पल्लू से दाँतों की मैल उतारी, कोई कपड़े झाड़ने लगी, कोई बच्चों को लोरियाँ सुनाने लगीं। कुछ औरतों ने सिर से सिर जोड़कर गीत गाये। प्यारे-प्यारे गीत रस-भरे गीत—ऐ काली कमली वाले मैं तेरी नगरी में आयी हूँ। मुझे अपनी कमली में छुपा ले। मुझे अपने पाँव की खाक बना ले...

जब गाड़ी अमृतसर स्टेशन से निकली तो किसी ने कहा कि अब केवल डेढ़ घंटे की यात्रा शेष है। बस डेढ़ घण्टे। यह अविश्वसनीय विचार, औरतों के शरीर पर शराब के तेज नशे के समान छा गया। अपनी मंजिल को इतना निकट पाकर वह एहसास की तेजी से अपनी सुध-बुध गँवा बैठीं। अतीत की ख़ौफ़नाक सच्चाइयाँ भविष्य की सुहानी इच्छाओं पर छा गयीं। अचानक उनको अपने गाँव—हरे-भरे गाँव याद आने लगे। अपने जवान-जवान भाई। अपने बूढ़े, कमजोर माँ-बाप। अपनी उदासीन बहनें जो कैम्पों में बैठी, देवताओं की प्रतीक्षा कर रही थीं, कि वह उन्हें कहीं दूर पश्चिम की ओर...वह रोने लगीं। उनके गालों पर आँसुओं के नाले बहने लगे। दिलशाद भी रो रही थी। बिलख-बिलख कर—सिसक-सिसक कर वह रोती गयी। रोती गयी। यहाँ तक कि उस पर नींद छाने लगी।

जब उसकी नींद खुली तो गाड़ी का डिब्बा खाली हो चुका था। स्टेशन की एक मेहतरानी डिब्बे के फर्श को पानी से धो रही थी। दिलशाद के पहलू में एक नन्हीं-सी बच्ची रो रही थी। स्टेशन पर चहल-पहल थी। एक चाय वाला खिड़की के पास, खोमचा लगाये दूध उबाल रहा था।

दिलशाद उठकर खिड़की के सहारे बैठ गयी। उसने कमजोर आवाज़ में चाय वाले से पूछा, "क्या यह पश्चिम है भाई?"

चाय वाला अपने पीले भौंड़े दाँत निकला कर हँसा, "क्यों, क्या नमाज़ पढ़ोगी इस वक्त?"

स्टेशन की मेहतरानी तब फर्श को धो चुकी, तो उसने अपनी मेहनत के लिए दिलशाद से एक चवन्नी माँगी। फिर निराश होकर उसने दिलशाद को कुछ गन्दी गालियाँ दीं, "सारा डिब्बा अपवित्र कर दिया। राँड़ थोड़ा भी न ठहर सकी, रास्ते में ही जन बैठी..."

वह मेहतरानी जाकर एक मजबूत से मेहतर को अपने साथ ले आयी और दोनों ने मिलकर दिलशाद को डिब्बे से निकाल दिया।

प्लेटफार्म पर सामान लादनेवाला एक ठेला खड़ा था। दिलशाद उसके साथ

पीठ लगाकर बैठ गयी। सामने चाय का स्टाल था। उससे आगे फलों की दुकान थी। दिलशाद का गला काँटों के समान सूख रहा था। उसकी जीभ पर गन्दले और मैले थूक की पपड़ियाँ जमी थीं। उसकी कमर में दर्द की टीसें उठ रही थीं, और सारा शरीर दुखते हुए फोड़े के समान चुरमुर-चुरमुर कर रहा था।

दिलशाद की नन्ही-सी बच्ची चुहिया के समान उसके सीने से चिपकी हुई, चुस-चुस दूध पी रही थी। कभी वह सोचती थी कि शायद वह रात-भर सोती ही रही है, और पश्चिम की सुहानी मंजिल को पीछे छोड़ आयी। कभी उसे ध्यान आता कि शायद स्टेशन की गगनचुम्बी इमारतों के पीछे, उसका रहीम खाँ उसकी प्रतीक्षा में खड़ा हो। वह उठी कि, लोगों की भीड़ के थोड़ा निकट हो जाये, लेकिन उसके घुटने कटाक से बजकर रह गये, और उसकी पिंडलियाँ कँपकँपाने लगीं। वह सिर थामकर ठेले के सहारे फिर बैठ गयी।

दो जवान लड़के जो कीमती लिबास पहने थे, और हाथों में हाथ लिये प्लेटफार्म पर टहल रहे थे, जब दिलशाद के सामने से गुजरे तो दूर तक पीछे मुड़-मुड़कर उसे देखते रहे। धीरे-धीरे वे ठीक दिलशाद के सामने आकर खड़े हो गये। दिलशाद का दिल पसलियों के साथ ज़ोर-ज़ोर से कँपकँपाने लगा। भय और आशा का एक अजीब-सा ताना-बाना उसके मस्तिष्क पर छा गया। चमकोर की मस्जिद में अगर कोई उसे घूर कर देखता तो वह मजबूर होकर अपना शरीर ढीला छोड़कर बैठ जाती थी; क्योंकि उसे मालूम था, कि अगले क्षण उसे घूरने वाले का हाथ, उसके मांस को नोच-खसोटकर रख देगा। लेकिन रेल में बैठ जाने के बाद उसने उन सुहानी आशाओं का सहारा पकड़ लिया था, जो पश्चिम की कल्पना से उसके हृदय एवं मस्तिष्क में बसी हुई थीं। इसलिए वह सोचने लगी थी कि शायद यह सुन्दर-से जवान वह कृपालु भाई हों, जिनके खून का आकर्षण अम्बाला कैम्प की औरतों को हर क्षण अपनी ओर खींचता रहता था। इस विचार से दिलशाद के दिल में प्रसन्नता की एक लहर-सी नाची। वह तो मुस्कराना भी चाहती थी, लेकिन उसके शरीर में दर्द की टीसों का तूफ़ान उठा हुआ था। इसलिए बहुत कोशिश के बाद भी वह बनावटी ढंग से भी न मुस्करा सकी। फिर भी प्रेम की लोच उसका दुखता हुआ रिसता हुआ शरीर इकट्ठा कर सकता था। उसने अपनी आँखों में समेटकर, उन नौजवानों की ओर बड़े प्यार से देखा।

''अनवर!'' एक नौजवान सिगरेट का धुआँ दूसरे के मुँह पर छोड़कर मुस्कराया।

''रशीद!'' दूसरे नौजवान ने भी उतने ही जोश से कहा।

अनवर! रशीद!! दिलशाद जैसे प्रसन्नता में डूब गयी। यह दो नाम उसके कान में जैसे अमृत टपका गये। महीनों से वह ऐसे जाने-पहचाने नाम सुनने को तरस

गयी थी। उसके गाँव के अनवर, रशीद, महमूद, नसीम, ख़ालिद, जावेद के नामों की जगह शमशेर सिंह, अमरीक सिंह, करतार, त्रिलोक सिंह, दरबारा सिंह ने ले ली थी। लेकिन अब जबकि उसके कानों में रशीद और अनवर के नाम पड़े तो उसे ऐसा महसूस हुआ, जैसे वह किसी पवित्र जल में नहा रही हो। उसकी गिरी गर्दन गर्व से ऊपर उठने लगी, उसके निराश और दुखी सीने में आशा और प्रसन्नता की किरणें फूटने लगीं, उसने हाथ के इशारे से उन दोनों जवानों को अपने पास बुलाया—

"यह क्या जगह है भाई?" दिलशाद ने पूछा।

"लाहौर है।" अनवर ने कहा।

"तुम कहाँ जाओगी?" रशीद ने पूछा।

"जहाँ कोई ले जाए।" दिलशाद को पश्चिम की धरती अपना घर दिखाई दी थी और पश्चिम का हर जवान अपना भाई।

"बाप रे बाप!" अनवर ने रशीद के कान में धीरे से कहा।

"बुरी स्पोर्ट है भाई।" रशीद ने अनवर को आँख मारी।

"तो आओ, हमारे साथ चलो।" दोनों एक साथ बोले।

जब दिलशाद ठेले का सहारा लेकर उठी, तो उसके भाइयों को पहली बार नन्ही-सी भाँजी दिखी।

"अरे!" अनवर आश्चर्य से उछला।

"क्या बला है?" रशीद ने पूछा।

"लड़की है जी।" दिलशाद कुछ हिचकिचायी, कुछ शरमायी।

"बड़ी छोटी-सी है।" अनवर ने ध्यानपूर्वक देखा।

"एक ही दिन की है जी।" दिलशाद अपने भाइयों से क्या कहे और क्या न कहे।

"आख़-थू!" अनवर को उबकाई आयी।

"लाहौलविला कुव्वत।" रशीद का जी मतलाया।

वह दोनों भाई उल्टी करते-करते बचे और तेजी से वहाँ से चले गये। सामने वाले प्लेटफार्म पर एक सुन्दर लड़की भड़कीली सलवार पहने जा रही थी। दोनों ने छलाँगें मारकर पटरियों को पार किया और हाथ में हाथ दिये उस सुन्दर औरत के पीछे चल दिये।

"नादान भाई! बाग में एक से एक अच्छी तितली है। तुम अब किस-किस के पीछे भागोगे?"

दोपहर के समय स्टेशन की शोभा कुछ ढल गयी। धूप में तेजी आ गयी। एक अँग्रेज़, अपनी मेम साहब के साथ प्लेटफार्म पर धूप सेंक रहा था। उसका छोटा-सा

लड़का दिलशाद के पास, अपने कुत्ते से खेल रहा था। जब उसने दिलशाद की छोटी-सी बच्ची को धूप में हाथ-पैर मारते हुए देखा तो उसकी आँखें आश्चर्य से फैल गयीं। वह खुशी से चीखता हुआ भागा और अपनी माँ को यह विचित्र दृश्य दिखलाने के लिए वहाँ ले आया।

"हाऊ वंडरफुल ममी, हाऊ वंडरफुल!" बच्चा चीख रहा था और आश्चर्य से उसकी आँखें फटी जा रही थीं।

दिलशाद की बेटी एक मैली-सी चादर में लिपटी हुई, अपने नन्हे-नन्हे घूँसे तानकर आकाश को दिखा रही थी, और उसके छोटे-छोटे पाँव धरती और आकाश को अपनी ठोकरों से दुत्कार रहे थे। अँग्रेज़ का बच्चा इस नन्ही-सी चीज़ को देखकर तालियाँ बजा रहा था और हर क्षण कोशिश करता था कि वह उचक कर उस जानदार खिलौने को अपने हाथों में उठा ले। उसकी माँ ने उसको डाँटा कि दूसरे की चीज़ को हाथ नहीं लगाया करते। लड़का मचल गया।

"हम तुमको ऐसा ही खिलौना ला देंगे।" बाप ने उसे पुचकारा।

"झूठ।" लड़का रो रहा था।

"हाँ-हाँ, बच्चे, हम अवश्य ही तुम्हें ऐसा खिलौना ला देंगे।" लड़के की माँ ने भी वादा किया।

"तुम कब मुझे ऐसा ही खिलौना ला दोगे?" लड़का बात पक्की करना चाहता था।

"बहुत जल्द मेरे बेटे, बहुत जल्द।" बाप ने अपनी पत्नी के गालों की ओर भरपूर नज़र डाली।

पत्नी ने शरमाकर मुँह फेर लिया।

"मम्मी! इस खिलौने को चॉकलेट दो।"

"नहीं डार्लिंग, यह चॉकलेट नहीं खा सकती।"

"अच्छा मम्मी! इसे अच्छा-सा सूट दो।"

"यस डार्लिंग, हम इसे कपड़ा दे देंगे।"

"और पैसे भी मेरी मम्मी।"

"यस! पैसे भी मेरे डार्लिंग।"

लड़का खुशी से चीख-चीखकर तालियाँ बजाने लगा, और फिर उसकी माँ ने दिलशाद को ऊनी कपड़े का टुकड़ा और पाँच रुपये दिये। जब वह जाने लगे तो, दिलशाद ने दिल ही दिल में उस बच्चे को दुआ दी।

जब दिलशाद के हाथ में पैसे आ गये तो, दुनिया के साथ उसके सम्बन्ध फिर से जुड़ गये। एक चाय वाले ने उसके पास आकर, चाय की हाँक लगायी। एक रोटी वाला भी उसके पास आ गया, और जब दिलशाद रोटी खाने लगी तो एक कुत्ता भी

जबान निकालकर उसके सामने आ बैठा।

उसकी बेंच पर बैठे दो बुज़ुर्ग कुछ देर से अँग्रेज़ की पत्नी और बच्चे के व्यवहार पर नाक-भवें चढ़ा रहे थे। उन दोनों को महसूस हुआ कि इन अँग्रेज़ों ने उनकी दाढ़ियों को जोर से झटक दिया है।

''यह हरामी समझते हैं कि, हम इन्हीं के टुकड़ों पर पल रहे हैं।''

''ओ मियाँ! यह देश उनका नहीं, क्यों नहीं उस कमबख़्त औरत ने ऐसे तुच्छ दान को ठुकरा दिया?''

''अल्लाह-अल्लाह! आजादी मिली तो, लेकिन गुलामी का चक्कर नहीं गया।''

''जाये कैसे मेरे भाई, जाये कैसे? जब गुलामी के बदले मुफ़्त की गोश्त-रोटी मिले तो, आज़ादी का बोझ कौन उठाये?''

जब दिलशाद चार आने का गोश्त, तीन आने की रोटी और दो आने की चाय से अपने पेट के नर्क को ईंधन दे चुकी तो दोनों बुज़ुर्ग उसके पास आये।

''ऐ औरत! तू शरणार्थी है?''

''जी नहीं, मेरा नाम दिलशाद है।''

''अरे! होगा, हम पूछते हैं तुम कहाँ से आयी हो, कहाँ जाओगी, और यहाँ तुम्हारा क्या काम है?''

ऐ काश! कि दिलशाद को मालूम होता, कि उसकी मंज़िल का निशान किस रास्ते पर मिलेगा! उसके विचार में तो पश्चिम का चप्पा-चप्पा उसकी मंजिल थी। वह तो एक ऐसी फैली हुई बिरादरी में आयी थी, जिसमें उसे सारे अपने ही अपने दिखाई देते थे। मगर, यहाँ की ईंट-ईंट उससे पूछती थी कि—तुम कौन हो? क्या हो? कहाँ से आयी हो? तुम्हारी जेब में पैसे हैं? तुम्हारे शरीर में ताज़गी है?

''तुम शरणार्थी हो। शरणार्थियों के कैम्प में चली जाओ।''

''आजाद कौम की बच्चियाँ भीख के टुकड़ों पर नहीं पला करतीं।''

''तुम कोई बच्चा नहीं हो। तुम्हें खुद शर्म आनी चाहिए।''

दिलशाद देर तक बैठी सोचती रही कि, शायद वह बुज़ुर्ग शरणार्थी नाम की किसी लड़की की तलाश में थे, जो कोई पाप करके घर से भाग गयी थी। लेकिन शाम तक बहुत-से लोगों ने उसे इसी नाम से पुकारा और उसे शरणार्थी कैम्प में जाने की राय दी।

लेकिन उसे यह नाम पसन्द नहीं आया। शरणार्थी भी कोई नाम-सा नाम है! जब वह शरणार्थी कैम्प में पहुँची तो लाहौर में रात फैल चुकी थी। वहाँ का एक अधिकारी रजिस्टर खोले बैठा था। कुछ देर बाद दिलशाद की बारी आयी।

''नाम?'' अधिकारी ने तोते के समान रटा हुआ प्रश्न दोहरया।

''दिलशाद।''

''उम्र?''

''बीस वर्ष।''

''बाप का नाम?''

''मुल्ला अलीबख़्श।''

''ज़िन्दा है या मर गया?''

''मार डाला गया।''

''गाँव?''

''चमकोर।''

''जिला?''

''अम्बाला।''

''विवाहित?''

''जी नहीं।''

अधिकारी ने कलम रोक लिया और ध्यानपूर्वक दिलशाद की ओर देखा।

''यह लड़की किसकी है?''

''जी, यह मेरी लड़की है।'' दिलशाद हकलाने लगी। ''मेरा विवाह हो गया है। जी, मैं भूल गयी थी।''

अधिकारी का कलम मशीन की तरह फिर दवात की ओर घूम गया।''

''सोचकर बोलो, पति का नाम?''

''रहीम खाँ।''

''जिन्दा है, या मर गया?''

''जी...पता नहीं। खुदा करे ज़िन्दा हो। ख़ुदा करे मेरी उम्र भी उसे लग जाए।''

शरणार्थी कैम्प का क्षेत्र बड़ा फैला हुआ था। एक खुला मैदान जिसके चारों ओर काँटों वाले तार लगे थे। छत के लिए आकाश का सायबान था। उजाले के लिए चाँद के कैंडिल और तारों के टिमटिमाते हुए दीये। कोने से रसोईघर था। ज़मीन में खोदे हुए बड़े गहरे चूल्हों पर दाल और गोश्त की बड़ी-बड़ी देगें पक रही थीं।

दिलशाद अपनी बच्ची को सीने से लगाये कदम फूँक-फूँककर चलती थी, जिस प्रकार क़ब्रिस्तान में बचा-बचाकर पाँव रखा जाता है कि, किसी पवित्र कब्र को ठोकर न लग जाए। कुछ शरणार्थियों ने बाँसों पर चादरें तानकर छोटी-छोटी झोंपड़ियाँ बना ली थीं। कुछ शरणार्थी कच्ची क़ब्रों के समान यूँ ही आकाश तले बैठे थे।

किसी के पास चादर थी, किसी के पास कम्बल और किसी के पास लिहाफ़। दिलशाद के पास कुछ भी न था। वह खुद एक चीथड़ा थी। एक फटा-

पुराना टुकड़ा। शरणार्थी कैम्प में ऐसे सैकड़ों चीथड़े बिखरे पड़े थे। सबके दिल में आशा की लौ जल रही थी, कि अब वह अपनी प्यारी धरती पर आ गये हैं। अब इस पवित्र धरती की धूल, उनके गलते हुए नासूरों पर मरहम बन के लग जाएगी।

एक खाली-सी जगह देखकर दिलशाद ठहर गयी। कुछ दूर पर एक बूढ़ा डेरा डाले बैठा था। उसके साथ दो-दो बच्चे थे। एक आठ-दस साल का लड़का महमूद, एक ग्यारह साल की लड़की जुबेदा। वे तीनों एक मिट्टी के प्याले पर झुके रोटी खा रहे थे। वह छोटी-सी बहन अपने छोटे-से भाई को बुजुर्गों के समान डाँटती थी और देखने वालों को यह महसूस होता था कि इस संक्षिप्त से परिवार का पालक दादा नहीं जुबेदा है।

"यहीं बैठ जाओ बेटी! तुम्हारे साथ कोई और है?" बूढ़े दादा ने दिलशाद से पूछा।

"जी नहीं, मेरे साथ कोई और नहीं है।"

"जाओ रोटी ले आओ, रसोईघर से। तुम्हारे पास कोई प्याला है?"

"जी नहीं, मेरे पास कोई बर्तन नहीं है।"

दादा ने अपना एक खाली प्याला उसे दे दिया।

"तुम्हारे पास कोई बिस्तर है?"

"जी नहीं, मेरे पास कोई बिस्तर भी नहीं है।"

"रसोईघर के पास कपड़ों का दफ्तर है। कम्बल माँग लेना वहाँ से।" दादा ने तारों को देखकर समय का हिसाब लगाया, "नौ बज रहे हैं, शायद स्टोर बाबू जागता हो।"

रसोईघर से दिलशाद को रोटियाँ और प्याला भर दाल मिल गयी। कपड़ों के दफ्तर में मद्धिम-सी लालटेन जल रही थी। कैम्प में रजाइयों का ढेर लगा था। एक कोने में गर्म कपड़ों के ढेर थे—ऊनी स्वेटर, गर्म चादरें। स्टोर बाबू सफेद और सुर्ख छींट की रजाई ओढ़े चारपाई पर लेटा हुआ इकबाल का 'शकवा' गा रहा था—

*रहमतें हैं तेरी ग़ैर की काशानों पर,*
*बर्क गिरती है तो बेचारे मुसलमानों पर।*

जब दिलशाद को उसने कैम्प के दरवाज़े पर खड़े पाया तो, उसके गाने की लय मद्धिम पड़ गयी और उसने बड़े गुस्से से दिलशाद को घूरते हुए कहा—

"दफ्तर बन्द है जी इस समय, सुबह आठ बजे आना।"

"हमारे पास कोई कपड़ा नहीं है जी, हम पाले से मर जाएँगे।"

"कोई नहीं मरता, सुबह आठ बजे आना।"

दिलशाद ने एक बार फिर प्रार्थना की। स्टोर बाबू झुँझला गया, "मैं कहता हूँ चली जाओ, मैं भी आखिर इनसान हूँ, मशीन नहीं। हाँ, सुबह आठ बजे आना।"

जैसे-जैसे रात भीगती गयी, सर्दी बढ़ती गयी। दादा के पास एक कम्बल था। उसने आधा कम्बल ज़मीन पर बिछाकर महमूद और जुबेदा को सुला दिया था, और आधा उनके ऊपर डाल दिया था। वह खुद एक पतली-सी चादर डाले, ज़मीन पर लेटा करवटें बदल रहा था। दिलशाद के दाँत कटकट बज रहे थे। वह अपनी बेटी को ऊनी कपड़े में लपेटे, अपने सीने से चिपकाये बैठी थी। कुछ दूर एक जवान औरत अपनी तीन-चार साल की लड़की को अपने शरीर की गर्मी हरसम्भव ढंग से देने का प्रयत्न कर रही थी। उसके पास न कम्बल था, न चादर, न लिहाफ। लड़की का साँस उखड़ा-उखड़ा हुआ था। उसके सीने में घंटियाँ बज रही थीं। जैसे-जैसे सर्दी बढ़ती गयी, लड़की के सीने की घंटियाँ तेज होती गयीं। वह घबरा गयी। उसने खड़े होकर देखा चारों ओर, फिर धीरे-धीरे शर्माते, झिझकते अपने कपड़े खोलकर, अपनी ठिठुरी हुई बच्ची को उनमें लपेट लिया। उस औरत का नंगा शरीर सारी दुनिया के कण-कण को ललकारने लगा, देखो-देखो यह बेमिसाल क्षण बीत न जाए तुमने आकाश और धरती के बहुत-से रहस्य देखे होंगे। लेकिन तुम, इस माँ के नंगे शरीर को न भूल सकोगे, जिसके कपड़ों में मरी हुई बेरी पड़ी हो। बड़ा पाला पड़ा हो, स्टोर में गर्म कपड़ों और लिहाफ़ों का ढेर पड़ा हो। चाँद भी अपने लिहाफों के बीच से झाँककर यह दृश्य न देख सका। एक घनघोर घटा जो आकाश पर लापरवाही से बिखरी पड़ी थी, सिमट-सिमटाकर इकट्ठी हो गयी और बादलों की पलकों से मोटे-मोटे आँसू गिरने लगे।

शरणार्थी कैम्प के मैदान में जीवन की एक कमज़ोर-सी लहर जागी। कुछ बच्चे रोये, कुछ औरतों ने शोर मचाया। कुछ मर्दों ने डाँट लगायी, और फिर सन्नाटा-सा छा गया।

वर्षा की बूँदें दिलशाद के शरीर पर बन्दूक के छर्रों के समान चुभी जा रही थीं। वर्षा का पानी फलालेन के गर्म टुकड़ों में भी पहुँच चुका था, और उसमें लेटी नन्हीं-सी जान सर्दी से कँपकँपाने लगी। दिलशाद ने सोचा कि, अगर वह दादा से पूछकर महमूद और जुबेदा के कम्बल में लिटा दे तो शायद, इस गरीब जान को कुछ सहारा मिल जाये। उसने दादा के घुटने को हिलाया, वह अपनी मैली-सी चादर ओढ़े लेटा था। दिलशाद ने उसे शानों से हिलाया, बाँहों से हिलाया, गर्दन से झिंझोड़ा; लेकिन दादा का शरीर सर्दी और गर्मी के एहसासों से दूर हो चुका था। उसकी हड्डियाँ सर्दी से अकड़ कर लोहे की सलाखों के समान तन गयी थीं।

जब सुबह हुई तो एक सुन्दर शरीर शरणार्थी कैम्प के मैदान में चाँदी की तरह झिलमिलाया। एक नौजवान औरत का नंगा शरीर एक नन्हीं-सी बच्ची के शरीर से लिपटा हुआ था। औरत के कसे हुए दूधिये शरीर पर वर्षा की बूँदें, मोतियों के समान जगमगा रही थीं। शरणार्थी कैम्प के कुछ मेहतर, कम्बलों का ढेर उठा लाये थे। एक कम्बल दादा पर डाल दिया, दूसरा उस औरत के नंगे शरीर पर, तीसरा उस बच्ची

पर, चौथा...और इसी प्रकार वह मैदान में बिखरी हुई लाशों पर गर्म-गर्म, नर्म-नर्म कम्बलों के कफ़न डालते गये।

महमूद मचल रहा था कि, वह लोग दादा को कहाँ उठाकर ले जा रहे हैं? जुबेदा उसे समझाती कि दादा, अम्मी और अब्बा को बुलाने गये हैं। वह बहुत जल्द आ जाएँगे। मेरे महमूद! वह बहुत जल्द आ जाएँगे। महमूद की कल्पना भिन्न प्रकार के प्रश्न करती और जुबेदा भिन्न प्रकार के उत्तर देकर उसे टालती थी और जब कभी महमूद इधर-उधर खेल में लग जाता, तो वह नज़र बचाकर मुँह छुपाकर अपने दिल को हल्का कर लेती थी।

शरणार्थी कैम्प की मशीन बॉयस्कोप के समान चल रही थी। सुबह से शाम तक उसके पर्दे पर भाँति-भाँति के दृश्य आते थे। बड़े-बड़े दबदबे वाले रईस और नवाब आते, ऊँची-ऊँची कुर्सियों वाले अधिकारी आते, रेशम और किमख़ाब के कपड़ों में लिपटी हुई बेगमें आती थीं। वह सब बच्चों के सिरों पर हाथ फेरते। औरतों के पास खड़े होकर उनके आँसू पोंछते। बूढ़े और जवान की पीठ ठोंक कर उनकी टूटी हुई कमर को सहारा देते थे। तेज गति की कारें उन्हें शरणार्थी कैम्प से वापिस ले जाती थीं। कोई मिठाई लाता था। कोई पुलाव की देंगे बाँटता था।

दिलशाद सोचती थी कि जब कोई वीर जुबैदा और महमूद का किस्सा सुनेगा तो स्टोरकीपर को गोली से उड़ा देगा कि उसने इस कड़ाके की सर्दी में दादा को केवल एक ही कम्बल दिया। वह डरती थी जब उसकी कौम के बहादुर उसकी रामकहानी सुनेंगे तो अपनी बन्दूकें ताने अमरीक सिंह, त्रिलोक सिंह, करतार सिंह, और दरबारा सिंह की तलाश में निकलेंगे। लेकिन सुनने वाले सुनते गये। सुनाने वाले सुनाते गये। शरणार्थी कैम्प का बॉयस्कोप बराबर चलता रहा। एक दृश्य के बाद दूसरा, दूसरे के बाद तीसरा—न आरम्भ, न अन्त।

एक साहब बड़े दयालु थे। शरीर पर दिल को लुभाने वाला सूट, सिर पर तिरछी टोपी, आँखों पर सोने के फ्रेम वाला चश्मा, मुँह में पाइप, उँगलियों में याक़ूत और लाल की अमूल्य अँगूठियाँ। वह घण्टों शरणार्थी कैम्प में घूमते थे। एक-एक की ध्यानपूर्वक सुनते थे। किसी को मिठाई देते, किसी को पैसे और किसी को चॉकलेट।

दिलशाद पर भी उनकी विशेष कृपादृष्टि थी। एक दिन वह उसकी बच्ची के लिए सुर्ख ऊन का बड़ा सुन्दर स्वेटर लाये। दूसरे दिन उन्होंने रहीम ख़ाँ को खोजने का वायदा किया और कुछ दिनों के बाद वह दिलशाद के लिए यह खुशखबरी लाये कि रहीम ख़ाँ का पता चल गया है। वह बेचारा बड़ा कमज़ोर हो गया है। लेकिन दिलशाद की याद के सहारे वह अब तक जीवन का बोझ उठाये फिर रहा है। दिलशाद की नज़र में दुनिया बाग बनकर खिल उठी। उसके शरीर में सुलगने वाला विष कपूर समान सुगन्धित हो गया। वह अब धड़कते हुए सीने में अनगिनत

इच्छाओं का हुजूम उठाये मिस्टर मुस्तफ़ा ख़ाँ सीमाबी की मोटर में आ बैठी। कार फर्राटे भरती जा रही थी। लाहौर की सड़कें रंगीन बाग़ के समान लहरा-लहरा कर गुजर रही थीं। यह बागे जिनाँ है। यह गुलिस्ताने फ़ातिमा की चारदीवारी है। यह माल रोड के रंगीन रेस्तराँ हैं। इस गली में अनारकली का मकबरा है। यह गिरजा है। यह मस्जिद है। वह मुस्तफ़ा ख़ाँ का शानदार, सजा-सजाया बँगला है। नौकरों के कमरों में ग्रामोफोन बज रहा था, "आज करें जी भर के सिंगार।" दिलशाद का दिल धक-धक बज रहा था। वह बरामदे में बैठी सोच रही थी कि इस धरती पर शायद रहीम ख़ाँ के कदम पड़े हों। शायद इस बंगले की हवा में उसकी दिल लुभाने वाली साँस बसी हो...। दिलशाद की श्रद्धापूर्ण दृष्टि में बंगले की धरती का कण-कण मक्के और मदीने की मिट्टी बन गया था। बंगले की ईंट-ईंट पर मस्जिद के पवित्र मीनारों का निर्माण हो गया। एक नौकर ने उस एक प्लेट में पुलाव, एक में पालक और गोश्त, एक में मटर, एक में केवड़े में लगायी हुई फिरनी लाकर दी। मालूम नहीं वह क्या खा गयी? कितना खा गयी? कब खा गयी? वो संसार से बेखबर थी। उसकी आत्मा अपने रहीम ख़ाँ के स्वागत की प्रतीक्षा कर रही थी। लेकिन उसके शरीर को अभी तक चैन नहीं था।

मुस्तफ़ा ख़ाँ सीमाबी ड्रेसिंग गाऊन पहने उसके सामने गिद्ध के समान मँडरा रहा था। मेज पर स्कॉच ह्विस्की की बोतल जगमगा रही थी। वह अपने हाथ फैला-फैलाकर कहता था, "मेरी जान आओ, मेरे सीने से लग जाओ। तुम बड़ी सतायी हुई हो, बड़ी ग़रीब हो। लेकिन मैं धनवान हूँ। मैं तुम्हें कुछ दिनों के लिए अपनी रानी बनाकर रखूँगा। तुम्हारा रहीम ख़ाँ न जाने कहाँ खो गया। वह शायद किसी वीराने में मरा पड़ा हो। लेकिन तुम उस फ़र्ज़ी व्यक्ति के लिए अपनी जवानी न गँवाओ। आओ मेरी जान, आओ, मेरे सीने से लग जाओ। अब तुम अपने आज़ाद देश में आ गयी हो। अब तुम्हें किसी बात का डर नहीं। यह हमारा देश है। यह हमारा आज़ाद देश है। पाकिस्तान ज़िन्दाबाद..."

दिलशाद के गले में मुल्ला अलीबख़्श की माला लटक रही थी। जब मुस्तफ़ा ख़ाँ सीमाबी की जबान माला के दानों को लपक-लपक कर चूमती तो दिलशाद को यूँ महसूस होता जैसे एक मुसलमान भाई संगे-असवद को चूक रहा हो।

दो-चार दिन में जब मुस्तफ़ा ख़ाँ सीमाबी ने अपने दिल की भड़ास निकाल ली तो दिलशाद वापिस शरणार्थी कैम्प में आ गयी। नन्हा महमूद शीशे का एक लट्टू चला रहा था। उसने तुतला-तुतला कर तालियाँ बजा-बजाकर दिलशाद को समझाया कि ज़ुबैदा भी मोटर में बैठकर दादा जी के पास गयी थी। दादा ने शीशे का यह लट्टू भेजा है। यह रबड़ की गेंद, यह रंगीन मिठाई। आज फिर मोटर में बैठकर दादा जी के पास गयी है। अब वह फिर दादा जी से पैसे लाएगी। नये-नये बूट लाएगी। टोपी लाएगी...

लाहौर, लाहौर न था, मदीना था। लाहौर वाले, लाहौर वाले न थे, अंसार थे। यहाँ दिलशाद के लिए हर दिन एक नया रहीम ख़ाँ पैदा हो जाता था। ज़ुबैदा के लिए हर दिन एक नया दादा जन्म लेता था। बेटियों के लिए नये-नये बाप थे। बहनों के लिए नये-नये भाई। शरीर का सम्बन्ध शरीर से बनता था। ख़ून का सम्बन्ध ख़ून से...

कराची

दिलशाद ने खिड़की से मुँह निकाल कर देखा। सदर के स्टेशन पर बड़ी भाग-दौड़ मची हुई थी। 'रिफ्यूजी स्पेशल' से लोग निकल-निकलकर प्लेटफार्म पर इकट्ठा हो रहे थे। सारा स्टेशन खचाखच भरा हुआ था। लेकिन देखते ही देखते भीड़ बादलों के समान छँट गयी। प्लेटफार्म पर कुछ कुली, कुछ बाहर जाने वाले मुसाफ़िर और कुछ चेकर शेष रह गये। आन की आन में शरणार्थियों की भीड़ कराची के फैलाव में डूब गयी। जैसे सूरज की किरणें, ओस के मोतियों को अपने दामन में छुपा लें।

कराची, तेज-तेज कुमकुमों में जगमग-जगजग कर रहा है। समुद्र की लहरें किनारे को छेड़-छेड़कर एक होश उड़ा देने वाला संगीत पैदा कर रही हैं। हवा में एक कोमल-सा ठंडापन है। जीवन की एक मीठी-सी तड़प समुद्र तट पर नशे में झूमते हुए साँपों के समान लहरा रही है।

वह चारों ह्विस्की के प्यालों में सोडा मिला रहे थे। "हाय! हाय! दिल्ली"—एक ने सीने पर हाथ मारकर आह भरी।

"कौन जाये जौक़ पर दिल्ली की गलियाँ छोड़कर।"

"हाय दिल्ली तेरी मिट्टी का आकर्षण"—तीसरा रानों पर हाथ मारकर कहने लगा।

चौथा जवान गम्भीर रहा। वह ह्विस्की का प्याला होंठों पर लगाये गुमसुम बैठा था। जब उसके साथियों ने ज़रा जोर-शोर से दिल्ली का रोना रोया तो वह चौंका, "ऐं? यह तो वही कराची रही साली, ख़ुदा क़सम ख़्वाब था जो कुछ कि देखा जो सुना अफसाना था।"

हाय! हाय! दिल्ली—हाय! हाय! दिल्ली।

कुछ दूरी पर एक बुज़ुर्ग पान चबा रहे थे। उनके आगे उनसे श्रद्धा रखनेवाले गर्दन झुकाए बैठे थे।

"दिल्ली गयी। दिल्ली वाले गये। सब कुछ गया। लेकिन कुछ न गया—पान लाओ।" बुज़ुर्ग ने कहा। उनकी सेवा में पान पेश किया गया।

"हाँ, तो मैं कह रहा था कि दिल्ली गयी।" बुज़ुर्ग ने अपनी टूटी हुई तान को फिर से पकड़ा, "दिल्ली वाले गये क्यों? जानते हो भला क्यों?"

सब लोग सोचने लगे कि क्यों?

बुज़ुर्ग ने खुद ही उत्तर दिया, "वह लाल किला, वह जामा मस्जिद, वह क़ुतुबमीनार, ग़ालिब की मज़ार, हज़रत निज़ामुद्दीन औलिया की मज़ार—सब चले गये—सब—तुम कहोगे अपनी किस्मत—मैं कहूँगा—अपना काम—पान लाओ।"

"मैं तुम को बताता हूँ क़ौम की तकदीर क्या है?"

"धत् तेरे की—" ह्विस्की वाली पार्टी का एक जवान अपने साथी पर गरज रहा था, "चाँद जान मेरी थी। वह मुझ पर मरती थी। तेरे मुँह पर थूकती न थी हाँ।"

चीफ जस्टिस और असम्बली हॉल के बीच महात्मा गाँधी की मूर्ति पहरे पर चौकस खड़ी है कि, कहीं न्याय और राजनीति एक-दूसरे के निकट न आने पाएँ। दो साइकिल सवार ठहर कर उस मूर्ति का विश्लेषण करने लगे। एक ने लाठी छीननी चाही। दूसरे ने चश्मा उतारना चाहा। जब वह दोनों इस कोशिश में असफल रहे तो एक ने अपनी टोपी उतार कर उस मूर्ति के सिर पर रख दी और वह खुश, खुद वहाँ से चल दिये कि उन्होंने चुपके-चुपके उस मूर्ति को मुसलमान कर लिया है।

एक हिन्दू परिवार कराची छोड़ रहा है। उनकी सुन्दर कोठी के सामने चार ऊँट गाड़ियाँ सामान से लदी खड़ी हैं। लोहे के ट्रंक, चमड़े के सूटकेस—लकड़ी की पेटियाँ...सामान में तोते का एक पिंज़रा भी है। तोता मटर की फलियाँ खा रहा है। जब कोई उसके पास से निकलता है तो वह उसकी ओर यूँ देखता है जैसे कह रहा हो, "लो सालो, मैं भी चला। अब मैं देखूँगा तुम अपना पाकिस्तान कैसे बनाते हो!"

क़सरिया होटल में ऑरकेस्ट्रा बज रहा है। होटल के मैनेजर ने स्टेज पर आकर ऐलान किया कि आज की आय की आधी आय 'क़ायदे आज़म रिलीफ़ फ़ंड' में दी जाएगी। लोगों ने खुश होकर तालियाँ बजायीं।

"मेरा जी कराची से उकता गया है।" एक मालदार, सुन्दर-सी बेग़म ने कहा, "चलो डार्लिंग, कुछ, दिनों के लिए बम्बई हो आएँ।"

उसका साथी शैम्पेन पी रहा था। "अब तो बम्बई भी मर चुकी है। न ह्विस्की, न जिन, न शैम्पेन। अब सुनता हूँ कि रेस पर भी पाबन्दी लगाने का षड्यन्त्र हो रहा है।"

"अरे हाँ!" बेग़म को एकदम याद आया, "अगले दिन प्रोफ़ेसर घनश्याम का पत्र आया था। मुझे कराची में दो चीजें बहुत पसन्द हैं।"

"मुझे तीन।" दूसरे ने कहा, "पारसी लड़कियाँ और मुसलमान औरतों के बुर्क़े।"

"मुझे बुर्क़ेवालियाँ भी पसन्द हैं।"

"खुदा क़सम बड़ी ही गिरी बातें करते हो। इन टी.बी. की मारी औरतों को कौन चाहेगा भला?"

"इन्हें मैं चाहता हूँ। यीशुमसीह की क़सम, मुझे यह बीमार सुन्दरता पसन्द है। पीले-पीले गालों में नीली रगों की लकीरें। हाय! मैंने ऐसी सुन्दरता नहीं देखी।" बैरा, दो ह्विस्की और लाओ।

"इस बार मेरी तरफ से—बैरा, दो पैग ह्विस्की सोडा।"

"एक ही बात है। तुम पिलाओ या मैं पिलाऊँ। हमारे दोनों बहादुर देशों का उद्देश्य एक ही है।"

एक मुसलमान सम्पादक स्क्वैश से जी बहला रहा था। मौका पाकर वह शराब और कपड़े के एक बड़े व्यापारी को घेरकर खड़ा हो गया।

"मैंने सुना है कि पाकिस्तान बनने के बाद कराची और लाहौर में विलायती शराब की खपत पहले से तिगुनी हो गयी है?" सम्पादक ने सम्पादकीय के लिए मैटर इकट्ठा करना शुरू किया।

"गलत।" व्यापारी ने इस बात को झुठलाया, "बिलकुल गलत। आप भी अजीब अफ़वाहें लिये उड़ते हैं। तिगुनी तो क्या दुगनी भी हो जाए तो भी ठीक है।"

"आह!" सम्पादक ने सहमत होते हुए कहा, "क्या यह कार्य इस शासन के लिए शर्म की बात नहीं है?"

"पाकिस्तान दुनिया का पाँचवाँ बड़ा देश और मुस्लिम देशों में सबसे बड़ा देश है।" व्यापारी ने सम्पादक जी की जानकारी को बढ़ाने की कोशिश की।

"क्या यह कार्य इस सबसे बड़े मुस्लिम देश के लिए शर्मनाक नहीं?" सम्पादक बराबर आग्रह कर रहे थे।

"श्रीमान!" व्यापारी ने ह्विस्की का एक घूँट पीकर कहा, "आप स्टेट बना रहे हैं, मस्जिद नहीं।"

"वह काले-काले बुर्क़े।" दूसरे विदेशी राजदूत के सचिव पहले विदेशी राजदूत के सचिव से कह रहा था, "बुर्क़ों की ओट से झाँकते हुए गोल-गोल, पीले-पीले, लाल-लाल चेहरे, मरीयम के बेटे की क़सम। मैंने ऐसे बिजली-भरे चेहरे कहीं नहीं देखे। जब मैं उन्हें अलफ़ेस्टिन स्ट्रीट की दुकानों में बिजलियाँ गिराते देखता हूँ या गाँधी गार्डन की हरियाली पर अठखेलियाँ करते पाता हूँ तो मेरा जी चाहता है कि उनके कदमों में गिर जाऊँ।"

"बैरा, दो पैग ह्विस्की और सोडा।" पहले ने आवाज़ दी।

"इस बार मेरी तरफ से।" दूसरे ने कहा।

"एक ही बात है। हमारे बहादुर देशों का उद्देश्य एक ही है। हम पाकिस्तान

के बेघरबार शरणार्थियों की एक जैसी ही सहायता करेंगे।''

''यह दुअन्नी खोटी है जी।'' बस कंडक्टर ने सख़्ती से कहा, ''इसे बदल दो।''

''यह मैंने नहीं बनायी।''

पंजाबी यात्री ने उत्तर दिया, ''मैं यह दुअन्नी दिल्ली या लखनऊ से नहीं लाया। मैं तुम्हें कभी दूसरी दुअन्नी नहीं दूँगा।''

कंडक्टर ने बस रोक दी। ''जब तक तुम मुझे दूसरी दुअन्नी नहीं दोगे, यह बस आगे नहीं जाएगी।''

कुछ पंजाबियों ने बस कंडक्टर को गालियाँ दीं, ''साले सिन्धी, मुफ्त का पाकिस्तान मिल गया। हम दो दिन में ठीक कर देंगे—हाँ।''

कंडक्टर और ड्राइवर बस से बाहर निकल कर एक ओर खड़े हो गये—साले पंजाबी, पिटपिटा कर यहाँ आये तो सालों का दिमाग नहीं मिलता। सिर पर ही चढ़े आते हैं। जैसे इनकी माँ के खसम का घर है यहाँ।

रास्ता चलते एक हिन्दू यह प्रशंसा सुनकर ठहर गया, और प्रशंसा के तौर पर उसने कंडक्टर और ड्राइवर को एक बीड़ी दी।

दो बंगाली यह हंगामा देखकर बस से नीचे उतर आये। ''लारेंस रोड कितनी दूर है जी?'' एक ने पूछा।

''यही कोई दो फर्लांग होगी।'' दूसरे ने कहा।

''आओ पैदल टहलते हुए ही चले जाएँ।''

जब वह दोनों बस से एक सुरक्षित फ़ासले पर पहुँच गये तो उन्होंने दुअन्नी वाले मामले पर खुलकर समीक्षा की।

''लड़ने दो सिन्धियों और पंजाबियों को। कहते हैं, पाकिस्तान की राष्ट्रभाषा उर्दू होगी छी, जैसे बंगला भाषा हमारी राष्ट्रभाषा ही नहीं छी।''

सदर के चौक में एक ईरानी होटल वाला एक छाबड़ी वाले पर गरज रहा था, ''तुम यह गन्दे केले यहाँ नहीं रख सकते। मेरे होटल में मक्खियाँ आती हैं हाँ।''

''अबे चल होटल के बच्चे।'' छाबड़ी वाला अकड़ रहा था, ''यह पटरी तेरे बाबा की है क्या?''

ईरानी ने एक ठोकर में केले की छाबड़ी उलट दी। छाबड़ी वाला लपककर उसकी टाँगों से लिपट गया।

एक पुलिस वाले ने आकर छाबड़ी वाले के मुँह पर एक जोरदार थप्पड़ मारा। ''साले हरामी, कितनी बार कहा है यहाँ बिक्री न करो, लेकिन सुनते ही नहीं। चलो, थाने चलो।''

छाबड़ी वाला गिड़गिड़ाया कि दरोगा जी, मैं अजमेर शरीफ़ से आया हूँ। मेरा

सब कुछ लुट गया है। मेरी अन्धी बहन मेरे साथ है। मुझे छोड़ दो। मैं यहाँ कभी छाबड़ी नहीं लगाऊँगा। मगर कानून, कानून है। कानून की नज़र में न अज़मेरी का अन्तर है, न लाहौरी का। न अन्धी बहन का न आँखों वाली का। पुलिस वाले ने अपना कर्तव्य बड़ी सुन्दरता से निभाया और छाबड़ी वाले को थाने ले गया। जब थानेदार ने उसकी अन्धी बहन का विवरण सुना तो उसे पुलिस वाले की नासमझी पर बड़ा गुस्सा आया कि क्यों नहीं वह उसकी अन्धी बहन को भी साथ लेता आया।

''दो और चार...चार और तीन...सात और नौ कितने हुए?'' चेलाराम ने खुशी मुहम्मद दलाल से पूछा।

खुशी मुहम्मद दलाल चाय से मक्खी निकालकर चमचा झटक रहा था और मरी मक्खी को फर्श पर गिरा के उसने चाय का एक लम्बा-सा घूँट भरा।

''सात और नौ सोलह।'' चेलाराम ने खुद ही हिसाब लगाया। मैंने कहा, ''उस्ताद, टोटल बुरा नहीं।''

खुशी मुहम्मद ने कहा, ''सच पूछो दोस्तो, तो बड़ा करारा सीजन लगा था। एक सीजन में सोलह छोकरियाँ। मैंने तो ऐसा धन्धा सारी उम्र नहीं किया था।''

दिल के सन्तोष के लिए चेलाराम ने चाँद-तारे वाली जिन्ना कैप उतारकर अपनी गंजी चँदिया को जोर से सहलाया।

खुशी मुहम्मद ने चाय का एक और लम्बा घूँट सड़प लिया।

''तुम साले, किस्मत के धनी हो। छोकरी पर छोकरी उतारते थे। यहाँ मुश्किल से केवल तीन हाथ आयीं।''

''तीन छोकरियाँ, थू। मेरे पास बड़े अनमोल दाने थे यार, गर्म-गर्म, सख्त-सख्त पंजाबिनें, कोमल-कोमल दिल्लीवालियाँ और फिर वह पटियाले वाली जटनी—हाय! हीरा थीं हीरा।''

चेलाराम ने एक खारा बिस्कुट उँगलियों के बीच में दबाकर तोड़ डाला।

''वह साला ब्राउन उसे पोर्ट सईद ले गया। कहता था, बड़ा काम देगी वहाँ—मैंने कहा, यह पोर्ट सईद किधर है?''

''होगी कहीं।'' खुशी मुहम्मद का धन्धा थोड़ा मन्दा था।

''चाय मँगवाओ। अब तो साली कोई रिफ़्यूज़ी ट्रेन भी नहीं आती।''

खुशी मुहम्मद की दुनिया में, दुःख और क्रोध का धुआँ छाया हुआ था। पहले तो यह साले रिफ़्यूज़ी हवाई जहाजों में भर-भरकर लाये जाते थे। ट्रेनों पर ट्रेनें लदी आती थीं—मगर अब कुछ दिनों से बाजार ठंडा है। वह हर दिन समाचार पत्रों में नये-नये समाचार पढ़ता था। दिल्ली में ख़ून, कानपुर में ख़ून, अहमदाबाद, अज़मेर में ख़ून ही ख़ून। मगर! इस साले ख़ून के रेले में एक रिफ़्यूज़ी ट्रेन भी कराची नहीं

पहुँची थी। खुशी मुहम्मद को इस बात का बड़ा दुःख था, फिर उसने एक हल्की-सी आशा का सहारा लेकर छः पैसे का खून किया और समाचार-पत्र की सुर्खियों पर ललचाई हुई नज़र दौड़ायी। समाचार-पत्र बेचने वाला छोकरा गला फाड़-फाड़कर चीख़ रहा था—

"अब तो काश्मीर में भी छिड़ गयी...जम्मू में लाखों मुसलमानों का ख़ून हो गया...अब तो..."

ख़ुशी मुहम्मद ने बड़े शौक से समाचार पढ़े। काश्मीर में हजारों मर गये थे। हज़ारों मर रहे थे। हज़ारों मेढकों के समान छुप-छुपकर, चूहों की तरह रेंग-रेंग कर बाहर निकलने की कोशिश कर रहे थे।

ख़ुशी मुहम्मद ने चेलाराम की रान पर जोर का हाथ मारा, "अब तो काश्मीर में भी चल गयी मेरे यार, मैंने कहा चेलाराम, ज़रा सुन तो!"

"फिर तो सीप महँगे हो जाएँगे।"

लेकिन ख़ुशी मुहम्मद में शायरी की आत्मा उतर आयी थी, उसने चटखारे ले-लेकर चेलाराम को काश्मीर के कोमल शरीर वाली औरतों के बारे में बताया।

चेलाराम के मुँह से राल टपकने लगी। वह आँखें मलकर उठा, और ख़ुशी मुहम्मद के लिए उसने चाय का तीसरा कप भी मँगवा दिया, फिर वह सिर से सिर जोड़कर काश्मीर के सीजन की आशाजनक सुन्दरता में खो गये।

हवा के थपेड़ों से बादबान लहराया। लहरों में एक हल्का-सा जोश आया। किश्ती डगमगायी और वह सहम कर सेठ क़ाइम अली के पहलू से लग गयी।

सेठ क़ाइम अली, दाइम अली की तोंद में हँसी का ज्वार-भाटा-सा उठा। बूढ़ा मल्लाह बीड़ी सुलगाकर मुस्कराया, "काश्मीर से आयी है सेठ, अन्धी है। अभी डरती है। बोलो, किस ओर चलूँ—पेरिस या वेनिस?"

सेठ क़ाइम अली, दाइम अली का एक दफ़्तर पेरिस में भी था। लेकिन वह इस समय, इस छोटी-सी किश्ती में, इतनी लम्बी यात्रा पर जाने को तैयार था। इसलिए जब मल्लाह ने पेरिस या वेनिस जाने की बात कही तो वह बौखला गया।

चालक मल्लाह उसकी बौखलाहट पर मुस्कराया—

"घबराओ नहीं सेठ, दूर नहीं ले जाऊँगा। हाय! क्या जगह है पेरिस भी! देखोगे तो मर जाओगे।"

कीमाड़ी की बन्दरगाह में बड़ी चहल-पहल थी। इतवार मनाने वाली भीड़ इधर-उधर घूम रही थी। एक जहाज बम्बई जाने की तैयारी कर रहा था। लोग दूरबीन आँखों से लगाये, कराची की आखिरी झलक देख रहे थे। जब जहाज रवाना हुआ तो लोगों ने जिन्ना टोपियाँ अपने सिरों से उतारकर समुद्र में फेंक दीं। फिर हवा में घूँसे उठा-उठाकर 'जय' का नारा लगाया।

काश्मीर की अन्धी लड़की सेठ के पहलू से लगी हुई कुछ सोच रही थी। जब लहरों के थपेड़ों पर किश्ती का सीना डगमगाता था, तो उसे अपना हल्का-फुल्का शिकारा याद आता था, जो इसी प्रकार डल की नाजुक लहरों पर थर्राया था।

किनारे से दूर एक काले रंग का जहाज समुद्र में अकेला खड़ा था, उस पर लाल रंग के मोटे शब्दों में लिखा था कि इसमें बारूद है। जब किश्ती उसके पास से गुजरी तो सेठ ने जल्दी से उस लड़की का हाथ छोड़ दिया। उसे डर था कि कहीं बारूद भक से उड़ न जाये। जब किश्ती दूर निकल गयी तो सेठ ने फिर उसके दोनों हाथों को अपनी तोंद पर रख लिया।

किश्ती एक छोटे-से टापू से जा लगी। वहाँ कुछ मछलियाँ पकड़ने वालों की झोंपड़ियाँ थीं। मल्लाह ने बताया कि, इस मकान का नाम पेरिस है। आसपास और भी कुछ टापू थे। उनके किनारों पर एक-दो किश्तियाँ खड़ी थीं।

मल्लाह ने बादबान खोल दिया और किश्ती पर एक सायबान तान दिया। फिर उसने सेठ को आँख मारी, "लो सेठ, मैं तो मछलियाँ पकड़ने चला, तुम मजे से काश्मीर की बहारें लूटो।"

ईदगाह के मैदान में एक मीनाबाज़ार लगा हुआ था। टाट के छोटे-छोटे झोंपड़ों में नन्हे-नन्हे चिराग टिमटिमा रहे थे। एक विचित्र सन्तोष यहाँ के वातावरण पर छाया हुआ था, जिसे देखकर यह महसूस होता था कि जीवन का भटका हुआ काफ़िला आख़िर अपनी मंजिल तक पहुँच गया है।

एक झोंपड़ी में चादर तान के दो भाग किये हुए थे। सामने दिलशाद पकौड़ियाँ तल रही थी। पिछली ओर ज़ुबेदा दही-बड़े लगाकर बैठी थी।

एक लम्बा तगड़ा पठान पकौड़ियों के सामने पालथी मारे बैठा था।

"गर्म-गर्म पकौड़ियाँ, ख़ान, खा लो, कितनी दूँ?"

"नर्म है, खूब गर्म है?" पठान ने आँख मारी।

"हाँ पठान, नर्म है, खूब गर्म है!" दिलशाद कड़छी मुँह के सामने करके मुस्करायी।

दिलशाद की मुस्कराहट में भी अजीब जादू था। उसकी एक मुस्कराहट पर निछावर होकर रहीम ख़ाँ ने कसम खायी थी कि अगर सूरज या चाँद-तारे भी उसे उठा ले जाएँ तो वह धरती-आकाश के फैलाव को भी फाँदकर उसे छीन लाएगा।

पठान ने होंठों पर जबान फेरी, "खूब, एक रुपया?"

"नहीं खान! ख़ू पाँच रुपया!"

"हट ख़ू ढाई।"

"ख़ू, पाँच—"

पठान ने अपनी जेब के पैसे गिने। उसके पास तीन रुपये चार आने थे। बाकी

उधार करने चाहे। लेकिन दिलशाद ने उसे मजबूर कर दिया कि, "ख़ान, कर्ज प्रेम की कैंची है, तुम पूरे पैसे लेकर आओ। मैं तुम्हें नर्म-नर्म, गर्म-गर्म पकौड़ियाँ उतार दूँगी।"

पठान निराश होकर दूसरी ओर चला गया। वहाँ उसने दहीं-बड़ों का सौदा किया। ज़ुबेदा अभी बच्ची थी, नादान थी। इसलिए वह एक रुपये बारह आने का उधार मान गयी।

ज़ुबेदा ने दिलशाद को आवाज़ दी, "बहन, ज़रा इधर ध्यान देना। महमूद सो रहा है। मैं ज़रा ख़ान के साथ जाकर दही ले आऊँ।"

इसी प्रकार जब दिलशाद भी किसी गाहक के साथ पकौड़ियों के लिए बेसन लेने जाती है, तो अपनी बच्ची को ज़ुबेदा को सौंप जाती है। दही और बेसन की इस मिलावट पर दुनिया की सबसे बड़ी इस्लामी स्टेट का भविष्य परवान चढ़ रहा है। जब दिलशाद की बच्ची नर्म-नर्म, गर्म-गर्म पकौड़ियों पर पलकर जवान होगी, जब ज़ुबेदा का महमूद दही-बड़ों की चाट पर जवान होगा तो इस्लाम की बिरादरी में दो अमूल्य भागों की बढ़ोतरी होगी—एक मजबूत भाई और एक सुन्दर बहन। शरीर की मजबूती और शरीर की सुन्दरता—यही तो वह ईंट और गारा है, जिससे बहादुर क़ौमों और राष्ट्र का निर्माण होता है।

शरीर की मजबूती और शरीर की सुन्दरता यही तो वह महान उपलब्धि है जो महानता देनेवाले अल्लाह ने तुम्हें दी है। वह तो बड़ा ही दयालु है, सबका पालनहार है। उसी ने पेड़ों पर अनार लगाये। वही दरियाओं से मूँगे और मोती निकालता है, वही स्वर्ग का मालिक है। वही नर्क में पहुँचाने वाला है, तुम अपने पालनहार की किन-किन उपलब्धियों को झुठलाओगे?

*(उर्दू कहानी : अनुवाद : शम्भु यादव)*

# मेरी माँ कहाँ

कृष्णा सोबती

बलोच रेजीमेंट के बहादुर यूनस ख़ाँ ने जब आसमान की ओर देखा तो चाँद आधी मंजिल पार कर चुका था। आज चार दिन के बाद उसने चाँद-सितारे देखे हैं। अब तक वह कहाँ था? नीचे, नीचे, शायद बहुत नीचे...जहाँ की खाई इनसान के ख़ून से भर गयी थी। जहाँ उसके हाथ की सफाई बेशुमार गोलियों की बौछार कर रही थी। लेकिन, लेकिन वह नीचे न था। वह तो अपने नये वतन की आज़ादी के लिए लड़ रहा था। वतन के आगे कोई सवाल नहीं, अपना कोई ख़याल नहीं! तो चार दिन से वह कहाँ था? कहाँ नहीं था वह? गुज़राँवाला, वजीराबाद, लाहौर! वह और मीलों चीरती हुई ट्रक। कितना घूमा है वह? यह सब किसके लिए? वतन के लिए, कौम के लिए और...? और अपने लिए! नहीं, उसे अपने से इतनी मुहब्बत नहीं! क्या लम्बी सड़क पर खड़े-खड़े यूनस खाँ दूर-दूर गाँव में आग की लपटें देख रहा है? चीखों की आवाज़ उसके लिए नयी नहीं। आग लगने पर चिल्लाने में कोई नयापन नहीं। उसने आग देखी है। आग में जलते बच्चे देखे हैं, औरतें और मर्द देखे हैं। रात-रातभर जलकर सुबह खाक हो गये मुहल्लों में जले लोग देखे हैं! वह देखकर घबराता थोड़े ही है? घबराये क्यों? आजादी बिना खून के नहीं मिलती, क्रान्ति बिना ख़ून के नहीं आती, और, और, इसी क्रान्ति से तो उसका नन्हा-सा मुल्क पैदा हुआ है! ठीक है। रात-दिन सब एक हो गये। उसकी आँखें उनींदी हैं, लेकिन उसे तो लाहौर पहुँचना है। बिलकुल ठीक मौके पर। एक भी काफिर जिन्दा न रहने पाये। इस हल्की-हल्की सर्द रात में भी 'काफिर' की बात सोचकर बलोच जवान की आँखें खून मारने लगीं। अचानक जैसे टूटा हुआ क्रम फिर जुड़ गया है। ट्रक फिर चल पड़ी है। तेज रफ़्तार से।

सड़क के किनारे-किनारे मौत की गोदी में सिमटे हुए गाँव, लहलहाते खेतों के आस-पास लाशों के ढेर। कभी-कभी दूर से आती हुई अल्ला-हो-अकबर' और 'हर-हर महादेव' की आवाज़ें। 'हाय, हाय'...'पकड़ो-पकड़ो'...मारो-मारो'...।

यूनस ख़ाँ यह सब सुन रहा है। बिलकुल चुपचाप—इससे कोई सरोकार नहीं उसे। वह तो देख रहा है अपनी आँखों से एक नयी मुग़लिया सल्तनत—शानदार, पहले से कहीं ज़्यादा बुलन्द...।

चाँद नीचे उतरता जा रहा है। दूध-सी चाँदनी नीली पड़ गयी है। शायद पृथ्वी का रक्त ऊपर विष बनकर फैल गया है।

"देखो, ज़रा ठहरो।" यूनस खाँ का हाथ ब्रेक पर है। यह—यह क्या? एक नन्ही-सी, छोटी-सी छाया! छाया? नहीं—रक्त से भीगी सलवार में मूर्च्छित पड़ी एक बच्ची!

बलोच नीचे उतरता है। जख़्मी है शायद! मगर वह रुका क्यों? लाशों के लिए कब रुका है वह? पर यह एक घायल लड़की...। उससे क्या? उसने ढेरों के ढेर देखे हैं औरतों के...मगर नहीं, वह उसे जरूर उठा लेगा। अगर बच सकी तो...तो...। वह ऐसा क्यों कर रहा है—यूनस खाँ खुद नहीं समझ पा रहा...। लेकिन अब इसे वह न छोड़ सकेगा...काफिर है तो क्या?

बड़े-बड़े मजबूत हाथों में बेहोश लड़की। यूनस ख़ाँ उसे एक सीट पर लिटाता है। बच्ची की आँखें बन्द हैं। सिर के काले घने बाल शायद गीले हैं। ख़ून से और, और चेहरे पर...? पीले चेहरे पर...रक्त के छींटे।

यूनस ख़ाँ की उँगलियाँ बच्ची के बालों में हैं और बालों का रक्त उसके हाथों में...शायद सहलाने के प्रयत्न में! पर नहीं, यूनस खाँ इतना भावुक कभी नहीं था। इतना रहम—इतनी दया उसके हाथों में कहाँ से उतर आयी है? वह खुद नहीं जानता। मूर्च्छित बच्ची ही क्या जानती है कि जिन हाथों ने उसके भाई को मारकर उस पर प्रहार किया था उन्हीं के सहधर्मी हाथ उसे सहला रहे हैं!

यूनस ख़ाँ के हाथों में बच्ची...और उसकी हिंसक आँखें नहीं, उसकी आर्द्र आँखें देखती हैं दूर कोयटे में—एक सर्द, बिलकुल सर्द शाम में उसके हाथों में बारह साल की खूबसूरत बहिन नूरन का जिस्म, जिसे छोड़कर उसकी बेवा अम्मी ने आँखें मूँद ली थीं।

सनसनाती हवा में—क़ब्रिस्तान में उसकी फूल-सी बहिन मौत के दामन में हमेशा-हमेशा के लिए दुनिया से बेख़बर...और उस पुरानी याद में काँपता हुआ यूनस ख़ाँ का दिल-दिमाग।

आज उसी तरह, बिलकुल उसी तरह उसके हाथों में...। मगर कहाँ है वह यूनस ख़ाँ जो कत्ले-आम को दीन और ईमान समझकर चार दिन से ख़ून की होती खेलता रहा है...कहाँ है? कहाँ है?

यूनस ख़ाँ महसूस कर रहा है कि वह हिल रहा है, वह डोल रहा है। वह कब तक सोचता जाएगा। उसे चलना चाहिए, बच्ची के ज़ख़्म!...और फिर, एक

बार फिर थपथपाकर, आदर से, भीगी-भीगी ममता से बच्ची को लिटा यूनस ख़ाँ सैनिक की तेजी से ट्रक स्टार्ट करता है। अचानक सूझ जानेवाले कर्तव्य की पुकार में। उसे पहले चल देना चाहिए था। हो सकता है यह बच्ची बच जाए—उसके ज़ख़्मों की मरहम-पट्टी। तेज़, तेज़ और तेज़। ट्रक भागी जा रही है। दिमाग़ सोच रहा है—वह क्या है? इसी एक के लिए क्यों? हज़ारों मर चुके हैं। यह तो लेने का देना है। वतन की लड़ाई जो है! दिल की आवाज़ है—चुप रहो...इन मासूम बच्चों की इन कुरबानियों का आजादी के खून से क्या ताल्लुक? और नन्ही बच्ची—बेहोश, बेखबर...

लाहौर आनेवाला है। यह सड़क के साथ-साथ बिछी हुई रेल की पटरियाँ। शाहदरा—और अब ट्रक लाहौर की सड़कों पर है। कहाँ ले जाएगा वह? मेयो हास्पिटल या सर गंगाराम?...गंगाराम क्यों? यूनस ख़ाँ चौंकता है। वह क्या उसे लौटाने जा रहा है? नहीं, नहीं, उसे अपने पास रखेगा। ट्रक मेयो हास्पिटल के सामने जा रुकती है।

और कुछ क्षण बाद बलोच चिन्ता के स्वर में डाक्टर से कह रहा है, ''डाक्टर, जैसे भी हो, ठीक कर दो...इसे सही-सलामत चाहता हूँ। मैं!'' और फिर उत्तेजित होकर—''डाक्टर, डाक्टर...'' उसकी आवाज़ संयत नहीं रहती।

''हाँ, हाँ, पूरी कोशिश करेंगे इसे ठीक करने की।''

बच्ची हास्पिटल में पड़ी है। यूनस ख़ाँ अपनी ड्यूटी पर है मगर कुछ अनमना-सा हैरान फ़िकरमन्द। पेट्रोल कर रहा है।

लाहौर की बड़ी-बड़ी सड़कों पर। कहीं-कहीं रात की लगी हुई आग से धुआँ निकल रहा है। कभी-कभी डरे हुए, सहमे हुए लोगों की टोलियाँ कुछ फौज़ियों के साथ नज़र आती हैं। कहीं उसके अपने साथी शोहदों के टोलों को इशारा करके हँस रहे हैं। कहीं कूड़ा-करकट की तरह आदमियों की लाशें पड़ी हैं। कहीं उजाड़ पड़ी सड़कों पर नंगी औरतें, बीच-बीच में नारे-नारे, और ऊँचे! और यूनस ख़ाँ, जिसके हाथ कल तक खूब चल रहे थे, आज शिथिल हैं। शाम को लौटते हुए जल्दी-जल्दी कदम भरता है। वह अस्पताल नहीं, जैसे घर जा रहा है।

एक अपरिचित बच्ची के लिए क्यों घबराहट है उसे? वह लड़की मुसलमान नहीं—हिन्दू है, हिन्दू है।

दरवाजे से पलंग तक जाना उसे दूर, बहुत दूर जाना लग रहा है। लम्बे लम्बे डग।

लोहे के पलंग पर बच्ची लेटी है। सफेद पट्टियों से बँधा सिर। किसी भयानक दृश्य की कल्पना से आँखें अब भी बन्द हैं। सुन्दर-से भोले मुख पर डर की भयावनी छाया...।

यूनस ख़ाँ कैसे बुलाए—क्या कहे? 'नूरन'—नाम ओठों पर आके रुकता है।

हाथ आगे बढ़ते हैं। छोटे-से घायल सिर का स्पर्श, जिस कोमलता से उसकी उँगलियाँ छू रही हैं उतनी ही भारी आवाज़ उसके गले में रुक गयी है।

अचानक बच्ची हिलती है। आहत-से स्वर में, जैसे बेहोशी में बड़बड़ाती है—

"कैम्प, कैम्प...कैम्प आ गया। भागो...भागो...भागो..."

"कुछ नहीं, कुछ नहीं—देखो, आँखें खोलो..."

"आग, आग...वह गोली...मिलटरी..."

बच्ची उसे पास झुके देखती है और चीख मारती है...

"डाक्टर, डाक्टर...डाक्टर, इसे अच्छा कर दो।"

डाक्टर अनुभवी आँखों से देखकर कहता है, "तुमसे डरती है। यह काफिर है, इसीलिए।"

काफिर...यूनस ख़ाँ के कान झनझना रहे हैं—काफिर...काफिर...क्यों बचाया जाए इसे? काफिर?...कुछ नहीं...मैं इसे अपने पास रखूँगा!

इसी तरह बीत गयी वे ख़ूनी रातें। यूनस ख़ाँ विचलित-सा अपनी ड्यूटी पर और बच्ची हास्पिटल में।

एक दिन। बच्ची अच्छी होने को आयी। यूनस ख़ाँ आज उसे ले जाएगा। ड्यूटी से लौटने के बाद वह उस वार्ड में आ खड़ा हुआ।

बच्ची बड़ी-बड़ी आँखों से देखती है—उसकी आँखों में डर है, घृणा है और, और, आशंका है।

यूनस ख़ाँ बच्ची का सिर सहलाता है, बच्ची काँप जाती है! उसे लगता है कि हाथ गला दबोच देंगे। बच्ची सहमकर पलकें मूँद लेती है! कुछ समझ नहीं पाती—कहाँ है वह? और यह बलोच?...वह भयानक रात! और उसका भाई! एक झटके के साथ उसे याद आता है कि भाई की गर्दन गँड़ासे से दूर जा पड़ी थी!

यूनस ख़ाँ देखता है और धीमे से कहता है, "अच्छी हो न! अब घर चलेंगे!"

बच्ची काँपकर सिर हिलाती है, "नहीं-नहीं, घर...घर कहाँ है! मुझे तुम मार डालोगे।"

यूनस ख़ाँ देखना चाहता था नूरन लेकिन यह नूरन नहीं, कोई अनजान है जो उसे देखते ही भय से सिकुड़ जाती है।

बच्ची सहमी-सी रुक-रुककर कहती है, "घर नहीं, मुझे कैम्प में भेज दो। यहाँ मुझे मार देंगे...मुझे मार देंगे..."

यूनस ख़ाँ की पलकें झुक जाती हैं। उनके नीचे सैनिक की क्रूरता नहीं, बल नहीं, अधिकार नहीं। उनके नीचे है एक असह्य भाव, एक विवशता...बेबसी।

बलोच करुणा से बच्ची को देखता है। कौन बचा होगा इसका? वह इसे पास

रखेगा। बलोच किसी अनजान स्नेह में भीगा जा रहा है...

बच्ची को एक बार मुस्कराते हुए थपथपाता है, ''चलो—चलो, कोई फ़िक्र नहीं—हम तुम्हारा अपना है...''

ट्रक में यूनस ख़ाँ के साथ बैठकर बच्ची सोचती है—बलोच कहीं अकेले में जाकर उसे ज़रूर मार देने वाला है...गोली से—छुरे से! बच्ची बलोच का हाथ पकड़ लेती है, ''ख़ान, मुझे मत मारना...मारना मत...'' उसका सफ़ेद पड़ा चेहरा बता रहा है कि वह डर रही है।

खान बच्ची के सिर पर हाथ रखे कहता है, ''नहीं-नहीं, कोई डर नहीं...कोई डर नहीं...तुम हमारा सगा के माफ़िक है...।''

एकाएक लड़की पहले खान का मुँह नोचने लगती है फिर रो-रोकर कहती है, ''मुझे कैम्प में छोड़ दो— छोड़ दो मुझे।''

खान ने हमदर्दी से समझाया, ''सब करो, रोओ नहीं...तुम हमारा बच्चा बनके रहेगा। हमारे पास।''

''नहीं''—लड़की खान की छाती पर मुट्ठियाँ मारने लगी, ''तुम मुसलमान हो...तुम...।''

एकाएक लड़की नफ़रत से चीखने लगी, ''मेरी माँ कहाँ है! मेरे भाई कहाँ हैं! मेरी बहिन कहाँ...''

*(हिन्दी कहानी)*

# अपने आँगन से दूर

## ख़दीज़ा मस्तूर

लाहौर आकर तीन-चार दिन मामू के साथ उनकी सरकारी कोठी में गुज़ारने पड़े। वह भी इस तरह कि आलिया सारा दिन एक छोटे-से कमरे में बन्द पड़ी रहती। वह हर वक़्त यह सोचती रहती कि इस उदास माहौल में किस तरह ज़िन्दगी गुज़ारेगी। हाँ, अम्मा बहुत खुश थी। भाई और अँग्रेज़ भावज के साथ रहने की बड़ी पुरानी इच्छा अब पूरी हुई थी। उन्होंने जिन्दगी भर साथ रहने के प्रोग्राम बना लिए थे, और आलिया से नाराज़ थीं कि वह सबसे अलग-अलग पड़ी रहती है। और कुछ नहीं तो अपनी भाभी से फर-फर अँग्रेज़ी बोलने का अभ्यास ही कर ले मगर उसने तो इन चार दिनों में सिर्फ बड़ी चाची और बड़े चाचा को कई-कई सफ़ों ख़त लिखे थे।

पाँचवें दिन मामू ने एक छोटी-सी कोठी का ताला तुड़वा कर अम्मा को उनके घर जाने पर मजबूर कर दिया। उन्होंने अम्मा को चलते-चलते समझाया कि अँग्रेज़ औरतें अपनी माँ के साथ भी रहना पसन्द नहीं करतीं।

अम्मा ने आलिया से ये बातें छुपानी चाहीं मगर जब वह अपने नये घर जा रही थी तो मामी ने टूटी-फूटी उर्दू में समझा ही दिया कि सबका अलग-अलग रहना ठीक होता है।

कोठी में एक-एक चीज अपनी जगह पर मौजूद थी। खाने की मेज पर बर्तन करीने से लगे हुए थे और बर्तनों की नक्काशी को धूल ने छुपा दिया था। ऐसा महसूस होता था कि बस अभी पर्दे के पीछे से निकलकर कोई आएगा और खाने के लिए बैठ जाएगा। बावर्चीखाने में पीतल के बर्तन अलमारी में लगे थे और कुछ बर्तन फर्श पर लुढ़के पड़े थे। और ड्राइंगरूम के कालीन और सोफे सब पर धूल विराजमान थी और गुलदान में लगे हुए फूल झड़कर मेज़ पर बिखरे हुए थे। सिर्फ काली-काली सूखी शाख़ें अब तक गुलदान में ठुँसी हुई थीं। सोने के कमरे में बिस्तरों पर पलंगपोश बिछे हुए थे और सिरहाने तिपाई पर रखा हुआ लैम्प औंधा पड़ा था। इस कमरे के साथ छोटे-से कमरे में आतिशदान पर कृष्ण महाराज की मूर्ति

रखी थी। माला के फूल झड़कर आसपास बिखरे पड़े थे और गले में सिर्फ पीला डोरा लटका रह गया था।

"भई, इसे तो यहाँ से हटाओ। बाहर बच्चों को दे दो, खेलेंगे।" जब से अम्मा यहाँ आयी थीं, उन्होंने कई बार कहा था।

आलिया ने अम्मा को कोई जवाब नहीं दिया। मूर्ति कई दिन तक यों ही रखी रही। फिर जब इस कमरे को इस्तेमाल किये बगैर अम्मा का गुज़ारा नामुमकिन हो गया तो आलिया ने मूर्ति को अपने बकसे में छुपा दिया।

दिन बड़ी बोरियत से गुजर रहे थे। बैठे-बैठे उकता गयी थी। उसके ख़तों के जवाब भी न आते थे।

शामें बड़ी मुश्किल से कटतीं। सहायता-कमेटियाँ घर-घर चक्कर लगाती फिरतीं। अपने शरणार्थी भाइयों की मदद करो। काफ़िले आ रहे हैं, मदद करो और अम्मा बड़ी दीन बनकर बतातीं कि हम तो खुद शरणार्थी हैं। लोग चले जाते मगर आलिया का जी चाहता अम्मा की आँखों में धूल झोंककर सब कुछ उन्हें दे दे।

मामू और उनकी बेगम कभी-कभी शाम को आ निकलते तो आलिया की समझ में न आता कि वह कौन-से चुहिया के बिल में जा छुपे। अम्मा बौखला जातीं और उनकी समझ में न आता कि अपनी भाभी को किसके सर-आँखों पर बिठा दें।

चन्द दिन तक ख़ामोश बैठे रहने के बाद उसने एक हाई स्कूल में नौकरी की अर्जी दे दी, जो जल्दी ही मंजूर हो गयी और नौकरी ने उसे बहुत-सी परेशानियों और दुखों से बचा लिया।

एक दिन मामू अकेले आये तो उन्होंने बताया कि कोठी अम्मा के नाम एलाट करा दी है। अब उसे किसी भी सूरत में छोड़ना नहीं। फिर उन्होंने फर्नीचर बगैरा की कुछ रसीदें दीं कि अगर कोई पूछे तो ये दिखा देना कि हमने यहाँ आकर सब कुछ खरीदा है।

अम्मा अपने भाई के कारनामों पर खुश होती रहीं, "भाई हो तो ऐसा हो। मेरे आराम के लिए उसने क्या नहीं किया!"

आलिया चुपचाप सब कुछ सुनती रही। उसकी समझ में नहीं आ रहा था कि यह सब क्या हो रहा है, किसी का हक कौन उड़ाए लिये जा रहा है, ये रसीदें कहाँ से आ गयीं? यह कोठी उसकी किस तरह हो गयी? मगर आलिया यह सब कुछ किससे पूछती? अम्मा सिर्फ अम्मा थीं, उसकी तनख़्वाह मिलने और कोठी की मालिक बनने के बाद पहले की ही तरह गर्वीली और आत्मतुष्ट।

वक़्त घिसट-खिसटकर गुज़र रहा था। स्कूल से आकर वह परेशान फिरा करती। आसपास की कोठियों में भी किसी से मिलना-जुलना न था। जाने कहाँ से लोग आकर बस रहे थे।

अम्मा को इतनी फ़ुर्सत ही न मिलती कि इसकी तरफ भी देख लेतीं। सारा दिन कोठी की देखभाल में गुज़र जाता। दस रुपये महीने पर रखी हुई बाई अगर किसी चीज़ को ज़रा ज़ोर से रख देती तो अम्मा का कलेजा दुख जाता, "ये इतनी-इतनी महँगी चीज़ें खरीदी हैं और तुम आपे में नहीं रहतीं। ज़रा होश से काम लिया करो!"

बहुत दिन नहीं गुजरे थे कि मामू कराची तब्दील हो गये। जब वह विदा हो रहे थे तो अम्मा का रो-रोकर बुरा हाल हो गया। उनकी भाभी इस बेकरारी को देखकर मुसकराती हैं, "हमारा टो बचा लोग बी बहोट डूर-डूर चला जाटा है मगर कोई नहीं रोटा।"

आलिया को उनके चले जाने का न सदमा हुआ, न खुशी। चले गये तो चले गये। उसका उन लोगों से वास्ता ही क्या था? यहाँ आने के बाद मामू ने कई बार कहा भी था कि आलिया अपने बाप की तरह दिल से उन्हें नापसन्द करती है।

वह यह सब सुनकर हँस दी थी। उस वक्त उसे अब्बा कितनी शिद्दत से याद आते थे! मगर अब तो वह उनकी क़ब्र तक को दूसरे मुल्क में छोड़ आयी थी। वहाँ से नाता टूट गया था। किसी ने उसके ख़त का जवाब तक न दिया था।

*(उर्दू कहानी : अनुवाद : शम्भु यादव)*

# छाया

## गुरुदेव सिंह रुपाणा

बच्चे की रोने की आवाज़ सुनकर मदन चौंक गया। ऑक की झाड़ियों के पीछे एक छः-सात महीने का बच्चा औंधे मुँह पड़ा रो रहा था। वह अपना सिर धरती पर डाल देता था और कभी ऊपर उठा लेता था। कभी उसके रोने की आवाज़ धीमी और कभी तेज सुनाई पड़ती थी।

मदन ने गाड़ी रोक दी। बच्चे को उठाया और अपनी पगड़ी के पल्ले से उसका मुँह पोंछा। वह लड़की थी। बच्ची उसकी ओर देखने लगी।

पास ही एक सफेद बुर्का इस तरह पड़ा हुआ था जैसे आँधी में उड़कर गया हो।

''कोई माँ छोड़कर भाग गयी बेचारी को।'' उसने सोचा, ''कैसी निगोड़ी हवा चल रही है—माताओं से अपने बच्चे भी नहीं सँभाले गये।'' उसने बच्ची की बाँहें अपनी गर्दन से लपेट लीं।

सामने छोटे-से गड्ढे में एक आदमी पड़ा हुआ दिखाई दिया। उसने आगे बढ़कर देखा तो वह एक लाश थी। माथे पर चाँद और एक तारा काली स्याही से ख़ुदा हुआ था। चेहरे पर पीड़ा की लकीरें खिंची हुई थीं। इनके कारण चाँद और तारे का आकार बिगड़ गया था। पाँव के पास ज़मीन खुदी हुई थी। शायद प्राण छोड़ते समय वह बहुत तड़पा होगा।

''हत्यारे! बाप को मारकर फेंक गये और माँ को उठा ले गये—और इस बेचारी को...छोड़ गये...।'' इससे पहले जो कुछ हुआ था उसने उसका अन्दाज़ा लगाकर कहा।

बच्ची का नाक-नक्शा उसके पिता से मिलता-जुलता था। फिर भी सफेद बुर्के को देखकर उसे खयाल आ रहा था कि बच्ची की माँ बहुत खूबसूरत होगी। उसकी सुन्दरता ही उसके पति की दुश्मन बन गयी होगी। वह खुद तो धीरे-धीरे किसी के घर को अपना घर और किसी को अपना स्वामी कहने लगेगी। उसके

बच्चे भी हो जाएँगे और शायद इस बच्ची को भी भूल जाएगी, परन्तु यदि वे माँ के साथ बच्ची को भी ले जाते तो क्या नुकसान था?

"बच्चे भगवान् का रूप होते हैं—बच्चों के सामने आदमी पाप करने से डरता है।" मदन को माँ की कही हुई बात याद आ गयी।

"...और जो वे करके गये हैं—वह कौन-सा पुण्य है?" फिर उसे माँ की कही बात झूठी प्रतीत हुई।

बच्ची फिर रोने लगी।

"दुर्गी भी कहा करती है, परमात्मा मुझे एक लड़की जरूर दे दे जिसको मैं अपना दुःख-सुख कह सकूँ...लो...परमात्मा ने उसके लिए लड़की भेज दी है..." न यह हिन्दू, न मुसलमान। बिल्लू के साथ खेला करेगी। दोनों बहन और भाई...।

मदन की बीवी को तीन बच्चे हुए थे, तीनों ऑपरेशन से। दो मर गये थे, बिल्लू बच गया था। बिल्लू के जन्म के बाद डाक्टर ने कह दिया था कि दुर्गी फिर गर्भवती हो गयी तो वह नहीं बचेगी। और उसके मन में बेटी की साध अधूरी रह गयी थी।

"क्या तू दुर्गी को माँ बना लेगी?" मदन ने बच्ची को पुचकारते हुए कहा। फिर उसे कुएँ की ओर लेकर चल पड़ा। पानी पिलाकर उसने अपनी पोटली में से गुड़ का टुकड़ा निकाला और बच्ची के मुँह में डाल दिया। उसे गाड़ी में लिटाकर गाड़ी हाँकने लगा।

लगभग दो फलांग चला होगा कि उसे दो और लाशें दिखाई पड़ीं। फिर कुछ और लाशें। उसने नज़र उठायी तो सड़क लाशों से पटी पड़ी थी। उसको माँ की कही बात याद आ गयी, "मदन गाड़ी चलाना तेरे बस का काम नहीं है, भेड़ की तरह निग़ाह नीची ही रखते हो। नीची नज़र से आधी दुनिया दिखाई पड़ती है..." और आज उसे पहली बार अपनी नीचे देखने की आदत पर गुस्सा आया। यदि वह पहले ही सामने देख लेता तो वापस चला जाता। परन्तु जाता कहाँ? कौन उसे अपने घर में रात गुज़ारने देता? हंसराज ने तो यह कहकर उसे अपनी दुकान से उठा दिया था कि काफ़िला निकल गया है, अब डरने की कोई बात नहीं। लोग डरे हुए थे। घरों के दरवाज़े बन्द थे। सारे बाजार में उसे एक भी व्यक्ति दिखाई नहीं पड़ता था। आज तो चुंगी में रामलाल भी नहीं था। चुंगी बन्द थी। वह होता तो उसके लिए रात बिताने का कोई प्रबन्ध कर देता।

चारों ओर लाशें ही लाशें देखकर ऊँट डर गया। मदन भी भयभीत हो गया।

"पानी...।" एक आवाज़ आयी। सड़क के किनारे एक लाश ने उठने का यत्न किया।

मदन उसके पास चला गया।

"पानी...हम मरदाने की जाति के है...बाबा नानक तेरी रक्षा करे।"

उसके सिर में चोट थी। उसके पीछे खून फैला हुआ था। थोड़ा-सा उठकर वह फिर गिर पड़ा।

सड़क पर घर का सारा सामान बिखरा पड़ा था। मिट्टी की परात के टुकड़े बिखरे पड़े थे। एक टूटी हुई सुराही थी, एक चर्खा, उखड़ा हुआ। कुछ सिलवर के बर्तन टेढ़-मेढ़े हुए पड़े थे। पीतल या काँसे का कोई बर्तन वहाँ नहीं था। मदन से सिलवर का एक कटोरा सीधा किया और पानी लाने के लिए पोखरी की ओर चल पड़ा।

कुछ लाशें आधी पोखरी के पानी में थीं और कुछ पूरी। मदन ने गिनीं, कुल तीस लाशें थीं। पानी में ख़ून घुला हुआ था। मदन ने कोई साफ-सी जगह देखने के लिए पोखरी के चारों ओर चक्कर लगाया परन्तु साफ पानी कहीं भी नहीं था। उसने झुककर पानी से कटोरा भर लिया। कटोरे से भरे पानी को देखा, उसमें खून था। पता नहीं उसने क्या सोचा और जल्दी-जल्दी कदम उठाने लगा।

"ले भैया, तेरी उम्र बाकी होगी तो किसी ठिकाने पर पहुँच जाएगा...इस पानी में तेरे जैसों का खून मिला हुआ है।" मदन ने उसका सिर उसकी पगड़ी से कसकर बाँध दिया। आखिरी गाँठ देने से पहले ही वह उसके हाथों में लुढ़क गया। मदन के जिस्म में एक कँपकँपी-सी हुई और वह चल पड़ा।

"पानी..." उसने मुड़कर देखा। सड़क के दूसरे किनारे पर एक और लाश हिल रही थी। मदन ने सड़क पर रखा हुआ पानी का कटोरा उठाया। थोड़ा-सा पानी कटोरे में था। वह आदमी सीधा-सपाट पड़ा हुआ था। उसके घावों से ख़ून बह-बहकर धरती पर जम चुका था। मदन ने उसे बैठाकर घुटने का सहारा दे दिया। जितना पानी उसने पिया सारा बगल से बाहर निकल गया। उसने घाव बाँध देने का इशारा किया।

"अब तुम मुझे कीकर के पेड़ के सहारे बैठा दो," उसने कहा, "मिलिटरी वाले कहीं मुझे जीते जी ही क़ब्र में न डाल दें।"

मदन जल्दी-जल्दी सारा काम ख़त्म करके चल पड़ा। दिन ख़त्म होने को था। वह दिन के उजाले में ही घर पहुँचना चाहता था। अब भी थोड़ा-सा भय उसके मन में था।

उसने गाड़ी चलायी। पन्द्रह-बीस कदम चला होगा कि गाड़ी का एक पहिया एक लाश की टाँग के ऊपर से निकल गया। मदन को गुस्सा आया। उसने गाड़ी से लाठी उठायी और जोर से ऊँट को जड़ दी। ऊँट चिंघाड़ता हुआ दौड़ने लगा। गाड़ी तीन-चार लाशों के ऊपर से निकल गयी। मदन ने उतरकर ऊँट की नकेल पकड़ ली और लाशों को बचा-बचाकर चलने लगा।

बच्ची ने रोना शुरू कर दिया। मदन को अपनी गलती का एहसास हुआ : "मुझे बच्ची के लिए पानी साथ लेकर ही चलना चाहिए था। गाड़ी रोककर उसने बच्ची को गोद में उठा लिया। वह चुप हो गयी। परन्तु अभी भी किसी बच्चे के रोने की आवाज़ आ रही थी। शीशम के एक पेड़ के नीचे दो-तीन बच्चे बैठे हुए थे। जब वह उनके पास गया तो सबने रोना शुरू कर दिया। एक बड़ा बच्चा एक लाश से लिपट गया।"

"डरो नहीं...मैं मारने वाला नहीं।" उसने कहा, "क्या यह तेरा अब्बा है?" उसने बड़े बच्चे से पूछा।

बच्चे ने सिर हिलाकर 'हाँ' कहा। सभी बच्चे चुप हो गये। मदन सोचता रहा कि वह उनको और क्या कहे? कुछ बच्चे सड़क की दूसरी ओर कीकर के पेड़ के नीचे बैठे थे। कुछ रो रहे थे। एक अपनी मरी हुई माँ की छाती पर सिर रखकर सिसक रहा था। इधर-उधर पड़े हुए कुछ घायल पानी माँग रहे थे। वह उनका क्या करे? किस-किस को सँभाले? कहाँ से लाकर पानी पिलाये। वह अकेला! अपने पीछे लाशों का एक काफ़िला छोड़कर आया था। उसके आगे इससे भी बड़ा काफ़िला पड़ा था जिसमें से रास्ता बनाकर उसे घर पहुँचना था—दिन ढलने से पहले। पता नहीं यह काफ़िला कहाँ तक बिछा होगा? सुना था जीवित मनुष्यों का काफ़िला तो बीस मील लम्बा था।

कुछ देर वह चुपचाप खड़ा रहा। फिर उसने बच्ची को उन बच्चों के पास लिटा दिया और जल्दी-से वहाँ से चल पड़ा कि कहीं फिर उसका दिल बदल नहीं जाए।

वह उसी तरह ऊँट की लगाम पकड़कर लाशों को बचा-बचाकर गाड़ी चलाने लगा। फिर भी किसी के पैर। कभी किसी की टाँग के ऊपर से गाड़ी का पहिया निकल ही जाता था। परन्तु उसे ऊँट पर गुस्सा नहीं आ रहा था। उस बेचारे का क्या कसूर था। उसे तो ज्यादा जोर लगाना पड़ रहा था। एक के बाद दूसरी अड़चन पहिये के आगे आ जाती थी।

आधे रास्ते में आकर उसे महसूस हुआ कि वह थक गया है। जिस बाँह के साथ ऊँट की लगाम कभी इधर कभी उधर अब तक खींच रहा था, वह थक गयी है और अब उससे लगाम का भार नहीं उठाया जाता। अब तक उसने ढाई मील का सफर पूरा किया था। सड़क का इतना ही सफर बाकी था और एक मील कच्चा रास्ता भी तय करना था जो आज पक्की सड़क से भी ज़्यादा साफ रास्ता होगा। पुल पर पहुँचकर उसने देखा, नाले का पानी पुल के ऊपर से बह रहा था। नाला लाशों से भरा पड़ा था। उसने गाड़ी रोक दी।

ऊँट ने कुछ आराम कर लिया तो वह गाड़ी पर चढ़ बैठा और ऊँट की लगाम ढीली छोड़ दी। कभी कोई लाश दिखाई पड़ जाती तो लगाम एक तरफ खींच देता, कभी-कभी गाड़ी ऊपर से निकल जाती थी।

धीरे-धीरे अँधेरा बढ़ने लगा। अब लाशें दिखाई नहीं पड़ती थीं। जब गाड़ी का पहिया ऊपर उठकर धड़ाम से गिरता, लाश का एहसास उसी समय होता था। ऊँट के पैरों की आवाज़ ही बताती कि सड़क सूखी है या खून से गीली।

अब उसका डर बिलकुल खत्म हो गया था। उसने धीरे-धीरे गीत गाना शुरू कर दिया था जिसे वह रात को सफर करते समय गाया करता था :

*''नी तू माड़ी कीती साहिबा,*
*नी तू यार दित्ता मरवा नी।''*

(साहिबाँ बहुत बुरा किया तुमने, अपना प्रियतम मरवा दिया)

परन्तु आप तो उसे न किसी मिर्जे को तलवारें लगती दिखाई दीं और न ख़ून के परनाले बहते दिखाई दिये। उसको अपना गीत रसहीन लगा और उसने गाना बन्द कर दिया।

पक्की सड़क का सफर खत्म हुआ और कच्चे रास्ते पर आकर ऊँट अपने आप ही रुक गया। कुछ पल रुका ही रहा, फिर वह अपने आप ही चल दिया।

वह अपने घर के दरवाज़े के सामने पहुँचा तो कितने ही अड़ोसी-पड़ोसी बोल पड़े, ''आ गया। आ गया।''

उसके घर में से रोने की आवाज़ें और तेज होने लगी। वह पास गया तो एकत्रित पुरुष चुप हो गये। उसने गाड़ी से ऊँट खोलकर आँगन में एक खूँटे से बाँध दिया। एक तरफ बहुत-सी औरतें कुछ बोल-बोलकर रो रही थीं। उनमें से मदन की माँ उठी और उसके गले से लिपटकर दहाड़ मार रोने लगी।

''अरे बेटा! हम लूट गये।''

''क्या बात है माँ?'' उसने माँ की बाँहें गले से हटाते हुए पूछा।

''बिल्लू छत से गिरकर गुजर गया।''

वह चुपचाप बैठ गया। कुछ देर तक सब चुप रहे। फिर किसी ने कहा, ''उठो मदनलाल, दाह-संस्कार कर आएँ। हम तुम्हारा ही इन्तज़ार कर रहे थे।''

''थोड़ी देर ठहरो, यह काम भी कर लेते हैं।'' मदन ने कहा, ''थोड़ा-सा सुस्ता लूँ, बहुत थका हूँ, भूख बहुत लगी है।''

माँ ने उसे कन्धों से पकड़ लिया।

''हत्यारे तू इसे काम कहता है, तुझे भूख लगी है...अरे कोई लालटेन लाओ रे...'' वह दोनों हाथों से छाती पीटने लगी।

एक आदमी लालटेन ले आया।

"अरे गाँववालो हम लूट गये...मैं छोटे को रो रही थी, बड़े को भी पता नहीं क्या हो गया है...किसी की छाया पड़ गयी है...देखो, कैसे दीदे फाड़-फाड़कर देख रहा है...।"

सब औरतें उठकर चारों तरफ हो गयीं।

"किसी बेगाने की छाया लगती है।"

"कोई ओझा को बुलाकर लाओ।"

बिल्लू की लाश अकेली पड़ी थी, कपड़े से ढकी हुई। मदन इसकी ओर देख रहा था, देखता ही जा रहा था। उसको ऐसे लग रहा था, जैसे एक लाश अन्य लाशों से एक मील के फ़ासले पर पड़ी हुई हो—बस।

*(पंजाबी कहानी : अनुवाद : डॉ. गुरचरण सिंह)*

# मुबीना या सकीना

## गुरबख्श सिंह

गाँव के एकमात्र पक्के मकान के पिछवाड़े से एक मर्द और औरत चोरों की तरह आगे-पीछे देखते हुए निकले। सामने सूरज ढल रहा था—उसकी सीधी किरणें उनके मुँह पर पड़ रही थीं। मर्द देखने में युवा और बलवान था, औरत सुन्दर और पतली—पर दोनों के चेहरों पर हवाइयाँ उड़ रही थीं। एक-दो क्षण वे दूसरी ओर से आ रही आवाज़ों को सुनने के लिए रुक गये। फिर वे सर-सर करते ईख के खेत में घुस गये। इस खेत के एक ओर मुँडेर पर लसूड़े का पेड़ था।

ये ज़ैलदार हासम अली का बेटा कासम और उसकी बहू जीनत थे। ज़ैलदार हासम, उसका क़बीला और गाँव के बहुत-से लोग लगभग दो घंटे पहले गाँव खाली कर गये थे।

आज तक ज़ैलदार ने बड़े हौसले से काम लिया था। अफ़वाहें उड़ रही थीं कि उस गाँव पर हमला हो गया है और इस गाँव पर हमला होने की आशंका है। एक घोड़ी वाला उस कुएँ पर कह रहा था कि लुहारों की सभी झुग्गियाँ जल गयी हैं। ज़ैलदार कहता—सब अफ़वाहें हैं, हौसला रखो, नये नगर का बड़ा सरदार मेरा दोस्त है। वह हमारे बच्चे-बच्चे गाँव में सुलाने के लिए तैयार है।

पर आज सुबह जब ज़ैलदार उससे तसल्ली लेने के लिए गया तो सरदार कुछ चिन्तित नज़र आया। उसके पास बैठे सरदार को कुछ सिख उठाकर परे ले गये। उसके कान में भी कुछ भनक-सी पड़ गयी :

''सरदार जी—धोखा नहीं खाना—भसीनोआया ने जत्था बना लिया है और वह किसी की नहीं सुनता।''

गाँव वापस लौटकर ज़ैलदार ने बड़ी मस्जिद में एक सभा की और गाँव खाली कर देने का निर्णय लिया। सारे गाँव में विलाप होने लगा। रोते-धोते लोगों ने गठड़ियाँ बाँधीं, सिख बच्चों के साथ खेलते बच्चों को डरा-धमकाकर घर वापस लाया गया। किहरू ने शराज की बाँह पकड़ ली, ''नहीं ताई, इसको मैं नहीं जाने

दूँगा।'' शराज की माँ ने यह कहते हुए कि इस गाँव से हमारा दाना-पानी उठ गया है, बेटे की बाँह छुड़ा ली।

अफरा-तफरी में चीजें उठा-पटककर, कुछ अपने हम-साये के सुपुर्द कर, दरवाजों को ताले लगा, पशुओं की पीठ पर पुरानी रजाइयों को फेंक, सभी लोग अपने घरों से निकल गलियों में इकट्ठे हो गये। गाँव की आत्मा अपना शरीर छोड़ रही थी। अपने मकानों की दीवारों की ओर देख-देख बूढ़े विलाप कर रहे थे। हासम ज़ैलदार की आँखें भी भर आयी थीं। वह अपने बेटे को पीछे रहने से मना कर रहा था।

''आप बिलकुल चिन्ता न करें,'' कासम ने कहा था, ''जीनत कुछ बीमार है और बहुत घबरायी हुई है—मुबीना को उठाकर उससे चला नहीं जाएगा। साथ ही मैं सारी खबर लेकर आऊँगा। दूर से जत्था आता हुआ देखकर मैं जीनत को घोड़ी पर बैठा, नदी पार करके आपसे आ मिलूँगा।''

कई और जवान भी पीछे रह गये थे। क्या पता जत्था न ही आये। नये नगर का सरदार जत्थे को रोक ही ले। ऐसी स्थिति में वे सारे गाँव को वापस ले आएँगे।

वतन छूट रहा था, कुएँ-खेत छूट रहे थे। मैदान छूट रहे थे। जहाँ की मिट्टी में बचपन के साथियों के साथ खेतों में काम करते-करते कन्धे छिल गये थे, अविस्मरणीय यादें बन गयीं। बेर के पेड़ छूट रहे थे। बचपन में चोरी से खाये बेरों की मिठास अब कहाँ मिलेगी!

अपने कुएँ के पास से निकलते हुए इब्राहीम की बहू की सिसकी निकल गयी :

''अभी नयी रेहट की बाल्टियाँ लगवायी थीं। बीस रुपये लगाकर नयी शहतीर लगवायी थीं।''

वे बार-बार घूमकर अपने गाँव को, खेतों की मुँडेरों को, बाड़ों को देख रहे थे। उनकी नज़र इन पर थमकर रह जाती। पलक झपकते ही सब कुछ लुप्त हो गया। परदेश की ओर बढ़ता शोकग्रस्त काफ़िला गाँव की सीमा पर बैठ गया।

उधर नये नगर से खेतों में से आकर कोई उन्हें बता गया कि जत्था भट्टे तक पहुँच गया है। कासम अपने अस्तबल की ओर भागकर गया, पर घोड़ी वहाँ नहीं थी। और दूर से—काफी दूरी से चमकती तलवारें उसे नज़र आ रही थीं।

''जीनत-जीनत उठाओ मुबीना को—कोई घोड़ी खोलकर ले गया है—जल्दी करो—घर के पिछवाड़े ईख के खेत में छिपने के सिवाय और कोई रास्ता नहीं।''

ईख के खेत में घुसे थे कि जत्था गाँव में पहुँच गया। मुँडेर के पास से

भागते-निकलते कई लोगों की आवाज़ आयी।

"ये अपने ही होंगे—नदी की ओर भागकर जा रहे हैं।" कासम ने कहा।

इतने में गाँव से ऐसे शोर आने लगा जैसे वहाँ आसमान टूट पड़ा हो। शोर उनके पास आता जा रहा था। ईख के खेत में बहुत उमस थी। मुबीना अभी उठी नहीं थी, पर करवटें लेने लगी थी।

"बड़ी मुसीबत है—यह रो पड़ेगी—और जत्था अब हमारे घर पहुँचा कि पहुँचा।"

धड़धड़ाते हुए दो घुड़सवार मुँडेर के पास से निकल गये, जैसे कि किसी के पीछे भाग रहे हों।

"जीनत जागने से पहले—ला मैं मुबीना को लसूड़े के नीचे लिटा आऊँ—वहाँ वह सोयी रहेगी और जब जत्था निकल जाएगा, तो उसे उठा लाऊँगा।"

"मन नहीं मानता—हड्डी की तरह इसे कैसे फेंक दूँ।"

"जल्दी करो—इसका और हमारा भला इसी बात में है—यह अगर जाग गयी तो हम सब मारे जाएँगे।"

गाँव में गोली चलने की ठाँय-ठाँय आवाज़ आयी।

"मुझे दे दो—एक मिनट भी न सोचो।"

जीनत ने मुबीना का मुँह चूमा और कासम ने जल्दी से उसके हाथों से लड़की को उठा लिया और खेत से बाहर आकर उसे लसूड़े के नीचे लिटा दिया। कासम का ध्यान सोने की ज़ंजीर की तरफ गया जो कासम की माँ ने मुबीना के गले में डाली थी। पहले उसने सोचा कि ज़ंजीर को उतार ले, फिर खयाल आया कि यदि मुबीना को छोड़ना पड़ा तो जिसे जंजीर सहित मुबीना मिलेगी उसके सिर पर भार नहीं बनेगी और वह उसका अच्छी तरह ख़याल रखेगा।

"ख़ुदा हाफ़िज़"—और कासम जीनत के पास आ गया।

उसी समय उनके घर में से आवाज़ें आने लगीं।

"मेरे पीछे-पीछे—पौधों को बचाकर ज़रा भी आवाज़ न हो—जीनत तुम चली आओ।"

आवाज़ों से घबराकर वे खेत के दूसरी ओर चले गये।

"हाय! बुबीना रो पड़ी होगी"—जीनत रुक गयी।

"मुबीना अल्लाह को सौंपो—चलो आओ—रुकने का समय नहीं।"

वे पौधों से बचते खेत के दूसरे किनारे पर पहुँच गये। उमस से जीनत के प्राण मुँह को आ रहे थे।

"तुम ज़रा यहाँ रुको—मैं मुँडेर से देख आऊँ।"

अँधेरा फैलने लगा था—न जीव न जन्तु, पक्षी घोंसलों की ओर लौट रहे थे। जिस रास्ते से वह पिछले आठ सालों से दूसरे गाँव पाठशाला जाया करता था, वह आज उसे मौत-सा भयानक लग रहा था। जिस कुएँ पर जीनत की डोली पिछले साल उतरी थी, आज खाने को आ रहा था।

ऊपर से बादल गरजने लगे। भीनी-भीनी फुहार हवा से उड़ती उसके अधरों पर पड़ी। प्यास लगी तो उसे एहसास हुआ कि मुबीना सारी रात भूखी रोती रहेगी।

जब अँधेरा गहरा गया, जीनत और कासम नदी की ओर चल दिये। मुबीना को लाना कठिन हो गया था। पाँच बीघे की ज़मीन पर उसने अपने ख़ून-पसीने की मेहनत से फ़सल बोयी थी।

नदी पर बहुत भीड़ थी। नाव एक ही थी। मल्लाह.जबकि मुसलमान थे पर पार जाने के बीस रुपयों से कम पर तैयार नहीं हो रहे थे। औरतें गहने उतार-उतार कर दे रही थीं। दो अपने पतियों से बिछड़ी औरतें गिड़गिड़ाकर हार गयी थीं। जीनत ने दो चूड़ियाँ बाँह से उतारकर कासम को दीं। कासम ने शेष दोनों भी उतरवाकर जेब में डाल लीं और मल्लाह को ताकते हुए कहा :

''ओ मियाँ—कुछ तो खौफ करो—आपको अच्छा लगेगा यदि ये जवान औरतें दुश्मनों के हाथ आ जाएँ—ये दो चूड़ियाँ सौ रुपये से कम नहीं हैं।''

मल्लाह, कासम के रौब में आ गये और किश्ती को भरकर दूसरे किनारे ले गये। वहाँ से बॉडर सवा मील था—बीच में आबादी नहीं थी।

सारी रात बरसात कभी होती, कभी थम जाती। लसूड़े के चौड़े पत्तों पर बरसात की बूँदें इकट्ठी हो गयी थीं। हवा चलती तो बूँदें मुबीना के मुँह पर पड़तीं। रोते अधर—'लिप-लिप' करने लग पड़ते। कई बूँदें छोटे-से मुँह में चली जातीं।

कभी रोती, कभी पानी की बूँदों से 'लिप-लिप' करती, कभी थककर सो जाती—इसी तरह रात बीत गयी। सूरज की पहली सुनहरी किरण जब मुबीना के मुँह पर पड़ी, उस समय वह हाथ-पैर मार रही थी। उसकी आँखें खुली हुई थीं और उसके फिरोज़ी कपड़ों पर सोने की ज़ंजीर चमक रही थी।

रात को जत्था बड़ी और कीमती चीजें उठाकर चला गया था। सुनसान गाँव की भयावहता लुटेरों को भी डरा रही थी। दिन होते ही वे फिर लौट आये। उजाड़ स्थान फिर बस गया, पर यह लोगों का बसना निराला था, सन्दूक तोड़े जा रहे थे, ताले टूट रहे थे, नरम स्थानों को खोदा जा रहा था।

जीनत के मकान की ईख के खेत की तरफ वाली खिड़की खुली, किसी ने खिड़की में से झाँककर देखा—सर-सर करती ईख, बरसात से नहाये लसूड़े के हरे पत्ते—और यह क्या—कोई बच्चा—छोटा-सा—चीखता-चिल्लाता। देखने वाला

जल्दी-से कोठे से उतर लसूड़े के पास आ गया।

किसी को अपनी ओर देखता देख मुबीना एकदम चुप हो गयी, उसकी पलकों से आँसू टपक रहे थे और कपड़ों पर ज़ंजीर लटक रही थी।

देखने वाला बहुत खुश हुआ। उसने झुककर बाँहें फैलायीं—मुबीना ने होंठ सिकोड़ लिए—जैसे उसे आदमी पर भरोसा न हो रहा हो। आदमी ने उसके होंठों पर अपनी उँगलियों से प्यार किया—मुबीना अब मुस्करा पड़ी। आदमी ने उसके गले से ज़ंजीर उतारकर फैंटा से बाँध ली और उसे गोद में उठा वापस आ गया।

उसका साथी भी, जो कुछ उसे मिला था उससे खुश हो रहा था। हासम का घर भूरा-पूरा था।

''मुझे छुट्टी दे दो, सरदार जी—मुझे बहुत कुछ मिल गया है।''

''क्या मिला है?'' उसने गोद में मुबीना को देख लिया, ''इससे तेरा पेट तो नहीं भरेगा—मार ले दो हाथ—अब समय है—फिर पछताओगे।''

''नहीं सरदार जी, आप मुझे जाने ही दें—अब किसी चीज को हाथ लगाने का मन नहीं कर रहा—यह पता नहीं कब की भूखी है।''

''लड़की है।''

''जी हाँ, लड़की है।''

''तब तेरी मौज हो गयी—ज़रा दिखा—कासम की होगी।''

''मैं फिर जाऊँ?''

''तेरी मर्जी—समय अच्छा था—चंगड़ी के लिए कुछ कपड़े ही ले जाते।''

''मेरी चंगड़ी को तो तुम जानते ही हो—मुझे तो काटकर खाती है कि मेरे ही बुरे कर्मों के कारण उसके बच्चा नहीं हुआ। कपड़ों से वह इसको अधिक चाहेगी।''

''जाओ, इसे ले जाओ और घोड़ी हमारी हवेली में बाँध देना।''

वह चंगड़ मानाँवाल के एक जमींदार का साथी था। उसकी सहायता से जमींदार ने कई चोरियाँ की थीं और चार दिन पहले जब सब मुसलमान उसके गाँव से चले गये थे, उसने उसे जाने नहीं दिया था, ''कोई देखे तो सही तेरी तरफ़।''

चंगड़ी ने दरवाजा खोला और बिना चंगड़ की तरफ देखे वह घूम गयी। साँकल लगाकर चंगड़ ने कहा :

''पूछती नहीं, मैं क्या लाया हूँ।''

''लाया होगा कोई बड़ा ख़ज़ाना, जिसके साथ तेरी सारी उमर गुज़र जाएगी।'' चंगड़ी ने अब भी बिना उसकी ओर देखते हुए कहा।

''ऐसे ही बड़-बड़कर रही हो—देख तो सही।'' और उसने मुबीना के मुँह से कपड़ा हटा दिया।

''हाय! मैं मर जाऊँ।'' चंगड़ी ने दोनों हाथ मलते हुए कहा, ''इसकी गरीब माँ को किसी अत्याचारी ने मार दिया है?''

''मुझे कुछ पता नहीं—ज़ैलदार के घर के पिछवाड़े लसूड़े के पेड़ तले पड़ी थी।'' फिर फैंटा से ज़ंजीर निकालकर बोला, ''यह इसके गले में पड़ी थी—देखकर कोई जले नहीं, इसलिए इसे फैंटा में छिपा लिया था।''

चंगड़ी ने मुबीना को गोद में उठा लिया—मुँह-सिर चूमा—भगवान को लाख धन्यवाद दिया—ज़ंजीर उसे भूल ही गयी।

''तू भूखी होगी—बहुत भूखी—सारी रात तूने कुछ नहीं पिया—थोड़ा सब्र करो—तेरे कारण ही गाय भी मिल गयी है—कल तो हाथ भी नहीं लगाने देती थी—तुम इसे ज़रा पकड़ो।''

चंगड़ी ने कपड़ा भिगोकर उसके मुँह में दूध डाला—वह काफी दूध पी गयी—अपने कपड़ों से उसका मुँह पोंछते हुए चंगड़ी ने कहा, ''नबी रसूल के मार्ग निराले हैं। मेरे पेट को फलता था... ख़ुदा का लाख शुक्र...अब मेरे साथ ही रहना—कहीं और न जाना।''

चंगड़ और चंगड़ी के कई दिन मुबीना को लाड़-प्यार करते बीत गये। खुदा की इस कृपा के सामने पुराने दुःख वे भूल गये। चंगड़ी ने चंगड़ को राजी कर लिया कि वह अब कभी चोरी नहीं करेगा।

''दो पेट कोई भारी नहीं—इतना तो मैं अकेली कर सकती हूँ।''

पर अभी दो हफ्ते भी नहीं बीत पाये थे कि गाँव में उनके बारे में बातें होने लगीं। पाकिस्तान से उजड़कर आये कई लोगों ने गाँव में पनाह ली। वे किसी मुसलमान को देखना क्या उसका नाम तक सुनने को तैयार नहीं थे।

एक दिन उनका सरदार घर आकर कहने लगा :

''मोलुआ—इस बात की मुझे बहुत खुशी है...पर मेरा वश नहीं रहा—आपकी जान को खतरा बढ़ता जा रहा है—अच्छा यही है कि तुम तैयार हो जाओ—रात-रात में मैं आपको सीमा पार करा दूँगा।''

''जैसा आप कहें...आपके आसरे ही बचे हुए हैं।''

''पानी गले से उतरता जा रहा देखकर ही मैंने ऐसा कहा है—नहीं तो मोलू को क्या मैं भेज देता...!''

''हमारे माई-बाप हैं आप।''

''आज ही चले जाओ—कल पता नहीं क्या हो जाये—रात अँधेरी है—नाला भी सूखा है—उसमें चलते हुए किसी को दिखेंगे भी नहीं पर यह लड़की आपको यहाँ छोड़नी पड़ेगी।''

चंगड़ी ने मुबीना को छाती से लगा लिया। जैसे चंगड़ी की साँस रुक गयी हो—बोली :

"न सरदार जी—ऐसा न कहें—जो सुगन्ध इसके छोटे-छोटे हाथों में है वह मेरे प्राणों में समा गयी है।"

"आपके भले के लिए ही ऐसा कहा था—छः मील चलना होगा—किसी जगह भी अगर यह रो पड़ी—बच्चा है—सभी मारे जाओगे—मेरी तो कोई सुनेगा नहीं—लुटेरे तो राह ही देख रहे हैं।"

"जो भी हो...मर गये तो मर गये—लड़की को मैं नहीं छोड़ सकती।"

"जैसी आपकी मर्जी—मैं अपनी तरफ से कोई कसर नहीं रखूँगा।"

खाने-पीने के बाद गाँव में सन्नाटा छा जाता था—कोई बाहर की तरफ देखता भी नहीं था। सरदार और मोलू ने ठाठे बाँध लिए और लाठियाँ हाथों में ले लीं। चंगड़ी ने मुबीना के लिए दूध बोतल में डाल लिया। नाले में वे चलते जा रहे थे। राबी के कुछ इधर ही मुबीना रो पड़ी। उसी समय उस पार से आ रही घोड़ों की टापों की आवाज़ सुनाई दी। जैसे मौत आ रही हो। मोलू और चंगड़ी घबराकर एक-दूसरे के कन्धे से लग गये। सरदार को कुछ सूझा—उसने झट मुबीना को चंगड़ी से ले लिया और उन दोनों को इशारे से बैठ जाने के लिए कहा तथा खुद नाले के ऊपर चढ़ गया।

घोड़ेवालों ने ललकारा। ठाठा खोलकर सरदार ने कहा :

"कोई पराया नहीं—मैं ही हूँ।"

"कौन—जैलसिंह—यह क्या उठाया हुआ है?"

"आया तो था किसी शिकार के पीछे—सुना था कोई मोटी आसामी भाग रही है।"

"यही सुनकर तो हम आये थे—पर सीमा तक तो हमें कोई मिला नहीं।"

"गये तो ज़रूर हैं—यह बच्चा...इसके रोने से डरते हुए फेंक गये हैं।"

घोड़ेवाले गाँव की ओर चले गये—सरदार ने चंगड़ चंगड़ी को दिलासा दिया और कुशलता से उन्हें सीमा पार करा दी।

दूसरे दिन वे लाहौर पहुँच गये—धक्के खाते वे शरणार्थी कैम्प पहुँच गये। चारों तरफ सिसकियाँ और आँसू थे—पर चंगड़ी खुश थी कि ख़तरा टल गया। लड़की के माँ-बाप बचे नहीं होंगे—जीते-जी कौन माँ लड़की को इस तरह फेंकेगी।

पर उनके कैम्प से सिर्फ चार घर दूर मुबीना की माँ पागल हो रही थी। कोई डाक्टर उसके लिए कुछ नहीं कर पा रहा था। वह अपना गला दबाती और कहती :

"माँ नहीं, मैं डायन हूँ—कहीं रो न पड़े—हम मारे न जाएँ—मैं उसे ज़िन्दा फेंक आयी—गीदड़ खा गये होंगे—घोड़ों के पैरों के नीचे आ गयी होगी—छोटे-छोटे ख़ुशबूदार हाथ कुचले गये होंगे—वह भूखी मर गयी होगी—उसे किसने दफ़नाया होगा?"

उसका विलाप किसी से सुना नहीं जा रहा था। उसका भाई सरकारी अफसर था। उसने डिप्टी कमिश्नर से एक फ़ौज़ी ट्रक का परमिट लिया और खुद हिन्दुस्तान जीनत के ससुराल के गाँव गया। वहाँ से इतना ही पता लगा कि मोलू चंगड़ मुबीना को मानाँवाल ले गया था। मानाँवाल से ख़बर मिली कि वह शेखूपुरा अपने साढ़ू के पास जाने की सोच रहा था।

लाहौर लौटकर उन्होंने शेखूपुरा जाने की सलाह बनायी। जीनत ने पागलों की तरह ज़िद की कि वह भी साथ चलेगी। समझाने पर भी वह न समझी। आख़िर उसे साथ ही ले जाना पड़ा।

मोलू ठीक शेखूपुरा सादक के पास ही गया था। पता तो मिल गया, पर न तो चंगड़ी और न ही मुबीना उसके घर में मिले। उसने कहा—वे कहीं बाहर गये हुए हैं। मोलू को थाने में पकड़कर लाया गया। उसने इतना ही बताया कि लड़की को वे लाये जरूर थे—पर भूखी होने और दूध न मिलने के कारण वह हिन्दुस्तान से आते हुए रास्ते में ही मर गयी। जल्दी में वे जितनी क़ब्र खोद सके खोदकर उसे दफ़ना आये। न मार और न लालच उससे कुछ बकवा सके।

दूसरे दिन पुलिस चंगड़ी को भी पकड़कर ले आयी। चंगड़ी के चेहरे पर ज़रा भी घबराहट नहीं थी। उसने भी चंगड़ वाली कहानी दुहरा दी।

चंगड़ की कहानी सुनकर जीनत का दिल टूट गया—चंगड़ी ने जबकि बात वही कही थी, पर उसका मुँह देखकर जीनत बिलकुल निराश नहीं हुई। उसने कहा वह चंगड़ी से अकेले में कुछ पूछना चाहती है।

कमरे में अकेले जब जीनत ने चंगड़ी के चेहरे के हाव-भाव देखे तो उसके मन में भी वह समय याद आ गया जब मानाँवाल के सरदार ने उन्हें लड़की छोड़ जाने के लिए कहा था। 'शायद उसके छोटे-छोटे हाथों की ख़ुशबू इसके प्राणों में बसी हो' चंगड़ी ने सोचा, पर अपनी कमज़ोरी पर क़ाबू पाकर वह जीनत के सवालों के झूठे उत्तर देती गयी।

"तू सच कहती है—उसे तूने अपने हाथों से दफनाया था?"

"हाँ बीबी—मैंने इन्हीं पापी हाथों से उस पर मिट्टी डाली थी।"

"उसके गले में एक सोने की ज़ंजीर थी।" जीनत ने काँपती आवाज़ में पूछा।

चंगड़ी ने जेब से ज़ंजीर निकालकर जीनत को पकड़ा दी।

"यह आपकी अमानत है बीबी।"

ज़ंजीर देखकर जीनत दहाड़ मारकर रोने लगी। सभी अन्दर आ गये। जंजीर जीनत के होंठों से लगी हुई थी और वह बेहोश पड़ी थी।

अब थानेदार को भी यकीन हो गया कि चंगड़ सच्चे हैं। सोने की ज़ंजीर से पाँच महीने की लड़की उनके लिए क़ीमती नहीं थी।

दोनों को छोड़ दिया गया—पर वे वहीं खड़े रहे। और सभी जीनत को होश में लाने की कोशिश कर रहे थे।

डाक्टर भी पहुँच गया। उसे सारी कहानी सुनायी गयी। चंगड़ी का ज़िक्र आते ही उसने चंगड़ी को देखना चाहा। पर चंगड़ और चंगड़ी हरेक को अपने रास्ते का काँटा समझ चुपचाप चले गये थे।

डाक्टर ने देखा-भाला। साँस ठीक थी, नब्ज़ ठीक थी।

"दंदल की चिन्ता नहीं है—इसी तरह कुछ देर लेटी रहने दो—शायद अपने आप यह कुछ बोले—उससे इलाज के लिए संकेत मिल सकता है।"

बीस मिनट वह उसी तरह पड़ी रही—बेहोशी में वह कुछ नहीं बोली। अब डाक्टर सलाह कर रहा था कि कुछ सुँघाकर उसे होश में लाया जाये। तभी एक तरफ से चंगड़ी ने चुपचाप प्रवेश किया और बच्चा जीनत की छाती पर लिटा दिया। कासम ने चीखते हुए कहा—"मुबीना...।"

एकदम सन्नाटा छा गया।

मुबीना को कमर से अभी चंगड़ी ने पकड़ा हुआ था। और उसके दोनों हाथ जीनत के गालों पर रख दिये थे।

डाक्टर ने मुबीना को जीनत की छाती पर भार समझकर उठा लेने के लिए कहा।

"नहीं...मैंने ज्यादा भार अपने हाथों पर रखा हुआ है।" चंगड़ी ने कहा, "इसके हाथों की खुशबू उसके नाक में चली जाने दो—जंजीर में से उसके गले की ख़ुशबू सूँघकर ही वह बेहोश हुई है।"

सचमुच जीनत ने आँखें खोल दीं—और खुद पर कुछ प्यारा-सा महसूस करके वह नीम-बेहोशी में बुदबुदायी—'कौन...कौन...यह किसी खुशबू...यह किसके हाथ...।'

"तेरी मुबीना।" कासम बोला।

"नहीं—यह मेरी सकीना", चंगड़ी ने कहा।

जीनत ने मुबीना का मुँह बार-बार चूमा तो वह रो पड़ी—चंगड़ी ने उसे वापस लेकर प्यार किया और फिर वापस देते हुए कहा, "तुम अपने आप कहो—बीबी—यह तेरी मुबीना है या मेरी सकीना...तुमने जन्म दिया है—मैंने इसे बचाया

है—मैंने इसका नाम सकीना रखा है। यदि यह तेरी मुबीना है तो मैं इसकी मौसी बनूँगी—यदि यह मेरी सकीना है तो तुम मौसी बन जाना—मैं इसे दिन-रात एक करके जैसे कहोगी वैसे पालूँगी, जहाँ कहोगी वहाँ ही इसका विवाह करूँगी—जो भी तुम कहोगी मैं मानूँगी।''

जीनत को चंगड़ी फ़रिश्ता लग रही थी। मुबीना पर उसका अधिकार उसे अपने अधिकार से अधिक लग रहा था। उसने मुबीना का मुँह चूमकर, हाथ आगे करके चंगड़ी की गोद में दे दिया—

''यह तेरी ही सकीना रहेगी—तुम माँ और मैं इसकी मौसी बनूँगी...पर एक बात तुम भी मान लो।''

चंगड़ी खुद को उस कमरे में समा नहीं पा रही थी। अब वह सकीना की माँ थी—सरकारी अफ़सर, लड़की का मामा, पिता और माँ उसके सामने थे।

''हाँ...मेरी बीबी बहिन—आपके मुँह से निकली बात मैं कभी नहीं ठुकराऊँगी—तुम हुक्म करो—मैं तो तुम्हारी बाँदी हूँ।'' चंगड़ी ने अपने सारे जीवन में खुद को कभी इतना नम्र, इतना अच्छा और धनी अनुभव नहीं किया था।

''वह यह कि सकीना और उसके माता-पिता आज से मेरे घर में ही रहेंगे।'' जीनत ने चंगड़ी की तरफ अपनी बाँहें बढ़ाते हुए कहा।

चंगड़ी ने वह बाँहें अपने गले में डाल लीं। आलिंगन और आँसुओं की धारा में माँ-मौसी का भेद भी समाप्त हो गया।

*(पंजाबी कहानी : अनुवाद : कीर्ति केसर)*

# ठंडी दीवारें

गुरमुख सिंह जीत

ईश्वरदास ने एक घुटन-सी महसूस की। मई का महीना, बेहद तेज़ गरमी और लू। उसका दिल घबरा गया। उसने दायें हाथ के अँगूठे से माथे पर बहता हुआ पसीना पोंछा। फिर हाथ से पीठ खुजलाने लगा। जब इस तरह भी चैन न मिला तो बनियान उतारकर उससे पीठ रगड़ने लगा। पर उसको अन्दर की घबराहट बाहर की घबराहट से अधिक तंग कर रही थी। वह अपने मन में कई निर्णय कर रहा था। साथ-साथ ही वह उस सौदे को, लाभ-हानि को भी आँक रहा था। उसका दिमाग इस घटना के हर पक्ष पर विचार कर रहा था। उसका सिर भारी होने लगा।

तब पाकिस्तान बने मुश्किल से आठ साल ही हुए थे। कूचा नबीकरीम में उनके पड़ोसी मोहनलाल के घर से हर समय आहें सुनाई देती रहती थी। मोहनलाल के घर से मायावन्ती की आहें कभी-कभी ऊँचे-ऊँचे रोने में बदल जाती थीं। पाकिस्तान बनने पर मुसीबत तो सब पर ही आयी थी, पर उनकी मुसीबत कुछ अलग और अधिक ही थी। पिंडी भटियाँ में सब कुछ खोकर वे सुक्खे की मंडी से गाड़ी पर चढ़ने लगे थे। उनके प्राण डर से सिकुड़े हुए थे और चेहरे रुई जैसे सफेद दिखाई देते थे। सुक्खे की मंडी का प्लेटफार्म वही था जहाँ से वे कई बार गाड़ी पर चढ़कर हाफ़िज़ाबाद, साँगला हिल या जड़ाँवाले गये थे। मोहनलाल हमेशा प्लेटफार्म पर लगे पीपल के नीचे बेंच पर बैठना पसन्द करता था। इस प्लेटफार्म के चप्पे-चप्पे को वह अच्छी तरह पहचानता था। पर उस दिन तो ऐसा लगता था मानो यह किसी अँधेरी घाटी का फिसलने वाला द्वार है। उनके मन पर डर का कुछ ऐसा ही दबदबा था।

और आखिर वह बात होकर ही रही। शाम का अँधेरा घिरने लगा। मोहनलाल और मायावन्ती का परिवार और भी सिकुड़ गया। शेष अनेक परिवार अपनी गठरियाँ आदि सम्भालकर उन पर बैठ गये। उनके दिल धकधक कर रहे थे। गाड़ी आ गयी। वे सब उसमें किसी तरह घुस गये। बैठने का तो प्रश्न ही पैदा नहीं होता

था। बस ज़रा पैर टिकने की जगह चाहिए थी। पर गाड़ी जैसे वहीं जम गयी हो, चलने का नाम ही नहीं लेती थी। डब्बों में बैठे पुरुष, औरतें और बच्चे घबराने लगे। कुलबुलाहट का मानो पहला स्वर उठा हो। इतने में स्टेशन से थोड़ी दूर पर ढोल बजने जैसी आवाज़ पास आती गयी और उसमें कई दूसरी भयानक व डरावनी चीखे मिलती गयीं।

गाड़ी में बैठे लोगों में खलबली मच गयी। माताओं ने अपने पुत्र छातियों से लगा लिये। पुरुषों ने अपना सामान और पास खींच लिया। हर तरफ चीख-पुकार होने लगी। प्लेटफार्म पर अब भाले और बल्लम भी दिखाई देने लगे। मशालें इधर-उधर दैड़ने लगीं। सर्वत्र एक बेचैनी-सी फैल गयी।

जाटों ने सारी गाड़ी लूट ली। जो उनके सामने आया उसे काटकर फेंक दिया। डब्बे लाशों से भर गये। लहू बह-बहकर फर्श पर जम गया। किसी को कुछ पता नहीं कौन मरा और बचा। जो कोई बच भी गया, उसने खुद को मृतकों में गिन लिया और साँस रोककर चुपचाप लेटा रहा।

जब अगले दिन गाड़ी अमृतसर पहुँची, स्टेशन पर कई सोसायटियों के सेवक रोटी-पानी लेकर पहुँच गये। जब उन्होंने गाड़ी पर हुए कत्लेआम को देखा तो एक कोहराम मच गया। मोहनलाल भी घायल हो गया था, पर होश में था। मायावन्ती एक कोने में घबराई बैठी थी। उन्होंने पहली बार एक-दूसरे को देखा। रो-रोकर उनके आँसू आँखों में ही सूख गये थे। बच्चों को सम्भाला। छोटे कृष्ण का सिर अलग पड़ा था और धड़ अलग। सोहनलाल बेंच के नीचे दुबककर लेटा हुआ था। मायावन्ती ने उसे छाती से लगा लिया। अब कान्ता की खोज शुरू हुई। सोहनलाल के पैर फर्श पर जमे रक्त से भर गये। उन्होंने एक-एक लाश को ध्यान से देखा। वह कहीं दिखाई न दी।

मायावन्ती मानो ज़िन्दा ही मर गयी। जाहिर था कि कान्ता को ज़ालिम उठाकर ले गये थे। उस समय वह केवल बारह-तेरह वर्ष की थी। ज़िन्दगी का इतना बड़ा घाव वह कैसे भरेगी? मोहनलाल ने कृष्ण के सिर को उठाकर चूम लिया। मायावन्ती ने आँखों में बराबर मुक्के मारे, पर उनमें से एक आँसू भी न निकला। कितना बड़ा आघात था!

अँधेरे में उड़ते तिनकों की तरह वे दिल्ली महुँच गये। धीरे-धीरे जीवन के स्वर थिरकने लगे। मोहनलाल ने चाँदनी चौक में घड़ियों की दुकान खोल ली। उसका काम अच्छा चलने लगा। सोहनलाल अब बी.ए. कर चुका था और कुछ समय से डिप्टी कमिश्नर के दफ्तर में अच्छे पद पर था। पर आठ वर्षों में भी चन्द्रकाता वाले घाव पर पपड़ी न जम सकी। उसमें से गन्दा ख़ून रिसता रहा और मायावन्ती को गश आते रहे। कोई ऐसा साधन न था जिसका सहारा मोहनलाल ने

अपनी चन्द्रकान्ता को ढूँढ़ने के लिए न लिया हो। वह होम मिनिस्टर से मिला। उससे पाकिस्तान के होम मिनिस्टर को विशेष पत्र लिखवाया कि वह अपने रिकवरी स्टाफ़ की सहायता से कान्ता को ढूँढ़ें। फिर सोहनलाल ने डिप्टी कमिश्नर की सहायता से पाकिस्तान के हाई कमिश्नर को कहलवाया कि उसकी बहन को ढूँढ़ने के हरसम्भव यत्न किये जाएँ। हाई कमिश्नर ने अपनी सरकार से कहकर पाकिस्तान के अखबारों में इनाम के इश्तहार भी दिये। इन आठ वर्षों में उनके जिले की उठायी हुई लड़कियाँ बरामद हो गयी थीं। एक-दो से मायावन्ती को चन्द्रकान्ता के बारे में यह भी पता लगा कि उसे एक चौधरी ने घर बैठाया हुआ है। यह सुनकर उन्होंने प्रयत्न और तेज़ कर दिये पर कोई सफलता न मिली। मायावन्ती अपना सिर पीट-पीटकर रोयी, ''इससे तो अच्छा था कि कान्ता मर ही जाती, गाड़ी में ही काट दी जाती।'' फिर ईश्वर के आगे मनौती करती, ''भगवान, मुझे उसके मरने की ख़बर सुना! उसकी बहलोलपुर के चौधरी निसार अहमद के घर बैठने की ख़बर बिलकुल निर्मूल हो।'' पर वह दिल का क्या करती जो हर समय चन्द्रकाता का नाम जपता रहता। चन्द्रकान्ता उसे अपने दोनों पुत्रों से भी अधिक प्यारी थी। कान्ता को उसने हथेली पर हुए छाले के समान पाला था और उसे गरम हवा लगने की बात वह कभी सपने में भी सोच नहीं सकती थी। ''कान्तो की बच्ची! इससे तो अच्छा था कि तू पैदा होते ही मर जाती या मैं ही तुझे जन्म देकर मार देती। यह दुःख न देखती।'' यह कहकर वह फिर सिसकने लगी। उसका लड़का सोहनलाल जो अभी दफ़्तर से लौटा ही था, उसको धैर्य देने लगा।

जैसे किसी मच्छर ने ईश्वरदास को काट खाया हो, वह अनजाने ही चैतन्य हो गया। उसे पता ही न लगा कि कब उसकी आँख लग गयी थी। जागकर वह फिर पसीना पोंछने लगा और एक बार फिर उस पर नींद की मस्ती छाने लगी।

''चाचाजी, आपको पिताजी बुलाते हैं,'' अभी वह कचहरी से लौटा ही था कि मोहनलाल का लड़का उसे बुलाने आया, ''ज़रा जल्दी आओ, माताजी बेहोश हो गयी हैं।''

आगे जो कुछ उसने देखा, वह उसकी आशा के पूरी तरह से विपरीत तो नहीं था पर उसे एक धक्का-सा जरूर लगा था। मायावन्ती काफी देर से बेहोश पड़ी थी। मोहनलाल उसके दाँतों में चम्मच से पानी डालने का यत्न कर रहा था, पर उसके दाँत खुल ही नहीं रहे थे।

आज सुबह से ही मायावन्ती चन्द्रकान्ता को याद करके आहें भर रही थीं। डाक्टर आया, उसने मायावन्ती को टीका लगाया। अभी वह टीके का प्रभाव देख ही रहा था कि बाहर एक लॉरी आकर रुकी। ईश्वरदास जल्दी-जल्दी उठकर बाहर गया। उसने देखा, लॉरी पुलिस की थी और इसमें से एक थानेदार ने बाहर

निकलकर उससे पूछा, "मोहनलाल जी का घर यही है?"

ईश्वरदास ने उत्तर में केवल सिर हिला दिया।

इसके बाद उसने किसी को बाहर आने का इशारा किया। लॉरी में से एक युवती बाहर निकली और ईश्वरदास के मुँह की तरफ देखने लगी। इतने में मोहनलाल भी बाहर निकल आया। उसने जब इस युवती के रूप में चन्द्रकान्ता को अपने सामने देखा तो उसे अपनी आँखों पर विश्वास न हुआ। फिर उसने आगे बढ़कर बेटी को गले लगा लिया और उसका मुँह व सिर चूमने लगा।

उधर चन्द्रकान्ता के उदास चेहरे पर कोई भाव परिवर्तन न हुआ। वह वैसे ही बौखलायी-सी वातावरण को पहचानने का प्रयत्न कर रही थी। मोहनलाल उसे अन्दर ले गया। मायावन्ती थोड़ा-थोड़ा होश में आने लगी थी। जब मोहनलाल ने कहा, "देख माया, कान्ता आ गयी है," तो उसे अपने कानों पर विश्वास न हुआ। उसने पलकें झपकाकर आँखें खोलीं। सामने सच ही चन्द्रकान्ता खड़ी थी। वही कान्ता जिसे वह स्वयं से भी अधिक प्यार करती थी, वही कान्ता जिसके वियोग में पिछले आठ वर्षों में वह अपनी सेहत खो बैठी थी। हाँ, यह वही चन्द्रकान्ता थी जिसके दु:ख को उसकी माँ नहीं भूल सकी, चाहे वह अपने पुत्र कृष्ण के विछोह को किस्मत की बात मान चुकी थी।

चन्द्रकान्ता माँ की तरफ खाली आँखों से देखने लगी। आखिर माँ ने उठकर उसे छाती से लगा लिया। आज कई वर्षों के बाद उसी आँखों में आँसुओं की बाढ़ आयी थी। मायावन्ती की आँखों के स्रोत, जो बिलकुल सूख चुके थे, अब फिर भरने लगे और उनमें से आँसुओं की दो नहरें बहने लगीं। पर कान्ता तो ठंडी राख थी, जैसे उसने घर के किसी व्यक्ति को न पहचाना हो। अपने भाई सोहनलाल से भी वह अच्छी तरह न मिली। माँ ने उसे प्यार से अपने पास बैठा लिया।

इतने में किसी को ध्यान आया कि थानेदार अभी खड़ा है। मोहनलाल ने उसे और उसके साथ के तीन आदमियों को आदर से बैठाया। रोशन कपूर रिकवरी स्टाफ में था और उसने खुद चन्द्रकान्ता बरामद करने के लिए छापा मारा था। वह धीरे-धीरे सारी बात सुनाने लगा। इतने में चाय बन गयी और सबने खुशी-खुशी उनको चाय पिलायी। बातों का सिलसिला काफी देर तक चलता रहा। इस बीच चन्द्रकान्ता गुमसुम बैठी रही, जैसे वह अपने घर आकर कहीं और आयी हो। न उसके चेहरे पर प्रसन्नता की कोई किरण आयी और न ही उसकी आँखों में पानी छलका। जितनी देर थानेदार बातें करता रहा, वह सिर नीचा किये बैठी रही। बीच-बीच में मायावन्ती उसके सिर को थपथपा देती।

बरामदे में किसी के कदमों की आवाज़ आयी तो ईश्वरदास का स्वप्नजाल

टूट गया। गरमी उसे अभी बेहाल कर रही थी। वह बनियान का पंखा बनाकर मुँह पर हवा करने लगा। ढलती दोपहर के तीखे ताप से उसे ऊँघ महसूस होने लगी।

कुछ दिनों में ही मायावन्ती का उत्साह धीमा पड़ गया। अब वह चन्द्रकान्ता को बुलाकर उससे बोलने की बजाय कुछ खिंची-खिंची-सी रहने लगी। कान्ता ने वर्षों की दुःख-भरी गाथा पलों में सुना दी थी पर अपना दिल नहीं खोला था...

"जब वे डब्बे में भाले चमकाते और 'अल्लाह हो अकबर' कहते चढ़े तो मेरी चीखें निकल गयीं। कृष्ण मेरे पास बैठा था। एक दैत्य ने उसे हाथ से अपनी तरफ घसीटा और गँड़ासे से उसका सिर अलग कर दिया। मैं चीख पड़ी। किसी ने मुझे पकड़कर डब्बे से बाहर घसीटना शुरू कर दिया। मैं चीखती-चिल्लाती बेहोश हो गयी।"

और जब मुझे होश आया, मैंने स्वयं को एक घर में चारपाई पर लेटी पाया। मेरे पास एक और स्त्री बैठी थी। उसने मुझे पानी पीने के लिए दिया। उसे देखकर मैं फिर चीख पड़ी और मैंने फिर आँखें बन्द कर लीं, जैसे उसके अस्तित्व और अपने आसपास के वातावरण को स्वीकार करने में असमर्थ होऊँ। वह औरत मुझे पंखा करती रही। कुछ दिन इसी तरह अनमने, बिना खाये-पीये से बीत गये। कभी-कभी कोई युवक-सा लड़का भी मेरी तरफ निगाह मार जाता। मैं घुटनों में सिर छिपा लेती। मेरे आँसू पता नहीं किस वीराने में खो गये थे। मैं धीरे-धीरे पिघलती गयी और अन्त में मुझे स्वयं से समझौता करना पड़ा। मुझे पता लग चुका था कि सुक्खे की मंडी से उठाकर मुझे बहलोलपुर लाया गया था और मैं वहाँ के ज़ैलदार चौधरी गुलाम कादिर के घर हूँ। चौधरी साहिब की बेग़म ही इतने दिन मेरे पास बैठी रही थी। उसकी आँखों में सहानुभूति झाँकती थी। पर मैं तो अपने परिवार, विगत और संस्कारों से तोड़ी गयी थी। इस पर खुद मुझे सहज ही विश्वास नहीं हो रहा था।

धीरे-धीरे मुझ पर सारा रहस्य प्रकट हुआ और यह भी पता लगा कि मैं कभी बचकर अपने माँ-बाप के पास नहीं जा सकती। मेरी फड़फड़ाहट में से जोश और शक्ति कम होती गयी। रहमत बीबी ने मेरे साथ प्यार-भरा सलूक किया और मेरे दुःख को भुलाने का यत्न किया। बड़े चौधरी साहब ने भी मेरे सिर पर शफ़क्त-भरा हाथ रखा और इस तरह साल-पर-साल बीतते गये।

हवा का एक तीखा झोंका आया और खिड़की के पट एक-दूसरे से टकराये। जलती लकड़ी-सा लू का झोंका ईश्वरदास के शरीर को जला-सा गया और वह 'हाय राम' कहता, पसीना पोंछता फिर ऊँघने लगा।

ईश्वरदास की लड़की सन्तोष ने उसे कई बार बताया था कि कान्ता हर समय

बड़ी उदास-सी रहती है और किसी से बातचीत तक नहीं करती। उसकी आँखें हर समय पथरायी रहती हैं और उसके चेहरे पर बेबसी की एक मोटी तह जमी होती है।

एक दिन सन्तोष ने कान्ता को घेर लिया, "अरी कान्ता, तू तो कभी बाहर ही नहीं निकलती। इस तरह कब तक चलेगा?"

आगे एक सूनी चुप्पी और सन्तोष के फिर पूछने पर यह नपा-तुला-सा उत्तर, "क्या करूँ! दिल नहीं मानता। इस दिल का क्या करूँ? फिर लोग मेरी तरफ देखकर दबी जबान में खुसर-फुसर करने लग जाते हैं। उस समय मेरा मन करता है मैं फौरन मर जाऊँ।"

सन्तोष ने उसे धैर्य देते हुए कहा, "कभी हमारे घर आ जाया कर, दिल लग जाएगा।"

इस तरह वे दोनों लड़कियाँ एक-दूसरे के निकट आ गयीं।

एक दिन सन्तोष ने कान्ता से उदासी का कारण पूछ ही लिया। वह मूड में थी, कहने लगी, "केवल एक शर्त पर, तोषी, कि किसी को न बताना। दो-तीन साल मैं चौधरी गुलाम कादिर के घर आराम से ही रही। उन्होंने मुझे कभी तंग नहीं किया। मेरा नाम बदलकर उन्होंने सईदा खातून रख लिया। इस बात की मुझे पूरी सूझ आ गयी थी कि मुझे अब यहाँ की मिट्टी में ही मिलना है। रहमत बीबी मेरे साथ प्यार-भरा व्यवहार करती थीं। उनका लड़का चौधरी निसार अहमद लाहौर में पढ़ता था। वह जब कभी बहलोलपुर आता, मेरे साथ बड़ी मीठी-मीठी बातें करता और औरतों पर किये गये जुल्म आदि की निन्दा करता। मेरे दिल के किसी कोने में उसकी बातें सुनने की इच्छा जाग उठी। कभी-कभी वह मुझे शाम को चिनाब के किनारे सैर के लिए ले जाता जो कि हमारे गाँव से केवल कोस भर दूर था।"

तुझे क्या बताऊँ, सन्तोष, चिनाब में कितना आकर्षण है। हम दोनों शाम के ताँबा रंगे सूर्य को उसमें डूबते हुए देखते और फिर जब चाँद की टुकड़ी दूसरी तरफ से उसकी लहरों में नाचने लगती, "हमारी बातें समाप्त हो जातीं और हम उसकी ओर देखते ही रहते। चिनाब के किनारे चाँदनी रात के जादू का मैं बयान नहीं कर सकती।" और यह कहकर कान्ता ने एक लम्बी आह भरी, जैसे उसके अन्दर से कुछ धुआँ-सा बाहर निकला हो। उसने अपने होंठों को जीभ से तर किया।

सन्तोष की आँखें कान्ता के चेहरे पर गड़ गयीं जिसमें उसने पहली बार खुशी की थोड़ी-सी चमक देखी थी। वह अवाक् बैठी कान्ता की बात सुनती रही।

"चिनाब को तो वर्षा में देखना चाहिए जब उसका दूसरा किनारा ही नहीं दिखाई पड़ता। गढ़गढ़ करती, मटियाले पानी की फुँफकारती लहरें और उन पर तैरते झाग के गोले...इस दृश्य का केवल देखने वाला आनन्द उठा सकता है। छोटी

होते हुए भी मैं पर्वों और बैशाखी को चिनाब पर जाया करती थी पर तब मेरी सूझ बच्चों जैसी थी। अब चिनाब की लहरों के साथ मेरी छाती में भी भाव-उछाल उठते और मैं उन पर मोहित हुई, उनमें बँधी हुई कई बार यहाँ पहुँच जाती। फिर जब निसार अहमद मेरे साथ होता, उन पलों का तो कहना ही क्या!''

कान्ता ने चुन्नी से पलकें पोंछ लीं, उनके कोनों में नमी-सी उभर आयी थी। सन्तोष के लिए यह भी आश्चर्यजनक था कि कान्ता का पथरीला चेहरा रो सकने की सामर्थ्य भी रखता है।

''एक दिन रहमत बीबी ने जिसे मैं भी अम्मा कहने लगी थी, मुझे अपने पास बैठाकर बड़े प्यार से कहा, ''अब मैं ही तेरी अम्मा हूँ। पहली माँ की तू समझ, वफात (मौत) हो चुकी है। तेरे लिए मेरा भी कुछ फ़र्ज़ है। अब मैं तुझे इस तरह और नहीं रख सकती।''

मैं क्या कहती! चुप रही। अम्मा इस बीच मेरी तरफ ध्यान से देखती रही। मेरी आँखों के आगे कई पुरानी और नयी फिल्में चल रही थीं। अम्मा ने ही मेरी चुप्पी को तोड़ा, ''अगर तुझे एतराज न हो...''

उसने प्रश्नवाचक नज़रें मुझ पर फेंकी। मेरी छाती धकधक करती रही।

''मैं तुझे अपने से अलग नहीं कर सकती। यह ख़ुदा ने मोह भी क्या चीज़ बनायी है? तेरा निकाह मैं निसार अहमद के साथ करना चाहती हूँ। तुझे कबूल है?''

''मैं ख़ुदा से और क्या माँग सकती थी! चुप रही। परन्तु मेरी आँखों से अम्मा को जवाब मिल गया। और, सन्तोष, तूने यह भी कभी नहीं देखा होगा कि एक ही औरत एक समय माँ भी हो सकती है और सास भी, एक ही आदमी अब्बा भी हो सकता है और ससुर भी। मेरा निकाह जिस धूमधाम से उन्होंने किया, वह मैं तुझे क्या बताऊँ। शायद ही बयान कर सकूँ।''

सन्तोष को कान्ता के चेहरे पर एक रोशनी-सी बिखरी दिखाई दी।

ईश्वरदास एकदम चौंककर उठा। बाहर दरवाज़े को किसी ने ज़ोर से खटखटाया था। पर उसे कोई भी दिखाई न दिया। साये गहरे होने लगे पर ताप अभी भी कम न हुआ था। उसकी आँखों से नींद भी नहीं गयी थी।

मोहनलाल एक दिन उससे कहने लगा, ''भाई साहब, आपसे एक सलाह लेनी है। कान्ता का क्या करें? वह हर समय उदास रहती है, किसी से बोलती नहीं। उसकी माँ हर समय खीझती रहती है।''

ईश्वरदास उनके घर जाकर बैठा ही था कि पास खड़ी मायावन्ती बिलख पड़ी, ''भाई साहब, परमात्मा से हमने माँगा तो यही कुछ था पर उसे हमारी माँग ही ठीक समझ नहीं आयी। हे भगवान! कहीं यह लड़की मर ही जाती। नहीं तो

यह बरामद ही न होती और हमें बता देते कि कान्ता फसादों में ही मर गयी है!'' इतना कहकर वह फिर रोने लगी।

उसे धैर्य देते हुए ईश्वरदास ने कहा, ''बहन, भगवान के काम के आगे किस का ज़ोर है? इसमें ही भला होगा। हाँ आप कहें, भाई साहब, क्या पूछने लगे थे?'' उसने मोहनलाल की ओर मुड़ते हुए कहा।

''मैंने सोचा था कि इसको कहीं ब्याह कर इसका जीवन नये सिरे से शुरू किया जाये पर कोई इससे विवाह करने को तैयार ही नहीं होता। जिसको एक बार पता लगता है कि इसे पाकिस्तान से आठ साल बाद बरामद किया है, वह दोबारा इस तरफ कान भी नहीं करता। किसी को इस बात पर ज़रा भी लिहाज नहीं आता कि इसके विवाह पर हम बहुत-कुछ देने को तैयार हैं। आप ही कोई घर बताएँ।'' मोहनलाल ने निराश स्वर में कहा।

''आप सही कहते हैं। मैं आपके दुख को समझता हूँ,'' ईश्वरदास ने बात बदलते हुए कहा, ''किया क्या जाये! हमारा सारा समाज बेशक दाग़ी पड़ा हो पर किसी अबला की चुन्नी पर निशान भी हो तो कोई उसे स्वीकार करने को तैयार नहीं। आप कहेंगे तो सही कि ईश्वरदास कैसी पागलों जैसी बातें करता है पर मैं कहूँगा कि अगर हमें उन्हें स्वीकार ही नहीं करना था, तो किस मुँह से हम सरकार को उधर रही स्त्रियों और लड़कियों को बरामद करने को कहते है हमने इनको वहाँ-वहाँ से तो उखाड़ लिया जहाँ वे कई वर्षों में जैसे-तैसे अपनी जड़ें जमाने में सफल हो पायी थीं पर हम इनको इधर लगाने को तैयार नहीं।''

मोहनलाल ने ईश्वरदास की बात की हामी भरी और उसके मुँह से एक ठण्डी साँस निकल गयी।

मायावन्ती की आँखों से आँसू बहने लगे और वह उन्हें दुपट्टे से सुखाकर कहने लगी, ''पर अगर यह कहीं अब मर ही जाये तो मैं सुखी हो जाऊँ। हे भगवान, मैं तो जल गयी हूँ। मेरा कलेजा कोयला हो गया है। पैदा ही ना होती कान्ता की बच्ची। किस जनम का बदला लिया है हमसे?''

ईश्वरदास उनको धैर्य देता हुआ उठ खड़ा हुआ और चलते-चलते कहने लगा, ''पर, बहन, यह बात भूलकर भी कान्ता के सामने न कहना। बता, इसमें उसका क्या अपराध है? मैं भी कोई लड़का ढूढ़ूँगा, आप भी ढूँढ़ो, मिल-जुलकर कोई-न-कोई तो मिल ही जाएगा पर भगवान के नाम पर चन्द्रकान्ता का दिल न तोड़ना। आपको क्या पता, उस पर क्या बीत रही है! कभी उसके दिल की गहराइयों में भी झाँककर देखा है?''

और वह जब कमरे से बाहर निकलने लगा, कान्ता उसे सामने से आती हुई मिली। उसे उसके पथराये हुए चेहरे पर तरस आ गया और उसने सहानुभूति से

पूछा, ''क्या बात है, बेटी? क्या कर रही हो?''

कान्ता का चेहरा और रूखा हो गया। वह कुछ न बोली। ईश्वरदास को उसकी आँखों में कई सूखे हुए आँसू लटकते नज़र आये जैसे कि उसने उनकी सारी बातचीत सुन ली हो।

जब ईश्वरदास की आँख खुली, शाम के साये गहरे होने लगे थे और गरमी का ताप घट गया था। उसने उठकर कमरे का एक चक्कर लगाया और फिर अपनी जगह आकर बैठ गया। आज उसका दिमाग़ कुछ और नहीं सोच पा रहा था। वह फिर वहीं बहाव में बह गया।

चन्द्रकान्ता की जीभ से तभी ताला खुलता जब वह सन्तोष के पास आती। ईश्वरदास की हमदर्दी ने उसका मन जीत लिया था। वह अपने दुःख उनके सामने कह देती और जो बात उससे न कर सकती, वह सन्तोष से कर लेती।

एक दिन वह सन्तोष के पास बैठी अपने घावों से पपड़ी उखाड़ बैठी और उनका असली रूप उसे दिखाने लगी।

''पिछले दो साल में जबसे मैं यहाँ आयी हूँ, एक रात भी मैं आराम से नहीं सो सकी। दिन में हर समय उदासी के इस्पाती परदे की ओट में निसार अहमद खड़ा मुझसे बातें करता रहता है, जिसे केवल मैं ही सुन सकती हूँ। रात को सपनों में वह मेरी बाँहें पकड़कर मुझे अपने साथ ले जाता है और चिनाब के किनारे की याद दिलाता है। इससे भी बढ़कर मेरे नईम और सलमा रो-रोकर मुझे आवाज़ें देते रहते हैं। उनके उतरे हुए चेहरों को मैं देख नहीं सकती। मैं माँ हूँ, चाहे चन्द्रकान्ता होऊँ या सईदा ख़ातून। इससे मुझे कोई अन्तर नहीं पड़ता। ममता मेरी छाती में खींचातानी करती है, ममता मेरी आँखों को नम कर देती है, पर उसे किसी ने तोड़कर रख दिया है। बता तू मेरे लिए कुछ नहीं कर सकती?''

सन्तोष ने चुन्नी मुँह में डाल ली और ठंडी साँस को अन्दर रोककर उसकी बात सुनती रही।

''यह बात आज मैं तुझे बताने लगी हूँ, यह मानकर कि दुनिया में तुझे छोड़कर इसका कभी किसी को पता नहीं लगेगा। मेरे खाविन्द निसार अहमद ने जो प्यार मुझे दिया, उसे इस जिन्दगी में तो मैं कभी भूल ही नहीं सकती। हमारी शादी के एक साल बाद हमारे घर नईम की पैदाइश हुई और उसके डेढ़ साल बाद सलमा—मेरी बेटी की। हाय, अगर कभी मैं तुझे अपना जोड़ा दिखा सकती! फिर तू कहती, ''सईदा, ज़ालिम! तू ऐसे खूबसूरत और प्यारे बच्चे छोड़ इधर कैसे आ गयी?'' वैसे तो उस सवाल का जवाब मेरे पास भी नहीं पर मैं तुझे बताने का यत्न जरूर करूँगी।

सलमा होने के बाद मेरे अब्बा की, ख़ुदा उनकी रूह को जन्नत नसीब करे,

वफ़ात हो गयी थी। इसलिए निसार अहमद ज़ैलदार बन गया। हमारी ज़मीन काफी थी। हमारे सारे इलाके में बड़ा रसूख था और चौधरी निसार अहमद का नाम हर तरफ इज्जत से लिया जाता था। सहज में कोई बड़े-से-बड़ा अफसर भी उन्हें नाराज नहीं कर सकता था। अपने इलाके की वह इ़ज़्ज़त-आबरू थे। यही कारण है कि जब कभी पाकिस्तान की पुलिस लड़कियाँ बरामद करने के लिए छापे मारती, वह हमारे घर की ओर मुँह करने का साहस भी न करती। उन्होंने मुझे स्वयं कई बार बताया कि 'सिविल एंड मिलिटरी गजट' और 'नाए वक्त' में मेरी बरामदी में मदद करने वाले को पाकिस्तान गवर्नमेंट ने एक हज़ार रुपया इनाम देने का एलान किया है। उन्होंने मुझे कई बार बड़े प्यार से भी पूछा कि क्या मैं हिन्दुस्तान में अपने माँ-बाप के पास जाना चाहती हूँ? अगर मैं चाहती तो वह खुद ही सरहद तक मुझे छोड़ जाते। जब कभी वह ऐसी बात कहने लगते, मैं उनके मुँह के आगे हाथ रखकर बिलखने लगती और कहती, "अब शायद मैं आप पर भार हो गयी हूँ। आप मुझे रखने को राजी नहीं। क्या आप मुझे नईम और सलमा की खातिर भी नहीं रख सकते?" वह मुझे सीने से लगा लेते और हम एक लम्बे बोसे में यह सारी बात भूल जाते।

पर एक दिन साफ आसमान में एक काली स्याह अँधेरी आयी। गाँव में शोर मच गया कि पुलिस की बहुत-सी गारद आयी है और साथ में पुलिस कप्तान भी है। उसके साथ हिन्दुस्तानी पुलिस अफ़सर भी हैं। यह पार्टी हमारे घर के आगे पहुँची। उन्होंने पूछा, "चौधरी साहब कहाँ हैं? यह बात अभी उनके मुँह में ही थी कि निसार अहमद भी बाहर से आ गया। बस, सन्तोष, बाकी की बात तो बताना भी मेरे लिए नामुमकिन है। मेरे खाबिन्द की एक बात न मानी गयी। मैंने मिन्नत की कि 'मैं नहीं जाना चाहती, मुझे न ले जाओ।' मैंने कहा, "मेरे तो माँ-बाप मर चुके हैं। यह मेरे दो बच्चे हैं। इनकी तरफ देखो।" मैंने इल्तजा की, "मैं चौधरी साहब की बीवी हूँ और अपनी मरजी से इनसे निकाह करवाया है।" मैं रोयी, "चन्द्रकान्ता मर चुकी है और उसमें से मैंने, सईदा ख़ातून ने, जन्म लिया है। आप भूलते हैं।" मैंने नईम को आगे किया, "आप इसकी शक्ल को मेरे से मिलाकर देखो। क्या यह आपको मेरा लख़्तेज़िगर नहीं लगता?" पर वहाँ तो केवल एक जवाब था, "हम कानून के हाथों मजबूर हैं। हमें पाकिस्तान गवर्नमेंट की सख़्त हिदायत है कि आपको वापस हिन्दुस्तान पहुँचाया जाए।"

उस समय सूरज डूब नहीं रहा था, मैं सच कहती हूँ, सन्तोष, उसका इनसानियत के कातिल ख़ून कर रहे थे। वही लाल-काला खून सारे माहौल में बिखर गया था। जिस समय निसार अहमद ने मजबूर होकर मुझे जीप पर चढ़ने में मदद की, वह आप बेहोश होकर गिर पड़ा। रहमत अम्मा ने मेरी बलईयाँ लीं। नईम

सलमा रो रहे थे। उन्हें पुलिस के सिपाही पीछे हटा रहे थे और अम्मा उन्हें ली दे रही थी कि उनकी वालिदा कहीं बाहर जा रही है और शीघ्र ही वापस जाएगी। पर उन मासूमों के दिल को सच्चाई का अनुभव हो चुका था। मैं खुद उड़-उड़कर बाहर गिर रही थी। अचानक जीप चली और मेरे आगे कयामत का अँधेरा छा गया। उसके बाद मुझे कुछ याद नहीं।

इतने में ईश्वरदास की रोटी आ गयी थी; वह चुपचाप खाने लगा। पर एक कौर भी उसके मुँह में नहीं जा पा रही थी। उसका हाथ वहीं रुक गया और वह विचारों के सागर में बह चला।

''पिताजी!'' एक दिन सन्तोष ने उससे कहा, ''क्या आप अपने हाथ से मेरा गला दबाकर मुझे मार सकोगे?''

वह कहने लगा, ''पागल तो नहीं हो गयी बेटी! भला ऐसा कौन पिता कर सकता है! साफ-साफ कह, क्या कहना चाहती है?''

''ऐसे माँ-बाप भी हैं जिनके अप्रत्यक्ष हाथ अपनी औलादों के गले घोंट देते हैं। कान्ता के दुःख के हर पक्ष से आप जानकार हैं, मैं उसके लिए आपसे एक दया माँगती हूँ। मेरी विनती है, इनकार न करना। वह मर तो पहले ही रही है, अब आपसे 'न' कराकर मरेगी।''

''कुछ बताएगी भी, तोषी?''

''आपसे एक आदमी मिलना चाहता है, मिलाऊँगी मैं।''

''कौन?''

''निसार अहमद! नहीं, नहीं, अब्दुल हमीद।''

''निसार अहमद...वह किस तरह यहाँ आ गया? उसे कान्ता का सन्देश किसने भेजा?'' एक ही साँस में कई प्रश्न पूछ लिए ईश्वरदास ने।

''इन सारे प्रश्नों की कोई आवश्यकता नहीं। मैं उसकी बहन हूँ, समझ लो, मैं ही इसके लिए ज़िम्मेदार हूँ।''

अचानक ईश्वरदास का हाथ घुटने से फिसलकर सामने थाली से जा टकराया और उसका किनारा उसे चुभ गया। उसने धीरे-से हाथ को मला और सिर को झटककर फिर खाना खाने लगा। आज वह कैसे इन विचारों में घिरा हुआ था, वह स्वयं पर हैरान हो गया।

ईश्वरदास को मजिस्ट्रेट की कचहरी में पेश किया गया। उसे हथकड़ी लगी हुई थी और पुलिस ने उस पर फ़ौजदारी का मुकदमा दायर किया था। उसे उसका अपराध बढ़कर सुनाया गया, जिसका सार यह था कि उसने कूचा नबीकरीम की चन्द्रकान्ता नाम की एक लड़की को वकील होने की हैसियत से जिला गुज़रात की सईदा खातून होने की पुष्टि की है और इस तरह उसे धोखे से परमिट दिलवाया है।

इस प्रकार चन्द्रकान्ता के पाकिस्तान भाग जाने की साजिश में उसका हाथ है।

उसने देखा कि सामने मोहनलाल, मायावन्ती और सोहनलाल खड़े थे। और भी बहुत-से लोग मुकदमा सुनने आये हुए थे। मोहनलाल कह रहा था, "देखो यारो, इस तरह का पड़ोसी तो भगवान दुश्मन को भी न दे। हमारी लड़की को इसने पाकिस्तान भगा दिया है। यह हिन्दुस्तानी है या देशद्रोही?"

मायावन्ती मुँह ढक कर सुबक रही थी। उसकी आँखों से आँसुओं की धार रुकने का नाम ही नहीं ले रही थी।

मोहनलाल चुप था और उसके चेहरे पर चिन्ता के निशान उभरे हुए थे।

सन्तोष बड़े धैर्य से खड़ी सारी कार्यवाही सुन रही थी।

ईश्वरदास ने अपने हक में कुछ भी न कहा। मजिस्ट्रेट ने उसको दो वर्ष की कैद की सजा सुना दी।

और अब ईश्वरदास की आँख तब ही खुली जब वार्डन रोटी के बरतन उठाने आया। उसके मन में कोई चिन्ता न थी, कोई अफ़सोस न था। जेल की कोठरी की गरमी, यह बेस्वाद रोटी, यह सलाखों वाली खिड़की जिसके पीछे वह बन्द था...सब कहीं पीछे रह गये थे। उसे फिर निसार अहमद का खिला हुआ चेहरा दिखाई दिया जिसके प्यार के आँगन में सईदा खातून की खुशी का पौधा फिर से लग गया था। वार्डन को बरतन पकड़ाते हुए वह उठ खड़ा हुआ और उसने सन्तोष से एक डकार ली।

*(पंजाबी कहानी : अनुवाद : गुरचरण सिंह)*

'पनाहगाह'

से

'रिसते घाव'

तक

# पनाहगाह

## जोगिन्दर पाल

सब चले गये तो फत्तू और वीरो भी मेला जानेवाले रास्ते पर दिखाई दिये। वह दोनों उछल-उछलकर इतनी तेजी से चल रहे थे, जैसे रास्ते से भी पहले मेले के मैदान में पहुँच जाना चाहते हों।

मिर्ज़ा उन्हें हकीम सुल्तान शाह के चबूतरे से देख-देखकर हँसने लगा और चेहरे के दोनों तरफ दाढ़ी पर उँगलियों से कंघी करते हुए बोला, ''चलना तो सिर्फ जवानी का ही होता है!''

''वह तो है मिर्ज़े!'' हकीम ने अपने हुक्के पर चिलम सीधी करते हुए अपने दोस्त को जवाब दिया, ''मगर जवानी कहीं टिकती भी तो नहीं है।''

''यही तो मुसीबत है मेरे यार! बूढ़े रास्ते अपनी धूल फाँकने के लिए वहीं के वहीं पड़े रहते हैं और जवान लोग तेज़-तेज़ चलकर न जाने कहाँ गुम हो जाते हैं!''

हकीम सुल्तान शाह ने हुक्के की नली को मुँह से परे हटा दिया, ''जवानी के मेले तो चार ही दिन के होते हैं, बूढ़े रास्ते वहीं के वहीं न ठहरे रहें तो जवानों का घर लौटना कैसा हो?''

''वाह! क्या पते की बात कही है!'' मिर्ज़ा ने खुश होकर हुक्के की नली अपनी ओर खींच ली।

''बुखार की पुड़ियों के साथ-साथ इन बातों की पुड़ियाँ बना-बनाकर भी बेचा करो! हम जमींदार तो ज़मीन को पोला करने के सिवा कुछ जानते ही नहीं।''

''अब पोला करने के क़ाबिल भी कहाँ रह गये हो मिर्ज़े!''

मिर्ज़ा ने फिर अपनी आँख उठाकर फत्तू और वीरो पर जमा ली, ''जी चाहता है, आँखों में भरकर उनकी तस्वीर सदा के लिए सँभाल लूँ!''

हकीम ने उसकी बात का जवाब देने के लिए मुँह खोला तो मिर्ज़ा को उसकी आवाज़ पर हुक्का गुड़गुड़ाने जैसा सन्देह हुआ, ''अपनी शादी से पहले जब वह चोरी-चोरी मिला करते थे तो उन्हें कहीं भी इतना घना और ऊँचा गन्ने का खेत न

मिलता था, जो इनके प्यार को अपनी ओट में ले लेता!''

"हाँ शाह!'' मिर्ज़ा को शायद हुक्के के कश में नशा आ गया था या फत्तू और वीरो के प्रेम की कल्पना से, "प्यार करनेवालों का क़द इतना ऊँचा हो तो गन्ने मीठे हो-होकर उनके सिरों के नीचे मुँहों तक आ जाते थे।''

अब हकीम की बारी थी कि हुक्के के कश का मजा ले, "वाह, मेरे यार! वाकई ज़मीन को बड़ा पोला करके बेच डालते हो। तुम्हारे बोल सुनकर जिन्दगी भर चूसे हुए गन्नों का मजा मुँह में भर आया है!'' हुक्के का कश लेकर वह धुएँ का एक घूँट गले से कलेजे में उतार रहा था, "अपना दूसरा निकाह तो मैंने सिर्फ उम्मत की परवरिश के लिए पढ़वा लिया था। मेरी हड्डियों में अभी तक मेरी पहली ही मरहूम बीवी खनकती रहती है। उसे मैं सैकड़ों भालों के ठीक बीच से निकाल लाया था...नहीं, ठहरो, अभी एक कश और लूँगा!''

मिर्ज़ा ने फिर उस कच्चे रास्ते की तरफ देखा जो डेढ़-दो कोस पर मेले के मैदान में जाकर मिलता था, "इतने में ही शायद वह मेले के आसपास जा पहुँचे होंगे!''

"जवानी आप ही मेला होती है मिर्ज़े! तुम्हारी धुँधली आँखों में कैसे थमे? यह लो, गले को गीला करो।'' उसने हुक्का उसकी ओर बढ़ा दिया, "और अल्लाह-अल्लाह करो!''

"मेरी सारी जमींदारी ले लो सुल्तान शाह, लेकिन एक ऐसा कुश्ता (भस्म) तैयार कर दो कि साल-छः माह के लिए बदन में फिर से जान पड़ जाये!''

"मैंने कहा है ना, अब अल्लाह-अल्लाह करो! इस उम्र में जान पड़ गयी तो बदन और टूटेगा।'' इसी बीच कल्लू मिरासी कराहते हुए हकीम के चबूतरे पर चढ़ आया, "दाढ़ में बहुत दर्द हो रैया है हकीमजी!''

"और अपनी मिरासिन का गुड़ खाया करो!''

"सुल्तान भी आप हो हकीमजी और शाह भी, आप ही ने तो उस भली लोक को बोलया था, अपने मिरासी को बादामों वाला गुड़ खिलाया करो!''

"अरे मूर्ख, मैंने कब कहा था कि गुड़ खा-खाकर मुँह में खोड़े बना लो—यह लो दवा, दाँतों पर मलकर सो जाना।''

"अब और मुझे करना ही क्या है हकीमजी! मिरासिन तो मेले पर गयी हुई है!''

मिरासी उन दोनों से 'सलामालैकुम' कहकर चबूतरे से नीचे उतरा तो मिर्ज़ा अपने दोस्त से पूछने लगा, "क्या यह सच है सुल्तान शाह, कि जब फत्तू और वीरो पहाड़ी के पार निकल जाते थे तो मिरासिन इस पार पहरा दिया करती थी?''

हकीम सुल्तान शाह को हुक्के की आवाज़ से महसूस हुआ कि आग ठंडी

पड़ गयी है, इसलिए मिर्ज़ा को कोई जवाब देने के बजाय वह लोहे का एक तार लेकर चिलम के कोयलों को ऊपर-नीचे करने लगा, "चिलम में दम देने का तो तुममें दम नहीं, फिर मिज़ाईन बेचारी क्यों न बुझती जाए?"

"अच्छा किया, मुझे याद दिला दिया! मेरे जाने से पहले मिज़ाईन के लिए पुड़िया बाँध देना!"

"हाँ, हाँ, ले जाना!"

हकीम गत्ते का एक टुकड़ा लेकर बुझती हुई आग पर पंखा करने लगा, जिससे कोयले सुलग-सुलगकर जैसे उसकी आँखों में भी चिनगारियाँ भरने लगे, "अब दम में दम आया है!"

"क्या यह सच है?"

हकीम ने मिर्ज़ा की बात पर फिर ध्यान नहीं दिया और मुँह से धुआँ छोड़ते हुए कहा, "गर्मी जब पानी से निथरकर मुँह में आती है तो तुम्हें क्या लगता है?"

"मुझे लगता है कि गाड़ी की तरह छुक-छुक चलने लगा हूँ।"

"मुझे भी यही लगता है। पर असल ताकत का सही इस्तेमाल भी यही है कि सबकी गाड़ियाँ छुक-छुक चलती रहें।"

"यह तो है ही यार मेरे, पर मेरी बात का जवाब क्यों नहीं दे रहे? क्या यह सच है कि..."

"हाँ सच है!" फिर उसने पीछे से दरवाज़े की ओर मुँह करके कहा, "अरे भई सुनती हो? मिर्ज़ा आया है और कहता है चाय पिये बिना नहीं जाऊँगा!"

"अस्सलाम अलैकुम, भाभी! मैं दोपहर का खाना भी यहीं खाऊँगा।"

दोनों हँसने लगे और उनकी हँसी की आवाज़ सुन-सुनकर एक चूहा अपने बिल से निकलकर उनके करीब ही चबूतरे पर नाचने लगा।

हकीम सुल्तान शाह एकदम गम्भीर मुद्रा में मिर्ज़ा को बताने लगा, "मिरासिन को फत्तू बड़ा अजीज है! वह उससे कहा करती है, अपनी उम्र से मैं अगर बारह एक वर्ष बड़ी होती तो तू मेरी ही कोख से जन्म लेता फत्तू—फत्तू से वह सिर्फ तीन-चार साल बड़ी है, मगर अपने बच्चे की तरह उस पर नज़र रखती है।"

"हाँ, पहले पहल तो लोग ले उड़े थे कि वह फत्तू पर आशिक है।"

"हाँ, खुली-खुली मिरासिन है, आशिक न सही, बेटा सही...पहले तो वह डर गयी कि फत्तू सैयद मुसलमान और वीरो पक्की हिन्दू, पर फिर उसने देखा कि उन्हें एक दूसरे के लिए जीने से रोका गया तो वह जीएँगे ही नहीं...गाँव में बात खुल गयी तो वह मुझे बताने लगी...आप ही सोचो हकीमजी, हमारी दुनिया में भी इतनी बीमारी वाले लोग साँस लेते हैं, फिर भी अल्लाह पाक की हवा साफ की साफ रहती है और फत्तू और वीरो के साँसें तो इतनी साफ हैं कि मुर्दों में भी जान

पड़ जाए। हिन्दू और मुसलमान ख़ामख़ा आपस में बिगड़ रहे हैं। मोहब्बत करनेवालों को चुपचाप मोहब्बत से जीने दें...'' हुक्के का कश लेते हुए हकीम को रुकावट महसूस होने लगी तो बात को अधूरा छोड़कर वह नली में फूँकें मारने लगा।

''जब मामला इश्क़ का हो सुल्तान शाह, तो बात दीन की नहीं, ईमान की होती है।''

''हाँ, इसीलिए मिरासिन डूँगे पानी पर काई बनके पड़ी रही कि किसी की आँख तह पर न जा पहुँचे। हाँ, अब हुक्का फव्वारे की तरह चलने लगा है...तो मैं तुम्हें बता रहा था कि मिरासिन ने हर उपाय किया, बरसात में काई कहाँ ठहरती है! बात खुली और खुलते ही फैल गयी...लो, तुम्हारी भाभी चाय ले आयी है।''

हकीम की बीवी ने उनके सामने दो गिलास रखकर चाय से लबालब भर दिये और मिर्ज़ा की ओर मुँह करके बोली, ''आप अकेले ही आ जाते हैं, हमारी बहन को साथ नहीं लाते?''

''ले तो आऊँ भाभी, मगर पता नहीं, तुम्हारे मियाँ को किसने हकीम बना दिया है, दवाई खा-खाकर उसकी सेहत और बिगड़ती जा रही है।''

''तो फिर इनसे कहिए, मुझे ही कभी वहाँ ले जाएँ।''

''आये दिन वहीं होती हो, मैं क्या मना करता हूँ?...मैं तो कहता हूँ, तुम दोनों वहाँ रहो और मैं और मिर्ज़ा यहाँ! हमें अब तुम लोगों से क्या लेना-देना है!''

''लेन-देन का हिसाब तो ऊपरवाले के पास पहुँचकर चुक ही जाएगा।''

''तो भली लोक, खाते में हमारे एक और हुक्का परोसना भी लिख लो! तुम्हारी मेहरबानी हो जाए तो चाय के बाद ताजा हुक्का पीकर मजा आ जाएगा!''

हकीम की बीवी हुक्का उठाकर लौट गयी तो मिर्ज़ा ने एक बार मेले के रास्ते पर आँखें टिका लीं, ''रास्ता ऐसा दम सँभाले हुए-सा लग रहा है यार, जैसे ज़रा सँभलते ही भाग निकलेगा!''

''दुआ करो मिर्ज़े, कि बूढ़े और रास्ते हमेशा ठहरे रहें, ताकि नौजवान गुमराह न हों!''

''हाँ, वह तो तुम बता चुके हो!''

वह दोनों अपने-अपने गिलास पर नज़र जमाये सोच रहे थे कि चाय अभी बहुत गर्म होगी, ज़रा ठंडी हो तो उठाएँ। इसी बीच गाँव के सरपंच कंस राव का भतीजा उनके सिरों पर आ खड़ा हुआ, ''राम-राम हकीम चाचा—राम-राम मिर्ज़ा चाचा!''

''खुश रहो दुर्गे! कैसे आये?''

''ताऊ ने सौंफ का रस मँगवाया है, हकीम चाचा! रानू के पेट में दर्द

हो रहा है!''

''कैसा दर्द है?''

''जैसे पेट में होता है चाचा और कैसा?''

''यह लो, सौंफ का रस है—दो पुड़िया दवाई की भी ले जाओ!''

दुर्गे के जाने के बाद मिर्ज़ा ने कहा, ''सुल्तान शाह, अभी तक तो तुम एक लाख से भी ज्यादा पुड़ियाँ गाँव के लोगों को दे चुके होगे?''

''हाँ मिर्ज़े, एक लाख से भी ऊपर हो गयी होंगी। हर पुड़िया पर कलमा पढ़कर बन्द करता हूँ कि दवा में दुआ भी घुल जाये।''

''इसीलिए मेरी मिज़ाईन कहती है कि मर जाएगी मगर दवाई तुम्हारी ही खाएगी। शहर के डाक्टर तो जहर घोलकर दे देते हैं।''

''पथरी से कंस राव की जान निकल रही थी मिर्ज़ा...चाय उठाओ, ठंडी हो रही है...उसका बड़ा बेटा उसे शहर में आपरेशन के लिए ले जाना चाहता था। मैंने कंस राव से कहा, पहले कलमे की तासीर परख लो! ख़ुदा ने मेरा साथ न दिया तो फिर चीर-फाड़ करवा लेना!''

''हाँ, अल्लाह का फज़ल है, अब तो मुण्डू के घोड़े की तरह अपने पीछे सारे गाँव की गाड़ी बाँधे फिरता है...भाभी ने चाय तो बहुत जी-जान से बनायी है।''

''हमारा सरपंच बड़ा नेक आदमी है! फत्तू और वीरो की खुफिया मुलाकातों की खबर जब उसके कानों तक पहुँची तो उसी वक्त सारे काम छोड़कर वह यहाँ मेरे पास आया और बोला, किसी बात की चिन्ता मत करो सुल्तान शाह, फत्तू अकेले रक्खे तेली का बेटा नहीं, हमारी साझी दौलत है! पूरे सौ कोस के घेरे में कोई एक तो हो जो उससे सिर निकालता हो...''

''हाँ, उसे देखकर तबीयत खुश हो जाती है!''

''कंस राव ने वीरो के बाप को भी यह समझाया था कि बात हिन्दू-मुसलमान की नहीं, बात यह है कि फत्तू और वीरो की जोड़ी कितनी सजीली है! सौ हजार बरस बीतते हैं तो कहीं इत्तफ़ाक से एक ऐसी जोड़ी बनती है!''

''हाँ भाई, जोड़ी तो ऐसी है कि उन्हें इकट्ठा देख-देखकर मेरे खेतों में दुगुने दाने फूट आते हैं!''

''उनकी शादी तो अंजाम पा गयी, मगर पंडित का लौंडा अभी तक फिरकापरस्ती का जहर फैला रहा है।''

''खुदा बचाये, निरा फितना है वह लौंडा! वीरो को असल में वह अपने लिए उड़ा लेना चाहता था, मगर लौंडिया ने घास न डाली तो उसने हिन्दू-मुस्लिम का सवाल खड़ा कर दिया। लड़की वाले दोनों इसीलिए बिदके हुए थे। बेचारे सिर जोड़-जोड़कर मशविरा करते रहते थे कि उन्हें अपने इरादे से कैसे रोका जाए!''

मिर्ज़ा की भारी-भारी सफेद मूँछों में चाय की भूरी झिल्ली फँस गयी थी, जिसे देखकर हकीम हँसने लगा, "होंठो पर इतने बड़े-बड़े सफेद झाड़ू क्या अपनी झुर्रियाँ साफ रखने के लिए बाँधे रखते हो, इतनी फ़बी हुई दाढ़ी क्या कम है?"

मिर्ज़ा ने अपने कन्धे पर लटकते हुए तौलिये से मूँछों को साफ किया और ठंडी साँस लेकर बोला, "तुम तो जानते ही हो सुल्तान शाह, औरतें मुझे देखते ही घबराती थीं कि आशिक़ न हो जाएँ!"

"हाँ यार, तुम भी अपने फत्तू से क्या कम थे? अरे भाई..." वह अपना सिर मोड़कर बीवी को पुकारने लगा, "अभी तक हुक्का नहीं हुआ है?"

"नहीं, सुल्तान शाह, फत्तू और वीरो के इश्क़ का तो जवाब नहीं! इतना बड़ा फसाद होते-होते रह गया, मगर क्या मजाल मस्तों के कानों पर जूँ भी रेंगी हो!"

"मुहब्बत करनेवालों के सिरों में अपनी धुन होती है, जूँएँ नहीं!" अपनी बीवी को हुक्का लिये दरवाज़े से आते देखकर उसकी आँखों में चमक आ गयी।

"देखो, तुम्हारी भाभी हुक्का परोस लायी है।" उसने हाथ बढ़ाकर बीवी से हुक्का थाम लिया, "मिर्ज़े मेरी सारी हिक़मत तो तुम्हारी भाभी के दम से है!"

"हटिए, खुशामद मत कीजिए!" हकीम की बीवी ने अन्दर लौटने से पहले अपने मियाँ को प्यार से देखा तो हकीम का ताज़ादम हुक्का बेअख़्तियार गुड़गुड़ाने लगा।

"बहुत-बहुत शुक्रिया है अपने कंस राव का", हकीम ने मिर्ज़ा की ओर झूलकर कहा, "जो दोनों की शादी अमन से अंजाम पा गयी, वर्ना कहीं गड़बड़ हो जाती तो मुसलमान तो आटे में नमक के बराबर थे!"

"मगर आटे में नमक रच-बस जाता है सुल्तान शाह, तो न आटा नमक से अलग होता है, न नमक आटे से!"

"हाँ, आपस में रचना-बसना हो जाए, तो सबका ज़ायक़ा एक ही हो जाता है...लो, अपनी भाभी का हुक्का पीके देखो, दो ही घूँट में जन्नत के मज़े आएँगे!"

मिर्ज़ा ने हुक्का अपनी तरफ खींचकर मुँह से लगा लिया, "वाह...ह...ह! जेहन में रोशनी ही रोशनी हो गयी है सुल्तान शाह!...कागज और कलम-दवात लाओ ताकि तुम्हारी जिन्दगी की सलामती का नुस्खा लिख दूँ!" उसने एक और लम्बा घूँट भरा—"वाह...वाह!" उसी तरंग में उसने और दो-तीन लम्बे घूँट खींच लिए और थोड़ी देर के बाद फिर बोला, "मेरी आँखों से पर्दे उठ रहे हैं शाह!" अपने सामने देखते हुए उसकी दृष्टि अचानक सामने मेले के रास्ते पर रुक गयी, "अरे! वह रास्ता कोई बुरी ख़बर पाकर सरपट भाग रहा है!"

हकीम ज़रा-सा घबराकर मिर्ज़ा की तरफ देखने लगा!

"शायद तम्बाकू तुम्हारे कलेजे से जा लगा है...अरे भई, सुनती हो?" उसने

फिर पीछे के दरवाज़े की ओर मुँह करके अपनी बीवी को पुकारा, "मिर्ज़ा के लिए पानी का एक गिलास लाओ।" उसने चिलम को हुक्के के मुँह से उठाकर हाथ में ले लिया और लोहे के तार से अंगारों में दबे हुए तम्बाकू को टटोलने लगा।

रास्ते मे पेड़, झाड़ियाँ, खेत...जो भी आये, फत्तू और वीरो को आवाज़ें देकर पुकारते रहे, मगर वह आपस में इतने मग्न थे कि उनका किसी की ओर ध्यान ही नहीं गया, मानो दोनों धुन में पिछले जन्म से अगले जन्म की ओर जा रहे हों और वर्तमान केवल इसलिए हो कि उनके सफ़र का सिलसिला न टूटे। 'वीरो!' फत्तू अपनी दुल्हन के कानों में गुनगुना रहा था, "कल रात तुम सो रही थीं और मैं तुम्हें आँखों में समेटे महसूस कर रहा था कि तुम पकी हुई मिट्टी का कोरा चिराग हो और सरसों के तेल से लबालब भरी हो और तुम्हारा पूरा चेहरा ठंडी लौ बनकर जल रहा है और..."

"लौ ठण्डी भी हो तेली के बेटे, पर होती तो लौ ही है, फिर हमारा बिस्तर क्यों न जल उठा?" वह खिलखिलाकर हँस पड़े और अभी उनकी हँसी हवा में बज रही थी कि उनके ऊपर से रंग-बिरंगी चिड़ियों का एक झुंड गुजर गया और नये-नवेले जोड़े ने खुलेआम एक-दूसरे को बाजुओं में ले लिया! इसी बीच उनके पैरों के पास से एक काला नाग गुजर गया, मगर उन्हें पता ही न चला! थोड़ी देर में वह रास्ते के बायें लकीर पर मुड़ते हुए एक जंगल में घुस रहे थे, जिसे पार करके उसी लकीर पर उन्हें एक पहाड़ी पर चढ़ना था, फिर वहाँ से मेले में कूद जाना था।

यह मेला कोई व्यापारिक मेला न था, बल्कि यहाँ हज़रत दरवेश के मज़ार पर आसपास के देहात से हर धर्म के नौजवान मर्द और औरत खाने-पीने, हँसने और मौज उड़ाने के लिए जमा हो जाते थे। हज़रत दरवेश मरहूम अपनी आखिरी उम्र में अपने नौजवान श्रद्धालुओं से घिरे रहते और उन्हें हँसते रहने का निर्देश देते। उनका कहना था कि नौजवानी ही में तो अकारण हँसना भी बुरा नहीं मालूम होता, वरना बुढ़ापे में तो सोच-सोचकर हँसना पड़ता है। एक कहावत प्रसिद्ध है कि हज़रत ने सारी जवानी एकान्त चिन्तन में बिता दी और इस लम्बी साधना के बाद उन्हें हँसने की इच्छा बेचैन करने लगी, मगर उनके चेहरे के अंग-प्रत्यंग सालों-साल के निरन्तर चिन्तन से कुछ ऐसे साँचे में ढल गये थे कि ज़रा-सा हँसने से भी अपने स्थान से उधड़ने लगते और उनकी चीखें निकल जातीं, सो उन्होंने यह राह निकाली कि नौजवानों को हँसते-खेलते देख-देखकर ही अपनी इच्छा की पूर्ति कर लिया करें! उनके मज़ार पर मायूस नौजवान घंटों हँसते रहते हैं, ताकि वह खुश होकर उनकी मुरादें पूरी कर दें।

जंगल में दाखिल होते ही फत्तू ने वीरो से पूछा कि वह हज़रत दरवेश से क्या मन्नत माँगेगी?

"तुम मिल गये हो तो मुझे और क्या माँगना है?"

"फिर भी?"

"फिर भी क्या? मैं तो खुश हूँ ही, हँस-हँसकर हज़रत को भी खुश कर दूँगी!"

अपने आसपास जंगल के बिखराव को देखते हुए फत्तू को अचानक आभास हुआ कि वह अपने मस्तिष्क में झाँक रहा है! उसने वीरो की कमर को अपनी बाँहों में लेकर अपने साथ जोड़ लिया और जैसे अपने-आपको बताने के लिए बड़बड़ाया, "देख लूँगा उसे!"

"किसे...? कौन...?" वह तेजी से उसकी बाँहों से निकलकर उसके सामने खड़ी हो गयी और बदहवासी में उसके मुँह से मुँह जोड़ लिया, जैसे उसके जवाब को अन्दर से बाहर आने से पहले ही अपने अन्दर डाल लेना चाहती हो! रास्ता एक तरफ मुड़ गया और यह छोटा-सा जंगल अनन्त प्रतीत होने लगा।

"घबराने की कोई बात नहीं", फत्तू ने कहा, "अपने हकीम चाचा का लड़का यूसुफ है ना, उसने एक अफवाह सुनी थी कि वह पंडित का छोकरा भरोसे मेले में इधर-उधर से कई गुंडों को ला रहा है!"

"तुमने मुझे पहले क्यों नहीं बताया?"

वह वीरो की ठोड़ी उठाकर उसकी आँखों में देखने लगा।

"बताओ, क्या बताता?...यह कि मुझे उस मेंढक से डर लग रहा है!"

वीरो को अपने आप अपने मर्द की आँखों में एक का दो दिखाई देने लगा और वह अपना भय भूलकर मुस्कराते हुए अपने अँगूठे के नाखून से उसके नये कुर्ते का काज ठीक करने लगी।

"अभी तक मैं उसका दिमाग ठिकाने पर लगा चुका होता, मगर सरपंच को वचन दे चुका हूँ कि लड़ाई-झगड़े से बचा रहूँगा।"

"बचना ही ठीक है!"

"क्या ठीक है? तुम घबराओ नहीं। अगर वह गड़बड़ पर तुल गया है तो उसे देख लूँगा।"

"देख तो उसे मैं आप ही लूँगी...कल मैं भाइये के घर से आ रही थी कि तालाब के पास मिल गया और अकेली पाकर बकवास करने लगा, मगर मैंने उसे खूब सुनायी। मेरी ओर बढ़ने लगा, मगर मैंने उससे पहले ही उसकी तरफ चार कदम बढ़ाकर कहा, "हिम्मत है तो छू के दिखाओ!"

"तुमने मुझे पहले क्यों नहीं बताया?"

"क्या बताती...कि उस मेंढक से डर लगता है!"

दोनों एक-दूसरे से लिपट गये और हँसने लगे और पास ही कहीं झाड़ियों में बैठा हुआ बन्दरों का एक गोल उनकी हँसी सुनकर भाग खड़ा हुआ।

थोड़ी देर बाद ही वे जंगल के उस आख़िरी कोने के पास आ पहुँचे।

"मैं सोचती हूँ फत्तू..."

"सोच-सोचकर क्यों अपना तेल निकालती रहती हो?"

"तुम्हें तो तेल के सिवा कुछ सूझता ही नहीं—नहीं, पहले मेरी बात सुन लो...लोग कहते हैं कि हमारी जोड़ी बहुत सुन्दर है, मगर मैं चाहती हूँ कि हम कुरूप होते और एक-दूसरे को सारी दुनिया से सुन्दर लगते।"

वे जंगल से बाहर निकले तो सारा जंगल जैसे उनके पीछे फैलकर उन्हें देखता रह गया। वह दोनों एक-दूसरे के पीछे दौड़ते हुए पहाड़ी की चोटी पर आ गये और जैसे ही आये, मेला उनके दिलो-दिमाग़ से लुढ़ककर यहाँ पहाड़ी के इस तरफ जा लगा।

मेले के मुँह पर ही एक कोहक़ाफ झूला था, जिसकी गोलाई में दो सीटों वाले पंगूड़े बिजली की तेजी से ऊपर-नीचे घूमते हुए एक महाचक्र का दृश्य प्रस्तुत कर रहे थे। फत्तू और वीरो थोड़ी देर पहले इसी चक्र में ओझल हो गये थे और एक-दूसरे को अपने-अपने अस्तित्व से कसकर बाँधे महसूस कर रहे थे कि वह अपने आप ही गोलाइयों में घूम रहे हैं। उनकी प्रसन्नचित्त चीखें उन्हें चारों ओर से पकड़कर गिरने से बचाये हुए थीं, लेकिन वह चाह रहे थे कि चीखें उन्हें छोड़ दें और खुशी से चकनाचूर हो जाएँ और उनकी आत्मा आकाश की सैर को निकल जाए।

झूले से उतरकर अभी तक वह दोनों जैसे झूले में ही झूम रहे थे कि उन्हें अपनी मिरासिन नज़र आ गयी, जो बर्फ़ का लाल गोला चूस रही थी।

"भाभी!"

उन्हें देखकर मिरासिन की बाछें खिल गयीं, "आओ...यहाँ आओ!" वह उन्हें बुलाते हुए उनके पास आ गयी, और उन्हें भी बर्फ वाले के पास ले आयी, "लाओ भाई, इनके लिए भी दे दो, चार-चार आने के हिसाब से दो...हज़रत दरवेश का मेला है, बरफ को आग लगाकर बेचोगे तो तुम्हारा भला कैसे होगा?...लो पूरे, बारह आने हैं, गिन लो!"

"भाभी!"

मिरासिन चिढ़ी हुई सूरत बनाकर फत्तू की तरफ देखने लगी, "माँ को भाभी कहते हुए शर्म नहीं आती? मैंने तो अपना बेटा नहीं जना कि तू जो है!" मिरासिन ने ज़मीन से ज़रा-सी धूल उठाकर वीरो के गाल पर लगा दी, "बहू इतनी अच्छी

दिख रही है, मेरी मुई नज़र न लग जाए!"

"भाभी...नहीं माँ...नहीं, मुझसे तुम दो-एक साल ही बड़ी होगी या शायद छोटी ही हो! मैं तुम्हें माँ कैसे कहूँ?"

"कह दोगे तो मैं तुम्हारे बूढ़े बाप के तेल से अपना सिर तो न लिथड़ लूँगी। मेरा सारा लेना-देना तो तुमसे है!"

"हमारे बड़े भाई को अकेला छोड़ आयी हो?"

"हाँ, मिरासी को भाई बनाओ, खा बेटा, पर मैं तुम्हारी माँ हूँ।"

"पर उसे अकेला क्यों छोड़ आयी हो?"

"अकेला कहाँ छोड़ आयी हूँ? उसकी दाढ़ का दर्द जो उसके साथ है! उसी का नाम लेकर मर रहा था, सो मैंने कहा, मेरा क्या है, मरो...और अपने बेटे की छब देखने यहाँ चली आयी!"

बर्फ वाले ने फत्तू और वीरो को गोले थमा दिये तो मिरासिन उनसे कहने लगी, "आओ! अब किस्मत वाली चिड़िया दिखाऊँ, वीरो की किस्मत मालूम करेंगे...आओ! मेरा तो सारा हाल उसने खोलकर बता दिया है! इस तराँ पंजे जमा-जमाकर पिंजरे से निकलती है जैसे सोच-सोचकर आनेवाले वक़्तों में दाख़िल हो रही हो और सीधी उसी कागज़ पर जा खड़ी होती है, जिस पर किस्मत लिखी हो—आओ...यह है...यह लो चवन्नी, भाई! अपनी चिड़िया से कहो कि हमारी बहू की किस्मत बताए!"

पिंज़रा खुलते ही रंगदार चिड़िया धीरे-धीरे बाहर आयी, इधर-उधर देखा और चूँ-चूँ करती हुई एक कागज पर वीरो की किस्मत पर आ खड़ी हुई।

चिड़ियावाला कागज उठाकर पढ़ने लगा, "चार शब्द ही लिखे हैं, बीबी, पर चार तोले सोने से कम नहीं! सुनकर चिड़िया को एक चवन्नी और दे दोगी...लिखा है, अपने प्यारों का प्यारा!"

फत्तू बड़े प्यार से अपनी दुल्हन की तरफ देखने लगा। मगर इसी बीच भीड़ में से किसी ने चिड़ियावाले की ओर एक चवन्नी फेंककर कहा, "यह लो, दूसरी चवन्नी हमसे ले लो!"

फत्तू ने आँखें घुमाकर देखा कि पंडित का बेटा भरोसे माथे पर तिलक जमाये अपने चन्द मुस्टंडे साथियों के साथ खड़ा खी-खी कर रहा है। वह म्यान से निकली हुई तलवार की तरह तेज और चमकदार हो उठा।

"अपनी चवन्नी उठाकर सबके सामने माफी माँगो भरोसे, वर्ना..."

"वर्ना क्या...हमारी चीज पर क़ब्ज़ा करके हम ही को दीदे दिखाते हो!"

"तुम्हारी चीज पर..." फत्तू बेकाबू होकर पास ही से न जाने किसकी लाठी झपट लाया और जब उनकी ओर लपका तो किस्मत वाली रंगदार चिड़िया पिंजरे

का दरवाज़ा खुला पाकर फुर्र से उड़ गयी।

वही हुआ जो नहीं होना चाहिए था।

फत्तू और वीरो के दम तोड़ते-तोड़ते यूसुफ और उसके चन्द साथी भी आ पहुँचे और भरोसे और उसके साथियों पर टूट पड़े, और जब भरोसे दम तोड़ रहा था तो हिन्दुओं के एक गिरोह ने मुसलमानों को आ लिया...और जो हिन्दू और मुसलमान इस दंगे को ख़त्म कराना चाहते थे, वह अपनी-अपनी जान बचाने के लिए इधर-उधर भागने लगे और समझने लगे कि दूसरे समुदाय के लोग उन्हीं पर हमला करने के लिए दौड़े आ रहे हैं। और इस तरह वह भी एक-दूसरे से भिड़ गये। मेले का मैदान देखते-ही-देखते ख़ून में लथपथ हो गया...हिन्दू और मुसलमान तो लड़ते रहे, मगर उनके खून की लकीरें ज़मीन पर बह-बहकर इकट्ठी होती रहीं। और जानवर जो उनकी बैलगाड़ियों और एक्कों को खींच-खींचकर उन्हें यहाँ लाये थे, अपनी बड़ी-बड़ी आँखों से अपलक चुपचाप मानव की दरिन्दगी का तमाशा देखते रहे और शायद हैरान होते रहे कि भूख मिटाने के लिए मारना ज़रूरी है तो जिसे मारते हैं, पहले उसे तो खा लें, यह तो मारते ही चले जा रहे हैं और कोई किसी को खाता भी नहीं।

और...और कई औरतें...मिरासिन भी...हज़रत दरवेश मरहूम के मज़ार से लिपट-लिपटकर पागलों की तरह हँसे जा रही थीं।

अफ़वाहों के पर होते हैं न पैर, फिर भी कहाँ नहीं जा पहुँचतीं! अफवाहें फैलाने वाले का कोई पता ही नहीं चलता था। बस यह समझ लीजिए कि अफवाहें आप ही अपने आपको फैलाए चली जा रहीं थीं...एक यह थी कि हज़रत दरवेश सभी बड़े-बड़े मुसलमानों के सपनों में आ-आकर उन्हें चूड़ियाँ दे रहे हैं, एक और यह कि मस्जिदों में मुसलमानों से कसमें ली जा रही हैं कि हर एक कम-से-कम इसका सफाया करे...और कई और थीं जो भूतों की तरह बे-पर इनसानी लाशों पर फड़फड़ाकर भयानक स्थितियाँ उत्पन्न कर रही थीं!

सरकार ने हज़रत दरवेश के मज़ार के आसपास सभी देहातों में कर्फ्यू लगा रखा था। लाउडस्पीकर द्वारा बार-बार घोषणा की गयी कि कर्फ्यू में जो भी बाहर दिखाई देगा, उसे गोली से उड़ा दिया जाएगा। असामाजिक तत्त्वों को फिर भी जो करना था, अपने बचाव का उपाय करके बराबर करते रहे, मगर भोले-भाले लोग झूठ-झूठ आवाज़ें दे-देकर अपनी-अपनी मौत को बुलाते रहे! कंस राव का जन्मदिन तो था, लेकिन अपनी मौत के दिन किसी के पैदा होने के दिन का ख़याल किसे आता है?...लेकिन मिरासी ने हँसकर कहा, ''कर्फ़्यू का मैंने क्या बिगाड़ा है, जो

मेरा रास्ता रोककर खड़ा हो जाएगा! लाला से अपना इनाम माँगकर अभी लौट आऊँगा!"

"जाना है तो जाओ, मेरी जान क्यों खा रहे हो?" फत्तू और वीरो के कत्ल के बाद से मिरासिन के होश ठिकाने नहीं रहे थे। वरना वह जो काम अपने मर्द के लिए ठीक न समझती थी, मार-पीटकर भी वह उसे इस काम से रोक लेती थी।

जिन्होंने गोलियों की आवाज़ सुनी थी, उनका कहना था कि फ़ौज़ी ने पहली बार हाल्ट कहा तो मिरासी तेज़-तेज़ चलने लगा, दूसरी बार कहा तो उसने दौड़ना शुरू कर दिया और तीसरी बार फ़ौज़ी की 'हाल्ट' सुनकर इतनी तेज़ी से दौड़ने लगा कि फ़ौज़ी ने गोलियों की बौछार कर दी! किसी को उसकी हाय की आवाज़ भी न सुनाई दी! मिरासिन को यह ख़बर सुनाई गयी तो पहले तो उसकी समझ में कुछ नहीं आया, फिर शायद आया या शायद न आया और उसने सिर झुकाकर चुप साध ली! एक बार उसे बताने की कोशिश की गयी तो वह चिल्लाकर कहने लगी, "हाँ, हाँ, सुन लिया है! इतनी बड़ी बीमारी फूट पड़ी हो तो सभी को बारी-बारी मरना होता है!"

मगर उसी शाम को वह पड़ोस में जाकर रोने लगी, "मैं अपने इस मुए मिरासी को कहाँ से ढूँढूँ? सवेरे का गया हुआ है अभी तक नहीं लौटा।"

उस सारे इलाके में सफेद कबूतर बहुत थे। गुंडे मनमानी करके साफ बच निकलते तो फ़ौज़ी अपनी बन्दूकों को आकाश की ओर घुमाकर इन सफेद कबूतरों को ही गिराने लगते और कबूतर फड़फड़ाते हुए उनके कदमों पर आ गिरते। फिर वह विजयी भाव से मार्च करते और उन्हें रौंदते हुए कच्चे मकानों के मलबों की ओर आगे बढ़ जाते।

जब फसाद की रोकथाम के सारे उपाय बेकार हो गये तो सरकार ने निर्णय लिया कि मुसलमानों के लिए तीस-पैंतीस मील की दूरी पर राजधानी के निकट एक गाँव में कैम्प खोल दिया जाये।

तारापुर गाँव में क़ाफिले की रवानगी की तैयारी हो रही थी कि कंस राव सरपंच और कुछ दूसरे हिन्दू लोग उन्हें विदा करने आये! पहले तो फरीकैन एक-दूसरे को फटी-फटी नज़रों से देखते रहे और फिर गले मिलकर रोने लगे!

"मैं बहुत शर्मिन्दा हूँ, सुल्तान शाह!" कंस राव ने कहा, "मुझसे कुछ भी न बन पड़ा।"

"हर शरीफ आदमी शर्मिन्दा है लाला," हकीम सुल्तान शाह ने सन्तों की-सी दीनता से कहा और कंस राव का सहारा लेने के लिए उसके कन्धे पर अपना बूढ़ा हाथ टिका दिया, "ग़ैरशरीफों का क्या, शरीफ़ ही भुगतते आये हैं।" फिर अचानक कुछ याद आने पर अपनी शेरवानी की जेब में हाथ डाला, "लाला!

रतनलाल की बीमारी लम्बी है, यह तीस पुड़ियाँ बना लाया था कि कोई मिल गया तो उसके लिए दे दूँगा। उससे कहना, वैसे ही मक्खन के साथ एक पुड़िया हर रोज़ खाता रहे!''

सरपंच ने पुड़ियाँ अपनी जेब में रख लीं, ''मुझे तो लग रहा है शाह, कि हमारे बाप-दादा...सभी मरे हुए बुजुर्ग आप लोगों के साथ ही गाँव से जा रहे हैं!'' रक्खे तेली के बूढ़े बाप के पोपले मुँह से अचानक निकल गया, ''मगर लाला, अपने बच्चे तो हम यहीं क़ब्रिस्तान में छोड़े जा रहे हैं, उनका ख़याल रखना।''

कंस राव ने बूढ़े तेली का दुःख महसूस करके जवाब दिया, ''मेरा जी तो चाहता है भैया, अपने ही पेट में छुरा घोंपकर हिन्दुओं से तुम्हारा बदला चुका दूँ!''

इस बीच में फ़ौज़ी बिगुल ने क़ाफिले की रवानगी का एलान किया और ठीक उसी समय क़ाफिले में औरतों की टुकड़ी से मिरासिन की चीख आयी...

''हाय, मैं अपनी गाय तो खूँटे पर ही भूल आयी हूँ!''

''गाय ही तो है!'' मिर्ज़ाइन उसे समझाने लगी, ''यह वक़्त अपनी जान बचाने का है।''

''नहीं, यह लोग उस बेजबान को खत्म कर देंगे!''

मिरासिन अभी मुड़-मुड़के देख ही रही थी कि दूसरे फ़ौज़ी बिगुल के साथ ही क़ाफिला रवाना हो गया!

''लखी...ई...ई...!'' मिरासिन ने चीखकर अपनी गाय को पुकारा और क़ाफिले से निकलकर उलटे पाँव बेसुध भागने लगी।

मिरासिन की चीख अभी तक उनके कानों में गूँज रही थी और ज़मीन पर उनके पैर इतने हल्के पड़ रहे थे जैसे वह अपने-अपने अस्तित्व के बिना विचारों-विचारों में जी रहे हों। सारे काफिले में जीवन का अहसास केवल फ़ौज़ी जूतों की ठप-ठप से हो रहा था।

हकीम सुल्तान शाह के करीब आकर मिर्ज़ा उनके कान में कहने लगा, ''रास्ते भी हमारे साथ भाग रहे हैं, सुल्तान शाह!''

''क्या?'' हकीम की भरी-भरी आँखों में अपने बेटे यूसुफ की लाश डूबी हुई थी।

''मैंने कहा, ठहरे हुए रास्ते भी हमारे साथ चलते आ रहे हैं।''

हकीम ने एक लम्बी ठंडी साँस खींच ली।

''जब बूढ़ों का ही ठहरना न हो मिर्ज़े, तो बस्तियों के रास्ते भी क्यों ठहरे रहें?''

''यही तो मैं कह रहा हूँ! इन्हें सँभालकर साथ-साथ रखो, वर्ना वापस कैसे आएँगे?''

हकीम ने हारी हुई हँसी हँसकर कहा, ''सँभाल के सच पूछो मिर्ज़े, तो यूसुफ के जाने के बाद अब कुछ भी सँभाल के रखना फज़ूल मालूम होता है।''

''हौसला रखो हकीम, अल्लाह सबसे बड़ा है!''

''हाँ मिर्ज़े, अल्लाह सबसे बड़ा है।''

वह काफी देर ख़ामोशी से साथ-साथ चलते रहे और फिर एकदम मिर्ज़ा ने अपनी गर्दन हकीम की तरफ बढ़ाकर कहा, ''सुल्तान शाह, एक राज़ की बात बताऊँ?''

हकीम ने अपने कान खड़े कर लिए।

''अभी-अभी हज़रत दरवेश मरहूम मेरे साथ ही चल रहे थे और मुझे बता रहे थे कि मैंने भी फैसला कर लिया है कि अपनी जगह छोड़कर तुम्हारे साथ ही हो लूँ!''

पूरे एक सप्ताह की तलाश के बाद कंस राव मिरासिन को खोजने में सफल हुआ। उसके आदमियों ने शाम के समय उसे मिरासी और फत्तू की क़ब्रों के पास घुटनों में सिर दिये अपने अस्तित्व की क़ब्र में ज़िन्दा पड़े हुए देख लिया।

''अरी ओ मिरासिन!...मिरासिन!''

मिरासिन ने घुटनों से सिर उठाकर उनकी ओर देखा।

''बहुत हो गया भाइयो, अब मेरी जान को छोड़ दो।''

''चलो, हमारे साथ चलो।''

''नहीं, दोनों नहीं, केवल एक!'' उसकी निगाहों में गिड़गिड़ाहट थी, ''कलमा पढ़ कर कोई एक मुझे ले जाओ! फिर आधे घंटे के बाद मुझे तलाक़ दे देना।''

''कैसी बातें कर रही हो? चलो तुम्हें सरपंच ने बुलाया है!''

सरपंच से मिलकर पहले तो मिरासिन की रोते-रोते हिचकी बँध गयी, फिर गुबार हल्का हुआ तो बताने लगी, ''बड़े बदमाश लोग थे। मैंने सोचा था कि मुझे लखी के पास ले जाएँगे, पर तुम्हें क्या बताऊँ, जुल्मियों ने मेरी इज़्ज़त की बहुत लूट मचायी। मिरासी बेचारा मेरी फिकर कर-करके कबर में अपना दाढ़ का दर्द भूल गया होगा।''

सरपंच का दिल इतना भारी हो रहा था कि उसे अपनी हल्की-सी मुस्कराहट का आभास भी न हुआ।

''लाला, मैंने हाथ जोड़-जोड़कर मिन्नत की...मुझे मेरे लोगों के पास पहुँचा दो! पापियों ने हँस-हँसकर जवाब दिया...तुम्हारे लोगों को तो पाकिस्तान भेज चुके हैं, इतने साल से पाकिस्तान भी सँभाले बैठे थे और हमारी छाती पर भी मूँग दल रहे थे। पाकिस्तान कौन-सा गाँव है लाला? क्या तुम मुझे उनके पास हुँचा दोगे?''

सरपंच ने उसे दिलासा दी, ''हाँ, पहुँचा दूँगा। अब तुम सो जाओ।''

''मेरा फत्तू कहा करता था कि तुम दिल के पक्के मोमिन हो! मेरी लखी को भी खोज निकालो।''

''ज़रूर खोज निकालूँगा! अब तुम सो जाओ!''

मिरासिन को सात दिन में पहली बार खुला-खुला आज़ादी का सोना मिला तो सोते-सोते उसे सारी रात आभास होता रहा कि नरक की आग से निकलकर बारिश में भीग रही है।

सुबह उसकी आँख खुली तो गुंडों को वासनाभरी फुँकारें उसके शरीर से बुखार के द्वारा निकल रही थीं! सरपंच ने सोचा कि आवश्यक हुआ तो कैम्प में ही इलाज करा लेंगे और उसे सरकारी जीप में बिठाकर ड्राइवर को चलने का निर्देश दिया।

मिरासिन बारह घंटे कैम्प के अस्पताल में पड़ी रही और थोड़ा होश में आते ही उसने पानी माँगा तो डाक्टर उसी दम उसकी ओर लपका और गिलास भरकर उसे प्रेमपूर्वक पानी मिलाने लगा, ''छोटे-छोटे घूँट भरो माँ!

मिरासिन का फुँका हुआ कलेजा छोटे-छोटे घूँट भरते हुए ठण्डा होने लगा और उसने अपनी नर्म-सी दृष्टि बिजली की धीमी रोशनी में नौजवान डाक्टर के चेहरे पर टिका ली!''

''तुम्हारा क्या नाम है?''

''मैं यहाँ डाक्टर हूँ माँ!''

''मेरा फत्तू भी बिलकुल तुम्हारी तराँ ऊँचा लम्बा था...तुम्हारा नाम क्या है?''

''नन्दकिशोर, माँ!''

डाक्टर उसके माथे पर हाथ रखकर उसका बुखार देखने लगा।

''हमारे हकीम साब को ख़बर कर दो बेटा, मैं भी पाकिस्तान आ पहुँची हूँ!''

*(उर्दू कहानी : अनुवाद : कृष्ण पाल)*

# नंगी तसवीरें

देवेन्द्र इस्सर

बाहर भी अँधेरा था और भीतर भी, अन्धकार अपने काले पंख फैलाये चारों ओर मँडरा रहा था। अपरिमित जन-समूह का अनन्त प्रवाह हाथों में मशालें लिये अँधेरी रात की छाती को चीरता हुआ, उसके दरवाज़े को थपथपाकर आगे बढ़ गया।

अन्धकार में प्रकाश की किरणें जगमगा उठीं। अँधेरे में उजाला हो गया।

किन्तु उसका कमरा अभी तक साँस रहित सुनसान-सा और अन्धकारमय था। कमरे में मोमबत्ती जल रही थी, जिसकी धुँधली रोशनी कमरे के निराशामय वातावरण को और भी गहरा कर रही थी। वह सो रहा था, और प्यारे-प्यारे सपनों की गोद में खेल रहा था, राजकुमार बना परियों की महफिल में घूम रहा था—परियाँ जो रात को बिजली के कृत्रिम आलोक में इन्द्रलोक का वातावरण प्रस्तुत करती थीं, और दिन चढ़ते ही काली बदसूरत चुड़ैलों की तरह मुँह चिढ़ाने लगती थीं!

किसी ने धीरे से दरवाज़ा थपथपाया—मालूम होता था जैसे नवागन्तुक के हाथों की शक्ति छीन ली गयी हो।

"क्या मैं भीतर आ सकता हूँ?" किसी ने मरियल आवाज़ में पूछा, जैसे उसमें जीवन का स्पन्दन समाप्त हो चुका है—या जैसे कोई दूर सौ परदों के पीछे बोल रहा है।

वह एकाएक चौंक पड़ा। उसने इधर-उधर दृष्टि दौड़ायी, परन्तु अन्धकार के अतिरिक्त उसे कुछ दिखाई न दिया।

"क्या मैं भीतर आ सकता हूँ?" दर्दभरी आवाज़ फिर आयी, जिसमें निराशा और असफलता की भावनाएँ मिश्रित थीं।

"तुम कौन हो?" उसने मीठे-मीठे सपनों के टूट जाने पर झल्लाते हुए कहा।

"मैं बंगाल का भूखा किसान हूँ। मुझे भीतर आने दो।" नवागन्तुक ने उसी

स्वर में कहा।

"नहीं-नहीं, तेरे लिए इस कमरे में कोई जगह नहीं।" उसने घबराकर कहा, जैसे मृत्यु उसका दरवाज़ा खटखटा रही हो।

"मुझे भीतर आने दो। मैं तुमसे भीख नहीं माँगूँगा।" मुझे अपनी कहानी सुनाने दो। फिर मैं शान्तिपूर्वक मर सकूँगा। मेरी कहानी सुन लो, मुझे भीतर आने दो। अपनी कहानी सुनाने के बाद मैं तुम्हारे दरवाज़े पर दम तोड़ दूँगा, परन्तु तुम्हारे सामने हाथ नहीं फैलाऊँगा।" नवागन्तुक ने गिड़गिड़ाते हुए कहा।

"नहीं-नहीं, तुम भीतर नहीं आ सकते, तुम्हारी दुनिया इस कमरे से बाहर है। जाओ, लौट जाओ, अपने खेतों की ओर, अपने गाँव की ओर लौट जाओ—यहाँ से चले जाओ।"

उसकी आवाज़ तेज़ होती गयी और वह पागलों की भाँति चिल्लाने लगा।

"मेरे खेत बिक गये हैं। मेरे गाँव में कालाजार फैल गया है। मुझे भीतर आने दो—मुझे भीतर आने दो।"

नवागन्तुक ने फिर जोर से दरवाज़ा खटखटाना शुरू कर दिया लेकिन लोहे और लकड़ी का बना हुआ दरवाज़ा न टूट सका, उसकी मुट्ठियाँ घायल हो गयीं और वह उसकी चौखट से सिर टकरा-टकराकर मर गया। खिड़की की लोहे की छड़ों से एक छाया भीतर आकर कमरे की दीवारों पर हरकत करने लगी। मोमबत्ती की काँपती हुई रोशनी में छाया कभी दीवार पर फैल जाती और कभी सिमट जाती। दो आभाहीन नेत्र उसकी ओर चुभती हुई दृष्टि से घूर रहे थे।

"मैं मर नहीं सकता। मैं ज़िन्दा हूँ। तुम्हें मेरी कहानी सुननी ही पड़ेगी। मैं वह मनुष्य हूँ, जिसे तुम्हारी ऐनक के मोटे काँच देखने में असमर्थ हैं। मैं बंगाल का भूखा किसान हूँ। तुमने मेरे लिए अपने दरवाज़े बन्द कर रखे हैं—धरती के बेटे के लिए—इनसान के अन्नदाता के लिए। तुम मुझसे छिपकर नहीं बैठ सकते। मैं तुम्हें स्वप्न में भी चैन नहीं लेने दूँगा।"

छाया दीवार पर फैलती गयी और फिर धीरे-धीरे उसके शरीर ने सिमटते-सिमटते एक बिन्दु का आकार ले लिया।

इस दृश्य से घबराकर उसने तकिये में मुँह छिपा लिया।

"दरवाज़ा खोल दो, दरवाजा खोल दो।"

दरवाज़े पर ज़ोर-ज़ोर से घूँसों की वर्षा होने लगी। किवाड़ टूटने का ख़तरा महसूस करते हुए उसने पूछा, "तुम कौन हो?"

उसके मस्तिष्क में अभी पिछले दृश्य की स्मृति ताज़ा थी।

मारो, पकड़ो, मारो, हिन्दू है, मुसलमान है, अल्लाहो-अकबर और हर-हर महादेव के मिले-जुले शोर में नवागन्तुक की ध्वनि स्पष्ट सुनाई पड़ रही थी।

"मुझे बचाओ, मैं हिन्दू नहीं, मैं मुसलमान नहीं। मुझे अन्दर आने दो!" नवागन्तुक भयभीत होकर चिल्ला रहा था।

"नहीं-नहीं, तुम भीतर नहीं आ सकते। जाओ, जाओ, तुम वापस लौट जाओ। हिन्दू हो तो हिन्दुस्तान में चले जाओ, और मुसलमान हो तो पाकिस्तान में हिजरत कर जाओ। यह मेरा कमरा है, भिखमंगों का शरणागार नहीं।" उसने कठोरतापूर्वक उत्तर दिया।

"मेरी कहानी सुन लो। फिर बेशक मुझे धक्के देकर बाहर निकाल देना। लेकिन एक बार दरवाजा खोल दो।"

"खोल दो, मार दो, खोल दो" का शोर क्षण भर के लिए वातावरण में गूँजता रहा। फिर गोली के चलने के साथ ही भयानक चीख से कमरा गूँज उठा, दीवारें काँपने लगीं और सीढ़ियों पर से किसी के गिरने की आवाज़ सुनाई दी। मोमबत्ती का प्रकाश टिमटिमाने लगा, कभी अन्धकार और कभी धुँधली रोशनी फैलने और सिमटने लगी।

खिड़की की लोहे की छड़ों से एक छाया भीतर आकर मोमबत्ती के प्रकाश में दीवार पर लरजने लगी। छाया के शरीर से ख़ून की बूँदें इस तरह टपक रही थीं जैसे खून की वर्षा में भीगकर आ रहा हो।

"मैं मर नहीं सकता। तुमने मेरे लिए अपने दरवाजे बन्द कर रखे है। तुम गुंडों के छुरों से मेरी रक्षा नहीं कर सकते। तुम कभी भी चैन और शान्ति से नहीं रह सकते।"

बहुत देर तक छाया दीवार पर फिरती रही और उसने भयभीत होकर आँखें मूँद लीं। बाहर का शोर धीमा पड़ते-पड़ते खत्म हो गया, किन्तु उसकी आँखें अभी तक बन्द थीं ताकि उसे काँपती हुई छायाएँ दिखाई न पड़ें। मोमबत्ती की रोशनी कितनी ही धुँधली क्यों न हो, जब तक वह जलती रहेगी, यह छायाएँ दिखाई पड़ती रहेंगी।

छाया सिमटते-सिमटते एक बिन्दु बन गयी, दीवार पर केवल दो स्थिर बिन्दु थे, कमरे में मोमबत्ती की धुँधली रोशनी के अतिरिक्त पूर्ण अन्धकार था। उसका सिर चकराने लगा। वह कुछ सोच नहीं सकता था। वह कुछ अनुभव नहीं कर सकता था। उसकी विचार-शक्ति को जैसे साँप सूँघ गया था।

अपना मन बहलाने के लिए उसने तकिये के नीचे से नंगी तस्वीरों का अलबम निकाला। वह जब भी उदास होता था, इन तसवीरों को देखकर शान्ति पाता था।

नंगी तस्वीर की मांसल भुजाओं और सुडौल पिंडलियों पर से फिसलती हुई उसकी दृष्टि उभरी हुई छातियों पर फिरने लगी और वह नयी-नयी उपमाएँ सोचने

लगा। दूसरे ही क्षण में उसकी आँखों के सामने दोनों बिन्दु घूमने लगे। उसने डरते-डरते दीवार की ओर देखा। दोनों बिन्दु हरकत कर रहे थे।

घबराकर उसने फिर तस्वीर की ओर देखना आरम्भ किया। वह नंगी स्त्री की सुन्दर आँखें देख रहा था। वह सोचने लगा—कितना रस है इन आँखों में, आदमी संसार को भूलकर इनमें डूब सकता है।

दीवार पर चलते हुए दोनों बिन्दु आँखों की पुतलियाँ बन गये और नंगी औरत की तस्वीर जैसे बोल उठी, "मेरी नंगी तस्वीर देखकर तुम अपना मनोरंजन करते हो। अपनी सुनसान रातों को आबाद करना चाहते हो। मैं औरत हूँ--परन्तु आज मैं तुम्हारे समीप अपने रेशमी वस्त्र तार-तार करके नग्न खड़ी हूँ, इसलिए कि इस नग्नता के लिए मुझे एक पायली चावल मिला है! मैं दंगों में घायल कराहती हुई मनुष्य की आत्मा हूँ।"

नंगी तस्वीर की आँखें अन्दर को धँसने लगीं। उसके गाल पिचक गये। उसके शरीर का मांस सूख गया। पेट पीठ के साथ लग गया और वह हड्डियों का ढाँचा बनकर उसके सामने मृत्यु का भयानक नृत्य करने लगी।

दूसरे ही क्षण उसकी नंगी छातियों से ख़ून बहने लगा। उसके शरीर के प्रत्येक अंग से रक्त बह रहा था। दीवार पर दोनों बिन्दु ख़ून के धब्बे बन गये।

सामने मोमबत्ती अभी तक जल रही थी। पिघली हुई मोम उस पर आँसुओं की भाँति जम गयी थी...

जिन दृश्यों से भागकर वह अँधेरे कमरे में नंगी तस्वीर के सौन्दर्य में अपने आपको तल्लीन कर देना चाहता था, वही दृश्य उसका मुँह चिढ़ाने लगे। उसने घबराकर तस्वीर को फेंक दिया। तस्वीर मोमबत्ती से टकराकर राख हो गयी। मोमबत्ती मेज से लुढ़ककर फर्श पर गिरकर बुझ गयी।

कमरे में घोर अँधेरा फैल गया।

बाहर भी अँधेरा था और भीतर भी। अन्धकार अपने काले पंख फैलाये चारों ओर मँडरा रहा था।

अपरिमित जन-समूह का अनन्त प्रवाह, हाथों में मशालें लिए, अँधेरी रात की छाती को चीरता हुआ, उसके दरवाज़े को थपथपाकर आगे बढ़ गया।

*(हिन्दी कहानी)*

# जन्मभूमि

## देवेन्द्र सत्यार्थी

### एक

गाड़ी हरबंसपुरा के स्टेशन पर खड़ी थी। इसे यहाँ रुके पचास घंटे से ऊपर हो चुके थे। पानी का भाव पाँच रुपये गिलास से एकदम पचास रुपये गिलास तक चढ़ गया, और पचास रुपये गिलास के हिसाब से पानी खरीदते समय लोगों को बड़ी नरमी से बात करनी पड़ती थी। वे डरते थे कि पानी का भाव और न चढ़ जाये। कुछ लोग अपने दिल को तसल्ली दे रहे थे कि जो इधर हिन्दुओं पर बीत रही है वही उधर मुसलमानों पर भी बीत रही होगी, उन्हें भी पानी इससे सस्ते भाव पर नहीं मिल रहा होग, उन्हें भी नानी याद आ रही होगी।

प्लेटफार्म पर खड़े-खड़े मिलिटरी वाले भी तंग आ चुके थे। ये लोग सवारियों को हिफ़ाज़त से नये देश में ले जाने के लिए ज़िम्मेवार थे। पर उनके लिए पानी कहाँ से लाते? उनका अपना राशन भी कम था। फिर भी बचे-खुचे बिस्कुट और मूँगफली के दाने डिब्बों में बाँटकर उन्होंने हमदर्दी जताने में कोई कसर नहीं उठा रखी थी। इस पर सवारियों में छीना-झपटी देखकर उन्हें आश्चर्य होता और वे बिना कुछ कहे-सुने परे को घूम जाते।

जैसे सवारियों के मन में यमदूतों की कल्पना उभर रही हो, और जन्म-जन्म के पाप उनकी आँखों के सामने नाच रहे हों। जैसे जन्मभूमि से प्रेम करना ही उनका सबसे बड़ा दोष हो। इसीलिए तो वे जन्मभूमि को छोड़कर भाग निकले थे। कहकहे और हँसी-ठठोले जन्मभूमि ने अपने पास रखे लिए थे। गोरी स्त्रियों के चेहरों पर जैसे किसी ने काले-नीले धब्बे डाल दिये हों। अभी तक उन्हें अपने सिरों पर चमकती हुई छुरियाँ लटकती महसूस होती थीं। युवतियों के कानों में गोलियों की सनसनाहट गूँज उठती, और वे काँप-काँप जातीं। उनकी कल्पना में विवाह के गीत बलवाइयों के नारों और मारधाड़ के शोर में हमेशा के लिए दब गये थे। पायल की झंकार घायल हो गयी थी। उनके गालों की लालिमा मटमैली होती चली गयी।

जीवन का संगीत मृत्यु की खाइयों में भटककर रह गया। कहकहे शोक में डूब गये और हँसी-ठठोलों पर मानो श्मशान की राख उड़ने लगी। पाँच दिन की यात्रा में सभी के चेहरों की रौनक खत्म हो गयी थी।

यह सब क्यों हुआ, कैसे हुआ? इस पर विचार करने की किसे फुरसत थी? यह सब कैसे हुआ कि लोग अपनी ही जन्मभूमि में बेगाने हो गये? हर चेहरे पर खौफ था, त्रास था। बहुतों को इतना इतमीनान ज़रूर था कि जान पर आ बनने के बाद वे भाग निकलने में सफल हो गये। एक ही धरती का अन्न खाने वाले लोग कैसे एक-दूसरे के ख़ून से हाथ रँगने लगे? यह सब क्यों हुआ, कैसे हुआ?

नये देश की कल्पना उन्हें इस गाड़ी में ले आयी थी। अब यह गाड़ी आगे क्यों नहीं बढ़ती? सुनने में तो यहाँ तक आया था कि स्टेशन पर बलवाइयों ने गाड़ी की पूरी-की-पूरी सवारियों के खून से हाथ रंग लिए थे। पर अब हालत काबू में थी। यद्यपि कुछ लोग पचास रुपये गिलास के हिसाब से पानी बेचनेवालों को बदमाश बलवाइयों के शरीफ़ भाई मानने के लिए तैयार न थे। नये देश में ये सब मुसीबतें तो न होंगी। वहाँ सब एक-दूसरे पर भरोसा कर सकेंगे। पर जब प्यास के मारे ओठ सूखने लगते और गले में प्यास के मारे साँस अटकने लगती तो वे तड़पकर रह जाते।

इनमें ऐसे लोग भी थे, जिनके घर जला दिये गये। वे बिलकुल खामोश थे। जैसे उनके दिल बुझ गये हों, दिमाग बुझ गये हों। कुछ ऐसे भी थे, जिनकी हालत पर झट यह कहा जा सकता था कि न आषाढ़ में हरे न सावन में सूखे।

जन्मभूमि में हाथ हमेशा खाली रहे। अब नये देश में भी कौन-से उनके हाथ भर जाएँगे? वे बढ़-बढ़कर बातें करने लगते। सौ से छूटते ही उनके बोल लाखों पर आकर रुकते। पर प्यास के मारे उनका बुरा हाल था।

खचाखच भरे हुए डिब्बे पर आलुओं की बोरी का गुमान होता था। एक अधेड़ आयु की स्त्री जो बहुत दिनों से बीमार थी, एक कोने में बैठी थी। उसके तीन बच्चे थे। एक लड़की सात बरस की थी, एक पाँच बरस की, और तीसरा बच्चा अभी दूध पीता था। यह गोद का बच्चा ही उसे बुरी तरह परेशान कर रहा था। कभी-कभी तंग आकर वह उसका मुँह झटक देती। इस स्त्री का पति कई बार बच्चे को अपनी बाँहों में थामकर खड़ा हो जाता और अपनी पत्नी की आँखों में झाँककर यह कहना चाहता कि यह तीसरा बच्चा पैदा ही न हुआ होता तो बहुत अच्छा होता।

बच्चे को अपनी गोद में लेते हुए बीमार स्त्री का पति कह उठा, ''तुम घबराओ मत। तुम ठीक हो जाओगी। बस अब थोड़ा-सा फासला और रहता है।''

बीमार स्त्री खामोश बैठी रही। शायद वह कहना चाहती थी कि यदि गाड़ी

और रुकी रही तो बलवाई आ पहुँचेंगे और ये गिनती के मिलिटरी वाले भला कैसे हमारी जान बचा सकेंगे। जैसे ये सब सवारियाँ लाशें हों और गिद्ध इनकी बू सूँघ सकते हों।

पास से किसी ने पूछ लिया, "बहिनजी को क्या कष्ट है?"

"उस गाँव में कोई डाक्टर न था जहाँ मैं पढ़ाता था।" बीमार स्त्री का पति कह उठा।

"तो आप स्कूल मास्टर हैं?"

"यह कहिए कि स्कूल मास्टर था," बीमार स्त्री के पति ने एक लम्बी आह भरते हुए कहा, "अब भगवान जाने नये देश में हम पर क्या बीतेगी।"

## दो

वह अपने मन को समझाता रहा। ज़रा गाड़ी चले तो सही। वे बहुत जल्द अपने राज्य में पहुँचने वाले हैं। वहाँ डाक्टरों की कमी न होगी। कहीं-न-कहीं उसे स्कूल मास्टर की जगह मिल ही जाएगी। उसकी आमदनी पहले से बढ़ जाएगी। वह अपनी पत्नी से कहना चाहता था कि जो चीज जन्मभूमि में आज तक नहीं मिल सकी, अब नये देश और जनता के राज्य में उसकी कुछ कमी न होगी।

बड़ी लड़की कान्ता ने बीमार माँ के समीप सरककर पूछा, "माँ, गाड़ी कब चलेगी?"

छोटी लड़की शान्ता खिड़की के बाहर झाँक रही थी।

कान्ता और शान्ता का भैया ललित पिता की बाँहों में बराबर रोये जा रहा था।

स्कूल मास्टर को अपने स्कूल का ध्यान आ गया, जहाँ वह पिछले दस बरस से हेडमास्टर था। टैक्सला के समीप के इस गाँव को शुरू-शुरू में यह स्वीकार न था कि वहाँ स्कूल ठहर सके। उसने बड़े प्रेम से लोगों को समझाया था कि यह गाँव टैक्सला से दूर नहीं—टैक्सला जिसका प्राचीन नाम तक्षशिला है और जहाँ एशिया का सबसे बड़ा विश्वविद्यालय था और जहाँ दूर-दूर के देशों के विद्यार्थी शिक्षा पाने आया करते थे। यह विचार आते ही उसकी कल्पना को झटका-सा लगा क्योंकि इस युग के लोगों ने एक-दूसरे के खून से हाथ रँगने की कसमें खायीं और अत्याचार की ये घटनाएँ ढोलों और शहनाइयों के संगीत के साथ-साथ हुईं। शिक्षित लोग भी बलवाइयों के संग-संगाती बनते चले गये। शायद उन्हें भूलकर भी खयाल न आया कि अभी तो प्राचीन तक्षशिला की खुदाई के बाद हाथ आने वाले मूर्ति-कला के बहुमूल्य नमूने भी बराबर अपना सन्देश सुनाए जा रहे थे। यह कैसी जन्मभूमि थी? इस जन्मभूमि पर किसे गर्व हो सकता था, जहाँ क़त्लेआम के लिए ढोल और शइनाइयाँ बजाना जरूरी समझा गया।

इतिहास पढ़ाते समय उसने अनेक बार विद्यार्थियों को बताया कि यही वह उनकी जन्मभूमि है, जहाँ कभी कनिष्क का राज्य था, जहाँ अहिंसा का मन्त्र फूँका गया था, जहाँ भिक्षुओं ने त्याग, शान्ति और निर्वाण के उपदेश दिये और अनेक बार गौतम बुद्ध के बताये हुए मार्ग की ओर उँगली उठायी। आज उसी धरती पर घर जलाये जा रहे थे, और शायद ढलती बर्फों के शीतल जल से भरपूर नदियों के साथ-साथ गरम-गरम ख़ून की नदी बहाने का मनसूबा बाँधा जा रहा था।

डिब्बे में बैठे हुए लोगों के कन्धे झिंझोड़-झिंझोड़कर वह कहना चाहता था कि गौतम बुद्ध को संसार में बार-बार आने की आवश्यकता नहीं। अब गौतम बुद्ध कभी जन्म नहीं लेगा, क्योंकि उसकी अहिंसा का सदा के लिए अन्त हो गया। अब लोग निर्वाण नहीं चाहते। उन्हें दूसरों की आबरू उतारने में आनन्द आता है।

अब तो नग्न स्त्रियों और युवतियों के जुलूस निकालने की बात किसी के टाले टल नहीं सकती। आज जन्मभूमि अपनी सन्तानों की लाशों से पटी पड़ी है। अब यह इनसान के मांस और रक्त की सड़ाँध कभी खत्म नहीं होगी।

नन्हा ललित रो-रोकर सो गया था। कान्ता और शान्ता बराबर सहमी-सहमी निगाहों से कभी माँ की तरफ और कभी खिड़की के बाहर देखने लगती थीं। एक-दो बार उनकी निगाह ललित की तरफ भी उठ गयी। वे चाहती थीं कि थोड़ी देर और उनका पिता ललित को उठाये खड़ा रहे। क्योंकि उसकी जगह उन्हें आराम से टाँगें फैलाने का अवसर मिल गया था।

शान्ता ने कान्ता के बाल नोंच डाले और कान्ता रोने लगी। पास से माँ ने शान्ता के चपत दे मारी, और इस पर शान्ता भी रोने लगी। उधर ललित भी जाग उठा और वह बेसुरे अन्दाज़ से रोने-चीखने लगा।

स्कूल मास्टर के विचारों का क्रम टूट गया। प्राचीन तक्षशिला के विश्वविद्यालय और भिक्षुओं के उपदेश से हटकर वह यह कहने के लिए तैयार हो गया कि कौन कहता है कि इस देश में कभी गौतम बुद्ध का जन्म हुआ था। वह कान्ता और शान्ता से कहना चाहता था कि रोने से कुछ लाभ नहीं। नन्हा ललित तो बेसमझ है और इसलिए बार-बार रोने लगता है, तुम तो समझदार हो। तुम्हें तो बिलकुल नहीं रोना चाहिए। क्योंकि यदि तुम इसी तरह रोती रहोगी तो बताओ तुम्हारे चेहरों पर कमल के फूल कैसे खिल सकते हैं? पास से किसी की आवाज़ आयी, ''यह सब फिरंगी की चाल है। जिस बस्तियों ने बड़े-बड़े हमलावरों के हमले बरदाश्त किये, अनगिनत सदियों से अपनी जगह पर कायम रहीं, आज वे भी लुट गयीं।''

''ऐसे-ऐसे कत्लेआम तो उन हमलावरों ने भी न किये होंगे। हमारे स्कूलों में झूठा और मनगढ़न्त इतिहास पढ़ाया जाता रहा है!'' एक और मुसाफिर ने ज्ञान बघारा।

स्कूल मास्टर ने चौंककर उस मुसाफिर की तरफ देखा। वह कहना चाहता था कि तुम सच कहते हो। मुझे मालूम न था। नहीं तो मैं कभी इस झूठे मनगढ़न्त इतिहास का समर्थन न करता। वह यह भी कहना चाहता था कि इसमें उसका तो कोई दोष नहीं। क्योंकि सभ्यता के चेहरे से सुन्दर खोल साँप की केंचुली की तरह अभी-अभी उतरा है, और अभी-अभी मालूम हुआ है कि मानव ने कुछ भी उन्नति नहीं की, बल्कि यह कहना होगा कि उसने पतन की तरफ ही बड़े वेग से पग बढ़ाये हैं।

"जिन्होंने बलवाइयों और हत्यारों का साथ दिया और मानवता की परम्परा का अपमान किया," स्कूल मास्टर ने साहस दिखाते हुए कहा, "जिन्होंने नग्न स्त्रियों और युवतियों के जुलूस निकाले, जिन्होंने अपनी इन माताओं और बहनों की आबरू पर हाथ डाला, जिन्होंने माताओं के दूध-भरे स्तन काट डाले और जिन्होंने बच्चों की लाशों को नेज़ों पर उछाल कर कहकहे लगाये, उनकी आत्माएँ सदा अपवित्र रहेंगी। और फिर यह सब कुछ यहाँ भी हुआ और वहाँ भी, जन्मभूमि में भी और नये देश में भी!"

इसके उत्तर में सामने वाला मुसाफ़िर चुप बैठा रहा। उसकी ख़ामोशी ही उसका उत्तर था। शायद वह कहना चाहता था कि इन बातों से क्या लाभ। ऊपर से उसने इतना ही कहा, "हमें यह कैसी आज़ादी मिली है?"

## तीन

कान्ता और शान्ता के आँसू थम गये थे। ललित भी कुछ क्षणों के लिये खामोश हो गया। स्कूल मास्टर की निगाहें अपनी बीमार पत्नी की ओर गयीं, जो खिड़की के बाहर देख रही थी। शायद वह पूछना चाहती थी कि जन्मभूमि छोड़ने पर हम क्यों मजबूर हुए। या क्या यह गाड़ी यहाँ इसीलिए रुक गयी है कि हमें फिर से अपने गाँव लौट चलने का विचार आ जाये।

स्कूल मास्टर के होंठ बुरी तरह सूख रहे थे। उसका गला बुरी तरह खुश्क हो चुका था। उसे यह महसूस हो रहा था कि कोई उसकी आत्मा में काँटे चुभे रहा है। एक हाथ सामने वाले मुसाफिर के कन्धे पर रखते हुए वह बोला—

"सरदार जी, बताओ तो सही कि कल का इनसान उस अन्न को भला कैसे अपना भोजन बनाएगा, जिसका जन्म उस धरती की कोख से होगा, जिसे अनगिनत मासूम बेगुनाहों की लाशों की खाद प्राप्त हुई?"

सरदार जी का चेहरा तमतमा उठा। जैसे वह ऐसे विचित्र प्रश्न के लिए तैयार न हों। किसी कदर सँभकर उसने भी प्रश्न कर डाला, "आप बताओ, इसमें धरती

का क्या दोष है?''

''हाँ-हाँ—इसमें धरती का क्या दोष है?'' स्कूल मास्टर कह उठा, ''धरती को तो खाद चाहिए। फिर वह कहीं से भी क्यों न मिले।''

सरदार जी प्लेटफार्म की ओर देखने लगे। बोले, ''यह गाड़ी भी अजीब ढीठ है, चलती ही नहीं। बलवाई जाने कब आ जाएँ!''

स्कूल मास्टर के मन में अनगिनत लाशों का दृश्य घूम गया, जिनके बीचोबीच बच्चे रेंग रहे हों। वह इन बच्चों के भविष्य पर विचार करने लगा। यह कैसी नयी पौध है? वह पूछना चाहता था। यह नयी पौध भी कैसी सिद्ध होगी? उसे उन अनगिनत युवतियों का ध्यान आया, जिनकी इज़्ज़त पर हाथ डाला गया था। पुरुष की दहशत के सिवा इन युवतियों की कल्पना में और क्या उभर सकता है? उनके लिए निश्चत ही यह आजादी बरबादी बनकर आयी। वे निश्चय ही आज़ादी के नाम पर थूकने से भी नहीं कतराएँगी। उसे उन कन्याओं का ध्यान आया, जो अब माताएँ बननेवाली थीं। ये कैसी माताएँ बनेंगी? वह पूछना चाहता था। ये घृणा के बीज भला क्या फल लाएँगे? उसने सोचा, इस प्रश्न का उत्तर किसी के पास न होगा। वह डिब्बे में एक-एक व्यक्ति का कन्धा झिंझोड़कर कहना चाहता था कि मेरे इस प्रश्न का उत्तर दो। नहीं तो यदि यह गाड़ी पचास-पचपन घंटों तक रुकने के पश्चात् आगे चलने के लिए तैयार भी होगी तो मैं जंजीर खींचकर गाड़ी को रोक लूँगा।

''क्या यह गाड़ी अब आगे नहीं जाएगी, हे भगवान्?'' बीमार स्त्री ने अपने चेहरे से मक्खियाँ उड़ाते हुए पूछ लिया।

''निराश होने की क्या जरूरत है? गाड़ी आखिर चलेगी ही।'' स्कूल मास्टर कह उठा।

स्कूल मास्टर खिड़की से सिर निकालकर बाहर की ओर देखने लगा। एक-दो बार उसका हाथ जेब की तरफ बढ़ा अन्दर गया और फिर बाहर आ गया। इतना महँगा पानी खरीदने का उसे साहस न हुआ। जाने क्या सोचकर उसने कहा, ''गाड़ी अभी चल पड़े तो नये देश की सीमा में घुसते उसे देर न लगेगी। फिर पानी की कुछ कमी न होगी। ये कष्ट के क्षण बहुत शीघ्र बीत जाएँगे।''

## चार

कन्धे पर पड़ी हुई फटी-पुरानी चादर को वह बार-बार सँभालता था। इसे वह अपनी जन्मभूमि से बचाकर लाया था। बलवाइयों के अचानक गाँव में आ जाने के कारण वह कुछ भी तो नहीं निकाल सका था। बड़ कठिनाई से वह अपनी बीमार पत्नी और बच्चों के साथ भाग निकला था। अब इस चादर पर उँगलियाँ घुमाते हुए

उसे गाँव का जीवन याद आने लगा। एक-एक घटना मानो एक-एक तार थी और इन्हीं तारों की सहायता से समय के जुलाहे ने जीवन की चादर बुन डाली थी। इसी चादर पर उँगलियाँ घुमाते हुए उसे मानो उस मिट्टी की सुगन्ध आने लगी, जिसे वह वर्षों से सूँघता आया था। जैसे किसी ने उसे जन्मभूमि की कोख से ज़बरदस्ती उखाड़कर इतनी दूर फेंक दिया। जाने अब गाड़ी कब चलेगी?

अब यह जन्मभूमि नहीं रह गयी। देश का बँटवारा हो गया। अच्छा चाहे बुरा। जो होना था सो हो गया। अब देश के बँटवारे को झुठलाना सहज नहीं। पर क्या जीवन का बँटवारा भी हो गया?

अपनी बीमार पत्नी के समीप झुककर वह उसे दिलासा देने लगा, "इतनी चिन्ता नहीं किया करते। नये देश में पहुँचने भर की देर है। एक अच्छे से डाक्टर से तुम्हारा इलाज कराएँगे। मैं फिर किसी स्कूल में पढ़ाने लगूँगा। तुम्हारे लिए फिर से सोने की बालियाँ घड़ा दूँगा।" कोई और समय होता तो वह अपनी पत्नी से उलझ जाता कि भागते समय इतना भी न हुआ कि चुड़ैल अपनी सोने की बालियाँ ही उठा लाती। बल्कि वह उस कजलौटी तक के लिए झगड़ा खड़ाकर देता, जिसे वह दर्पण के समीप छोड़ आयी थी—कजलौटी, जिसकी सहायता से वह इस अधेड़ आयु में भी कभी-कभी आँखों में बीते सपनों की याद जाता कर लेती थी।

कान्ता ने झुककर शान्ता की आँखों में कुछ देखने का प्रयास किया। जैसे वह पूछना चाहती हो कि बताओ पगली, हम कहाँ जा रहे हैं।

"मेरा झुनझुना?" शान्ता ने पूछ लिया।

"मेरी गुड़िया!" कान्ता बोली।

"यहाँ न झुनझुना है, न गुड़िया!" स्कूल मास्टर ने अपनी आँसू-भरी आँखों से अपनी बच्चियों की ओर देखते हुए कहा, "मेरी बेटियो! झुनझुने बहुतेरे, गुड़ियाँ बहुतेरी, नये देश में हर चीज मिलेगी।"

पर रह-रहकर उसका मन पीछे की तरफ मुड़ने लगता। यह कैसा आकर्षण है? यह जन्मभूमि पीछे रह गयी। अब नया देश समीप है। गाड़ी चलने भर की देर है। उसने झुँझलाकर इधर-उधर देखा। जैसे वह डिब्बे में बैठे हुए एक-एक व्यक्ति से पूछना चाहता हो कि बताओ गाड़ी कब चलेगी।

"जन्मभूमि हमेशा के लिए छूट रही है!" उसने अपने कन्धों पर पड़ी हुई चादर को बायें हाथ की उँगलियों से सहलाते हुए कहना चाहा। जैसे इस चादर के भी कान हों, और वह सब सुन सकती हो। खिड़की से सिर निकालकर उसने पीछे की तरफ देखा और उसे यों लगा जैसे जन्मभूमि अपनी बाँहें फैलाकर उसे बुला रही हो। जैसे वह कह रही हो कि मुझे यों छोड़कर चले जाओगे, मेरा आशीर्वाद तो

तुम्हारे लिए हमेशा था और हमेशा रहेगा!

स्कूल मास्टर की बीमार पत्नी ने नन्हे ललित से समझौता कर लिया था। इस दूध की एक-एक बूँद पर पचासों रुपये निछावर किए जा सकते थे। यह दूध पचास रुपये गिलास के हिसाब से बिकने वाले दूध से अवश्य महँगा था।

चादर पर दायें हाथ की उँगलियाँ फेरते हुए स्कूल मास्टर को जन्मभूमि की धरती का ध्यान आ गया, जो शताब्दियों से रुई की खेती के लिए विख्यात थी।

उसकी कल्पना में कपास के दूर तक फैले हुए खेत उभरे। यह इसी कपास का जादू ही तो था कि जन्मभूमि रुई के अनगिनत ढेरों पर गर्व कर सकती थी।

जन्मभूमि में रुई से कैसे-कैसे बारीक तार निकाले जाते थे। घर-घर चरखे चलते थे। सजीव चरखा कातने वालियों की रंगीली महफिलें—वे 'त्रिंजन'! वह बढ़-बढ़कर सूत कातने की होड़! वे सूत की अंटियाँ तैयार करने वाले हाथ! वे जुलाहे जो परम्परागत कथाओं में मूर्ख समझे जाते थे, पर जिनकी उँगलियों को महीन-से-महीन कपड़ा बुनने की कला आती थी। जैसे जन्मभूमि पुकार-पुकारकर कह रही हो—तुम कद के लम्बे हो और शरीर के गठे हुए। तुम्हारे हाथ-पाँव मज़बूत हैं। तुम्हारा सीना कितना चौड़ा है। तुम्हारे जबड़े इतने सख़्त हैं कि पत्थर तक चबा जाओ। यह सब मेरे कारण ही तो है। देखो, तुम मुझे छोड़कर मत जाओ...स्कूल मास्टर ने झट खिड़की के बाहर देखना बन्द कर दिया और उसकी आँखें अपनी बीमार पत्नी के चेहरे पर जम गयीं।

## पाँच

वह कहना चाहता था कि मुझे वे दिन अभी तक याद हैं, ललित की माँ, जब तुम्हारी आँखें काजल के बिना ही काली-काली और बड़ी-बड़ी नज़र आया करती थीं। मुझे याद हैं वे दिन, जब तुम्हारे शरीर में हिरनी की-सी मस्ती थी। उन दिनों तुम्हारे चेहरे पर चाँद की चाँदनी थी, सितारों की चमक थी। मुस्कान, हँसी, कहकहा—तुम्हारे चेहरे पर खुशी के तीनों रंग थिरक उठते थे। तुम पर जन्मभूमि कितनी दयालु थी। तुम्हारे सिर पर वे काले घुँघराले केश! उन सावन के काले-काले मेघों को अपने कन्धों पर सँभाले तुम मटक-मटक कर चला करती थीं—गाँव की गलियों में, और पगडंडियों पर! घुर-घुर धाँ-भाँ—जैसे मटकी में गिरते समय ताजा दुहे जाने वाला दूध बोल उठे। स्कूल मास्टर को यों लगा, जैसे अभी बहुत कुछ बाकी हो।

जैसे वह वर्षों के घूमते हुए भँवर में चमकती हुई किरन के दिल की बात भाँपकर कह सकता हो कि बीते सपने कल्पना के कला-भवन में सदैव थिरकते

रहेंगे। जैसे वह ताक में पड़ी सुराही से कह सकती हो—ओ सुराही, तेरी गरदन टेढ़ी है, भला मैं वे दिन कैसे भूल सकता हूँ जब तुम नयी-नयी इस घर में आयी थी।

वह चाहता था कि गाड़ी जल्द-से-जल्द नये देश की सीमा में प्रवेश कर जाये। फिर उसके सब कष्ट मिट जाएँगे। पत्नी का इलाज भी हो सकेगा। जन्मभूमि पीछे रह जाने के विचार से कुछ उलझन-सी अवश्य महसूस हुई। पर उसने तुरन्त अपने मन को समझा लिया। वह यह प्रयास करने लगा कि नये देश में जन्मभूमि की कल्पना कायम कर सके। आखिर एक गाँव को तो जन्मभूमि नहीं कहते—जन्मभूमि तो बहुत विशाल है, बहुत महान् है। उसकी महिमा का गान तो देवता भी पूरी तरह नहीं कर सकते। जिधर से गाड़ी यहाँ तक आयी थी, और जिधर गाड़ी को जाना था, दोनों तरफ एक-जैसी भूमि दूर तक चली गयी थी। उसे विचार आया कि भूमि तो सब जगह एक-जैसी है। जन्मभूमि और नये देश की भूमि में बहुत अधिक अन्तर तो नहीं हो सकता। वह चाहता था कि जन्मभूमि की वास्तविक कल्पना कायम करे। पौ फटने से पहले का दृश्य—दूर तक फैला हुआ क्षितिज—किनारे-किनारे पहाड़ियों की झालर—आकाश पर बगलों की पंक्ति खुली कैंची के रूप में उड़ती हुई—पूरब की ओर उषा का उजाला!...

धरती ऐसी जैसी किसी युवती की गरदन के नीचे ऊँची घाटियों के बीचोबीच ताजा श्वेत मक्खन दूर तक फैला हुआ हो। वह चिल्लाकर कहना चाहता था कि जन्मभूमि का यह दृश्य नये देश में भी जरूर नज़र आएगा। अपने कन्धों पर पड़ी हुई चादर को वह दायें हाथ की उँगलियों से सहलाने लगा।

जैसे वह इस चादर के मुख से अपना समर्थन चाहता हो। लटकती डालियाँ, महकती कलियाँ, इन्द्रधनुष के रंग, आकाश-गंगा का दूधिया-सौन्दर्य, युवतियों के कहकहे, नव कुलवधुओं की लाज—जन्मभूमि का रूप इन्हीं पर कायम था।

अपने खमीर पर, अपनी तासीर पर जन्मभूमि मुसकराती आयी है और मुसकराती रहेगी। वह कहना चाहता था कि नये देश में भी जन्मभूमि का रूप किसी से कम थोड़ी होगा, वहाँ भी गेहूँ के खेत दूर तक फैले हुए नज़र आएँगे।

जन्मभूमि का यह दृश्य नये देश में भी उसके साथ-साथ जाएगा, उसे विश्वास था।

उसके बायें हाथ की अँगुलियाँ बराबर कन्धे पर पड़ी हुई फटी-पुरानी और मैली चादर से खेलती रहीं। जैसे ले-देकर आज यही चादर जन्मभूमि की प्रतीक बन गयी हो।

"फिरंगी ने देश का नक्शा बदल डाला," सरदारजी कह रहे थे, पास से कोई

बोला, ''यह उसकी पुरानी चाल।''

एक बुढ़िया ने कहा, ''फिरंगी तो बहुत दिनों से इस देश में बस गया था। मैं न कहती थी कि हम बुरा कर रहे हैं जो फिरंगी को उनके बंगलों से निकालने की सोच रहे हैं? मैं न कहती थी कि फिरंगी का सराप लगेगा?''

दूसरी बुढ़िया बोली, ''यह सब फिरंगी का सराप ही तो है, बहिन जी!''

स्कूल मास्टर को पहली बुढ़िया पर बहुत क्रोध आया। उसकी आवाज़ में जन्मभूमि के सन्देह बोल उठे, उसने सोचा। दूसरी बुढ़िया उससे भी कहीं अधिक मूर्ख थी जो बिना सोचे हाँ में हाँ मिलाये जा रही थी।

परे कोने में एक कन्या चीथड़ों में लिपटी हुई बैठी थी। जैसे उसकी सहमी-सहमी निगाहें इस डिब्बे के प्रत्येक यात्री से पूछना चाहती हों—क्या ये मेरे आखिरी घाव हैं? उसके बायीं तरफ उसकी माँ बैठी थी, जो शायद फिरंगी से कहना चाहती थी कि मेरी गुलामी मुझे लौटा दो, क्योंकि गुलामी में मेरी बिटिया की आबरू नहीं लुटी थी।

डिब्बे में बैठे हुए जो लोग भीड़ के कारण बेहद भिंचे हुए थे, उनकी आँखों में भय की यह दशा थी कि वे प्रतिक्षण बड़े वेग से बुड्ढे हो रहे थे। सरदारजी बोले, ''इतनी लूट तो बाहर से आने वाले हमलावरों ने भी न की होगी।''

पास से किसी ने कहा, ''इतना सोना लूट लिया गया कि सौ-सौ पीढ़ियों तक खत्म नहीं होगा।''

''लूट का सोना ज्यादा दिन नहीं ठहरता।'' एक और यात्री बोल उठा।

सरदारजी का चेहरा तमतमा उठा। बोले, ''पुलिस के सिपाही भी तो सोना लूटने वालों के साथ रहते थे। पर लूट का सोना पुलिस के सिपाहियों के पास भी कितने दिन ठहरेगा? आज भी दुनिया सतगुरु नानक देव जी महाराज की आज्ञा पर चले तो शान्ति हो सकती है।''

## छह

छप्पन, सत्तावन, अट्ठावन—इतने घंटों से गाड़ी हरबंसपुरा के स्टेशन पर रुकी खड़ी थी। अब तो प्लेटफार्म पर खड़े-खड़े मिलिटरी वालों के तने हुए शरीर भी ढीले पड़ गये थे। किसी में इतनी हिम्मत न थी कि डिब्बे से नीचे जाकर देखे कि आखिर गाड़ी रुकने का कारण क्या है। डिब्बे में हर किसी का दम घुटा जा रहा था, और हर कोई चाहता था कि और नहीं तो इस डिब्बे से निकलकर किसी दूसरे डिब्बे में कोई अच्छी-सी जगह ढूँढ़ ले। पर यह डर भी तो था कि कहीं यह न हो कि न इधर के रहें न उधर के और गाड़ी चल पड़े।

“फिरंगी का सराप खत्म होने पर ही चलेगी गाड़ी!” बुढ़िया बोली।

“सच है, बहिन जी!” दूसरी बुढ़िया कह उठीं।

स्कूल मास्टर ने उड़ने वाले पक्षी के समान बाँहें हवा में उछालते हुए कहा, “फिरंगी को दोष देते रहने से तो न जन्मभूमि का भला होगा न नये देश का।”

पहली बुढ़िया ने रूखी हँसी हँसते हुए कहा, “फिरंगी चाहे तो गाड़ी अभी चल पड़े।”

कान्ता ने खिड़की सो झाँककर दूसरे डिब्बे की खिड़की में किसी को पानी पीते देख लिया था। वह भी पानी के लिए मचलने लगी। उसकी बीमार माँ ने कराहती हुई आवाज़ में कहा, “पानी का तो अकाल पड़ रहा है, बिटिया!”

अब शान्ता भी पानी की रट लगाने लगी। सरदारजी ने जेब में हाथ डाल कर कुछ नोट निकाले और पाँच-पाँच रुपये के पाँच नोट स्कूल मास्टर की तरफ बढ़ाते हुए कहा, “इससे आधा गिलास पानी ले लिया जाए।”

स्कूल मास्टर ने झिझकते हाथों से नोट स्वीकार किये। आधा गिलास पानी की कल्पना से उसकी आँखें चमक उठीं। खाली गिलास उठाकर वह पानी की तलाश में नीचे प्लेटफार्म पर उतर गया। अब 'हिन्दू पानी!' और 'मुस्लिम पानी!' का भेद नहीं रह गया था। बड़ी कठिनाई से एक व्यक्ति के पास पानी नज़र आया।

बावन रुपये गिलास के हिसाब से पच्चीस रुपये का पानी आधे गिलास से कुछ कम ही आना चाहिए था। पानी बेचने वाले ने पेशगी रुपये वसूल कर लिए और बड़ी मुश्किल से एक-तिहाई गिलास पानी दिया।

डिब्बे में आकर सरदारजी के गिलास में थोड़ा पानी उड़ेलते समय जल्दी में कोई एक घूँट पानी फर्श पर गिर गया। झट से पानी का गिलास कान्ता के मुँह पर थमाते हुए उसने कहा, “पी ले बेटा!” उधर से शान्ता ने हाथ बढ़ाये।

स्कूल मास्टर ने कान्ता के मुँह से गिलास हटाकर उसे शान्ता के मुँह पर थमा दिया।

फिर काँपते हाथों से यह गिलास उसने अपनी बीमार पत्नी के होंठों की तरफ बढ़ाया जिसने आँखों-ही-आँखों में अपने पति से कहा कि पहले आप भी अपने होंठ गीले कर लेते। पर पति इसके लिए तैयार न था।

कान्ता और शान्ता ने मिलकर जोर से गिलास पर हाथ मारे। बीमार माँ के कमजोर हाथों से छूटकर गिलाश फर्श पर गिर पड़ा। स्कूल मास्टर ने झट लपककर गिलास उठा लिया। बड़ी मुश्किल से इसमें एक घूँट पानी बच पाया था। यह एक घूँट पानी उसने झट अपने गले में उँड़ेल लिया।

सरदारजी कह रहे थे, “इतना कुछ होने पर भी इनसान ज़िन्दा है और ज़िन्दा रहेगा।”

स्कूल मास्टर कह उठा, ''इनसानियत जन्मभूमि का सबसे बड़ा वरदान है। जैसे एक पौधे को एक स्थान से उठाकर दूसरे स्थान पर लगाया जाता है, ऐसे ही हम नये देश से जन्मभूमि का पौधा लगाएँगे। हमें इसकी देखभाल करनी पड़ेगी और इस पौधे को नयी ज़मीन में जड़ पकड़ते कुछ समय अवश्य लगेगा।''

यह कहना कठिन था कि बीमार औरत के गले में कितने घूँट पानी गुज़रा होगा। पर इतना तो प्रत्यक्ष था कि पानी पीने के बाद उसकी अवस्था और भी डावाँडोल हो गयी। अब उसमें इतनी शक्ति न थी कि बैठी रह सके। सरदारजी ने न जाने क्या सोचकर कहा, ''दरिया भले ही सूख जाये, पर दिलों के दरिया तो सदा बहते रहेंगे। दिल दरिया समुन्दरों डूबें!''[1]

## सात

स्कूल मास्टर कह उठा, ''कभी ये दिलों के दरिया जन्मभूमि में बहते थे। अब ये दरिया नये देश में बहा करेंगे।''

बीमार स्त्री बुखार से काँपने लगी। सरदारजी बोले, ''यह अच्छा होगा कि इसे थोड़ी देर के लिए नीचे प्लेटफार्म पर लिटा दिया जाए। बाहर की खुली हवा इसके लिए अच्छी रहेगी।''

स्कूल मास्टर ने एहसान-भरी निगाहों से सरदारजी की तरफ देखा और उनकी मदद से बीमार पत्नी को डिब्बे से उतार कर प्लेटफार्म पर लिटा दिया।

सरदारजी फिर अपनी जगह पर जा बैठे और स्कूल मास्टर अपनी पत्नी के चेहरे पर रूमाल से पंखा करने लगा। वह धीरे-धीरे उसे दिलासा देने लगा, ''तुम अच्छी हो जाओगी। हम बहुत जल्द नये देश में पहुँचने वाले हैं। वहाँ मैं अच्छे-अच्छे डाक्टरों से तुम्हारा इलाज करवाऊँगा।''

बीमार औरत के चेहरे पर दबी-दबी-सी मुसकान उभरी। पर उसके मुख से एक भी शब्द न निकला, मानो उसकी खुली-खुली आँखें कह रही हों—मैं जन्मभूमि को नहीं छोड़ सकती। मैं नये देश में नहीं जाना चाहती। मैं इस धरती की कोख से जन्मी और इसी में समा जाना चाहती हूँ!

उसकी साँस जोर-जोर से चलने लगी। उसकी आँखें पथराने लगीं। स्कूल मास्टर घबराकर बोला, ''यह तुम्हें क्या हो रहा है? गाड़ी अब और नहीं रुकेगी। नया देश समीप ही तो है। अब जन्मभूमि का विचार छोड़ दो। हम आगे जाएँगे।''

खिड़की से कान्ता और शान्ता फटी-फटी आँखों से देख रही थीं, उनकी

1. दिलों के दरिया तो समुद्र से भी गहरे हैं।

समझ में कुछ नहीं आ रहा था। सरदारजी ने खिड़की से सिर बाहर निकालकर पूछा, "अब बहनजी का क्या हाल है?"

स्कूल मास्टर बोला, "यह अब जन्मभूमि में ही रहेंगी।"

सरदार जी बोले, "कहो तो थोड़ा पानी खरीद लें।"

बीमार औरत ने बुझते दीप की तरह साँस लिया और उसके प्राण-पखेरू निकल गये।

लाश के समीप खड़े-खड़े स्कूल मास्टर ने बड़े ध्यान से देखा और कहा, "अब वह पानी नहीं पीएगी।"

उधर इंजन ने सीटी दी और गाड़ी धीरे-धीरे प्लेटफार्म के साथ-साथ रेंगने लगी। उसने एक बार पत्नी की लाश की तरफ देखा फिर उसकी निगाहें गाड़ी की तरफ उठ गयीं। खिड़की से कान्ता और शान्ता उसकी तरफ देख रही थीं। लाश के साथ रह जाये या लपककर डिब्बे में जा बैठे, यह प्रश्न बिजली के कौंध की तरह उसके हृदय और मस्तिष्क को चीरता चला गया।

उसने अपने कन्धे से झट वह फटी-पुरानी मैली चादर उतारी, जिसे वह जन्मभूमि से बचाकर लाया था और जिसके धागे-धागे में अभी तक जन्मभूमि साँस ले रही थी।

इस चादर को उसने अपने सामने पड़ी हुई लाश पर फैला दिया और गाड़ी की तरफ लपका। कान्ता की आवाज़ एक क्षण के लिए वातावरण में लहरायीं, "माँ!"

गाड़ी तेज हो गयी थी, कान्ता की आवाज़ हवा में उछलकर रह गयी थी। स्कूल मास्टर ने शान्ता को गोद में उठा लिया और पलटकर लाश की तरफ न देखा।

*(पंजाबी कहानी : अनुवाद : देवेन्द्र सत्यार्थी)*

# बेज़बान

द्रोणवीर कोहली

लालामूसा जंकशन पर वैसा ही गदर मच गया जैसा वाह कैम्प से गाड़ियाँ चलने पर मचा था। लोग इस गाड़ी से सामान उतारते हुए साथ वाले प्लेटफ़ार्म पर खड़ी खाली गाड़ी की तरफ भागे जा रहे थे।

मेरी बर्तनों की बोरी ट्रंकों और पेटियों के अम्बार के ऊपर रखी थी। नीचे का सारा सामान उसी दम्पति का था जिसने डेढ़ रोटी देकर मुझे भूखे मरने से बचाया था। अब भी वे मेरी मदद को आये। तत्काल उन्होंने बोरी उतार कर नीचे खिड़की में रखी, मैं छलाँग लगाकर गाड़ी से उतरा और बोरी सिर पर रखवा कर नयी गाड़ी की तरफ भागा और जो भी डिब्बा सामने पड़ा, उसमें सवार हो गया। डिब्बा क्या था, कूड़ादान था। फर्श, पर और सीटों पर ढेर विष्ठा, कै, खायी-अधखायी रोटियाँ, मीट से निकली हड्डियाँ, छिलके वग़ैरह पड़े थे और भयंकर दुर्गन्ध थी। जरूर ही किन्हीं रिफ़्यूजियों को लेकर यह गाड़ी आयी होगी, तभी इसमें इतनी गन्दगी भरी है। मगर इस डर से कि कहीं जगह न मिले, मैंने उसी डिब्बे में ऊपर बोरी जमायी और सीट को बुहार कर बैठ गया। बैठते ही मैंने देखा सामने वाली खिड़की के साथ वह सम्भ्रान्त महिला बैठी थी जो वह कैम्प में अपने पामेरिनियन झबरे के साथ टहलने निकला करती थी। मुझे बड़ा अचरज हुआ यह देखकर कि महिला पालथी मारे बैठी थी और एक-एक बरस के दो बालक उसकी एक-एक छाती पी रहे थे। साथ ही उसकी आया-सी लगनेवाली एक लड़की खड़ी थी और झबरा सीट के नीचे मुँह मार रहा था।

"हो न हो, इसके जुड़वाँ बच्चे हैं!" मैं बैठा-बैठा सोच रहा था, "बिलकुल एक जैसी शक्ल-सूरत है!"

एकाएक मुझे उस दम्पति का ख़याल आया, जिन्होंने पहले मुझे रोटी दी थी, फिर मेरी बर्तनों की बोरी मेरे सिर पर रखवायी थी। मैं उचक-उचककर देख रहा था कि कहीं दिखाई पड़ जाएँ, मगर इस अफ़रा-तफ़री में माँ बेटे को नहीं सँभाल रही

थी। बैठे-बैठे मेरा मन कचोट रहा था कि मैं इतना अकृतज्ञ और स्वार्थी हूँ कि अपनी बोरी उठाकर भाग आया और उनकी ज़रा भी मदद नहीं की। क्या सोचते होंगे वे मेरे बारे में?

एक स्त्री-पुरुष को गाड़ी में चढ़ने में थोड़ी दिक्कत हो रही थी। स्त्री की गोद में सात-आठ मास की लड़की थी। पुरुष ने चार-पाँच बरस के बच्चे का हाथ थाम रखा था। मैंने उन्हें सामान चढ़ाने में मदद की, तो आदमी ने ऊपर बैठते हुए कृतज्ञता प्रकट की, ''शुक्रिया, बेटे!''

लगता था, स्त्री की गोद में बालिका अस्वस्थ थी और बेहोश-सी लेटी थी।

''पिस्ता!'' सामने बैठी सम्भ्रान्त महिला ने एकाएक अपने पारमेनियन को डाँटा, जो गन्दगी में मुँह मार रहा था। 'विहेव योरसेल्फ़!' पामरेनियन एकदम सहम गया और जो मुँह में था, वहीं फेंककर सीट के नीचे दुबक गया।

''मेरी! इसे बिस्कुट दे, नहीं तो गन्दगी चाटता रहेगा।'' और मेरी नामक आया टोकरी में से बिस्कुट निकालकर 'पिस्ता' नामक पारमेनियन को खिलाने लगी।

गाड़ी बदलने का बड़ा लाभ हुअ। वाह कैम्प से चलने वाली गाड़ी में हम गोदाम में बोरों की तरह ठुसे थे, यह गाड़ी खाली-खाली लगती थी, क्योंकि आधे रिफ़्यूजी कटकर जानेवाली गाड़ी से निकल चुके थे। अभी तक हमारा डिब्बा एक-चौथाई भी नहीं भरा था। जगह इतनी खाली थी कि चाहें तो लेटकर जाएँ। इक्का-दुक्का रिफ़्यूजी थोड़े-बहुत सामान के साथ आता और खाली जगह देखकर बैठ जाता या गन्दगी देखकर लौट जाता।

तभी उस दम्पति का पाँचेक बरस का बालक माँ की ठुड्डी पकड़ते हुए रोनी सूरत बनाकर बोला, ''गाड़ी कब चलेगी? हम दिल्ली कब जाएँगे?''

''बस बेटे, चलने वाली है।'' पिता ने उसे दिलासा दिया, ''कहते हैं, कहीं से रिफ़्यूजियों का एक काफ़िला आ रहा है। उन्हें भी लेकर जाएगी।'' यह बात कहते-कहते एकाएक उसका ध्यान बालिका की तरफ गया। उसके गाल को छूकर पत्नी से व्याकुल स्वर में कहा, ''बुख़ार उतर ही नहीं रहा। क्या करें?''

''पापा, गाड़ी कब चलेगी?'' बालक रिरियाते हुए पूछ रहा था।

आदमी थोड़ी तुर्श आवाज़ में बोला, ''कहा न, थोड़ी देर में चलेगी! देख, रो नहीं, दीदी को बुख़ार है।''

माँ ने बालक को अपने साथ सटाकर चुप कराने की चेष्टा की, ''अरे, रोएगा तो हमला करने वाले सुन लेंगे। चुप करके सो जा।''

बालक इतना डरा कि माँ के साथ चिपककर चुपचाप रिरियाता रहा। जिस गाड़ी को हम छोड़ आये थे, वह एकदम खाली हो गयी थी और इंजिन उसे

खींचकर ले जा रहा था।

तभी वह कुत्ता, जिसका नाम 'पिस्ता' था, खा-पीकर सीट से नीचे कूदा और गाड़ी में चलते-चलते हमारी सीट के निकट आया और टाँग उठाकर उसने नीचे रखे ट्रंक पर दो क़तरे पेशाब के गिराये।

"हट!" देखते ही ट्रंक के मालिक ने, जिसका नाम रोशन था, पैर पटक कर उसे भगाया। 'पिस्ता' दौड़कर अपनी मालकिन की सीट के नीचे दुबक गया।

"यह क्या बदतमीज़ी है!" रोशन ने भड़ककर सम्भ्रान्त महिला से कहा, "तेरा कुत्ता मेरे ट्रंक पर पेशाब कर गया है।"

"भाइया! जानवर है..." यह बात उस सम्भ्रान्त महिला के मुख से निकलने की देर थी कि रोशन भड़का, "जानवर है तो इसे बाँधकर रख। किसी का सामान तो ख़राब न करे!"

वह जैसे क्षमा माँगते हुए बोली, "आदमी को तो समझाया जा सकता है, कुत्ते को क्या समझ है!"

इस बात पर रोशन बिगड़ गया, "अभी तो इसे कह रही थी—बिहेव योरसेल्फ, और अब कहती है कि जानवर है!"

उनका यह वार्तालाप सुन मैं मन-ही-मन मुस्करा रहा था। कोई और वक्त होता तो शायद लोग ताना मारते—मेमसाहब का कुत्ता है, अँग्रेज़ी समझता है, हिन्दी-हिन्दुस्तानी नहीं जानता।

'पिस्ता' सीट के नीचे दुबक कर बैठ गया था और निरीह आँखों से देख रहा था, जैसे लज्जित हो कि उसके कारण उसकी मालकिन को इस आदमी के आगे शर्मसार होना पड़ रहा है। रोशन बोलता तो वह उसकी तरफ देखने लगता। उसकी मालकिन बोलती तो सीट के नीचे से ऊपर देखने का जतन करता, जहाँ से वह दिखाई नहीं पड़ती थी। मैं सोच रहा था कि अगर जानवर को समझ होती कि उसकी कारस्तानी से यह कलह हुआ तो अवश्य ही वह माफी माँग लेता।

रोशन बैठा-बैठा भुनभुना रहा था। उसकी पत्नी उसे समझाने की चेष्टा कर रही थी, "अब बात खत्म भी करो। घर जाकर धो लेंगे।"

"कमाल करती हो!" रोशन ने पत्नी को डाँट दिया। तिरछी निगाहों से सम्भ्रान्त महिला की तरफ देखते हुए बोला, "कुत्ते ने बक्से पर पेशाब कर दिया और इस औरत को इतनी तमीज़ नहीं कि कम-से-कम 'सॉरी' ही बोल दे!" सम्भ्रान्त महिला ने एकाएक चौंककर देखा।

इस सारे झगड़े टण्टे के बीच रोशन का बेटा, जिसका नाम भद्दी या मदन था, 'पिस्ता' को स्नेहिल दृष्टि से देख रहा था, जैसे सोच रहा हो कि उसके पास भी ऐसा कुत्ता क्यों नहीं है।

"भाई साहब!" कोई बोल उठा, "मिट्टी डालो सारी बात पर! वक़्त देखो।"

"नहीं जी," रोशन को यह स्वीकार नहीं था, "इस औरत ने वाह कैम्प में रहनेवालों का जीना हराम कर रखा था। वहाँ भी कुत्ते को बाँधकर नहीं रखती थी। हर किसी के बर्तन में मुँह मारता फिरता था।"

"बस!" सम्भ्रान्त महिला इस तरह बोली, जैसे उसका धीरज जवाब दे रहा था, "नाओ, शट अप! तब से मैं बरदाश्त किये जा रही हूँ और यह शख़्स है कि जबान चलाये जा रहा है। कुत्ता है, जानवर है, आदमी तो नहीं कि..."

महिला इस आक्रोश से बोली थी कि उसका एक बच्चा जाग गया था और रोने लगा था। वह रोया तो दूसरा भी रोने लगा। एक को मेरी ने उठाया। दूसरे को स्वयं गोद में लेते हुए उसने अपना वाक्य पूरा किया, "...आदमी हो तो कोई समझाये। कुत्ते को कौन समझाये! समझते हो, मैं अकेली हूँ, इसलिए जो मुँह में आता है, बकते जा रहे हो! जानते नहीं, मैं कौन हूँ..."

रोशन कुछ बोले कि विपरीत दिशा से एक गाड़ी के आने की धड़धड़ाहट सुनाई पड़ी। इंजिन सीटी देते हुए तूफ़ान की तरह चला आ रहा था और जब हमारे डिब्बे की बग़ल से होकर निकला, तो सचमुच कलेजा ही दहल गया। बीमार बच्ची इतनी डरी कि पहले तो आँखें फाड़े देखती रही, बौरायी-सी, फिर एकदम गला फाड़कर रो पड़ी। गाड़ी धीमी पड़ती जा रही थी और खुली खिड़कियों में से हम ने देखा कि हिन्दुस्तान से पाकिस्तान लेकर आनेवाली रिफ़्यूजियों की गाड़ी थी। ये लोग भी वैसे ही ठुसे-ठुसे बैठे थे, जैसे कि वाह कैम्प से चलने वाली गाड़ियों में हम लोग बैठे थे। फिर एक अद्‌भुत बात यह देखी कि इस गाड़ी की छत पर लोग गठरियों की तरह बैठे थे। गाड़ी में ब्रेक लग रहे थे और ऐसा प्रतीत होता था, जैसे किसी लोहे की चीज को सान पर चढ़ाया जा रहा था। गाड़ी रुकने की देर थी कि दोनों गाड़ियों के बीच लोहे के जंगले के साथ मिलिटरी वाले गश्त लगाने लगे।

खिड़कियों में बैठे लोगों की आकृतियों पर जैसे विवशता और उदासीनता की मोटी परत चढ़ी थी। वे हमें देख रहे थे। हम उन्हें देख रहे थे। दोनों की स्थिति भिन्न नहीं थी।

रोशन ने अपना झगड़ा-टंटा भूल खिड़की में से सिर निकाल कर उस गाड़ी के मुसाफिरों को सम्बोधित किया, "कहाँ से तशरीफ़ ला रहे हैं?"

खिड़की में बैठा खिचड़ी दाढ़ी वाला विषण्ण दृष्टि से देख रहा था, जैसे बोलने के लिए हिम्मत जुटा रहा हो।

"भाई साहब!" रोशन ने अपना प्रश्न दुहराया, "कहाँ से तशरीफ़ ला रहे हैं?"

वह मरी-मरी आवाज़ में बोला, "जिला अम्बाला।"

"अच्छा!" जैसे आगे बात बढ़ाने के लिए रोशन गुन रहा हो, "किस गाँव से?"

अब के उसने ज़रा गला साफ करते हुए जवाब दिया, "सढोरा।"

"अच्छा!" रोशन जैसे उस उत्तर को आत्मसात करते हुए अगला प्रश्न पूछने की तैयारी कर रहा था, "जा कहाँ रहे हैं?"

वह आदमी और उसके इर्द-गिर्द बैठे लोग बग़लें झाँकने लगे थे। फिर जैसे अनिच्छा से क्लान्त स्वर में बोला, "खुदा जाने!"

अचानक छत पर बैठे किसी आदमी ने ऊँची आवाज़ में पूछा, "बाश्शाहो! तुस्सी कित्थे चल्ले?"

हमने झाँककर देखा। छत पर बैठा एक नौजवान खीसें निपोरते हुए नीचे देख रहा था। उसके उच्चारण से स्पष्ट था कि हमें गुदगुदाने के लिए ही उसने पंजाबी बोली थी।

रोशन खिल गया था। खिलन्दड़े स्वर में उसने भी जवाब दिया, "हम तो भाई हिन्दुस्तान जा रहे हैं!"

"मंज़िले-मकसूद क्या है?"

रोशन का चेहरा एकदम उतर गया। वह पत्नी का मुँह देख रहा था।

"तशरीफ़ कहाँ से ला रहे हैं?" रोशन को लाजवाब और उदास देखकर उसने पूछा।

रोशन ने फीकी आवाज़ में जवाब दिया, "बन्नू-कोहाट से।"

हिन्दुस्तान से पाकिस्तान आनेवाली गाड़ी की ब्रेकें ढीली पड़ीं, इंजिन ने सीत्कार किया और गाड़ी सरकने लगी।

"खुदा हाफ़िज!" रोशन ने हाथ हिलाया, जिसमें कोई उत्साह नहीं था।

खिड़कियों में बैठे लोग, जिनके चेहरों पर अचिन्त्य उदासी थी, बिटर-बिटर देख रहे थे। फिर जैसे एक साथ कइयों के मुख से निकला, "ख़ुदा हाफ़िज़..."

गाड़ी निकलती जा रही थी। वे हमें देखते जा रहे थे। हम उन्हें देख रहे थे। वे नहीं जानते थे कि कहाँ जा रहे हैं। हम नहीं जानते थे कि हम कहाँ जा रहे हैं।

गाड़ी के निकल कर जाने की देर थी कि रोशन का बेटा बोला उठा, "हमारी गाड़ी कब चलेगी?" वह बैठा-बैठा उकता गया था और अँगड़ाई ले रहा था।

"बताया न, थोड़ी देर में चलेगी। अब चुपचाप बैठ जा। देख, दीदी सो रही है।"

बालक बैठा-बैठा झुँझलाता रहा।

सबको घबराहट इस बात की थी कि अगर गाड़ी काफ़िला आने की राह देख

रही है, तब तो पता नहीं कब चलेगी। मालूम नहीं, काफ़िला कब आएगा।

लेकिन मुझे घबराहट इस बात की थी कि मैं अकेला पड़ गया था। पिताजी और बाक़ी लोग कटकर जाने वाली आधी गाड़ी से जा चुके थे। मेरा क्या होगा? मेरी गिरह में तो धेला तक न था। फिर पिता जी और बाकी लोग पता नहीं, किधर निकल गये होंगे? अब कहाँ ढूँढूँगा उन्हें। वे कहाँ खोजेंगे मुझे?

''कहीं नल दिखाई पड़े, तो पानी ले आओ।'' रोशन की पत्नी कह रही थी।

कई दूसरे लोग भी बोल उठे, ''हाँ, कहीं पानी हो तो कम-से-कम होंठ तो तर कर लें!''

रोशन ने सिर खिड़की से निकाल कर नीचे गश्त करते फ़ौजी से पूछा, ''भाई साहब, कहीं पानी का नलका-वलका है?''

फ़ौज़ी ने ठिठककर देखा और जवाब दिया, ''है तो सही, लेकिन प्लेटफार्म के उस सिरे पर है। वहाँ हम लोग नहीं जा सकते...'' फिर इंजिन की तरफ देखकर बोला, ''गार्ड हरी झण्डी दिखा रहा है।''

''मैंने क्या कहा था?'' एकाएक भीतर से कोई बोल उठा, ''यह गाड़ी हिन्दुस्तान से आनेवाली गाड़ी की राह देख रही थी। देखा, उसके जाते ही चल पड़ी।''

सम्भ्रान्त महिला बच्चों को सुलाकर अब बैठी कोई पत्रिका बाँच रही थी। मैं उसकी तरफ देखते हुए सोच रहा था कि यह कैसी रिफ़्यूजी है! वाह कैम्प में थी तो हर रोज सुबह-शाम कैनवस के जूते पहन कर कुत्ता घुमाने निकलती थी। फिर अकेली लगती है, मात्र आया साथ है। वाह कैम्प में भी शायद अकेली रहती थी और इस विकट स्थिति में भी अकेली यात्रा कर रही है। लेकिन है कौन? इसके आचार-व्यवहार से तो नहीं लगता कि किसी मुसीबत से निकलकर आयी है, जैसी मुसीबत हम झेलकर निकले हैं। करीने से सिले इसके वस्त्रों से तो यही आभास होता है, किसी ऐसे व्यक्ति की पत्नी है जो किसी दूसरे शहर में बड़ा अफ़सर या व्यापारी है और यह स्त्री किसी दूसरे शहर में रहती है और जैसा कि साधारण वक्तों में होता है, पति से मिलने जा रही है। सामान भी इसके पास नाममात्र को है। टोकरी में बच्चों के लिए दूध के डिब्बे और थर्मस हैं। फिर कुत्ता भी साथ है...

मैं दुविधा में एकटक उसकी तरफ देख रहा था। खिड़कियाँ खुली थीं और ट्रेन भागी जा रही थी। लालामूसा से निकलते ही गाड़ी ने ऐसी रफ़्तार पकड़ी कि लगता था कि अब हिन्दुस्तान जाकर ही रुकेगी। रास्ते में देखते-ही-देखते ओझल होते रेलवे स्टेशन एकदम उजाड़ और सुनसान लगते थे। किसी-किसी पर कोई ऊबा हुआ स्टेशन मास्टर झंडियाँ हाथ में पकड़े दिखाई पड़ता या फिर फ़ौज़ के सिपाही या इक्का-दुक्का ख़लासी। गुज़रात आया। वज़ीराबाद आया। फिर गुज़राँवाला

गुज़रा, फिर कामोकी आया। फिर कालाशा काकू, फिर शाहदरा निकला और फिर बाढ़ के मटमैले पानी से उफनती रावी भी आ गयी।

ट्रेन रावी के पुल पर चढ़ी तो अनायास ही मुझे उस अनाम, अज्ञात, अदृष्ट कन्या का स्मरण हो आया जिसने गोलड़ा शरीफ़ में जेहलम नदी देखने और उसमें पैसे डालने की अभिलाषा व्यक्त की थी। पता नहीं, अब वह किस डिब्बे में बैठी होगी? सो रही होगी, तो दरिया-ए-जेहलम की तरह रावी के दर्शनों से भी वंचित रह जाएगी। जाग रही होगी तो अवश्य ही रावी में पैसे फेंक रही होगी। पैसे फेंककर पता नहीं क्या मन्नत माँगी होगी उसने?

धड़धड़ाधड़-धड़, धड़धड़ाधड़-धड़...भारी गर्डरों के नीचे से निकलती ट्रेन के पहिये गड़गड़ाहट पैदा कर रहे थे, जिसमें पानी के तेज बहाव का शोर बिलकुल सुनाई नहीं पड़ता था।

"हो न हो उस लड़की ने दरिया में पैसे फेंक कर यह मन्नत माँगी होगी कि हम सब सकुशल हिन्दुस्तान पहुँच जाएँ। या हो सकता है, अपनी माँ कहने पर यह मन्नत माँगी होगी कि उसे कोई अच्छा-सा वर मिले या घर में सुघड़ मामी आये..."

"खिड़कियाँ बन्द कर लो, भाइयो!" रोशन लाल कह रहा था, "अब ल्होर दूर नहीं है..."

अरे, यह तो वही लाहौर आ रहा है, जिसकी गलियों में रहने वाली एक कौम ने दूसरी कौम को प्यासा मार डालने के लिए पानी की लाइनें काट डाली थीं...

वही लाहौर आ रहा है, जिसकी पुरानी तंग गलियों में फँसे लक्षाधिक लोगों को चारों तरफ से घेरकर उनके घरों, मकानों, दुकानों के भीतर जलाया गया था...

वही लाहौर आ रहा है, जिसमें शाह आलमी दरवाज़ा है, जिसके निकट धू-धू जलते गुरुद्वारे में स्त्रियों-पुरुषों और बच्चों की चीखों को डुबोने के लिए खुशी के शादियाने बजाये गये थे...

वही लाहौर आ रहा है, जिसके रेलवे स्टेशन पर आठ बोगियों में भरी लाशों को अमृतसर भेजा गया था और एक डिब्बे के पीछे यह लिख दिया गया था कि यह हमारी तरफ से नेहरू-पटेल को आजादी का तोहफा है...

यह सब करने वाले कौन थे? कम-से-कम वे लोग तो नहीं थे जो लालामूसा जंकशन पहुँची रेलगाड़ी के भीतर ठुँसे-ठुँसे या छत पर गठरियों की तरह उदास-उदास बैठे थे। आखिर, वे कौन लोग थे, जिन्हें न ख़ुदा का डर था, न आदमी का?

वही लाहौर आ रहा है, जिसके बारे में मोहनदास करमचन्द गाँधी ने सलाह दी थी कि अगर यह शहर मरता है तो इसके साथ तुम लोग भी मर जाओ, लेकिन

अपने बाप-दादा की ज़मीन छोड़कर मत जाओ।

हाँ, वही लाहौर आ रहा है जिसे देखने की तमन्ना हर पंजाबी नौजवान दिल में बसाये आहें भरता है और कभी भूलता नहीं कि, "जिसने ल्होर नहीं देखा, वह पैदा ही नहीं हुआ।"

हाँ, वही लाहौर आ रहा है, जिसकी गलियों-सड़कों पर टहलने की मेरी तमन्ना-तमन्ना ही रह गयी थी। भइया की बारात के साथ अवश्य आया था, लेकिन एक ट्रेन से उतर कर दूसरी ट्रेन में सवार होकर ननकाणा साहब रवाना हो गये थे और जब लौटे थे तो दूसरी गाड़ी पकड़ कर सीधे रावलपिंडी चले गये थे और लाहौर देखने की हसरत दिल में ही रह गयी थी!

हाँ, आज मैं तीसरी बार उसी लाहौर के निकट पहुँच रहा हूँ जिसे देखने की आकांक्षा की जगह अब दिल में आतंक भरता जा रहा है। जलवे वालों का लाहौर आज जल्लादों का शहर बन गया है।

गाड़ी धीरे-धीरे आकर एकदम सुनसान जगह पर खड़ी हो गयी थी। सब डरे-डरे दुबके बैठे थे। शायद कोई खिड़की उठाकर झाँकने की तैयारी कर रहा था कि किसी ने फटकारा, "ओय, सबको मरवाओगे क्या?"

बेचारा हतप्रभ-सा देखता रह गया था। रोशन ने उसे समझाते हुए कहा था, "भइया बाहर कोई बन्दरिया का तमाशा तो नहीं हो रहा! क्यों खोल रहे हो?"

वह मुँह लटकाये लज्जित स्वर में बोला, "प्यास लगी थी। बहते नल की आवाज़ सुनी, तो..."

"गाड़ी यहाँ से सही-सलामत निकल गयी तो हिन्दुस्तान जाकर जितना चाहो पानी पी लेना। तुम्हीं प्यासे नहीं हो, सभी प्यासे हैं।"

बाहर कोई ऐलान-सा सुनाई पड़ रहा था।

"खामोश!" किसी ने कहा, "सुनो, बाहर क्या कह रहे हैं?"

हमने धड़कते दिलों से सुना, "खिड़की-दरवाज़ा कोई न खोले। गाड़ी चलने वाली है, खिड़की-दरवाज़े मज़बूती से बन्दकर लो।"

किसी ने कहा, "गाड़ी रोकी ही क्यों इन्होंने? सीधी निकालकर ले जाते। जब पता है कि यहाँ ख़तरा है, फिर रोकी क्यों?"

उसकी इस बात पर उसका पड़ोसी हँस रहा था। "लाला जी, गाड़ी रेल की पटरी पर चलती है। जहाज तो है नहीं उड़कर निकल जाए।" फिर आश्वासन-सा देते हुए कहा, "अब हिन्दुस्तान दूर नहीं। यहाँ से मुश्किल से चालीसेक मील का फ़ासला है। अभी चले तो घंटे-डेढ़ घंटे में बार्डर पार कर जाएँगे।"

कुत्ते वाली महिला इस सारे परिवेश से जैसे उदासीन होकर अपनी पत्रिका में तल्लीन थी। उसके दोनों बच्चे माँ का दूध पीने से तृप्त होकर किलक रहे थे। एक

बालक को माँ ने अपनी गोद में बिठा रखा था, दूसरे को मेरी ने उठा रखा था। बीच-बीच में दोनों एक-दूसरे की तरफ झपटकर हाथापाई-सी करते हुए हँसने-किलकने लगते थे।

उन्हें इस तरह हँसते-खेलते देख आसपास बैठे लोग प्रसन्न हो रहे थे। रोशन का बेटा मद्दी, जो अभी तक घुग्गू-सा बना बैठा था, बालकों की तरफ बड़ी दिलचस्पी से देखे जा रहा था।

इन आनन्द के क्षणों में व्याघात पड़ा रोशन की पत्नी के अचानक घबराकर बोलने से, "ज़रा बच्ची को तो देखो!" वह कभी बालिका के पेट को, कभी माथे को, कभी गालों को छूकर विकल हो रही थी।

"तू तो खाहमखाह रौला मचाने लगती है!" रोशन ने पत्नी को बुरी तरह डाँटते हुए कहा और बालिका के गालों और माथे पर उलटा हाथ रखकर बुख़ार का अन्दाज़ा लगाया।

"थोड़ा बुख़ार है। इस वक़्त सो रही है। इसे छेड़ मत। अगर बुखार है भी, तो हाय-तौबा मचाने से कोई उतर थोड़े जाएगा। वक़्त को देख!"

रोशन की बीवी ने भीगी आँखों से बच्ची को निहारते हुए कहा, "मुई ने ऐसा बुखार पकड़ा है, छोड़ती ही नहीं। हाय, कोई दवाई भी तो नहीं रखी कि दें..."

"माई जीवे तेरा!" रोशन ने एकदम शान्त स्वर में पत्नी को सान्त्वना देने को चेष्टा की, "कुछ नहीं होगा। गाड़ी चलने की देर है, हिन्दुस्तान पहुँचते ही सब ठीक हो जाएगा। अभी चल पड़ी, तो लाहौर पार करके अँधेरा होने से पहले पहुँच जाएँगे।"

कुत्ते वाली महिला के जुड़वाँ बच्चे अब चुपचाप माँ की गोद में बैठे थे। मैं यह देख-देखकर चकित और उल्लसित हो रहा था कि दोनों अपने-अपने अँगूठे चूस रहे थे। क्या जुड़वाँ बच्चों की आदतें एक जैसी होती हैं?

रोशन की पत्नी बीच-बीच में स्वस्थ बालकों की तरफ ईर्ष्या भरी नज़र से देख लेती थी और फिर अपनी रुग्ण बेटी की तरफ देखकर आह भर उठती थी। शायद अपनी स्थिति और उस महिला की स्थिति की तुलना करते हुए उद्विग्न हो रही थी।

साँझ को कहीं चार बजे गाड़ी चली। सबने अपनी-अपनी मान्यता के अनुसार ईश्वर का धन्यवाद किया कि गाड़ी चल पड़ी है। सबके लिए सन्तोष की बात यह थी कि गाड़ी बिना किसी वारदात के लाहौर स्टेशन से रुख़सत हो रही थी। जब तक गाड़ी स्टेशन पर खड़ी रही, यही डर लगता रहा था कि कहीं इस गाड़ी का भी वही हश्र न हो जो पन्द्रह अगस्त वाली गाड़ी का हुआ था। ज्यों-ज्यों गाड़ी रफ़्तार पकड़ रही थी, हमारे मन बल्लियों उछल रहे थे। अगर इसी रफ्तार से चलती रही, तो

देखते-ही-देखते अटारी पहुँच जाएँगे।

मगर, यह क्या! गाड़ी फिर धीमी पड़ने लगी थी। धीमी चाल से चलते हुए वह काफ़ी दूर तक चली गयी, लेकिन फिर धीरे-धीरे रुकने लगी। फिर जब थोड़ा आगे जाकर रुक गयी तो हम लोगों के चेहरों पर हवाइयाँ उड़ने लगीं। लाहौर से तो सही-सलामत निकल आये, अब बाहर क्यों रुक रही है? सब कान खड़े करके सुन रहे थे।

किसी ने बड़ी सावधानी से थोड़ी-सी खिड़की उठायी और नीचे से झाँककर देखा। डरा-डरा-सा बोला, ''उजाड़ बियाबान-सी जगह है।''

रोशन ने भी धीरे-से खिड़की उठाकर देखा, फिर बन्द कर के कहा, ''दूर-दूर तक न कोई बन्दा, न बन्दे की जात दिखाई पड़ती है। खेत-ही-खेत हैं। पटरी के साथ बरसाती पानी से भरे गड्ढे हैं। भरपूर बारिश होने से मक्की-ज्वार की फसल उठ आयी है।''

जगह निरापद होने की बात सुनकर लोगों ने हौले-हौले खिड़कियाँ उठाकर देखना शुरू किया। छँट गये बादलों से सूर्य की अन्तिम किरणें झाँक रही थीं। बीच-बीच में कोई बच्चा री-रू करने लगता, तो माँ उसे डर दिखाकर चुप बैठने को कहती, ''चोप! रोते नहीं, मुसलमान आ जाएँगे।''

''ज़रा देखो तो सही!'' रोशन की पत्नी एकाएक चिन्तापुर होकर बालिका पर झुकी थी, ''लड़की है भी या नहीं?''

बालिका के होंठ खुले थे और छाती इस तरह उठ-गिर रही थी जैसे ताप से तप रही हो। एक बूढ़ी स्त्री उठकर आयी। बालिका का पेट और गाल छूकर उन्हें ढाढ़स बँधाया, ''घबरा नहीं। बुख़ार थोड़ा तेज हो गया है। होंठ खुश्क हो रहे हैं। पानी हो, तो दो बूँद मुँह में टपका।''

मगर किसी के पास पानी नहीं था, फिर भी रोशन की पत्नी ने सारे डिब्बे से प्रार्थना करते हुए कहा, ''किसी के पास घूँट पानी हो तो दो।''

अपील करना व्यर्थ था। वाह कैम्प से जितना पानी लोग लाये थे, वह चुक गया था और रास्ते में कहीं भी पानी नहीं लेने दिया गया था। वहाँ तक कि इंजिन वालों ने भी पानी देने से इनकार कर दिया था। यदि किसी के पास होता भी तो कोई किसी को क्यों देता!

''बच्ची के मुँह में अपना दूध डाल।''

रोशन की पत्नी घबरा गयी। एकदम उठाकर उसे छाती से लगा लिया और कमीज के नीचे से छाती निकालकर उसके मुँह में निचोड़ने की कोशिश की, लेकिन दूध नहीं आया।

''छाती इसके मुँह में दे।'' बूढ़ी ने सलाह दी। लेकिन बालिका तो मुँह मारने

की स्थिति में नहीं थी। लगता था, अचेत पड़ी थी।

रोशन की पत्नी रोने लग गयी।

अब रोशन ने खड़े होकर एकाएक सम्भ्रान्त महिला से प्रार्थना की, "बहन जी, पानी हो तो दो घूँट बच्ची के लिए दो..."

हम सब सोच रहे थे कि महिला अब रोशन पर बरस पड़ेगी, और आक्रोश प्रकट करेगी कि थोड़ी देर पहले तो गाली-गलौच पर उतर आया था, अब गर्ज पड़ी तो बहन बना रहा है! लेकिन, सबकी सोच के विपरीत, वह अति विनम्र स्वर में बोली, "मेरे पास होता तो मैं बिन माँगे दे देती। देखो, थर्मस खाली पड़ा है..." और ढक्कन खोलकर उसने थर्मस उलटकर दिखाया।

अब रोशन के हाथ-पैर फूलने लगे। पत्नी बच्ची को छाती से लगाये रो रही थी। बच्ची एक घूँट पानी के लिए मर जाएगी? निरुपाय रोशन आपे से बाहर हो गया और पत्नी को फटकारने लगा, "तेरे रोने-धोने से क्या पानी मिल जाएगा? ठीक है..." एकाएक बोला, "मैं बन्दोबस्त करता हूँ। बाल्टी कहाँ है?"

सारा डिब्बा चकित होकर देख रहा था। रोशन ने ऊपर रखी बाल्टी उतारी और उसमें भरी सारी चीज़ें सीट पर उँड़ेलीं और दरवाज़े की तरफ दौड़ा।

"कहाँ जा रहे हो?" पत्नी चीखी।

लेकिन तब तक रोशन लाल दरवाजा खोलकर डिब्बे से नीचे उतर गया था। आनन-फानन में पटरी के नीचे गड्ढे में से उसने बाल्टी भरी और जल्दी-जल्दी गाड़ी में चढ़ा। बाहर एकदम शोर मच गया था। शायद मिलिटरी वाले चिल्ला रहे थे कि कौन नीचे उतरा? अपनी जान की ज़रा भी परवाह नहीं?

लेकिन रोशन जिस काम के लिए गया था, वह कर आया था।

आते ही उसने बाल्टी नीचे रखी और पानी में हाथ डालकर रुग्ण कन्या के मुँह में बूँद-बूँद टपकायी। पहले तो उसने एक बूँद ग्रहण नहीं की, लेकिन धीरे-धीरे होंठ हिले उसके। बरसाती पानी की एक-एक बूँद उसके लिए जीवनदायी अमृत सिद्ध हुई। पानी गले तक गया, तो पहले तो गोता-सा लगा उसे, फिर खाँसी और एकदम रोयी। माँ ने रोते-रोते उसे गले से लगाया और पीठ सहलायी।

"बस", बूढ़ी स्त्री सन्तुष्ट होकर बोल उठी, "प्यासी थी। देखना, धीरे-धीरे बुख़ार उतर जाएगा।"

सारा डिब्बा रोशन की हिम्मत और जवाँमर्दी की दाद दे रहा था। यह भी हो सकता था कि कहीं से गोली आती और वहीं ढेर हो जाता। गाड़ी किसी आसन्न ख़तरे को देखकर ही खड़ी थी और रोशन ऐसे में जान जोखिम में डालकर नीचे उतर गया था।

"देखो!" कोई अनुभवी कह रहा था, "माँ-बाप बच्चों के लिए कितना

त्याग करते हैं। यही बच्चे जब खाने-कमाने लायक़ होते हैं, तो माँ-बाप को ठुड्डे मारते हैं।''

''कर्मों का फल है। जो माँ-बाप को ठुड्डे मारता है, वह अपनी औलाद से क्या उम्मीद कर सकता है? शरवण कुमार की तरह बैंगी में बैठाकर तीरथ करवाने ले जाएगा?''

सब खिलखिला कर हँसे। कोई बोला, ''पुरानी कहावत है—जैसा बोओगे, वैसा काटोगे।''

सारा डिब्बा दाद दे रहा था। पता नहीं, इस तरह की लोकोक्तियाँ सैकड़ों बरसों से दुहरायी जा रही हैं, लेकिन आज भी लोग इस तरह सिर हिलाते हैं, जैसे पहली बार नयी बात सुन रहे हों।

तभी अकस्मात् यह हुआ।

किसी को पता ही नहीं चला कि किस वक्त 'पिस्ता' दबे पाँव आया और नीचे रखी बाल्टी में मुँह डालकर चपड़-चपड़ जीभ लपलपाने लगा।

''दुरै!'' रोशन ने देखा तो एकदम आगबबूला होकर उठा और इस जोर से उसने कुत्ते को ठुड्डा मारा कि वह चाऊँ-चाऊँ करता दूर जा गिरा और फिर चीखता हुआ अपनी मालकिन की सीट के नीचे घुस गया।

''ऐ!'' सम्भ्रान्त महिला इस तरह चीखी जैसे रोशन ने 'पिस्ता' को नहीं, उसके बच्चे को लात मारकर खदेड़ा हो, ''बास्टर्ड! यह क्या बदतमीजी है?''

अब तो रोशन ने छत को छू लिया। ग़ुस्से से काँपते हुए चिल्ला रहा था, ''तू एकदम वाहियात औरत है...'' और शायद कोई गन्दी गाली देते-देते वह रुक गया था। फिर एकाएक चिल्लाया, ''तू मुझे तमीज़ सिखाएगी? तेरे को तमीज नहीं, कुत्ते को इस तरह खुला छोड़ रखा है!...''

दोनों जने इस तरह चीख रहे थे कि यदि लोग बीच-बचाव न करते, तो अवश्य ही हाथापाई पर उतर आते।

महिला चीख-चीखकर कह रही थी, ''इसने कुत्ते को क्यों मारा?''

रोशन भी चीखा, ''तुम्हें शरम नहीं आती! कुत्ता सारा पानी जुठार गया, अब पूछती हो, क्यों मारा! जान हथेली पर रखकर लाया था...''

'पिस्ता' को बड़ी ज़ोर की ठोकर लगी थी। सीट के नीचे दुबका बैठा था और काँपते हुए शूक रहा था।

''जानवर है!'' महिला भड़क कर बोल रही थी, ''तुम तो आदमी हो!''

''जानवर है तो बाँध कर रख!''

अब कुछ लोगों ने रोशन का पक्ष लिया। महिला से कह रहे थे, ''बहन जी, आप अब शान्त हो जाइए। इसने कोई गलत बात नहीं कही। इतनी मशक्कत से

पानी लाया और कुत्ता मुँह मार गया। गुस्सा नहीं आएगा!"

"जानवर में इतनी समझ होती!" वह बोली, "तो यह करता ही क्यों?"

"तो, बहन जी! बाँधकर रखिए।"

इस कलह के बीच पिस्ता सीट के नीचे से एक बार भी नहीं निकला था और इस तरह मुँह उठाये देख रहा था, जैसे समझ रहा हो कि उसकी कारस्तानी के कारण ही यह सारा बखेड़ा उठा। जब रोशन बोलता, तो वह कान खड़े करके उसकी तरफ देखने लगता, जैसे उसकी बात को ग़ौर से सुन रहा हो। जब उसकी मालकिन बोलती तो सीट के नीचे से मुँह टेढ़ा करके ऊपर देखने की चेष्टा करता।

महिला ने नीचे झुककर 'पिस्ता' को उठाया तो वह काँपते हुए चीं-चीं करने लगा, जैसे डर रहा हो कि अब उसे मालकिन की भी ताड़ना सहनी होगी। मालकिन उसे गोद में बिठाकर उसकी चोट वाली जगह को सहला रही थी।

"देखो तो किस जोर से मारा है। अभी तक काँप रहा है।" महिला कुपित आँखों से कभी रोशन की तरफ देखती, कभी पिस्ता की चोट को सहलाती। "बास, बास..." और कहते-कहते उसने 'पिस्ता' का मुख चूम लिया।

रोशन कूल्हों पर हाथ रखे आग्नेय आँखों से कभी सम्भ्रान्त महिला की तरफ देखता, कभी बाल्टी के जूठे पानी को। उसकी पत्नी कह रही थी, "अब शान्ति करो। मद्दी को सँभालो, देखो रो रहा है। जो हो गया, सो हो गया।"

रोशन पीछे बैठते-बैठते यह कहने से नहीं चूका, "ठीक है, जानवर है, लेकिन मालिक तो समझदार होने चाहिए। कुत्ते को बाहर छोड़ देती। हग-मूत आता और पानी भी पी आता। यहाँ सारा डिब्बा ख़राब कर रहा है।"

महिला व्यंग्य करने से नहीं चूकी, "अणे बड़ी कीमखवाब बिछी है डिब्बे में!"

"बहन जी!" रोशन की पत्नी बोली, "अब आप भी चुप हो जाओ। इन्होंने कोई गलत बात नहीं कही। अब कुत्ते का जूठा पानी कौन पिएगा?"

महिला ने एक क्षण की देरी किये बिना कहा, "जिसे मौत नज़र आएगी..."

हम सब हक्के-बक्के से उसका मुँह देखने लग गये थे। वह कह रही थी, "देखना, अब किसी का बाल भी बाँका नहीं होगा। हमने बेज़बान की प्यास बुझायी है।"

ये शब्द उसके मुँह में ही थे कि गाड़ी ने धकच्चा खाया, जैसे उस महिला की भविष्यवाणी से प्रेरित होकर ही गाड़ी चल पड़ी थी।

"हे ईश्वर! तेरा लाख-लाख शुकर है!" कोई एकाएक बोल उठा था।

रोशन की बच्ची काफी सँभल गयी थी और आँखें खोले बिटर-बिटर देख रही थी। माँ बैठी-बैठी जैसे निहाल हो उठी थी। उसके होंठ को उँगली से छेड़ते

हुए लाड़ से कह रही थी, ''हाँ, जोर की प्यास लगी थी। पानी पीना था। इसलिए रोयी थी। हाँऽऽऽ...''

बच्ची को हाथ-पैर मारते देख रोशन भी धीमे-धीमे मुस्करा पड़ा और उसकी तरफ ध्यान से देखते हुए बोला, ''मुइया ने दिन में भी तारे दिखा दिये थे।''

कुत्ते वाली महिला के दोनों बालक जाग गये थे और रोने लगे थे। एक को महिला ने स्वयं उठाया, दूसरे को मेरी ने।

''मेरी, लगता है, प्यासे हैं!'' वह बोली। फिर एकाएक रोशन की पत्नी की तरफ देखते हुए कहा, ''यह पानी तो आप अब पिओगे नहीं। हम एक गिलास ले लें?''

रोशन लाल तो उसका मुँह ही देखता रह गया। अप्रत्याशित रूप से कहा, ''ले लो। अब यह हमारे किस काम का?''

मेरी चाँदी का गिलास लेकर आयी और बाल्टी में से भरकर ले गयी। माँ ने बारी-बारी से दोनों बच्चों क मुँह से वही पानी लगाया जो रोशन गड्ढे में से भरकर लाया था और जिसे उनका कुत्ता जुठार गया था।

इसके साथ ही यह दूसरी अप्रत्याशित बात हुई। डिब्बे के लोग प्यासे थे। सारे विधि-निषेध भूल गये। कई लोगों ने गिलास-कटोरे निकाले और कुत्ते का जूठा पानी पीने को तत्पर हो गये।

एक लड़की बड़ा-सा कटोरा भरने लगी ते रोशन की पत्नी ने उसे रोक दिया, ''ठहरो, इतना पानी नहीं कि गिलास-कटोरे भरकर पिओ। पता नहीं, कब हिन्दुस्तान पहुँचते हैं। ऐसा करो, चुन्नी या रूमाल का कोना डुबोओ और गीले कपड़े से हलक तर करो। इस तरह सबका काम चल जाएगा।''

बस, कोई रूमाल का कोना भिगो रहा है, कोई चुनरी गीली कर रहा है। किसी ने भरम नहीं किया कि कपड़े मैले-कुचैले हैं या पानी कुत्ते का जुठारा हुआ है। सब हलक तर कर रहे थे। गाड़ी ने भी रफ्तार पकड़नी शुरू कर दी थी। प्रतीत होता था वह उस धावक की तरह भाग रही थी जो विजय-रेखा को देखकर पूरा दम लगाकर उसे छूने का उद्यम करता है।

*(हिन्दी कहानी)*

# सरहद पर

नन्दकिशोर विक्रम

''अम्मी हम कहाँ जा रहे हैं?'' नन्हें नज़मी ने शाहिदा का पल्लू पकड़ते हुए पूछा।

''छोड़ नज़मी मुझे सामान बाँधने दे।'' शाहिदा ने पल्लू छुड़ाते हुए कहा।

''तो बताओ ना अम्मी!''

''देख नज़मी अगर नहीं मानेगा तो पीटूँगी।''

''फिर बताओ ना अम्मी हम कहाँ जा रहे हैं?''

''अरे बाबा हम पाकिस्तान जा रहे हैं।'' शाहिदा ने तंग आकर जवाब दिया। यह सुनकर नज़मी जोर-जोर से चिल्लाने लगा, ''हम पाकिस्तान जाएँगे—लेकर रहेंगे पाकिस्तान-पाकिस्तान ज़िन्दाबाद—कायदे-आज़म ज़जिन्दाबाद!'' मगर अभी नज़मी नारे लगा ही रहा था कि उसके अब्बा बाहर से आ गये। जैसे ही उन्होंने नज़मी को नारे लगाते सुना वह चिल्ला उठे—

''नज़मी!''

बेचारा नज़मी सहम कर एक कोने में जा खड़ा हुआ जैसे कोई खरगोश शिकारी को देखकर झाड़ी में जा छुपता है और सलीम शाहिदा के पास आकर शोर मचाने लगा—

''न जाने ये औरतें किस तरह काम करती हैं। तीन घंटे से सामान बाँध रही हैं, मगर अभी तक तैयार नहीं हुईं। एक तो देर कर रही हैं ऊपर से नज़मी पाकिस्तान जिन्दाबाद के नारे लगा रहा है। अगर किसी हिन्दू या सिख ने सुन लिया तो फिर हमारी लाशें भी पाकिस्तान नहीं पहुँच सकेंगी!''

सलीम का पारा हाई डिग्री पर देखकर सलीम की बहन जुबैदा और उसकी बीवी शाहिदा बड़ी तेजी से सामान बाँधने लगीं मगर उन्हें घर की कोई चीज छोड़ने को जी नहीं चाहता था। वे चाहती थीं कि ग्रामोफोन, मूल्यवान आभूषण, जरी और मखमल के कपड़े, वर्षों की इकट्ठी की हुई तस्वीरों और पुस्तकों को भी साथ ले जाएँ मगर सलीम ने दोबारा चीखते हुए कहा—

"छोड़ो इन ग्रामोफोन और तस्वीरों को, अगर जिन्दगी हुई तो और बना लेंगे। बारह बज चुके हैं और रातोंरात हमने हिन्दुस्तान की सरहद को पार करना है।"

और सवा बारह बजे यह छोटा-सा काफिला घोड़ों पर सवार चल पड़ा हिन्दुस्तान को छोड़कर पाकिस्तान की ओर...अपनी मातृभूमि से दूर...

चारों ओर घटाटोप अँधेरा छाया हुआ था। हर कोई गहरी नींद सो रहा था। केवल गाँव के चौकीदार और कुत्तों की आवाज़ें ही कानों में पड़ रही थीं। उस वक्त सलीम, शाहिदा, जुबैदा, नज़मी और उनका नौकर अकरम घोड़ों पर सवार, कदम-कदम पर ठोकरें खाते हिन्दुस्तान से दूर पाकिस्तान जा रहे थे। उस समय सलीम की हालत उस सारस की तरह थी जिसका साथी उससे बिछड़ गया हो। उसकी ऐसी हालत क्यों न होती। वह अपने गाँव से हमेशा के लिए दूर जा रहा था। उस समय सलीम को हिन्दुस्तान के नेताओं की खुदग़रजी याद आ गयी जो देश की जनता की भलाई की उपेक्षा करके अपने स्वार्थ में लगे हुए हैं जबकि इस स्वर्ग समान देश में जहाँ सुबह से शाम तक आग बरसाने वाले दिनों और अत्यन्त ठंडी रातों को किसान ख़ून-पसीना एक करता है मगर पैदा होने वाला अनाज साहूकार के एक फलांग लम्बे गोदाम में भर दिया जाता है और उस समय उसका जी चाहा कि वह चिल्ला उठे—

'ऐ हिन्दुस्तान के हिन्दू-मुसलमानो! तुम इस धरती पर न तो पाकिस्तान बनने दो और न ही खालिस्तान, बल्कि तुम इस धरती पर एक ऐसा 'स्तान' बनाओ जहाँ साम्प्रदायिक दंगे न हों। हर इनसान का दिल मानव-प्यार से भरा हो। मज़दूर और किसान पर पूँजीपति का अत्याचार न हो और अगर ऐसा नहीं हो सकता तो खुदा से दुआ करो कि ऐ खुदा! इस भूमि पर एक ऐसी बाढ़ ला जिसमें यह भूमि और इसके वासी हमेशा-हमेशा के लिए डूब जाएँ और हिमालय पर्वत की सिर्फ वही चोटी और उसका आँचल रह जाए जहाँ हज़रत नूह की किश्ती आकर किनारे लगी थी और उस उच्चतम चोटी पर एक सुर्ख झंडा लगा हो—ख़तरे की निशानी अर्थात् इसके निकट न आओ और उसके पास ही एक बोर्ड लगा हो जिस पर बड़े-बड़े अक्षरों में निम्नलिखित इबारत तहरीर हो :

'इसके आँचल में एक देश आबाद था जिसे सोने की चिड़िया कहा जाता था। इस जगह दुनिया को शान्ति और एकता की शिक्षा देनेवाले, सच्चाई के देवता, नेकी के अवतार, मानवता के प्रचारक, दीन-दुखियों के सहायक, सत्य और प्यार के उपदेशक पैदा हुआ हुए थे—लेकिन यहाँ की कौमें अल्पसंख्यकों, निहत्थे इनसानों को मौत के घाट उतार कर, औरतों के सतीत्व को दाग़ लगाकर अपने आपको बहादुर खयाल करती थीं। हर साल गाय और सूअर के नाम पर साम्प्रदायिक दंगे हो

जाते थे, जिसके परिणाम में हजारों इनसान मुफ़्त में दंगों की भेंट हो जाते थे।

'इस देश के पानी में डूबने से कुछ समय पहले यहाँ जनूनी राजनीतिज्ञ रहा करते थे, जिनके कारण यह देश दो टुकड़ों में बंट गया। यहाँ एक तरफ अमीरों के रहने के लिए महल खड़े थे तो दूसरी तरफ—तंग और अँधेरी गलियाँ थीं, जहाँ चिराग थे मगर मद्धम! जहाँ ठंडी आहें थीं मगर दबी हुई! जहाँ जिन्दगी थी मगर तड़पती हुई। यहाँ अमीरों के महलों और हवेलियों की बुनियादें मजदूर और मिट्टी तथा चीथड़ों में लिपटे उनके बच्चे रहा करते थे। यहाँ के लेखकों और कवियों की कृतियाँ इश्क-ओ-मुहब्बत में डूबी हुई होती थीं। शायद वे अपने देश की प्रगति और विकास के बारे में लिखना अपना अपमान समझते थे। दुनिया के देश शिक्षा तथा उद्योग में उन्नति कर रहे थे, किन्तु यहाँ के लोगों ने बच्चे पैदा करने में रिकार्ड तोड़ दिया था और वे बड़े गर्व से कहा करते थे कि हमारी आबादी दुनिया में दूसरे नम्बर पर है। हालाँकि वे सिर्फ कमजोर और दुबले-पतले, नंग-धड़ंग, मरियल तथा मिट्टी और चीथड़ों में लिपटे हुए बच्चे पैदा करना ही जानते थे। उनकी शिक्षा, स्वास्थ्य और प्रशिक्षण की व्यवस्था करना नहीं जानते थे—यहाँ एक देश आबाद था जिसे सोने की चिड़िया कहा जाता था।'

एकाएक उसके विचारों का ताँता टूटा और उसने देखा, कुछ दूरी पर अमृतसर शहर है और शोले अमृतसर के मकानों से आसमान की ओर उठ रहे थे। हर-हर महादेव, सत सिरी अकाल और नारा-ए-तकबीर के गगन-भेदी नारों के साथ ही नगरवासी मारकाट में मग्न थे। चारों ओर एक हंगामा मचा हुआ था। औरतों और बच्चों की चीख-पुकार से कान पड़ी आवाज़ सुनाई नहीं देती थी—यह अमृतसर शहर था—यहाँ ईदें और गुरुपरब इकट्ठे मनाये जाते थे। यहाँ जालियाँवाला बाग है, जहाँ हिन्दू-मुसलमानों ने सीना तानकर गोलियाँ खायी थीं—सिसकती हुई सभ्यता में नयी आत्मा फूँकने के लिए, आज़ादी हासिल करने के लिए और हिन्दू-मुस्लिम एकता को कायम करने के लिए। यहाँ सुनहरी गुरुद्वारा है—अमन और शान्ति के देवता, एकता के उपदेशक—सच्चाई के अवतार का जिन्होंने सच्चाई और एकता की शिक्षा देकर हमें खोया हुआ रास्ता दिखाया—लेकिन आज—आज हर तरफ ख़ून-ख़राबा हो रहा था। औरतों की इज्जत लूटी जा रही थी। बच्चों को नेज़ों की नोकों पर खड़ा किया जा रहा था—शायद आज इसी को गुरु की शिक्षा ख़याल किया जा रहा था।

अभी उसकी नज़र शहर पर जमी हुई थी कि बीस-पच्चीस बलवाई हाथों में तलवारें और पिस्तौल लिए उन पर टूट पड़े। उन्होंने सलीम की बहन जुबैदा की उनके सामने ही इज्जत लूटकर उसे मौत के घाट उतार दिया। उन्होंने एक ही वार

से अकरम को समाप्त कर दिया और तलवार से नज़मी के दो टुकड़े कर दिये। उन्होंने अपनी ओर से सलीम और शाहिदा को भी सीमित जीवन से वंचित कर दिया, किन्तु वे दोनों मरे नहीं। सलीम तो सिर्फ ज़ख्मी ही हुआ मगर शाहिदा बेटे के ग़म और चोटों के कारण पागल-सी हो गयी। सलीम ने उसे सहारा दिया और पाकिस्तान की तरफ चल पड़ा, मगर शाहिदा क़दम-क़दम पर ठहरकर चीख उठती—

"मुझे छोड़ दो। वह देखो...नन्हा नज़मी मुझे बुला रहा है। मुझे छोड़ दो। मैं अपने नज़मी के पास जा रही हूँ।"

और उस समय सलीम भर्रायी हुई आवाज़ में कहता, "शाहिदा! नजमी कहाँ? नजमी तो खुदा तआला के पास पहुँच चुका है!" मगर शाहिदा पर उसकी बातों का कोई असर न होता, बल्कि वह चिल्लाने लगती, "मर तो सलीम गया है। मेरा नजमी तो मेरे साथ है। हाँ! अब वह जवान हो गया है। वह देखो वह अपनी दुल्हन के साथ आ रहा है। मगर तुम उसे पाकिस्तान ज़िन्दाबाद के नारे लगाने से नहीं रोक सकते। वह ज़ोर-ज़ोर से चिल्लाएगा। ऊँचा कहो मेरे लाल! मैं भी तुम्हारे साथ कहूँगी—पाकिस्तान ज़िन्दाबाद! क़ायदे-आज़म ज़िन्दाबाद!!"

और उसी समय सलीम चीख उठा, "शाहिदा जल्दी चलो। वह देखो सामने सरहद है। सुबह होने वाली है। हम जल्दी ही सरहद पार कर लें।"

मगर शाहिदा पर इस बात का कोई असर नहीं होता। वह बोली, "नहीं-नहीं, मैं पाकिस्तान नहीं जाऊँगी। वहाँ मज़हब के नाम पर अल्पसंख्यकों का ख़ून किया जाता है। वहाँ इनसान के रूप में भेड़िये रहते हैं। मैं तो हिन्दुस्तान ही में रहूँगी।" और फिर खुद बोल उठतीं, "नहीं, नहीं, मैं यहाँ नहीं रहूँगी। यहाँ हमारी जान ख़तरे में हैं। मैं पाकिस्तान जाऊँगी।"

इसी तरह उल्टी-सीधी बातें करते-करते वह सीमा के निकट पहुँच गयी, लेकिन यहाँ उसकी हालत बहुत बिगड़ गयी और उसने सलीम की गोद में ही जान दे दी।

शाहिदा की मृत्यु से सलीम दिमाग़ी सन्तुलन खो बैठा और वह पाकिस्तान की ओर चल पड़ा। लेकिन...लेकिन वह पाकिस्तान में नहीं रहा। बल्कि आज भी एक दीवाना हरबंस पुरा और अटारी के दरमियान घूमता हुआ नज़र आता है। जब वह हरबंस पुरा पहुँचता है तो कहता है, "नहीं मैं यहाँ नहीं रह सकता। यहाँ औरतों को नंगा करके उनके जुलूस निकाले जाते हैं। बच्चों को वहशी बड़ी बेरहमी से क़त्ल करते हैं। गाड़ी के इंजनों को औरतों के स्तनों से सजाया जाता है। मैं यहाँ नहीं रह सकता। मैं पाकिस्तान छोड़कर हिन्दुस्तान जा रहा हूँ।" यह कहकर वह

हिन्दुस्तान की तरफ चल पड़ता है, मगर ज्योंही वह अटारी से एक फर्लांग आगे जाता है तो एक पत्थर उठा लेता है और सीने से लगाकर कहता है, "तू कहाँ रह गया था मेरे लाल! चल तुझे तेरी माँ के पास ले चलूँ। हम यहाँ नहीं रह सकते। यह हिन्दुस्तान है—यहाँ के वासी इनसानियत का ढोल पीटकर इनसानियत का खून करते हैं। औरतों की इज्जत उतारना मामूली बात समझते हैं। मकान राख करके अल्पसंख्यकों के बच्चों को गोलियों को निशाना बनाते हैं और चीख उठते हैं—हिन्दुस्तान ज़िन्दाबाद—पाकिस्तान मुर्दाबाद—जैसे उनके कहने से ही पाकिस्तान मुर्दा और हिन्दुस्तान जिन्दा हो जाएगा। चल बेटे तुझे तेरी माँ के पास ले चलूँ। वह कब से तुझे ढूँढ़ रही है।" यह कहकर वह पत्थर को उठाये हिन्दुस्तान और पाकिस्तान की सीमा के निकट पहुँच जाता है और शाहिदा को न पाकर रोने लगता है, और कहता है—

"न जाने तेरी माँ कहाँ चली गयी है। मैं तो उसे यहीं छोड़कर गया था। डर नहीं मेरे लाल! तुझे यहाँ कोई कुछ नहीं कहेगा क्योंकि, यह हिन्दुस्तान और पाकिस्तान की सीमा है। यहाँ पहुँचकर हर इनसान की जान में जान आती है। यहाँ पहुँचकर जिन्दगी के आसार दोबारा उभर आते हैं। यहाँ हिन्दुस्तान ज़िन्दाबाद और पाकिस्तान ज़िन्दाबाद के नारे लगाए जा सकते हैं। यहाँ हिन्दुस्तान और पाकिस्तान दोनों मुर्दाबाद कहे जा सकते हैं, क्योंकि यह जगह हिन्दुस्तान और पाकिस्तान के लीडरों की विरासत नहीं...यह हिन्दुस्तान और पाकिस्तान की सरहद है।"

*(उर्दू कहानी : अनुवाद : नन्दकिशोर विक्रम)*

# सरहद के इस पार

नासिरा शर्मा

खपरैल तड़ातड़ कच्चे आँगन में गिरकर टूट रही थी। मगर किसी में हिम्मत नहीं थी कि आँगन में निकलकर या फिर दालान से ही रेहान को आवाज़ देकर मना करता। अम्मा को दौरा पड़ गया था। हाथ-पैर ऐंठ गये थे। मुँह से झाग निकल रहा था। उनके पास सिर्फ एक ही अभिव्यक्ति रह गयी थी और वह थी गिरकर बेहोश हो जाना।

"मुसीबत जब आती है तो चारों तरफ से आती है!" दद्दा ने अम्मा का हाथ सहलाते हुए कहा।

"रोने से काम नहीं चलेगा लड़की। पीछे की खिड़की से किसी को पुकारो। शायद शकूर घर पर मिल जाए।" दद्दा ने नरगिस से कहा जो माँ का चेहरा देख-देखकर रो रही थी। दद्दा की बात सुनकर वह भागी।

"शकूर चचा...शकूर च...चा!" नरगिस की भर्रायी आवाज़ गूँजी।

"क्या है बन्नो?" शकूर चचा शेव बनाते हुए सामने आये।

"भैया आज फिर सारे खपरैल आँगन में फेंक रहे हैं!" नरगिस ने रोते हुए कहा।

"आ रहा हूँ।" कहकर शकूर कमरे में लपके।

खपरैल के टूटने की आवाज़ के साथ एक और आवाज़ उभर रही थी, "मैं बता दूँगा। गिन-गिनकर बदला लूँगा। मुझसे बचकर कोई नहीं भाग सकता है, मैं पूरी दुनिया जलाकर राख कर दूँगा!"

रेहान भाई को पीछे से पकड़कर शकूर चचा कमरे में ले आये थे। इस पकड़ा-धकड़ी में उनके हाथ-पैर कई जगह से ज़ख़्मी हुए थे। नरगिस को रेहान भाई की हालत देख-देखकर सुरैया आपा से नफ़रत हो गयी थी। वह अगर ऐसा न करती तो क्या भैया की ऐसी हालत बनती?

अम्मा को होश आ गया था। दद्दा उनको रूह-अफज़ा पिला रही हैं। अब्बा को शकूर चचा ने फोन कर दिया है। भैया कमरे में बन्द हैं। खिड़की से उसने

झाँका। वह सुस्त, बेदम, फर्श पर पसीने से नहाये औंधे पड़े हुए हैं।

सात साल की नरगिस सब कुछ देख रही है। दद्दा सुरैया आपा को दुपट्टा फैलाकर कोस रही हैं। अम्मा उन्हें मना कर रही हैं। ऊपर नीम पर बैठी चील चीख रही है।

इन्हीं चीलों को रेहान भाई कितना परेशान करते थे। जिस दिन बाजार से वह गोश्त लाते, साथ में छिछड़े जरूर लाते थे। फिर आँगन के ऊँचे चबूतरे पर खड़े होकर छीछड़े उछालने का नाटक करते चीखते थे—अंडे-बच्चेवाली चील चिलोरिया।...

एक बार खिसियायी चील उनकी उँगली को ज़ख़्मी कर गयी थी। कितना ख़ून निकला था। सुरैया आपा भी क्या चील है? भैया को पागल बना दिया। दद्दा कहती है, "नासपीटी, जहन्नुमी है। जाने कितने घर उजाड़ेगी हर्राफ़!"

"नरगिस! इधर आओ!" अम्मा की कमज़ोरी में डूबी आवाज़ उभरी।

"आयी अम्मा!" नरगिस दौड़ी हुई आयी।

"मेरी तिलेदानी से ज़रा महीनवाली सुई निकाल लाना।"

नरगिस भागती हुई असबाबवाली कोठरी में घुसी। अन्दाजे से तिलेदानी टीन के बक्स से उठायी और कोठरी से बाहर भागी। इस अँधेरी कोठरी से नरगिस को बड़ा डर लगता है। जाने अम्मा इसमें कैसे सामान रखती-उठाती हैं।

"जाकर ज़रा खलिकुन को तो बुला लाओ। कहना, नवाब दुल्हन की तबीयत ठीक नहीं है दद्दा ने फौरन बुलाया है।"

नरगिस दरवाजे की तरफ बढ़ी।

"बेकार आप परेशान हो रही हैं, मैं ठीक हूँ।" अम्मा ने रेहान भाई की बुशर्ट उठाते हुए कहा।

"मेरे जीते-जी सारे चोंचलें हैं। मर गयी तो कौन आएगा यहाँ पर?" दद्दा ने कहा और मरतबान से कुछ मेवे, जड़ी-बूटी जैसी चीजें निकालकर पुड़िया बाँधने लगीं।

गली में सन्नाटा था। हिन्दू-मुसलमान फसाद हुए अभी दो ही दिन गुजरे थे। मगर अम्मा के लिए दो युग। खपरैल पर बैठकर रेहान के जो मुँह में आता, बकता था। माँ-बाप को शर्मिन्दगी के सिवाय कुछ हाथ नहीं आ रहा था।

"मारो सारे हिन्दुओं को, गले दबा दो इनके! साले, कहते हैं कि तुम पाकिस्तानी हो। जाकर पूछो इनसे, तुम्हारे बाप-दादा कहाँ हैं? मेरे बाप-दादा इसी धरती के आगोश में गढ़े हैं। सबूत चाहिए तो जाकर देखो हमारे क़ब्रिस्तान, सबके सब मौजूद हैं वहाँ—खुद गद्दार हैं और हम पर इल्जाम लगाते हैं।...नौकरी न देने का अच्छा बहाना ढूँढ़ा है! आखिर कहें भी क्या? मारो सब कातिलों को! मारो, खून की नदियाँ बहा दो मार-मारकर!"

सबको पता था, रेहान के दिमाग़ पर असर है। पैट्रोलिंग पुलिस के सिपाही भी हँसते गुज़र जाते थे। कुछ 'पागल है' कहकर थूकते और कुछ सिपाही जाने क्या सोचकर सिर हिलाते, जैसे वह सब समझ रहे हों।

शकूर कई बार नीचे से समझा चुका था मगर कौन समझता है। पूरा मोहल्ला हिन्दुओं का है, सिर्फ तीन-चार घर मुसलमानों के हैं। गली के पार सारा-का-सारा मुहल्ला मुसलमानों का है। बात यहीं नहीं रुकी। जब कपड़े ख़त्म हुआ तो जान-बूझकर रेहान शेरवानी पहनकर निकला।

"देखें किस माई के लाल में ताकत है मुझे छूने की!"

दद्दा ने सिर पीट लिया, "यह हमें रुस्वा कराके रहेगा। भुस में चिनगी डाल रहा है। आग न लगती होगी तो लग जाएगी।"

दोपहर में वर्माजी की पत्नी अम्मा से कह गयी थी, "बहिनजी! परेशान न हों। हम रेहान को हमेशा से जानते हैं, अपना लड़का है। उसकी बातों की सब समझ रहे हैं। आप चिन्ता न करें।"

इस तरह से कई पड़ोसिनें अम्मा के शर्मिन्दा सरापे को सहारा देकर और दद्दा के हाथों का पान खाकर चली गयी थीं। अम्मा सुता मुँह लिए बैठी रहीं। क्या कहतीं?

रेहान ने फर्स्ट क्लास में एम.ए. पास किया था। पाँच साल से नौकरी की तलाश थी। पी-एच. डी. से मन उचटा हुआ था। सुरैया से उसकी दोस्ती बी. ए. में हुई थी। दोस्ती इश्क में बदली और फिर शादी के वायदे में, मगर जब घरवालों को पता चला तो उन्होंने सुरैया से साफ कह दिया कि सैयद की लड़की शेखों में नहीं जाएगी। खानदान भी छोटा, औसत लोग हैं, फिर दो वर्ष से बेकार लड़का। लड़की का गला न घोंट दें ऐसे घर में शादी करने से।

बहुत दिनों तक यह बात रेहान से छुपी रही, मगर जब सुरैया की मँगनी हो जाने की बात उसके कान में पहुँची तो उसे एकाएक यकीन ही नहीं आया। परसों ही तो सुरैया से उसकी मुलाकात हुई थी। उसने ज़रा भी जो इशारा किया हो। अपनी बेबसी पर वह बेकरार हो उठा।

सुरैया के घर तो जा नहीं सकता था। घुटता रहा। वायदे के मुताबिक सुरैया जुमे के दिन आयी भी नहीं।

बेकारी, इश्क में नाकामी और बेवफाई ने रेहान को दीवाना बना दिया। दद्दा का ख़याल था कि सुरैया की फुफ्फी ने रेहान पर जादू-टोना किया है। वह बहुत जल्लाद दिल की औरत है। उसने अपनी सौत के गुप्त अंगों को जलते चिमटे से दागा था। ऐसे बुरे लोगों के बीच में रेहान जाकर फँस गया। जितना रेहान को सुरैया से नफरत दिलायी जाती, उतना ही वह उसके लिए अधिक व्याकुल होता गया।

फसाद फिर हो गया। शहर में तनाव बढ़ गया। पुलिस हरकत में आ गयी और रेहान बेकरार। ऊपर छप्परों पर बैठा फिर औल-फौल बकने लगा। आज उसे नौकरी मिल जाती तो क्या सुरैया की शादी की तारीख तय हो पाती? नारायणजी का जुम्ला नश्तर चुभो रहा था, "रहते हैं हिन्दुस्तान में, मगर सपने देखते हैं पाकिस्तान के!" दिल चाहा, पटख-पटखकर नारायण को मारकर पूछे—मन्दिरों की मूर्तियाँ डालर और पाउंड के लालच में कौन बेचता है? उसकी बातों की हकीकत को कोई समझना नहीं चाहता है। सब उसे पागल, दीवाना कहते हैं। कोई नहीं पकड़ता इन गद्दारों को जो शराफ़त का लिबास पहनकर दूसरों पर कीचड़ उछालते हैं। उसका खून फिर गर्म होने लगा। सुरैया की छत पर उसके कपड़े फैलाकर बुआ नीचे गयी है। धानी दुपट्टा हवा में लहरा रहा है। छींटदार शलवार व कमीज़ हवा में फड़फड़ा रही है।

"मारो कातिलों को, मारो मेरे कातिल को। सब नामर्द अन्दर बैठे हैं। कोई नहीं बाहर निकलता है। यह मेरा वतन है, मेरा वतन। देखता हूँ कौन मुझे जीने से रोकता है? हिम्मत है तो आओ, निकलो। एक-एक का सिर फोड़ डालूँगा!" कहकर उसने खपरैल फेंकने आरम्भ कर दिये। गनीमत यह थी कि दो घंटे के लिए कर्फ़्यू हटा था।

शकूर चचा गुस्से से काँपते हुए ऊपर चढ़े। बिना कुछ कहे दो जोरदार चाँटे रेहान के मुँह पर जड़े और पीठ पर दो घूँसे—'बदतमीज़! बेअदब! जो मुँह में आता है, बकता चला जा रहा है!' धक्का देकर नीचे आँगन में रेहान को गिराया और लात-घूँसों की बारिश कर दी।

"सुरैया सिर पर सवार है! हिम्मत है तो उसके बाप को गालियाँ दो। उससे डरता है। डरपोक!" शकूर चचा रेहान भाई को मार-कूटकर दद्दा के पास आकर बैठ गये। उनके चेहरे से दुख और ग्लानि टपक रही थी।

"मोहल्ले में इसकी बेहूदगी की वजह से नज़रें चुरानी पड़ती हैं। कम्बख़्त ने कहीं का नहीं रखा।" अभी शकूर कुछ और कहते कि बम के धमाके से वह चौंक पड़े। लपककर बाहर भागे।

आँगन में रेहान भाई औंधे पड़े थे। मुँह से राल बहकर आँगन की मिट्टी भिगो रही थी। नरगिस का दिल भैया के सिर से मिट्टी झाड़ने का चाहा रहा था मगर सबके फूले मुँह देखकर वह सहमी बैठी रही।

ऊपर नीले आसमान पर बेशुमार चीलें पंख फैलाये ऊँची उड़ान भर रही थीं। बाहर ख़ामोशी छा गयी। कर्फ़्यू शुरू हो गया था। शकूर चचा ने खिड़की से पुकारकर कहा, "अम्मा! कल्लन मियाँ चल बसे। अफ़ज़ल के बनाये बम फट गये। पुलिस उनके घर में है। कल्लन मियाँ की बीवी भी जख्मी हुई हैं और अफ़ज़ल, उसकी बोटियाँ छत की बल्लियों से लटक रही हैं!"

"हाय...कैसा बुरा ज़माना लगा है।" दद्दा इतना कहकर रह गयीं। नरगिस की आसमान पर टिकी आँखें खौफ़ज़दा हो गयीं। कहीं भैया को मरा समझकर चीलें उनसे बदला लेने न आ जाएँ? इस खयाल के आते ही नरगिस भागी और रेहान भैया की चौड़ी पीठ से लिपट गयी।

रात अँधेरी थी। शहर ख़ामोश। धड़कते भयभीत दिल, भारी बूटों और लाठियों की ठक-ठक को सुनते-सुनते सो गये थे। रेहान चुपचाप छप्पर पर बैठा दूर तक फैली खाली सड़क पर नज़रें गाड़े जाने क्या देखने की कोशिश कर रहा था।

रेहान के मन में आज सुरैया के लिए नफ़रत-ही-नफ़रत उफन रही थी। सुरैया का विवाह पाकिस्तान में किसी बड़े आफिसर से हो रहा था। इसीलिए वह चुप रही थी कि शादी के बाद सरहद के पार निकल जाएगी। सरहद के इस पार किसी के दिल पर कौन-सी बिजली गिरेगी, वह इन सारे अहसासों से पूरी तरह से आज़ाद होगी।

घंटाघर ने बारह बजाये। रात की खामोशी फट गयी। रेहान ने आसमान पर नज़र डाली—तारे छिटके थे। वह व्याकुल हो उठा। खड़े होकर उसने चारों तरफ देखा। पीली मलगिजी रोशनी में गलियाँ बन्द दरवाज़ों से लिपटी सिसक रही थीं। मन में बवंडर उठा। छप्पर—छप्पर आगे बढ़ने लगा। गर्मी के दिन थे। लोग अपने आँगनों में लेटे सो रहे थे। सुरैया का पक्का ऊँचा मकान पल-पल उसके समीप होता जा रहा था। काश! एक बार उस बेवफा से मुलाकात हो जाती तो बताता कि नफरत में भी उतनी ही शिद्दत होती है, जितनी इश्क में। अपने अलफ़ाज़ों से आग लगा दूँगा उसके ख़ामोश सरापे में, सारी उम्र अंगारों पर लोटती रहेगी।

नीचे आँगन में कोई भयभीत आवाज़ उभरी, "कौन है? कौन है?"

"क्या हुआ?" नीचे आँगन में घरवाले जाग गये थे और एक-दूसरे से पूछ रहे थे। रेहान चौंक पड़ा। जाने किसका घर है? वह दबे पाँव घर की तरफ लौटने लगा।

"कुछ नहीं, बिल्ली होगी, तुम सो जाओ।" आँगन से आवाज़ उभरी। फिर ख़ामोशी छा गयी।

लौटते हुए उसके कानों में उन्हीं घरों में से एक से दबी-दबी महीन आवाज़ पहुँची, 'बचाओ! बचाओ!' बढ़ते कदम रुक गये। ठीक उसी के पैरों के नीचे कुछ घट रहा है। तड़पकर वह उस घर के आँगन में कूदा और तेजी से दालान की तरफ बढ़ा। आवाज़ कमरे से बुलन्द हो रही थी। पैर की ठोकर दरवाज़े पर मारी। दरवाज़ा भिड़ा हुआ था। दोनों पट भड़-से खुल गये।

एक लड़की को पकड़े दो लड़के खड़े थे और वह उनसे अपने को छुड़ा रही थी। पास ही सूखा-सा लड़का बैठा बीड़ी पी रहा था।

"क्या बात है?" रेहान की आवाज़ से वह चौंककर उछले और फिर उग्रता से आगे बढ़े।

"पहचाना नहीं? अपना पार्टनर है यार! रेहान है रेहान!" एक ने हँसते हुए कहा।

"वह दीवाना रेहान?" दूसरे ने हैरत से पूछा।

"यह कौन है?" रेहान के अन्दर घुसते हुए पूछा।

"दिखता नहीं है क्या? लड़की है और कौन है?" एक लड़के ने हँसकर कहा।

"सुझाई तो तुम्हें कुछ नहीं दे रहा है दरिन्दे!" इतना कहकर रेहान ने उसके मुँह पर घूँसा मारा। खून का फव्वारा छूटा और सामने के दाँत उछलकर दूर जा गिरे।

लड़की हिन्दू थी और कमसिन भी। कर्फ़्यू लगने की आपा-धापी में यह लोग उसे उठा लाये थे। भीड़-भड़क्के में किसी को पता भी न चला, कौन किधर जा रहा है। सबको इतने कम वक्त में सामान खरीदना, मिलना-जुलना रहता था कि बौखलाये लोग यह समझ नहीं पाते थे कि उनके आस-पास क्या घट रहा है।

घृणा की आग में वासना की लकड़ी दहक उठी थी। दोनों लड़के पगलाये हुए थे। इतनी मुश्किल व कोशिशों से वह बहला-फुसलाकर लड़की लाये थे। रेहान सारा मज़ा किरकिरा कर रहा है।

"तुमको बड़ी हमदर्दी हो गयी है इस हिन्दू लौंडिया से?" दादा टाइप दूसरे लड़के ने गर्दन से रूमाल निकालकर पैर पर मारते हुए बड़ी शाने बेनयाज़ी से कहा, जिसमें भिड़ने की चुनौती थी।

"बहुत...!" रेहान ने कूल्हों पर अपने बड़े-बड़े हाथ रखते हुए कहा।

"सारे दिन साला दीवाना बना हिन्दुओं की माँ-बहन तौलता है और अब रात के अँधेरे में हिन्दू लौंडियों की वकालत करने निकला है!" उस मरियल-से लड़के ने बीड़ी हाथ से फेंकते हुए कहा।

"इस वक्त मेरे तन-बदन में उतनी ही आग लगी है जितनी तुम्हारी बहन को किसी हिन्दू के घर में इस हालत में देखकर लगती।" रेहान ने सीना तानकर गर्दन ऊपर उठायी।

"यार, मज़ाक मत करो! तुम्हारा भी हिस्सा होगा, समझे!" दादा टाइप लड़के ने पैंतरा बदलते हुए रेहान को आँख मारते हुए कहा।

"फिर निकाला मुँह से यह अल्फ़ाज़ तो..." काँपता हुआ रेहान का हाथ उठा।

"हिन्दू लौंडिया के लिए मुसलमान भाई पर हाथ उठाओगे?" उसी लड़के ने आस्तीन चढ़ायी।

"कोई अपनी जगह से हिला तो मार-मारकर भूसा भर दूँगा!" रेहान ने

धीरे-धीरे लड़की की तरफ बढ़ते हुए लड़कों को धमकाया।

"हमारे घर कौन जला रहा है? हमारी माँ-बहन को कौन ख़राब कर रहा है? हम या वह?" खून आस्तीन से पोंछता हुआ पहला लड़का बोल उठा।

"इस पर दूसरा पागलपन का दौरा पड़ा है।" मरियल लड़के ने धीरे-से कहा।

"मेरे जीते-जी इस मोहल्ले में किरपी जालिम औरंगजेब की पैदाइश नहीं हो सकती। तारीख़ दोबारा मेरे सामने नहीं दोहराई जाएगी वरना...।" रेहान ने लाल आँखें तरेरीं। लड़की को आगे बढ़कर कन्धे के पास से सहारा दिया।

"उसे यहीं छोड़ दो वरना हम तीन हैं।"

"मैं एक ही काफी हूँ तुम सबको सँभालने के लिए। हाथ-पैर मरोड़कर फेंक दूँगा! सुलझाते रह जाओगे!" रेहान ने मरियल-से लड़के को एक लात घुमाकर मारी और दूसरों की घूँसों से खातिर की। लड़की से कहा कि बाहर खड़ी हो जाये।

मार-कूटकर उसने तीनों लड़कों को कमरे में बन्द किया और लड़की को लेकर कच्ची दीवार पर चढ़ा। फिर लड़की को दोनों हाथों से ऊपर उठाया। नरगिस से दो-तीन साल ही बड़ी होगी। छप्पर पर बिठाकर धीरे-से बोला—

"तुम्हारे पिताजी का नाम?"

"रामखिलावन।" लड़की ने काँपते हुए कहा।

"नुक्कड़वाली पंचूरिया की दूकान?"

"हाँ, वह हमारे बापू की है।" लड़की ने उत्साहित होकर कहा।

"अच्छा! अब इस भयानक माहौल में तुम्हें घर तक कैसे पहुँचाऊँ?"

"हमार चचा पुलिस में सिपइया है।" लड़की ने भोलेपन से कहा।

"होंगे।" लापरवाही से रेहान ने कहा। उसके दिमाग में एक ही बात थी कि लड़की की बदनामी न हो। सामने एक ही रास्ता है। छप्पर-छप्पर चलता उधर जाये, मगर यह लड़की...?

"तुम चल पाओगी छप्पर पर बिना शोर किये।" रेहान ने पूछा।

"काहे नाहीं!" लड़की उसी उत्साह से बोली।

घण्टाघर से तीन का गज़र गूँजा।

"चलो।" रेहान उठा।

"मगर भैया! बीच में गली पड़िये, ओका कैसे लाँघब?"

"चलो उठो तो!" रेहान ने लड़की के सिर पर चपत मारी।

खामोश कदम छप्परों पर उठ रहे थे—खपरैल के बीच में रास्ता बनाते हुए। काम जोखिम का था। तैश में भी रेहान को लड़की की बदनामी का डर लगा हुआ था। नीचे गलियों में गश्त करती पुलिस भी ऊँघ रही थी।

लड़की को उसके घर की छत पर चढ़ाकर रेहान जब लौटने लगा तो सुबह

का उजाला फैलनेवाला था। सामने सुरैया का मकान गर्दन ऊँची किये खड़ा था। रेहान ने नफरत से मुँह फेर लिया।

दावतनामा अम्मा की पलँग पर पड़ा था। सुनहरे हर्फों से सुरैया और एमतेयाज का नाम लिखा हुआ था। परसों सुरैया की शादी थी। नायन ने बताया कि चौथी के दूसरे दिन सुरैया पाकिस्तान चली जाएगी।

नायन के जाने के बाद अम्मा चुपचाप हाथ में पकड़े कपड़े की बखिया उधेड़ती रहीं, मगर दद्दा ने कोसना शुरू कर दिया। नरगिस को एक ही बात समझ में नहीं आ रही थी कि हर एक से भिड़नेवाले निडर रेहान भैया सुरैया आपा से क्यों डरकर बैठ गये? उनका सारा जुल्म सह रहे हैं, जबकि हमेशा खुद कहते थे, "अम्मा! जुल्म सहनेवाला जालिम के हाथ और मजबूत करता है।" तो क्या रेहान भाई की ख़ामोशी सुरैया आपा के हाथ और मज़बूत कर देगी? बहुत बड़े और भारी हो जाएँगे उनके हाथ क्या?

"उस हुराफा के सीने में मर्द का दिल है, इस निगोड़े के सीने में लड़की का दिल है। उल्टी गंगा बह रही है।" दद्दा सुरमेदानी में सुरमा भरती हुई बोलीं।

पलँग पर सोये रेहान भाई के पास दबे पाँव नरगिस पहुँची। धीरे-धीरे उनके बाजुओं पर हाथ फेरा। मछलियों की सख़्ती का अन्दाज़ा लगाया। पत्थर है पत्थर, नरगिस ने सोचा। मुड़कर सामने गयी ताकि चेहरे का मुआयना करे। गाल अब भी लाल हैं। बीमार कमज़ोर होते तो चेहरा पीला होता। मुँह पर बैठी मक्खी हँकाते हुए नरगिस को इतमिनान हुआ।

"क्या है, भाई के क्यों चक्कर लगा रही है? सोने दे उसे।" दद्दा ने नरगिस को झिड़का।

आँगन में चबूतरे पर बैठकर नरगिस चुपचाप ऊपर आसमान को ताकने लगी। नीले आसमान पर पंख फैलाये चीलें उड़ रही थीं।

"होली जल रही है क्या?" हँसते हुए किसी का जुम्ला उछला।

"हाँ, खयाल और परवाज़ की होली नहीं, बल्कि चिता कहें।" रेहान ने काग़ज़ के ढेरों से लपकते शोलों को देखकर कहा।

"किसके ख़याल और परवाज़ की चिता है?" सड़क से गुजरते हुए किसी ने पूछा।

"इक़बाल! शायरे अज़ीम, जिसने पाकिस्तान बनने का ख़्वाब देखा था!" रेहान ने किताब के और पन्ने फाड़े और ढेर पर डाले। शोले लपके।

"अरे-अरे रेहान! यार, तुम वाकई पागल हो गये हो? क्या इसीलिए सुबह-सुबह इक़बाल का दीवान माँगने आये थे?" परेशान-सा परवेज़ कह उठा।

"सब घरों से इक़बाल को बटोर लाया हूँ।" रेहान ने शोलों को ताकते

हुए कहा।

"मगर क्यों?" परवेज़ ने पूछा।

"जो शायर दिलों को काटने की बात करते हैं, इनसानी रिश्तों को तोड़ने की बात करते हैं उनका अदब कोयला है जिसे छू कर हाथ काले होते हैं और दिमाग तारीक़। समझे मियाँ परवेज़!" रेहान ने, वहीं गली में उकड़ूँ बैठते हुए कहा।

"खुद इक़बाल आये थे कहने तुमसे क्या?" सलीम ने उसे झिंझोड़ा। गली में चारों तरफ इक़बाल के शेर काला काग़ज़ बनकर उड़ रहे थे।

"नहीं! मगर जो कहते हैं और समझते हैं वह यह जान लें कि ऐसे इल्जाम के कटघरे में खड़ा करके कोई उस शायर की शख़्सियत के परखचे भी उड़ा सकता है।" रेहान ने गोद में रखे कागज उसमें फेंके।

"कौन उड़ा सकता है सिवाय जनाब रेहान, दीवाने नम्बर वन के! इतने अहमक होंगे यार, मुझे मालूम न था? निरे पागल ही हो उठे हो क्या?" असलम ने ग़म और गुस्से से कहा।

"सुरैया का ग़म इक़बाल को जलाकर कम हो जाएगा क्या?" परवेज़ ने धीरे-से कहा।

"कौन सुरैया?" रेहान ने हँसकर पूछा।

"तुम्हारी महबूबा और कौन?" असलम जलकर बोला।

"दीवाने हो क्या? मेरी महबूबा मेरे दिल के दायरे में होती। किस कम्बख़्त का नाम ले रहे हो, जो अपनी सरहद का आर-पार भी नहीं समझती है अहमक़!" रेहान ने कहकहा लगाते हुए कहा।

("अँग्रेज़ों ने हमें फसाद की शक्ल में पाकिस्तान तोहफ़े में दिया है और हम इस ज़ख़्म को जब तक जीएँगे, पालते रहेंगे—करें भी क्या? कर ही कुछ नहीं सकते हैं। अपाहित जो ठहरे...।") रेहान ने बुझते, अधजले काग़ज़ों को डंडी से हिलाया। पूरी गली में जले छोटे-बड़े काग़ज़ के टुकड़े उड़ रहे थे।

"मेरे ग़म को सुरैया की सरहदों में कैद करके तुम सब हकीकत से फरारी चाहते थे।" रेहान ने हँसते हुए कहा।

जेब से सुनहरी डिबिया निकालकर बची राख उसमें अहतियात से भरी और डिबिया बन्द करके दोबारा जेब में रख ली।

"मगर दोस्त! यह फ़रारी कब तक? कहीं पर जाकर बन्द गली में सिर फूटेगा ही, तब इस दीवाने को याद कर लेना।" रेहान ने कहा और घर की तरफ चल पड़ा।

आलम और परवेज़ के साथ खड़े दूसरों ने नाउम्मीदी से सिर हिलाया, जैसे कह रहे हों—"अब इसका ठीक होना नामुमकिन है...। बेचारा!"

राख से भरी डिबिया शादी के दिन सुरैया को भेजकर रेहान के दिल को करार आ

गया था।

दद्दा को जितना डर था, वह सब धरा-का-धरा रह गया। पूरे दो दिन ऐसा घोड़ा बेचकर रेहान सोया जैसे उसी के घर से लड़की की डोली उठी है।

गली में कुछ लड़के अवश्य दूकानदारों से पूछ रहे थे कि क्या बात है, वह दीवाना रेहान नज़र नहीं आ रहा है?

हँसकर दूकानदार चुप हो जाते। सबको रेहान से प्यार था। रामखिलावन तो जैसे रेहान के हाथों बिक ही गया था। सरस्वती वाली बात क्या भूलनेवाली है?

घर में सबने खुदा का शुक्र अदा किया कि यह खतरे के दिन खैर व आफियत से टल गये। शकूर भी मुतमईन-से शाम को बैटमिंटन खेलने जाने लगे।

दो दिन से रेहान का पता न था, घर नहीं लौटा था। जाता भी कहाँ था? या तो छप्पर पर बैठा चीखता-चिल्लाता रहता था या फिर गली में इधर-उधर घूमता-फिरता और फिर घर लौटकर चुपचाप पलँग पर पड़ जाता था।

शकूर चचा थककर दद्दा के पास आकर बैठ गये।

"अम्मा! तमाम ढूँढ़ लिया, अस्पताल, नदी, कुँआ...उस रेहान के बच्चे का कहीं पता नहीं है।"

"अपने हिफजा मान में रखना परवरदिगार!" दद्दा ने कहा।

"अजीब-अजीब उन्हें शौक हुए हैं। कुछ दिन पहले रामखिलावन के घर से हाथ में राखी बँधवाये, माथे पर टीका लगवाये निकल रहे थे। अभी भी किसी डिसूज या गुरमीतसिंह के यहाँ पड़े होंगे सैकुलर इंडिया का जाम पिये! हम यहाँ खूने-जिगर पीयें, उनकी बला से!" शकूर चचा ने गुस्से से उबलते हुए कहा। परसों उनका मैच है। प्रैक्टिस पर जा नहीं पा रहे हैं। उनकी बीवी रजिया भी मायके गयी हुई हैं। वहाँ उनके भाई की तबियत ख़राब है। उनकी कभी की झुँझलाहट भी इस गुस्से में मौजूद थी।

अम्मा चुपचाप काम में लगी थीं। रेहान भाई के मामले में उनकी कोई राय नहीं रहती है।

घर में हंगामा है। अम्मा की लम्बी खामोशी उनकी अपनी चीखों से छनाकेदार आवाज़ के साथ टूटी है। शीशे-ही-शीशे बिखर रहे हैं। चीखें हैं कि रुकने का नाम नहीं ले रही हैं। शकूर चचा घुटनों के बल रेहान भाई की लाश के पास बैठे हैं। अब्बा दीवार से सिर टिकाये ख़ामोश खड़े हैं। दद्दा का हाल बुरा है। किसे-कौन सँभाले?

दो हफ्ते बाद रेहान भाई की लाश नैनी के पास नाबदान से निकली है। बदन

पर ढेरों चाक़ू के निशान हैं। ज़ख़्मों से बदबू फूट रही है और पेट की अंतड़ियों में कीड़े रेंग रहे हैं!

घर में पूरा मोहल्ला उमड़ा है। सरस्वती और रामखिलावन का रोना तो रुक ही नहीं रहा। नरगिस सरस्वती की लाल आँखें देखकर सोचती है, अगर सुरैया आपा यहाँ होती तो क्या वह रोती? अगर सुरैया आपा यहाँ होती तो भैया मरते ही क्यों?

भीड़ में तीन लड़कों के बारे में कानाफूसी चल रही है। कुछ लोगों को उन्हीं पर शक है। कौन होंगे वह तीन लड़के? नरगिस सोचते-सोचते थक जाती है। परवेज़ भाई, असलम भाई, शाहिद भाई—तीनों तो भैया के पास बैठे रो रहे हैं। यह भैया को क्यों मारेंगे?

धूप आधे आँगन में भर गयी थी। भीड़ छँटने लगी थी। नरगिस अपने को बहुत तन्हा महसूस कर रही थी। उठकर चबूतरे पर उकड़ूँ बैठ गयी और आसमान की ओर ताकने लगी। नीले आसमान पर चीलें डैने फैलाये उड़ रही थीं। कहीं दूर से आवाज़ उभरी--

अंडे-बच्चेवाली चील चिलोरिया!

घबराकर नरगिस ने भैया को देखा। आज तो भैया सचमुच मर गये...कहीं चील...? वह तेजी से भैया से लिपटने भागी। आधी राह में ही दादी ने उसे पकड़ लिया, ''कहाँ चली?''

नरगिस ने घबराकर दद्दा को देखा। उसे यह बात समझ में नहीं आ रही थी कि बदला भैया से चीलों को लेना था मगर यह कीड़े कहाँ से आ गये! भैया तो चींटियों, कीड़े-मकौड़ों को काग़ज़ से उठाकर घर में किनारे जाकर फेंकते थे कि कहीं किसी के पैर के नीचे दबकर मर न जाएँ। फिर यह सब कीड़े भैया के बदन को क्यों काट रहे हैं?

दद्दा ने उसे सीने से लिपटा लिया। सफेद मलमल की जम्पर से उठती खुशबू में उसे भैया की महक आती लगी। दद्दा की आवाज़ दूर आती सुनाई पड़ी, ''सुरैया का ग़म इसे घुन की तरह चाट गया।'' घुन तो गेहूँ में लगता है, खलिकुन गेहूँ पछोड़ते हुए शिकायत करती थी। नरगिस को याद आया—घुन का चाटा खोखला गेहूँ का दाना। दद्दा के सीने से मुँह हटाकर उसने भैया की तरफ देखा : ''तो क्या सुरैया आपा घुन थीं?''

*(हिन्दी कहानी)*

# ईश्वरद्रोही

## पांडेय बेचन शर्मा 'उग्र'

### भिखारिन

एक वर्ष पहले की बात है। कलकत्ता के मछुआ बाज़ार की एक गली में एक भिखारिन चली जा रही थी। उसके तन पर गन्दा और कई स्थानों पर बुरी तरह से फटा हुआ पुराना चूड़ीदार पायजामा और उसी तरह का एक कुरता था। माथे पर चद्दर के स्थान पर दो हाथ लम्बा और हाथ-भर चौड़ा कपड़ा—कपड़ा क्या चीथड़ा—था। प्रातः नौ-दस बजे का समय था। व्यापार-जीवी जन अपने-अपने धन्धे की धुन में इधर-से-उधर और उधर-से-इधर आ-जाकर गली के शान्त हृदय पर अशान्ति का सिक्का बैठा रहे थे।

एक नवयुवक मुसलमान को अपनी बग़ल से गुज़रते देख भिखारिन ने सवाल किया, "खुदा के नाम पर, बड़े मियाँ, कुछ रहम हो।"

"क्या?" नवयुवक ने ज़रा गौर से सवाल करनेवाली की ओर देखा। वह युवती थी।

"बड़ी भूख लगी है," युवक का रुकते देख भिखारिन ने अपने सवाल को दुहराया, "कल से ही कुछ खाने को नहीं मिला है। कुछ मेहरबानी हो, ख़ुदा आपको सलामत रखे।"

"घर पर चलेगी?" युवक ने भिखारिन से ऐसे स्वर से पूछा जिसमें दया से अधिक शोहदापन था।

युवक की दुष्टता-भरी आँखों और मुसकराते हुए मुख को देखकर भिखारिन के कपोलों पर सुर्ख़ी दौड़ गयी। उसने विनम्र भाव से उत्तर दिया, "यहीं कुछ रहम कर दीजिए।"

"घर पर चल तो सब कुछ किया जा सकता है—यहाँ नहीं। पास में पैसे नहीं हैं।"

"तो जाने दीजिए। किसी दूसरे दाता का दरवाज़ा खटखटाऊँगी। (सामने एक

मकान की ओर अँगुली दिखाकर) यह मुसलमान का घर है?''

''तो मेरे घर पर न चलेगी?''

''नहीं। ज़रा बतला दीलिए, यह किसी मुसलमान का घर है?''

नवयुवक मुसलमान ने भिखारिन को घर पर चलने पर राजी होते न देख ज़रा चिढ़कर कहा, ''हाँ, जाओ। वहाँ तुम्हारी खातिर हो जाएगी। मुसलमान का घर है।''

युवक आगे बढ़ा। भिखारिन भी उस मकान की ओर बढ़ी। मकान का दरवाज़ा छूते ही खुल गया और सीढ़ियों का सिलसिला दिखाई पड़ा। एक बार क्षण-भर के लिए भिखारिन हिचकी, मगर फिर न जाने क्या सोचकर, धीरे-धीरे सीढ़ियों पर चढ़ने लगी।

सीढ़ियों के सिरे पर दूसरा दरवाजा दिखाई पड़ा जो खुला था। दरवाजे से सटा हुआ, साधारण ढंग से सजा, एक कमरा था। आपस में सटी हुई दो-तीन चौकियों पर गद्दे और सफेद चादर बिछे थे, और उस पर, मसनद के सहारे बैठा कोई नवयुवक कुछ पढ़ रहा था। युवक लम्बा, गोरा और सुन्दर था। उसकी अवस्था सत्रह-अठारह वर्ष की मालूम पड़ती थी। भिखारिन दरवाजे के पास चुपचाप खड़ी होकर युवक की ओर देखने लगी; मगर, युवक को इस युवती भिखारिन के आने की कोई खबर नहीं। इसी समय मकान के भीतर से आवाज़ आयी, ''राम! बाहर जाना तो मुझसे कहकर जाना। मैं दरवाजा बन्द कर दूँगा।''

''अच्छा, बाबूजी!!!'' कहकर युवक ने अपनी गर्दन फेरी। दरवाजे पर जो नज़र गयी तो देखा कि चीथड़ों में लिपटी हुई लक्ष्मी-सी सुन्दरी कोई स्त्री खड़ी है। यह रूप! यह वेश!! माज़रा क्या है? युवक बिना हिले-डुले चुपचाप उस युवती की ओर देखने लगा। युवती के कपोल रूखे थे, मगर थे गुलाबी। होंठ सूखे, मगर थे सरस! उसकी आँखों की चारों ओर कालिमा थी, मगर आँखें बोलती थीं। गन्दे और फटे कुरते और पाजामे के बाहर उसका चम्पक-वर्ण शरीर देखने से मालूम पड़ता था मानो सौन्दर्य फटा पड़ता है। क्षण-भर मुग्धदृष्टि से उस भिखारिन के सौन्दर्य को देखने के बाद युवक को कर्तव्य का ज्ञान हुआ। वह ज़रा सँभलकर बैठ गया। उसने, उस मुसकराहट के साथ जिसे हृदय अधिक देखता है आँखें कम, उससे पूछा, ''क्या है?''

उसी स्वर और उसी भाव से भिखारिन ने भी पूछा, ''तुम मुसलमान हो?''

भिखारिन का 'तुम' असभ्य था, धृष्ट था; मगर युवक को वह बड़ा ही प्यारा मालूम पड़ा। उसने उत्तर दिया, ''मैं मुसलमान नहीं, हिन्दू हूँ। क्यों?''

''नहीं, तुम मुसलमान हो,'' कहकर भिखारिन मुसकरा पड़ी।

युवक चौकी से नीचे उतर भिखारिन के सामने, दरवाजे के पास जा खड़ा हुआ और कहने लगा, ''आखिर तुम्हें चाहिए क्या?''

"भीख—पैसे!"

"तुम भीख माँगा करती हो? तुम्हारी ज़ात क्या है?"

"देखते नहीं हो! मैं मुसलमान हूँ।"

"कहाँ घर है?"

"लखनऊ।"

"यहाँ कलकत्ता में क्या करती हो?"

"भीख माँगती हूँ।"

भिखारिन युवक के प्रश्नों का ढंग और उसके चेहरे का उतार-चढ़ाव देखकर हँसने लगी।

"कुछ देते हो?" भिखारिन ने युवक से पूछा।

"क्या लोगी?"

"जो दे दो।"

"अच्छा, ज़रा ठहरो। बाबूजी को बुलाता हूँ। वही देंगे।"

"तब मैं जाती हूँ। तुम्हें कुछ देना-लेना नहीं है।"

भिखारिन एक सीढ़ी नीचे उतर गयी, मगर लीला से आँखें ऊपर चढ़ाकर। युवक ने उसे पुकारते हुए कहा, "जाना नहीं—जाना नहीं। एक बार बाबूजी से पूछ लूँ, फिर तुम्हें कुछ-न-कुछ दूँगा। ज़रूर दूँगा।"

## नवाबज़ादी

युवक भिखारिन को वहीं छोड़कर के भीतर गया और थोड़ी देर बाद एक दूसरे पुरुष के साथ लौटा। दूसरे पुरुष की अवस्था पचास वर्ष की मालूम पड़ती थी। उसके सिर के आधे से अधिक बाल सफेद हो गये थे। मुख पर बड़ी-बड़ी मूँछें और दाढ़ी थी। उसका चेहरा बड़ा रोबदार मालूम पड़ता था। वही युवक का 'बाबूजी' था।

भिखारिन को सिर से पैर तक कई बार देख लेने के बाद उन्होंने पूछा, "तुम अकेली हो या तुम्हारे कोई और भी है?"

भिखारिन की नीचे झुकी हुई आँखें इस प्रश्न पर सजल हो गयीं। उसने गम्भीर होकर कहा, "इस वक्त मैं दुनिया में अकेली हूँ।"

"तुम्हारा रूप साधारण भिखारिनों से भिन्न है। अनुभवी आँखें इस फटी अवस्था में भी तुम्हें भिखारिन मानने को तैयार नहीं हो सकतीं। तुम्हारे पिता-माता क्या करते थे?"

भिखारिन की आँखों से निकलकर पानी के दो छोटे टुकड़े उसके गुलाबी गालों पर चमकने लगे। युवक ने देखा—सौन्दर्य को जीवन मिल गया! वृद्ध ने देखा ! रूप कविता करने लगा!

भिखारिन ने कहा, "मेरे पिता-माता दिन में अपनी बदक़िस्मती पर रोया

करते थे और रात में मुँह छिपाकर, वेश बदलकर, पेट को भरने के लिए, भीख माँगा करते थे!''

''क्या वे हमेशा के भिखमंगे ही थे?''

''नहीं!'' एक लम्बी साँस खींचकर भिखारिन ने कहा, ''हमारे दादा लखनऊ के एक नवाब थे। अवध से नवाबी का खातमा होने के बाद मेरे दादा ने अँग्रेजों का विरोध और लखनऊ के नवाब वाज़िदअली का समर्थन किया था। वाज़िदअली शाह के क़ैद हो जाने के पन्द्रह साल बाद दादा की मौत हो गयी। उस वक्त भी मेरे पिता के पास, हमारी ज़िन्दगी आराम से बसर करने भर को, काफी धन था। मगर, पिता में नवाबों का ख़ून था। उन्होंने पैसे को पानी के भाव बहाने का अभ्यास किया था। जब तक उनके पास धन था वे उसकी कुछ भी परवाह न करते थे। आख़िर एक दिन हम एकदम भिखमंगे हो गये। दाने-दाने के मुहताज़ हो गये और हिन्दुस्तान के कोड़ियों नवाबों की तरह हो गये दरवेश। मेरे वालिद और वालदा पर जो-जो मुसीबतें गुज़री हैं उन्हें मैं आपको सुना नहीं सकी। मेरे तीन बड़े भाई और एक बहन एक टुकड़ा रोटी और 'चुल्लू-भर' पानी के लिए मर गये। तकलीफ़ें झेलते-झेलते और भीख माँगते-माँगते मेरे माँ-बाप अन्धे होकर, तीन महीने हुए, दुनिया से कूच कर गये! नवाबी के उन लाड़लों को कोई दफ़नाने वाला भी नहीं था। उनकी वही हालत हुई जो लावारिस मुर्दों की हुआ करती है।''

''वालिद के सामने ही लखनऊ के आवारों और शोहदों को बद-नज़र मेरे ऊपर थी। उनके मरने के बाद मेरा वहाँ रहना दूभर हो गया। मेरी बेइज़्ज़ती करने की ताक में पचासों बदमाश लग गये। मुझे सहारा देने वाला कोई नहीं। लाचार होकर मुझे लखनऊ से भागना पड़ा। कलकत्ता की मैंने बड़ी तारीफ़ सुनी थी। सुना था, वहाँ हज़ारों गरीब दुखिया सुख से जीते हैं। इसीलिए मैं यहाँ भाग आयी। मगर उफ़!! यहाँ भी दुनिया का वैसा ही रुख है जैसा लखनऊ में। यहाँ भी रहम करने वाले कम हैं और दोज़खी-कुत्तों की भरमार है। पन्द्रह दिनों से इस शहर की हात देख रही हूँ। जिसे देखो वही आवाज़ कसने और बेइज़्ज़त करने को तैयार है; मगर, ख़ुदा के नाम पर किसी गरीब को पनाह देनेवाला कोई नहीं। मैंने न जाने कौन-सा गुनाह किया था। जिसका नतीजा इस तरह भुगत रही हूँ। मेरी किस्मत में मौत भी...''

भिखारिन की आँखों के मोती उसके रूखे और गन्दे पैरों पर बरसने लगे।

युवक के बाबूजी ने कहा, ''इस घर में रहोगी, बेटी?''

''मैं मुसलमान हूँ।''

''कोई हर्ज नहीं। मुसलमान भी आदमी है, हिन्दू भी। मैं आदमीपरस्त हूँ, हिन्दू या मुसलमानपरस्त नहीं। तुम्हें अगर कोई एतराज़ न हो तो इस घर में तुम्हारे लिए बहुत जगह है।''

भिखारिन की नीचे झुकी हुई आँखें ऊपर उठीं। वृद्ध की आँखों ने देखा—उस अभागिनी के नेत्रों में एक इतिहास था जिसे 'हिन्दू' नहीं, 'मुसलमान' या 'ईसाई' भी नहीं, केवल 'आदमी' ही पढ़ सकता था!

## गोपालजी

नवयुवक का नाम था रामजी और उसके बाबूजी का गोपालजी। गोपालजी को उनके वंश का जो कुछ इतिहास मालूम था वह विचित्र था। जिस व्यक्ति को गोपालजी अपना पिता समझते थे उसने अपने अन्तिम समय में उन्हें बुलाकर कहा. "बेटा! तुम मुझे 'बाबूजी' कहकर पुकारा करते हो। सन्तानहीन होने के कारण मैंने और मेरी स्त्री ने तुम्हें पुत्र की तरह पाला-पोसा और प्यार किया है। मगर, तुम हमारे पुत्र नहीं हो, तुम्हारी नसों में इस गरीब व्यक्ति का रक्त नहीं बहता है। मेरी बड़ी इच्छा थी कि मैं इस बात को तुम पर प्रकट न करता और तुम्हारे हृदय को ठेस न देता, मगर अब मुझे ईश्वर के दरबार में जाना है, किसी को असत्य और अन्धकार में छोड़ देने से पाप होगा।"

"तुम्हारी असली माँ क्षत्राणी थी, मैं वैश्य हूँ। तुम्हारी माता के पति एक देशी रियासत के कर्मचारी थे। उसी रियासत के राजा की नज़र तुम्हारी सुन्दरी और युवती माता पर गड़ी थी। वह किसी-न-किसी तरह उन्हें भ्रष्ट करने की धुन में था, मगर. तुम्हारी माँ के पति भी वीर थे, क्षत्रिय थे। इसी कारण से राजा की हिम्मत न पड़ती थी। अन्त में राजा ने एक युक्ति सोची। तुम्हारी माँ के पति को एक झूठे बहाने से. रियासत के काम से, परदेश भेज दिया, और वहीं—कभी यहाँ, कभी वहाँ—डेढ़ वर्ष तक रखा।"

"पति को विदेश भेज उसकी पत्नी को महाराज ने पहले तो सीधे से, लालच दिखाकर और भय दिखाकर अपने काबू में करना चाहा। मगर जब युक्ति से उनकी दाल न गली तब एक रात अपने गुप्त कर्मचारियों को भेज, उन्हें जबरदस्ती घर से पकड़वा मँगाया। किसी को कानोंकान ख़बर भी न हुई। उसी दिन से तुम्हारी माता के पतन का आरम्भ हुआ। फिर वह बिना किसी तरह के एतराज़ के महाराज की सेवा में बराबर जाया करती थीं। आखिर तुम्हारी सृष्टि हुई।"

"मैं रियासत का दस रुपये महीने का एक साधारण कर्मचारी था। जिस दिन तुमने जन्म लिया उस दिन महाराज ने मुझे बुलाया और मेरे हाथों में पाँच हजार रुपये की एक थैली और तुम्हें देकर कहा कि, "इस लड़के को लेकर तुम कहीं और जाकर रहो। देखो, यह रहस्य प्रकट न करना।" बस, मैं तुम्हें लेकर कलकत्ता चला आया। मेरी स्त्री, सन्तान न होने के कारण, तुम्हें पाकर बड़ी प्रसन्न हुई और हम दोनों ने तुम्हें अपनी औलाद के नाम पर समाज में परिचित कराया, पढ़ाया-लिखाया। यह सब होते हुए भी हमारी सम्पत्ति तुम्हारी ही है। अब मैं मरने वाला हूँ, तुम अपने पिता या माता को खोजने की चेष्टा न करना। क्योंकि संसार तुम्हारी

बातों को सुनकर केवल हँसेगा, तुम्हारा अपमान करेगा। अस्तु, तुम मेरे पुत्र हो, मैं तुम्हारा पिता हूँ और यह धर्ममाता ही तुम्हारी जननी है!''

यही है वृद्ध गोपालजी का वंश-परिचय। मरने के दो वर्ष पूर्व ही उनके पालक पिता ने उनका ब्याह भी कर दिया था। धर्मपिता की मृत्यु के कुछ ही दिनों बाद उनकी धर्ममाता की भी इहलीला समाप्त हो गयी। फिर गोपालजी और उनकी स्त्री के ही हाथों में उक्त वैश्य-परिवार की बची-खुची सम्पति आयी जिसे गोपालजी ने बढ़ाया भी। एक बार लोहे की दलाली में उन्हें एक लाख रुपये का मुनाफा हुआ। बस, उन्हीं रुपयों को बैंक में जमा कर, गोपालजी समाज से और व्यापार से अलग रहकर जीवन-यापन करने लगे।

समाज और व्यापार से अलग होने का एक कारण था। जब से उन्हें अपने जन्म का इतिहास मालूम हुआ तबसे उनकी विचित्र अवस्था हो गयी। वह अक्सर एक ठंडी साँस लेकर अपने किसी मित्र या स्त्री से कहते कि, ''यह संसार धोख़ेबाज़ों, बदमाशों और बेईमानों का अखाड़ा है।'' ईश्वर के तो नाम से उन्हें चिढ़ थी। उनकी चर्चा चलने पर गोपालजी तमककर कह उठते कि, ''सब झूठ है, सब धोखा है, ईश्वर कोई नहीं है, कहीं नहीं है। गरीबों और मूर्खों पर अपनी हुकूमत क़ायम रखने के लिए अमीरों और दुनिया को नरक बनाने वाले समझदारों की अक़्ल ने इस ईश्वर की रचना की है। सब झूठ है, सब धोखा है।''

गोपाल जी के हृदय की इस स्पष्ट तसवीर को देखने के लिए समाज तैयार नहीं हुआ। एक बात और भी थी। केवल 'मानव-धर्म' के पुजारी गोपालजी किसी भी जाति के किसी भी आदमी के हाथ से खाना-पानी ग्रहण कर लेते थे। यह समाज के लिए असह्य था। मगर गोपालजी अपने धर्म के पक्के थे। वह समाज की उपेक्षा को उपेक्षा की दृष्टि से देखते और समाज के ढोंगी कर्णधारों से नफरत करते थे।

वृद्ध गोपालजी की नज़रों में धर्म तुच्छ था, धन तुच्छ था, ढोंगियों का समाज तुच्छ था मन्दिर, मस्जिद और गिरजे तुच्छ थे और परम तुच्छ था उक्त सारी खुराफ़ातों की जड़ ईश्वर।

उनका हृदय आँसुओं के आगे पिघल उठता था, दुर्बलों पर द्रवित होता था। संसार के कमजोर और अपमानित, दरिद्र और पतित उनके ईश्वर थे—मनुष्यत्व उनका धर्म था!

## रामजी

रामजी जिस समय पाँच वर्ष का अज्ञान बालक था उसी समय उसकी माता—गोपालजी की पत्नी—का देहान्त हो गया था। तब से बराबर गोपालजी के ही प्रेम से उसका पालन-पोषण हुआ। पिता का पुत्र और पुत्र का पिता पर अलौकिक प्रेम

था। स्त्री का देहान्त हो जाने के बाद, चाहते तो, गोपालजी दूसरी शादी कर सकते थे, मगर उन्होंने वैसा नहीं किया। उनका कहना था कि विवाह का मुख्य उद्देश्य प्रेम होना चाहिए, वासना नहीं। स्त्री के न रहने पर भी उनके प्रेम का पात्र, उनका और उनकी पत्नी का सम्मिलित स्नेह-चित्र, रामजी तो था ही। फिर दूसरा विवाह करने की आवश्यकता?

स्त्री की मृत्यु के बाद, पहले कुछ दिनों तक, गोपालजी ने एक अधेड़ ब्राह्मणी को, रामजी की देख-रेख और भोजन तैयार करने के लिए नौकर रख लिया था। मगर, बाद को यह अनुभव कर कि ब्राह्मणी देवी 'राम दोहाई' और 'भगवान् जानें' की आड़ में रामजी के हिस्से का दूध, घी और मक्खन अपने या अपने बच्चों के मसरफ में लाती हैं, उन्होंने उसे निकाल बाहर किया और स्वयं रामजी की धात्री और माता बन बैठे। पुत्र का नहलाना, धुलाना, खाना पकाना और खिलाना वह स्वयं करने लगे। सहायता के लिए एक नौकर भी रख लिया। छुटपन से लेकर वयस्क हो जाने तक बराबर वह रामजी को अपने साथ—छाती से लगाकर—सुलाते थे। उनका 'राम' उनकी दृष्टि से इस दुखमय, पापमय और हाय-हायमय संसार का सर्वश्रेष्ठ सुख था। रामजी को देखते ही वह एक अद्वितीय और अनिर्वचनीय सुख का अनुभव करते, प्रसन्न-वदन हो जाते थे। राम को पढ़ाने का उन्होंने यथा-शक्य बहुत सुन्दर प्रबन्ध कर रखा था। वह कलकत्ता विश्वविद्यालय की प्रवेशिका परीक्षा पास कर द्वितीय वर्ष श्रेणी में पढ़ रहा था। कालेज में उसने अँग्रेज़ी के साथ संस्कृत ले रखी थी और घर पर गोपाल जी के एक पुराने मित्र मौलवी साहब उसे फ़ारसी पढ़ाया करते थे।

ईश्वरद्रोही गोपालजी का हृदय-सर्वस्व राम, स्वभावतः हिन्दू था, ईश्वर को मानने वाला था। स्वयं देवी-देवताओं में विश्वास न रखते हुए भी, पुत्र के आग्रह से, वह राम-मन्दिर में भी जाते थे और काली-बाड़ी में भी। कभी-कभी नास्तिक पिता और आस्तिक पुत्र में 'ईश्वर' को लेकर बड़ा सुन्दर विवाद हुआ करता था, जिसमें विजयी होने पर भी, गोपालजी को पराजय स्वीकार करनी पड़ती। परन्तु तब, जब पुत्र पिता के गले में हाथ डाल, कपोल से कपोल सटाकर कहता था कि, "बाबूजी, जब तक तुम 'राम-राम' न कहोगे मैं भोजन न करूँगा, राम हमारे भगवान हैं।" ऐसी परिस्थिति उत्पन्न होने पर गोपालजी मुसकराकर 'राम-राम; कहकर कहने लगते कि, "राम तो मेरा दुलारा और प्यारा पुत्र है। भला 'राम-राम' कहने में मुझे आपत्ति हो सकती है?"

## मौलवी साहब

अभी कल तक कलकत्ता में जिस दंगे का तांडव नृत्य हो रहा था उसके आरम्भ होने के पन्द्रह दिनों पूर्व गोपालजी के पुराने मित्र और रामजी के फ़ारसी-शिक्षक, मौलवी

सदाअतुल्ला और ईश्वरद्रोही गोपालजी में 'हिन्दू और मुसलमान' विषय पर खासी बहस हुई। बहस का आरम्भ मौलवी साहब ने इस प्रकार किया था :

"आपकी भिखारिन बेटी कैसी है?"

गोपाल—"भली-चंगी और प्रसन्न। क्यों?"

मौलवी—"मुहल्ले के मुसलमान जानते हैं कि आपकी बेटी हिन्दू नहीं है।"

गोपाल—"तो? इसका अर्थ?"

मौलवी—"इसका अर्थ तो मैं नहीं जानता। हाँ, लोग आपस में इस बात की सलाह कर रहे हैं कि उसे आपसे माँगकर फिर से दीन इस्लाम में मिला लें। मुसलमान अपनी औलाद को हिन्दू के घर में, हिन्दू की तरह, नहीं देख सकते।"

"हा हा हा हा!" रुक्ष अट्टहास करते हुए ईश्वर-द्रोही ने कहा, "उस दिन मुसलमान कहाँ थे जब भिखारिन भूखों मर रही थी? उस दिन दीन इस्लाम कहाँ था जब अपने को मुसलमान कहनेवाले कुत्ते उसके पाक दामन को गन्दा करने पर उतारू थे? अरे यारो! बुग़ज़, शैतानी, बदमाशी और लड़ाई का नाम 'दीन इस्लाम' नहीं है। काहे को खुदा और मज़हब को बदनाम करने पर कमर कसते हो?"

"यह बदमाशी नहीं है जनाब, इसे अपने मज़हब की क़द्र करना कहते हैं।"

"इनसान का मज़हब इनसान की क़द्र करना है। जिस धर्म में आदमी की इज़्ज़त नहीं, वह धर्म नहीं धोखा है।"

"मुसलमान का धर्म है मुसलमान की क़द्र करना। जो मुसलमान नहीं, वह काफ़िर है।"

"ठहरिए!" नास्तिक ने उत्तेजित होकर कहा, "किसी को काफ़िर समझना आदमीयत का अपमान करना है। वैसे तो मैं किसी भी धर्म और किसी भी ईश्वर को नहीं मानता, मगर...मगर..."

"मगर?"

"मगर...अगर कोई अपने को मुसलमान, ईसाई या कुछ और कहकर और मुझे 'हिन्दू' समझकर अपमानित करना चाहे, तो मुझसे बढ़कर कोई दूसरा 'हिन्दू' नहीं। वैसी हालत में मैं बिक जाऊँगा, मगर 'हिन्दू' रहूँगा...मर जाऊँगा, मगर 'हिन्दू' रहूँगा। वैसी हालत में अपमान 'हिन्दू' का नहीं, 'आदमी' का होता है। मैं आदमी हूँ। मौलवी साहब! मेरी नज़रों में मज़हब की उतनी ही इज़्ज़त है जितनी पोशाकों की। लुंगी लगाने वाला धोती पहनने वाले को काफिर नहीं कह सकता। पगड़ी पहनने वाला तुर्की टोपी वाले को म्लेच्छ नहीं कह सकता। अपनी-अपनी पसन्द है। आप दीन इस्लाम को मानते हैं—लुंगी पहनिए; राम हिन्दू धोती पहने। मैं कुछ भी नहीं हूँ—आदमी हूँ, जो जी में आएगा पहनूँगा। पोशाकों के लिए लड़ना मुसलमानपन नहीं, हिन्दूपन भी नहीं, गधापन है!"

ज़रा गम्भीर होकर मौलवी साहब ने पूछा, "कलकत्ता में अगर दंगा हो तो आप क्या करेंगे?"

"कमजोरी की तरफ़दारी, बेगुनाहों की मदद करूँगा और बदमाशों से लड़ूँगा।"

"बदमाश कौन होगा?"

"जो लड़ाई छेड़ेगा। वह हिन्दू हो या मुसलमान, कोई चिन्ता नहीं।"

जिस समय मौलवी और ईश्वरद्रोही में बहस हो रही थी उसी समय मकान के भीतर भिखारिन—जिसे अब लोग 'नवाबज़ादी' कहकर पुकारते थे—और रामजी में इस प्रकार बातें हो रही थीं।

"नवाबज़ादी!"

"नवाबज़ादी के मालिक—आक़ा!"

"मुझे मालिक क्यों कहती हो?"

"मुझे नवाबज़ादी क्यों कहते हो?"

"तुम नवाबज़ादी नहीं हो? तुम्हारे दादा नवाब नहीं थे?"

"तुम मेरे मालिक नहीं हो? तुमने मुझे पनाह नहीं दी है?"

"अच्छा भाई, तुम नवाबज़ादी नहीं, 'तुम' हो।"

"अच्छा भई, तुम भी मालिक नहीं 'तुम' हो!"

"तुम तरकारी लाने न जाया करो।"

"क्यों?"

"मछुआ बाज़ार के मुसलमान तुम्हें हिन्दू के घर से निकालने की धुन में हैं।"

"वाह रे निकालने की धुन में हैं! अँग्रेज़ी राज नहीं, नवाबी है?"

"अच्छा तुम मुसलमान क्यों नहीं हो जातीं?"

"तुम मुसलमान क्यों नहीं हो जाते?"

"मैं हिन्दू हूँ और हिन्दू रहने में फख्र समझता हूँ।"

"मैं भी हिन्दू हूँ और हिन्दू रहने में फख्र समझती हूँ। जिस धर्म में बाबूजी जैसे लोग हों और 'तुम' हो, वह धर्म मेरी नज़रों में दुनिया के सब धर्मों से बेहतर है।"

"दुनिया की नज़रों में तुमने हमें मुसलमान बना दिया है।"

"और तुमने हमको हिन्दू नहीं बना दिया? तुमने..."

श्रीमती 'तुम' के मुख पर हाथ रखकर श्रीमान् 'तुम' ने कहा, "चुप!"

श्रीमान् 'तुम' के मुख पर हाथ रखकर श्रीमती 'तुम' ने कहा, "चुप!"

दंगे में

कलकत्ता के दंगे का तीसरा दिन था। वृद्ध गोपालजी अपनी उसी बैठक में उदास मुँह बैठे थे जिसमें रामजी और भिखारिन की प्रथम भेंट हुई थी। भिखारिन नवाबज़ादी भी गोपालजी के सामने कुर्सी पर बैठी थी। उसके मुख से भी उदासी और अप्रसन्नता फूटी पड़ती थी।

''बेटी!'' वृद्ध ने रुद्ध कंठ से कहा, ''मेरा राम आर्यसमाज का जुलूस देखने केवल एक घंटे के लिए, गया था, मगर अभी तक नहीं लौटा। जरूर उस पर कोई-न-कोई विपत्ति पड़ी है, नहीं तो, बिना अपने बूढ़े बाप के राम को चैन नहीं पड़ता।''

इसी समय किसी ने दरवाजा खटखटाया। नवाबज़ादी द्वार खोलने के लिए उठी, मगर बूढ़े ने रोका, ''तुम न जाओ नवाबज़ादी, मुमकिन है कोई बदमाश हो। मैं ही जाता हूँ।'' दरवाजा खोलने पर गोपालजी का नौकर नन्दन भीतर आया। उसके चेहरे पर हवाइयाँ उड़ रही थीं। वह इतनी लम्बी-लम्बी साँसें ले रहा था मानो एक साँस में भागता हुआ आया है।

वृद्ध ने पूछा, ''क्या खबर, नन्दन? राम का कुछ पता चला?''

नौकर नीचे सिर करके चुपचाप खड़ा हो गया।

''बोलता क्यों नहीं रे, मेरा राम कहाँ है?''

नौकर रोने लगा। गोपालजी का चेहरा, नौकर की हालत देखकर, काला पड़ गया। उन्हें ऐसा मालूम पड़ने लगा मानो उनके ऊपर क्षण-भर बाद निश्चित वज्रपात होने वाला है।

''नन्दन! नन्दन!! बोलता क्यों नहीं? वह कहाँ है?''

नवाबज़ादी ने रुद्ध कंठ और भयभीत हृदय होकर पूछा।

नन्दन ने धीरे-धीरे कहना आरम्भ किया, ''बाबूजी, राम भैया को...।'' इस बार भी वह बात पूरी न कर सका। अबकी ज़रा डपटकर गोपालजी ने पूछा, ''साफ-साफ क्यों नहीं कहता? बेवकूफ़।''

नन्दन ने अपनी सारी शक्ति मुख में एकत्र कर साफ़-साफ कहा, ''उस दिन जब आर्य समाज के जुलूस पर मुसलमानों ने धावा किया और हिन्दुओं को खूब पीटा तब राम भैया को उनके एक मित्र ने जो अफीम चौरस्ते पर रहते हैं, अपने घर पर रोक रखा। दूसरे दिन मुसलमानों की ज्यादती बढ़ती देख उनके मित्र और वह, अनेक दूसरे हिन्दुओं के साथ मुसलमानों का सामना करने के लिए निकले। उन लोगों ने कई जगहों पर मुसलमान गुंडों का सामना किया, उन्हें हराया और मार भगाया। आज सुबह राम भैया आपसे मिलने के लिए वहाँ से इधर को आ रहे थे, उसी समय एक मुलसमान गुंडे ने उनके पेट में छुरा भोंककर उन्हें मार डाला। इसके बाद उनका क्या हुआ, वह मुझे मालूम नहीं, इतनी ख़बर भी बड़ी मुश्किल से मिली है।''

"उन्हें मुसलमानों ने मार डाला! उन्हें-उन्हें!!" कहकर नवाबज़ादी फूट-फूटकर रोने लगी। मगर गोपालजी गम्भीर थे। उनकी आँखों में आँसू नहीं, चिनगारियाँ थीं। क्षण-भर बाद वह अपने स्थान से उठे और नौकर से बोले, "घर में जितने शस्त्र हों मेरे सामने लाओ!"

थोड़ी देर में दो-तीन डंडे, दो तलवारें और एक तमंचा गोपालजी के सामने नौकर ने ला रखा। वृद्ध ने पहले तलवार को उठाकर दो-एक बार घुमा-फिराकर अन्दाज़ा। इसके बाद कपड़े पहनना आरम्भ किया। कपड़े पहनते-पहनते उनकी नज़र रोती हुई नवाबज़ादी पर पड़ी। उन्होंने कहा, "बेटी, अब यह घर तुम्हारा है। मैं अपने राम की तलाश में जाता हूँ। अगर मिला तो लौटूँगा, नहीं तो यही हमारी आखिरी भेंट है।"

गोपालजी की ओर अश्रुपूर्ण, रक्त-रेत्रों से देखकर नवाबज़ादी ने कहा :

"मैं भी चलूँगी।"

"तुम कहाँ चलोगी?"

"उन्हें ढूँढ़ने।"

"बड़ा मुश्किल काम है, नवाबज़ादी। तुम औरत हो। मेरे राम को मेरे हिस्से में छोड़ दो। मैं ही ढूँढूँगा।"

"नहीं, यह कदापि नहीं हो सकता। जहाँ आप होंगे वहीं पर मैं भी होऊँगी, ठहरिए।"

नवाबज़ादी घर के भीतर गयी और थोड़ी देर बाद मर्दाने कपड़े पहन और हाथ में एक लम्बा छुरा लेकर वृद्ध के सामने आयी। नवाबज़ादी के मर्दाने कपड़े वही थे जिन्हें रामजी पहना करता था। राम ही की तरह गोरी, लम्बी और सुन्दरी नवाबज़ादी को पुरुष-वेश में देखकर और राम को स्मरण कर बूढ़े ईश्वर-द्रोही की आँखों के आँसू, बाढ़ की नदी की तरह, उमड़ चले।

संसार से बहुत दूर रहनेवाले राम की तलाश में ईश्वर-द्रोही और नवाबज़ादी, शस्त्रों से सुसज्जित होकर, चल पड़े। उस समय वृद्ध गोपालजी के मुख पर वही भाव था जो किसी समय 'केसरिया बाना' धारण करने पर राजपूतों के मुख पर होता था। नवाबज़ादी के बदन पर वही तेज था तो 'जौहर' के वक्त राजपूतनियों के बदन पर दिखाई देता था!

## 'युद्धम् देहि'

वृद्ध वीर गोपालजी और नवाबज़ादी उस गली को प्रायः पार कर चुके थे कि पीछे से पाँच-सात मुसलमानों ने उन पर धावा किया। "अली! अली!! अल्लाह! अल्लाह!! मारो सालों को! दोनों के दोनों हिन्दू हैं—काफिर हैं!"

हाथ का डंडा सँभालकर और नवाबज़ादी को पीछे कर गोपालजी खड़े हो

गये और डपटकर उन गुंडों से कहने लगे—

"हत्यारो! 'अली-अली' और 'अल्लाह-अल्लाह' क्यों पुकारते हो? 'शैतान शैतान' का नारा लगाओ! खून का प्यासा ख़ुदा शैतान है, ईश्वर नहीं। बदमाश पीछे से धावा करते हैं! खड़े हो जाओ सामने और एक-एक कर निपट लो। तुम सात हो, हम दो। तुममें से एक भी जीता रह जाए तो कहना!"

लम्बी तलवार को बगल, से खींच बूढ़ा ईश्वरद्रोही शेर की तरह उन गुंडों पर टूट पड़ा। गुंडे भी सावधानी से सामना करने लगे। दोनों और से प्रहार पर प्रहार होने लगे। देखते-देखते उस बूढ़े शेर ने तीन मुसलमानों को ज़मीन पर सुला दिया। इसी समय उनके पीछे से आवाज़ आयी "मरी! मरी बाबूजी!!"

गोपालजी ने पीछे घूमकर देखा, दो मुसलमान नवाबज़ादी के कोमल शरीर पर बड़ी निर्दयता से छुरे चला रहे थे। जब तक वह वीर उस अबला की सहायता के लिए आगे बढ़े तब तक उन दुष्टों ने उसका काम तमाम कर डाला! गोपालजी झपटकर नवाबज़ादी के पास पहुँचे। उसकी दोनों आँखें खुली थीं, पर उनमें दर्शन-शक्ति नहीं थी। इसी समय एक मुसलमान ने, पीछे से, गोपालजी की बग़ल में लम्बा छुरा भोंक दिया। वह 'हाय!' करके घूम पड़े। उन्होंने तलवार का एक ऐसा सच्चा हाथ मारा कि वह मुसलमान भी दो होकर नाचने लगा। गुंडों में भगदड़ पड़ गयी।

गोपालजी को गहरी चोट लगी थी। उनकी अँतड़ियाँ बाहर निकली आ रही थीं। उन्हें भीतर की ओर ठेलकर बूढ़े ने उसी घाव पर अपने दुपट्टे को कसकर बाँधा और विक्षिप्त की तरह आगे पैर बढ़ाया।

कुछ दूर चलने के बाद गली पार हो गयी, सड़क मिली। सड़क पर एक सार्जेंट के साथ पाच-सात सिपाही खड़े थे। उन्होंने उस वृद्ध वीर को रोककर पूछा, "कहाँ जा रहे हो?"

"अपने राम को खोजने।" लड़खड़ाती आवाज़ से गोपालजी ने कहा, "आज अगर मेरा राम न मिला तो कलकत्ता के सारे मुसलमानों को मार डालूँगा। मस्जिदों को भस्म कर दूँगा। बेटा राम! प्यारे राम!!"

घाव बहुत गहरा था। वृद्ध वहीं गिरकर ढेर हो गया!

उस सड़क के आस-पास की ऊँची-ऊँची अट्टालिकाओं में बहुत देर तक ईश्वर-द्रोही गोपालजी के अन्तिम शब्द गूँजते रहे, "बेटा राम! प्यारे राम!!"

*(हिन्दी कहानी)*

# आख़...थू

प्रेमनाथ 'दर'

मछली पकाना आसान नहीं, एक कला है। मछली की दुर्गन्ध को फ्लेबर में परिवर्तित करना और जितनी तीव्र हो उतना ही फ्लेवर पैदा करना आसान खेल नहीं। एक महिला भी नहीं कर सकती। वही कर सकता है जिसने मछली का सही तौर पर विश्लेषण किया हो। जिसने रातों को बैठकर अनुभव किया हो। जिसकी नाक अनुभवी हो ताकि वो एक-एक भाप की माप को सूँघे और पहचाने। दुर्गन्ध से फ्लेवर तक कई मोड़ होते हैं कई मंज़िलें।

और उस दिन जब मेघ बरस रहा था और छुट्टी का दिन था मछुआरा एक बड़ा सिंघाड़ा बंगालियों से छुपाता हुआ मेरे पास ले आया। मछली का शरीर अकड़ा हुआ ताज़ा था। कनपटियों के नीचे मछली का खून अभी तक लाल था। मछली को देखकर ही मेरे मुँह में पानी आ गया। वह माल किसी और को कैसे देता।

कड़ाही में तेल कड़कड़ाने लगा। तेल के भँवर से लहरें उठने लगीं। कभी आँखों पर कभी कनपटियों और कभी मुँह के भीतर स्वाद को जलाने लगीं।

फिर जब मछली उबलने लगी, तेल की मारी हुई बास लहरों की तरह फ्लेबर बनकर निकलने लगी। और ऐसा प्रतीत होने लगा कि यह गर्म-गर्म फ्लेबर बाहर पानी में नहीं जाएगा, घर के अन्दर की घूमता रहेगा, तो हमने जी भर के मछली खायी, वह मछली एक-एक साँस में बसी हुई थी जो हमने खायी। वही साँस, वही डकार वही गर्म-गर्म स्वाद। बैठक में एक मस्ती का वातावरण था, मुझे औरों का तो पता नहीं पर मैं स्वयं इस मस्ती के स्वागत में कहीं खोने लगा।

देखता क्या हूँ कि हमारा दरवाज़ा मछली के मुँह की तरह खुल गया और उसी स्वाद की खोज में उसमें घुस गया। पर वहाँ मुँह नहीं एक दरवाजा था। मछली की खोपड़ी खुली थी। जीभ हिली और मैं दूसरी ओर जा निकला।

मुझे इस बात पर भी हैरानी नहीं हुई कि इस दरवाज़े के पार एक अनदेखा बाज़ार गर्म था। वही अपने बाज़ारों की गहमा-गहमी और चमक, पर लूटमार नहीं

थी। बाज़ार बड़ा सजा-सजाया था और लोगों के आवागमन में व्याकुलता नहीं थी। भीड़ थी लेकिन खलबली नहीं थी। जिसका चेहरा देखो, आध्यात्मिक चमक से ढँका हुआ था। भावनाओं में ठहराव और दृष्टि में एक तलाश थी। हर कदम एक निर्णय के साथ उठता। एक संगठित समाज का आवागमन था। जो जहाँ जी रहा है और पूरे विश्वास से जी रहा है।

देखा कि एक ऊँची दुकान के आगे एक लम्बी लाइन धीरज धरे खड़ी है। चूँकि मेरी आदत थी मैं भी उस लाइन की तरफ भागा, जाने क्या-क्या वस्तुएँ मिलती होंगी। ऊपर चीलें भी मँडरा रही थीं और उतर-उतर कर छीना-झपटी भी कर रही थीं। स्पष्टतः वहाँ मांस बिक रहा था। मांस की और भी कई दुकानें थीं मगर वहाँ चीलों का समूह क्यों नहीं था। वह दुकान साफ-सुथरी थी। इसके बीच में तीन बड़ी अलमारियाँ खड़ी थीं और शीशे के पीछे तीन लम्बे-लम्बे मांस के टुकड़े लटक रहे थे।

उस मांस की बनावट नयी थी और इसका रंग न लाल था न सफेद, दोनों रंगों के बीच का था। सतह ऐसी समतल कि मुर्गे का हो, मोटा ऐसा कि जैसे बकरे का हो, मुलायम ऐसा कि जैसे मछली का हो। उसमें से छुरी जैसे हवा में से गुज़रती थी।

'मज़े आएँगे आज, जवान है ये जवान' एक ग्राहक होठों पर जीभ फेरता हुआ दूसरे से कह रहा था।

शब्द 'जवान' मांस के लिए प्रयोग होते नहीं सुना था। मांस बड़े का हो, बूढ़े का हो, जवान का नहीं सुना था। केवल शब्द सुनकर ही मेरे मुँह में पानी आने लगा था। पर मांसाहारी कितना भी मांस का प्रेमी हो, नये मांस का नाम पहले सुनना चाहता है।

गर्दन लम्बी करके देखा कि पीछे सिर और पाये रखे पड़े थे। देखकर मेरा दिल धड़कने लगा। सिर और पाये थे तो अँधेरे में पर इनसान के किसी सम्बन्धी के दिखाई दे रहे थे। मेरे मुँह में आया हुआ पानी एक गन्दा स्वाद बन गया और पेट में चक्की-सी घूमने लगी। थूकना मैंने अच्छा नहीं समझा। समीप खड़े एक बूढ़े से मैंने पूछा—

''मियाँ ये कौन-सी नेमत है?''

''बड़ी नेमत भाई'', इतनी तेजी से बूढ़े ने कहा जैसे मेरे प्रश्न का पूरा जवाब दिया हो। मैंने फिर पूछा—

''कौन-सी नेमत मियाँ?''

''भाई बड़ी कह रहा हूँ बड़ी'', उसके कथन में सूचना थी व्यंग्य नहीं, स्पष्ट था कि इस मांस का नाम बड़ी नेमत था जैसे हमारे यहाँ हलाल और महाप्रसाद के नाम थे। पर मैं तो इस मांस के जानवर का नाम पूछ रहा था। मैं इसी उलझन में

खड़ा था कि एक बूढ़े भिक्षुक ने मेरे काँधे पर हाथ रखा और अलग ले जाकर कहा, "क्या सोच रहे हो बेटा, आओ मैं बता दूँ। इस मांस का नाम है बड़ीर नेमत। प्रतिदिन बिकता है पर आज का मांस उत्तम है, जवान है, ये मांस कभी-कभी मिलता है क्योंकि जवानों का शिकार करना कठिन है। बूढ़े, बच्चे और मादा तो प्रतिदिन बिकते हैं। और सुनो, तुम भगवान का नाम खड़े होकर लेते हो या लेटकर?"

"हज़रत इस जानवर का नाम क्या है।"

"मैं सब कुछ बता दूँगा, तुम मेरे प्रश्न का उत्तर दो।"

"लेटने, खड़े होने का बन्धन नहीं है साहब।"

"बस! बस फिर ठीक है। तुम तीसरे प्रकार के मानव निकले, न इधर न उधर। सुनो अगर तुम लेटकर नाम लेनेवालों में से होते तो तुम फिर जवान थे।" भिक्षुक ने मेरे कन्धों पर हाथ फेरते हुए कहा, "फिर आज इसी दुकान पर तीन की जगह चार मांस लटकते।"

मैं धप से सड़क पर बैठ गया। एक आँधी-सी चली और मुझे इस भिक्षुक के बाल कभी ठुड्डी पर लटकते कभी सिर पर उछलते दिखाई दिये। और एक अँधेरे में मुझे ऐसा प्रतीत होने लगा कि स्वयं मुझे ही उलटा टाँग दिया गया है और मेरी पीली-पीली खाल उतार दी गयी है...पर मैं तो तीसरे प्रकार का मानव था, मेरी खाल क्यूँ उतरती? इस बात का ढाढ़स बाँधते हुए भिक्षुक ने मेरा हाथ थाम लिया।

"तुम लोग मछली के उस पार रहने वाले बनते बहुत हो, बड़ी नेमत को खाते नहीं, मियाँ चख के देख लो एक बार। मन मार-मार के क्यूँ बर्बाद कर रहे हो।"

"बाबा-बाबा" मेरी घिग्घी बँध गयी और पैर जो दौड़ना चाहते थे केवल हिलते रहे। "बाबा-बाबा—मुझे मछली के पार धकेलो। बाबा मछली के पार..."

"हूँ-इनसान जैसे नेमत को खाते नहीं..."

"आख़ थू, बाबा थू-थू-थू..."

"थूकना तो देखिए इनका।"

"थू-थू-थू—आख़ थू..."

"इनसान से बूँद-बूँद चूस लेते हैं। बोटियाँ उतारते हैं। बोटियों को भूनते हैं, खाते नहीं।"

"थू-थू-थू-बाबा-थू—क्या कहा? भूनते हैं? थू—हम? इनसान की बोटी को? थू-थू-थू—बाबा, बाबा—इनसान। प्राणिवर्ग में सबसे उत्तम, संसार की प्रगति की आख़री मंज़िल इनसान! वही जिसके आगे फ़रिश्तों ने सज़दा किया था। जिसके रूप में अवतार आये। इनसान...इनसान..."

''हाँ-हाँ। यह भूनना भी क्या हुआ? थोड़ा देखिए तो...''

भिक्षुक ने हाथ लहराया और धरती की गाँठ खुल गयी और एक आत्मा भभक उठी, मैं अपना दामन मुँह और नाक में ठूँस कर कराहने लगा। भिक्षुक ने मेरी गर्दन पर अपना भारी हाथ रखा और मुझे आँखें खोलने पर मजबूर कर दिया। देखता क्या हूँ कि गन्दा धुआँ उठ रहा है। धुएँ के नीचे एक नगर का आकार है, वही अपनी गलियाँ हैं। गली-गली में कूड़ा जल रहा है और कूड़े पर मांस के लोथड़े सड़ रहे हैं। धुआँ इनसे भी उठ रहा है। पर कूड़े में लोथड़े की तरह ये धुआँ भी अलग है। इसकी रफ़्तार भारी है। भभक में जो सड़े तीव्र नाखून हैं, धुएँ की यही अलग-अलग गहरी-गहरी लकीरें हैं।

''कूड़े में भून रहे हैं बड़ी नेमत को! देखो तो सही। खटोलों के परवाने और सड़े हुए बाण; गन्दी और गली हुई बोटियाँ, काली पूछें। इन्हीं की आग में भूनना चाहते हैं बड़ी नेमत को। और जब धुआँ उठता है, मुँह नाक में दामन ठूँसने लगते हैं। बदबू नहीं तो क्या ख़ुशबू उठती।''

आँखें फाड़-फाड़कर फिर देखा तो वही अपनी गलियाँ थीं, अपनी बस्तियाँ, मछली के उस पार की। वह लोथड़े नहीं अपने ही चेहरे थे। वही टाँगें, वही जाँघें।

भिक्षुक ने मेरी थूक मेरे ही अन्दर उतार दी। मेरे धड़कन दबा दी। और जब मैंने कुछ लाशों को बोरों, मेज़ों, किताबों में जलते देखा जाने क्यूँ मैं उसका ध्यान इस अन्तर की ओर आकर्षित करवाना चाहता था। पर ऐसा न हुआ। मुझको उसने अनुभवहीन बना दिया। अब मैं या तो नीचे खाई में या इसकी आँखों में देख सकता था। भिक्षुक ने एक मोटा थूक निकाला और उसी खाई में फेंक कर कहा—

''आख़्ख़ थू! इस अज्ञानता पर और इस गन्दगी पर। ये भभक कुछ और देर तक आती रही तो अपना वातावरण गन्दा हो जाएगा। जाने क्या-क्या बीमारियाँ फैलेंगी यहाँ—'' उसने हाथ लहराया और वह खाई भर गयी।

उसने एक दरवाजा खोला और मुझे एक गर्म घर के अन्दर ले गया। उसके घर की दीवारों पर प्रकाश फिसल-सा रहा था और धरती ऐसी जैसे दूध से धोया गया हो। एक कोने में सुनहरी ईंटों की एक समाधि-सी थी। जिस पर कई दीये जल रहे थे। दीये की लौ एक जैसी थीं। लौ का रंग ख़ून जैसा था जैसे कई छोटी-छोटी ख़ून से लथपथ जीभें एक साथ निकल रही हों। दीयों के ऊपर चाँदी जैसे धातु के दायरे खड़े थे जिन पर इसी धातु के कई बड़े-बड़े हाँडे चढ़े हुए थे। हाँडियों में कुछ उबल रहा था। इनमें से भपकारे ऐसे निकलते थे जैसे इनके नीचे मनों ईंधन जल रहे हों। और हर भपकारे के साथ फ्लेबर की ऐसी लहर निकलती थी कि मेरे प्राण शरीर के शेष भाग को छोड़कर नाक से मस्तिष्क तक जो गली है उसमें आ बसे।

एकाएक इस कमरे के आगे एक और दरवाज़ा खुला जहाँ मूँछ समेत सर थे।

दाढ़ी वाले चेहरे थे, छिली हुई जाँघ, अधछिले फुसफुसे पिंडे, फिरी हुई पुतलियाँ, निकले हुए जीभ, बैठे हुए जबड़े, फेफड़े, दिल इत्यादि। ख़ुशबू थी या बदबू—वहाँ वास से फ्लेबर तक न मोड़ दिखाई दिये न मंज़िलें—मेरे प्राण नाक की उसी गली में फँसकर फुदकने लगे। निकली हुई जीभों ने मेरे कानों में जैसे चीख़ना प्रारम्भ किया और मैं अपने मुँह को मूँछों समेत दामन से लिपटाकर रोने लगा।

''बदबू कहाँ है जो मुँह को लपेटे हुए हो। देखते नहीं बड़ी नेमत मसाले में धोयी जा रही है। कितना अकड़ा हुआ वो मांस है। ताजा है। कनपटियों के नीचे देखो, खून अभी लाल है। मियाँ यहाँ तुम्हारी अधूरी सभ्यता, तुम्हारी नीम हकीम विज्ञान की फूहड़ विधियाँ नहीं हैं। बड़ी नेमत आग पर पकायी जाती है। मसाले के भाप में बड़ी नेमत और फिर बदबू?''

मेरे पैर में हिलने की शक्ति तो नहीं, मेरा सारा शरीर एक स्थान पर गड़े हुए कल की तरह खट-खट-खट-खट हिलने लगा। और मेरा सिर एक दीवानगी में अपने सीने में घुसने की कोशिश करने लगा। फिर जैसे सीना खुल गया और मैं अपने सीने में घुस भी गया। देखा कि वहाँ कई किताबें पड़ीं हैं। कई भाषाओं में। दायें से बायें, बायें से दायें कई प्रकार के अक्षरों की भरमार थी। पर जब मैंने पढ़ने की कोशिश की और उसमें लीन हो जाना चाहा अक्षर क्रमशः मिटते चले गये और इसी उदासी में अन्दर-ही-अन्दर मेरी चीख़ निकलती चली गयी। भिक्षुक बोलता गया—

''और यह है वह मांस, अच्छी तरह सफाई की आवश्यकता है। इसकी बोटियाँ यूँ नहीं काटी जातीं। उसके लम्बाई में दो भाग किये जाते हैं। मुँह, नाभि और—ये देखो दो हो गये। इसी लम्बाई में टुकड़े किये जाते हैं। ख़ुशबू में धोया जाएगा। फिर ये मांस मीठे रस में पकाया जाएगा। फिर इसकी वी चीज़ बनेगी जिसे जनशीरनी कहते हैं। बड़ी स्वादिष्ट होती है।''

खट-खट-खट-खट...

सारा शरीर मिश्रित होता गया, सिर कभी धड़ में, कभी बाहर होता रहा। ये देखकर मेरे मुँह में थूक जमा हो गया। जिसको मैं थूकना चाहता था पर वह थूक अन्दर चला गया। भिक्षुक ने फिर हाथ लहराया—

देखता क्या हूँ कि वही अपनी खलबली रेलमपेला, एक जलूस, जलूस क्या जैसे एक जलते हुए शहर का धुआँ फैलता जा रहा हो। वही दाढ़ियाँ, वही चोटियाँ, वही शलवार, वही धोतियाँ, पत्थर, ईंटें, भाले, बरछे और वही नारे और भीड़ के बीच में पाँच हल्की-हल्की, सफेद-सफेद झुकी-झुकी मूर्तियाँ, पर सूत का धागा न था। इनमें वह भी स्पष्ट थे जिनको मैंने कभी देखा न था। मेरा सिर पूरी तरह सीने

से बाहर आ गया। मेरी गर्दन लम्बी हुई। और मैंने इस गर्म घर के भयानक दृश्य की तरफ से आँखें मोड़ीं और इन्हीं मूर्तियों को देखने लगा। कुछ अपने से लोगों को देखकर साहस बढ़ा। शरीर का खट-खट रुक गया। दिल में मानवीय भावनाएँ उभरने लगीं। अब मैं बोलना चाहता था कि देख यह है जनशीरनी का वो मसाला जिसने हमारे यहाँ उत्तम गानों को जन्म दिया। सवोत्तम साहित्य को सँवारा। कला के बड़े-बड़े माहिर पैदा किये। पर भीड़ में एक दराँती लहरायी और एक मूर्ति का सीना बिगड़ गया। मूर्ति गिरी और एक नारा ऊँचा हुआ और दूसरी मूर्तियों की टाँगों में ऐंठन होनी शुरू हुई और मेरी जगह वही खट-खट करने लगीं।

"तौबा-तौबा—इतने फूहड़ तो हमारे बच्चे भी नहीं। यह वस्तु भला दराँती से उतारने की थी। देखो तो? जैसे चीलों ने नोंच खाया हो।"

मैंने भीड़ की ओर फिर देखा। मूर्तियाँ काले कोलाहल में ऐसे गुम हो गयीं जैसे गरजती टकराती घटाओं ने नन्हीं-नन्हीं बिजलियाँ निगल ली हों। भिक्षुक ने हाथ वापस लहराया—

"और यह है शीरख़्वार मांस। इसकी तो केवल बिरयानी बनती है। ये मांस आँच कम लेता है और समय भी कम—"

"भिक्षुक-भिक्षुक!!" मेरा सीना भी मानो बाहर आ गया था और बोल रहा था—

"भिक्षुक तुझे क्या हुआ है। तू स्वयं मानव है तेरा भी मांस है। तेरे बच्चे होंगे। उनकी भी बिरयानी हो सकती। भिक्षुक..."

खट-खट-खट—"भिक्षुक...भिक्षुक।"

"पर ये मांस तो अल्पसंख्यकों का है। हमारा मांस कैसे बन सकता है।"

"पर मछली के उस पार भिक्षुक..."

भिक्षुक ने फिर हाथ लहराया फिर वही कोलाहल धुएँ में से एक सूरमा निकल आया और एक पहलवान। दोनों ने एक बच्चे को दीवार के साथ फैलाया और मांस मलाई में एक लम्बी कील ठोंक दी। बच्चे का सीना गिरी हुई मलाई की तरह बिखर गया। और नारे फिर तीव्र हुए। किसी ने एक और की बोटियाँ उतार दीं और उनसे एक माँ की गोद भरी और किसी ने गिन-गिन के दर्जनों को आग में झोंक दिया। एक और आया और उसने बच्चे को तीन मंज़िले से सड़क पर पटक दिया और बच्चा एक धब्बे की तरह बिखर गया।

"कितनी बिरयानी बर्बाद हो गयी! ये घाटा ये छीछालेदर।"

इसने हाथ वापस लहराया तो देखता क्या हूँ कि सुनहरी समाधि पर कड़ाही में तेल कड़कड़ा रहा है। एक मूँछ समेत सर आँखें खोल धीरे-धीरे लाल हो रहा

है। और तेल के भँवर में लहरें कभी आँखों में, कभी नाक में घुसकर भीतर के स्वाद को जला रही हैं।

''ये विधियाँ ये सुगढ़ता, कब आएगी इन लोगों को।''

खट-खट-खट-खट। ''ब-ब-बस कर भिक्षुक। त-त-त—तुम अपनी विधियाँ'', भिक्षुक ने अब के क़हक़हा लगाकर कहा—

''भाई मैं कब कहता हूँ कि तुम लोग अज्ञानी हो मैं तो कहता हूँ कि बस एक क़दम शेष है। बस तुम्हारा शिष्टाचार इतना ही, इस मंज़िल की व्याख्या चाहता है। जिसकी तरफ तुम आते तो ज़रूर हो, पर झिझककर, सफाई से नहीं, तरीक़े से नहीं। और तुम जो क़िस्मत से इधर आ गये हो तुम्हें तो इनसान बना के ही भेजेंगे।''

''आख़्ख़ थू-थू-थू—भिक्षुक—थू...''

''तुम्हें पवित्र बनाना है। ज़बरदस्ती खिलाएँगे। जानवर का मांस नहीं, गाय और सुअर का नहीं हम तुम्हें बड़ी नेमत खिलाएँगे।'' और उसने इस लाल-लाल, दहकते हुए सिर को एक मूँछ से पकड़कर कड़ाही में से निकाला।

मेरे पेट में चक्की ऐसी घूमी कि मेरा सारा शरीर हिला और मैं उछल पड़ा।

देखता क्या हूँ कि बैठक में घर के लोग हँसकर लोट-पोट हो रहे हैं। और कमरे में वही मछली बसी हुई है। वह सब हँसते गये और मैं फ्लेवर से बाहर भागते हुए बारिश में सँभला।

मेरी पत्नी भी बाहर आ गयी। ''क्यूँ जी क्या बात है?''

''कुछ नहीं—कुछ नहीं। मन उलटी-सा कर रहा है। उलटी आ रही है।''

''मन उलटी-सा कर रहा है तो थोड़ी-सी मछली चख लीजिए ना...कहो तो सिर ला दूँ।''

*(उर्दू कहानी : अनुवाद : शम्भु यादव)*

# आर्ट का पुल

फ़हीम आज़मी

पहले तो सारा इलाका एक ही था और उसका नाम भी एक ही था। इलाका बहुत उपजाऊ था। बहुत से बाग, खेत, जंगली पौधे, फूल और झाड़ियाँ सारे क्षेत्र में फैली हुई थीं। इस इलाके के वासियों को अपने जीवन की आवश्यकताएँ जुटाने के लिए किसी और इलाके पर आश्रित नहीं होना पड़ता था। खेतों से अनाज, पेड़ों से मकान बनाने और जलाने की लकड़ियाँ, भट्ठों से पकी हुई ईंटें, पास के बागों से फूल और साग-सब्ज़ी, पास के तालाब से मछलियाँ...अर्थात् आवश्यकता के सभी पदार्थ उपलब्ध थे।

धीरे-धीरे पास के व्यापारिक नगर से व्यापारिक सभ्यता और विकास की लहरें इस इलाके की ओर बढ़ने लगीं और एक दिन इस इलाके में बहुत बड़ा नाला खोदा गया जिसने इस क्षेत्र को दो भागों में बाँट दिया। किसी ने कहा कि यह गड्ढा बिजली के तारों को खम्भे के ऊपर से ले जाने के स्थान पर धरती के नीचे दबाने के लिए खोदा गया है। कोई कहता था कि इस इलाके में टेलीफोन आनेवाला है और यह टेलीफोन की लाइनें बिछाने के लिए खोदा गया है। अथवा जितने मुँह उतनी बातें बस सवेरे ही ट्रेक्टर और कुटियर और उसके साथ कुछ मज़दूर आ जाते थे, फावड़े और गेंती के साथ। ये लोग इस गड्ढे को गहरा करना शुरू कर देते थे और शाम को चले जाते थे। यदि इनसे कोई पूछता था तो बस यही कहते थे कि ठेकेदार से पूछ लो, हमें नहीं मालूम कि यह गड्ढा क्यों खोदा जा रहा है।

दिन-प्रतिदिन गड्ढा गहरा होता गया और एक दिन उसने इलाके के बीच में एक सूखे नाले का रूप धारण कर लिया। अब इसको पार करना लगभग असम्भव-सा हो गया और इस प्रकार नाले के इस पार के लोगों तथा उस पार के लोगों का सम्बन्ध-विच्छेद हो गया। कभी-कभी नाले के इस पार के लोग उस पार के लोगों से नाले के दोनों ओर खड़े होकर वार्तालाप कर लेते थे और अधिकतर बात का विषय यह नाला ही होता था। उन्हें उन कोयलों, फाख़्ताओं और मैनाओं से बहुत स्पर्धा होती थी, जो बिना किसी बन्धन के नाले के इस पार के पेड़ों से उड़कर उस

पार के पेड़ों पर बैठ जाते थे और इस पार के खेत से उड़कर उस पार के खेत में दाने चुगने लगते थे।

और एक दिन ठेकेदार के आदमी चले गये। नाला उसी प्रकार खुदा रहा। सम्भवतः, दूसरा ठेकेदार, जिसे तार बिछाना था या तीसरा ठेकेदार, जिसे गड्ढा पाटना था, अभी तक निश्चित नहीं किया गया था। या वह किसी दूसरे इलाके में व्यस्त था। यह सूखा नाला यों ही पड़ा रहा, यहाँ तक कि वर्षा आयी और यह पानी से भर गया। धीरे-धीरे उसके दोनों ओर के किनारे टूटने लगे और उसने एक नदी का रूप धारण कर लिया, जो आगे चलकर एक बड़े नाले में मिल जाती थी और फिर उस दरिया में मिल जाती थी, जो इलाके के पास ही बहता था।

सर्दी आयी तो लोगों ने सोचा कि नाले का पानी खुश्क हो जाएगा और शायद ठेकेदार के आदमी उसको पाट दें। कुछ ऐसे भी लोग थे जिन्होंने उसे स्वयं पाटने का विचार किया, परन्तु जैसे ही सर्दी समाप्त हुई और गर्मी आयी, आस-पास की पहाड़ियों पर बर्फ पिघलने लगी। यह बर्फ पहले भी पिघलती थी, परन्तु छोटी-छोटी नालियों के रूप में फैल जाती थी और तेजी से ढलान की ओर बहकर उनका पानी बड़े दरिया में मिल जाता था। यदि कहीं पानी फैला भी तो अधिक समय तक नहीं रुकता था, किन्तु अब सारा पानी बहकर इलाक़े के उस नाले में आ गया। गर्मी बीती, वर्षा आयी, नाला और विस्तृत हो गया। फिर सर्दी आयी और पानी उसी प्रकार बहता रहा। फिर पहाड़ियों पर बर्फ पिघली और नाला अधिक विस्तृत हो गया। किनारे और टूटे तथा यह नाला हर बरस चौड़ा होता गया और फिर एक बड़े दरिया ने इलाक़े को दो भागों में बाँट दिया। इलाके के निवासियों को दो भागों में बाँट दिया। रिश्तेदार कुछ इधर और कुछ उधर रह गये और जब मुहम्मद ख़ान की पुत्री के विवाह की समस्या सामने आयी, तो मुहम्मद ख़ान की पत्नी ने कहा, ''तो फिक्र काहे की है? तुम्हारे भाई के बेटे के साथ तो बचपन में रिश्ता हो चुका है।''

मुहम्मद खान पहले तो चुप रहे, फिर उन्होंने एक ठंडी साँस ली और बोले, ''क्या बात करती हो? अरे, वे लोग उस पार के हैं। अब हमारा उनसे क्या वास्ता! अपने इलाक़े में रिश्ता खोजो।''

''तो ऐसी कौन-सी बात है, हम एक ही तो हैं। वह उस पार रहता है, तो क्या हुआ! तुम्हारा भाई ही तो है।''

''नहीं, अब वह उस पार रहता है, बीच में दरिया है। इस पार के लोग उस पार के लोगों से अलग हैं। वह मेरा भाई था, लेकिन तब, जब दरिया नहीं था।''

''तो दरिया ख़ून के रिश्ते को तो नहीं तोड़ सकता।''

''हाँ, तोड़ सकता है। दरिया सरहदें (सीमाएँ) बना देता है। मुल्कों को अलग कर देता है। इनसानों को अलग कर देता है।''

"यह तुम कह रहे हो।"

"मैं तो वही कह रहा हूँ जिसे और लोग कहते हैं। और फिर यह भी तो नहीं कि दरिया को पार करके आसानी से इधर से उधर जाया जा सके। दरिया पर पुल भी नहीं है। उसमें नाव भी नहीं चलती।"

और हुआ भी यही था। पुल बनाने के सारे प्रयत्न व्यर्थ हो गये थे। जब भी पुल बनता था, एक मौसम भी नहीं निकालता था। सर्दी में बनता था, तो गरमी में टूट जाता था। पहाड़ों से आनेवाले पानी का वेग बहुत तेज होता था। दरिया के किनारे भी टूट जाते थे। मिट्टी बह जाती थी। लोग मिट्टी भरकर लकड़ी का पुल बनाते थे। कोई सीमेंट का पक्का पुल तो बनता ही नहीं था। भला मिट्टी का पुल कैसे टिका रहता। और नाव, उसका भी प्रयास किया गया। कुछ लोगों ने सोचा कि पुल नहीं बनता और लोग दरिया को पैदल भी पार नहीं कर सकते, तो नाव ही बना लें। उसी पर चढ़कर दरिया पार कर लिया करेंगे। परन्तु हुआ यों कि जब पहली नाव बनी तो मंगू दूधवाला सवेरे-सवेरे आया और मुहम्मद खान से बोला, "खान साहब! सुना आपने, वह जो चार घड़ों को उलटा करके और ऊपर कीकर तथा सरपत का मचान बनाकर नाव बनायी गयी थी, उसके दो घड़ों में जहरीले साँप घुस गये और दो मुसाफ़िरों को डस लिया। अब मुखिया जी ने कहा है कि नाव नहीं चलेगी।"

"क्यों नहीं चलेगी! अरे ऐसे हादसे (दुर्घटनाएँ) तो होते ही रहते हैं। आइन्दा (भविष्य में) एहतियात (सावधानी) से काम लिया जाएगा।"

"क्या एहतियात (सावधानी) होगी? घड़ा तो उलटा होता है। पानी के अन्दर से साँप निकलकर बैठ जाए, तो वह दिखाई भी नहीं देता और इतना वक़्त किसके पास है कि वह मचान को पीटता रहे और साँप को भगाता रहे।"

"अरे हर मुश्लि काम में एहतियात (सावधानी) रखनी पड़ती है। अगर हम कुछ दिन तक मचान पीटते रहेंगे और नाव चलती रहेगी, तो साँप खुद ही डर कर भाग जाएगा।"

"मगर चलेगी कैसे? मुखिया ने तो रोक दिया है, घड़े तोड़ दिये गये हैं?"

मुहम्मद खान ने मुखिया को धीरे-से एक मोटी-सी गाली दी और चुप हो गया। वह और कर ही क्या सकता था! मुखिया से कौन झगड़ा मोल लेता! परन्तु मुहम्मद खान का दिल नहीं माना। उसने सोचा कि पंचायत बुलायी जाये। हो सकता है पंचायत के कहने से मुखिया मान जाए। तब मुहम्मद खान ने लोगों के घर जा-जाकर उन्हें समझाना आरम्भ कर दिया, "देखो ना। आख़िर इसमें क्या हर्ज है। दुनिया का निजाम (व्यवस्था) तो मुहब्बत पर चलता है। नफ़रत से तो कोई मसला (समस्या) हल नहीं होता। फिर तुम तो जानते ही हो कि तुम्हारे भी रिश्तेदार, दोस्त उस पार रह गये हैं। अगर हमारे बीच यह दरिया रुकावट है, तो क्या हुआ। नाव

चलाने से हम अपना मेल-जोल तो कायम रख सकते हैं। अरे घुस गया होगा साँप। साँप तो घरों में भी घुस जाते हैं। उससे कोई घर थोड़े ही छोड़ देता है।''

कुछ लोगों ने मुहम्मद खान की बात मानी, कुछ चुप रहे और कुछ ने उसका कड़ा विरोध किया।

''तुम क्या रिश्तेदारों की बातें करते हो। उस पार के लोगों से कैसा रिश्ता? इतने दिनों में सब कुछ तो बदल गया। देखते नहीं हो, उनकी सलवारों के घेरे कितने बढ़ गये हैं। चादरों में कितना फ़र्क है। खाने में खटाई भी बहुत ज्यादा होती है। रोटी भी कितनी पतली होती है। मकान की ईंटें कितनी बड़ी होती हैं। और वे लोग तोता भी तो नहीं पालते। उनकी मिट्टी बिलकुल नमकीन है। इधर हमें देखो, हम मिट्टी के कितने सुन्दर बर्तन बनाते हैं। हमारी धरती भी तो कितनी जरखेज (उपजाऊ) है। नहीं जी, अब हमारा उनसे क्या रिश्ता! तुम अपनी सरहदों में लोगों से रिश्ता जोड़ो। अब तो उनकी ज़ुबान भी तुम्हारी समझ में न आएगी।''

पंचायत हुई। लोग बोलते रहे। धीरे-धीरे, जोश से। बूढ़े और जवान सब बोले, लेकिन मुखिया ने बस एक बात कह दी, ''तुम नाव बनाने की बात कहते हो। तुम तो बस यही समझते हो कि नाव में बैठकर लोग इस पार से उस पार जाएँगे। देखो अपनी धरती की तरफ। देखो अपने लहलहाते खेत। हम कितने खुश हैं। क्या हमारे खेतों का अनाज और हमारे पेड़ों के फल नाव से उस पार न जाने लगेंगे? फिर तुम क्या करोगे, किसको रोकोगे। नहीं जी, हम अपनी इलाके में खुश हैं। अपनी रोटी उनको दे देंगे, तो खुद क्या खाएँगे। पेट से बढ़कर भी कुछ और हो सकता है?''

और मुखिया पंचायत में अकेला तो आया नहीं था, हाथों में लाठियाँ और बल्लम लिए हट्टे-कट्टे जवान साथ थे। मुखिया तो अपनी जगह पर बैठ गया। परन्तु ये जवान भीड़ के चारों ओर खड़े हो गये। अपनी लाठियों और बल्लमों को यों उठाये रखा कि सबको दिखाई दें।

मुखिया बोल चुका, तो लोगों में काना-फूसी होने लगी। फिर लोग ऊँचे स्वर से बोलने लगे। फिर विवाद और प्रतिवाद आरम्भ हो गया। हाथापाई की नौबत आ गयी और पंचायत समाप्त हो गयी।

आज मुहम्मद खान के भाई के बेटे का विवाह था। दरिया के पार शहनाई की आवाज़ सुनाई दे रही थी। वह आवाज़ बहुत सुरीली लग रही थी। मुहम्मद खान दरिया के किनारे बैठ आवाज़ को सुन रहा था और सोच रहा था—काश! यह बारात उनके घर में आयी होती। परन्तु यह कैसे सम्भव था। बीच में दरिया था और बारात को तो उसी ओर जाना था। दरिया को कैसे पार किया जा सकता था।

और मुहम्मद खान सोचने लगा—यहूदियों ने कहा था कि ख़ुदा इस्राईल का ख़ुदा है। फिर इस्राईल बारह क़बीलों में बँट गये। फिर उनके बीच सरहदें खिंच

गयीं फिर उनकी ज़बानें बदल गयीं। फिर वे एक-दूसरे के दुश्मन हो गये मगर ख़ुदा एक ही रहा, सबका खुदा।

और फिर अरब से आवाज़ आयी। हमारा भी ख़ुदा वही है। पूरब का ख़ुदा वही है, पश्चिम का ख़ुदा वही है और आज सब कहते हैं, हम सबका ख़ुदा वही है। फिर दरिया ने क्या बदला, ख़ुदा हो तो बदला नहीं।

शहनाई की आवाज़ फिर गूँजी। और मुहम्मद खान ने सोचा—दरिया उस आवाज़ को तो रोक नहीं सका और रोक भी नहीं सकता। यह तो दरिया के पानी से टकराकर और भी अच्छी लगती है।

और फिर देखते-ही-देखते कुछ और लोग मुहम्मद खान के पास आ बैठे और सोचने लगे—क्या अच्छी आवाज़ आ रही है, दरिया के उस पार से। हमारी सरहदें अलग हैं और बीच में दरिया है, मगर यह गाने-बजाने की आवाज़ कितनी मधुर लग रही है। शादी हो गयी और शहनाई की आवाज़ भी बन्द हो गयी, परन्तु अब तो लोगों को चस्का पड़ गया था। दरिया के किनारे पर प्रतिदिन सायंकाल को मेला लगने लगा। उस पार के गीत और सितार की मधुर आवाज़ सुनते रहते और फिर उस पार के लोग भी अपनी तरफ के किनारे पर बैठने लगे, इस पार के गीत सुनने के लिए। दरिया के पानी से छनकर आनेवाली मधुर आवाज़ कितनी दर्दभरी थी, कितनी सुरीली। और फिर इन आवाज़ों के साथ और बहुत कुछ आया। दरिया के किनारों पर पिकनिक होने लगी। पकवान पकने लगे। वर्षा से बचने के लिए छप्पर बन गये। बैठने के लिए चबूतरे और भोजन की सुगन्ध और गाने की महक और शरीरों की झलक। अब दोनों तरफ के इलाक़ों में नफ़रत का एहसास समाप्त हो गया था। और एक दिन इस इलाके का मुखिया आया और कहने लगा, "तुम्हारे यहाँ गानेवालों और शायरों की क्या कमी है कि तुम उस पार के गानों की आवाज़ इतने शौक से सुनते हो। अरे, अपने इलाक़े के गाने गाओ! अपने इलाक़ेवालों की आवाज़ सुनो। बस्ती में जाकर बैठो। वे तो उस पार के लोग हैं।"

परन्तु मुहम्मद खान बोला, "मुखिया जी! अब यह तुम्हारे बस की बात नहीं है कि इनको रोको। इन्हें अब नाव की जरूरत नहीं। ये तो आसानी से उस पार चले जाते हैं आर्ट के पुल पर से...।" और इस बार किसी ने मुहम्मद ख़ान की बात को नहीं काटा।

मुखिया अपनी आँखों पर दायें हाथ की हथेली से साया करके और उचक-उचककर दरिया पर बना हुआ पुल तलाशने लगा।

*(उर्दू कहानी : अनुवाद : शम्भु यादव)*

# परदेसी

बदीउज़्ज़माँ

"खाजे बाबू हथिन?"

बाहर से वही जानी-पहचानी आवाज़ आयी। मैं समझ गया, छाको का ख़त आया है और जनबा ख़त पढ़वाने के लिए मेरे पास आना चाहती है।

मैं अभी-अभी कालेज से आया था, बदन पसीने में तर हो रहा था। सूरज डूब चुका था, पर बाहर अब भी बहुत तपिश थी। कमरे में बैठना अच्छा लग रहा था। जी चाह रहा था, कुछ देर अँधेरे कमरे में लेटा रहूँ। झुलसाने वाली गर्मी में साइकल पर चार मील का रास्ता तय करके घर पहुँचा था। बहुत थका हुआ था। ऐसे में जनबा की आवाज़ सुनकर मुझे बड़ी कोफ्त हुई। छाको के खत पढ़ने में वैसे भी मुझे बहुत उलझन होती थी। खुद लिखा-पढ़ा तो था नहीं, जाने किससे ख़त लिखवाकर भेजता था। ज़बान की बात तो अलग रही, लिखावट ऐसी होती कि पढ़े पढ़ी न जाती थी। इबारत और हिज्जे की गलतियों का तो हिसाब ही नहीं था। जितनी दिक्कत कचहरी के काग़ज़ात पढ़ने में होती है, उससे कम दिक्कत मुझे छाको का ख़त पढ़ने में न होती। शुरू-शुरू में तो बहुत ज्यादा दिक्कत होती थी, पर अब इस लिखावट से कुछ परिचित हो चला था। दो-चार लफ़्ज न भी पढ़ पाता, तो अन्दाज से मतलब भाँप लेता था और मेरा अन्दाजा हमेशा सही साबित होता, क्योंकि जनबा सिर हिला-हिलाकर मेरे अन्दाज की तसदीक कर देती थी।

पिछले आठ-दस सालों से छाको के खत पढ़ने का सिलसिला चल रहा है—यानी जब से छाको अपने बाबा से लड़कर यहाँ से गया है। पहले उसके खत कोडरमा से आते थे, उसके पहले झुमरी तलैया से और उसके भी पहले हजारीबाग से। फिर वह कलकत्ता चला गया और अब वह कलकत्ते में ही है। साल में एकाध बार अब भी आ जाता था और जब आता, तो मुझसे ज़रूर मिलता।

जनबा, जिसका असली नाम जैनब है, छाको की बेवा बहन है। वह उसे बुआ कहता है। शौहर के मरने के बाद उसके कुनबे के खर्च का बोझ छाको ही उठाता आया है। वह अपने बाप को रुपये नहीं भेजता, पर जनबा के नाम पर हर

महीने कभी तीस रुपये, कभी पैंतीस रुपये का मनीआर्डर ज़रूर आता। उसकी लड़की भी जनबा के साथ ही रहती है। जनबा, उसकी बहन और भाई और बाप, सब एक ही घर में रहते हैं। पर जनबा का चूल्हा अलग है। यह चूल्हा छाको का भी है, क्योंकि उसकी बच्ची जनबा के साथ ही रहती है।

"खाजे बाबू हथिन?" जनबा पुकार रही थी।

अब उठना ही पड़ेगा, यह सोचता हुआ मैं उठा। बाहर की तरफ खुलने वाला दरवाज़ा खोला। जनबा हाथ में एक लिफ़ाफ़ा लिये खड़ी थी। कुछ कहे बगैर उसने खत मेरे हाथ में थमा दिया और खुद दहलीज़ पर बैठ गयी।

मैं खत देखकर चौंक गया। यह क्या! वही लिखावट थी, बात लिखने का अन्दाज भी वही था और ख़त भी छाको का ही था, पर खत पाकिस्तान से आया था। मुझे उत्सुकता हो रही थी। अपनी उत्सुकता में क्षणभर के लिए मैं भूल ही गया कि जनबा बैठी है और उसे खत पढ़कर सुनाना है। मैं मन-ही-मन सारा खत एक बार पढ़ गया। फिर मुझे एहसास हुआ कि जनबा मेरी तरफ हैरानी से देख रही है। मैं चिट्ठी पढ़कर सुनाने लगा। लिखा था :

"अब्दुश्शकूर की तरफ से बाबा को बहुत-बहुत सलाम, और जैनब बुआ को सलाम और भाई सबको दुआ। मालूम हो कि खुदा के मेहरबानी से हम ख़ैरियत से हैं और आप लोगों की नेक खैरियत चाहते हैं। आप सब कहेंगे कि अब्दुश्शकूर कलकत्ता से बिना ख़बर किये यहाँ कैसे आ गया। इलाही मास्टर जिनकी दुकान में हम काम करते हैं कहिन कि इलाही टेलरिंग हाउस पाकिस्तान में खोलेंगे। सब कारीगरों से बोले कि हमारे साथ चलना होगा। हम बड़े मुश्किल में फँसे। इतना वक्त भी नहीं दिया कि आप लोगों से मिलकर कुछ सलाह कर सकें। चार-पाँच दिन के अन्दर-अन्दर हम सबको लेकर ढाका पहुँच गये। इलाही मास्टर के एक बहनोई यहाँ हैं। यहाँ आने पर पता चला कि वही इलाही मास्टर को बहकाइन था पाकिस्तान चलने के वास्ते। जमी-जमाई दुकान उजाड़कर यहाँ आ गये। हम सब कारीगर लोग इलाही मास्टर के बहनोई के मकान में एक कोठरी में रहते हैं। इलाही मास्टर को दुकान नहीं मिली है। खोज रहे हैं। ख़ुदा करे जल्दी मिल जाए। खाली बैठे-बैठे जी घबरा रहा है।"

"बाबा और जनबा बुआ को मालूम हो कि हम एकदम ठीक हैं। कोई फिकर की बात नहीं। रुपया हर महीने जाएगा। चिट्ठी बराबर दिया कीजिए। ढाका अच्छा शहर है। कलकत्ता के इत्ता बड़ा नहीं है लेकिन अपने गया से बड़ा शहर है। यहाँ बंगाली लोग बहुत हैं। बंगाली लोग अपने मुलक के आदमी सबसे बहुत चिढ़ता है। कहता है कि यह सब कहाँ से आ गया हमारे देस में। इलाही मास्टर के साथ इत्ते रोज काम किया था, इसलिए उनकी बात मानकर यहाँ आ गये। यहाँ पानी खूब बरस रहा है। गया में तो बहुत गरम होगा। मोहल्ले का सब हाल लिखना। हमारी

तरफ से मोहल्ले के सब लोगों को सलाम और दुआ। एक ज़रूरी बात यह है कि मुहर्रम आ रहा है। अखाड़ा निकलेगा। उसमें हमारी तरफ से पाँच रुपया दे दिया जाये, जैसे हर साल दिया जाता है। बाबा को सलाम, जुबैदा को उसके बाबा की दुआ, मुस्तकीम और यासीन को मेरी तरफ से बहुत-बहुत दुआ।''

मैं ख़त पढ़ चुका, तो देखा कि जनबा रो रही थी।

''छाको का अक्कल देखला ना खाजे बाबू! बप्पा, भइवा, बहिनिया सब तो हियाँ हथिन। अप्पन चल गेइल पाकिस्तान! हमनी सबका नसीब खराब बाबू! आउ का कहा जाये!''

मैं चुप रहा। कहता भी क्या! जनबा खत लेकर आँचल से आँसू पोंछती हुई चली गयी।

छाको का ख़त पढ़कर मुझे अजीब-सा लगा। एक लम्बे अरसे से वह बाहर-बाहर रहा था। कभी हजारीबाग़, कभी झुमरी तलैया, कभी कोडरमा, कभी कलकत्ता। पर ये सब जगहें हिन्दुस्तान में थीं और ये जगहें ऐसी थीं, जहाँ अकसर हमारे मोहल्ले के लोग रोजगार और काम-धन्धे की तलाश में जाते रहते थे। पर ढाका तो मुल्क ही दूसरा हो गया। ऐसी बात भी नहीं है कि मेरे मोहल्ले से कोई पाकिस्तान गया ही न हो, पर जिनको जाना था, वे बँटवारे के तुरन्त बाद ही चले गये थे। जाने वालों में तकरीबन सबके सब पढ़े-लिखे नौकरीपेशा लोग थे, या फिर ऐसे लोग थे, जिनके पास रुपया था। उसके बाद से मोहल्ले की जिन्दगी में इस लिहाज से ठहराव-सा आ गया था। मोहल्ले में पढ़े-लिखे खुशहाल लोग वैसे भी कम ही थे और पाकिस्तान बनने के बाद उनकी तादाद और भी घट गयी थी। लेकिन जुलाहे, दर्ज़ी, राज, मजदूर, कसाई और इस तरह के निचले तबके के दूसरे लोग मोहल्ले में वैसे ही मौजूद थे, जैसे पहले थे। इनकी तादाद बढ़ी ही थी, घटी नहीं थी। इसलिए छाको का पाकिस्तान चला जाना मुझे अजीब-सा लग रहा था, जैसे कोई ऐसी घटना घटी हो, जिसकी उम्मीद न हो। दिल यह मानने को तैयार नहीं था कि छाको अपनी मर्ज़ी से पाकिस्तान चला गया है। उसके ख़त से भी जाहिर हो रहा था कि इलाही मास्टर के जोर देने की वजह से वह गया है। पर यह वजह भी बजाहिर बहुत लचर मालूम देती थी। वह कोई बच्चा तो था नहीं कि जोर-जबरदस्ती से उसे मजबूर कर दिया जाता। वह अड़ जाता, तो इलाही मास्टर क्या कर लेते! लेकिन छाको के ख़त के हर लफ़्ज़ से ऐसी मासूमियत टपक रही थी कि मुझे यह मानना ही पड़ा कि छाको न टाली जा सकने वाली किसी मजबूरी की वजह से ही पाकिस्तान गया है।

अब जब कि छाको अपने मुल्क को छोड़कर किसी और मुल्क में चला गया था, न जाने क्यों मैं उसे अपने से बहुत करीब महसूस कर रहा था।

कमरे का दरवाजा, जिसकी चौखट पर कुछ देर पहले जनबा बैठी थी, खुला हुआ था। बरामदे के फर्श पर ईंट के टुकड़ों से रेखाएँ खींचकर लाल दायरे, चौकोर खाने और जाने क्या-क्या शक्लें बनाई गयी थीं। यह मोहल्ले के लड़कों की कारस्तानी थी। लाख डाँट-डपट कीजिए, लेकिन वे अपनी हरकत से कहाँ बाज आते हैं। जैसे ही पता लगा कि कमरे में कोई नहीं है, मोहल्ले-भर के लौंडे जमा हो गये—'चक्को बित्ता', 'लंगड़ी टाँग' और 'अंटा' खेलने की खातिर। कमरे का दरवाजा खुला नहीं कि सब पलक झपकते ग़ायब! नाक में दमकर दिया था लौंडों ने! पर इस वक्त ज़रा भी झुँझलाहट नहीं हुई बरामदे के फर्श को गन्दा देखकर। ऐसा लगा कि छाको और हम दोनों ने ही खेलने की ख़ातिर फर्श पर ईंट के टुकड़ों से लाल रेखाएँ खींची हैं। हम दोनों दीन-दुनिया से बे-खबर खेल में मस्त हैं। और तब एकाएक अब्बाजान की रोबदार आवाज़ गूँजी है। छाको यह जा, वह जा और मैं भी एक छलाँग में ही कमरे के अन्दर आ गया हूँ। पर अब्बाजान को तो सब कुछ मालूम हो चुका है। उनकी दिल दहला देने वाली आवाज़ कानों में पहुँच रही है, "मरदूद! सूरत हराम! कितनी बार मना किया, कमीने लड़कों के साथ न खेला कर! पर कम्बख़्त मानता ही नहीं! आयन्दा कभी देखा इस तरह खेलते हुए, तो जान से मार डालूँगा।"

पर दूसरे दिन अपनी जान की परवाह किये बगैर मैं फिर छाको के साथ बरामदे में खेलता दिखाई देता।

हमारा ख़ानदान सैयदों का था। मोहल्ले में दो-चार घर ही तो सैयदों के थे। बाकी लोग तो जुलाहे, कसाई या दर्जी थे। मोहल्ले के सब लोग हमारे घर वालों की बहुत इज़्ज़त करते थे और अपना दर्जा हमसे बहुत कम मानते थे। अब्बाजान को अपने खानदान के बड़प्पन का एहसास जरूर था, लेकिन मोहल्ले वालों पर कभी यह जाहिर नहीं होने देते थे कि वह खुद को उनसे बड़ा समझते हैं। मुझे या घर के किसी और बच्चे को मोहल्लों के लौंडों के साथ अंटा या गुल्ली-डंडा खेलते देखते, तो बहुत नाराज होते। उनके सामने तो कुछ न कहते, पर अलग ले जाकर इस बुरी तरह डाँटते कि खौफ से हमारा बुरा हाल हो जाता। एक दिन जब छाको के साथ खेलने के जुर्म की सजा के तौर पर वह मुझे फटकार रहे थे, तो इत्तफाक से छाको ने उनके शब्द सुन लिये थे। उसके बाद वह हफ्तों मुझसे दूर-दूर रहा। लाख मनाने की कोशिश की, पर किसी तरह मानता ही नहीं था। मुझे भी अब्बाजान की बातें बहुत बुरी लगी थीं। खास तौर पर छाको के लिए 'कमीना' लफ़्ज सुनना मुझे

किसी तरह गवारा नहीं था। जबकि छाको ने खुद अपने कानों से सुन लिया था, मुझे बहुत शर्म महसूस हो रही थी, जैसे मुझे चोरी करते हुए पकड़ा गया हो। मुझे अब्बाजान पर बहुत गुस्सा आया था। आखिर उनको क्या हक़ पहुँचता है मेरे साथी को इस तरह बुरा-भला कहने का? मुझे जितना चाहें, डाँट लें, पर छाको को कमीना कहने का उन्हें कोई हक नहीं है। छाको का दिल दुखाकर क्या मिल गया था उनको! उनसे कुछ कहने की हिम्मत तो नहीं होती थी, लेकिन अन्दर-ही-अन्दर गुस्सा सुलगता था।

मैं छाको को मनाने की कोशिश करता रहा। गर्मियों के दिन थे। सुबह का स्कूल था। अब्बाजान भी सवेरे कचहरी जाते और बारह-साढ़े बारह बजे तक लौट आते थे। जैसे ही खाना खाकर वह सोते और खर्राटे की आवाज़ मेरे कानों में पहुँचती, चुपके से उठता, कुर्सी पर चढ़कर आहिस्ता से दरवाज़ा खोलता और फिर बाहर से दरवाज़े को इस तरह भेड़ देता कि जागने पर अब्बाजान को पता न चले कि मैं बाहर बरामदे में पहुँच गया हूँ। छाको गली में ही या अपने घर की ड्योढ़ी में नज़र आ जाता। हलके से ताली बजाकर या ककड़ी फेंककर उसे बरामदे में बुलाता। पर मुझे देखते ही वह मुँह फुला लेता। फिर कहता, "हम नहीं खेलते तुमरे साथ! तुम शरीफ़ हो तो अपने घर के! हम कमीने हैं तो अपने घर के! नहीं खेलते तुमरे साथ!"

अब्बाजान की बात उसको बहुत बुरी लगी थी। लेकिन इसमें मेरा क्या कसूर है? मैं सोचता। अब्बाजान की जबान मैं कैसे बन्दकर सकता हूँ! यह भी छाको की ज्यादती है कि अब्बाजान की गलती का बदला मुझसे लेना चाहता है। मैंने तो नहीं कही कोई ऐसी-वैसी बात! मुझसे नाराज़ होने का क्या मतलब है? फिर दिल में सोचता कि ज्यादती दरअसल अब्बाजान की है। वह कौन होते हैं किसी को कमीना कहने वाले? कई बार दिल में इरादा करता कि अब्बाजनान से कहूँ इसके बारे में, पर उनको देखते ही हिम्मत जवाब दे देती। जाने गुस्से में क्या कर बैठें? अम्मी तक तो थरथर काँपती हैं उनसे। मैं किस खेत की मूली हूँ! पर एक दिन जाने कैसे हिम्मत करके मैंने उनसे अपनी बात कह डाली। कहने के बाद दिल जैसे डूब-सा गया। लेकिन उस दिन अब्बाजान का मूड बहुत अच्छा था। सुनकर क्षण-भर तो मेरी तरफ देखते रहे, फिर अपनी मूँछ पर उँगली फेरते हुए गम्भीर मुद्रा में बोले, "अच्छा, तो यह बात है!" फिर उँगली के इशारे से अपने पास बुलाते हुए बोले, "यहाँ आओ।" काटो तो लहू नहीं बदन में। डर के मारे बुरा हाथ था। लेकिन एकाएक मेरी पीठ को ठोंकते हुए वह हँस पड़े और बोले, "तो छाको ज़नाराज हो गया है मेरी बात पर! मैं उसे मना लूँगा। तुम कोई फ़िक्र न करो।"

अगले रोज इतवार था। स्कूल और दफ़्तर की छुट्टी थी। अब्बाजान रोज़ की तरह तड़के ही उठे। वज़ू करके नमाज़ पढ़ी। फिर मुझे उठाया। जेब से एक रुपया

निकालकर दिया। कहा, "जाओ, बिशुन हलवाई के यहाँ से एक रुपये की जलेबियाँ ले आओ।"

अब्बाजान नमाज़ पर बैठे हुए वजीफा पढ़ने लगे। मैं दौड़ा-दौड़ा बिशुन हलवाई की दुकान पर पहुँचा और गरम-गरम जलेबियाँ लेकर तुरन्त आ गया। तब एक रुपये में कित्ती सारी जलेबियाँ आ जाती थीं? मिलावट और डालडा वगैरह का तो नाम भी नहीं सुना गया था उस वक्त। जलेबियाँ मुझे बहुत पसन्द थीं, इसलिए मैं बहुत खुश हो रहा था। लेकिन साथ-साथ हैरत भी हो रही थी कि आज न तो कोई त्योहार है और न कोई ऐसी ख़ास बात हुई है, फिर सवेरे-सवेरे अब्बाजान को फातिहा का खयाल कैसे आ गया? ख़ैर, मैं तो यह सोचकर खुश हो रहा था कि आज उठते ही गरम-गरम जलेबियाँ खाने को मिल रही हैं। फातिहा पढ़कर अब्बाजान ने तख्त पर बिछी जानमाज पर बैठे-बैठे ही जोर से पुकारा, "छाको!"

अब्बाजान की आवाज़ छाको ने सुनी, या नहीं, मैं नहीं कह सकता, लेकिन उसके बाबा महम्दू खलीफा दौड़कर हमारे बरामदे में पहुँच गये।

"का कहते हैं बाबू?"

"छाको को भेज देना। फातिहा की मिठाई देनी है।"

"जी अच्छा, अभी भेजते हैं।"

छाको डरते-डरते कमरे में आया। अब्बाजान ने प्यार-भरे लहजे में उससे अपने पास तख़्त पर बैठने को कहा। फिर एक तश्तरी में बारह जलेबियाँ रखकर उसे दीं और कहा, "चार तुम्हारी हैं, चार जनबा की और चार बेंगा की। जब वह चलने लगा, तो अब्बाजान ने मुहब्बत से उसके सिर पर अपना हाथ रखा और कहा, "बड़ों की बात का बुरा नहीं मानते हैं! जो वक्त तुम बेकार खेलों में जाया करते हो, उसे किसी अच्छे काम में लगाओ।"

अब्बाजान के इस रवैये को देखकर मैं बहुत खुश हुआ था। उनके बड़प्पन का एक अजीब रुख मैंने देखा था। छाको के दिल पर भी इसका गहरा असर हुआ था। उसकी झेंपी-झेंपी निगाहों से यही जाहिर होता था। उसी रोज रात एक अजीब घटना घटी। रात का खाना खाकर हम लोग बिस्तर पर लेट चुके थे। चाँदनी छिटकी हुई थी। दिन-भर आग बरसती रही थी। लेकिन अब पछुआ के खुशगवार झोंकों ने जहन्नुम को जैसे जन्नत में बदल दिया था। चाँदनी की ठंडी रोशनी में बिस्तर की सफेद चादरों से दिल को बड़ी राहत-सी महसूस हो रही थी। अम्मी का पलँग हमारे पलँग से लगा हुआ था। वह पान लगाने के लिए छालियाँ कतर रही थीं। उनके हाथ में मुरादाबादी सरौता चमक रहा था। छालियाँ कतरने की आवाज़ के साथ अम्मी की चूड़ियों की खनखनाहट भी सुनाई दे जाती थी। पर जब अब्बाजान जोर से हुक्के का कश लेते, तो यह आवाज़ हुक्के की गड़गड़ाहट में डूब जाती थी। हमारी छत से दूर एक ताड़ का दरख्त चाँदनी में नहाया हुआ बहुत खूबसूरत लग

रहा था।

एकाएक गली में किसी की कड़कदार आवाज़ गूँजी—'साहेबजान है?' मैं ख़ौफ़ से अपने छोटे भाई से चिपट गया। अम्मी भी घबरा गयीं और सरौते के फलों के बीच रखी छालियाँ नीचे गिर गयीं। लेकिन अब्बाजान उसी तरह इतमीनान से हुक्के का कश लेते रहे। उनके चेहरे पर परेशानी की कोई झलक नहीं थी। हम लोगों की घबराहट को महसूस करते हुए वह बोले, "कोई बात नहीं है। सिपाही है। साहेबजान को पूछने आया है। गुंडा है न! पुलिस को ऐसे लोगों पर निगाह रखनी पड़ती है।"

साहेबजान मोहल्ले-भर में तो बदनाम था ही, शहर में भी उसको सब लोग जानते थे। उसकी बदमाशी और गुण्डागर्दी की धाक जमी हुई थी। वह रिश्ते में छाको का मामा लगता था। लेकिन छाको के बाप को उसकी हरकतें बिलकुल पसन्द नहीं थीं, इसलिए वह साहेबजान और उसके घर वालों से कोई वास्ता नहीं रखता था। साहेबजान का भी अजीब हाल था। कभी यह ठाठ होते कि सिल्क की कमीज़, सोने की बटन, रेशमी लुंगी, हाथ में खूबसूरत सुनहरी घड़ी सोने की ज़ंजीर में बँधी हुई, गले में सोने की चेन, पैर में चमकते हुए बेहतरीन पम्प जूते और हाथ में कैंची सिगरेट का पैकट, जो उस जमाने में बहुत उम्दा सिगरेट मानी जाती थी। जिधर से निकलता, लड़कों को चवन्नी-अठन्नी देता हुआ गुज़र जाता। और कभी यह हाल कि फटी हुई मैली बनियाइन और मामूली लुंगी बदन पर, दाने-दाने को मुहताज! कई बार मेरे घर भी आ जाता आटा-चावल या पैसा माँगने को। साहेबजान से मन-ही-मन सभी लोग नफरत करते थे, पर उससे डरते भी बहुत थे। यहाँ तक की अब्बाजान की भी उससे कुछ कहने की हिम्मत न होती।

पुलिस के आदमी को गये थोड़ी ही देर हुई थी कि नीचे गली में साहेबजान की आवाज़ सुनाई दी। वह नशे में चूर था और गन्दी-गन्दी गालियाँ बक रहा था—ऐसी-ऐसी गालियाँ, जिनका मैं तब मतलब भी नहीं समझता था।

अब्बाजान ने मुझे अपने पास बुलाया और बड़े ही प्यार-भरे लहजे में वह कहने लगे, "बेटा, यूँ तो ख़ुदा की निग़ाह में सभी इनसान बराबर हैं, लेकिन ख़ानदान और ख़ून बड़ी चीज हैं। हमारे ख़ानदान में कोई शराबी नहीं हुआ, किसी ने जुआ नहीं खेला। छाको का मामू ही तो है साहेबजान। माना कि साहेबजान और छाको के बाप की आदतें एक-सी नहीं हैं, लेकिन हैं तो एक ही ख़ानदान के। हम लोगों को इनकी सुहबत से बचना चाहिए, ताकि इनकी बुराइयाँ हममें न घुस जाएँ..." इसी तरह की और बहुत-सी बातें अब्बाजान मुझसे कहते रहे। फिर एक फारसी का शेर भी पढ़ा था और उसका मतलब समझाया था। उस शेर का निचोड़ भी कुछ यही था कि बुरी संगत से बचना चाहिए। जब अब्बाजान यह नसीहत कर रहे थे, तो मैंने महसूस किया था कि वह जो कुछ कह रहे हैं, उसमें पूरी सचाई न

सही, पर कुछ-न-कुछ सचाई जरूर है।

दूसरे दिन अब्बाजान कचहरी से लौटे थे, तो उनके हाथ में एक बड़ा-सा पैकट था। पैकट मुझे देते हुए उन्होंने कहा था, "तुम लोगों के लिए ऐसी चीज ला दी है कि खेलने के लिए बाहर जाने की ज़रूरत नहीं है।" और जब पैकेट खुला था और कैरम-बोर्ड पर नज़र पड़ी थी, तो कितनी खुशी हुई थी मुझे! लगता था, दो जहान की नियामत मिल गयी है।

इसके बाद जाने कैरम-बोर्ड का असर था, या अब्बाजान की नसीहत का कि दुपहर में छाको के साथ खेलने का सिलसिला बिलकुल बन्द हो गया। मैं अपने छोटे भाई के साथ कैरम खेलता रहता। बाहर बरामदे में कंकड़ी के गिरने की आवाज़ होती हलके से ताली बजती, पैरों की धम-धम करने की आवाज़ होती, उँगली मुँह में डालकर सीटी की आवाज़ पैदा की जाती, पर ये तमाम आवाज़ें कमरे में पहुँचकर कैरम की गोटों की खट-खट में गुम हो जातीं।

इसके बाद मेरे और छाको के बीच वह नज़दीकी न रही, जो पहले थी। आते-जाते एक-दूसरे को देख लेते, तो कभी-कभार बातचीत हो जाती, पर हम दोनों के दरमियान जैसे कोई दीवार आ गयी थी। जैसे-जैसे मैं ऊँची जमातों में चढ़ता गया, पढ़ाई का बोझ भी बढ़ता गया। खेल में दिलचस्पी अब भी बनी हुई थी। अब गुल्ली-डंडा और अंटा खेलने का शौक ख़त्म हो चुका था। उनकी जगह फुटबाल, रिंगबाल और हाकी ने ले ली थी। मैं स्कूल से घर आता। स्कूल में दिये हुए कामों को पूरा करता। फिर शाम को स्कूल के मैदान में खेलने चला जाता। स्कूल मेरे घर से कुछ ज्यादा दूर नहीं था। खेलकर वापस आता, तो मास्टर साहब पढ़ाने आ जाते। सुबह से रात गये तक मैं व्यस्त रहता। मैं मोहल्ले में रहते हुए भी वहाँ की जिन्दगी से कुछ कट-सा गया था। आज जब बचपन की इन छोटी-छोटी बातों के बारे में सोचता हूँ, तो अजीब-सा लगता है। क्या रखा है इन छोटी-मोटी यादों में? पर न जाने ऐसा कौन-सा बारीक तार है, जिसने इन यादों को मजबूती से बाँध रखा है, जो इन्हें बिखरने नहीं देता। ज़रा मौका मिला नहीं कि मोतियों के हार की तरह ये यादें झिलमिला उठती हैं। एक और तसवीर उभर रही है। महम्दू खलीफा गली में आगे-आगे जा रहा है, पीछे-पीछे छाको चल रहा है—आहिस्ता-आहिस्ता। गले में कपड़ा नापने का फीता लटक रहा है। हाथ मैं कैंची और बगल में एक छोटी गठरी चुपचाप चल रहा है वह अपने बाप के पीछे, जैसे कैदी सिपाही के पीछे-पीछे चल रहा हो। बिलकुल सपाट चेहरा, जैसे मन में कोई भी विचार-तरंग न हो। और तब एकाएक सपाट चेहरे पर जैसे ज़िन्दगी की लहर दौड़ गयी हैं। महम्दू खलीफा गुस्से में उसे गालियाँ दे रहा है—माँ की, बहन की।

"सुराथराम, साले, चोरी करबे तू! ममुआ का आदत सीखे है तू!"

बात बहुत मामूली थी। 'पुकार' फिल्म चल रही थी। छाको ने अपने बाप की

जेब से सोते में पैसे निकाल लिये थे और चुपके से दुकान से खिसक गया था महम्दू खलीफा को जब पता चला, तो वह बुरी तरह बरस पड़ा था उस पर। मुझे बहुत खुशी हुई थी। साथ ही कुछ जलन भी हुई थी। खुशी इसलिए हुई कि उसको डाँटा गया था। अब्बाजान मुझे अकसर डाँटते-फटकारते रहते थे। इसका एक असर यह पड़ा था मुझ पर कि जब किसी को डाँट सुनाते देखता, तो मन-ही-मन बहुत खुश होता। पर उस पर रश्क भी हो रहा था। उसने ऐसा काम कर दिखाया था, जो मैं नहीं कर सकता था। मेरी तो हिम्मत ही नहीं पड़ सकती थी। अब्बाजान का कुछ ऐसा ही रोब था मुझ पर। उन दिनों 'पुकार' फिल्म की बहुत शोहरत थी। परी-चेहरा नसीम पर लोग जान देते थे। रोज गली में कितने ही आदमी 'जिन्दगी का साज भी क्या साज है' गुनगुनाते हुए गुजर जाते। बहुत जी चाहता कि किसी तरह फिल्म देखूँ। आखिर फिल्म में ऐसी क्या बात रहती है कि अब्बाजान मुझे जाने नहीं देते! इतने सारे लोग कैसे जाते हैं। लेकिन उनसे बहस करने का सवाल ही नहीं था। इसलिए जब मालूम हुआ कि छाको 'पुकार' देख आया है, तो मुझे बहुत रश्क हुआ था उस पर। काश, मैं भी देख सकता! मज़े की बात यह थी कि अब्बाजान खुद देख आये थे। कितना गुस्सा आया था उन पर मुझे! यह भी कोई बात हुई? फिल्म देखना बुरा है, तो उनके लिए क्यों बुरा नहीं है? मुझसे तो अच्छा छाको है। डाँट ही सुननी पड़ी न, लेकिन फ़िल्म तो देख ली!

इस तरह की कितनी ही छोटी-मोटी बातें याद आ रही हैं। छाको दूल्हा बना है। सफेद ज़कमीज पर बादामी रंग का जाकेट पहने है। घोड़ी पर शान से तनकर बैठा हुआ है, मुँह पर लाल रेशमी रूमाल है। पीछे उसकी कमर को पकड़े बेंगा बैठा हुआ है, सुखी मियाँ की शहनाई की आवाज़ गली में फैल गयी है, बंसी नाई हाथ में छतर लिए खड़ा है। गली में मोहल्ले भर के लड़कों की वह भीड़ है कि रास्ता चलना कठिन हो गया है और तब गली में ऐसा सन्नाटा हो गया कि जी घबराता है। बरात जा चुकी है, पर हमारे यहाँ से कोई भी नहीं गया है, दुनिया में हर बात के लिए कायदे बन हुए है। छाको की बरात में हमारे घर का कोई आदमी नहीं जा सका! यह बात सबको उसी तरह मालूम है, जिस तरह यह बात कि सूरज पूरब में निकलता है। किसी को कोई शिकायत नहीं है। किसी को कोई दु:ख नहीं है। मैं भी अब ऐसा बच्चा नहीं रहा कि इतनी-सी बात न समझ सकूँ। पर एक ख़याल मन में ज़रूर पैदा हुआ है कि छाको फिर मुझसे बाजी ले गया।

और जब पाकिस्तान से आया हुआ छाको का खत मैंने पढ़ा है, तो न जाने क्यों मुझे महसूस हुआ है कि वह दीवार, जो उस चाँदनी-भरी रात में अब्बाजान की नसीहत ने या शायद कैरम-बोर्ड की गोटों ने खड़ी कर दी थी, एक ही झटके में टूट गयी है और छाको मेरे बहुत क़रीब आ गया है—शायद उससे भी ज़्यादा क़रीब, जब हम दोनों गर्मी की दुपहरी में अब्बाजान और अम्मी की नज़रों से बचकर ईंट के

टुकड़ों से बरामदे के फर्श पर लाल रेखाएँ खींचते थे और अजीब खेल खेलते थे—बेमायने, बेमतलब, बस यूँ ही।

पन्द्रहवें रोज़ छाको का एक और ख़त आया। लिखा था :

"अब्दुश्शकूर की तरफ से उसके बाबा को और जैनब बुआ को सलाम। मालूम हो कि हम अच्छी तरह हैं। आप लोग लिखा है कि हमको आप सबको छोड़ के नहीं जाना चाहिए था। हम क्या बताएँ। हम नहीं चाहते थे कि आएँ। लेकिन इलाही मास्टर ने ऐसी बात कह दी कि हमको आना ही पड़ा। वह कहिन कि अच्छे वक्त में साथ दिया लेकिन जब तकलीफ़ का डर है, तो साथ छोड़ रहे हैं। हम बोले कि मास्टर हम ऐसे नहीं हैं। आप ऐसा सोचते हैं तो हम चलेंगे। नहीं जाएँ तो बाप का पेशाब पिएँ। इसलिए आना पड़ा। जबान दे चुके थे। घर बहुत याद आता है। यहाँ का लोग हम लोग के माफ़िक नहीं है। बंगला बोलता है। हम लोग को देख के बहुत कुड़कुड़ाता है। आज मुहर्रम का चार है। सात तारीख़ को अखाड़ा निकलेगा। दस को ताजिया उठेगा। हम रहते तो पैक बनते। बेंगा मशक उठाएगा। बड़ी दाहा के इमामबाड़े पर हमारी तरफ से मिठाई और शरबत नियाज करा देना। दाहू भैया से कहियो हमारे वास्ते इमाम साहब से दुआ करें। मुहल्ले का अखाड़ा कैसा निकला, लिखियो। कै मेर बाजा था। इब्राहीम उस्ताद मुहर्रम करने आ गये होगे। बत्तीवाले कित्ते थे। रोशनी में फाटक था या नहीं। शहर में हमारे अखाड़े का पहला नम्बर रहा या नहीं। सब बात लिखिएगा। सबको सलाम दुआ।"

उस रोज मुहर्रम की सातवीं तारीख़ थी। दाहा पर डंके के बजने की आवाज़ आ रही थी। गली में लड़के हरे ओर चमकदार नारा-बद्धी पहने आ-जा रहे थे। सचमुच छाको पैक बनकर किस तरह फुदकता फिरता था! सफेद चूड़ीदार पायजामे पर हरा कुरता। कमरबन्द बाँधे हुए, जिसमें तीन-चार घण्टियाँ और एक मूर्छल लटकती रहती। घर दाहा एक किए रहता था वह। रात भर उसकी घण्टियों की आवाज़ गली में गूँजती रहती। अखाड़ा निकलता, तो उसके साथ-साथ जाता और दिन के नौ-दस बजे कहीं वापस आता।

कितनी ख्वाहिश होती थी मुझे अखाड़ा के साथ शहर-भर में घूमने की, लेकिन अब्बाजान कहाँ इजाजत देते थे इसकी! मोहल्ले का अखाड़ा निकलता, तो सबसे पहले मेरे घर के करीब गली के नुक्कड़ पर एक बड़े मैदान में जमता। फिर कहीं और जाता।

लोग घर से निकलकर नुक्कड़ पर आकर खड़े होते। सामने के हिस्से में आदमियों की भीड़ नहीं रखी जाती थी, ताकि हम लोग आराम से अखाड़ा देख सकें। उस रोज हमारे यहाँ एक बहुत बड़े टप में शरबत बनता और अखाड़े में जितने लोग भी होते, उन सबको शरबत पिलाया जाता। फिर कभी बीस, कभी तीस रुपये अब्बाजान इब्राहीम उस्ताद के हाथ में रख देते। इसके बाद अखाड़ा दूसरी तरफ

चला जाता। जाने कितनी बार मैंने छाको को अखाड़ा खेलते देखा था। शायद ही कोई ऐसा मुहर्रम हो, जब वह अखाड़े में मौजूद न रहा हो। बना, पटा, गदका सब कुछ ही तो खेलता था वह। बड़े होने पर गुहार भी इतना अच्छा खेलता था कि मोहल्ले-भर में उसका जवाब नहीं था। लाठी घुमाता हुआ इतनी सफाई से गोल के भीतर निकल जाता कि दूसरी लाठियाँ उसके बदन को छू भी न सकती थीं। यह सब देखकर मेरा भी कितना जी चाहता था कि मैं भी छाको की तरह पैक बनूँ, अखाड़े के साथ घूमता फिरूँ, बना-पटा खेलूँ। लेकिन मुझे क्या करना चाहिए, इसका फ़ैसला तो अब्बाजान करते थे। मैं तो एक कठपुतली था उनके हाथों में। मैं चाहता था पैक बनना, लेकिन हमारे ख़ानदान में इसका रिवाज़ नहीं था। मुझे मुहर्रम में तौक पहनाया जाता। चाँदी के तौक में हर साल एक नयी कड़ी जोड़ दी जाती, जो इस बात की निशानी थी कि मेरी उम्र में एक साल का इजाफ़ा हो चुका है। तौक पहनाने के पहले अब्बाजान फातिहा करके उसे फूँकते। फिर मुझे तौक पहनाया जाता, नियाज की रेवड़ियाँ खाने को दी जातीं और शरबत पिलाया जाता। अम्मी मेरी जिन्दगी के लिए दुआएँ करतीं। पर मुझे यह सब बिलकुल पसन्द नहीं आता था। मैं तो बस चाहता था कि छाको की तरह मुझे भी पैक बनाया जाए। मेरी कमर में भी घंटियाँ और मूर्छल बँधी हों और मैं भी छाको की तरह रात-भर जहाँ चाहूँ, घूमता फिरूँ। लेकिन मेरे लिए इतनी आज़ादी कहाँ थी! मुहर्रम का तमाशा देखने का इन्तज़ाम मेरे लिए यह किया जाता कि मुझे अपने रिश्ते के मामू के यहाँ भेज दिया जाता, जिनका मकान बाज़ार में बीचोबीच था। छत से हम लोग अखाड़ों और ताजियों की बहार देखते। लेकिन जो मजा सड़कों पर घूम-घूमकर तमाशा देखने में है, वह कैदी की तरह एक जगह बन्द होकर देखने में कहाँ!

लेकिन यह सब तो बचपन की बातें हैं। मुहर्रम का अखाड़ा अब भी हमारे मकान के सामने जमता है, अब भी इब्राहीम उस्ताद को रुपये दिये जाते हैं, अखाड़े में आये हुए लोगों को शरबत पिलाया जाता है, लेकिन मैं यह सब महज एक रस्म पूरी करने के लिए करता हूँ। वह उमंग और जोश नहीं है, जो बचपन के दिनों में महसूस करता था। लेकिन छाको अब भी कितने चाव और हसरत से मुहर्रम का ज़िक्र करता है, जैसे इससे उसका रूहानी लगाव हो। मुझे याद है कि ऐसी ही खुशी और उमंग मैंने उस दिन महसूस की थी, जब अब्बाजान ने मुझे नया कैरम-बोर्ड लाकर दिया था। मेरी खुशी की सतह अब बिलकुल बदल गयी है। पर छाको की खुशियों की सतह अब भी वही है, जो बचपन के दिनों में कभी मेरी भी रह चुकी थी।

मैं मुंसिफी के इम्तिहान में बैठ चुका था। उन्हीं दिनों इम्तिहान का नतीजा निकला।

मैं चुन लिया गया। नियुक्ति के पहले मुझे पटना पहुँचकर डाक्टरी परीक्षा करवानी थी। मैं पटना चला गया। वहाँ से लौटने के दो-तीन रोज बाद ही छाको का एक और खत आया। लिखा था :

"अब्दुश्शकूर की तरफ से बाबा और जनबा बुआ को बहुत-बहुत सलाम। ख़त मिला। मालूम हो कि इलाही मास्टर की दुकान बहुत चल रही है। उनको गवरमेंट का बहुत बड़ा ठेका मिल गया है। मास्टर कहते हैं कि सब कारीगर का रुपया हम बढ़ा देंगे और मुनाफा में से भी कुछ देंगे। लेकिन हमारा मन नहीं लगता है। और सब तरह का आराम है। इलाही मास्टर के घर में हम सबका खाना बनता है। जो इलाही मास्टर खाते हैं, वह हम कारीगर सब खाते हैं। हमको बहुत दुःख हुआ कि इस बार मुहर्रम में तीन मेर बाजा था। बराबर चार मेर बाजा रहता था। रोशनी का फाटक भी नहीं था। हम रहते तो ऐसा नहीं होने देते। जैसे होता, चन्दा उठाकर अच्छा से अच्छा अखाड़ा निकालते। ख़ुदा की मरजी हुई तो हम अगले मुहर्रम में मोहल्ले में जरूर रहेंगे और दिखा देंगे अच्छा से अच्छा अखाड़ा निकालकर। लानत है मोहल्ले के लोगों पर। अपने मोहल्ले की इज्जत का कोई फिकर नहीं है। मेहँदी के बारे में कुछ नहीं लिखा। कैसी मेहँदी निकली थी।

"बाबा को मालूम हो कि हमको कुरैशा का रिश्ता साहेबजान मामू के बेटे से एकदम पसन्द नहीं है। भूरा काम-धन्धे से लगा हुआ है, यह ठीक है। लेकिन चोर-डकैत के बेटे से हमारी बहन का ब्याह हो, यह कैसे हो सकता है। बाबा को मेरी तरफ से कहा जाए कि यह रिश्ता कभी नहीं करें।

"जुबैदा को उसके बाबा की दुआ। मुस्तकीम और यासीन को बहुत-बहुत दुआ।"

छाको का खत पढ़कर मैं सोचने लगा, सैकड़ों मील की दूरी पर बैठा हुआ वह मुहर्रम के अखाड़े से कितनी निकटता अनुभव कर रहा है! पैक बनना, अखाड़ा खेलना, मेहँदी, ढोल-बाजा, मुहर्रम की धूमधाम ये सब मेरे लिए कितनी गैर अहम चीजें बनकर रह गयी हैं! हालाँकि मैं इन चीजों के दरमियान रह रहा हूँ, पर मेरे दिल में इनसे कुछ भी तो उमंग नहीं होती। और छाको, जो इनसे सैकड़ों मील की दूरी पर है, जैसे इन सबको अपनी रग-रग में महसूस कर रहा है, जैसे सिवाय मौत के कोई और चीज उसको इन चीजों से अलग नहीं कर सकती। क्या यह उसके अपने स्वभाव की विशेषता है, या इसकी वजह यह है कि जो चीज दूर चली जाती है, उससे आदमी का लगाव बढ़ जाता है। लेकिन मैं तो बाहर-बाहर रहा हूँ। मुझे तो मुहर्रम के धूम-धड़ाके की याद ने कभी भी इस तरह नहीं सताया। सोचने पर इसकी एक वजह तो यह मालूम होती है कि मैं ज़िन्दगी की इन मामूली खुशियों के लिए बूढ़ा हो चुका हूँ। लेकिन छाको के लिए इन सीधी-सादी खुशियों की अब भी शायद उतनी अहमियत है, जितनी कि बचपन में थी। और तब मुझे छाको वास्तव

में बिलकुल एक बच्चा लगता है, पैक बना गली में फुदकता फिर रहा है और कमर से बँधी हुई घंटियों की आवाज़ फ़िज़ाँ में बिखेर रहा है। यह तब भी बच्चा था, जब उसने अब्बाजान की गालियों का बुरा माना था, उस वक्त भी जब अब्बाजान की दी हुई जलेबियों से उसका गुस्सा एकाएक ख़त्म हो गया था और उस वक्त भी वह बच्चा ही था जब इलाही मास्टर के कहने पर वह अपने वतन को छोड़कर पाकिस्तान चला गया था और अपने जिस्म को उन हवाओं से अलग कर दिया था, जिनके बीच वह पला-बढ़ा था। पर उसकी रूह इन हवाओं को ढूँढ़ रही थी—उस दूध पीते बच्चे की तरह जो माँ के दूध के लिए बिलख-बिलखकर रो रहा हो और उसकी माँ उसके पास न हो।

लेकिन अपनी बहन के रिश्ते के बारे में उसने जो कुछ लिखा था, उसको पढ़कर मुझे अजीब-सा लग रहा था। मुझे अब्बाजान की वह बात याद आ रही थी, जो उन्होंने बहुत पहले उस रात कही थी, जब छत पर चाँदनी छिटकी हुई थी, अम्मी के हाथों में मुरादाबादी सरौता चमक रहा था और एकाएक साहेबजान के दरवाज़े पर सिपाही की कड़कदार आवाज़ गूँजी थी। अब्बाजान तो खून और ख़ानदान की अहमियत के कायल थे, लेकिन छाको तो अपने ही खानदान और खून में नफरत के बीज बो रहा था, साहेबजान चोर था, गुंडा था, उसमें दुनिया-भर की बुराइयाँ थीं, लेकिन उसका लड़का भूरा तो ऐसा नहीं था फिर ख़ानदान तो उसका ही था। और तब मुझे लगा कि यह भी छाको का लड़कपन ही तो है, अपनी नादानी में वह खुद उस बात को सही साबित करने पर तुला हुआ है, जो कभी अब्बाजान ने कही थी और जो उसे बहुत बुरी लगी थी।

मुंसिफ होने पर मेरी पहली पोस्टिंग पूर्णियाँ में हुई। तीन साल के बाद मेरा तबादला समस्तीपुर हो गया। ये दोनों जगहें गंगा के उस पार उत्तरी बिहार में थीं। वकीलों की जिरह, गवाहों के बयान वग़ैरह सुनने में पूरा दिन गुज़र जाता। रात गये तक मुकदमों के फ़ैसले लिखता। मसरूफियत बहुत बढ़ गयी थी। इस बीच मैं घर एक-दो बार ही जा सका और वह भी एक-दो रोज के लिए ही। जब मेरी नौकरी के चार साल पूरे हो गये, तो मैंने दो महीने की छुट्टी ली और घर आ गया। पहुँचने के दूसरे दिन सवेरे मैं बैठक में बैठा कोई ज़रूरी ख़त लिख रहा था। कमरे का एक दरवाज़ा, जो बरामदे की तरफ था, खुला हुआ था। एकाएक मेरे कानों में एक आवाज़ आयी—
"खाजे बाबू हैं?"

"कौन हैं? अन्दर आ जाइए", मैंने जवाब दिया।

"हम हैं अब्दुश्शकूर!"

अभी मैं ठीक तरह से समझ भी न पाया था कि इतने में छाको मेरे सामने

आकर खड़ा हो गया। मैं चौंक पड़ा। बिलकुल वैसा ही तो था, जैसा मैंने उसे बरसों पहले देखा था। हाँ, उसके बालों में अलबत्ता कहीं-कहीं सफेदी आ गयी थी।

"अरे छाको, तुम? तुम कब आये पाकिस्तान से?" मैंने पूछा।

"हमको आये तो दो महीना हो गया बाबू! हम समझ रहे थे, आपसे मिलना न हो सकेगा। जनबा बुआ बताइस कि आप आये हैं। किस्मत में मिलना लिखा था। कित्ते दिन बाद आपको देखा है!"

"कब तक रहोगे?"

"आज जा रहे हैं। एक महीने का वीसा मिला था। एक महीना और बढ़ाया। इलाही मास्टर जिनकी दुकान में काम करते हैं, ख़त पर ख़त लिख रहे हैं कि जल्दी आ जाओ।"

"वहाँ दिल लग गया है तुम्हारा!" मैंने पूछा।

"नहीं बाबू, मन बहुत घबराता है। घर बहुत याद आता है।"

"फिर गये क्यों?" मैंने अनजान बनते हुए पूछा।

"का कहें बाबू! इलाही मास्टर के बहकावे में आ गये। धोखे से फारम भी भरवा दीहिन वह पासपोर्ट का।"

"तुम्हारी बच्ची तो ठीक है न? अब तो बड़ी हो गयी होगी", मैंने विषय बदलते हुए कहा।

"हाँ बाबू, बारह बस की हो गयी। अच्छा लड़का मिल जाए, तो यह फरज पूरा कर दें। आप भी देखिए। कोई अच्छा लड़का मिले तो ख़बर कीजिए।"

"तुम्हारी एक ही तो बच्ची है। अपने साथ ले जाओ। वहीं शादी-ब्याह करना उसका।"

"बाबू की बात! वहाँ अपनी जात-बिरादरी का लड़का कहाँ मिलेगा!" छाको ने अपनी ख़ास मासूमियत से कहा।

उसी रोज रात के आठ बजे गली के नुक्कड़ पर रिक्शा आकर रुका।

आगे-आगे छाको। उसके पीछे-पीछे महम्दू खलीफा, जनबा, उसके बेटे मुस्तकीन और यासनी, छाको की बहन कुरैशा और उसकी बेटी जुबैदा। उसकी चाल बिलकुल वैसी ही थी, जैसी मैं देखता आया था। आहिस्ता-आहिस्ता चल रहा था वह, जैसे बहुत पहले अपने बाप के साथ चलता था। मुझे लगा, वह दुकान बन्द करके घर लौट रहा है। महम्दू खलीफा आगे-आगे चल रहा है और पीछे-पीछे छाको चल रहा है। उसके गले में कपड़ा नापने का फीता लटक रहा है। एक हाथ में कैंची है और बगल में कपड़ों की छोटी-सी गठरी। लेकिन कहाँ! वह घर की तरफ नहीं जा रहा है। वह तो विरोधी दिशा में जा रहा है। महम्दू खलीफा उसके आगे-आगे नहीं है। वह तो छाको के पीछे-पीछे चल रहा है। मैं सोचता हूँ, ज़माना कितना बदल गया है! कैसा बदला-बदला लग रहा है सब कुछ! मैं बरामदे

से उतरकर गली के नुक्कड़ पर आ गया हूँ। छाको रिक्शे पर चढ़ रहा है। यह दृश्य जाने कितनी बार देख चुका हूँ। जब कभी वह हजारीबाग जाता, या कोडरमा जाता, या झूमरी तलैया जाता, या कलकत्ता जाता, तो इसी तरह गली के नुक्कड़ पर रिक्शा आकर रुकता। पर मैं कभी तो नहीं जाता था उसे बिदा करने को। तब भी उसके बाप, भाई, बहन, सभी आते थे उसे छोड़ने को रिक्शे तक। लेकिन किसी की आँखों में आँसू नहीं होते थे। सबके चेहरे उदास जरूर रहते थे। वे जानते थे कि यह आना-जाना तो लगा ही रहता है। यह तो उनकी जिन्दगी का एक हिस्सा है। मोहल्ले के कितने ही लोग बाहर जाते रहते हैं काम-धन्धों की तलाश में। पर आज का जाना तो और ही लग रहा था, जैसे वह रोजगार की तलाश में न जा रहा हो, जैसे वह दूर, बहुत दूर, ऐसी जगह जा रहा हो, जहाँ से जाने वह कभी लौटेगा भी, या नहीं।

मैं गली के नुक्कड़ पर खड़ा हूँ। गली की सीढ़ी से लगकर रिक्शा खड़ा है। छाको के चेहरे पर अजीब तरह का तनाव है, जैसे उसका चेहरा फट पड़ेगा उसके मन के तूफान को लेकर। उसके बाजू पर लाल साड़ी की धज्जी में इमाम जामिन बँधा हुआ है। उसकी बेवा बुआ जनबा उसके पास खड़ी है। पायदान पर टीन का एक स्याह बक्स रखा है। उसके ऊपर लाल कपड़े में बँधा हुआ हाँड़ी का ढक्कन रखा है, जिसमें शायद खाने की कोई चीज़ रखी हुई है। छाको का एक पैर रिक्शे के पायदान पर है, दूसरा पैर अभी ज़मीन पर ही है, जैसे वह ज़मीन में धँस चुका हो। जनबा के आँसुओं में डूबे हुए शब्द मेरे कानों में पहुँच रहे हैं—"अल्लाह ख़ैर से वापस लाए!"

और तब एकाएक उसका चेहरा फट पड़ा है। दिल का तूफान बाहर निकल पड़ा है। उसका पैर रिक्शे के पायदान से हटकर फिर ज़मीन पर आ गया है। वह फूट-फूटकर रो रहा है, जैसे वह सचमुच कोई बच्चा हो और उसकी कोई प्यारी चीज़ उससे छीनी जा रही हो। इस तरह छाको को फूट-फूटकर रोते तो मैंने कभी नहीं देखा। मैंने उसका पासपोर्ट देखा है। अब्दुश्शकूर वल्द महम्दू खलीफा पाकिस्तान का नागरिक है। मैंने कानून का गहरा अध्ययन किया है। कानून की इज्जत मेरी रग-रग में बसी हुई है। मैं जानता हूँ कि कानून का जज्बात से कोई ताल्लुक नहीं है। पर न जाने क्यों एकाएक मेरे दिमाग ने जैसे काम करना बन्द कर दिया है। कानून की मोटी-मोटी किताबें जैसे छाको के आँसुओं में डूबती जा रही हैं और मैं रूह की गहराई में कहीं शिद्दत से यह महसूस कर रहा हूँ कि छाको दरअस्ल परदेश जा रहा है, जहाँ की हर चीज़ उसके लिए अजनबी है।

*(हिन्दी कहानी)*

# माटी रही पुकार

बिशन टंडन

बशीर अहमद निःसन्देह चौमुहा की मिट्टी से बने थे। कहा जाता है कि मुगलों के समय आगरा-दिल्ली मार्ग पर चौमुहा एक मुख्य पड़ाव था। इतिहास की बात छोड़ भी दें तो आज भी नये राष्ट्रीय मार्ग पर चौमुहा एक बड़ा गाँव है। वृन्दावन से जो सड़क आकर इस राजमार्ग पर मिलती है, वहाँ से 10 कि.मी. दूर कोसी की ओर। यहाँ लगभग ढाई सौ परिवार हैं—मुख्यतः ब्राह्मणों, ठाकुरों, मुसलमानों और हरिजनों के। गेहूँ, बाज़रा और गन्ने की अच्छी खेती होती है। खेती-बारी के लिए ही नहीं; रहन-सहन, मेल-मिलाप, आपसी भाई-चारे के लिए भी चौमुहा की चर्चा आसपास के गाँवों में होती रहती है। इसी गाँव में बशीर का जन्म हुआ था।

जिस परिवार में बशीर ने जन्म लिया वह अपेक्षाकृत खुशहाल था। उसके पिता नजीर अहमद दो भाई थे। बड़े नेक आदमी थे। उनकी धार्मिक प्रवृत्ति प्रबल थी और उनका काफी समय नमाज़-रोज़े में जाता था। पर तअस्सुब छू तक नहीं गया था। गाँव की भलाई के हर काम में आगे रहते थे; सबके दुख-दर्द में सदा अपने को जोड़े रहते थे। गाँववाले भी उनकी बहुत इज़्ज़त करते थे। बरसों से गाँव के मुखिया थे। उनके छोटे भाई शरीफ़ अहमद घर के काम-काज में लगे रहते थे। अपने बड़े भाई के प्रति उन्हें बड़ी श्रद्धा थी और उनका स्वभाव जानते हुए खेती-बाड़ी, दौड़-धूप आदि का सारा काम उन्होंने स्वतः अपने ऊपर ले लिया था। यह उनकी मेहनत-मजूरी का ही परिणाम था कि दोनों भाइयों की ज़मीन धीरे-धीरे करके पाँच एकड़ हो गयी थी। बशीर अपने पिता का इकलौता बेटा था पर शरीफ़ अहमद के दो लड़के व एक लड़की थी। अल्लाह का दिया बहुत कुछ था घर में।

घर में भाई-बहन और घर के बाहर रामकुमार, शंकर सिंह, अनीस, रामचन्ना आदि के पास बशीर का बचपन बीता। ये सब समवयस्क थे और साथ-ही-साथ बड़े हुए। स्कूल में एकाध कक्षा आगे-पीछे, पर स्कूल के बाहर पूरा-साथ। पर रामकुमार से बशीर की खास दोस्ती थी। रामकुमार के पिता पंडित रामेश्वर प्रसाद भी गाँव के प्रतिष्ठित लोगों में से थे। उनके पास भी अच्छी-खासी ज़मीन थी और

ऊपर से वह वैद्यक भी करते थे। आसपास के गाँवों में दवा-दारू के मामले में उनकी काफी साख थी। पंडित रामेश्वर प्रसाद और नजीर अहमद के परिवारों में काफी घनिष्ठता थी।

यह बाल मंडली स्कूल के बाहर सक्रिय थी। आठवीं, नवीं कक्षा तक आते-आते ये सब बालक आसपास के नाटक-नौटंकी में काफी रुचि रखने लगे थे। चाहे पास के फतेहपुर गाँव में पीर साहब का उर्स हो, चाहे निधिवन में हरिदास संकीर्तन, इनका झुंड हर जगह मौजूद रहता था। बरसाने और नन्दगाँव की होली, फालेन का अंगारों पर चलने का कौतुक व चौरासी कोस की यात्रा, सब कुछ इनका देखा-भाला था। अपने गाँव में भी इस प्रकार के उत्सवों के आयोजन में यही मंडली आगे रहती थी। ब्रज क्षेत्र में रासलीला और भक्तमाल नाटकों का हमेशा ज़ोर रहा है। रामकुमार और बशीर के प्रयत्नों से चौमुहा में भी कई नाटक और रासलीलाएँ खेली गयीं। जब ये दोनों स्कूल की आख़िरी कक्षा में थे तो इनकी इच्छा हुई कि गाँव में स्वामी कुँवरपाल की उद्धवलीला हो। कुँवरपाल उस समय के जाने-माने रासधारी थे। चौमुहा से 14 किलोमीटर दूर छाता उनका केन्द्र था। चौमासा ख़त्म होते ही वह अहमदाबाद, सूरत, बम्बई आदि चले जाते थे, जहाँ उनकी बहुत माँग थी। पर दौड़-धूप करके रामकुमार और बशीर ने स्वामी जी को चौमुहा आने के लिए तैयार करा लिया। पाँच-छह दिन चौमुहा में बड़ी धूम-धाम रही। रात के आठ बजते-बजते चौमुहा और आसपास के गाँवों के लोग इकट्ठा हो जाते और तीन-चार घंटे रसालीला की तन्मयता में डूबे रहते। पता नहीं क्यों, जब गोपी 'अनाथन की सुध लेहु' समाप्त करते हुए गाती कि 'सूर श्याम तुम सौह नन्द की, एक बार ब्रज आवन कीजैं' तो बशीर रस-विभोर हो उठता। सोचता कि घर आने की कल्पना मात्र ही कितनी सुखद और भावभीनी होती है।

रासलीला के अन्तिम दिन जब यह मंडली घर लौट रही थी तो बशीर ने एक प्रश्न उठाया। वह बोला, "रामकुमार, यह बताओ कि जब किशन जी को ब्रजवासियों से इतनी मोहब्बत दी, तो वह ब्रज छोड़ कर गये क्यों? और अगर चले गये थे तो जब उन्हें ख़ुद यह महसूस हुआ कि वे मथुरा में दुःखी हैं तो वापस क्यों नहीं आये?"

"बशीर बाबू कहते हैं कि..." और इससे पहले कि रामकुमार अपनी बात कहता, बशीर फिर बोला, "क्या जहाँ किशन जी को पाला-पोसा गया, जहाँ उनका बचपन बीता, जहाँ उन्हें अपने सखा, ग्वाल-बाल व सखियों का प्यार मिला, उस ब्रजभूमि से उन्हें कोई मोह नहीं रहा?"

"मैं बता रहा था कि बाबू कहते हैं कि उद्धवलीला में सभी रासलीलाओं के सार का सन्देश है। इसमें हिन्दुओं के दर्शन का सन्देश है और आत्मा और परमात्मा

का सम्बन्ध समझाया गया है। बाबू से कहूँगा कि एक दिन हम सबको पूरी कथा समझाएँ।..."

रामकुमार फिर अपनी बात पूरी नहीं कर पाया था कि इस बार शंकर सिंह ने उसे टोक दिया, "भई दर्शन वगैरह तो हम क्या समझें, बशीर का सवाल बड़ा सीधा है।"

"सुनो इसका उत्तर; मुझे तो यही लगता है कि कृष्ण अवतार थे और अपनी लीला दिखाने संसार में आये थे। वृन्दावन से उन्हें मथुरा तो जाना ही था, पर वह केवल दिखावा था, असलियत में वे ब्रजवासियों से दूर हुए ही नहीं।"

"भई, क्या कह रहे हो? तुम्हारी बात मेरी समझ में नहीं आयी," बशीर ने अपना आश्चर्य व्यक्त किया।

"देखो बशीर, याद करो, लीला के अन्त में उद्धव राधा की दशा का वर्णन करता है तो कृष्ण कहते हैं कि मैंने तो 'ब्रजवासिन के संग में सौगन्ध खायी है, मैं वहीं हूँ। ब्रजवासी और मैं, अरे भैया, ऐसे हैं जैसे जल और जल की लहर, दोनों एक हैं। इस पर उद्धव ने कहा, "महाराज, आप झूठ बोलो हो। मैं ब्रजवासिन कूँ रोयते छोड़ि आयो हूँ। इस पर भगवान ने कहा कि 'तो तोकूँ साँच नहीं आवै, तो तू अपनी आँख मूँद ले, मैं तोकूँ अवहि ब्रजवासिन के संग में दरसन कराऊँ।' और इसके बाद तुमने रासमंडल में देखा कि भगवान ने उद्धव को गोपियों के साथ दर्शन दिया। बशीर, कृष्ण और ब्रजभूमि का सम्बन्ध अटूट है," यह कहते हुए जब रामकुमार ने बशीर की ओर देखा तो उसे लगा कि उसकी बात का उस पर प्रभाव पड़ा है।

बशीर कुछ देर चुप रहा, जैसे कुछ सोच रहा हो। फिर एकाएक बोला, "रामकुमार ठीक ही कहते हो, किशन जी की बात छोड़ो। हम सब का भी अपनी मिट्टी से कितना गहरा रिश्ता होता है। इसी से बनते हैं और इसी में मिल जाते हैं। बच्चों की बात यहीं समाप्त हो गयी। गाँव आ गया था।

उसी साल दोनों ने हाईस्कूल पास किया। पढ़ने में दोनों ही अच्छे थे इसलिए घरवालों ने उन्हें आगे पढ़ने के लिए आगरा भेज दिया। एक ही कॉलेज और होस्टल में साथ रहने के कारण उमर के साथ-साथ उनकी मित्रता और भी प्रगाढ़ होती गयी। कॉलेज के अन्तिम वर्ष में बशीर के पिता का देहान्त हो गया। घर में और विशेषकर बशीर के लिए, एक बड़े का साया उठ गया, पर धीरे-धीरे दबे पाँव ही सही, जीवन अपनी पुरानी गति पर आने लगा। बचपन में ही माँ की मृत्यु हो जाने के कारण बशीर अपनी चाची को ही माँ मानता था। उन्होंने ही उसे पाल-पोस

कर बड़ा किया था। चाचा का स्नेह भी उसे पूरा मिला था। इस कारण घर की ओर से उसे कोई चिन्ता नहीं थी। कॉलेज में ही दोनों मित्र नौकरियों के लिए कई परीक्षाओं में बैठे और एक-दो प्रयत्नों के बाद रामकुमार डिप्टी-कलेक्टर बन कर आर.के. शर्मा कहलाने लगा और बशीर अहमद आयकर अधिकारी नियुक्त हो गया।

जीवन में पहली बार दोनों का गाँव ही नहीं छूटा, दोनों एक-दूसरे से दूर हो गये। पर सम्पर्क उनका बना रहा। शुरू-शुरू में दोनों साथ छुट्टी का कार्यक्रम बनाकर गाँव आते, यदि दोनों की नियुक्ति आसपास होती तो एक-दूसरे के यहाँ आते-जाते रहते। पहले जैसा साथ न होते हुए भी दोनों कि मित्रता और स्नेह में कमी नहीं आयी। यही नहीं, यह मित्रता उनके अपने परिवारों में भी पनप गयी।

बशीर और रामकुमार के नौकरी में आने के कुछ साल बाद देश का घटनाचक्र बड़ी तेज़ी से बढ़ा। एक ओर गाँधी जी का सत्याग्रह, 'भारत छोड़ो' आन्दोलन, राष्ट्र नेताओं की लम्बी गिरफ़्तारी के बाद उनके और अँग्रेज़ साम्राज्य के प्रतिनिधियों के बीच वार्ता के दौर और दूसरी ओर जिन्ना और मुस्लिम लीग की पाकिस्तान बनाने की माँग। जैसे-जैसे देश-स्वाधीनता की ओर बढ़ रहा था, साम्प्रदायिकता का दानव अपना मुँह फैलाता जा रहा था। वातावरण में कटुता बढ़ रही थी और अच्छे-भले लोग भी अपने होश-हवाश खोते जा रहे थे। स्वाधीनता तो मिली पर देश के दो टुकड़े करके, साम्प्रदायिक घृणा में लिपटी हुई मिली।

स्वाधीनता से कुछ ही पहले रामकुमार आगरा में सिटी मजिस्ट्रेट हो गया था और बशीर आयकर अधिकारी होकर दिल्ली आ गया था। दिल्ली में उन दिनों सरगर्मी का होना स्वाभाविक था। यह सरगर्मी केवल राजनीतिक क्षेत्र में ही नहीं थी, दिल्ली में नये इतिहास का निर्माण हो रहा था तो दिल्ली वाले अलग कैसे रह पाते? जीवन का कोई पहलू इससे अछूता नहीं था। सरकारी कर्मचारियों के लिए भी एक समस्या उठ खड़ी हुई थी। हर केन्द्रीय अधिकारी को यह छूट थी कि वह अपनी इच्छानुसार चाहे भारत में रहे, चाहे पाकिस्तान जाये। पाकिस्तान के राजनेताओं का यह प्रयास था कि मुसलमान अधिकारी अधिक-से-अधिक संख्या में नये देश को सम्भालने के लिए आगे आएँ। वरिष्ठ मुसलमान अधिकारी जो पाकिस्तान जाने का निर्णय कर चुके थे, उन राजनेताओं की सहायता कर रहे थे। बशीर अहमद के सामने भी यह प्रश्न था पर इसे लेकर उसमें कोई बेचैनी नहीं थी। उसके मन की आवाज़ स्पष्ट थी। राजनेताओं ने भले ही धर्म के नाम पर देश को दो भागों में विभाजित कर दिया हो पर वह अपना धर-बार छोड़ कर नयी जगह क्यों जाए? वह जानता था कि उसके चाचा और भाई चौमुहा नहीं छोड़ सकते; वह उनके जीवन का अभिन्न अंग था।

उन्हीं दिनों एक दिन उसके एक सहयोगी ने शाम को मोहम्मद अली के घर चलने को कहा। मोहम्मद अली वित्त विभाग के एक वरिष्ठ अधिकारी होने के नाते पिछले कुछ महीनों में पाकिस्तान के मनोनीत प्रधानमन्त्री लियाकत अली ख़ाँ के काफी नज़दीक हो गये थे। यह भी घोषणा हो चुकी थी कि वे नये देश की सरकार के सेक्रेटरी जनरल बनेंगे। उन्होंने मुसलमान अधिकारियों से पाकिस्तान चलने की अपील करने के लिए, उस शाम उन्हें अपने घर बुलाया था। बशीर अहमद के लिए उस मीटिंग का कोई विशेष महत्त्व नहीं था पर जब उनके सहयोगी ने उनसे आग्रह किया तो उन्होंने सोचा कि वे तो अपने बारे में निर्णय कर ही चुके हैं पर मीटिंग में जाने में क्या हर्ज है। कुछ शगल ही रहेगा और बशीर अहमद भी उस मीटिंग में पहुँच गये।

बहुत जोरदार मीटिंग रही। करीब सौ मुसलममान अधिकारी मोहम्मद अली के बँगले के पीछे लॉन पर एक शामियाने के नीचे इकट्ठा हुए थे। मोहम्मद अली बड़े योग्य व्यक्ति थे। अपने एक घंटे के भाषण में उन्होंने पाकिस्तान को मुसलमानों का एक बहुत बड़ा देश बनाने के सपने को शब्दबद्ध किया और मुसलमान अधिकारियों से वहाँ चलने की बड़ी भावभीनी अपील की। अपने भाषण में उन्होंने भावना और तर्क दोनों का पूरा उपयोग किया और यह भी इशारा किया कि भारत में मुसलमानों के भविष्य के बारे में कुछ कहना कठिन है। वहाँ एकत्रित अधिकांश अधिकारी तो पहले ही निश्चय कर चुके थे पर जो अनिश्चित थे या पाकिस्तान नहीं जाना चाहते थे उन पर मोहम्मद अली की बात का असर पड़ा।

बशीर अहमद बड़े अनमने से घर लौटे। उनके चेहरे से यह स्पष्ट था कि किसी दुविधा ने उन्हें घेर लिया है। घर में पहले उनकी सकीना ही मिली, दोनों बच्चे सो गये थे। सकीना ने अपने पति को काफी गम्भीर देखकर पूछा भी कि कहीं उनकी तबीयत तो ख़राब नहीं है। बशीर अहमद बात टाल गये और यह कहते हुए कि अत्यधिक काम के कारण वे थक गये हैं, अन्दर चले गये। खाने की मेज पर भी बशीर अहमद ने यह विषय नहीं छेड़ा और बड़े बेमन से इधर-उधर की बातें करते रहे। उस रात बशीर अहमद सकीना के सो जाने के बाद भी बहुत देर तक जागते रहे। पर वे कुछ सोच नहीं पा रहे थे। मस्तिष्क में तरह-तरह के विचार एक साथ उठते थे और गड्ड-मड्ड हो जाते थे। पता नहीं इन विचारों की बाढ़ में कब उनकी आँख लग गयी। सपने में उन्हें चौगुहा का अपना मकान, पं. रामेश्वर प्रसाद की हवेली, लहलहाते गेहूँ और गन्ने के खेत दिखाई देते रहे। फिर उस गाँव का क़ब्रिस्तान दिखाई दिया जिसमें वे अपने बाबा और पिता की क़ब्रों को ढूँढ़ने लगे।

जैसे ही उनकी नज़र बराबर-बराबर बनी उन दो कब्रों पर आ कर रुकी, उनकी आँख खुल गयी। भोर हो गयी थी।

कई दिन तक बशीर अहमद का मन भारी रहा। धीरे-धीरे वे अन्दर से सहज होते जा रहे थे। उन्हें फिर लगने लगा था कि निर्णय क्या लेना है? मन की रुझान तो यही थी कि पाकिस्तान मुसलमानों का देश भले ही हो, उनके लिए पराया ही रहेगा। पर फिर एक-हल्का-सा धमाका हुआ; इस बार सकीना की ओर से। सकीना की पृष्ठभुमि कुछ भिन्न थी। उसके पिता डिप्टी-कलेक्टर थे। कभी गाँव के रहे थे पर इधर से पूरी तरह शहरवाले हो गये थे। गाँव से सम्बन्ध नाम मात्र का ही रह गया था। आपसी बँटवारे में गाँव की घर-ज़मीन उन्होंने अपने चचेरे भाइयों को दे दी थी। अपने लिए इलाहाबाद में एक कोठी बनवा ली थी। वहीं उनके साले अफ़सर हुसैन हाईकोर्ट के जज हो कर आ गये थे। आई.सी.एस. अफ़सर होने के अलावा अफ़सर हुसैन बड़े जमींदार भी थे। बहुत मजे की जिन्दगी थी, पर पाकिस्तान बनने पर उन्हें लगा कि नये मुल्क में उनकी बहुत तरक्की हो सकती है। उनकी वरिष्ठता के केवल एक-दो अधिकारी ही पाकिस्तान में होंगे। पाकिस्तान के राजनेताओं ने उन्हें नये देश में किसी ऊँचे पद पर नियुक्ति का आश्वसन भी दे दिया था।

अफसर हुसैन एक दिन दिल्ली आये। अपना काम निबटाने के बाद दोपहर को ही बशीर अहमद के घर चले आये। बशीर अहमद दफ्तर में थे, सकीना से ही पहले भेंट हुई। बड़ी देर तक दोनों में बातचीत होती रही। अफ़सर हुसैन ने सकीना से अपने पाकिस्तान जाने की बात बतायी। यह भी बताया कि वे इस कोशिश में लगे हैं कि सकीना के पिता को भी पाकिस्तान में कलेक्टर बनवा दें और उम्मीद थी कि इसमें कामयाब हो जाएँगे। इसी सन्दर्भ में उन्होंने सकीना को भी यही सलाह दी कि बशीर अहमद को भी पाकिस्तान चला जाना चाहिए। उन्होंने बड़ी तफ़सील से सकीना को समझाया कि क्यों मुसलमानों का पाकिस्तान जाने में ही भला है।

शाम को अफ़सर हुसैन की बशीर से मुलाकात तो हुई पर उन्हें इलाहाबाद की गाड़ी पकड़नी थी इसलिए पाकिस्तान जाने के बारे में कोई बात नहीं हुई। पर उनके जाने के बाद रात में सकीना ने बशीर अहमद से यह बात छेड़ी। बशीर ने सकीना को पूरी स्थिति समझाते हुए यही सलाह दी कि अपना घर अपना ही होता है। पर सकीना पर कोई प्रभाव नहीं पड़ा और जैसे-जैसे तर्क बढ़ता गया, वह पाकिस्तान जाने की जिद पकड़ती गयी। उसने एक-एक करके बशीर के कई सहयोगियों के नाम गिनाये, जो अपने पाकिस्तान जाने के निश्चय से बहुत प्रसन्न थे।

उस रात तो खैर, यह प्रसंग 'अच्छा सोचेंगे' पर समाप्त हो गया, पर बात बढ़ती ही गयी। जैसे-जैसे बशीर अहमद का अन्तर्द्वन्द्व बढ़ा, सकीना की जिद भी बढ़ती गयी। बशीर के मन को झकझोरने का काम बाहर वालों ने शुरू किया था पर अब आक्रमण घर के अन्दर से ही हो रहा था। घर के वातावरण में तनाव आ गया। उनके लिए स्वाधीनता दिवस का उल्लास भी इस तनाव से दब गया था। शीघ्र ही दिल्ली साम्प्रदायिक हिंसा की लपटों से ढक गयी। इसने बशीर ओर सकीना के द्वन्द्व को और तीव्र कर दिया। सकीना ने अब एक और हथियार का उपयोग करना शुरू किया। पहले वह तर्क अधिक करती थी पर अब वह तर्क छोड़ कर भावना के क्षेत्र में कूद पड़ी थी। वह बशीर से अपने दोनों बच्चों, नसीर और सीमा का वास्ता दे कर कहती थी कि इनका भविष्य क्या होगा? और अन्त में बशीर अहमद को हथियार डालने पड़े। उन्होंने आफ़िस में पाकिस्तान जाने वाले अधिकारियों में अपना नाम दे दिया। पाकिस्तान जाने से पहले वे गाँव जाकर अपने घरवालों से मिलना चाहते थे पर उनकी मनोदशा जानते हुए सकीना ने उन्हें चौमुहा नहीं जाने दिया। एक पत्र में शरीफ़ अहमद को ख़बर भेज दी कि पन्द्रह-बीस दिन बाद वे लोग पाकिस्तान चले जाएँगे।

शरीफ़ अहमद को जब यह ख़बर मिली तो उन्हें गहरा धक्का लगा। उनके छोटे-बेटे ने, जो आगरा में पढ़ रहा था, एक-दो बार पाकिस्तान जाने की बात उठायी थी, पर बशीर से उन्हें इस तरह की आशा नहीं थी। चौमुहा गाँव के दो-चार व्यक्तियों को छोड़कर कोई पाकिस्तान नहीं गया था। भीतर-ही-भीतर कोई शरीफ़ अहमद से कह रहा था कि बशीर अपने मन से ऐसा नहीं कर सकता, जरूर कोई भारी दबाव उस पर पड़ा है। वे दिल्ली जाएँगे, दंगे-फिसाद की उन्हें चिन्ता नहीं, बशीर को समझा-बुझा कर मना लेंगे। उन्होंने कभी बशीर और अपने बेटे में फर्क नहीं समझा था; उनके लिए बशीर ही उनका सबसे बड़ा बेटा था और बशीर भी तो उनके लड़कों को अपना सगा ही मानता था। उस बशीर को वे कैसे जाने दे सकते थे? दूसरे दिन सुबह ही दिल्ली जाने का कार्यक्रम बनाते हुए उन्हें रामकुमार की याद आयी। उन्होंने सोचा कि अच्छा हो यदि रामकुमार भी उनके साथ दिल्ली चले। बशीर और रामकुमार में आज भी बचपनवाला स्नेह था। अकेले बशीर को समझाने की जगह यदि रामकुमार भी उस समय हो तो बशीर पर असर अवश्य पड़ेगा।

दूसरे दिन सुबह दिल्ली न जा कर शरीफ़ अहमद आगरा गये। रास्ते में बस ख़राब हो जाने के कारण जब वे रामकुमार के घर पहुँचे तो झुटपुटा हो रहा था। रामकुमार घर पर नहीं था पर उसकी पत्नी ने शरीफ अहमद के ठहरने का सब प्रबन्ध मेहमानखाने में कर दिया। रामकुमार काफी देर से घर आया और शरीफ

अहमद को देख कर बड़ा प्रसन्न हुआ। पर यह प्रसन्नता बहुत देर तक नहीं रह सकी। साथ खाना खाते हुए जब शरीफ अहमद ने रामकुमार को अपने आने का कारण बताया तो रामकुमार बहुत दुःखी हो गया। पाँच-छह महीने पहले वह दो-तीन दिन के लिए दिल्ली गया था; बशीर के साथ ही ठहरा था, बशीर और सकीना की बातों से उसे तनिक भी आभास नहीं हुआ कि वे पाकिस्तान जाने की सोच सकते हैं। देश की स्थिति से दोनों ही दुःखी हो रहे थे, पर लौट-फेर कर वे बीते दिनों की सुखद यादों में डूब जाते थे, क्योंकि दोनों ही चौमुहा के निकट ही नियुक्त थे। इसलिए यह कार्यक्रम भी बना था कि दोनों अगले जाड़ों में कुछ दिन निकाल कर सपरिवार चौमुहा आ कर छुट्टी मनाएँगे। आगरा लौटने पर रामकुमार बुरी तरह व्यस्त हो गया। साम्प्रदायिक हिंसा और तनाव के कारण जिला प्रशासन का काम बहुत बढ़ गया था। इस बीच बशीर से सम्पर्क नहीं हुआ और जब आज शरीफ़ अहमद आये भी तो बशीर के बारे में ऐसी ख़बर ले कर! उन दिनों आगरा छोड़ना उसके लिए कठिन था, फिर भी वह शरीफ़ अहमद के साथ दूसरे दिन ही दिल्ली जाने को तैयार हो गया। फोन पर ही कलेक्टर से दिनभर के लिए आगरा से बाहर रहने की अनुमति माँग ली।

दिल्ली पहुँचकर शरीफ़ अहमद और रामकुमार ने बशीर और सकीना को समझाने की बहुत कोशिश की। वे दोनों जान गये कि समझाना बशीर को नहीं, सकीना को था। सकीना शरीफ़ अहमद से पर्दा करती थी। इसलिए उस से रामकुमार को ही बात करनी पड़ी। सकीना का एक ही तर्क था कि 'साम्प्रदायिकता के तथ्य से इन्कार नहीं किया जा सकता। देश का बँटवारा इसी साम्प्रदायिकता के आधार पर हुआ है; पाकिस्तान बनाने के बाद हिन्दुस्तान के मुसलमान बेसहारा हो गये हैं धीरे-धीरे उनका अलगाव बढ़ता जाएगा, उनका तो कुछ नहीं पर उनके बच्चों का क्या होगा?' सकीना का हर तर्क बच्चों पर आकर समाप्त होता था। बहुत रात गये तक बातचीत होती रही पर सकीना पर कोई प्रभाव नहीं पड़ा। बशीर के उदास चेहरे और सूनी आँखों से यह स्पष्ट था कि वह अपने को कितना कमजोर और असहाय पा रहा था। दूसरे दिन सुबह शरीफ़ अहमद और रामकुमार वापस चले आये। बशीर का घर छोड़ते समय दोनों की आँखें डबडबा रही थीं और बशीर ने भी अपनी आँखों की नमी अपने चाचा और बालसखा से छिपाने का बिलकुल प्रयत्न नहीं किया था।

पाकिस्तान में बशीर अहमद की सबसे पहली नियुक्ति रावलपिंडी में असिस्टेंट कमिश्नर के पद पर हुई। सकीना सन्तुष्ट थी, उसके पति की पदोन्नति हो गयी थी।

रहने को बड़ा बँगला मिला था, बच्चों का अच्छे स्कूल में बिना कठिनाई दाख़िला हो गया था। धीरे-धीरे नया घर बस रहा था, पर बशीर अहमद बुझे-बुझे रहते। वे अपने को एक ऐसा पौधा समझते, जिसे ज़मीन में उखाड़ कर एक गुलदस्ते में लगा कर ड्राइंगरूम की सजावट के लिए रख लिया गया हो। उनकी जड़ें फिर से लग सकेंगी। यह सब सकीना से छिपा नहीं था। वह जानती थी कि इस नये वातावरण में बशीर अहमद का अन्तर कितना रीता था, पर वह यह भी जानती थी कि वक्त बहुत बड़ा मरहम होता है। समय से सब ठीक हो जायेगा।

बशीर अहमद ने अपने को पूरी तरह काम में झोंक दिया था। दफ़्तर के काम के अलावा जैसे उनके जीवन में कुछ बचा ही न हो। जैसे-जैसे तरक्की होती जाती थी, वे अपने को और अधिक काम में लपेट लेते थें असिस्टेंट से डिप्टी और फिर कमिश्नर बनने में उन्हें अधिक समय नहीं लगा। अपने विभाग में ही नहीं, सरकार में उनकी साख और पूछ थी। घर में भी अच्छी प्रगति हुई। लड़की की शादी हो गयी और लड़का भी अच्छी नौकरी में जम गया। लाहौर में उन्होंने एक कोठी भी बना ली। किसी को यह नहीं लग सकता था कि उन्होंने अपनी नयी परिस्थितियों से पूरी तरह समझौता नहीं कर लिया है।

पिछले पन्द्रह सालों में वे हिन्दुस्तान नहीं आये थे, परिस्थितियाँ ही कुछ ऐसी बनती रहीं। हाँ, अपने परिवार से सम्पर्क बराबर बना रहा था। चाचा तो नहीं, पर उनके दोनों लड़के उनके घर आकर ठहर चुके थे। अपनी कोठी बनवाते समय उन्हें चौमुहा की याद बुरी तरह सताती रही। चाचा की याद खास तौर से बढ़ती जा रही थी। चाचा बहुत वृद्ध हो गये थे। कभी भी कुछ हो सकता था। कुछ समय बाद परिस्थितियाँ ऐसी सुधरीं कि हिन्दुस्तान आने में उन्हें कोई कठिनाई न थी। अजमेर दरगाह की ज़ियारत के लिए उन्होंने एक महीने की छुट्टी ले ली। अजमेर के अलावा दिल्ली, बुलन्दशहर व मथुरा का वीसा भी ले लिया। पहले तो सीधे अजमेर ही जाना पड़ा पर वहाँ से लौट कर दिल्ली आने पर वे अपने गाँव गये। इतने वर्षों बाद चौमुहा आने पर वह स्वाभाविक था कि वे और उनके परिवारवाले स्वयं ही नहीं, गाँव के और लोग भी भावविह्वल हो जाते। शरीफ अहमद का तो क्या, जैसे उनकी ज़िन्दगी में कुछ और वर्ष जुड़ गये हों। बस, उन्हें एक ही बात का दुःख था कि बाल-बच्चे बशीर के साथ नहीं आये थे। बशीर को उन्होंने इस बात के लिए उलाहना भी दिया। बशीर ने वादा किया कि अगली बार वह सबको लेकर आएगा। छह-सा दिन चौमुहा में रहकर बशीर अहमद दिल्ली वापस आ गये। फिर प्रायः वहीं रहे, दो दिन के लिए बुलन्दशहर में रामकुमार के साथ रहे। वे अब वहाँ कलेक्टर थे।

उदास मन से बशीर अहमद पाकिस्तान लौटे। कुछ महीने बाद शरीफ़

अहमद की मृत्यु का समाचार मिला। बशीर अहमद के व्यक्तित्व का एक बड़ा अंश उनसे अलग हो गया, पर दफ़्तर और घर के काम-काज में लिपटे वक्त कटता रहा। दो-तीन साल बाद वे रिटायर हो गये और लाहौर आ कर रहने लगे। नसीर तो पिछले कुछ सालों से वहीं था। सीमा और उसके पति कराची में थे उनके बच्चे बड़े हो रहे थे। कभी-कभी लाहौर आते रहते थे।

कुछ समय बाद बशीर अहमद ने फिर हिन्दुस्तान जाने का इरादा किया। दरगाह शरीफ़ पर जियारत के लिए जाने वाले जत्थे में शामिल हो गये; सोचा था कि जियारत के बाद चौमुहा जाएँगे। सीमा के सत्रह साल के लड़के शमीम को साथ कर लिया था। पर दुर्भाग्यवश इस बार अजमेर के अलावा किसी और जगह जाने की इज़ाजत नहीं मिली। दु:ख हुआ; पर प्रोग्राम रद्द नहीं किया। चौमुहा में अपने भाइयों को लिख दिया कि दिल्ली या अजमेर आकर मिल लें।

अजमेर से दिल्ली लौटने पर जियारतवाले जत्थे को सख़्त ताकीद कर दी गयी थी कि कोई भी दिल्ली शहर में न जाये, अगले बीस-बाईस घंटे उन सबको स्टेशन पर ही बिताने थे, जिसके लिए थोड़ी-बहुत सुविधाएँ भी उपलब्ध करा दी गयी थीं, पर कुछ लोगों का मन नहीं माना। वे स्टेशन छोड़कर जामा मस्जिद चले गये। शमीम की ज़िद के कारण बशीर अहमद को भी जाना पड़ा। वहाँ इन सबको पुलिस ने पकड़ लिया।

उन दिनों जामा मस्जिद के इलाके में अशफाक हुसैन का काफी प्रभाव था। वे दिल्ली के जाने-माने नेता थे और राजनीति के अलावा इस इलाक़े की गतिविधियों में काफी दिलचस्पी रखते थे। पाकिस्तानियों की गिरफ़्तारी के बाद कुछ लोग अशफ़ाक साहब के पास मदद के लिए पहुँचे। अशफ़ाक साहब ने दौड़-धूप करके इन सबकी जमानत करवा दी। पर बशीर अहमद की समस्या कुछ और भी थी। जब तक मुकदमा न हो जाये, वे पाकिस्तान नहीं लौट सकते थे, और पाकिस्तान उन्हें जल्दी पहुँचना था; सीमा की लड़की की शादी थी। बशीर अहमद ने यह सारी बात जब अशफ़ाक साहब से बतायी तो उन्होंने कहा, डिप्टी कमिश्नर ही कुछ मदद कर सकते हैं। उनसे कल सुबह मिलने चलेंगे। दूसरे दिन डिप्टी कमिश्नर ने अशफाक साहब का बड़ी सद्भावना से स्वागत किया। अशफ़ाक साहब के साथियों पर इसका प्रभाव पड़ा। बशीर अहमद व शमीम का परिचय कराने के बाद अशफ़ाक साहब ने उनकी समस्या डिप्टी कमिश्नर के समाने रखते हुए कहा, "डी.सी. साहब, गलती तो इन लोगों ने की, पर अमूमन इन गलतियों पर यहाँ अदालतें जुर्माना करके छोड़ देती हैं। ग़ालिबन, इस मामले में भी यही होगा। पर पता नहीं अदालत में कब

मुकदमा आये। मेरी गुज़ारिश यह है कि आप यह मुकदमा जल्दी लगवा दें।''

डिप्टी कमिश्नर संवेदनशील व्यक्ति थे। उन्हें लगा कि छोटी-सी बात है और अशफाक साहब का सुझाव अनुचित नहीं है। उन्होंने चेहरे पर हल्की मुस्कराहट लाते हुए कहा, ''इसमें मुझे कोई कठिनाई नहीं लगती, मैं अभी इन्तज़ाम कराये देता हूँ कि मुकदमे की सुनवाई दो-तीन दिन में ही हो जाये।'' और यह कहकर उन्होंने चपरासी से दरियागंज के एस.डी.एम. को बुलाने के लिए कहा। बशीर साहब अभी तक चुप बैठे थे। डिप्टी कमिश्नर उन्हें भले आदमी लगे। बजाय अशफ़ाक साहब के वे खुद बोले, ''क्या बताऊँ डी.सी. साहब गलती हो ही गयी वर्ना मैं भी बड़ी-बड़ी पोस्ट पर रहा हूँ। मुझे लड़ना नहीं। सच बात मानने में मुझे कोई परेशानी नहीं है। मैं मुकदमा जल्दी लगवाने की बात भी नहीं उठाता यदि इसके (शमीम की तरफ इशारा करते हुए) बहन की शादी नहीं होती। यह मेरा नवासा है।''

इतने में दरियागंज का मजिस्ट्रेट डिप्टी कमिश्नर के कमरे में आ गया था। डिप्टी कमिश्नर ने उनसे सलाह की और यह तय हुआ कि क्योंकि इकबाल का मामला है, पुलिस को तफतीश में वक्त नहीं लगाना चाहिए। दो दिन बाद मुकदमे की सुनवाई होना निश्चित हो गया। बशीर अहमद ने डिप्टी कमिश्नर को शुक्रिया और दुआ देते हुए वहाँ से विदा ली। लेकिन उसी सन्ध्या को बशीर अहमद को दिल का दौरा पड़ा और उन्हें इरविन अस्पताल में भरती कर लिया गया। अशफ़ाक साहब ने फोन पर ही डिप्टी कमिश्नर को स्थिति समझाते हुए यह कहा कि मुकदमे को कुछ दिन के लिए स्थगित करना पड़ेगा।

रात बीतते-बीतते बशीर अहमद जान गये कि उनकी हालत अच्छी नहीं है और उनका अन्त आ गया है। लाहौर भी खबर कर दी गयी। वे अपना मन अल्लाह में लगाने का प्रयत्न करते रहे और उनके मस्तिष्क-पटल पर चौमुहा ही घूमता रहा। एक-एक करके बहुत-सी घटनाओं की आकृतियाँ उनके अन्दर बन-बिगड़ रही थीं। बार-बार उन्हें चौमुहा का क़ब्रिस्तान दिखाई दे रहा था। जहाँ उनके बाबा, पिता और चाचा की क़ब्रें थीं। जब उनकी बेचैनी बढ़ी तो इशारे से उन्होंने शमीम को अपने पास बुला कर कहा, ''बेटा, मेरा वक़्त पूरा हो रहा है।''

शमीम ने कुछ कहना चाहा पर उन्होंने उसे चुप कर दिया और अपनी बात ही करते रहे, ''मेरी एक ही ख़्वाहिश है और इसमें डी.सी. साहब ही मदद कर सकते हैं। बड़े नेक आदमी हैं। अल्लाह उनकी ख़ैर करे! तुम उनके पास जाओ और कहो कि मेरी मौत के बाद वे मेरी मिट्टी को चौमुहा ले जाने की इजाज़त दे दें। चौमुहा की मिट्टी मुझे पुकार रही है, मुझे वहीं मेरे वालिद और चाचा की क़ब्रों के पास दफ़नाया

जाए। तुम उनके पास अभी जाओ।''

शमीम की आँखें भर आयीं। उसने उठकर जाने की कोई कोशिश नहीं की। जब उनके नाना ने उससे इशारे से फिर अपना आग्रह दोहराया तो उसे वहाँ से जाना ही पड़ा। शमीम अकेला ही तीस हजारी गया। डिप्टी कमिश्नर अपने चैम्बर में बैठे काम कर रहे थे। जैसे ही चपरासी से कहलवाया, उन्होंने बुलवा लिया। शमीम ने उन्हें पूरी बात बतायी तो उन्होंने कहा, ''ऐसी घबराने की क्या बात है। भगवान ने चाहा तो आपके नाना ठीक हो जाएँगे। मैं मेडिकल सुपरिंटेंडेंट से कह देता हूँ कि उनका ख़याल रखें। यदि कोई जरूरत हो तो उनसे मिल लेना।'' और शीघ्र ही उन्होंने मेडिकल सुपरिंटेंडेंट से फोन पर बात कर ली।

शमीम को इससे बड़ी तसल्ली हुई, पर उसने डिप्टी कमिश्नर से फिर पूछा कि ''क्या कहूँ नाना से जाकर?''

इस बार डिप्टी कमिश्नर को सीधा उत्तर देना ही पड़ा, ''यदि पाकिस्तान हाईकमीशन को एतराज न हो तो हमारी तरफ से कोई दिक्कत नहीं होगी। हम 'बॉडी' चौमुहा ले जाने की इजाजत दे देंगे। न करे भगवान कि इसकी जरूरत पड़े पर...'' और डिप्टी कमिश्नर बीच में ही रूक गये।

शमीम और सहज हो गया। डिप्टी कमिश्नर के कमरे से ही उसने अपने हाईकमीशन से फोन पर बात की और बात खत्म होने पर उनको बता दिया कि हाईकमीशन को कोई एतराज नहीं है।

अस्पताल में बशीर अहमद की बेचैनी बढ़ती जा रही थी। वे शमीम का इन्तज़ार कर रहे थे। जैसे ही शमीम अस्पताल पहुँचा, उन्होंने पूछा, ''क्या कहा डी.सी. साहब ने?'' शमीम ने उन्हें डिप्टी कमिश्नर और हाईकमीशन से जो बात हुई थी, बता दी। उसकी बात सुनते ही बशीर अहमद की आँखों में एक चमक-सी आ गयी। सारा तनाव जाता रहा, मुखमुद्रा बिलकुल सहज हो गयी। मन जैसे बिल्कुल शान्त हो गया। शमीम को लगा कि नाना की तबीयत ठीक हो रही है। शमीम ने देखा कि नाना उसे बड़े प्यार से देखे जा रहे हैं। बशीर अहमद ने शमीम को अपने पास बुला कर बैठा लिया और धीरे-धीरे स्नेह से अपना हाथ उसके सिर पर फेरने लगे। उसे क्या मालूम कि नाना के अन्तर में उनके गाँव के अनेक चित्र उभर कर बिखर रहे थे। स्मृति-पटल पर चौमुहा ही छाया हुआ था।

पर कुछ ही क्षणों में बशीर अहमद की गरदन एक तरफ लुढ़क गयी और उनका हाथ शमीम के सिर से गिर कर नीचे आ गया।

*(हिन्दी कहानी)*

# रिसते घाव

**बूटा सिंह**

हम दोनों बहनें तेईस वर्षों के बाद आयीं, डरतीं-डरतीं, सहमीं-सहमीं। पता नहीं हमारे साथ क्या हो जाये। मैं बड़ी थी और सलमा छोटी और क्वाँरी। वह मेरे साल-सवा साल के बच्चों को उठाए रहती और मुझसे कुछ बड़ी लगती। साथ ही मेरी शक्ल-सूरत और कद बिल्कुल अम्मी-जान की तरह था। हाय! अम्मी को तो नज़र लग गयी, नहीं तो वह अभी कहाँ मरने वाली थी।

सलमा ने मेरा लड़का उठाया हुआ था—यही उसका आसरा था और इसी में वह व्यस्त रहती थी। अकेली औरत को लोग लावारिस माल समझते हैं। बच्चा कुछ भी न कर सकता हो पर माँ उसे आदमी से कम नहीं समझती। सलमा बिल्कुल हिन्दू औरत लगती। उसने बुरका नहीं पहना हुआ था और मैंने काले बुरके के पल्ले को सिर पर फेंका हुआ था। इससे मेरा मुँह और नक्श और भी सुन्दर लग रहे थे। सलमा की ओर कोई नहीं देखता था, पर जो भी मेरे पास से गुजर जाता वह एक बार फिर मुड़कर मेरी तरफ देखता।

मैं दुआएँ माँगती, रब आगे प्रार्थना करती कि हम दोनों सही-सलामत अब्बाजान के पास पहुँच जाएँ। मुद्दत बीत गयी थी अब्बाजान को देखे। वे कैसे होंगे। उनकी शक्ल बदल गयी होगी। वे अपनी साहिबज़ादियों को पहचानेंगे भी या नहीं। हाय मेरा अल्लाह...।

हमारे दिल डर से भरे हुए थे, पता नहीं किस समय क्या हो जाये जबकि अलीगढ़, दिल्ली, लखनऊ और हैदराबाद में हमारे घर थे। चाँदनी चौक में चाचा अब्बा की दुकान थी। जब भी कोई छोटी-मोटी छुट्टी होती, हम सब दिल्ली चले आते थे और चाचा अब्बा अपनी पर्दों वाली बग्घी भेज देते थे। वे पुराने खयालों के जो थे।

मुझे अच्छी तरह याद है जब मैं घर से चाचा अब्बा की दुकान पर आती तो सबसे पहले बाहर टँगा बड़ा-सा बोर्ड पढ़ती—अनायत उल्लाह एंड सन्स। चाचा

अब्बा मुझे देखते ही कुर्सी से हिल जाते। उन्हें ग्राहकों का खयाल नहीं रहता और कहते—मेरी बेटी नईम आ गयी हैं वे मुझे अपने पास बैठाते, प्यार करते और रुपया निकालकर कहते—मेरी बेटी नईमी क्या खाएगी, कुल्फी या फलूदा। यह देख मेरे साथ आया उनका बेटा अकरम नाराज़ हो जाता, पता नहीं क्यों? क्या पता था कि मैंने अकरम की ही बीवी बनना है। मैं सुन्दर थी—चाँदनी रात की तरह और उसके मुँह पर चेचक के दाग थे। हाय अल्ला- तेरी रज़ा...।

दिल्ली, लखनऊ, अलीगढ़ हमारे घर थे, अब सब पराये हो गये हैं। मुझे कोई आँखें बाँधकर भी छोड़ देता तो भी अब्बा की दुकान ढूँढ़ लेती। सुना है अब उस दुकान पर ओम बूट हाउस का बोर्ड लगा है। अब सारी दुनिया पराई लगती है। विलाप करने के सिवा और कोई कर भी क्या सकता है? छोड़ी हुई जगह भूलती भी तो नहीं। जब स्वप्न में वे स्थान आते हैं तो डर से रूह भी काँप जाती है। जैसे किसी अजीज़ की रूह मिल गयी हो।

मेरे अब्बाजान डॉक्टर असलम अलीगढ़ विश्वविद्यालय में प्रोफ़ेसर थे। पता नहीं हम पाँच भाई-बहन कैसे पैदा हो गये, हमने कभी अब्बाजान को अम्मीजान के साथ हँसते हुए नहीं देखा था। हर समय पढ़ाई, हर समय लिखाई। यदि कभी अम्मीजान कहती—'खान साहिब चाय तैयार है', तब वे अम्मीजान की तरफ देख ऐसे 'हाँ' कहते जैसे ऊँघ रहे हों।

कई बार हमारी अम्मीजान को हँसी आ जाती और अधिकतर गुस्सा, और वह तमककर कहती—"खान साहिब, नवाबजादी ने कुछ कहा है।"

"हाँ...हाँ..."

"क्या?"

"बेगम, आओ बैठो...मैं आपको कब से याद कर रहा हूँ।"

"छोड़ो भी, मैं हुई आपके घर की खरीदी हुई बाँदी। आख़िर मौत के दिन तो पूरे करने हुए..."

"बेग़म क्यों नाराज़ होती हो आख़िर..."

"आख़िरकार क्या मेरी ज़िन्दगी का भी कोई मकसद है। मैं जानवर तो नहीं हूँ। नवाब साहब ने मुझे कहाँ बाँध दिया। फरमाया करते थे—'महिरो तेरा शौहर आलम आदमी है। बाप दादा से अलीगढ़ यूनिवर्सिटी में प्रोफैसर और प्रिंसिपल रहे हैं। बड़ा ख़ानदानी घर है।' पर नवाबज़ादी को उन्होंने कसाई घर में भेज दिया। नवाबों की शहज़ादी मदरसों के घर आ गयी।"

मेरी अम्मी अब्बाजान के पास खड़ी बातें करती ओर रोती जाती। वे उसकी सौ-सौ खुशामदें करते तो नवाबज़ादी मुस्करा कर लाड़ से कहती—"हुजूर को इस तरह तो नहीं करना चाहिए...।"

"हाँ...हाँ तुम ठीक कहती हो।"

जिस दिन अब्बाजान को फ़ुरसत नहीं मिलती और वे अम्मीजान के साथ ठीक से बात नहीं करते उस दिन नवाबज़ादी का पारा चढ़ जाता। कौन था फिर उनके सामने खड़ा होने वाला।

नवाबज़ादी साहिबा ने तिल्ले वाला हैदराबादी कुर्ता पहना होता और गरारा पहन हुआ होता। कसे हुए कुर्ते से उसका शरीर फूट-फूट पड़ता, आँखों से ख़ून उतर आता। मुँह एकदम लाल हो जाता और वह पुकारते हुए कहती—"ओ शिब्बो, अरी शिबन, कहाँ मर गयी, अल्लाह रख्खा, ओ अल्लाह रख्खा, हरामज़ादे, पता नहीं किधर चले जाते हैं। सूअरों को मार-मारकर अधमरा कर दूँगी।" वह हाथों में चाबुक उठा लेती ओर हवेली के लॉन में नवाबजादी ऐसे घूमती, जैसे पिंजरे में बन्द भूखा शेर घूमता है। डरता हुआ कोई सामने न आता। आखिर वह भी नवाबज़ादी थी, नवाब बदरो दीन खान की इकलौती बेटी। हंटर मारकर नौकरों की चमड़ी उधेड़ देती। हुक्म अदूली की सजा इतनी ही नहीं, मौत भी हो सकती है।

सभी नौकर एक कोने में लग जाते। कोई भी सामने आने की हिम्मत न करता। सभी अल्ला रख्खा (हिजड़े) की खुशामद करते जो खुद को अल्लाह-रख्खा कहलवाकर खुश होता था। नवाब साहिब (नाना अब्बा) ने साहिबजादी के साथ अल्लाह रख्खा को दहेज में दिया था।

"ओ अल्लाह रख्खे के बच्चे कहाँ मर गया है, सूअर के बच्चे...।"

"हाय अल्लाह! नवाबजादी साहिबा इस तरह से क्यों कहती हो? मैं सदके जाऊँ, मैं मर जाऊँ खुदा कसम सारा बाजार रंडा हो जाएगा। सभी कहते हैं अल्लाह रख्खी मेरे साथ निकाह कर ले। कसम अपनी जान की"—वह अपने सिर पर हाथ रखकर कहता—"मुझे अलीगढ़ का एक आदमी भी पसन्द नहीं। कहाँ लखनऊ के नवाब और कहाँ यह घसियारे... ख़ुदा कसम, नवाबज़ादी साहिबा हज़ूर की ख़ैर हो, मुझे अल्लाह रख्खा मत कहा करो। मैं तो अल्लाह रख्खी हूँ, हज़ूर की बाँदी। उठाओ अपना चाबुक और उधेड़ दो चमड़ी।...मुझे लखनऊ छोड़ आओ...नवाब साहिब खुद किसी अच्छे साहिबज़ादे के साथ मेरा निकाह कर देंगे।...हाय अल्लाह, मरूँ तो नवाबों के शहर, जहाँ मेरी कबर पर कोई आशिक आकर फूल चढ़ाये।"

अल्लाह रख्खी अम्मीजान की बलाएँ लेती। आँखों से आँसू बहते तो नवाबजादी का हाथ ढ़ीला पड़ जाता।

यह देखकर फिर अल्लाह रख्खी कहती—"हाय अल्लाह, दो मिनट नईम बेटी के साथ क्या खेलने लगी कि मेरी आफ़त आ गयी। हज़ूर बताओ, क्या हुक्म है...। नवाबज़ादी साहिबा आपके बिना यहाँ मेरा कौन है?"

"नवाबज़ादी की बच्ची...हरामज़ादी...।"

''हाँ...हाँ नवाबज़ादी की बच्ची!'' अल्लाह रखखी सिर हिला, आँखों में आँसू लाकर कहती और अम्मीजान के पैर पकड़ लेती। उन पर अपना सिर रख देती। अपनी चुनरी से अम्मीजान के पैर झाड़ती।

नवाबज़ादी को चुप खड़ा देख डरते-डरते शिब्बो और बाकी के नौकर भी आ जाते और हाथ जोड़कर माफी माँगते। अल्लाह रखखी का ड्रामा घर में फिर चहल-पहल ले आता।

मैं बता रही थी कि मेरी अम्मी पाँच बच्चों की माँ होते हुए भी बहुत सुन्दर थी। अब्बा हजूर की ज़रा-सी नाराज़गी घर में कयामत ले आती थी।

अम्मीजान को याद कोई बेगम साहिबा कह देता तो वह गले पड़ जाती थी। अम्मीजान को अपने मायके पर अभिमान था। वह नवाब बदरो दीन खान की साहिबज़ादी और नवाबज़ादी थी।

नवाब बदरो दीन खान की क्या बातें थीं। उन्हें दोनों बेटों से बेटी ज्यादा प्यारी थी। जब हमने लखनऊ जाना होता तो अम्मीजान तीन-तीन हफ्ते पहले से तैयार करती, उधर नवाब साहिब नौकरों को आदेश देते—''याद रखो, नवाबज़ादी तशरीफ़ ला रही है। उसकी खातिर में कमी नहीं आनी चाहिए।''

''कल्लन...?''

''जी हजूर।''

''काले साँसी को मेरी तरफ से हुक्म देना, नवाब हजूर ने याद फ़रमाया है। जंगली तीतरों का इन्तज़ाम कर ले। नवाबज़ादी तशरीफ़ ला रही है।''

''कल्लू को हुक्म दो कि हर दूसरे दिन दो दर्जन बटेर लाये।''

''हाँ...हाँ एक और बात सुनो, सारे काम भूल मत जाना। सरदार ज़ाफर को कहना नवाबज़ादी आ रही है। मुर्गाबिए ज़रूर भिजवा दे, एक-आध हिरन, जंगली मुर्गे मिल जाएँ तो बहुत अच्छा है।''

नवाब साहिब को पचास रुपये वजीफा मिलता, पर उनके शुगल बहुत थे। लाखों की ज़मीन इन शुगलों में ही जा रही थी।

दीवानखाने के बाहर लॉन में लम्बे बेंच पर हर समय दो-चार आदमी बैठे ही रहते।

''कल्लन खान, नवाब हजूर को हमारा सलाम देना। कहना फज्जू पहलवान खिदमत में हाजिर हुआ है।''

''काम।''

''काम बहुत ज़रूरी है। मेरा पट्ठा तैयार है। वह हसनखान के बटेर के साथ लड़ेगा। खुदा कसम कल्लन, बटेर क्या है, शहजादा है। उसका एक पंजा भी कोई नहीं सहार सकता। बहुत खूँख्वार है। दाने की जगह किशमिश और सोने के वर्क

खिलाये हैं उसे, बादाम और आँवले का मुरब्बा.. दिल देख जवान का...।''

''पहलवान, आजकल नवाब हजूर को फ़ुर्सत नहीं। नवाबज़ादी साहिबा तशरीफ़ लाने वाली हैं।''

''दोस्त, हमारा सलाम तो दो नवाब साहिब को, इन रुस्तमों की लड़ाई देखने के लिए अब लखनऊ में रह भी कितने आदमी गये हैं...।''

मुझे अब भी याद है लखनऊ पहुँचने से एक हफ़्ता बाद फज्जू पहलवान के बटेर की लड़ाई हुई। मैं उस समय बहुत छोटी थी, पर अब तक मुझे सारी बातें याद हैं।

दीवान-ए-आम के बाहर लॉन में इसी काम के लिए एक तख़्तपोश पड़ा हुआ था। उसके साथ उतने ही ऊँचे दीवान पर कालीन पड़ा था। मसनद लगाकर नाना अब्बा आकर बैठ गये थे। हुक्के की गोल नली उनके हाथ में थी और हुक्का दीवान से कुछ हटकर एक तिपाई पर सजाकर रखा गया था। मैं नाना अब्बा हजूर के कालीन पर बैठी थी। एक-दो और नाना अब्बा की उम्र के नवाब बैठे पुरानी बातें कर रहे थे।

सामने मेज पर सफेद चादर बिछी थी, जिस पर लड़ाई होनी थी और उसके चारों तरफ दोनों पार्टियों के लोग बैठे हुक्म की प्रतीक्षा कर रहे थे।

''हजूर, हुक्म हो तो दंगल शुरू हो!'' फज्जू पहलवान ने उठकर फर्शी सलाम करते हुए कहा।

''हुक्म है, कोई आदमी शोर-शराबा मत करे।'' नाना अब्बा ने हुक्के की नली उँगलियों में थामते हुए कहा।

बिछी हुई चादर पर थोड़े से दाने बिखेरे गये, और दोनों धड़ों के बीच एक और चादर तान दी गयी।

''कोई आदमी हल्ला-गुल्ला नहीं करे, नहीं तो दंगल बन्द कर दिया जाएगा ओर लोगों को बाहर निकाल दिया जाएगा। कल्लन...

''बीच की चादर ध्यान से खींचना कोई पट्ठा डर नहीं जाये। हमसे बेइन्साफी नहीं हो सकती।''

''जी सरकार।''

चादर खींचने से पहले बटेरों को छोड़ा गया। उन्होंने एक-आध दाना-चुगने के बाद पंख फड़फड़ाये और चादर खींच ली गयी।

मैं क्या बताऊँ नाना अब्बा के शुगल? वे मुनसफ आदमी थे, भेड़ों की लड़ाई के, मुर्गों की लड़ाई के, बारहसिंगे भी लड़ाए जाते थे। बटेरबाज से लेकर कबूतर-बाज तक सभी नवाब अब्बा के हजूर में सलाम करने आते। चाय-शर्बत चलते रहते, पर क्या मजाल कोई नाना अब्बा के हुक्के को हाथ भी लगा जाये।

इन कामों में नाना अब्बा ने लाखों की जायदाद गँवा दी थी, पर दरवाज़े से मेहमान भूखा नहीं जाने देते थे।

मेरे अब्बाजान डॉक्टर असलम साहिब को नाना अब्बा के साथ बहुत चिढ़ थी। पर मेरी माँ अपने अब्बाजान पर फ़ख्र करतो थी। वह नवाबज़ादी जो थी। पर अभी नवाबज़ादी को दुःख के दिन देखने बाकी थे।

अलीगढ़ वाली हवेली भी एक केन्द्र (मरकज) बन गयी। जो भी आता यही पूछता—"डॉक्टर साहिब कहाँ हैं...।"

"काम।"

"काम उन्हीं के साथ है।"

नवाबज़ादी इतने फ़जूल आदमियों की आवभगत से खीझ जाती और पूछती—"खान साहिब ये कौन लोग हैं...?"

"बेग़म, हर बात औरतों को बताने वाली नहीं होती, तुम अपना काम किया करो।"

हमारी अम्मी को बहुत गुस्सा आता, पर उसकी पेश नहीं चलती थी।

हमारे घर में मीटिंगें होतीं, खुफ़िया आदमी आते, पर पता कुछ नहीं लगता।

रावलपिंडी जल रहा है, लाहौर आग लगी हुई है। हिन्दू-सिख घर छोड़-छोड़कर भाग रहे हैं। मुसलमानों के दुश्मन बस सिख हैं सिख। इन पर काबू पा लिया तो सारा पंजाब हाथ में आ जाएगा। जैसे-जैसे ये खबरें आतीं, अब्बाजान के मुँह पर निखार आ जाता। उन्होंने अपनी हवेली के आसपास ही नहीं, मुहल्ले के आसपास भी किला-बन्दी करवा दी।

जालन्धर, लुधियाना, अमृतसर सभी सिखों ने उजाड़ दिये, बुर्के फाड़ दिये गये। स्त्रियों का स्त्रीत्व नष्ट कर दिया गया...हाय...हाय... छातियाँ काट दी गयीं...नंगे जुलूस...तौबा तौबा।

मेरे अब्बा के माथे पर पसीना आ गया और उन्होंने हवेली की खिड़की में खड़े होकर विश्वविद्यालय की बड़ी-बड़ी मीनारों को देखकर एक लम्बा साँस लिया।

एक खबर आयी दिल्ली में गड़बड़ हो गयी है। पहाड़गंज, चाँदनी चौक सभी को साफ कर दिया गया है। यह सुन अब्बाजान को महसूस हुआ कि उनकी सारी स्कीमें फेल हो गयी हैं। उन्होंने अपनी क़ब्र को अपने हाथों खोदा है।

अम्मीजान को अपना श्रृंगार भूल गया और वह भागकर अब्बाजान के गले लगकर रोने लगी।

"हजूर को यह क्या होता जा रहा है। आप बोलते क्यों नहीं। लड़कियाँ जवान हैं, लड़के जवान हैं। सुना है, लाहौर की तरफ से आये सिख मुसलमानों की

लड़कियों को नहीं छोड़ते, लड़कों को झटका देते हैं। किसी की कोई पेश नहीं जा रही। यह वहशी कौम कहाँ से आ गयी।''

अब्बाजान चुप थे, बिल्कुल चुप। उनके माथे पर पसीना आ रहा था। सभी बच्चे उनके आसपास बैठे थे। अल्लाह रखखी एक कोने में बैठी रो रही थी। शिबन पता नहीं कहाँ चली गयी थी। घर क़ब्रिस्तान बन गया था।

नौकर ने चाय तैयार की। वह पड़ी-पड़ी ठंडी हो गयी। सुबह का खाना भी पड़ा हुआ था। ऐसा लग रहा था कि जैसे रात होते ही घर में डाका पड़ गया हो। इतने में अल्लाह रखखी दौड़ी-दौड़ी अन्दर आयी—''हजूर की ख़ैर हो, दिल्ली से एक आदमी आया है। वह जनाब को मिलना चाहता है। कहता है, काम हजूर को ही बताएगा।''

''उसे अन्दर जे आओ।''

जो आदमी अन्दर आया, उसे हम सभी जानते थे। आदमी चाचा अब्बा का विश्वासपात्र नौकर था। ऐसा लग रहा था कि वह जान पर खेलकर हम तक पहुँचा था। उसने अब्बा हजूर को सलाम करते हुए कहा—''खान साहिब ने यह चिट्ठी दी है। मुझे जल्दी वापस जाना है। दिल्ली वाले अपनी जान बचाकर कसमपुरसी की हालत में हुमायूँ के मकबरे में पनाह ले रहे हैं।''

चिट्ठी में लिखा था नवाबज़ादी साहिबा और बच्चों को लेकर जल्दी पहुँच जाओ। हमारा काफ़िला कराची जाने वाला है। बच्चे हवाई जहाज में पहुँच चुके हैं। दिल्ली बरबाद हो गयी है।

सिख क्या, मुसलमान मुसलमान को खा रहा है। रिश्वत बहुत चल रही है। कराची पहुँचने के लिए हवाई जहाज का इन्तज़ाम कर लिया गया है। आदमी चला गया तो हमारे घर मातम छा गया।

अब्बाजान का दिमाग अनेक प्रकार के विचारों से भर गया था। वे चुप थे, जैसे सकता मार गया हो। हम बेघर हो चले थे, जलावतन किये जा रहे थे। सिख मुसलमानों के मुकाबले पर...छातियाँ काट दी गयीं, बुर्के फाड़ दिये गये। कतारों में नंगी खड़ी की गयी मेरी साहिबज़ादियाँ, मेरी बेग़म, यह सब मेरे अमालनामे हैं, अब्बाजान हवेली की खिड़की में खड़े बाहर की ओर देख रहे थे। उन्हें ऐसा महसूस हो रहा था जैसे यूनिवर्सिटी की एक मीनार अपने आप गिर गयी हो। फिर उनकी निगाह यूनिवर्सिटी के प्रांगण में गयी! जहाँ सर सैयद अहमद खान के मज़ार से कुछ हटकर उनके दादाजान और अब्बा साहिब की क़ब्रें थीं।

उन्हें लगा कब्रों में से मिट्टी उड़ रही है। उस मिट्टी ने अनेक व्यक्तित्वों का रूप धारण कर लिया। अब्बाजान ने इन शख्सियतों के बारे में हमें कराची में भी पत्र डाला था और लिखा था—मैं बाप-दादा की ज़मीन से अलग नहीं हो सकता।

पता नहीं इन रूहों ने अब्बा हजूर से क्या बातें की थी...फिर खिड़की से अपना मुँह घुमा उन्होंने हुक्म दिया—"सभी तैयार हो जाओ, बुर्के उतार देना, कोई मुसल्ला या लाटा न उठाये। अलीगढ़ से हमें चोरों की तरह निकलना होगा।"

"बसीर!"

"जी हजूर...।"

"तुम मोटर तैयार करो, बेग़म, साहिबज़ादियों और लड़कों को लेकर तुम भाई साहिब के पास दिल्ली पहुँचो। रास्ते में नहीं ठहरना। रात को वापस पहुँचना होगा। मैं तेरी इन्तज़ार करूँगा। शाबास, मेरे बहादुर बच्चे..."

"और हजूर।" नवाबजादी ने तरले से भरी आवाज़ में कहा।

"मैं भी पहुँचूगा।"

"मैं हजूर के बिना नहीं जा सकती।"

"देखो बेगम, इन बीस वर्षों में मैंने आपको कभी कोई हुक्म नहीं दिया। आज डॉक्टर आलम हुक्म दे रहा है, तुम तैयार हो जाओ, जिद नहीं करो। यह रुपये सम्भालो आपके काम आएँगे।"

नवाबजादी ने घुटनों के बल खड़े होकर, अब्बा हजूर का हाथ चूमा और आँसू बहाते हुए कहा—"मेरे आक़ा! बाँदी को धोखा मत देना। यह नवाबज़ादी नहीं, फ़कीरज़ादी दरख़ास्त करती है। हजूर बिना मैं ज़िन्दा नहीं रह सकती। मुझे अपने हाथों से मार दो, कौन है जनाब को पूछने वाला।" माँ की इन बातों ने सभी को रुला दिया।

"बेगम उठ।" अब्बा ने नवाबजादी को दोनों कन्धों से पकड़कर उठाया और हमारे सामने ही उन्हें गले लगा लिया, मेरी अम्मा का माथा चूम लिया। पता नहीं इस चुम्बन में कितनी तल्खी और कितने सकून थे।

हमाने दिल्ली से अम्माजान को कितनी ही चिट्ठियाँ डालीं। कितने पैगाम भेजे, पर वे नहीं आये। और न ही कोई जवाब आया। दिल्ली से जाते समय मेरी अम्मी फूट-फूटकर रोयी। महबूब इलाही के मज़ार शरीफ़ की तरफ मुँह करके उन्होंने अपने शौहर के लिए दुआ माँगी—सौ-सौ सज़दे किये और दिल्ली की खाक को सिर पर लगा रोते हुए कहा—"नवाबज़ादी फ़कीरज़ादी हो गयी है, है ख़ुदा!"

कराची पहुँचते ही हमें अच्छा मकान मिल गया। भाई असगर की कॉलेज में नौकरी लग गयी। हम सभी पाठशाला जाने लगे। हम उदास थे, पर खुश भी। अब हमें कोई सिख नहीं सता सकता था। सिखों की भयानक बातें सुन, कई बार मैं सोते-सोते चीखने लगती थी। अम्मीजान सुबह नमाज़ पढ़ती तो दुआ करती। उसकी आँखों से आँसू बहने लगते—"या अल्लाह! मेरे डाक्टर साहब की खैर

हो। मेरा सुहाग कायम रहे।''

अम्मी ने खाना-पीना छोड़ दिया। कुछ महीनों में ही कनपटियों पर उनके बाल सफेद हो गये। वह हर हफ्ते अब्बाजान को खत लिखती, तार डलवाती, पर कोई जवाब नहीं मिला। अम्मीजान पागल-सी विलाप करती। कपड़े फाड़ देती और भिखमंगों की तरह हाथ फैला-फैलाकर डाक्टर असलम की ख़ैरियत के लिए दुआ माँगती। कितनी बार अब्बा हजूर को लिखा था—''डाक्टर साहिब! ख़ुदा के दरवाज़े सदा खुले हुए हैं। मैं हशर के दिन हजूर का दामन पकड़ पुलसरात की कठिन घाटी आँखें मींचकर पार कर जाऊँगी। मेरा रहबर मेरे साथ होगा। क्या मेरी जिन्दगी में हजूर के न्याज हासिल नहीं हो सकते? मैं हजूर की बाँदी हूँ। मेरे दफनाए जाने से पहले एक बार मेरे महबूब मुझे देख जाते और अपने हाथ से मेरी कब्र पर पत्थर लगवा जाते। नवाबज़ादी महिरुल निसा जोज़ा डाक्टर असलम आराम फरमा रही है। नहीं तो कयामत के दिन पूछूँगी। मेरा क्या दोष था, मुझे इतनी बड़ी सजा क्यों दी।''

हमसे माँ का दुःख देखा नहीं जाता था। मामा साहिब आते। वे डाक्टर थे। अपनी बहन को तसल्ली देते। उनका एक भाई अभी तक हैदराबाद में था। नाना अब्बा लखनऊ से नहीं निकल सकते थे और कुछ वर्ष पहले वहीं वफात पा गये थे। उनके पास अपना कोई अजीज़ नहीं था।

आदमी को मिट्टी से कितनी मुहब्बत होती है, वह मर सकता है, पर उस का मिट्टी से प्यार नहीं टूट सकता। नानाजान ने वह सरज़मीन नहीं छोड़ी, पर मौत कबूल कर ली।

नानाजान ने एक बार हमारी माँ अर्थात् नवाबज़ादी को लिखा था—''महरो, जब कभी लखनऊ आओ, मेरे मज़ार पर अपने हाथ से अगरबत्ती जलाना। मैं अकेला रह गया हूँ। मेरे साथ सिर्फ कल्लन है। कभी-कभी अमीनाबाद के चौक में जाकर खड़ा हो जाता हूँ। अपना कोई भी नज़र नहीं आता। महिरो, तुम्हारी मुहब्बत मेरे दिल में बसी हुई है। पर जब मेरी साँस से लखनऊ की मिट्टी की महक आती है, मेरी आँखें मुँद जाती हैं। मेरी ज़मीन सरकार ने सम्भाल ली है। मेरे लिए हवेली का सामान काफी है। कोई शुगल नहीं, आख़िरी दिन की इन्तज़ार है। मैं जफर की तरह रोना नहीं चाहता—'दो गज ज़मीन भी न मिली कू-ए-यार में।'

मौत के बाद भी मुझे कोई इस ज़मीन से अलग नहीं कर सकता। तुझे मिलने की एक तड़प बाकी है।

अब्बाजान बिलकुल चुप हो गये थे। पर माँ को नाना अब्बा के खतों से मालूम चल गया था कि डाक्टर असलम क्यों नहीं आ रहे।

मुसलमान मूर्तिपूजक नहीं होता। मेरी अम्मी मूर्तिपूजक हो गयी। यह उसकी

मुहब्बत की बहिशत का नतीजा था। पता नहीं किसने अलीगढ़ विश्वविद्यालय की पत्रिका उन्हें दी, जिसमें डाक्टर अब्बा की तस्वीर थी। वे रंगीन गाउन और चौड़ी टोपी पहन कन्वोकेशन के जुलूस में जा रहे थे। नीचे लिखा था—डाक्टरा एम.असलम, वाइस चाँसलर।

अब्बाजान की ठोढ़ी पर की छोटी-सी दाढ़ी बिल्कुल सफेद हो चुकी थी। जब अम्मी ने तस्वीर देखी तो फूट-फूटकर रोने लगी। उसको दंदल पड़ गयी। मामाजान आये हुए थे। नवाबजादी की हालत देख उनकी आँखों में भी आँसू आ गये। डाक्टर भाई साहिब और प्रोफ़ेसर भाई साहिब तथा हम तीनों बहनें पास थे। डाक्टर भाई साहिब माँ को होश में लाने की कोशिश कर रहे थे तथा साथ खुद भी रोते जा रहे थे—या अल्लाह फजल करो।

अम्मीजान ने अब्बाजान की तस्वीर को शीशे में जड़वाकर मेज पर रख लिया। मेज मगरब की तरफ थी। अम्मीजान नमाज पढ़ जब सिज़दा करती तो डाक्टर अब्बा की तस्वीर सामने होती। ऐसा लगता कि जैसे वे अपने देवता को सिजदा कर रही हो। अम्मा कई-कई घंटे मुसल्ले से न उठती। वह अपने महबूब से बातें करती रहती। कई बार हम चुपचाप उसके पीछे खड़े हो जाते पर उसको इसकी कोई ख़बर न होती।

घर में सब कुछ था। मेरा विवाह चाचा अब्बा के घर हो चुका था। सलमा एम.ए. कर चुकी थी। और अब्बाजान की यादें धुँधली पड़ती जा रही थीं, पर अम्मा का घाव वैसे ही रिस रहा था। उसमें अब प्राण नज़र नहीं आ रहे थे।

वह तरले करती कि अलीगढ़ जाए, वह मिन्नतें करतें कि लखनऊ जाकर देखे, हैदराबाद जाकर बड़े भाई साहिब को मिले। पर मेरे दोनों भाई साहब उन्हें जाने नहीं देतें थे। उन्हें हिन्दुस्तान से चिढ़ थी और ख़ासकर सिखों से। 'अलीगढ़ में फिर फ़साद हो गये हैं। यह सिख कितनी घटिया कौम है, औरतों का भी लिहाज़ नहीं करते। अम्मीजान आप बहुत कमज़ोर हो गयी हैं।' मेरी अम्मी अलीगढ़ की मिट्टी के लिए तरसती हुई चल बसी।

एक दिन अम्मी ने मुझे अपने घर बुलाकर कहा था—''नईम बेटी, तुम अब समझदार हो गयी हो, बहादुर भी। मेरा आख़िरी समय आ गया है। एक बार अलीगढ़ जाना और डाक्टर साहब को मेरा सलाम देना। और कहना, हजूर मेरी अम्मी को माफ़ कर देना, वह बड़ी गुनाहगार थी, मेरे लिए दुआ करें और महशिर वाले दिन मेरा हाथ पकड़ लें।''

अम्मी चिल बसी, पर अब्बाजान की तरफ से कोई ख़त नहीं आया। हम दोनों बहिनें हिन्दुस्तान जाने के लिए तैयार हो गयी थीं। माँ की बातें हमारे कानों में

गूँज रही थीं। फिर कौन रोक सकता था?

मैं पहले ही बता चुकी हूँ कि मैं बड़ी थी, पर सलमा से छोटी लगती थी। वह विवाहिता और मैं क्वाँरी लगती। साथ में उसने मेरा बच्चा जो उठाया हुआ था। वह बिना बुरके की और मैं बुरकेवाली। हमने सीमा पार की। हमारा रंग पीला पड़ गया। मोटे-मोटे सिख, बड़ी-बड़ी पगड़ियों और बिखरी हुई दाढ़ी वाले...जिन्न...अल्लाह तेरा फज़ल। हम दिल्ली पहुँचीं...हमारी साँस-में साँस आयी। दिल्ली स्टेशन उसी तरह था जैसे आज से चौबीस साल पहले था। कुछ मुसलमानों की शक्लें नज़र आयीं तो हमारी साँस-में-साँस आयी। मैंने लम्बी साँस लेते हुए सलमा की तरफ मुँह करते हुए कहा—

"अभी तक वो गलियाँ हसीनो-जवाँ हैं
जहाँ हमने अपनी जवानी लुटा दी।"

सलमा यह सुनकर मुस्करा पड़ी। उसकी मुस्कराहट में ज़हर घुला हुआ था। उसने कहा—"हम तो ऐसे नहीं।
अभी तक वो गलियाँ हसीनो-जवाँ हैं
जहाँ हमने अपने है बचपन को खोया।"

हम बहुत खुश थे कि अलीगढ़ के स्टेशन पर अब्बा हजूर हमें लेने के लिए आये होंगे। पर वे कहीं नज़र नहीं आये। हमारे पास आकर एक बूढ़े-से मुसलमान ने पूछा—"बेटी नईम है।"

"हाँ...हाँ...।"

और वह रोता हुआ हमारे सिरों पर हाथ फेरता रहा "बिस्मिल्लाह! बिस्मिल्लाह! मेरी बेटियाँ आ गयी हैं।" यह हमारा पुराना नौकर बसीर था जो अब काफी बूढ़ा हो चुका था।

"खान साहब आपका इन्तज़ार कर रहे हैं। वे स्टेशन पर नहीं आ सकते।"

हम बहुत खुश थीं। वर्षों बाद अपने घर आयी थीं। अब्बा हजूर अन्दर थे और हमारा मन कर रहा था कि दौड़कर जाएँ और उन्हें बाँहों में ले लें। हम अन्दर गयीं तो डर गयीं, हमारे रंग पीले पड़ गये। अब्बा हजूर के बिलकुल पास एक सिख खड़ा था और उसके साथ एक सुन्दर लड़की। अब्बा हजूर ने हमें कसकर गले से लगा लिया और सरदार की तरफ इशारा करते हुए कहा—"मेरे मुहाफज और अपने भाई साहब जोगिन्दर सिंह से मिलो।" हम हिल न सकीं। पर सरदार जी ने हमारे सिरों पर प्यार दिया और उनको पासा खड़ी उनकी बीवी ने हम दोनों बहनों को गले लगाते हुए कहा—"हम कितने दिनों से आपका इन्तज़ार कर रहे थे। आओ मेरे बेटे अपनी मामी के पास।" मेरे बेटे को उठाते हुए उसने कहा।

*(पंजाबी कहानी : अनुवाद : कीर्ति केसर)*

‘अपनी शक़्ल’

से

‘मैं ज़िन्दा रहूँगा’

तक

# अपनी शक़्ल

मुनीर अहमद

"आपका गाँव?"

"गुज़राँवाला।"

"वह तो शहर है। रहने वाले कहाँ के हो?"

"अलीपुर का, जिसे अकालगढ़ भी कहते थे।"

"कोई जात भी होगी आपकी?"

"जी हाँ, शेख।"

"शेख...कश्मीरी, गल्ले जई, खोजे, कानूनगो, या मल्लीन?"

"कानूनगो।"

"और आपके बाप-दादा?"

"बाप-दादा? वे हिन्दू थे?"

"किसी बड़े-बूढ़े का नाम याद है?"

"जी हाँ, बख्तमल...यह मुग़लों के वक़्त में दीवान था। फिर मुसलमान हो गया।"

"उसके कोई बहन-भाई भी थे?"

"जी हाँ, एक भाई था उसका नाम था—तख़्तमल। वह अपने तख़्त पर ही बैठा रहा। मुसलमान नहीं हुआ।"

"अगर मैं तख़्तमल को गाली दूँ, तो आपको लगेगी?"

"गाली देके तो देखिए...मैं आपका मुँह तोड़ दूँगा!"

"आप बुरा मान रहे हैं, तो मैं माफी माँगता हूँ।"

"और यह साहब कहाँ से आये है?"

"कहते हैं यू.पी. से आये हैं हिजरत करके। बेचारे अपना सब कुछ वहीं छोड़ आये हैं...ज़मीनें, मकान, मकानों के सेहन और सेहन में उगा हुआ इमली का पेड़..."

"कोई क्लेम भी दाख़िला किया है?"

"नहीं। कहते हैं, हमें कोई क्लेम नहीं करना। मैंने कहा, आप एक बार क्लेम दाख़िल तो करवाएँ, तो चिढ़-से जाते हैं और कहते हैं, मेरा क्लेम आपको महँगा पड़ेगा और बहुत ही इसरार है, तो फिर मेरे क्लेम में ताजमहल, लालकिला और इमली का पेड़ है। सैटलमेंट वालों से पूछ लीजिए, वे इन तीनों में से कोई एक चीज़ भी नहीं दे सकते हैं।"

"तो आपने इसका क्या जवाब दिया?"

"मैंने कहा, जाने भी दीजिए अब ताजमहल को। ताजमहल तो अब तस्वीरों के अन्दर हमारे घर-घर में मौजूद है...और लाल किला हमारे सीनों में आबाद है...और इमली खट्टी होती है। लड़कों-बालों के खाने की शै है और आप तो अब बड़े हो गये हैं। यह एक बात और कहते हैं। कहते हैं कि जंगे-बदर और कर्बला की जंग मैंने लड़ी है..."

"तो पानीपत की लड़ाई में इनके बड़े-बूढ़े किस ओर से लड़े थ? यह अरब से आये हुए हैं, या यू.पी. के हैं?"

"मैंने जब पूछा, तो फरमाने लगे कि मैं दोनों जगहों से आया हूँ और फिर कहने लगे, कृष्ण का पुजारी हूँ, अली का बन्दा हूँ।"

"यह क्या बात हुई?"

"यह आप ही इनसे पूछें, मैं नहीं पूछता।"

"और यह साहब, जो आपके पास बैठे हुए हैं?"

"यह गुज़रात के हैं, जात के कश्मीरी हैं। अरसा हुआ, इनके बड़े-बूढ़े कश्मीर से पंजाब में आ गये और गुज़रात में आबाद हो गये।"

"क्या कहा आपने? जात के कश्मीरी?"

"आप तो चौंक पड़े! हर नस्ल में जहाँ कुछ बुरे होते हैं, वहाँ कुछ अच्छे भी होते हैं यह बड़े अहले-दर्द हैं। नानक, कबीर, सूरदास, मीराबाई, शाह हुसैन और ख्वाजा फरीदा के मानने वाले में से हैं।"

"कबीर और नानक से इनका क्या रिश्ता है? वे क्या कश्मीर से आये थे?"

"सब कहीं-न-कहीं से आये हुए हैं। कबीर भी कहीं से आये थे।"

"फिर तो यह नानक और कबीर के आदमी हुए!"

"कबीर इनमें से हुए और यह कबीर में से...मैं रांझे विच रांझा मैं विच हीर न आखो कोई।"

"जात समझ में नहीं आती।"

"जात को पहचानने की कभी कोशिश की है?"

"कई बार मैंने सोचा है कि मैं कौन हूँ, कहाँ से आया हूँ? कहाँ से चला था?

आगे कहाँ जाना है...?''

''आप तो ख्वाहमख्वाह चक्करों में पड़ गये। जहाँ कहीं से भी चले थे, ठीक है, लेकिन इस वक्त हम पाकिस्तान में हैं।''

''आप तो जैसे ख़बर सुना रहे हैं। मुझे खबरों से दिलचस्पी नहीं। मैं अख़बार नहीं पढ़ा करता।''

''तो फिर क्या पढ़ते हैं?''

''अपने आपको। जब कभी यहाँ से फ़ुरसत हुई, तो अखबार भी देख लेंगे।''

''छोड़िए, और कोई बात करें। यह बताइए, आजकल डेरे कहाँ लगा रखे हैं?''

''बूढ़े रावी के किनारे, जो कभी जवान था। किले और शाही मसजिद के नीचे से दीवानावार झाग उड़ाता बहा करता था।''

''दरिया बूढ़े भी हो जाते हैं?''

''हाँ, दरिया बूढ़े भी हो जाते हैं।''

''वह कैसे?''

''यह बात आपकी समझ में नहीं आ सकती। जाने दीजिए।''

''लेकिन बूढ़ा रावी...रावी किस तरफ से है? अब तो यह बूढ़ा है न रावी!''

''हाँ, अब तो यह बूढ़ा है न रावी! इसे दोनों ओर से बन्द कर दिया गया है। अब इसमें पानी नहीं बहता।''

''आप तो इसका ज़िक्र ऐसे कर रहे हैं, जैसे आपकी इससे कोई रिश्तेदारी हो।''

''दरिया से मेरी पुरानी रिश्तेदारी है। इसने हमारी धरती को पानी दिया और इसके अन्दर से हम पैदा हुए। इसका पानी पी-पी कर हम बूढ़े हुए हैं। इसके पानी से हमारे अन्दर मुहब्बत की जोत जगी है। अब इसने मुँह दूसरी ओर को फेर लिया है! शहर से परे-ही-परे गुजर जाता है। वह शहर में रूठ गया है...तुसी जाओ सइयो नी, मेरे रांझेय नूं लियो मोड़ के।''

''दरिया आपकी माँ की जगह है, या बाप का जगह?''

''यह हमारा बाप है। धरती को पानी देता है और धरती हरी हो जाती है।''

''आप फादरलैंड के कायल लगते हैं?''

''मैं सिर्फ दरिया का कायल हूँ। इसके किनारे मेरा घर है, जिसके खुले सेहन की धूप में हम नहाते हैं, इस सेहन में एक पेड़ है। हर सुबह इसकी टहनियों पर चिड़ियाँ चहचहाती हैं। घर के अन्दर खालिस घी के तड़के की खुशबू फैली होती है। हम बड़े सुखी हैं।''

''हटाइए, मिट्टी डालिए इस बात पर!''

"हाँ, रहने दीजिए...गोली मारिए!"

"यह हम कहाँ आ गये हैं? यहाँ तो मैं पहली बार आया हूँ।"

"आप दर्रा ख़ैबर के नज़दीक खड़े हैं। यह क़बायली इलाक़ा है जिसे गैर इलाका भी कहते हैं। वह सड़क के नीचे अलीमसजिद है। इसमें हज़रत अली के पंजे का निशान है।"

"यह हजरत अली के खैबर-शिकन का पंजा है?"

"जी, कहते हैं कि हजरत अली ने इस पत्थर को हाथ से रोका था और उनके पंजे का निशाना इस पर लग गया। लोग इस पंजे को चूमते हैं...आँखों से लगाते हैं। फूल चढ़ाते हैं। चिराग जलाते हैं।"

"हज़रत अली यहाँ कहाँ आ गये थे?"

"ऐसी बातों को तारीख़ के हवालों से नहीं देखा करते और न ही इनमें लम्बी-चौड़ी जाँच पड़ताल की जरूरत होती है। यह अकीदत (श्रद्धा) की बात है। अकीदत बड़ी ज़रूरी चीज़ है, बहुत बड़ी ताक़त है। अक़ीदत के बिना सीना खाली रहता है।"

"ठीक कहा है आपने। मुझे यों लगता है कि हमारे सीने इससे खाली होते जा रहे हैं।"

"शायद इसीलिए हम रोज-ब-रोज अन्दर से खाली हो रहे हैं। हमारे दिल वीरान कुओं की तरह होते जा रहे हैं।"

"कभी आप पागलखाने गये हैं?"

"हाँ, एब बार, मेरा एक दोस्त पागल हो गया था उसकी ख़र-ख़बर पूछने गया था।"

"आपका दोस्त पागल कैसे हो गया था?"

"वह मेरे साथ ही पढ़ा करता था। मेरा हम उम्र था। क्लास में हमेशा फर्स्ट आया करता। उसके प्रोफेसर उससे कहा करते—मियाँ, तुम इतना कुछ जानते हो कि तुम्हें क्लास में आने की ज़रूरत नहीं, हम तुम्हारी हाजिरी लगा दिया करेंगे। लड़का क्या था, सोना था। बहुत ही सभ्य, सुसंस्कृत। बात सदा सोच-समझकर करता था। वे लोग पूर्वी पंजाब से हिजरत करके लाहौर आये थे। घर में सभी बहन-भाई पढ़े-लिखे थे। माँ भी बड़ी समझदार, सुघड़ और पढ़ी-लिखी थी। अपने बच्चों के साथ बात-चीत हमेशा उर्दू में करती। मेरा दोस्त मुझे बताया करता कि बचपन में उसने गली के लड़कों से ठेठ पंजाबी में एक शब्द सुन लिया और माँ के सामने बोल दिया। माँ उसे रसोईघर में ले गयी और चिमटे में एक दहकता हुआ कोयला पकड़ कर बोली, 'बोलो, फिर यह शब्द कभी मुँह से निकालोगे?' उसने तोबा की कानों को पकड़कर हाथ जोड़े और वादा किया कि आइन्दा कभी यह शब्द उसके मुँह से

सुने तो उसकी जबान पर कोयला रख दें। उसके बाद उसके मुँह से किसी ने पंजाबी का एक फिकरा न सुना। हमेशा अँग्रेज़ी या उर्दू में ही बात किया करता था।''

''फिर क्या हुआ?''

''उसने एम. ए. पास किया। उसकी बड़ी इच्छा थी कि वह किसी कॉलेज या यूनिवर्सिटी में लेक्चरर लग जाये, मगर उसकी यह इच्छा पूरी न हो सकी और व किसी फर्म की अकाउंट्स ब्राँच में ऊँची तनख्वाह वाली नौकरी पर चला गया। फर्म वालों ने उसके काम से खुश होकर उसे प्रशिक्षण के लिए अमरीका भेज दिया। जब वह वहाँ पहुँचा, तो महीने के अन्दर-अन्दर न जाने उसे क्या हुआ कि उसका दिमाग चल गया। वहाँ की यूनिवर्सिटी ने उसे वापस भेज दिया। अब गुमसुम-सा रहता। पी.आई.ए. की अब इत्तिफाक़ से नज़र आ जाए, तो कहता है—लारी भेजी है। कहते हैं, इस मुल्क से बाहर निकल...''

''बेचारी माँ ने तो रो-रोकर बुरा हाल कर रखा होगा?''

''माँ का हाल वाकई बहुत बुरा है। कहती है—अमरीका में एक मेम के घर गूंगा बच्चा पैदा हुआ था और उसने टोना करके फेंका हुआ था। उस टोने पर मेरे बच्चे का पाँव आ गया। उस दिन से यह कोई बात नहीं करता। एक दिन मुझे चौक में मिल गया। सीने से लगाकर उसने मुझे जोर भींचा, फिर बोला, ''यार, मैं आजकल बेकार हूँ कोई पंजाबी ड्रामा करवाओ, उसमें हीरो का पार्ट मैं करूँगा।'' उसे पागलखाने में दाखिल करवाया गया। वहाँ पढ़े-लिखे पागलों के अनपढ़ पागलों से अलग रखा जाता है। हम पहले अनपढ़ पागलों की ओर गये। पागलखाने का डॉक्टर मेरे साथ था। अनपढ़ पागल मुझे देखकर तरह-तरह के इशारे करने लगे। कोई चीखें मारने लगा, तो कोई हँस पड़ा। एक-आध ने हमें देखकर ताली बजायी। और जब हम पढ़े-लिखे पागलों की ओर गये, तो जिस पागल से भी सामना हुआ, वह अँग्रेज़ी बोलने लगा—ओ यू गुड मैन दि लालटन...बुड ऐनक एण्ड ए टाई...वाट बिजनेस हैव यू हेयर...हम सब डैमफूल का बच्चा है...ही ही ही ही...और उस समय मुझे खयाल आया, हमारे शहर में अलीगढ़ का ग्रेजुएट काजी करीम जब पागल हो गया था, तो हर एक के साथ अँग्रेज़ी में ही उलटी-सीधी हाँकता रहता था।''

''यह तो आपने बड़ी अजीब बात सुनायी! ये हमारी ओर के पागल इतनी ज़्यादा अँग्रेज़ी क्यों बोलने लगते हैं?''

''मुझे तो यों लगता है कि हमारे अन्दर दूर किसी घुप अँधेरी कोठरी में एक अँग्रेज़ छुपा बैठा है और जब वह देखता है कि अब राह साफ है, तो अपनी दोनाली बन्दूक निकालकर बाहर निकल आता है?''

"कभी आपने कोई अँग्रेज़ पागल भी देखा?"

"जी हाँ, एक देखा था।"

"वह कौन-सी भाषा बोलता था?"

"वह तो अँग्रेज़ी ही बोलता था।"

"अँग्रेज़ पागल हो जाए, तो भी अँग्रेज़ ही रहता है।"

"मुझे तो यों लग रहा है, जैसे आप मेरी बातें सुनकर परेशान हो रहे हैं...आपका रंग क्यों उड़ा-उड़ा-सा है?"

"रंग उड़ने की बात तो है! समझ में नहीं आ रहा, हम कौन हैं? कहाँ से आये हैं? कहाँ से चले थे? कहाँ जाना है? हमारी जड़ें कहाँ हैं? हम हवा में क्यों लटके हुए हैं?"

"अपने अतीत के आईने में अपनी शक्ल देखिए, उसमें से आपको अपनी कोई शक़्ल नज़र नहीं आती। अपनी खुदाई कीजिए। खोयी हुई चीज़ों को तलाश कीजिए। अपनी शक़्ल पहचानिए। कयामत के रोज़ हमारी शक़्लें बदली हुई होंगी।"

"कयामत के रोज़ क्या होगा?"

"उस रोज हम अपनी माँ के नाम से पुकारे जाएँगे।"

"हमारी माँ कौन है?"

"यह धरती...इसी धरती ने हमें जना है और इसी में हमें लौट के जाना है।"

*(उर्दू कहानी : अनुवाद : शम्भु यादव)*

# समुद्र क़तरा समुद्र

रशीद अमज़द

बस एक झटके से रुकती है। मैं अर्द्धनिद्रित स्थिति में इधर-उधर देखता हूँ। लम्बे घेरे की सलवार और खुली बाहों का कुरता पहने, पैरों में फटी-पुरानी जूती डाले अधेड़ उम्र का एक देहाती बस में सवार होता है। कंडक्टर पूछता है—बाबा कहाँ जाना है? तो कुरते की जेब में हाथ डालता दीनता से कहता है—टैकसला जी! मैं घबराकर चारों तरफ देखता हूँ। मेरा अस्तित्व सीट की गिरफ्त से निकलकर फैलने लगता है। सनसनाती हवा लगातार बड़बड़ाती है—टैकसला...टैकसला....टैकसला...! बस तेजी से दौड़ती चली जा रही है। कटे-फटे ज़ख़्मी मैदान, बंजर ज़मीन, इक्का-दुक्का पेड़ पीछे छूटते जा रहे हैं।

अब कोई हदबन्दी नहीं, मैं पूरे मैदान पर छा रहा हूँ। दिमाग में लहलहाता जंगल उभर रहा है। कमरे में सूर्य की किरणें चारों ओर फैल चुकी हैं। कलाकार तल्लीन होकर मूर्ति पर झुका हुआ है। उसे समय का भान नहीं। दीपक जगमगाने लगे। अपने काम से आश्वस्त हो, अँगड़ाई लेता वह पीछे हट गया। पत्थर के उस टुकड़े में जीवन जन्म ले चुका था। मूर्ति के चेहरे से असीम मुसकान, खुशी और उल्लास की किरणें बिखर रही थीं। कलाकार प्रफुल्लित होकर कुछ क्षण मूर्ति को देखता रहा, फिर झुककर उसने मूर्ति के चरण छू लिये।

देवदासी कौशल्या दबे-पाँव अन्दर आयी। कुछ क्षण उसे श्रद्धा और सम्मान से देखती रही, फिर झुककर उसने उसे प्रणाम किया। कलाकार ने उसे कन्धे पकड़कर उठाते हुए कहा—"तुम तो देवी हो!" देवदासी बोली—"तुम महान कलाकार हो! तुमने भगवान को नया जीवन दिया है!..."

कलाकार ने कहा—"मैं तो महात्मा की मूर्ति में भी तुम्हें ही तराशता हूँ। तुम्हारा अस्तित्व ही मन्दिर का जीवन है!" दोनों चुपचाप एक-दूसरे को देखते खड़े रहे। कोमल, मदभरी शाम उनके गिर्द नाचने लगी।

शाम को कलाकार मन्दिर में गया, तो पूजा का दूसरा नृत्य शुरू हो चुका था।

कोकिलकंठी कौशल्या अपने मधुर स्वर में रस घोलती चारों दिशाओं में आवाज़ दे रही थी :

*ऐ आने वालो! आओ!*
*यह धरती तुम्हें पुकारती है!*
*मेरी पवित्र माँ, जो ज्ञान का द्वार है,*
*अपनी छातियों में सरकते दूध से*
*तुम्हारी रगों में कला का लहू दौड़ाएगी!*
*तुम्हें नया जन्म देगी!*
*इस महान धरती के महान निवासी*
*हर आने वाले का स्वागत करते हैं...!*

मेरी माँ! मेरी धरती! मैं बड़बड़ाता हूँ। मेरा साथी मुझे विस्मय से देखता हुआ पूछता है—"क्या आपकी माँ बीमार है...?" मैं सिर हिलाता हूँ। मेरा अस्तित्व फिर फैलने लगता है।

हम तीनों नदी के किनारे नरम-नरम घास पर लेट गये। जब दयाशंकर ने पूछा कि इस समय कामिनी कहाँ होगी, तो मदनमोहन ने बाँसुरी नीचे रख दी और उसकी आँखों में बादल घिर आये। मेरी आँखों में भी राधा टिमटिमाने लगी। उसने मेरे सीने से चिपटकर रोते हुए पूछा था—"लौटकर कब आओगे? आखिर क्यों जा रहे हो?" मैंने कहा था—"ज्ञानार्जन करने। मैं वहाँ से विद्या का, भगवान का नूर लेकर लौटूँगा।"

हमने अपना-अपना बोझ उठाया और चल पड़े। मोहन ने सवाल किया—"हम क्या हैं? मनुष्य क्या है?" जब दयाशंकर ने कहा कि इस समय जंगल में यह सवाल कितना अजीब लगता है, तो मोहन बोला—"हम इन पेड़ों की तरह एक-दूसरे के पास हैं और अकेले भी। हम कौन हैं, क्या हैं, यह जानने के लिए ही तो हम हजारों कोस की इस यात्रा का कष्ट सहन कर रहे हैं।" कामिनी कहती थी—"मैं जीवन भर तुम्हारी राह देखूँगी!...पगली कहीं की! भला विद्या के अथाह सागर से भी कभी कोई लौटा है!"

"ऐ ज्ञान के अथाह सागर के खोजियो! हम सब चक्करों में घूम रहे हैं। आत्मा चक्करों की इस यात्रा में पापों से छूटकर अपना कल्याण करती है। इच्छा का अन्त ही जीवन की इस कठिन राह का अन्त है..."

हम चुपचाप विश्वविद्यालय की सीढ़ियाँ उतरने लगे...सायंकाल नगर के निवासी विश्वविद्यालय के बड़े द्वार पर आ जाते और दो-दो, चार-चार विद्यार्थियों को भोजन के लिए अपने साथ नगर में ले जाते। हमने पंडित चन्द्र के छोटे-से घर

में प्रवेश किया, तो उनके परिवार के सभी लोगों ने आंगन में आकर हमारा स्वागत किया। पंडितजी की पत्नी ने हमें प्रेम से भोजन कराया। रात में जब हम लौट रहे थे, तो मोहन बोला—तक्षशिला वाले कितने महान हैं...! सवेरे दयाशंकर ने मुझे झिंझोड़कर जगाया—"उठो! गुरुदेव प्रकट होने वाले हैं!" मैं हड़बड़ाकर बाहर निकला।

"मेरे बच्चो! निद्रा मनुष्य के जीवन की मृत्यु है, जो उसे चक्कर में खींच लेती है। मनुष्य निद्रा के झाँसे में आकर ज्ञान के मार्ग से हट जाता है। आत्मा भगवान का सुन्दर रूप है, जो कभी मर नहीं सकता..."

मैं आँखें मलता हूँ। बस तेजी से दौड़ रही है...

पाठशाला में गहरी निस्तब्धता छायी है। विद्यार्थी अपनी-अपनी कुटी में हैं। हम तीनों बड़े द्वार की दीवार से सटे खड़े हैं। दो सिपाही आपस में मज़ाक़ करते हुए निकलते हैं, तो मोहन मुट्ठियाँ भींचकर बड़बड़ाता है—"अम्बी कुत्ते...!" दयाशंकर कहता है—"सुना है, चार हजार बैल काटे गये हैं...?" हम तीनों बाज़ार की तरफ निकल जाते हैं। दूर-दूर तक लोगों के सिर ही सिर नज़र आते हैं। तम्बुओं के बाहर सिपाही जोर-जोर से बातें करते जाँघें खुजला रहे हैं। दयाशंकर मुँह सिकोड़कर कहता है—कुत्ते...! हम वापस लौटते हैं। पंडित चन्द्र हमें मिलते हैं। वह निराशा से सिर हिलाते हुए कहते हैं—अम्बी देशद्रोही निकला...! उनके साथ देवदासी कौशल्या है। वह दोनों हाथ जोड़कर हमें प्रणाम करती हुई कहती है—सुना है, बड़े दरिया के किनारे पोरस इनकी राह देख रहे हैं।

मोहन भावाभिभूत होकर कहता है—"वह इस धरती का सच्चा सपूत है...!" हमारे चेहरे खिल उठते हैं। देवदासी दोनों हाथ जोड़कर हवाओं में किसी को सिर झुकाकर कहती है—"हे भगवान! पोरस तेरा बेटा है! इस धरती का सपूत है! हे प्रभु! उसे शक्ति दे!"

"सिकन्दर कुत्ते! मैं तुझसे घृणा करता हूँ! मेरा नायक पोरस है!"

"जी, क्या फरमाया?—मेरा साथी पूछता है।"

"कुछ नहीं! मैं इन्कार में सिर हिलाता हूँ।"

मोहन भागता हुआ आता है। कहता है—"तुमने सुना, पोरस के हाथी हमें ले डूबे...!" मैं सिर हिलाता हूँ—हमारी बुद्धि हमें मार गयी...! दयाशंकर पूछता है—"पोरस का क्या हुआ है...?" मोहन दोनों हाथ फैलाकर कहता है—"उसने सिर नहीं झुकाया...!" शंकर उछलकर खड़ा हो गया—"धरती के महान सपूत पोरस, मैं तुम्हारे आगे अपना शीश झुकाता हूँ!" हमारे सिर झुक जाते हैं। पीड़ा की टीस मेरे सारे बदन में दौड़ जाती है। मेरा झुका हुआ सिर सामने वाली सीट से टकरा जाता है। मेरे चारों ओर चीखों का समुद्र है। धरती काँप रही है। मकान और गलियाँ

एक-दूसरे के गले मिल रहे हैं। मेरे अस्तित्व पर लहू के गर्म-गर्म छींटे फैल रहे हैं...

"मुझे बचाओ! मैं डूब रहा हूँ...!" मेरे कदमों में दम तोड़ता शहर चीख रहा है। मैं पागलों की तरह चारों तरफ दौड़ता हूँ। एक धमाका होता है। बड़े मन्दिर की दीवारें नीचे आ रही हैं। उसके पीछे-पीछे भगवान की मूर्ति है और उससे चिपटी हुई कौशल्या। एक धमाका होता है। मैं आँखें बन्द कर लेता हूँ। चीखें अब सर्द हो रही हैं। लहू की बूँदे जमने लगी हैं। पत्थरों की गड़गड़ाहट दम तोड़ रही है। मैं चीखता हूँ—'ऐ महानगर! तू कहाँ है?'

धरती खिलखिलाकर हँसती अपनी बाँहें खोल देती है। सारा शहर मुस्कराता-गुनगुनाता हुआ उसके आगोश में सो रहा है। मैं उसकी ओर लपकता हूँ, तो धरती कहती है—"न-न, मेरे बच्चे को आराम करने दो! बहुत थक गया है...!" और धरती उसे अपने आगोश में लिए गहरी नींद सो जाती है। मैं बड़बड़ाता हूँ—'मैं काई बनकर, खून के छींटे बनकर, अनन्त काल तक इन दीवारों से चिपटा रहूँगा! हर आने वाले को तेरी महानता की कहानियाँ सुनाता रहूँगा...! मैंने काल को पराजय दी है। मैं पत्थरों, दीवारों और टीलों पर आज भी मौजूद हूँ।'

"मेरे बच्चों! ये खँडहर उस गुनगुनाते नगर के साक्षी हैं, जो कभी विद्या और कला और साहित्य का पालना था।" प्रोफेसर सलीम की आवाज़ डबडबा गयी।

इनायत अल्लाह ने कहा—"मौत कितनी भयानक चीज होती है!"

"हाँ, वह इनसानों की तरह नगरों पर भी नाजिल होती है!"

दीवार की तरल सुगन्ध कितनी प्यारी है! इनायत ने दीवार पर हाथ फेरा। दीवार की ओट में मैले-कुचैले, फटे कपड़े पहने, कम्बल लपेटे कोई व्यक्ति दबे-पाँव हमारे पास आया और बोला—"सा'ब, लेगा...?" मैंने झपट कर उसके हाथ से मूर्ति ले ली। गौतम बुद्ध की एक सुन्दर मूर्ति थी। वह फिर बोला—"पाँच रुपये! मेरे पूछने पर कि यह तुम कहाँ से लाये।" उसने कहा—"धरती में से निकला है, सा'ब...!" इनायत ने मेरे कान में कहा—"किसी मन्दिर से चुरा लाया होगा...!" मैं सिसक पड़ा—"मत बेचो! ख़ुदा के लिए इसे मत बेचो! यह तो तुम्हारे महान अतीत की साक्षी हैं! इसे भी बेच दिया, तो फिर तुम्हारे पास रह ही क्या जाएगा...?"

वह तीन रुपये में ही बेचने को तैयार हो गया, किन्तु इनायत ने उसके हाथ में पाँच का नोट रख दिया। उसकी बाछें खिल गयीं। लम्बा फर्शी सलाम कर वह दीवार की ओट में उतर गया। इनायत ने कहा—"जानते हो, अब यह क्या करेगा? ठर्रे की बोतल और जुआ...!" उसने उदासी से कन्धे सिकोड़े—"एक महान माँ,

तेरे बेटों को क्या हो गया! किसी की नज़र खा गयी इन्हें... ?'' हम दीवार के साथ टेक लगाकर बैठ गये। इनायत ने दीवार पर हाथ फेरते हुए कहा—''लम्बी यात्राओं का कष्ट सहकर लोग यहाँ कितनी दूर-दूर से आते होंगे! शायद हम भी कभी आये हों!''

मैंने उसकी आँखों में झाँका, वहाँ दो दीये टिमटिमा रहे थे—हम सारे तमाशे के गवाह हैं। हम अपनी फना और मौत के गवाह हैं। एक के बाद दूसरा आता है। दूसरे के बाद तीसरा। आख़िरी के बाद फिर एक ही आएगा। है न!

मैंने मूर्ति को दीवार में बने ताक में सजा दिया, फिर कहा—''चलो, चलें।'' कंडक्टर घंटी बजाता है। बस की रफ़्तार सुस्त पड़ जाती है।

''टैक्सला...टैक्सला...!'' कंडक्टर चीखता है, सामनेवाला बूढ़ा तेजी से दरवाज़े की ओर लपकता है। मैं खिड़की से झाँकता हूँ। हाथों में झाबड़ियाँ उठाये, छोटे-छोटे बच्चों की भाँति-भाँति की आवाज़ें—शरबत! केला! सिगरेट...इन बच्चों को स्कूल में होना चाहिए था! आँखें धुएँ की एक लम्बी रेखा पर ठहर जाती हैं।

''यह धुआँ...यह धुआँ... ?'' मैं बड़बड़ाता हूँ।

''यह चाइनीज हेवी काम्प्लेक्स है...पाकिस्तान के शानदार भविष्य का साक्षी!'' मेरा साथी बताता है—''शीघ्र ही यहाँ एक रशियन हेवी कॉम्प्लेक्स भी लगने वाला है! अब तो फौलाद कारखाना भी यहीं लगेगा।''

मुझ पर जनून की-सी स्थिति छा जाती है। मैं घूम-घूमकर चारों तरफ देखता हूँ। दूर-दूर तक फैले मैदान बंजर बनकर कैद से रिहा हो रहे हैं। शुष्क पहाड़ियाँ हरियाली को गले लगा रही हैं।

उसने कहा था, ''हाँ-हाँ, मेरा बच्चा थक गया है! उसे आराम करने दो! वह एक दिन अवश्य जागेगा!''

''हाँ-हाँ, मुझे याद है!'' मैं बड़बड़ाता हूँ! मुझे महसूस होता है, सारे प्रदेश पर धुएँ की चादर तनती चली जा रही है। मैं सूँघता हूँ...धूएँ का कसैलापन...सोंधापन। मैं तो इसके लिए तरस गया था। मैं लम्बी-लम्बी साँसें लेकर उसे नस-नस में भर लेता हूँ मेरी धरती, मेरी माँ का स्पर्श...मेरे अन्दर जीवन की नयी उमंग, नयी लहर दौड़ उठती है। मुद्दतों का सोया यह महान नगर आँखें मल रहा है। मुझे उसकी साँसों की आवाज़ सुनाई देती है। धरती गहरी-गहरी साँसें ले रही है। मैं खुशी से नाचने लगा हूँ...टैक्सला साँस ले रहा है! और चारों ओर फैली हुई हवा मेरे साथ नाचती हुई मेरे शब्द दुहराती है। टैक्सला साँस ले रहा है!

*(उर्दू कहानी : अनुवाद : शम्भु यादव)*

# शरणार्थी

राज गिल

"हम कहाँ जा रहे हैं?" कब पहुँचेंगे वहाँ?" बालक बार-बार प्रश्न किये जा रहा था, और अपने पिता के पीछे-पीछे एड़ियाँ घसीटता हुआ चला जा रहा था। वह इलाका खारी मिट्टी का था।

"अभी बस पहुँचे ही समझो," उसके आगे-आगे चलते हुए उसके पिता ने उत्तर दिया।

"आप तो बस यही कहते हैं।" बालक बिफर पड़ा।

"सच, क्या मैंने वाकई यही कहा था?" पिता ने बालक का मन दूसरी तरफ करना चाहा।

"हाँ, आपने यही कहा था।" बालक ने सुनकर कहा, और चलते-चलते वहीं खड़ा हो गया।

"अच्छा अब नहीं कहूँगा।" पिता ने पुत्र को ढाढ़स बँधाना चाहा।

बालक अब वहीं अड़कर खड़ा हो गया था, हालाँकि उसका पिता कुछ दूर आगे बढ़ गया था। वह लगभग बीस गज़ आगे बढ़ा होगा कि उसे लगा बालक वहीं खड़ा है। उसने बिना मुड़े ही पीछे देखा। बालक पगडंडी के बीचों बीच खड़ा था और अपने पैर के अँगूठे से मिट्टी कुरेद रहा था। अब वह पीछे वापस आया और उसे अपने बाजू में लपेटते हुए बोला, "तुम तो बड़े बहादुर हो, बेटे। है न?" और फिर उसने हलके से उसके कन्धे को दबाया। "अब देखो, इतनी दूर तो तुम आ ही गये हो? जानते हो कितनी दूर आ गये हो?" फिर उसने अपनी उँगलियों पर गिनने का अभिनय किया और यों ही बोल उठा, साढ़े तीन सौ मील। नहीं नहीं, साढ़े तीन सौ नहीं, और ज़्यादा। चार सौ मील से कम नहीं होगा।"

यह तो उसने मोटा अनुमान लगाया था। बालक ने अपने होंठ काट लिये। पिता के सामने वह ऊँची-नीची वीरान भूमि, मीलों मील तक बिछी पड़ी थी जिसका कोई छोर न था। इसलिए उसके चेहरे पर अनिश्चय का भाव था और वह

उदास भी था। उसके पास अब कोई उत्तर भी नहीं था। बस्ती जाने कहाँ होगी? वह जानता था कि बालक थक गया है। सुबह से तो वे चलते आ रहे थे। केवल एक बार वे आधे घंटे के लिए कहीं रुके थे। इसे भी अब दो घंटे हो गये थे। उसने झुककर बालक को कन्धे पर बैठा लिया और फिर चलना शुरू कर दिया।

कन्धे पर उठाये-उठाये उसने बालक की अगली टाँग का टखना अपने हाथ में ले लिया था। समूचा तो वह खरोंचों से भरा पड़ा था। जंगली घास ने उसे बुरी तरह से छील दिया था। कहीं-कहीं तो खून भी सिमट आया था और फिर जम गया था। वह अनजाने में ही बालक भी उन खरोंचों को सहलाता रहा।

कुछ ही देर बाद उसके शरीर का वह हिस्सा, जो बालक के शरीर से रगड़ खा रहा था, उसे परेशान करने लगा। उसे बहुत गरमी लग रही थी और पसीना भी आने लगा था। मजबूर होकर उसने बालक को दूसरे कन्धे पर ले लिया। उसकी चाल में भी अब फुर्ती नहीं रही थी। वह बालक को, बस, ढो ही रहा था, यन्त्रवत्।

"दो पेड़ दिखाई दे रहे हैं! बालक ने खुश होकर कहा। उत्साह से उसका एक हाथ उठ गया था और वह आगे की तरफ इशारा कर रहा था।

पिता वहीं रुक गया। "ज़रूर कोई गाँव ही होगा।" उसके मुँह से निकला।

"हाँ, गाँव ही है।" बालक ने अपना बालसुलभ उत्साह बनाये रखा।

पिता ने अब पुत्र को ज़मीन पर खड़ा कर दिया। "तुम अब अपने आप चलो।" उसने अपनी थकावट मिटाने के लिए अँगड़ाई ली।

"वहाँ पहुँचकर क्या हम वहीं रहेंगे?" बालक ने उत्सुकतावश पूछा।

"हो सकता है।" पिता ने कहा। "शायद कुछ देर के लिए।" उसने अपनी बात स्पष्ट करनी चाही, और आगे बढ़ने लगा।

"हम वहीं क्यों नहीं रहेंगे, हमेशा के लिए?" बालक को जिज्ञासा हो रही थी।

"क्या पता कैसी जगह है?" पिता ने उत्तर दिया।

"हमने अपना गाँव क्यों छोड़ा?" बालक ने फिर प्रश्न किया।

पिता ने उत्तर नहीं दिया। केवल उसकी मुट्ठियाँ कस गयीं। वह बालक को कैसे बताये कि उन्होंने अपनी खुशी से गाँव नहीं छोड़ा। वह उसे देश के बँटवारे वाली बात कैसे समझाये? वह बात उसकी अपनी समझ में नहीं आ रही थी।

एक दिन अचानक उसे किसी ने बताया था कि देश का बँटवारा हो चुका है और वह जिस जगह पर रहता है, उस जगह से उसका कोई ताल्लुक नहीं है। यह उसके लिए पहेली थी। वह चक्कर में पड़ गया था। पीढ़ी-दर-पीढ़ी वे उसी गाँव में रहते आये थे। अँग्रेज़ सरकार ने भी उसे उनकी जायदाद माना था। लेकिन अब कैसा वक्त आ गया था? किसी का कुछ नहीं था। बस, उसी का था जो उसे हथिया ले। न कहीं कोई कचहरी, न पुलिस, न सरकार। जिसको चाहो, खत्म कर दो। एक

को नहीं, दस को नहीं, पूरे गाँव को। जिसकी चाहो, जायदाद लूटो और बिना किसी किस्म का ख़ौफ़ खाये लोगों के घरों को भी आग की भेंट कर दो। न कहीं कानून, न ईमान, न धर्म ही। जहाँ से वे बराबर जुड़े रहे, वहीं से उन्हें खदेड़ दिया गया। उन्हें यह भी पता न था कि सीमा पार क्या होगा। पर वही उनका नया देश होगा। यह तो ऐसे हुआ जैसे हाथ में पेन्सिल ले लो और देश का बँटवारा करके उसे कुछ भी नाम दे दो और फिर लोगों को बता दो कि उन्हें अब वहीं रहना होगा। वह भी बाकी लोगों की तरह झुँझला उठा था और उसे काफी गुस्सा आया था। लेकिन बन्दूक के सामने किसी की झुँझलाहट और गुस्से के क्या माने! मारे डर के भागने के सिवा और चारा भी क्या रहता है।

अब बालक को वह यह सब कैसे समझाये?

"हमने अपना गाँव क्यों छोड़ा?" बालक जवाब चाहता था। लोगों ने माँ को क्यों मार दिया?" उसका गला रुँध रहा था।

"वे पागल थे।" पिता ने रुककर पीछे की ओर देखा। फिर उसने बालक को अपनी बाँह के घेरे में लिया। "वे पागल थे।" उसने फिर कहा।

बालक चुप हो गया।

उस सुबह से बल्कि उससे पिछली रात से ही, जब रावी के उस पार के काफिले पर हमला हुआ था, उन्हें कोई नहीं मिला था तब तक वे उस इलाके को पार कर चुके थे जहाँ दंगाइयों का बोलबाला था और जहाँ जुनून में लोग अपने से अलग मतावलम्बियों को काट डालते थे। तब वे कुछ-कुछ खुश थे और अपने को सुरक्षित अनुभव कर रहे थे। लेकिन तभी एक बार फिर हमला हुआ था। उसने बालक को उठा लिया था और पास के भरके में कूद गया था। उस भरके को नदी के बाढ़ के पानी ने ही काटकर बनाया था। फिर वह दूसरे किनारे की एक गुफा में जा छिपा था। वह गुफा घनी झाड़ियों से ढकी थी। उसे वहाँ अपनी पत्नी भी दिख गयी थी। वह मारे डर के काठ हो रही थी। वह उसे आवाज़ लगाने को ही था कि उसे एक सैनिक दीख पड़ा था। उसने अपनी बन्दूक की नाली उसके सीने पर रख दी थी और गोली चला दी थी। वह वहीं ऐसे ढेर हो गयी थी जैसे किसी ने उसके नीचे के आधार खींच लिया हो।

यह गोली चलना देर शाम तक जारी रहा था। अगले दिन भी यह रुक-रुक कर चलती रही थी। फिर शाम को सब शान्त हो गया था। लेकिन उसकी हिम्मत नहीं हुई थी कि अपनी उस शरणस्थली से बाहर आये। जब अँधेरा ज़्यादा हो गया था, तभी वे वहाँ से निकल पाये थे। निकलते समय उन्होंने किसी प्रकार की कोई आवाज़ नहीं की थी, बल्कि दुहरे होकर ही उन्हें चलना पड़ा था। नदी पर पहुँचे तो तो उन्हें यह पता नहीं चल रहा था कि उथली जगह कहाँ होगी जहाँ पर वे नदी पार करें। वे इन्तजार भी नहीं कर सकते थे। रात को नदी पार करना खतरे से खाली नहीं

था। लेकिन वहाँ सुबह तक बने रहने में तो और भी खतरा था। इत्तफाक ही था कि उस जगह पानी कम गहरा था।

रात उन्होंने नदी के किनारे रेत के एक टीले की आड़ में काटी थी। सुबह हुई थी वे भौंचक-से हुए उस बियाबान को किसी तरह पार कर लेना चाहते थे, हालाँकि उन्हें यह पता नहीं था कि वे कहाँ जा रहे हैं। बस, वे तो पिछले दिन के त्रास से भाग जाना चाहते थे। इसी से वे आगे ही आगे बढ़ते जा रहे थे।

बालक को अब वे सब बातें याद आ रही थीं। उसका कच्चा मन इनसानी दरिन्दगी की गुत्थी सुलझाने में लगा था। "वे पागल क्यों हो जाते हैं?" उसने अचानक फिर प्रश्न किया।

"क्या बताऊँ! पर पागल तो वे हो ही जाते हैं।" पिता ने कहा।

अब वे एक बगीचे में दाख़िल हुए। वहाँ एक पुरानी क़ब्र थी और छोटी-छोटी ईंटों से बना पुराने ढंग का एक कमरा-सा भी था। दंगे होने से पहले वहाँ एक पीर रहता था। लेकिन अब तो वहाँ कोई नहीं था। अब तो वह काफी गन्दा हो रहा था। ठंडक भी थी वहाँ। बागीचे के साथ-साथ एक सूआ रहा होगा। पर अब तो वह सूखा पड़ा था। सूए के पार खेत थे और छोटा-सा गाँव भी था जहाँ कुछ एक घर थे। पहले तो उन्हें लगा था कि उस बियाबान को वे कभी पार नहीं कर पाएँगे। पर अब एकाएक उसके खत्म होने पर उन्हें हैरानी हुई थी। सूए के किनारे खड़े होकर वे खेतों के पार देखते लगे। खेत भी बरबाद पड़े थे। उनकी देखभाल करने वाला कोई न था। बस, इधर-उधर थोड़ी बहुत ईख ज़रूर थी जिसके बीचो-बीच चौड़े-चौड़े रास्ते बने हुए थे। कपास की फसल भी ऐसे ही बरबाद पड़ी थी। लगता था पशुओं ने उसे चरने के अलावा कुचल भी दिया है। आदमी या पशु का कहीं कोई निशान न था, सिवाय एक बूढ़े लँगड़े के, जो अपनी तीन टाँगों पर खड़ा था, जैसे कि अपने सामने के बिना फसल के खेत के बारे में कुछ सोच रहा हो। बुवाई न होने के कारण वहाँ घास-पात उग आयी थी। शरद ऋतु की बुवाई के लिए उनमें हल चलाया जाना जरूरी था।

"अच्छे खेत हैं ये।" पिता ने गहरी साँस ली।

"क्या कहा आपने?" बालक पिता के शब्दों को पकड़ नहीं पाया था।

"मैं कह रहा था अच्छे खेत हैं ये! बढ़िया फसल होगी इनमें।"

"किसके हैं ये?"

"हो सकता है अब किसी के भी न हों।"

"किसी के तो होंगे ही न।"

"हो सकता है। पर मैं क्या जानूँ?"

वे खेतों को देखते हुए थोड़ी देर और खड़े रहे। लेकिन वहाँ की बियाबानी और नीरवता से हाथ-पाँव फूलते थे। गाँव में भी भुतवा ख़ामोशी थी। किसी तरह

की कोई आवाज़ नहीं। न ही किसी प्रकार की कोई हरकत थी। कुछ घरों की छतें ग़ायब थीं और दीवारें धुएँ से काली पड़ रही थीं। कहीं-कहीं जले हुए शहतीर गारे की दीवारों से काले मस्तूलों की तरह बाहर निकले हुए थे।

वे कुछ देर तक उस प्रेत-बने गाँव को देखते रहे। फिर वे एकाएक मुड़े और सूए के साथ-साथ चलने लगे। अब वे गाँव में बिलकुल जाना नहीं चाहते थे।

सूए के साथ-साथ चलते हुए वे मुख्य नहर तक जा पहुँचे। नहर के साथ-साथ थोड़ा चलने के बाद एक पुल आया। नहर चल नहीं रही थी, पर उसमें थोड़ा पानी था, लगभग एक फुट गहरा। वे पुल तक पहुँचे और फिर उन्होंने उसे पार किया। पुल पर पक्की सड़क बनी थी, और उसके पार चाय की एक छोटी-सी दुकान बनी थी, दायीं तरफ़। दुकान भी टूटी पड़ी थी और उसके सामने दो खाली बैंचें थीं। वे उन बैंचों के निकट हुए और उन पर जा बैठे। अब वे इतने थक गये थे, और भूख भी उन्हें इस कद्र सता रही थी कि वे और चल नहीं पा रहे थे।

उसी समय बालक को प्यास लगी और वह नहर की ओर बढ़ा। जब वह उसके किनारे पहुँचा तो उसकी आँखें काली-काली, फूली हुई आकृतियों पर जा टिकी। वे आकृतियाँ आदमी की आकृति जैसी थीं। वह बालक पानी के बिलकुल निकट पहुँच गया था, पर उन आकृतियों पर से उसकी आँखें हटती न थीं। पानी में वर्दी पहने फ़ौज़ियों की लाशें थीं।

वह फौरन वहाँ से लौट पड़ा।

लेकिन जैसे ही वह फिर किनारे पर आया, वह एकाएक रुका। एक जीप चाय की दुकान के सामने ज़ोर सी चीं-चीं करती हुई रुकी थी, और फिर उसमें से खाकी वर्दी और लाल टोपी पहने कुछ सैनिक कूदकर बाहर आये थे। उनमें से एक ने अपनी स्टेनगन ऊँची की थी और गोली चला दी थी।

दनादन चलती गोली की आवाज़ सुनकर बालक की मुट्ठी उसके मुँह में चली गयी थी और वह मुँडेर के पीछे दुबक गया था। वह एकदम अदृश्य हो जाना चाहता था, इसलिए उसने वहाँ पड़ी ईंटों के साथ एकरूप होने की कोशिश की। वहाँ से कुछ और आवाज़ें भी आयीं। जैसे कोई किसी को हुक्म देता है। फिर पुल के निकट कील लगे बूटों की आवाज़ आयी। वह आवाज़ उसके सर के पास आकर रुक गयी।

''यह कुत्ता भी गया।'' कोई नफरत से फुफकार रहा था। इसके साथ ही नहर में छपाक की आवाज़ हुई, जैसे कोई भारी चीज़ पानी में गिरी हो। बालक की पीठ पर पानी के छींटे पड़े। उसने अपनी साँसें रोक लीं और ईंटों के बीच और धँसने की कोशिश की। आदेश देती-सी आवाज़ें फिर आयी। फिर इंजन के गरजने की आवाज़ हुई, गियर की आवाज़ भी हुई, और डामर पर टायरों के रगड़ने की आवाज़ भी। वह पहले की तरह ही धँसा रहा और फिर कहीं, कुछ मिनट बीत जाने पर, वहाँ

खड़ा होने की हिम्मत जुटा पाया। फिर वह डरते-डरते उसी बैंच की ओर बढ़ा जिस पर वे कुछ देर पहले बैठे थे। वहाँ, पास ही ज़मीन पर उसे लाल किरमिची रंग का एक चकत्ता दीख पड़ा। उसने झुककर उसे अपनी बीच की उँगली से छुआ। उसमें कुछ-कुछ गरमाहट थी और वह चिपचिपा भी रहा था। वह एकदम सीधा खड़ा हो गया और उस लाल-किरमिची रंग के चकत्ते को ग़ौर से देखने लगा। फिर वह मुड़ा और नहर की ओर बढ़ गया।

नदी पर पहुँचकर वह फिर उसके किनारे के निकट हुआ और पानी में घुस गया। पानी में घुसकर वह फूली हुई लाशों के इर्द-गिर्द चलने लगा। वहाँ पानी में डूबी एक ताज़ा लाश भी पड़ी थी। मरने वाले का चेहरा ऊपर की तरफ़ था। उसकी दाढ़ी अलग से तैरती दिखती थी। उसका मुँह खुला था और उसकी पथरायी आँखों का पानी में ठीक से पता भी नहीं चल रहा था। उसकी छाती के बायें हिस्से में एक सुराख था जिसमें बहते खून के कारण पानी में लाल-सा कुकरमुत्ता बन गया था। उसने झुककर उस सुराख पर अपनी उँगली रखनी चाही। जैसे ही उस सुराख पर उसकी उँगली गयी, उसे कुछ घबराहट हुई और उस कुकरमुत्ते का आकार भी बिगड़ गया। वह फिर सीधा खड़ा हो गया और पानी में से बाहर आ गया।

वहाँ से लौटकर वह फिर बैंच के पास पड़े लाल किरमिची चकत्ते को देखने लगा। चकत्ते का रंग अब और गहरा होता जा रहा था। उसने झुकर उसे फिर एक बार छुआ। उसमें अब भी गरमाहट थी। वह सीधा खड़ा होकर इधर-उधर देखने लगा। चारों तरफ नीरवता थी। कहीं कोई नज़र नहीं आ रहा था। उसका पिता भी नहीं। वह फिर ज़मीन पर पड़े चकत्ते को देखने लगा था और उसे देखे ही जा रहा था। उसे देखते-देखते वह अब तंग आ गया था। वह मुड़कर बैंच पर बैठ गया, उसी जगह जहाँ वह पहले बैठा था। उसकी मुट्ठियाँ कसी हुई थीं और उसके दाँत भिचे हुए थे। उसने सोच लिया था कि वह रोएगा नहीं। उसकी आँखें शून्य में टिकी थीं, घनीभूत होती जड़ता। वह अपनी आँखें झपका भी नहीं पा रहा था। उसकी आँखों में ढुलक आये गरम आँसू भी वैसे के वैसे ही बने हुए थे। वह कुछ सोच भी नहीं सकता था, न ही वह हिल-डुल पा रहा था। उसे तो अपने होने का भाव भी नहीं था। वह वहाँ उसी तरह बैठा रहा, सहमा हुआ, क्रुद्ध, तना हुआ, कड़वाहट से भरा।

उधर वह लाल-किरमिची चकत्ता जैसे-जैसे कड़ा पड़ रहा था, और-और गहरा होता जा रहा था। फिर रात आ गयी। वह चारों ओर फैलती ही गयी। वह उस सब को ढाँपती जा रही थी जिससे आदमी की काली करतूत का पता चलता है।

*(पंजाबी से अनुवाद : श्रवणकुमार)*

# किसका इतिहास

राजी सेठ

बस! इतना ही फर्क पड़ा था, बातें, बहसें बन्द हो गयी थी और आवाज़ के अकाल ने घर में एक ऐसी गाढ़ी धुन्ध का रूप ले लिया था जिसमें सब आकार, रिश्ते, रिश्तों की बेहद नाजुक डोरियाँ गडमड हो गयी थीं, क्योंकि कोई समझ नहीं पाता था उन्हें कहाँ से पकड़ा जाये...आखिर कहीं कुछ जता सकने पर, उछाल पाने पर ही सम्बन्धों का विश्वास हाथ लगता है।

दोनों अटल थे अपनी-अपनी जगह पर। बाऊजी अपनी बात पर—शमीम इस घर में नहीं आएगी, और भैया—आएगी तो बस शमीम ही आएगी, और कोई नहीं।

माँ बीच में, जैसे एक लरजती हुई लहर, पता नहीं किसकी ज़मीन पर लेटें। दुख बाऊजी के साथ उन्होंने भी देखे थे। उस पाँच नदियों की धरती पर उठती हिंसा की लपटों के प्रतिबिम्ब उनकी आँखों में भी उतने ही ताजे थे।

दहशत-भरी ठसाठस भीड़। हर किसी में पहले चढ़ने की आपाधापी...लोगों को ट्रकों में लाद-लादकर हिन्दुस्तान बॉर्डर पर पहुँचाया जा रहा था।

माल की तरह लाद दी जाने वाली गर्भिणी माँ को अपने आसपास देखते अचानक एहसास हुआ कि बाऊजी उसी ट्रक पर चढ़ नहीं पाये हैं, तो वह ट्रक से कूद पड़ने को तैयार हो गयी थीं। जाने कैसी तीखी अरक्षा उन दिनों थी...पता नहीं, कौन किससे कब, कहाँ बिछुड़ जाये और फिर कभी उसका मुख देखना नसीब न हो।

ड्राइवर ट्रक स्टार्ट कर चुका था। दो मजबूत हाथों ने उन्हें उसी भीड़ के ढेर में वापिस ढकेल दिया, जिसे अपनी कोहनियों से धकियाती-चीरती वह इस सिरे तक पहुँची थी। आँखों पर दुपट्टा रखे वह सारे रास्ते बिलखती आयी थीं।

अम्बाला कैम्प में पहुँचकर बौरायी आँखों से वह बाऊजी को खोजती-ढूँढ़ती भटकती फिरीं।

"क्यो भाई, दूसरा ट्रक लायलपुर से चला था?"

"चला होगा...मुझे पता नहीं बीबी।"

"क्यों भाई, कोई ट्रक लायलपुर से आया है आज... ?"

"पता नहीं बीबी...कैम्प के इंचार्ज से पूछ लो।"

हर किसी की आँख में लपट की तरह जलती वही तलाश। पैर एक-दूसरे को लाँघते हुए। माँ बावरी आँधी की तरह एक तम्बू से दूसरे, दूसरे से तीसरे में भटकती फिरीं। आने वाले ट्रकों के सामने वह तब तक जमी खड़ी रहतीं, जब तक एक-एक प्राणी उतर न लेता। दाढ़ी बढ़े लोगों को वहा आँखें फाड़-फाड़कर देखतीं...क्या पता इस चेहरे के पीछे कोई दूसरा चेहरा निकल आये।

और एक दिन छावनी के पीछे वाले कैम्प में माँ को बाऊजी मिल गये...बुखार से तपते...उलटियाँ, दस्त करते...उनके शरीर का सारा पानी सूख गया था। माँ बड़ी डोल-डोल गयीं।

अच्छी-बुरी जैसी भी देखभाल हुई, उन कैम्पों में घूमती डॉक्टरों की टोलियों द्वारा हुई। बाऊजी बच गये, 'ठोकरें खाने के लिए', ऐसा वह अकसर कहते रहते थे। माँ को लगा कम-से-कम पेड़ तो बच गया, हरियाली चाहे सूख गयी है।

रक्त की कमी से पीली हो गयी माँ, ज्यादातर चुप, इधर-से-उधर करवटें बदलते, सफेद डगमग आँखों वाले बाऊजी को बार-बार पानी पिलाते-पिलाते कहतीं, "कोई बात नहीं...होनी कोई अपने साथ ही तो नहीं हुई। सबके साथ हुई है...तुम तसल्ली रखो। जैसा लोग करेंगे, हम भी कर लेंगे। जहाँ सब कुआँ खोदेंगे, वहाँ हम भी खोद लेंगे।"

माँ के ऐसे दिलासे पता नहीं क्यों बाऊजी को कोड़ों-जैसे लगते, शायद उनका पौरुष तिलमिला उठता था, "बस कर...अब बस कर...तू अपना ध्यान कर!"

अपना ध्यान? अपना ध्यान? न खाट थी, न चौपाल, न काम, न ठिकाना, टाट के कपड़े, ठहरा हुआ वक्त, भूख, जगराते, चिन्ता...

माँ बाऊजी से कुछ कहें, इसका क्या लाभ था। बाऊजी माँ से कुछ कहें, इसका भी क्या लाभ...

"यह दिन भी देखने थे।" पस्त माँ ने कपड़ों की छोटी-सी गठरी कोने के हवाले करते हुए कहा। उनका चेहरा फक था, सूखा हुआ।

"वह दिन नहीं रहे तो यह भी नहीं रहेंगे...तू किसी तरह निपट जा, मैं तेरी वजह से कहीं जा नहीं पाता।" उस बड़े-से अहाते की इस छोटी-सी कोठरी में बाऊजी ने नज़रें दौड़ाते हुए कहा।

और उसी कोठरी में अतुल का जन्म हुआ। माँ ने मुक्ति की साँस ली। तीन

दिन तक पलँग की पाटी पकड़-पकड़कर वह चीखती रही थीं, और पासवाली बेबे 'सबर कर पुत्तरा, सबर कर' के निरावेग दिलासे माँ को देती रही थी, 'फल भी तो तुझे ही मिलेगा।'

उन दिनों माँ का मुँह देखकर लगता था, यह फल उन्हें न भी मिलता तो भी माँ को कोई दुख न होता। वह अकसर अतुल की तरफ पीठ करके पड़ी रहती...तब तक, जब तक वह अपनी चीख-चिल्लाहट से माँ की ऊपरी शान्ति को भंग नहीं कर देता था। माँ पलटकर अपना स्तन उसे दे देती थीं और उसके एहसास से पूरी तरह बेगानी हो जाती थीं।

मुझे बड़े असुविधाजनक लगते थे वे दिन। दहलीज़ पर बैठे-बैठे, यों ही इधर-उधर देखते होना। पढ़ाई, सिलाई, बुनाई, कढ़ाई, रोटी-पकवान के लिए दिन-रात आदेशों-उपदेशों के अम्बार टपकाती माँ मुझे अब कुछ नहीं कहती थीं। न कहती थीं, सीखना ज़रूरी है। न कहती थीं, नहीं जरूरी। खुद बैठी रहती थीं और मुझे बैठे रहने देती थीं।

एक दिन बाऊजी ने डपटकर माँ से कहा था, ''जो हुआ सो हुआ, तुम इस तरह से मुँह लटकाकर वज़न की तरह बँधी रहती हो मेरी जान को...अरे, कुछ अपने होश-हवास सँभालो।''

और माँ को—कुएँ में लटकती हुई माँ को जैसे कोई वापिस ले आया था बाहर। वह सँभलने लगी थीं कतरा-कतरा बाऊजी घर में होते तो कृत्रिम लगने की हद तक वह अतिरिक्त उत्साह बिखेरतीं। उस वक्त वह उनसे भी बड़ी हो गयी दीखतीं...

दीवारों का रंग तो नहीं बदला था। वह वैसी-की-वैसी थीं चूना झाड़तीं, धब्बों में घूरतीं। पर मन का रंग बदलता गया था। कमरा सामान के बिना चौड़ा लगता था। पेट में खासे खोखल थे परन्तु सफेदपोशी ने ढक लिया था—बहुत कुछ।

साबुर घिस-भर देने से दूसरे दिन के लिए वही जोड़ा उजला हो जाता था। वही थाली बार-बार माँजी जाने पर चमक जाती थी। पतीली में चाय, दाल और कभी-कभी सब्जी पक जाती थी और उसी में रात को, सबेरे नमकवाली रोटी के साथ खाने को छाछ के लिए पेंदा-भर दही जम जाता था। डालडा भी घी-जैसा ही लगता था। उसकी छौंक ऐसी क्या बुरी थी।...अचार कच्चे आम काटकर नमक-मिर्च-भर डाल देने में खासा खाने लायक हो जाता था; तेज़, हल्दी, सौंफ, मेथी, मर्तबान की ज़रूरत क्या थी।

सब-कुछ हो जाता था...बस! अगर याद न किया जाये। तुलना न हो उस

अतीत से...गलीचों, कुर्सियों, कारों में फिसलते वक्त के उस वकफे से, जिसे किस्मत ने पूरी बेरहमी से काटकर इतना अलग फेंक दिया था कि वह अपने वजूद का हिस्सा ही नहीं लगता था।

सब ठीक था अगर याद न आये कि वहाँ ज़िन्दगी कैसी थी...क्यों थी...और अब कैसी है, क्यों है, जिसके कारण है...

कुछ नहीं बिगड़ता था यदि तुलना न हो, शिनाख्त न हो। ऐशो आराम की तरफ से तो आँख मूँदी जा सकती थी पूरी तरह...

यह शिनाख्त किस तरह शमीम के इस घर में आ जाने से उबरकर सामने आ जाती है...किस तरह वह मात्र एक औरत, एक इनसान, एक पुत्रवधू न रहकर, एक इतिहास, एक जाति, एक परिस्थिति, जलावतन की कँटीली याद का दंश बन जाती है...। उसके होते रहते किस तरह बींध-बींध जाया करेंगे स्मरण...वह विस्थापन, वह कैम्पों में इधर-से-उधर भूख-प्यास से भटकते होना। वह हाथ न फैलाने की शर्म में दिन-रात अपने आप को खाते होना।...वह इतनी मेहनत के लिए अनभ्यस्त कन्धे...परीक्षा!...इतनी बड़ी परीक्षा...इतनी कड़ी परीक्षा...

"तुम इतना तो सोचो," उठते-उठते बाऊजी भैया को कोंचते, "अभी तो मेरे तन-मन से गर्दिश के निशान भी नहीं मिटे...अपनी माँ की तरफ देख, कैसी झल गयी है...अभी तक उसके चेहरे का रंग वापिस नहीं आया...बहिन अभी घर बैठी है..अन्धा हो गया है...क्या ज़रूरी है, हर बात मैं खोलकर कहूँ। तुम कह सकते हो...कहते ही हो...मैं आर्थोडॉक्स हूँ, बदलता नहीं हूँ...क्या ज़रूरी है बदलना इतने बड़े बदलाव को बरदाश्त करने के बाद। यह हड्डियाँ अभी पूरी तरह सिंकी तक नहीं हैं...।"

"किसने कह दिया तुम्हें मैं कौम का बदला आदमी से लेने बैठा हूँ," बाऊजी अपनी छाती पर हाथ मारते हुए कहते, "अरे! मैं आदमी की बात करता हूँ...आदमी की...अपनी...मैं तुम्हें आदमी नहीं दीखता?...और यह कौम?...कौम कौन-सी चिड़िया का नाम है?...वह नाम लड़ने के लिए होता है—कौम का नाम।...सहने के लिए होता है आदमी—निपट नंगा, बेबस आदमी...देख नहीं रहा अपनी आँखों से।" बाऊजी उसके सामने तराजू उठाते रहने से पड़ गये गट्टों से भरे अपने हाथ फैला देते।

"कैसे भूल जाऊँ?...कौन-सी जन्नत मिल नहीं गयी है कि भूल जाऊँ...अरे! तुझे कालिज करवा रहा हूँ तो तू बड़ा चौधरी हो गया है...यह सारा ज़ुबानी जमा-खर्च तू अपने पास रख...मुझे सिखा रहा है भूल जाओ...तेरे लिए मुमकिन है भूल जाना...वह तेरे सफ़र का एक हिस्सा है...मेरा नरक तो ज़िन्दगी के इसी टुकड़े पर खड़ा है...तू क्यों नहीं भूल जाता?...तू ही भूल जा एक छोटी-सी बात..."

"तो फिर कह दे," भैया ने यह सब सुनते-सुनते अघाकर मुझे कहलवाया था, "मेरा फ़ैसला यदि घर का फैसला नहीं हो सकता तो यह घर मेरा नहीं है। मुझे ऐसा करने का अफ़सोस है पर..."

बीचवाला अगर बात को ही खा जाय तो बात-बात न रहकर पहाड़ हो जाती है, यह मेरी समझ में नहीं आया। बाऊजी को भैया से, भैया को बाऊजी से बचाती रही मैं। बहसें, बातें आमने-सामने की बन्द हो गयी थीं। बाऊजी मुझे सुनाकर कह देते थे जो उसे कहलाना होता था। वह मुझे कह देता था जो बाऊजी को पहुँचाना होता था और मैं सब-कुछ पेट में रख लेती थी। कुछ भी यथास्थान नहीं पहुँचता था—इसलिए पारस्परिक समझ का दायरा उतना-का-उतना ही रहता था। बाऊजी की ख़ामोशी से भैया शायद उनके सहमत होने का अन्दाज लगाता रहा हो, और भैया के चुप रहने से बाऊजी के मन में बात के टल जाने का भ्रम बना रहता हो।

और जब एक दिन गुलेल के वार से घायल होकर नीचे आ पड़नेवाले पक्षी की तरह यह बात अचानक बाऊजी के सामने फेंकी गयी तो वह थर्रा गये, "बाऊजी, भैया अलग रहना चाहता है शादी करके।"

बाऊजी के चेहरे पर पहले तो एक परत अबूझ जिज्ञासा, फिर अपने ध्वस्त विश्वास को फेंके हुए काग़ज़ की तरह वापिस हाथ में लेते हुए बोले, "क्या अभी अड़ा हुआ है वह वहीं...?"

"जीऽऽ! बाऊजी!" कहते-कहते मुझे डर-सा लगा, पता नहीं किस बात का।

"क्यों? उसकी हिम्मत कहाँ गयी जो तुझसे कहलवाया है...उसके मुँह में रोड़े पड़े हैं क्या? गीदड़ की औलाद।"

"वह कहता है आपसे बहस करने का फ़ायदा नहीं।"

"हाँ। फ़ायदा तो नहीं...वह ज़ख़्म बच्चू के अपने जिस्म पर नहीं पड़े न...नहीं तो पूछता...वह क्या जाने।"...उनकी आँखों के सामने एक तेज दौड़ता हुआ बवंडर फिर से घूम गया लगा। वह कुछ ठहरकर बोले, "अपनी माँ से पूछ लिया है उसने?"

"जीऽऽ..."

वह ऐसे चौंके जैसे उनकी देह पर किसी ने जलता हुआ अंगारा रख दिया हो।

"हूँऽऽऽ! वह भी तो नहीं कहती कि बेटे के साथ जाएगी...वहीं रहेगी जाकर...?"

जवाब माँगने के लिए उन्होंने यह सवाल नहीं किया था। जवाब उन्हें मालूम था...जवाब सुनने के लिए वह रुके भी नहीं। लेटे थे, उठकर इधर-उधर टहलना शुरू कर दिया।

इसके बाद तो चुप...भारी-सी चुप। चलते कदमों की तेज-धीमी खिसखिसाहट...बीच-बीच में रसोई में बर्तन खटकने और फूँकनी से चूल्हा फूँकने की माँ की आवाज़ और कड़ुआता हुआ धुँआ।

बीच में पसरे हुए ऐसे समय के खामोश तनाव को और किसी तरह तोड़ा नहीं जा सकता था।

"आपका खाना लाऊँ?" मैंने पूछा।

"नहीं!" आवाज़ कड़क थी, "तुम सब खा लो...सोओ...मुझे नहीं खाना...मुझे भूख नहीं है...।" आवाज़ पस्त थी।

इन दो सिरों के बीच की छोटी-सी ज़मीन पर इतना लम्बा सफ़र?

मुझे दर्द हुआ...धँसता-उधेड़ता दर्द...बाऊजी के लिए।

"आप खा लीजिए, बाऊजी, मैं उसे फिर से समझाऊँगी...समझा लूँगी।"

"तू क्या समझाएगी...और वह भी क्यों समझेगा...आख़िर यह मेरा इतिहास है, उसका नहीं...वह मेरे जख़्म थे, उसके नहीं...यह दर्द भी मेरा ही है, बस मेरा...इसे मेरे आयाम में खड़ी मेरी हमसफ़र पीढ़ी ही समझ सकती है, मेरी भावी नहीं...जा! कह दे उससे..."

टहलते-टहलते वह धप्प से खाट पर बैठ गये थे। घुटनों पर कोहनियाँ टिकाकर अपना सिर उन्होंने अपनी दोनों हथेलियों में दे लिया था।

"कह दे जाकर उससे...कर ले शादी...ले ले मकान...किराये की फिकर न करे...मैं दे दूँगा किराया...कह देना यह भी, निपट-निपट कर जल्दी दुकान पर आये...मेरी बुड्ढी हड्डियों में अब..."

"माँ ऽऽ आँ!" मैंने बाऊजी की कितनी-कितनी ज़रूरतों को समझते हुए माँ को ज़ोर से पुकारा।

*(हिन्दी कहानी)*

# एक शहरी पाकिस्तान का

रामलाल

मुनि और मीशा धूप में खेल रहे थे। सरस्वती उन्हें नहलाने के लिए जल्दी-जल्दी गर्म पानी, तौलिया, साबुन, उनके कपड़े वगैरा बाथरूम में रखने जा रही थी। उसने बच्चों को पुकारा—

''ऐ मुनि, ऐ मीशा, चलो नहा लो जल्दी-जल्दी, वरना मुझे वक्त नहीं मिलेगा।''

बच्चे खेल में व्यस्त रहे। सरस्वती ने आगे बढ़कर दोनों को पकड़ा और उन्हें लेकर सीधी बाथरूम में चली गयी।

छब्बीस साल की सुन्दर, स्वस्थ, ऊँची और आकर्षक सरस्वती उन्हें साबुन मल-मलकर नहलाने लगी। बच्चे आँखों में साबुन पड़ जाने से रोने लगे। सरस्वती बुदबुदाई—''अभी तुम्हारे डैडी आ जाएँगे। लंच का टाइम हो गया है। दिन-भर बेचारे मजदूरों के सिर पर खड़े सरकारी मकान बनवाते रहते हैं, उन्हें भूख लगी होगी।''

अचानक उसकी समय दरवाजे पर दस्तक हुई।

''लो, वह आ भी गये! मैं आयी जी, इन्हें ज़रा...''

मीशा पानी के छींटे उड़ाने लगा।

''देखा...'' सरस्वती कुछ कहते हुए दोनों बच्चों को उठाकर बाहर धूप में ले आयी और वहीं बिछी हुई खाट पर ला बिठाया। उन्हें उठाकर लाने में सरस्वती का साड़ी-जम्पर पानी से भीगकर, उसके जिस्म से चिपक गया। इस ओर कोई ध्यान न देकर वह बच्चों की तरफ तौलिया फेंकते हुए बोली, ''पोंछो, मैं आयी।'' और दरवाज़ा खोलने चली गयी। बोलती भी रही, ''मैं जानती थी, आप आते होंगे। आपको भूख लगी होगी। मैंने सब्ज़ी तो बना रखी है, सिर्फ रोटी बनाना बाकी है। ये बच्चे...''

उसने कुंडी खोल दी। बाहर से दबाव पड़ने पर दोनों किवाड़ भी खुल गये। लेकिन पति के बजाय एक दूसरे व्यक्ति को सामने खड़ा पाकर सरस्वती की बात अधूरी रह गयी। वह विस्मय से भरी हुई अचम्भित और घबड़ायी हुई एक तरफ हट गयी! कन्धों पर झूलता हुआ दुपट्टा सिर पर ठीक किया। धूप में पानी से तर-ब-तर बैठे हुए बच्चे भी हैरान होकर देखने लगे। यह कौन है?

धारियोंवाली नीली कमीज़ और सफ़ेद सलवार पहने ऊँचा सुडौल जिस्म, उलझे हुए घुँघराले बाल। छोटी-छोटी तुर्शी हुई मुर्झाई-मुर्झाई-सी मूँछें, जिन पर धूल के कण आ टिके थे। उसके सूखे हुए होंठ सरस्वती को देखकर कभी मुस्कराते, कभी सिकुड़ जाते। उसके एक हाथ में एक बैग था और दूसरे में तह किया हुआ मिलेट्री का पुराना कम्बल।

"नहीं पहचाना मुझे..." नवागन्तुक ने भारी और गम्भीर आवाज़ में पूछा और एक बार फिर मुस्कराने की कोशिश की।

सरस्वती ने उसे खूब ध्यान से देखा। फिर नीचे ज़मीन पर देखने लगी। उसके माथे पर पसीने के कई हज़ार कण जैसे एक साथ उभर आये!

नवागन्तुक ने उसे उलझन में पड़ा देखकर कहा, "मैं बलदेव हूँ, याद नहीं?"

सरस्वती ने उसे फिर गहरी नज़र से देखकर सिर झुका लिया और कोई जवाब दिये बिना बच्चों की तरफ चल दी। उसी तरह विस्मित, उसी तरह परेशान जैसे उसे सब कुछ याद आया था। एक-एक क्षण याद था। उसकी कैफ़ियत बताती थी कि उसे कोई बात भूली न थी। वह बलदेव को अच्छी तरह पहचान गयी थी।

बच्चे माँ के पास खिसक आये। सरस्वती उसी बेसुधी और घबराहट की स्थिति में उनका गीला बदन पोंछने लगी। बलदेव आहिस्ता-आहिस्ता चलता हुआ अन्दर आ गया और चारपाई के पास खड़ा हो गया, जहाँ सरस्वती बैठी थी। वह सरस्वती और उसके बच्चों को घूरने लगा। उसके चेहरे पर कई रंग थे, कई रेखाएँ थीं, कई भाव और कई भंगिमाएँ थीं, जैसे उसके अन्दर कोई तूफ़ान उठ रहा हो! अचानक जैसे सरस्वती अपनी बेसुधी से चौंकी। उसने अभी तक बलदेव को कहीं बिठाया नहीं था। उसने अपनी चारपाई के सामने एक और चारपाई बिछा दी।

बलदेव ने बैग और कम्बल चारपाई पर रखा और बैठते हुए पूछा, "ये तुम्हारे बच्चे हैं?"

सरस्वती ने कोई उत्तर नहीं दिया। वह पहले जैसी ही खामोशी से हाथ में थामे तौलिया का एक धागा खींचे जा रही थी। वह धागा टूट गया तो वह दूसरा धागा खींचने लगी, लेकिन बलदेव के सवाल का कोई जवाब उसने नहीं दिया।

बलदेव ने बच्चों के सिर पर हाथ फेरा। उसकी पलकों पर आँसू उभर आये, वह तरह स्वर में बोला—

"मेरा यही खयाल था कि तुमने दूसरी शादी कर ली होगी। करनी ही चाहिए थी। लेकिन जब मुझे मालूम हुआ कि तुम जिन्दा हो तो तुमसे मिलने फौरन चल पड़ा। सफ्फो ने मुझे बहुत रोका। बहुत रोयी। जानती हो न अपने मोहम्मद शरीफ़ मिस्त्री की बेटी सफ्फो को? जब तुमने उसे अन्तिम बार देखा था, बारह-तेरह साल की थी। अब तो बहुत बड़ी हो गयी है। लेकिन पागल है बिलकुल, सचमुच!" यह कहते-कहते बलदेव मुस्करा भी दिया।

बलदेव की आँखें अब सिर्फ सरस्वती पर जमी थीं। शेर-ओ-शराब की कैफियत में डूबी हुई। उसकी सुन्दर आँखें और भरे-भरे गुलाबी होंठ! उसका जवान भरा-भरा जिस्म, उसकी प्रीत। उसकी सारी कायनात कभी उसकी थी, सिर्फ उसकी। वही इसका मालिक था। वह उसकी तरफ बड़े प्यार से देखने लगा। दिल के अन्दर उठे तूफ़ान को दबाकर, आँखों में केवल प्रेम का अमृत लेकर उसकी तरफ देखता रहा। हालाँकि खंडित कामना की आयी मायूसी की धूल-गर्द से उसकी आँखें बची हुई नहीं थीं...सरस्वती का मुखड़ा भी कभी लाज के आवेग में एकदम लाल हो उठता, कभी राख की तरह ठंडा होकर एकदम मुर्झा जाता। उसके रूखे, भूरे बालों की एक लम्बी लट उसके कान से उतरकर चेहरे पर आ गयी। बालों की लम्बी लट उसकी पतली नाक की नोक छूने लगी। उसकी आँखों से बहते हुए आँसू नाक की कगार पर पहुँचकर वहाँ से बूँद-बूँद उसके आँचल पर गिरने और जज़्ब होने लगे।

बलदेव ने पाँव में पहनी हुई पेशावरी चप्पल की नोक से ज़मीन पर कई लकीरें खींची। कई त्रिकोण और वृत्त बनाये। फिर उन सबको चप्पल से मिटाते हुए बोला—

"मैं सीधा पाकिस्तान से चला आ रहा हूँ।"

यह सुनकर सरस्वती चौंक पड़ी। उसकी हैरानी और बढ़ गयी। उसे यों हैरान देखकर बलदेव के अधरों पर मुस्कान उतर आयी। वह बोला, "हाँ-हाँ पाकिस्तान से, परन्तु अब यहीं रहूँगा। मुझे यहीं रहना चाहिए, क्यों?"

अचानक वहाँ एक अधेड़ औरत आ गयी। बाहर से हँसती आ रही थी। बलदेव को देखते ही उसका मुँह खुला का खुला रह गया। उसकी आँखें कई बार सिकुड़ी और फैलीं। जैसे उसे बलदेव के सचमुच बलदेव होने का विश्वास नहीं हो रहा था। फिर वह लगभग चीखकर बोली—

"वे तू बलदेव है क्या!"

बदलवे ने उठकर उसके चरण छुए, "हाँ जी, मैं बलदेव हूँ, आपने पहचान लिया न?"

"अरे कैसे नहीं पहचानती। लेकिन तू जिन्दा कैसे है? हम तो समझते थे..."

यह कहते-कहते उसने सरस्वती की ओर देखा और उसकी कमर पर जोर से दो धाप मारकर बोली, "...तू यहाँ बैठी क्या कर रही है, लाज नहीं आती तुझे? चल अन्दर!"

सरस्वती ने जल्दी से सिर पर आँचल ठीक किया और माँ के शब्दों से आहत होकर जल्दी-जल्दी बच्चों को घसीटती कमरे के अन्दर चली गयी। शर्म से उसका चेहरा लाल हो गया था।

बलदेव की सास बलदेव के सामने चारपाई पर बैठकर बोली, "तू जीवित है तो भगवान का लाख-लाख शुकर है, लेकिन अब होगा गया? हम तो समझे हुए थे...हाय, अब मैं क्या कहूँ, कुछ कहते हुए जी डूबता है अब..अब मैं क्या करूँ?"

वह उठकर कमरे की ओर चल दी, "बेटा सरस्वती, अब क्या होगा? मेरी तो बुद्धि जवाब दे चली है।"

सरस्वती की प्रतिक्रिया सुने बिना वह तुरन्त उलटे पाँव बाहर आ गयी। वह घर से बाहर जाना चाहती थी, किसी को बुलाना चाहती थी। बलदेव ने उसे रोक लिया। चारपाई पर बैठाकर बोला—

"यहाँ बैठ जाइए माताजी! आप घबरा क्यों रही हैं? मेरे आ जाने पर आपको खुशी नहीं हुई न?"

सरस्वती की माँ आँखों पर दुपट्टे का पल्लू रखकर रोने लगी, "मेरी बेटी की जिन्दगी को किसकी हाय लग गयी, सारी इज्जत खाक में मिल गयी। जीते जी दो-दो घरवाले आ मौजूद हुए! हाय, तू मर क्यों नहीं जाती बेटी! पाकिस्तान से इज़्ज़त बचाकर यहाँ आ गयी—पर यहाँ सिवा मर जाने के कोई और रास्ता नहीं मिलेगा तुझे!"

यह कहकर उसने जोर-जोर से रोना शुरू कर दिया। बलदेव दोनों हाथों से सिर थामकर बैठ गया। सरस्वती की माँ तो उसकी कोई बात सुनती ही नहीं थी! अवसर पाकर खँखारकर गला साफ़ करके उसने कहा, "मैं भी यही समझे हुए था कि आप सब मार दिये गये हैं। भोला के मकान में मैंने सरस्वती के चाचा की लाश अपनी आँखों से देखी थी। ठाकुर की लाश दरवाजे पर पड़ी देखी थी। नौनीत और लाजवन्ती भी मेरे सामने ही छज्जे से नीचे फेंकी गयी थीं। आप सबके बारे में मुझे यही बताया गया था कि कोई नहीं बचा। मैंने भी विश्वास कर लिया।"

"फिर...फिर तू चला कहाँ गया था? हमें तलाश करने की कोई कोशिश क्यों नहीं की?" वह बिफरकर बोली।

"मैं करता भी क्या? जब यह विश्वास हो गया कि अब मेरा कोई नहीं बचा तो फिर तलाश किसे करता?"

"यही तो हमने तो समझ लिया था, तेरे बारे में। इसमें हमारा कोई दोष नहीं। हम यह थोड़े ही चाहते थे कि तू मर जाये और हम बेटी का हाथ किसी दूसरे के हाथ में दे दें। ऐसे कौन-से नीच माँ-बाप होंगे। कोई नहीं बेटा, कोई नहीं।" रोते-रोते वह हवा में उँगली लहराकर पुनः बोली, "तेरी ख़बर किसी को भी नहीं मिली। मैं और सरस्वती, हर जगह, हर कैम्प में, जहाँ-जहाँ हम पहुँचे, तेरा नाम ले-लेकर पुकारते और रोते फिरे। जब तेरे भाई, तेरे माँ-बाप, तेरे घरवाले सब मार डाले गये तब फिर हम कैसे यक़ीन कर लेते कि तू बच गया है। मारने और बचाने वाला तो बेशक वह भगवान है, जिसने हमारी आँखों पर पर्दा डाल दिया।"

"मेरी राह तो देखी होती माँ!"

"तेरी राह...बेटा, तेरी राह तो मैं सरस्वती के मरने तक देखती। इसकी चिता को आग ही नहीं लगने देती, अगर मुझे मालूम होता कि तू जिन्दा है! यह तो वहीं मरने जा रही थी। मर जाती तो अच्छा था। सुन्दरदास मेरी कोख को जलाने के लिए इसे ज़ख़्मी हालत में उठाकर हमारे पास कैम्प में ले आया। हम सभी को जान पर खेलकर वही बचाता रहा। भारत पहुँचकर भी हमारी अब तक सेवा कर रहा है।"

बलदेव ने अपने सिर व कन्धे पर लगे ज़ख़्मों के निशान दिखाते कुए कहा, "मैं तो इनकी वजह से अपने मकान की छत पर बेहोश पड़ा था। घायल न हो गया होता तो मैं भी आप सबकी जान बचाने में कोई कसर न छोड़ता।"

इस बीच वहाँ कुछ और लोग आ गये। सरस्वती का बाप, उसकी मामी, कुछ पड़ोसी और कुछ पड़ोसिनें। सबने बलदेव को घूर-घूरकर देखा। निगाहों से टटोला। जब मुँह से कोई न बोला तो सरस्वती की माँ ने चिल्लाकर कहा—

"पहचानते क्यों नहीं, बलदेव है! जिन्दा है मेरी बेटी की नाक काटने के लिए सारे जग में!"

सरस्वती का बाप सकते में आ गया। शेष भी जहाँ थे, वहीं खड़े रह गये।

"क्या तू सचमुच बलदेव है?" लाला बोधराज की सफ़ेद घनी मूँछों में से उसकी डूबती हुई आवाज़ छनकर बाहर आयी।

"जी हाँ, लालजी!" कहते हुए उसने आगे बढ़कर सरस्वती के बाप के पाँव छुए।

"तू कहाँ रहा इतने दिन?"

"पाकिस्तान में लालाजी!"

''पाकिस्तान में? पर वहाँ करता क्या रहा पगले!''

बलदेव ने अपने सूखे होंठों की एक पपड़ी काटी। उसे देखा और बताया—''वही जो करता था, दुकानदारी।''

''तू अजब मूर्ख है, हिन्दुस्तान क्यों नहीं चला आया?''

''मैं समझा, अब मेरा कोई बचा नहीं है, यहाँ आकर क्या करता?''

''ओहो, पर तुझे वहाँ अपनी जान का कोई ख़तरा नहीं था?''

बलदेव हँसकर बोलो, ''अपने तौर पर तो उन्होंने मुझे मार ही डाला था। जब यहाँ से इतने सारे ज़ख़्मी और तबाहहाल मुहाजिरों के काफिले के काफिले वहाँ पहुँचे तो मेरे लिए वहाँ रहना करीब-करीब नामुमकिन हो गया था। लेकिन भला हो अपने स्कूल-मास्टर खुदादाद खाँ का, जिसने मौके पर मेरी मदद की। फौलाद की ढाल बनकर मेरी हिफ़ाज़त करता रहा। उसकी वजह से आज वहाँ मैं, मेरा पैतृक मकान और मेरी दुकान सब बचा हुआ है।''

बलदेव के उत्तर से लाला बोधराज को जैसे सन्तोष नहीं हुआ। उन्होंने उसी उतावलेपन से पूछा—

''वहीं तूने शादी-वादी भी की है या नहीं?''

''शादी?'' बलदेव ने हैरान होकर सबकी तरफ देखा। वे लोग घेरा डाले उसके चारों तरफ खड़े थे। उसके जवाब का इन्तज़ार कर रहे थे। सरस्वती भी द्वार के पीछे ताक के साथ माथा टेके खड़ी थी। वह क्या करे? वह उससे किस तरह के उत्तर की आशा रखते थे? सरस्वती की माँ की दहाड़ें, उसके बाप की नमनाक पलकें और घबराहट से काँपती हुई चेहरे की झुर्रियाँ। ये सब कुछ किस हक़ीकत का बिम्ब उभार रही थीं। वे लोग क्या चाहते थे?

सहसा गली के उस छोर से एक और आदमी अन्दर आया। खाकी नेकर और कमीज पहने, साइकिल थामे, सिर के बालों और शरीर पर धूल-गर्द की तहें जमाये। इतने सारे लोगों को एकत्रित देखकर उसे हैरानी और चिन्ता हुई। साइकिल उसने दीवार के सहारे खड़ी की, बूटों पर पड़ी गर्द को ज़मीन पर ज़ोर से पाँव पटककर झाड़ा और फिर दोनों हाथों से मुँह पोंछते हुए, उनके पास आकर पूछा—

''क्या हुआ, क्या बात है लालाजी?''

वह उनके पास पहुँच गया। सबके बीच चारपाई के किनारे बैठे हुए बलदेव को उसने हैरानी से देखा। पर उसे पहचान न सका। बलदेव का चेहरा भी एक सवालिया निशान बनकर रह गया। वह उसे घूर-घूरकर देख रहा था। उसके गाल पर बने एक पुराने जख्म पर आँखें जमाये हुए वह उठकर खड़ा हो गया और लाला बोधराज से कहा—

''यही सुन्दरदास है, इसे मैं पहचानता हूँ।''

"हाँ..." लाला बोधराज ने सुन्दरदास के दोनों कन्धों पर अपने बाजू फैला दिये, "...यही सुन्दरदास है, जिसने हम सबकी जान बचायी, हमारे साथ कैम्पों में सर्दी-गर्मी सारे कष्ट बर्दाश्त किये। सारे झगड़े और बखेड़े झेले। हमें दोबारा यहाँ आकर बसने में जो मुसीबतें उठानी पड़ी हैं, इस शेर जवान का उनमें बहुत-सा हिस्सा है। इस घर को देखते हो, इसकी दीवारों पर अभी प्लास्टर नहीं हुआ। यह इसी का घर है, इसका अपना घर। इस छोटे-से घर से, इसकी छोटी-सी दुनिया आबाद है, मोहब्बत से भरी हुई दुनिया। दो मासूम बच्चों और एक बीवी की दुनिया। सरस्वती को विधवा समझकर इस चरित्रवान नौजवान ने उससे ब्याह कर लिया। हमारे पास सरस्वती का हाथ उसके हाथ में देने के सिवा चारा ही क्या रह गया था? तुम्हारी कोई खबर नहीं मिलती थी, और बहुत-से लोगों ने भी यही राय दी थी।"

यह कहते-कहते लाला बोधराज का गला भर आया। लेकिन बलदेव की आँखें अभी तक सुन्दरदास के चेहरे पर जमी हुई थीं। उसके गाल पर बने गहरे चिह्न पर। उसकी गहरी सुर्ख लकीर के भीतर वह पन्द्रह वर्ष पहले की एक घटना देख रहा था। ईर्ष्या और शत्रुता से भरपूर घटना! म्यूनिसिपल कमेटी के पीछे एक खेत में हुई निर्बाध लड़ाई की यादगार था यह निशान!

उस घटना को सरस्वती जानती थी। उस लड़ाई का प्रमुख कारण भी वही थी। हालात ने आज सरस्वती को छीनकर सुन्दरदास के हवाले कर दिया था, वरना उसके रहते तो वह सरस्वती की कल्पना तक नहीं कर सकता था।

सुन्दरदास के मुख पर आवेश का भाव उतर आया था। उसका जबड़ा कसा हुआ था। उसके चेहरे पर एक सुर्ख लहर, थोड़े-थोड़े अन्तराल के बाद उभर रही थी; जैसे वह बहुत तेजी से कुछ सोचने में व्यस्त हो! अचानक वह सब लोगों को छोड़कर कमरे में चला गया! सभी लोग उधर देखने लगे। बलदेव की दृष्टि भी उधर जम गयी। सरस्वती की माँ अब भी रो रही थी। कुछ क्षणों बाद सुन्दरदास कमरे से बाहर निकल आया। वह सीधा बलदेव के पास आया। दोनों हाथ नेकर की जेबों में थे। सिर छाती पर झुका हुआ था। मानो वह अभी तक किसी सोच में डूबा था। फिर उसने आँखें उठाकर बलदेव को घूरा और धीरे से कहा—

"तुम चाहो तो अदालत का द्वार खटखटा सकते हो।"

यह सुनकर सबकी जान में जान आ गयी। जैसे सब लोग यही चाहते हों। सब लोगों ने बलदेव की ओर देखा। वह सब एक ओर थे। बलदेव दूसरी ओर अकेला और ख़ामोश। दस साल तक तन्हाई और खामोशी भरी जिन्दगी गुजारने के बाद वह अकेला और मौन था। उसके चेहरे पर जैसे इस जिन्दगी की यन्त्रणा और

त्रासदी के बिम्ब उभर आये थे। गहरे, तीखे बिम्ब। वह कुछ कहे बिना कई क्षणों तक सुन्दरदास को देखता रहा। फिर खँखारकर गला साफ़ किया, कमरे के अधखुले काँपते कपाटों को देखा और कहा—

''सरस्वती मेरी बीवी है। वह मेरे प्रेम को कभी भुला नहीं सकती। उसे दोबारा पाने के लिए आप लोग अदालत का रास्ता दिखा रहे हैं। मुझे अदालत का रास्ता मालूम है। अदालत भी इंसाफ करेगी, लेकिन कब? कितने साल बाद? कौन जाने? मैं अब एक दूसरी अदालत का द्वार खटखटाना चाहता हूँ। इसी वक्त, इसी जगह। मुझे उसके इन्साफ पर पूरा-पूरा भरोसा है।''

यह कहते-कहते बलदेव का गला रुँध गया। वह और कुछ न कह सका। उसकी आँखों में छाये हुए बादल भी बरस पड़े। वह अधखुले, काँपते द्वार पर निगाह जमाकर रोते हुए थोड़ी ऊँची आवाज़ में बोला—

''जवाब दो सरस्वती, मैं किसी और से नहीं पूछता, सिर्फ तुमसे पूछता हूँ, तुमसे सरस्वती!''

उसी क्षण कमरे में एक हृदयविदारक चीख बुलन्द हुई। सरस्वती ज़ोर-ज़ोर से रोने लगी, सब औरतें घबराकर उस ओर भागीं।

उसी समय गली के मुहाने पर एक और व्यक्ति दिखाई पड़ा। उसके हाथ में एक खाकी रंग का काग़ज़ था। भीतर आकर बोला।

''यहाँ पाकिस्तान का एक शहरी आया है, इसी घर में आकर ठहरा है न?''

बलदेव ने उसके हाथ से काग़ज़ लिया। कुछ देर तक उसे पढ़ा। फिर वापस करते हुए बोला—

''हाँ...आज लौट जाएगा।'' यह कहकर उसने अपनी आँसू भरी आँखें आस्तीन से पोंछी, अपना पुराना मिलेट्री कम्बल और बैग उठाया और आहिस्ता-आहिस्ता क़दम उठाता हुआ बाहर निकल गया।

*(उर्दू कहानी : अनुवाद : नन्दकिशोर विक्रम)*

# अमृत निवास

रिफ़अत

मेरी बच्ची बिलकीस ने लिखा था कि कुन्दन स्ट्रीट के 'जगदीश निवास' का क़ब्ज़ा उन्हें मिल गया है। मकान काफी बड़ा, मगर पुराना है। आप अपनी पहली फ़ुरसत में यहाँ आइए और अपने शुभ करकमलों से आबे-जम-जम (अमृत) के छींटे असारे में दीजिएगा।

कुन्दन स्ट्रीट, मैंने सोचा, कुन्दन स्ट्रीट में कन्धे-से-कन्धे मिलाये जगदीश निवास और अमृत निवास सिर उठाये खड़े हैं। अब जगदीश निवास मेरी बेटी के क्लेम में आ गया है...वह क्या जाने उसका बाप तो मुल्क के बाहर रहकर भी उसी गली और निवास में बसता रहा है। अमृत निवास! मेरी रूह का वह शोला, जो ज़िन्दगी के इतने बरस बीत चुकने पर भी सर्द नहीं हो पाया। मेरी बायीं आँख में स्याह मोतिया उतर आया है, मगर मुझे तो यों महसूस होता है, जैसे मैं आज भी जगदीश निवास की बाहरी खिड़की में खड़ा देख रहा हूँ। अमृत निवास की दीवार में लगे हुए स्याह व मूँगिया रोगनी बड़े-बड़े प्यालों में धनिया, पोदीना, तुलसी और लाला के फूल लहरा रहे हैं। सफेद साड़ी में लिपटा हुआ एक शरीर धीरे-धीरे हरकत करता हुआ उनकी ओर बढ़ता है।

यह अमृता है।

जिसका नाम मकान के सुर्ख माथे पर गहरे नीले रोगन से हिन्दी और अँग्रेज़ी में लिखा हुआ है—

—श्रीमती अमृता देवी।

और मकान के दाख़िल फाटक पर सफ़ेद सतून में खुदनी करके सुर्ख अक्षरों में लिखा गया है—

'अमृत निवास, 1925'।

और यही सन् मेरी ज़िन्दगी में महत्त्व रखता है। हम कुछ लड़के मेरे कॉलेज के होस्टल में नहीं रहना चाहते थे। इसलिए हमने अपना अलग प्रबन्ध लाला

जगदीशराम के छोटे लड़के प्राण के सौजन्य से उन ही के जगदीश निवास में बाहरी तीन कमरों में कर रखा था। यह सितम्बर, 1925 की बात है। (इससे पूर्व जगदीश निवास के साथ एक मकान जरूर था मगर वह अमृत निवास न था) हाँ, तो सितम्बर में कॉलेज खुलने पर जब मैंने कुन्दन स्ट्रीट का रुख किया, तो उसे कुछ बदला-बदला-सा पाया। 'अमृत निवास' मैंने इधर-उधर झाँककर देखा। मेरी तीन माह की अनुपस्थिति में यह इतना बड़ा बन गया था...प्राण ने स्पष्टीकरण किया, "सेठ गणपत की बड़ी लड़की जो नारोवाल ब्याही गयी थी, गये बरस विधवा हो गयी थी। यह मकान उसके दहेज का था। अब इसमें वह एक आश्रम बनाना चाहती थी और छोटी बच्चियों की पाठशाला भी।" उसने बात जारी रखते हुए कहा—"सलीम यार! अमृता देवी भी ग़ज़ब की औरत है। खरबूजे, तरबूत, कद्दू के बीज धुलवाती और उनसे मगज निकलवा कर बेचती है और तो और पुरानी धोतियों की रंगीन किनारियों के धागे निकलवाकर उनसे क्रोशिये के ऐसे-ऐसे थैले बनवाती है कि हद हो गयी। अब इस आश्रम में रोज-ब-रोज उजरत पर काम करने वाली औरतों की वृद्धि-ही-वृद्धि है। आश्रम अच्छा-खास चल निकलेगा।"

मगर उस समय मैंने प्राण की इन बातों का कोई नोटिस न लिया। भई, होगी कोई विधवा! बहुत कंजूस। जो बीजों से मगज निकलवाकर बेचती और पुरानी धोतियों की रंगीन किनारियों से धागे निकालती है। मुझे क्या, मैं प्राण से छुट्टियों में बिताये हुए समय की बातें करने लगा।

फिर शायद उसी सप्ताह की बात है। अभी सूरज उभरा ही था कि सफेद साड़ी पहने एक सन्तुलित शरीर धीरे-धीरे चलता रोगनी प्यालों तक आया...पीतल की चमकती गड़वी और बाल्टी दीवार पर रखी। पहले तो हाथ बाँधकर सूर्य देवता की ओर मुख करके कुछ प्रार्थना की फिर बाल्टी का पानी सारे रोगनी प्यालों में यों डाला जैसे कोई नन्हें-नन्हें पौधों को पानी देता हो। सूर्य बुलन्द होता गया और समय के साथ डूब गया। अगले दिन ऐन उसी समय फिर वह सफ़ेद साड़ी, बाल्टी और गड़वी लेकर प्रकट हुई। प्रार्थना की। पानी दिया और मेरे दिल में एक अजीब-सी उत्सुकता बढ़ती हुई छोड़कर ग़ायब हो गयी।

अमृता देवी विधवा है। उसने आश्रम खोलकर अपनी दिलचस्पी का सामान पैदा किया है। मुझे क्या! मुझे तो अपनी दिलचस्पी का सामान देखना है। आश्रम में, अगर ऐसे-ऐसे पवित्र मन्दिरों में शरीर हैं, जिनके सामने फौरन माथा टेक देने को जी चाहे, तो मेरे लिए यह आश्रम नियामत है। युग-युग जियो, अमृता देवी! तुमने आश्रम में कैसी-कैसी सुन्दर प्रतिमाएँ सजा रखी हैं...काश! मैं उसे छूकर देखता...मेरे मन में अनजानी भावना ने धीरे से सिर उठाकर कहा। मेरे कदम अमृत निवास के पास पहुँचते ही सुस्त पड़ जाते। मैं लोहे के स्याह जंगले से झाँककर सामने आँगन में नज़र डालता। आँगन और बरामदे में प्रायः नन्ही बच्चियाँ तख्तियाँ धोती और

पहाड़े याद करती नज़र आतीं। कभी समय कुसमय गली में मजदूरी पर काम करने वाली औरतों से सामना हो जाता, मगर अब हर लड़की, हर औरत को देखते ही मुझे अमृत निवास के कोठे पर स्याह प्यालों की ओट से एक मर्मरी मूर्ति पुकारकर कहती—देखो, यह बात ठीक नहीं, तुम मुझे छोड़कर अब दूसरी को देखने लगे, मुझे तुमसे यह आशा न थी। और मैं यों घबरा जाता, मानो चोरी करते पकड़ा गया हूँ।

अमृत निवास मेरे लिए वह मन्दिर था, जिसमें वह मूर्ति स्थापित थी, जिसका मैं पुजारी था, जिस मैं बहुत समीप जाकर छूना चाहता था। मेरी चंचल भावना दिन-ब-दिन आवारा होती चली गयी और अब तो वह शरीर सामने आते ही अदृश्य शब्दों में मुझसे कहता—"तुम कायर हो, सलीम शेख! ज़रा करीब आओ। मुझे छू कर देखो। मुझे हाथ लगाओ। मैं तुम्हारी उत्सुकता की सारी गिरहें खोल दूँगी। तुम पर ज़िन्दगी के सारे रहस्य प्रकट कर दूँगी। जगदीश निवास और अमृत निवास का फ़ासला कितना है, सिर्फ एक कदम...इस खिड़की से उस खिड़की तक सिर्फ दो हाथ का, मगर तुम कायर हो, सलीम शेख!

और मैं स्वीकार करता—वाकई, मैं कायर हूँ, मैं जो शेक्सपियर, मिटन और गाल्सवर्दी पढ़ता हूँ—और रात को मँडवे में मैं जाकर राम-लीला और सस्ते-सस्ते रोमानी थियेटर देखता हूँ। मैं दो सभ्यताओं के बीच में झूल रहा हूँ। वह सभ्यता प्रेम को अटल सत्य स्वीकार करती है, और सस्ते रोमान हमें बताते हैं कि हमारी लड़की शादी से पहले छिप-छिपाकर प्रेम करती है, तो महज इसलिए कि वह एक मर्द के प्रेम में ज़बर्दस्त तौर पर गिरफ़्तार हो जाए, एक मर्द को छूने, पाने और हासिल करने की सारी इच्छाएँ तेज-से-तेज भड़क उठें, ताकि शादी के बाद जब वह मर्द को पति के रूप में हासिल कर ले तो अपना सारा प्रेम, सारी सेवा, सारी भावनाएँ उस पर न्यौछावर कर दे। यहाँ आकर मेरा इंगलिश साहित्य दब जाता और मँडवे के सिसकते हुए अरमान जाग पड़ते।

कॉलेज से चलते हुए प्राण ने ज़रा देर को ठहरा लिया था। माली से सूर्यमुखी, गुलाब और मोतिये के पौधे लिये। उन्हें बहुत-सी गीली मिट्टी में दबाकर, अखबार में लपेटकर आधे मेरी साइकिल पर रखे और आधे अपनी साइकिल पर, और बोला—सलीम यार, अमृता दीदी कितनी बार भाभीजी से आकर कह चुकी हैं पौधों के लिए। मुझे याद नहीं रहता था। आज सुबह चलते-चलते उन्होंने फिर कहा था। देखो, माली ने दो रुपयों में कितने ज्यादा दे दिये हैं। बेचारी अमृता देवी। काश! उनका कोई बच्चा होता। मगर आश्रम बड़ी मेहनत से चला रही हैं।

अमृता दीदी! हूँ! कंजूस विधवा! जिसके आश्रम में मेरी मूर्ति स्थापित है, जिसे मेरी आत्मा ने स्वीकार किया है। यह पौधे अमृत निवास में लगाये जाएँगे और शायद फिर वह मेरी सफेद मूर्ति इन्हें भी पानी दे...यह पौधे बढ़कर फैल जाएँगे...और

फूल खिलेंगे...वह मार्च की खुशगवार सुनहरी दोपहर थी।

अमृत निवास का मजबूत जँगला पार करके हम अहाते में पहुँच गये। साइकिलों को बरामदे की दीवार के पास खड़ा किया। प्राण ने बरामदे में पहुँचकर पुकारा—अमृता दीदी। एक नन्हीं बच्ची मिट्टी की दवात में कलम हिलाती हुई निकली। जाओ, अमृता दीदी को बाहर बुला लाओ, प्राण ने कहा।

बरामदे का भीतरी दरवाज़ा ज़रा आवाज़ से खुला। मैंने देखा—सफ़ेद साड़ीवाली मूर्ति एक पूर्ण औरत के रूप में चली आ रही थी। उसने नमस्ते के लिए हाथ बाँधे और पौधों को देखने बरामदे से नीचे उतर आयी...मैं अभी तक हैरान खड़ा था। उसने उसी तरह प्रार्थनाज़ के अन्दाज़ में हाथ जोड़कर मुझे नमस्ते कही। उसके होंठों पर बड़ी प्यारी मुस्कराहट थी।

"यह अमृता दीदी है।"

अमृता दीदी! वह कंजूस विधवा...इतनी कम उम्र—इतनी पवित्र विधवा...मैंने जल्दी से अपनी मूर्ति के सामने हाथ बाँध दिये। वह देवियों जैसे वकार से मुस्करायी और बोली—"बड़ा कष्ट हुआ तुम्हें, प्राण वीर..और तुमसे अपने दोस्त को भी..."

"दोस्त भी अपना है, दीदी! कष्ट की क्या बात है? लो मैं लगाये भी देता हूँ।" वह झुककर खुदी हुई मिट्टी को देखते हुए बोला—"तुम भी अपने पौधे इधर ले आओ, सलीम यार..."

सलीम...मूर्ति के पाँव जैसे धरती में बहुत नीचे पाताल में उतर गये, "तुम मुसलमान हो?" मूर्ति ने पूछा।

मैं मुसलमान हूँ तो क्या हुआ...अदृश्य शब्द मेरी आँखों की चमक से निकले, मैं माला तो तुम्हारी ही जपता हूँ, अमृता। तुम मेरे लिए आबेहयात हो। सिर्फ शब्द का उलटफेर है, अमृता आबेहयात ही तो है। और सलीम तुम्हारे आश्रम में चुपके-चुपके चले आने वाला दमयन्ती का प्रेमी राजा नल भी तो हो सकता है। प्रेम करने वालों का जीवन प्रेम होता है। उसमें कोई हिन्दू, कोई मुसलमान नहीं होता, अमृता।

देवी फिर मुस्करायी, जैसे वह मेरी बात समझ गयी। उसने मेरे हाथों से पौधे लिए, उसके जिस्म में हलकी-हलकी कँपकँपी थी...

दूसरी सुबह उसने गड़वी का पानी मेरी ओर धार बाँधकर गिरा दिया। हवा के आवारा झोंके पानी के बहुत से कतरे मेरे चेहरे पर बिखेर गये। अब हममें कोई कायर न था। कोई हिन्दू, कोई मुसलमान न था। अब सूर्यमुखी में फूल खिल उठे थे।

बी.ए. की परीक्षा देकर प्राण के साथ अमृत निवास गया। अमृत मेरे लगाये हुए पौधों

को पानी दे रही थी, दो बरस पहले लगाये हुए पौधे ऊँचे हो चुके थे।

"तुम पास हो जाओगे, सलीम...भगवान दया करेंगे।" उसकी आँखों में उदासी बिखर गयी।

"दीदी, सलीम तो अब सीधा अफ़्रीका जा रहा है। बस, इसी सितम्बर में शादी है न!" प्राण करीब से बोला।

"परमात्मा जीवन सुखी रखे। तुमने विवाह की बात मेरे सामने क्यों कर दी, प्राण वीर?...भगवान इन पर दया करे...मेरी परछाई से दूर रखे..." अमृता की स्याह आँखों में आँसू उमड़े और गालों पर बिखर गये।

उसने सिर उठाकर मुझे देखा। उन आँखों में आँसू, प्रेम और दुख था और फिर वह एकदम से बरामदा पार कर कमरे में चली गयी और जीवन भर शोला मेरे सीने में लपकता रहा।

विवाह के कुछ दिन बाद मेरी चंचल भावना ने मेरे दिल के करीब आकर पूछा—तुम इतने उदास हो तो अपनी गुड़िया जैसी बीवी को अपनी मूर्ति का रूप क्यों नहीं देते?

मैंने अपनी दादी-अम्मा का मोटा-सफेद दुपट्टा उठाया। आँगन में बैठी जुबेदा के सिर पर से टाट का पीला दुपट्टा उतारकर उसे सफेद दुपट्टा ओढ़ाते हुए कहा—"ज़रा देखो। अरे, तुम तो सचमुच एक देवी का रूप..."

"यह क्या बेवकूफी है, सलीम! मैं जानती हूँ, तुम चौदह जमात पढ़कर अँग्रेज़ बन गये हो, मगर यह मनहूस हरकत। मेरी बहू के सिर पर अल्लाह न करे सफ़ेद आँचल नज़र आये।" अम्मा ने बढ़कर सफेद दुपट्टा उठाकर रस्सी पर फेंक दिया। मैं कमरे में आकर ख़याल-ही-ख़याल में अमृत निवास की मूर्ति के सामने झुक गया।

देवी मुस्करायी। तुम अकेले नहीं हो। मेरे आँगन के पौधे इतने ऊँचे हो गये हैं, प्राण अकसर मुझसे तुम्हारा ज़िक्र करता है। और मोतिये की ख़ुशबू तुम्हारे पैगाम पहुँचाती है...जब तक अमृत निवास में मैं और तुम्हारी एक भी निशानी है, तुम अकेले नहीं हो।

और फिर मैं जुबेदा को लेकर अफ़्रीका चला गया। हम अपने मुल्क से दूर थे, अपने समाज से अलग, प्राण के पत्र प्रायः मिलते...अमृत निवास की मूर्ति का जिक्र होता। अफ़्रीका की कमाई से मैंने अपने शहर गुज़राँवाला में बड़ा शानदार मकान बनवाया था। उसका नक्शा अमृत निवास की तरह था। उस पर वैसे ही स्याह और मूँगिया रोगनी प्याले लगवाये थे। और मैंने एक-एक प्याले के करीब जाकर कहा था, देखो गवाह रहना, यह सब कुछ मेरी उसी चंचल भावना की शरारत है जो इतने बच्चों का बाप बन जाने पर भी मेरे सीने में मचलती रहती है...

फिर मेरे बच्चे जवान होकर अपनी माँ के साथ गुज़राँवाला ही में अपने मकान

में रहने लगे। अफ्रीका में मैं अकेला रह गया। और चार बरस पहले मैं अफ्रीका से लौटा तो मेरे जवान बच्चों ने 'सलीम मंज़िल' का हुलिया बदल दिया था।

और अब कुछ दिन हुए हज से वापस आया हूँ। मेरे दामाद और बेटी ने मुझे निमन्त्रण दिया है कि मैं उनके मकान में अपने हाथों से आबे जमजम (अमृत) के छींटे दूँ और मैं स्यालकोट आया हूँ।

कुन्दन स्ट्रीट काफी बदल चुकी है। यहाँ हर किस्म के लोग बसते हैं। जगदीश निवास के शुरू में उजड़ा-उजड़ा अमृत निवास भी है। रात के खाने पर मुहल्ले के अक्सर बुज़ुर्गों से मेरा परिचय हो चुका है। मैं मुहल्ला देखने के लिए जगदीश निवास से (जो अब मेरे दामाद ने बैत-उल-मजीद में बदल लिया है) बाहर निकलता हूँ, और अपनी लाठी के सहारे चलता आता हूँ। मजबूत-मजबूत जँगला टूट चुका है उसके सतून जर्जर-से खड़े हैं, आँगन में, जहाँ मेरे लगाये हुए पौधे तनावर पेड़ बन गये थे, वहाँ कुछ भैंसे बँधी हुई हैं। गोबर को मुर्गियाँ कुरेद रही थी। मकान का सारा रोगन उखड़ा चुका था। कहीं-कहीं गहरे नीले रोगन में मिटा-मिटा-सा हिन्दसा नज़र आ रहा था, मेरी चंचल भावना की तरह।

"आइए! आइए! हाजी साहब!" निवास के नये मालिक हाजी गुलाम कादर ने मुझसे हाथ मिलाया, "तशरीफ रखिए।" मगर हम दोनों खड़े ही रहे। मैं अतीत की तलाश में यहाँ आया था। मगर यहाँ अब मेरे प्रेम की कोई निशानी न थी। मैं हाजी गुलाम कादर से अपनी पुरानी बातें करने लगा। और फिर हम दोनों चलते-चलते बाहर आ गये।

मैंने दूसरे सतून की ओर देखा, उसके फ्रेम पर कीचड़-गोबर पोत दिया गया था, छड़ी की नोक से मैंने कीचड़ उतारते हुए कहा—"यहाँ कभी 'अमृत निवास' लिखा होता था।"

"हैं...हैं...अजी हाजी साहब!" गुलाम कादर ने मेरी छड़ी रोक ली। "क्या कर रह हैं जी आप..उसने दाढ़ी में उँगलियाँ चलाते हुए कहा।" इजी बड़ी मुश्किल से भरा है इसे...इस कमबख्त हिन्दुआनी ने तो इंच-इंच भर खुदाई करके अपना नाम लिखवा रखा था...मेरी चंचल भावना ने हाजी गुलाम कादर की ओर देखा और चुपके से न जाने किधर को निकल गयी है।

और मुझे यों महसूस हो रहा है कि 'अमृत निवास' के चरणों में आकर मैं भरी दुनिया में अकेला रह गया हूँ...

*(उर्दू कहानी : अनुवाद : शम्भु यादव)*

# मैं ज़िन्दा रहूँगा

विष्णु प्रभाकर

दावत कभी की समाप्त हो चुकी थी, मेहमान चले गये थे और चाँद निकल आया था। प्राण ने मुक्त हास्य बिखेरते हुए राज की ओर देखा। उसको प्रसन्न करने के लिए वह इसी प्रकार के प्रयत्न किया करता था। उसी के लिए वह मसूरी आया था। राज की दृष्टि तब दूर पहाड़ों के बीच, नीचे जाने वाले मार्ग पर अटकी थी। हल्की चाँदनी में वह धुँधला बल खाता मार्ग अतीत की धुँधली रेखाओं की और भी धुँधला कर रहा था। सच तो यह है कि तब वह भूत और भविष्य में उलझी अपने में खोयी हुई थी। प्राण के मुक्त हास्य से वह कुछ चौंकी। दृष्टि उठाई। न जाने उसमें क्या था, प्राण काँप उठा, बोला, "तुम्हारी तबीयत तो ठीक है?"

राज ने उस प्रश्न को अनसुना करके धीरे से कहा, "आपके दाहिनी ओर जो युवक बैठा था, उसको आप अच्छी तरह जानते हैं?"

"किसको, वह जो नीला कोट पहने था?"

"हाँ, वही।"

"वह किशन के पास ठहरा हुआ है। किशन की पत्नी नीचे गयी थी, इसीलिए मैंने उसे यहाँ आने को कह दिया था। क्यों, क्या तुम उसे जानती हो?"

"नहीं, नहीं, मैं वैसे ही पूछ रही थी।"

"मैं समझ गया, वह दिलीप को बहुत प्यार कर रहा था। कुछ लोग बच्चों से बहुत प्रेम करते हैं।"

"हाँ, पर उसका प्रेम 'बहुत' से कुछ अधिक था।"

"क्या मतलब?"

"तुमने तो देखा ही था, दिलीप उनकी गोद से उतरना नहीं चाहता था।"

प्राण ने हँसते हुए कहा, "बच्चा सबसे अधिक प्यार को पहचानता है। उसका हृदय शरत की चाँदनी से भी निर्मल होता है।"

तभी दोनों की दृष्टि सहसा दिलीप की ओर उठ गयी। वह पास ही पलँग

पर मखमली लिहाफ ओढ़े सोया था। उसके सुनहरे घुँघराले बालों की एक लट मस्तक पर आ गयी थी। गौर वर्ण पर उसकी सुनहरी छाया चन्द्रमा के प्रकाश के समान बड़ी मधुर लग रही थी। बच्चा सहसा मुस्कराया। राज फुसफुसायी, "कितना प्यारा है!"

प्राण बोला, "ऐसा जान पड़ता है कि शैशव को देखकर ही किसी ने प्यार का आविष्कार किया था।"

दोनों की दृष्टि मिली। दोनों समझ गये कि इन निर्दोष उक्तियों के पीछे कोई तूफ़ान उठ रहा है, पर बोला कोई कुछ नहीं। राज ने दिलीप को प्यार से उठाया और अन्दर कमरे में ले जाकर लिटा दिया। मार्ग में जब वह कन्धे से चिपका हुआ था, तब राज ने उसे तनिक भींच दिया। वह कुनमुनाया, पर पलँग पर लेटते ही शान्त हो गया। वह तब कई क्षण खड़ी-खड़ी उसे देखते रही। लगा, जैसे आज से पहले उसने बच्चे को कभी नहीं देखा था, पर शीघ्र ही उसका वह आनन्द भंग हो गया। प्राण ने आकर कहा, "अरे! ऐसे क्या देख रही हो, राज?"

"कुछ नहीं।"

वह हँसा, "जान पड़ता है, प्यार में भी छूत होती है।"

राज ने वहाँ से हटते हुए धीरे से कहा, "सुनिए, अपने उन मित्र के मित्र को अब यहाँ कभी न बुलाइए।"

इन शब्दों में प्रार्थना नहीं थी, भय था। प्राण की समझ में नहीं आया। चकित-सा बोला, "क्या मतलब?"

राज ने कुछ जवाब नहीं दिया। वह चुपचाप बाहर चली गयी और अपने स्थान पर बैठकर पहले की भाँति उस बल खाते हुए मार्ग को देखने लगी। नीचे कुलियों का स्वर बन्द हो गया था। ऊपर बादलों ने सब कुछ अपनी छाया में समेट लिया था। चन्द्रमा का प्रकाश भी उसमें इस तरह घुल-मिल गया था कि उनकी भिन्नता रहस्यमय हो उठी थी। राज को लगा, बादलों की वह धुन्ध उसके अन्दर भी प्रवेश कर चुकी है और उसकी शान्ति को लील गयी है। सहसा उसकी आँखें भर आयीं और वह एक झटके के साथ कुर्सी पर लुढ़ककर फूट-फूटकर रोने लगी। प्राण सब कुछ देख रहा था। वह न सकपकाया, न क्रुद्ध हुआ। उसी तरह खड़ा हुआ उस फूटते आवेग को देखता रहा। जब राज के उठते हुए निःश्वास कम हुए और उसने उठकर आँखें पोंछ डालीं, तब उसने कहा, "दिल का बोझ उतर गया? आओ तनिक घूम आएँ।"

राज ने भीगी दृष्टि से उसे देखा। एक क्षण ऐसे ही देखती रही। फिर बोली, "प्राण, मैं जाना चाहती हूँ।"

"कहाँ?"

"कहीं भी।"

प्राण बोला, "दुनिया को जानती हो। क्षण-भर पहले यहाँ सब कुछ स्पष्ट था, पर अब नहीं है, सब कुछ बादलों की धुन्ध में खो गया है।"

"मैं भी इस धुन्ध में खो जाना चाहती हूँ।"

प्राण ने दोनों हाथ हवा में हिलाये और गम्भीर होकर कहा, "तुम्हारी इच्छा। तुम्हें किसी ने बाँधा नहीं है, जा सकती हो।"

राज उठी नहीं। उसी तरह बैठी रही और सोचती रही। रात आकर चली गयी, उसका सोचना कम नहीं हुआ, बल्कि और भी गहरा हो उठा। उसने दिन-भर दिलीप को अपने से अलग नहीं किया। स्वयं ले जाकर माल पर झूले में झुला लायी। स्वयं घुमाने ले गयी और फिर खिला-पिलाकर सुलाया भी स्वयं। बहुत देर तक लोरी सुनायी, थपथपाया, सहलाया। वह सो गया, तो रोयी और रोते-रोते बाहर बरामदे में जाकर अपने स्थान पर बैठ गयी। वही चन्द्रमा का धुँधला प्रकाश, वही बादलों की धुन्ध, वही प्रकृति की भाँति ऊपर अपूर्व शान्ति और अन्दर तूफान की गरज। प्राण ने आज राज को कुछ भी न कहने का प्रण कर लिया था। वह उसकी किसी इच्छा में बाधा नहीं बना। अब भी जब वह दृष्टि गड़ाये उस बल खाते मार्ग को ढूँढ़ने की विफल चेष्टा कर रही थी, वह कुर्सी की पीठ पर हाथ रखे हुए खड़ा था। तभी लगा कोई जीने में आ रहा है। राज एकाएक बोल उठी,, "वे आ गये।"

"कौन?"

"आपके मित्र के मित्र।"

वाक्य पूरा भी न हो पाया था कि वे मित्र बरामदे में आते हुए दिखाई दिये। प्राण ने देखा—वे अकेले नहीं हैं। उनके साथ एक पुरुष तथा एक नारी भी है। दोनों सभ्य लगते हैं। नारी विशेष सुन्दर है, पर इस समय वे अतिशय गम्भीर हैं, उनकी आँखें बताती हैं कि वे व्यग्र भी हैं। प्राण उन्हें देखकर काँपा तो, पर आगे बढ़कर उसने उनका स्वागत भी किया। मुस्कराकर बोला, "आइए, आइए। नमस्ते। किशोर नहीं आये?'

"जी, किशोर नहीं आ सके।"

"बैठिए, आइए, आप इधर आइए।"

बैठ चुके तो प्राण ने अपरिचितों की ओर देखकर पूछा, "आपका परिचय।"

"ये मेरी बहन हैं और ये बहनोई।"

"ओह!" प्राण मुस्कराया, हाथ जोड़े, दृष्टि मिली, जैसे कुछ हिला हो। फिर भी सम्भलकर बोला, "आप आजकल कहाँ रहते हैं?"

मित्र ने दीर्घ नि:श्वास लेकर कहा, ''कहाँ रहते। विधाता ने ऐसा उखाड़ा है कि कहीं जमते ही नहीं बनता।''

प्राण बोला, ''हाँ भाई। वह तो जैसा हुआ सभी जानते हैं, पर उसकी चर्चा किससे करें।''

और फिर मुड़कर राज से, जो बुत बनी बैठी थी, कहा, ''अरे भई, चाय-वाय तो देखो।''

मित्र एकदम बोले, ''नहीं, नहीं। चाय के लिए कष्ट न करें। इस वक्त तो एक बहुत आवश्यक काम से आये हैं।''

प्राण बोलो, ''कहिए।''

मित्र कुछ झिझके। प्राण ने कहा, ''शायद एकान्त चाहिए।''

''जी।''

''आइए उधर बैठेंगे।''

वह उठा ओर कोने में पड़ी हुई एक कुरसी पर जा बैठा। मित्र भी पास की दूसरी कुर्सी पर बैठ गये। एक क्षण रुककर बोले, ''क्षमा कीजिए, आपसे एक प्रश्न पूछना चाहता हूँ। है तो वह बेहूदा ही।''

''कोई बात नहीं,'' प्राण मुस्कराया, ''प्रश्न पूछना कभी बेहूदा नहीं होता।''

मित्र ने एकदम सकपकाकर पूछा, ''दिलीप आपका लड़का है?''

प्राण का हृदय धक्-धक् कर उठा। ओह, यह बात थी। उसने अपने-को सँभाला और निश्चित स्वर में कहा, ''जी हाँ! आज तो वह मेरा ही है!''

''आज तो?''

''जी हाँ, वह सदा मेरा नहीं था।''

''सच?''

''जी हाँ! काफले के साथ लौटते हुए राज ने उसे पाया था।''

''क्या'', मित्र हर्ष और अचरज से काँप उठे, ''कहाँ पाया था?''

''लाहौर के पास एक ट्रेन में।''

''प्राण बाबू, प्राण बाबू! आप नहीं जानते यह बच्चा मेरी बहन का है। मैं उसे देखते ही पहचान गया था। ओह प्राण बाबू! आप नहीं जानते, उनकी क्या हालत हुई,'' और उछलकर उसने पुकारा, ''भाई साहब, भाई साहब। रमेश मिल गया।''

और फिर प्राण को देखकर कहा, ''आप प्रमाण चाहते हैं? मेरे पास उसके फोटो हैं। यह देखिए।''

और उसने जेब से फोटो पर फोटो निकालकर सकपकाये हुए प्राण को चकित कर दिया। क्षण-भर में वहाँ का दृश्य पलट गया। रमेश के माता-पिता पागल हो

उठे। माँ ने तड़पकर कहा, "कहा है। रमेश कहाँ है?"

राज ने कुछ नहीं देखा। वह शीघ्रता से अन्दर गयी और दिलीप को छाती से चिपकाकर फफक उठी। दूसरे ही क्षण वे सब उसके चारों ओर इकट्ठे हो गये। वे सब उद्विग्न थे, पर प्राण अब भी शान्त था। उसने धीरे से राज से कहा, "राज, दिलीप की माँ आ गयी है।"

"उसकी माँ!" राज ने फफकते हुए कहा, "तुम सब चले जाओ। तुम यहाँ क्यों आये? दिलीप मेरा है। मैं उसकी माँ हूँ।"

दिलीप (रमेश) की माँ रोती हुई बोली, "सचमुच, माँ तुम्हीं हो। तुमने उसे पुनर्जन्म दिया है।"

सुनकर राज काँप उठी। उसने दृष्टि उठाकर पहली बार उस माँ को देखा और देखती रह गयी। तब तक दिलीप जाग चुका था और उस चिल्ल-पों में घबराकर, किसी भी शर्त पर, राज की गोद में उतरने को तैयार नहीं था। वह नवागन्तुकों को देखता और चीख पड़ता।

साल-भर पहले जब राजा ने उसे पाया था, तब वह पूरे वर्ष का भी नहीं था। उस समय सब लोग प्राणों के भय से भाग रहे थे। मनुष्य मनुष्य का रक्त उलीचने में होड़ ले रहा था। नारी का सम्मान और शिशु का शैशव सब पराभूत हो चुके थे। मनुष्य का मनुष्यत्व ही नष्ट हो चुका था। भागते मनुष्यों पर राह के मनुष्य टूट पड़ते और लाशों का ढेर लगा देते, रक्त बहता और उसके साथ ही बह जाती मानवता। ऐसी ही एक ट्रेन में राज भी थी। हमला होने पर जब वह संज्ञाहीन-सी अज्ञात दिशा की ओर भागी, तो एक बर्थ के नीचे से अपने सामान के भुलावे में वह जो कुछ उठाकर ले गयी, वही बाद में दिलीप बन गया। यह एक अद्‌भुत बात थी। अपनी अन्तिम सम्पत्ति खोकर उसने एक शिशु को पाया, जो उस रक्त-वर्षा के बीच बेख़बर सोया हुआ था। उसने कैम्प में आकर जब उस बालक को देखा तो अनायास ही उसके मुँह से निकला, "मेरा सब कुछ मुझसे छीनकर आपने यह कैसा दान दिया है प्रभु।" लेकिन तब अधिक सोचने का अवसर नहीं था। वह भारत की ओर दौड़ी। मार्ग में वे अवसर आये, जब उसे अपने और उस बच्चे के बीच किसी एक को चुनना था, पर हर बार वह प्राणों पर खेलकर उसे बचा लेने में सफल हुई। मौत भी जिस बालक को उससे छीनने में असफल रही, वही अब कुछ क्षणों में उससे अलग हो जाएगा, क्योंकि वह उसका नहीं था, क्योंकि वह उसकी माँ नहीं थी। "नहीं, नहीं...दिलीप उसका है।" और वह फफक-फफककर रोने लगी। प्राण ने और भी पास आकर धीरे से शान्त स्वर में कहा, "राज! माँ बनने से भी एक बड़ा सौभाग्य होता है और वह है किसी के मातृत्व की रक्षा।"

"नहीं, नहीं..." वह उसी तरह बोली, "मैं वह सौभाग्य नहीं चाहती।"

"सौभाग्य तुम्हारे न चाहने से वापस नहीं लौट सकता राज, पर हाँ! तुम चाहो तो दुर्भाग्य को सौभाग्य में पलट सकती हो।"

राज साहस प्राण की ओर देखकर बोली, "तुम कहते हो, मैं इसे दे दूँ?"

"मैं कुछ नहीं कहता। वह उन्हीं का है। तुम उनका खोया लाल उन्हें सौंप रही हो इस कर्तव्य में जो सुख है, उससे बड़ा सौभाग्य और क्या होगा! उस सौभाग्य को क्षणिक कायरता के वश होकर ठुकराओ नहीं राज।"

राज ने एक बार और प्राण की ओर देखा, फिर धीरे-धीरे अपने हाथ आगे बढ़ाये और दिलीप को उसकी माँ की गोदी में दे दिया। उसके हाथ काँप रहे थे, होंठ काँप रहे थे। जैसे ही दिलीप को उसकी माँ ने छाती से चिपकाया, राज ने रोते हुए चिल्लाकर कहा, "जाओ। तुम सब चले जाओ, अभी इसी वक्त।"

प्राण ने कोई प्रतिवाद नहीं किया, बल्कि जीने तक उनको छोड़ने आया। उन लोगों ने बहुत कुछ कहना चाहा, पर उसने कुछ नहीं सुना। बोला, "मुझे विश्वास है, बच्चा आपका है, वह आपको मिल गया। आपका-सा सौभाग्य सबको प्राप्त हो, लेकिन मेरी एक प्रार्थना है।"

"जी, कहिए। हमें आपकी हर बात स्वीकार है।"

प्राण ने बिना सुने कहा, "कृपा कर अब आप लोग इधर न आएँ।"

वे चौंके, "क्या?"

"जी, आपकी बड़ी कृपा होगी।"

"पर सुनिए तो...।"

प्राण ने कुछ न सुना और अगले दिन मसूरी को प्रणाम करके आगे बढ़ गया। राज की अवस्था मुरदे जैसी थी। वह पीली पड़ गयी थी। उसके नेत्र सूज गये थे। प्राण ने उस क्षण के बाद फिर एक शब्द भी ऐसा नहीं कहा, जो उसे दिलीप की याद दिला सके, लेकिन याद क्या दिलाने से आती है? वह तो अन्तर में सोते की भाँति उफनती है, राज के अन्तर में भी उफनती रही। उसी उफान को शान्त करने के लिए प्राण मसूरी से लखनऊ आया। वहाँ से कलकत्ता और फिर मद्रास होता हुआ दिल्ली लौट आया। दिन बीत गये, महीने भी आये और चले गये। समय की सहायता पाकर राज दिलीप को भूलने लगी। प्राण ने फिर व्यापार में ध्यान लगाया, पर साथ ही उसके मन में एक आकांक्षा बनी रही। वह राज को फिर शिशु की अठखेलियों में खोया देखना चाहता था। वह कई बार अनाथालय और शिशु-गृह गया, पर किसी बच्चे को घर न ला सका। जैसे ही वह आगे बढ़ता कोई अन्दर से बोल उठता, 'न जाने कौन कब आकर इसका भी माँ-बाप होने का दावा कर बैठे।"

और वह लौट आता। इसके अलावा बच्चे की चर्चा चलने पर राज को दुख

होता था। कभी-कभी तो दौरा भी पड़ जाता था। वह अब एकान्तप्रिय, सुस्त और अन्तर्मुखी हो चली थी। प्राण जानता था कि वह प्रभाव अस्थायी है। अन्तर का आवेग इस आवरण को बहुत शीघ्र उतार फेंकेगा। नारी की जड़ें जहाँ हैं, उसके विपरीत फल कहाँ प्रकट हो सकता है? वह एक दिन किसी बच्चे को घर ले आवेगा और कौन जानता है तब तक...।

वह इसी उधेड़बुन में था कि एक दिन उसने होटल से लौटते हुए देखा कि एक व्यक्ति उन्हें घूर-घूरकर देख रहा है। उसने कुछ विशेष ध्यान नहीं दिया। लोग देखा ही करते हैं। आज के युग का यह फैशन है, उसके पड़ोस में एक सज्जन रहते हैं। जब-तब अवसर पाकर छत की दीवार से झाँककर राज को देखा करते हैं। राज ने कई बार उनकी इस हरकत की शिकायत भी की थी। लेकिन अगले दिन, फिर तीसरे दिन, चौथे दिन यहाँ तक कि प्रतिदिन वही व्यक्ति उसी तरह उनका पीछा करने लगा। अब प्राण को यह बुरा लगा। उसने समझ इसमें कोई रहस्य है क्योंकि वह व्यक्ति राज के सामने कभी नहीं पड़ता था और न राज ने अब तक उसे देखा था। कम से कम वह इस बात को नहीं जानता था। यही सब कुछ सोचकर प्राण ने उस व्यक्ति से मिलना चाहा। एक दिन वह अकेला ही होटल आया और उसने उस व्यक्ति को पूर्वतः अपने स्थान पर देखा। प्राण ने सीधे जाकर उसके कन्धे पर हाथ रख दिया। वह व्यक्ति एकदम काँप उठा, बोला, ''क्या, क्या है?''

प्राण ने शान्त भाव से कहा, ''यही तो मैं आपसे पूछने आया हूँ।''

अचरज से वह व्यक्ति जिस तरह काँपा, उसी तरह एकदम दृढ़ होकर बोला, ''तो आप समझ गये। क्षमा करिए, मैं स्वयं आपसे बात करने वाला था।''

''अब तक क्यों नहीं कर सके?''

उसने उसी तरह कहा, ''क्योंकि मैं पूर्ण आश्वस्त नहीं था और आप जानते हैं, आज के युग में ऐसी-वैसी बातें करना मौत को बुलाना है।''

प्राण उसकी वाणी से आश्वस्त तो हुआ, पर उसका हृदय धक्-धक् कर उठा। उसने कहा, ''आप ठीक कहते हैं, पर अब आप निस्संकोच होकर जो चाहें कह सकते हैं।''

वह बोला, ''बात ऐसी ही है। आप बुरा न मानिए।''

''आप कहिए।''

वह तनिक झिझका, फिर शीघ्रता से बोला, ''आपके साथ जो नारी आती है, वह आपकी कौन है?''

''आपका मतलब?''

''जी...।''

प्राण सँभला, बोला, ''वह मेरी सब कुछ है और कुछ भी नहीं है।''

''जी, मैं पूछता था क्या वे आपकी पत्नी हैं?''

''मेरी पत्नी...?''

''जी।''

''नहीं।''

''नहीं?''

''जी हाँ।''

''आप सच कह रहे हैं?'' उसकी वाणी में अचरज ही नहीं, हर्ष भी था।

''जी हाँ! मैं सच कहता हूँ। अग्नि को साक्षी करके मैंने कभी उससे विवाह नहीं किया।''

''फिर?''

''लाहौर से जब भागा था, तब मार्ग में एक शिशु के साथ उसे मैंने संज्ञाहीन अवस्था में एक खेत में पाया था।''

''तब आप उसे अपने साथ ले आये।''

''जी हाँ।''

''फिर क्या हुआ?''

''होता क्या? तब से वह मेरे साथ है।''

''लोग उसे आपकी पत्नी समझते हैं।''

''यह तो स्वाभाविक है। पुरुष के साथ इस तरह जो नारी रहती है, वह पत्नी ही होगी, इससे आगे आज का आदमी क्या सोच सकता है, पर आप ये सब बातें क्यों पूछते हैं? क्या आप उसे जानते हैं?''

''जी,'' वह काँपा, बोला, ''वह...वह मेरी पत्नी हैं।''

''आपकी पत्नी,'' प्राण सिहर उठा।

''जी।''

''और आप उसे चोरों की भाँति ताका करते हैं?''

अब उसका मुँह पीला पड़ गया और नेत्र झुक गये, पर दूसरे ही क्षण न जाने क्या हुआ। उसने एक झटके के साथ गरदन ऊँची की, बोला, ''उसका एक कारण है। मैं उसे छिपाऊँगा नहीं। उन मुसीबत के क्षणों में मैं उसकी रक्षा नहीं कर सका था।''

प्राण न जाने क्यों हँस पड़ा, ''छोड़कर भाग गये थे। अक्सर ऐसा होता है।''

''भागा तो नहीं था, पर प्राणों पर खेलकर उस तक आ नहीं सका था।''

''वह जानती है?''

''नहीं कह सकता।''

"आपको भय है कि वह जानती होगी?"

"भय तो नहीं, पर ग्लानि अवश्य है।"

प्राण के भीतर के मन को जैसे कोई धीरे-धीरे छुरी से चीरने लगा हो, पर ऊपर से वह उसी तरह शान्त स्वर में बोला, "तो राज आपकी पत्नी है, सच?"

उस व्यक्ति ने रुँधे कण्ठ से कहा, "कैसे कहूँ। मैंने उसको ढूँढ़ने के लिए क्या नहीं किया? सभी कैम्पों में, रेडियो स्टेशन पर, पुलिस में—सभी जगह उसकी रिपोर्ट मौजूद है।"

प्राण बोला, "आप उसे ले जाने को तैयार हैं?"

वह झिझका नहीं, कहा, "जी इसीलिए तो रुका हूँ।"

"आपको किसी प्रकार का संकोच नहीं?"

"संकोच", उसने कहा, "संकोच करके मैं अपने पापों को और नहीं बढ़ाना चाहता। महात्मा जी..."

"तो फिर आइए," प्राण ने शीघ्रता से उसकी बात काटते हुए कहा, "मेरे साथ चलिए।"

"अभी?"

"इसी वक्त। आप कहाँ रहते हैं?"

"जालंधर।"

"काम करते हैं?"

"जी हाँ। मुझे स्कूल में नौकरी मिल गयी है।"

"आपके बच्चे तो दोनों मारे गये थे?"

"जी, एक बच गया था।"

"सच?"

"जी, एक बच गया था।"

"सच?"

"जी, वह मेरे पास है।"

प्राण का मन अचानक हर्ष से खिल उठा। शीघ्रता से बोला, "तो

"सुनिए, राज घर पर है। आप उसे अपने साथ ले जाइए। मैं पत्र लिखे देता हूँ।"

"आप नहीं चलेंगे?"

"जी नहीं। मैं बाहर जा रहा हूँ। लखनऊ में एक आवश्यक कार्य है। तीन-चार दिन में लौटूँगा, आप उसे ले जाइएगा। कहना उसका पुत्र जीवित है। मुझे देखकर वह दुखी होगी। समझे न।"

"समझ गया।"

"आप भाग्यवान हैं। मैं आपको बधाई देता हूँ और आपके साहस की प्रशंसा करता हूँ।"

वह व्यक्ति कृतज्ञ, अनुगृहीत कुछ जवाब दे कि प्राण ने एक परचा उसके हाथ में थमाया और बिजली की भाँति गायब हो गया।

पत्र में लिखा था :

राज!

बहादुर लोग गलती कर सकते हैं, पर धोखा देना उनकी प्रकृति के विरुद्ध है। फिर भी दो शब्द मुझे तुम्हारे पास लाने को पर्याप्त हैं। प्रयत्न करना उनकी आवश्यकता न पड़े। मुझे जानती हो, मरने तक जीता रहूँगा। —प्राण

यह व्यक्ति ठगा-सा बहुत देर तक वहीं खड़ा रहा। कंगाल की फटी झोली में कोई रत्न डाल गया हो, ऐसी उसकी हालत थी, पर जन्म से तो वह कंगाल नहीं था। इसलिए साहस ने उसे धोखा नहीं दिया और वह प्राण के बताये मार्ग पर चल पड़ा।

पूरे पन्द्रह दिन बाद प्राण लौटा। जब तक उसने द्वार को नहीं देखा, उसके प्राण सकते में आये रहे। जब देखा कि द्वार बन्द है और उसका चिर-परिचित ताला लगा है तो उसके प्राण तेजी से काँपे। किवाड़ खोलकर वह ऊपर चढ़ता ही चला गया। आगे कुछ नहीं देखा। देखा ही नहीं सका। पालना पड़ा था, उससे ठोकर लगी और वह पलंग की पट्टी से जा टकराया। मुख से एक आह निकली। माथे में दर्द का अनुभव हुआ। खून देखा, फिर पालना देखा, फिर पलंग देखा, फिर घर देखा। सब कहीं मौन का राज्य था। प्रत्येक वस्तु पूर्वतः अपने स्थान पर सुरक्षित थी। प्राण के मन में उठा, पुकारें—राज!

पर वह काँपा...राज कहाँ है? राज तो चली गयी। राज का पति आया था। राज का पुत्र जीवित है। सुख भी कैसा छल करता है। जाकर लौट आता है। राज को पति मिला, पुत्र मिला। दिलीप को माँ-बाप मिले। और मुझे...मुझे क्या मिला...?

उसने गरदन को जोर से झटका दिया। फुसफुसाया—ओह मैं कायर हो चला। मुझे तो वह मिला, जो किसी को नहीं मिला।

तभी सहसा पास की छत पर खटखट हुई, राज को घूरने वाले पड़ोसी ने उधर झाँका। प्राण को देखा, तो गम्भीर होकर बोला, "आप आ गये?"

"जी हाँ।"

"कहाँ चले गये थे?"

"लखनऊ।"

"बहुत आवश्यक कार्य था क्या? आपके पीछे तो मुझे खेद है...।"

"जी, क्या?"

"आपकी पत्नी...।"

"मेरी पत्नी?"

"जी, मुझे डर है वह किसी के साथ चली गयी।"

"चली गयी? सच। आपने देखा था?"

"प्राण बाबू, मैं तो पहले ही जानता था। उसका व्यवहार ऐसा ही था। कोई पन्द्रह दिन हुए आपके पीछे एक व्यक्ति आया था। पहले तो देखते ही आपकी पत्नी ने उसे डाँटा।"

"आपने सुना?"

"जी हाँ। मैं यहीं था। शोर सुनकर देखा, वह क्रुद्ध होकर चिल्ला रही है, 'जाओ, चले जाओ। तुम्हें किसने बुलाया था? तुम क्यों आये? मैं उन्हें पुकारती हूँ?' "

"सच, ऐसा कहा?

"जी हाँ।"

"फिर?"

"फिर क्या प्राण बाबू। वे बाबू साहब बड़े ढीठ निकले। गये नहीं। एक पत्र आपकी पत्नी को दिया, फिर हाथ जोड़े। पैरों में पड़ गये।"

"क्या यह सब आपने देखा था?"

"जी हाँ, बिलकुल साफ़ देखा था।"

"फिर?"

"फिर वे पैरों में पड़ गये, पर आपकी पत्नी रोती रही। तभी अचानक उसने न जाने क्या कहा। वह काँपकर वहीं गिर पड़ी। फिर तो उसने, क्या कहूँ, लाज लगती है। जी में तो आया कि कूदकर उसका गला घोटा दूँ, पर मैं रुक गया। दूसरे का मामला है। आप आते ही होंगे। रात तक राह देखी, पर आप नहीं आये। सवेरे उठकर देखा, तो वे दोनों लापता थे।"

"उसी रात चले गये?"

"जी हाँ।"

प्राण ने साँस खींची, "तो वे सच्चे थे, बिलकुल सच्चे।"

पड़ोसी ने कहा, "क्या?"

"जी हाँ। उन्होंने वही किया, जो उन्हें करना चाहिए था।"

और फिर अचरज से बुत बने पड़ोसी की ओर देखकर बोला, "वे भाई, राज के पति थे।"

"राज के पति?" चकित पड़ोसी और भी अचकचाया।

"जी हाँ। पंजाब से भागते हुए हम लोगों के साथ जो कुछ हुआ, वह तो

आप जानते ही हैं। राज को भी मैंने लाशों के ढेर में से उठाया था; वह तब जानती थी कि उसकी पति मर गये हैं, इसीलिए वह मेरे साथ रहने लगी।''

पड़ोसी अभी तक अचकचा रहे थे, बोले, ''आपके साथ रहने पर भी उन्हें राज को ले जाने में संकोच नहीं हुआ?''

प्राण ने कहा, ''सो तो आपने देखा ही था।''

वह क्या कहे, फिर भी ठगा-सा बोला, ''आपका अपना परिवार कहाँ है?''

''भागते हुए मेरी पत्नी और माँ-बाप दरिया में बह गये। बच्चे एक-एक करके रास्ते में सो गये।''

''भाई साहब,'' पड़ोसी जैसे चीख पड़ेंगे, पर वे बोल भी न सके। मुँह उनका खुले का खुला रह गया और दृष्टि स्थिर हो गयी।

*(हिन्दी कहानी)*

‘पड़ोसी’
से
‘भूतों का खेल’
तक

# पड़ोसी

## शेख अयाज

खानू हज्जाम सैलून में बाल काट रहा था, तब नेशनल गार्ड परेड करते जा रहे थे—चप रास्त...चप रास्त (लेफ्ट-राईट) चप-चप-चप-रास्त चप-रास्त...खाकी वर्दी पहने अच्छे जवान, पसीने से तर, बेहपरवाह, मगरूर और मजबूत। बाल कटवाकर शामदास सेठ ने उस तरफ देखा। उसके चेहरे पर भय, बेबसी और नफरत के चिह्न दिखाई पड़े—खानू, वह जो चाँद-तारे का झंडा लेकर अगुआई कर रहा है, वह कौन है? उसने बहुत ही डरते हुए पूछा।

—वह सालार खान मुहम्मद है। लोहारी का काम करता है।

खानू, सेठ ने उसमें विश्वास रखते हुए पूछा—ये सालार क्या कहते हैं? कहीं ये दंगे-फसाद तो नहीं करेंगे?

खानू था तो मुस्लिम लीगी और उसके दिल में इस्लाम की अजमत (बड़ाई) के जज़्बात थे पर वह ग्राहकों के साथ हमेशा प्रेम और मुरव्वत से चलता था। इसलिए उसने कहा—सेठजी ये दंगा क्यों करेंगे? ये तो केवल व्यायाम कर रहे हैं।

—पर दोस्त, व्यायाम तो ये रामा मुस्ती या वाहिद बख़्श के अखाड़े में कर सकते हैं, यहाँ रास्ते पर क्यों 'चप-राश चप-राश' लगायी है। मैं तो कल जोधपुर जा रहूँ हूँ। बाल-बच्चो, पत्नी को साथ ले जा रहा हूँ।

खानू दो-चार दिन से ऐसी बातें सुन रहा था। उसने दैनिक पत्रों 'अलबहीद' और 'संसार समाचार' में बंगाल और बिहार के दंगों के समाचार पढ़े थे जो दर्दनाक और दिल दहलाने वाले थे। वहाँ पर मानवता को कुचला गया था और भाई-भाई के खून से होली खेल रहा था। वहाँ औरतों की असमत लूटी गयी थी और मासूम बच्चों को मौत के घाट उतार दिया गया था। सीमा प्रान्त, लाहौर तथा बम्बई में भी भयानक दंगे हुए थे और उनकी तस्वीरें उसने देखी थी। उसके दिल में कई बार ये ख़याल आया था कि हिन्दुओं ने बिहार के मुसलमानों पर अत्याचार किया है। हमारे धर्म-भाइयों के ख़ून के साथ खिलवाड़ किया है। पर्दानशीन औरतों की इज़्ज़त लूटी

है। वह सोचता, क्या दो जून के बाद यहाँ पर भी दंगे होंगे? खानू रेजर चलाते सोच रहा था, क्या हम बिहार के मुसलमानों का बदला यहाँ लेंगे? उदाहरण के तौर पर क्या मैं इस सेठ का गला इस रेजर से काट दूँगा? यह विचार आते ही उसका दिल काँप उठा।

खानू था तो हज्जाम, पर शाम को जब वह पामाबीच की पैंट पहनकर लखी दरवाज़े पर घूमता था, तब उसको कोई हज्जाम नहीं कह सकता था। शिकारपुर के कई कालेज-छात्र इसकी दोस्ती चाहते, क्योंकि सिन्ध के सब कालेजों की तरह-तरह की पत्रिकाएँ उसकी दुकान में पढ़ने को मिलती और उर्दू, हिन्दी पत्रिकाएँ भी इसके पास आती थीं, अशोक कुमार और पृथ्वीराज के फोटो सैलून में लगे थे। खानू फिल्मों और साहित्य पर वाद-विवाद करता तो जान पड़ता, वह कोई बड़ा जानकार है। खानू की दुकान में फैंसी पाउडर और तेल भी रखे रहते थे, जिन पर मस्त होकर स्कूल के छात्र खानू से जान-पहचान बढ़ाते थे। खानू की मित्रता कालेज के लड़कों से या अनपढ़ हिन्दू सेठों या मुसलमान ज़मींदारों के लड़कों से होती थी जो पैंट पहनते और फ़िल्मी अदाकारों पर वाद-विवाद करते, या सैर और शिकार के शौकीन थे। दो-तीन साम्यवादी भी उसके सैलून में आते थे। लेकिन वे आपस में बातें करते थे और खानू की ओर ध्यान नहीं देते थे। कल भी वे बाल कटवाने आये थे। आपस में बोल रहे थे—सिन्ध तो सिन्धियों का है। आज हमारी सिन्धी कौम की अलग हस्ती ख़तरे में है। ये पंजाबी, बिहारी, गुज़राती, हमारी संस्कृति भाषा, व्यापार और ज़मीन हमसे छीन लेना चाहते हैं। हमारा कर्तव्य है कि हम सब इस बीमारी को अभी खतम कर दें। सिन्ध की कांग्रेस पर गुज़राती लोगों का नियन्त्रण है और मुस्लिम लीग वाले तो बिहारियों और पंजाबियों के लिए लंगर खोलकर बैठे हैं, सिन्धी लोग भले ही भूखों मर जाएँ, उनमें से जो एक हिन्दू था, उसने कहा—मैं उदयपुर या जोधपुर में हिन्दुओं के साथ रहने से तो यहाँ सिन्ध में मुसलमान भाइयों के हाथों मरना पसन्द करूँगा। इस देश के साथ मेरी आत्मा जुड़ी हुई है। यहाँ के रास्ते, बाग़-बगीचे और लोग मेरी आत्मा में रच गये हैं। मेरी हस्ती सिन्ध के बिना मुर्दे के बराबर है।

खानू ने इससे पहले इतना विशाल हृदय रखने वाला और कोई हिन्दू नहीं देखा था। इसलिए वह उसकी बातें बड़ी तन्मयता से सुन रहा था। उसने जोश में आकर बोला था—'जय सिन्ध'। पहले खानू ने 'जय हिन्द' सुना था तब उसको इसमें हिन्दूपन की गन्ध आयी थी और खानू ऐसा महसूस करता था मानो किसी ने उसको रेजर से काट दिया हो। लेकिन 'जय सिन्ध' सुनते ही उसने ऐसा महसूस किया जैसे किसी ने गुलाबजल का फुहारा मार दिया हो और जिसने उसका दिमाग इत्तर से भर दिया हो।

आज उसको विचार आया, अगर कल सिन्ध में दंगे हों तो वह क्या करेगा? क्या वह उस रेजर से सेठ का गला काट देगा? सेठ का लड़का कालेज में पढ़ता था और उसके पास बाल कटवाने आता था। कई बार वे लोग नवरोज के मेले पर सिन्ध नदी के किनारे खानू को मिले भी थे। उन्होंने खान को अपने साथ बिठा लिया था। चारों तरफ चहल-पहल थी। सिन्धु नदी लबालब बह रही थी। पुल के पास लहरें उछल-उछलकर दिल में उमंगें भर रही थीं। उस समय खानू ने कान पर हाथ रखकर दोहे गाये थे, 'चोले बारी नीन्गरी...' (ओ कुर्ते वाली छोकरी)...उस समय जैसे प्रेम का वातावरण छा गया था। तब हिन्दू और मुसलमान का भेद न रहा , सब मिलकर संगीत का मधु पी रहे थे। उन्होंने तैरने के कद्दू उठाये थे और उन पर ताल दे-देकर संगीत के साथ लय मिला रहे थे। फिर वे लोग नदी में उतरकर तैरने लगे थे और आम चूसते जा रहे थे। खानू ने सोचा, दरिया जो बह रहा था, वह तो दोनों के लिए समान था। ऐसा नहीं था कि पानी हिन्दुओं को डुबा देता और मुसलमान ही तैर जाते और दोनों के सिर पर सूरज चमक रहा था। और दोनों ही अपने सर को ठंडा रखने के लिए पानी में डुबकी लगा लेते थे। ऐसा तो था नहीं कि सूरज मुसलमानों को तो छाँव में रखता और हिन्दुओं को धूप में जला देता। जब ये कुदरत के अनासर हिन्दू और मुसलमान से कोई भेद नहीं रखते, तब वह इनको पैदा करने वाला क्यों भेद रखेगा? और जब ख़ालिक भेद नहीं रखता तो ख़लकत (लोग) क्यों भेद रखें? खानू का दिमाग जैसे किसी उर्दू रिसाले का एक पन्ना बन गया, उसने जो पुस्तकें पढ़ी थीं, वे सब मिलकर उस पर साहित्य के रंग चढ़ा रही थीं। और खानू सोच रहा था कि जिनके साथ उस खाया-पिया था, उठा-बैठा था, उनका या उनके माँ-बाप का गला वह कैसे काट सकता है?

खानू अपने हिन्दू दोस्तों के साथ शाही बाग में भगत (लोकगीत, नृत्य, नाट्य का संगम) सुनने को जाता था, और जब महात कान पर हाथ रखकर शाह लतीफ की कविता गाता—'थदो नसाईज थर जी, मिटी मुइअे मथां, जे पोयों थे पसाह, तबि निजादू मढ़ मतीर में।' (अगर मैं मर जाऊँ तो मेरी लाश मेरे देश भली ले जाना) तब विस्मय से भरा ऐसा वातावरण पैदा हो जाता कि खानू का दिल चाहता कि वह वहीं मर जाये। इसी तरह इस विशाल और शीतलता देने वाले बरगद वृक्ष के पत्ते फड़फड़ाते रहें। उसकी क़ब्र यहीं बने और हमेशा उसकी कब्र पर वे पत्ते झरते रहें और शाही बाग़ की ठंडी हवा उसकी कब्र को सहलाती रहे। और जब-जब भगत गाये तो उसकी लहराती आवाज़ और मोगरे की खुशबी उसकी रूह को गुदगुदाती रहे और वह क़ब्र में भी गाता रहे, लहराता रहे, और अगर फरिश्ते उसको स्वर्ग में ले जाएँ तो वह वहाँ से भी दामन छुड़ाकर भाग आये और यहाँ आकर भगत की आवाज़ में रम जाये और मोगरे की बन्ध से छेड़खानी करे, ऐसे जज़्बात न केवल

खानू के दिल में उभरते थे, पर सब हिन्दू-मुसलमान सुनने वालों के दिलों पर यही गुज़रती थी...ये हिन्दू सिन्ध छोड़ जाएँगे! कैसे ये लोग 'मारुई' का मुसक छोड़ेंगे? और कौन उनको वहाँ शाह लतीफ़ की कविता सुनाएगा। पर खानू ने जो गीत रेडियो पर सुने थे, उनसे उसको घृणा हुई थी और उसने स्टेशन बदल दिया था, जैसे वह भूतों की बोली हो। दूसरी भाषा में हमें वह रस कैसे मिलेगा। जिन भाषाओं से बाजरे की सूखी रोटी की गन्ध आती हो, उनमें हम गेहूँ खाने वालों को कैसे रस आएगा? हम सिन्ध शाह की कविता पर जान देने वाले सिन्ध नदी पर जीने वाले, सिन्ध से बाहर जाकर कैसे जीवन बिताएँगे?

खानू को कई ऐसी, ज़िन्दगी में बुनी हुई स्थितियाँ नज़र आयीं, जिनमें आम हिन्दू और मुसलमान आपस में ताने-बाने की तरह जुड़े हुए थे और जिनमें सिन्ध की एक सभ्यता, एक राष्ट्रीयता झलकती थी। खानू सिन्ध से चले जाने के बारे में सोचता रहा, उसका दिमाग़ बाल काटने वाली मशीन की तरह काम करता था।

शाम को जब खानू दुकान बन्द करके घर जा रहा था, तो उसने देखा, लोगों और सामान से भरी हुई बग्घियाँ रेलवे स्टेशन को लगातार जा रही थीं। उनमें ऐसे लोग भी थे जो अपने पैदाइशी वतन को छोड़कर हमेशा के लिए जा रहे थे। दूर—जहाँ पर न शाह लतीफ़ था, न सामी था, न साधुबेला, न जिन्दा पीर, न भगत, न लोगों का दंगल, न बारहवीं का मेला था, न जहाँ चौदहवीं का राग होता था। दूर एक अनजाने देश में वे लोग जा रहे हैं, जहाँ की रीत-रसम, भेस और भाषा, वह नहीं जानते थे।

पर...खानू के दिमाग में एक विचार आया—सिन्ध से बाहर जाने का विचार तो केवल दो-चार सेठ लोग कर सकते हैं, जिनकी जयपुर और उदयपुर में अपनी कोठियाँ हैं और जो लोग यात्रा का खर्च उठा सकेंगे। पर वे गरीब मुंशी, क्लर्क, सिन्धी स्कूलों के अध्यापक जो उसके सैलून में आते थे, और बाल काटने के चार आने देना जिनको भारी पड़ता था, वे लोग कैसे इतना खर्च करेंगे? सेठ लोग तो वहाँ जाकर व्यापार करेंगे, पर अध्यापक और क्लर्क लोग क्या करेंगे?

दूसरे दिन सुबह खानू अपने घर के दरवाज़े पर खड़ा दातून कर रहा था तो गली में किसी ने हाँक मारी...'पलो मछी-पलो मछी' (सिन्ध नदी में पैदा होनेवाली मछली)। खानू की औरत ने घर से बाहर आकर मछली वाली को रोका और मछली माँगने लगी, मुझे आधा पला चाहिए—खानू की औरत ने कहा। इतने में साथ वाले घर से पेसूराम की माँ बाहर निकली और खानू की औरत से कहने लगी—बहन जीबल, पूरा पला ले लो। आधा मैं ले लूँगी। और दोनों ने पूरा पला (मछली) लेकर आधा-आधा कर लिया। तब पेसूराम की माँ ने कहा—बहन जीबल, सुनते हैं आपस

की घिरना (घृणा) बहुत बढ़ गयी है, मुसलमान दंगा करने वाले हैं, ऐसा हुआ तो मैं तुम्हारे पास आकर रहूँगी।

खानू वहाँ दातून कर रहा था; उसने मजाक करते हुए पेसूराम की माँ से कहा—"मैं तो मुस्लिम लीगी हूँ और जिन्ना टोपी पहनता हूँ, तुम्हें तो मुझसे ही डरना चाहिए।"

"नहीं भया, क्या कहते हो!" पेसूराम की माँ ने सर हिलाते और नथ को झूलाते कहा—"आप लाख लीगी हो जाओ, हमारे लिए तो वही खानू भाई हो। हमको आप कैसे मारेंगे? आप ही तो कहते हैं—पड़ोसी तो माता-पिता, बहन-भाई होते हैं। आप ईद पर हमें फिरनियाँ देते हैं, और शीतला के समय हमारे साथ मीठी रोटी खाते हैं, फिर इसका लिहाज भी नहीं होगा? अगर फिर भी आपके हाथों से मरूँगी तो आप पर कुर्बान हो जाऊँगी।" फिर पेसूराम की माँ ने एक कहावत सुना दी, 'मर मार नन्ढा भादड़ा सिसी अ दीदा लत' (मार लो मेरे छोटे भाई, सर काट लो)। यह कहावत माँ, भाई-बहन की लड़ाई होते समय कही जाती है।

यह सुनकर खानू के कपाट खुल गये—क्या इस औरत को वह मारेगा जो शरण माँग रही थी? कभी नहीं, कभी नहीं। वह इतना संगदिल नहीं हो सकता। बिहार में अगर हिन्दुओं ने मुसलमानों को मारा था तो इसमें पेसूराम की माँ का क्या कसूर है? वह तो छुटपन से उसके पड़ोस में पली और बड़ी हुई है। दोनों ने बचपन में एक ही बेरी में पत्थर मारकर बेर गिराए और खाये थे। दोनों ने एक ही नल से पानी भरा था। खानू ने कई बार गागर उठाकर पेसूराम की माँ के सर पर रखी है। कई बार इसकी पतंग उसके कोठे पर जा गिरी थी, तो पेसूराम की माँ ने जाकर उसे दी थी। इतना ही नहीं जब खानू की औरत जीबल को बच्चा होने वाला था, तब पेसूराम की माँ ने उसको पानी और धागे सन्तों से पढ़ाकर लाकर दिये थे? इसको क्यों मारा जाये? कभी नहीं, कभी नहीं! इस सूफ़ियों के देश 'सिन्ध'! में कभी दंगे नहीं होंगे। उसके कानों में जैसे किसी ने वही शब्द फूँक दिये—'जय सिन्ध!' कौन ऐसा जालिम और संगदिल होगा जो पड़ोसी की रक्षा न करेगा और निराश्रितों का गला काटेगा! उसके मन में जो धुन्ध थी, वह साफ हो गयी थी—ऐसे जैसे क्लीन शेव!

*(सिन्धी कहानी : अनुवाद : गोविन्द पंजाबी)*

# उजड़ गया मेरा पड़ोसी

## सन्तोखसिंह धीर

जरनैली सड़क पर मज़हब के सताये हुए लोगों का चार मील लम्बा काफिला नये वतन की ओर जा रहा था।

मैं कहीं बाहर से अपने गाँव की ओर आ रहा था। मेरीज़ मंजिल से लगभग दो मील पहले—काफिले के बीच में—हमारी बस खराब हो गयी। सवारियाँ उतर कर सड़क से नीचे की ओर बिखर गयीं और ड्राइवर इंजन का घूँघट उठाकर नुक्स देखने लगा।

सड़क के बायीं ओर, सुस्त गति से बैलगाड़ियाँ चीख रही थीं, जैसे कि पहिये धुरी पर विवश घूम रहे हों। भूखे, हाँफते हुए बैलों के कन्धों पर पूरे-पूरे कुटुम्ब का भार था। बैल बीमारों की तरह चल रहे थे उनके मालिकों के दिल उनकी चाल से सहमत नहीं थे। दूसरी ओर बैलों के पैरों से उड़ती धूल हवा की लहरों से चिपकती चारों ओर फैल रही थी।

बैलों के कंठों में घुंघरू नहीं बँधे थे। किसी-किसी बैलगाड़ी से बच्चों के सिसकने-रोने की आवाज़ें आ रही थीं।

बैलगाड़ियों पर लाशों-से भूखे पिंजर बेचारगी से चुपचाप देखते जा रहे थे। उनके पीले चेहरे धूल से धुँधलाये हुए थे। उनकी सड़ी-गली ज़िन्दगी पर मक्खियाँ भिनभिना रही थीं, और हवा की खुश्क लहरों के साथ एक बदबू वायुमंडल में फैल रही थी।

मेरी इच्छा हुई, उजड़कर जा रहे लोगों को, और एक बार करीब से देख लूँ।

दो क़दम उठाते ही मैं ऊबड़-खाबड़ में सड़क के दायें किनारे पर पहुँच गया। अचानक एक तरफ बैलगाड़ियाँ खड़ी होने लगीं। शायद काफ़िले को रोका गया था।

मैं सुरमई सड़क पर हो गया और लम्बी पंक्ति में खड़ी, प्रत्येक गाड़ी को देखता, धीरे-धीरे आगे बढ़ने लगा।

किसी बैलगाड़ी से जब किसी की उदास आँखें मेरी ओर देखतीं तो मुझे देखते ही एकदम हट जातीं। प्रत्येक गाड़ीवान एक बार तो मेरी शक्ल से डर जाता जैसे मेरी आँखों में उन्हें बरछे चमकते नज़र आ रहे हों। मैं सुरमई सड़क से हटकर फिर कच्ची पटरी पर आ गया।

तकरीबन तीन बैलगाड़ियों के बाद, अचानक एक गाड़ीवान ने मेरी ओर देखा। उसकी नज़रें मुझसे हटते-हटते फिर मेरी ओर हो गयीं। उसने फिर मेरी ओर देखा और उसके चेहरे पर हल्की-सी मुस्कराहट उभर आयी। उसकी आँखों में चमक आ गयी जा इस काफिले में बिल्कुल अनहोनी बात थी।

गाड़ीवान एक छलाँग में गाड़ी से उतरकर मेरी ओर बढ़ा—जैसे कि उसकी छाती में कोई गोला फट गया हो—उसे छुरछुरी-सी महसूस हुई और वह फूटकर रो पड़ा।

"ओ...हो...दुल्ला! बहुत बुरा हो गया यार! तू तो पहचान में भी नहीं आ रहा।" मैंने उसे देखकर कहा।

दुल्ले की सिसकी से गाड़ी में निढाल, बेहोश-सी लेटी जैनब के दिल को धक्का लगा। बाप का रोना सुनकर तो बेटियाँ कब्रों में भी जाग जाती हैं।

"अब्बा...तुम...इधर आ जाओ...।" जैनब ने मरी हुई आवाज़ में कहा। उसकी आँतें जैसे अकड़ गयी हों। उसने मुझे पहचाना नहीं था। बैलगाड़ी से दूर जा रहे अब्बा को यह मौत के जबड़ों में जाता हुआ समझ ही थी।

"दुल्ला! मेरे भैया, आओ हम कोई बात करें।" मैंने दुल्ला को सान्त्वना देते हुए उसके कन्धे पर हाथ रखते हुए कहा। उसके गाल आँसुओं से भीग चुके थे। उसने सिसकियाँ लेते हुए, अपनी कमीज़ के मैले पल्ले से आँखें और नाक पोंछा। रो-रोकर वह थक चुका था, उसकी आँखों लाल हो गयी थीं। उसने अपने को सँभालते हुए मेरी ओर देखा, और धीरे-सी गर्दन घुमाकर उसने अपनी बेटी से कहा, "बेटी जैनब, गुरबचनसिंह खड़ा है..., अपना पड़ोसी..., मिल लो...।"

उसने ढीली बाँहों से बैलगाड़ी का सहारा लिया जिससे उसकी कोहनियाँ बाहर की ओर निकल आयीं। उसकी कमर के ऊपर खोंची लुँगी गाड़ी की बाँहों के ऊपर तक उड़ रही थी।

मेरा नाम सुनते ही जैनब फूट-फूटकर रो पड़ी। उसकी पसलियों में साँस खींचने की भी ताकत नहीं थी। पर रोने के लिए उसमें पता नहीं कहाँ से हिम्मत आ गयी थी। उसके रुदन को सुन बैलों की आँखों से भी आँसू बहने लगे।

दुल्ला हमारे गाँव का राठ गूजर कहलाता था। बीस-बीस कोस तक उसकी धाक थी। सारे गाँव के डाँगर वही चराता था। साथ ही बकरियों का एक झुंड भी पालता था। ऐसा कभी नहीं हुआ कि उसकी सुपुर्दगी में डाँगर किसी के खेत में घुसे हों और उन्हें किसी दूसरे गाँव के फाटक में बन्द होना पड़ा हो।

हमारे घर एक ही जगह थे और वह हमारा पड़ोसी था। पुश्तों से हमारा उनके साथ काम पड़ता रहा था।

हमारे मकान के पीछे, पशुओं के बाड़े के साथ, उसकी बकरियों का बाड़ा था। मेरे पिताजी बताया करते थे कि दुल्ले के ताऊ सुलेमान ने एक बार हमें विश्वास दिलाया था—'सावनसिंह, तुम्हारा माल हमारा माल, कोई फ़र्क तो नहीं, तुम घर में आराम से सोया करो। तुम्हारे डाँगरों की देखभाल करके हम थक नहीं जाएँगे।' तभी से हमने कभी अपने पशुओं के पास चारपाई नहीं बिछायी।

जैनब मेरी बहनों की पक्की सहेली थी। वे जब मिलकर सूत कातने बैठती तो सुबह तक लगी रहतीं। इकट्ठे मिल औरतों ने गाना, झूले झूलने। वे एक साथ उठती-बैठतीं, सोचती-विचारतीं। मिलकर वे सुन्दर फुलकारी काढ़तीं। हमारी अजब रंगों वाली दरियाँ उनकी साँझी आकांक्षाओं के रंगीन उदाहरण हैं। जैनब का दाज मेरी बहनों ने मिलकर बनाया था। और अब जैनब मेरी बहनों के साथ मिलर उनका दाज तैयार करवा रही थी।

जैनब मुझे सगी बहन-सी लगती थी। वह मुझे सदा 'वीर' कहकर ही बुलाती थी। जब कभी वह मेरी किसी बहन से छीना-झपटी करती तो मेरे लिए फैसला करना मुश्किल हो जाता। किसका दोष निकालूँ—किसको डाँटूँ!

जब उसकी डोली जा रही थी तो उसके रिश्तेदारों के साथ मेरी बहनें भी खूब रोयी थीं। उनके रिश्तेदारों ने छींट के कपड़े और चाँदी के आभूषण पहने हुए थे—उनमें मेरी सादी बहनें अलग लग रही थीं। पर आत्मा से निकले दर्दीले विलाप से मैं अपनी बहनों की आवाज़ को पहचान नहीं पाया था।

उसके भाई और बाप ने अपनी साधारण पगड़ियों के कानों पर लटकते पल्लों से आँखें पोंछी थीं। जबकि वे राठ थे, पर बेटियों को विदा करते समय अच्छे-अच्छे तीसमारखाँ भी निरीह हो जाते हैं। जैनब अपने मामा के आलिंगन में उसके गले से लगी, एक अजीब काँपते स्वर में ऊँ-ऊँ करके रो रही थी। इस लय में औरत ज़िन्दगी में शायद एक बार ही रोती है। उसके रोने की थिरकती लय में मेरा दिल डूबता जा रहा था, जैसे नदी की लहरों के बार-बार किनारे से टकराने से किनारा धुल जाता है। दो आँसू मेरी पलकों से निकलकर धरती पर गोल बूँदों के रूप में गिर गये थे।

वही जैनब अब मुझे पराया समझ रही थी, जैसे उसके दिल से विश्वास उठ गया हो। उसके मन में सन्देह था—'वीर-वीर' करती हुई भी तो बहुत-सी औरतें मारी गयीं...।

मेरे हृदय में भी छुरियाँ चल रही थी—बहन को आज भाई पर भी विश्वास नहीं रहा—उसी जैनब का हृदय आज मेरी परछाई से भी काँपता था। वही विवाहिता जब वापस लौटी थी तो मुझे इस तरह आलिंगन में लेकर मिली थी, जैसे अपने भाई

जमाले को।

"अच्छा गुरबचनसिंह...आखिरी समय तुम मिल गये...।" दुल्ला ने गले में रुके गुबार का घूँट भरते हुए कहा। बड़ी मुश्किल से उसके गले से आवाज़ निकली।

"समय का फेर है, दुल्ला, कुछ हवा ही बुरी चल पड़ी है। अच्छे-भले आदमी पशु बन गये हैं।"

"बचनसिंह, अल्लाह जानता है, हमने तो कभी किसी का कुछ नहीं बिगाड़ा...हम तो निर्दोष हैं," दुल्ला की नीचे की ओर लटक रही मूँछें काँप गयीं और उसकी दाढ़ी के बाल बुर्श की तरह अकड़े खड़े रहे जिसमें धूल का मैलापन झाँक रहा था।

"सच, नूर, जीनाँ, कैमी, गोहर और छोटी मुनिया फाताँ नज़र नहीं आयीं।"

"सभी को अपनी-अपनी जान बचाने की पड़ गयी थी। भगदड़ में बच्चों को कौन सँभालता? पीरू डूम के बेटे नजीर ने बताया था कि गोरे के खेतों में उन्हें मार दिया जहाँ वे टीकरियों से खेला करते थे।" दुल्ला की आँतें जैसे चुपचाप रो दी हों। उसके बन्द होंठों और ठोढ़ी पर गम काँप गया। "मैं, जैनब और वह गाम का छोटा बच्चा तीन दिन ईख में छिपे रहे। और एक रात जब हो-हल्ला कुछ शान्त हुआ तो मौका पाकर हम रोजीं में जा छिपे, तब कहीं जान बची।"

"खैर, अच्छा दुल्ला, तेरी कजान तो बच गयी। सब-कुछ फिर से ठीक हो जाएगा।"

"अच्छा, शुक्र है उस परमात्मा का..." दुल्ले ने आसमान की ओर अदब से संकेत करते हुए कहा। दूर, ऊँचाई पर कौवों की एक पंक्ति उड़ती हुई गाँव की ओर जा रही थी। दुल्ले की आँखों में इच्छा और लालच चमक उठा—"यदि मैं कहीं कौवा बन जाऊँ...जाती बार तो अपने गाँव की मुँडरों पर ख़ूब उड़ूँ...मेरी जान को कोई खतरा नहीं होगा...मेरा कौन-सा कोई मज़हब होगा... !"

पंक्ति दूर निकल गयी थी, जैसे कि कौवे मच्छर बन गये हों। दुल्ले ने कौवों की दूरी जितना लम्बा साँस लिया।

"बेटी जैनब! तू भी कोई बात कर ले, भैया खड़ा है।" दुल्ले ने बेटी पर दया और लाड़ करते हुए कहा।

जैनब का रुदन अब टूटी हुई सिसकियों में बदल गया था। वह रो-रोकर निढाल हो गयी थी। उसकी फटी हुई चुनरी आँखों के पानी में डूबकर लाल-लाल मछलियों-सी लग रही थी।

उसके मुँह से आवाज़ निकली—"भैया, तुम मुझे अब भी रख लो...हम तुम्हारे धर्म में आ जाते हैं।"

"बहन, आज मेरा कोई धर्म नहीं। यदि मेरा धर्म होता तो मेरे सामने आप इस तरह बेघर न होते।"

"अच्छा...भैया...।" जैनब ने एक पल के लिए आँखें फाड़कर मेरी तरफ देखा, जैसे कि अँधेरे में वह कोई सुरक्षा की किरण तलाश रही हो। पर जल्द ही उसकी अधबुझी आँखों पर धूल-सनी पलकें झुक गयीं। उसका दिल चीख उठा। उसने महसूस किया—'बहन को घर की तरफ आते देखकर निर्मोही भैया ने दरवाज़ा बन्द कर लिया।"

"अच्छा बचनसिंह, गाँव के दरवाजे को हमारा सलाम कहना। और बरसात के पानी में हमारे मकान-कोठे का ध्यान रखना। कहीं छत चूने न लगे। हमारे परदादे के समय से यह छत हमें ओट देती रही है। सूने घर की पर्तें उतर-उतरकर मकान को खोखला कर देती हैं।"

"तुम्हारे कोठे की...।" मेरे मुँह से सच निकलने लगा था कि—'अभी तुमने चौखट ही पार की होगी, तुम्हारे जाते ही उसमें आग की लपटें जल उठीं। नीली जीभों वाली आग की लपटें सर्पिणियों की तरफ फुँकार रही थीं, जिनकी लपेट में तुम्हारी छत की सड़ी कड़ियाँ तिड़क-तिड़कर जल गयीं और लपटों की गरमी से अधजली दीवारों में दरारें पड़ गयीं।' पर सच कभी-कभी बरछे-सा चुभता है और बहुत दुःख देता है। और हम सच से वाकिफ़ होते हुए भी जब झूठ को सुनते हैं तो आत्मा प्रसन्न हो जाती है।

दुःखते हुए दिल को और दुःखी क्यों करूँ? मैं उसे सच बताते-बताते रुक गया और धीरे-से कहा—"तुम बेफ़िक्र रहो, दुल्ला। तुम्हारे घर का मैं ध्यान रखूँगा।"

हम सड़क की कच्ची पटरी से उतरकर कुछ नीचे की ओर हो गये। रक्षक सिपाहियों की एक बस आधी कच्ची और आधी पक्की सड़क पर चलती-लुढ़कती आ रही थी। घूँ-घूँ करती लुढ़कती बस हमारे पास से गुजर गयी। धूल का एक भूरा बादल धरती से उड़कर वायुमंडल में बिखरने लगा। दूर तक इस बादल में संगीनों की तेज जीभें चमकती जा रही थीं।

बादल थककर बिरला हो गया था। धूल की खुश्की धीरे-धीरे काफ़िले पर गिरती हुई जमती चली गयी।

"अच्छा, गुरबचन! अल्लाह ने चाहा तो कहीं फिर मिलेंगे, जिन्दा या...।"

"जरूर मिलेंगे दुल्ला, तुम चिन्ता मत करो। मिले बिना अपना काम नहीं चलेगा...आख़िर हमें एक होना ही पड़ेगा।"

"पर, मुझे तो आशा नहीं।"

"तू तो बावला है। नाखूनों से कभी मांस अलग नहीं होता। यह तो सब अँग्रेजों की चाल है। हमें भड़काकर भुतहा बना दिया। भाई ने भाई का पेट फाड़-कर चिथड़े कर दिया।"

"चलो भी! ससुरे कैसे मेंढकों से उछलकर अलग हो जाते हैं।" काफ़िले के साथ-साथ पैदल गश्त कर रहे फ़ौज़ियों ने जिनके कन्धों पर सफेद जीभों वाली बन्दूकें थीं, सड़क के किनारे बैठकर घास उखाड़ रहे लोगों से कहा, जो काफिला रुक जाने पर अपने बैलों के पेट भरने के लिए घास उखाड़ने लग जाते थे।

धीरे-धीरे काफिला सरकने लगा। बैलों ने फिसलने वाली स्लेटी सड़क पर अपने पिछले खुरों को अड़ाकर अपनी गर्दनों पर पूरे कुटुम्ब का भार खींचा। दम लगाते बैलों की आँखें चौड़ी होकर जैसे फटने लगी हों। गाड़ी के पहिये धरती में धँसे जा रहे थे। निर्दयी गाड़ीवानों ने बैलों की पूँछों को मरोड़ा और उनकी जाँघों के बीच अपने डंडे को चुभाया। पहिये विवश हो घूरी पर घूमने लगे। गाड़ियों की पसलियों से निकली चीख, पहिये से निकली चीखों के साथ मिल काफिले की समूची चीख बनने लगी।

दुल्ला एक छलाँग में बैलगाड़ी की गर्दन पर जा बैठा। बैलों की सफेद पूँछों के उसने कुंडल बना दिये। उसने अपनी लटक रही टाँगों के अँगूठे बैलों की जाँघों के बीच लगाये। उसकी बैलगाड़ी के पहियों में से एक मार्मिक चीख निकली जो महान् चीख से मिलकर एकाकार हो गयी।

मेरी जेब में तीन रुपये सात आने थे। सवा रुपया मैंने किराया देना था। मैंने चलते-चलते दो का नोट जैनब की हथेली पर रख दिया और उसकी पतली और सूखी उँगलियों को बन्द करने लगा।

"वीर, तुम रहने दो, कष्ट मत करो।"

"रख लो, रख लो, मेरी बहन, कष्ट कैसा! मैं तेरा भाई नहीं... ?" मेरा गला रुँध गया। मैं खुलकर बोल न सका। मेरी आँखों में कुछ ऐसा था, जैसे कि मैं धुँधले शीशों में से देख रहा होऊँ।

"अच्छा... भैया, मिन्दो और प्रीतो को मेरा सलाम कहना।" जैनब ने मेरी बहनों को सन्देश दिया—"और उन आँगनों को भी सलाम कहना जहाँ मेरा दिल बार-बार जाता है। हमारे पिछवाड़े वाले बाड़े में आम की जड़ों को कभी-कभी पानी दे देना। उसकी पौध मैंने बड़े चाव से ख़ुद लगायी थी। उसके चमकते हुए बैंगनी पत्ते कहीं सूखकर झड़ न जाएँ...।" जैनब कहती गयी जैसे कि रोगी अन्त समय में बुड़बुड़ाता है।

शाम को थका सूरज पश्चिम में छुप गया और एक-एक करके बैलगाड़ियों की लम्बी पंक्ति मेरे पास से सरकती ख़त्म हो गयी।

*(पंजाबी कहानी : अनुवाद : गुरचरण सिंह)*

# खोल दो

## सआदत हसन मंटो

अमृतसर से स्पेशल ट्रेन दोपहर दो बजे और आठ घंटों के बाद मुग़लपुरा पहुँची। रास्ते में कई आदमी मारे गये। अनेक ज़ख़्मी हुए और कुछ इधर-उधर भटक गये।

सुबह दस बजे कैम्प की ठंडी ज़मीन पर जब सराजुद्दीन ने आँखें खोलीं और अपने चारों तरफ मर्दों, औरतों और बच्चों का एक उमड़ता समुद्र देखा तो उसकी सोचने-समझने की शक्तियाँ और भी बूढ़ी हो गयी। वह देर तक गदले आसमान को टकटकी बाँधे देखता रहा। यूँ तो कैम्प में शोर मचा हुआ था, लेकिन बूढ़े सराजुद्दीन के कान जैसे बन्द थे। उसे कुछ सुनाई नहीं देता था। कोई उसे देखता तो यह ख़याल करता कि वह किसी गहरी नींद में गर्क है, मगर ऐसा नहीं था। उसके होश-हवास गायब थे। उसका सारा अस्तित्व शून्य में लटका हुआ था।

गदले आसमान की तरफ बगैर किसी इरादे से देखते-देखते सराजुद्दीन की निगाहें सूरज से टकराईं। तेज रोशनी उसके अस्तित्व की रग-रग में उतर गयी और वह जाग उठा। ऊपर-तले उसके दिमाग में कई तस्वीरें दौड़ गयीं—लूट, आग, भागम-भाग, स्टेशन, गोलियाँ, रात और सकीना...सराजुद्दीन एकदम उठ खड़ा हुआ और पागलों की तरह उसने चारों तरफ फैले हुए इनसानों के समुद्र को खँगालना शुरू कर दिया।

पूरे तीन घण्टे वह 'सकीना-सकीना' पुकारता कैम्प की खाक छानता रहा, मगर उसे अपनी जवान इकलौती बेटी का कोई पता न मिला। चारों तरफ एक धाँधली-सी मची थी। कोई अपना बच्चा ढूँढ़ रहा था, कोई माँ, कोई बीवी और कोई बेटी। सराजुद्दीन थक-हारकर एक तरफ बैठ गया और मस्तिष्क पर जोर देकर सोचने लगा कि सकीना उससे कब और कहाँ अलग हुई, लेकिन सोचते-सोचते उसका दिमाग़ सकीना की माँ की लाश पर जम जाता, जिसकी सारी अँतड़ियाँ बाहर निकली हुई थीं। उससे आगे वह और कुछ न सोच सकता।

सकीना की माँ मर चुकी थी। उसने सराजुद्दीन की आँखों के सामने दम तोड़ा था, लेकिन सकीना कहाँ थी, जिसके विषय में उसकी माँ ने मरते हुए कहा था, ''मुझे

छोड़ दो और सकीना को लेकर जल्दी यहाँ से भाग जाओ।''

सकीना उसके साथ ही थी। दोनों नंगे पाँव भाग रहे थे। सकीना का दुपट्टा गिर पड़ा था। उसे उठाने के लिए उसने रुकना चाहा था। सकीना ने चिल्लाकर कहा था, ''अब्बाजी, छोड़िए!'' लेकिन उसने दुपट्टा उठा लिया था।...यह सोचते-सोचते उसने अपने कोट की उभरी हुई जेब की तरफ देखा और उसमें हाथ डालकर एक कपड़ा निकाला, सकीना का वही दुपट्टा था, लेकिन सकीना कहाँ थी?

सराजुद्दीन ने अपने थके हुए दिमाग पर बहुत जोर दिया मगर वह किसी नतीजे पर न पहुँच सका। क्या वह सकीना को अपने साथ स्टेशन तक ले आया था?—क्या वह उसके साथ ही गाड़ी में सवार थी?—रास्ते में जब गाड़ी रोकी गयी थी और बलवाई अन्दर घुस आये थे, तो क्या वह बेहोश हो गया था, जो वे सकीना को उठाकर ले गये?

सराजुद्दीन के दिमाग में सवाल ही सवाल थे, जवाब कोई भी नहीं था। उसको हमदर्दी की ज़रूरत थी, लेकिन चारों तरफ जितने भी इनसान फँसे हुए थे, सबको हमदर्दी की ज़रूरत थी। सराजुद्दीन ने रोना चाहा, मगर आँखों ने उसकी मदद न की। आँसू न जाने कहाँ गायब हो गये थे।

छः रोज के बाद जब होश-व-हवास किसी कदर दुरुस्त हुए तो सराजुद्दीन उन लोगों से मिला जो उसकी मदद करने के लिए तैयार थे। आठ नौजवान थे, जिनके पास लाठियाँ थीं, बन्दूकें थीं। सराजुद्दीन ने उनको लाख-लाख दुआएँ दीं और सकीना का हुलिया बताया। ''गोरा रंग है और बहुत खूबसूरत है...मुझ पर नहीं अपनी माँ पर थी...उम्र सत्रह वर्ष के करीब है।...आँखें बड़ी-बड़ी...बाल स्याह, दाहिने गाल पर मोटा-सा तिल...मेरी इकलौती लड़की है। ढूँढ़ लाओ, खुदा तुम्हारा भला करेगा।''

रजाकार नौजवानों के बड़े जज़्बे के साथ बूढ़े सराजुद्दीन को यकीन दिलाया कि अगर उसकी बेटी ज़िन्दा हुई तो चन्द ही दिनों में उसके पास होगी।

आठों नौजवानों ने कोशिश की। जान हथेली पर रखकर वे अमृतसर गये। कई मर्दों और कई बच्चों को निकाल-निकालकर उन्होंने सुरक्षित स्थानों पर पहुँचाया। दस रोज़ गुज़र गये, मगर उन्हें सकीना कहीं न मिली।

एक रोज इसी सेवा के लिए लारी पर अमृतसर जा रहे थे कि छहरया के पास सड़क पर उन्हें एक लड़की दिखाई दी। लारी की आवाज़ सुनकर वह बिदकी और भागना शुरू कर दिया। रजाकारों ने मोटर रोकी। और सबके-सब उसके पीछे भागे। एक खेत में उन्होंने लड़की को पकड़ लिया। देखा, तो बहुत खूबसूरत थी। दाहिने गाल पर मोटा तिल था। एक लड़के ने उससे कहा, ''घबराओ नहीं—क्या तुम्हारा नाम सकीना है?''

लड़की का रंग और भी जर्द हो गया। उसने कोई जवाब नहीं दिया, लेकिन जब तमाम लड़कों ने उसे दम-दिलासा दिया तो उसकी दहशत दूर हुई और उसने

मान लिया कि वह सराजुद्दीन की बेटी सकीना है।

आठ रज़ाकार नौजवानों ने हर तरह सकीना की दिलजोई की। उसे खाना खिलाया, दूध, पिलाया और लारी में बैठा दिया। एक ने अपना कोट उतारकर उसे दे दिया, क्योंकि दुपट्टा न होने के कारण वह बहुत उलझन महसूस कर रही थी और बार-बार बाँहों से अपने सीने को ढकने की कोशिश में लगी हुई थी।

कई दिन गुजर गये—सराजुद्दीन को सकीना की कोई ख़बर न मिली। वह दिन-रात विभिन्न कैम्पों और दफ्तरों के चक्कर काटता रहता, लेकिन कहीं से भी उसकी बेटी का पता न चला। रात को वह बहुत देर तक उन रजाकार नौजवानों की क़ामयाबी के लिए दुआएँ माँगता रहता, जिन्होंने उसको यकीन दिलाया था कि अगर सकीना जिन्दा हुई तो चन्द दिनों में ही उसे ढूँढ़ निकालेंगे।

एक रोज सराजुद्दीन ने कैम्प में उन नौजवान रजाकारों को देखा। लारी में बैठे थे। सराजुद्दीन भागा-भागा उनके पास गया। लारी चलने ही वाली थी कि उसने पूछा, "बेटा, मेरी सकीना का पता चला?"

सबने एक जवाब होकर कहा, "चल जाएगा, चल जाएगा।" और लारी चला दी। सराजुद्दीन ने एक बार फिर उन नौजवानों की क़ामयाबी की दुआ माँगी और उसका जी किसी कदर हल्का हो गया।

शाम के करीब कैम्प में जहाँ सराजुद्दीन बैठा था उसके पास ही कुछ गड़बड़-सी हुई। चार आदमी कुछ उठाकर ला रहे थे। उसने मालूम किया तो पता चला कि एक लड़की रेलवे लाइन के पास बेहोश पड़ी थी। लोग उसे उठाकर लाए हैं। सराजुद्दीन उनके पीछे हो लिया। लोगों ने लड़की को अस्पताल वालों के सुपुर्द किया और चले गये।

कुछ देर वह ऐसे ही अस्पताल के बाहर खड़े गड़े हुए लकड़ी के खम्बे के साथ लगकर खड़ा रहा। फिर आहिस्ता-आहिस्ता अन्दर चला गया। कमरे में कोई न था। एक स्ट्रेचर था, जिस पर एक लाश पड़ी थी। सराजुद्दीन छोटे-छोटे कदम उठाता उसकी तरफ बढ़ा। कमरे में अचानक रोशनी हुई। सराजुद्दीन ने लाश के जर्द चेहरे पर चमकता हुआ तिल देखा और चिल्लाया—"सकीना!"

डाक्टर, जिसने कमरे में रोशनी की थी, ने सराजुद्दीन से पूछा, "क्या है?"

सराजुद्दीन के हलक से सिर्फ इस कदर निकला, "जी मैं...जी मैं...इसका बाप हूँ।"

डाक्टर ने स्ट्रेचर पर पड़ी लाश की नब्ज़ टटोली और सराजुद्दीन से कहा—"खिड़की खोल दो।"

सकीना ने मुर्दा जिस्म में जुम्बिश हुई। बेजान हाथों से उसने इजारबन्द खोला और सलवार नीचे सरका दी। बूढ़ा सराजुद्दीन खुशी से चिल्लाया, "ज़िन्दा है—मेरी बेटी ज़िन्दा है...।" डाक्टर सिर से पैर तक पसीने में गर्क हो गया।

*(उर्दू कहानी : अनुवाद : शम्भु यादव)*

# टिटवाल का कुत्ता

## सआदत हसन मंटो

कई दिनों से दोनों तरफ से सिपाही अपने-अपने मोर्चे पर जमे हुए थे। दिन में इधर और उधर से दस-बारह गोलियाँ चल जातीं, जिनकी आवाज़ के साथ कोई इनसानी चीख बुलन्द नहीं होती थी। मौसम बहुत खुशनुमा था। हवा जंगली फूलों की महक में बसी हुई थी। पहाड़ियों की ऊँचाइयों और ढलानों पर लड़ाई से बेखबर कुदरत, अपने रोज के काम-काज में व्यस्त थी। चिड़ियाँ उसी तरह चहचहाती थीं। फूल उसी तरह खिल रहे थे और धीमी गति से उड़ने वाली मधुमक्खियाँ, उसी पुराने ढंग से उन पर ऊँघ-ऊँघ कर रस चूसती थीं।

जब गोलियाँ चलने पर पहाड़ियों में आवाज़ गूँजती और चहचहाती हुई चिड़ियाँ चौंककर उड़ने लगतीं, मानो किसी का हाथ साज के गलत तार से जा टकराया हो और उनके कानों को ठेस पहुँची हो। सितम्बर का अन्त अक्तूबर की शुरूआत से बड़े गुलाबी ढंग से गले मिल रहा था। ऐसा लगता था कि जाड़े और गर्मी में सुलह-सफाई हो रही है। नीले-नीले आसमान पर धुनी हुई रुई जैसे, पतले-पतले और हल्के-हल्के बादल यों तैरते थे, जैसे अपने सफेद बजरों में नदी की सैर कर रहे हैं।

पहाड़ी मोर्चों पर दोनों ओर से सिपाही कई दिनों से बड़ी ऊब महसूस कर रहे थे कि कोई निर्णयात्मक बात क्यों नहीं होती। ऊबकर उनका जी चाहता कि मौका-बे-मौका एक-दूसरे को शेर सुनाएँ। कोई न सुने तो ऐसे ही गुनगुनाते रहें। वे पथरीली ज़मीन पर औंधे या सीधे लेटे रहते और जब हुक्म मिलता, एक-दो फायर कर देते।

दोनों मोर्चे बड़े सुरक्षित स्थान पर थे। गोलियाँ पूरे जोर से आतीं, और पत्थरों की ढाल से टकराकर, वहीं चित्त हो जातीं। दोनों पहाड़ियों की ऊँचाई, जिन पर ये मोर्चे थे, लगभग एक ही जैसी थीं। बीच में छोटी-सी हरी-भरी घाटी थी, जिसके सीने पर एक नाला, मोटे साँप की तरह लोटता रहता था।

हवाई जहाजों का कोई खतरा नहीं था। तोपें न इनके पास थीं, न उनके पास, इसलिए दोनों तरफ बेखटके आग लगाई जाती थी। उससे धुएँ के बादल उठते और हवाओं में घुल-मिल जाते। रात को चूँकि बिलकुल ख़ामोशी थी, इसलिए कभी-कभी दोनों मोर्चों के सिपाहियों को, किसी बात पर लगाए हुए, एक-दूसरे के ठहाके सुनाई दे जाते थे। कभी कोई लहर में आकर गाने लगता तो दूसरी आवाज़ गूँजती तो ऐसा लगता, मानो पहाड़ियाँ सबक दोहरा रही हों।

चाय का दौर ख़त्म हो चुका था। पत्थरों के चूल्हे में चीड़ के हल्के-हल्के कोयले करीब-करीब ठंडे हो चुके थे। आसमान साफ था। मौसम में खुनकी थी। हवा में फूलों की महक नहीं थी, जैसे रात को उन्होंने अपने इत्रदान बन्द कर लिये थे। अलबत्ता, चीड़ के पसीने, यानी बिरोजे की बू थी। पर यह भी कुछ ऐसी नागवार नहीं थी। सब कम्बल ओढ़े सो रहे थे, पर कुछ इस तरह, कि हल्के-से इशारे पर उठकर लड़ने-मरने के लिए तैयार हो सकते थे। जमादार हरनाम सिंह खुद पहरे पर था। उसकी रासकोप घड़ी में दो बजे तो उसने गंडासिंह को जगाया और पहरे पर खड़ा कर दिया। उसका जी चाहता था कि सो जाये, पर जब लेटा तो आँखों से नींद को इतना दूर पाया जितने कि आसमान में सितारे थे। जमादार हरनाम सिंह चित लेटा उनकी तरफ देखता रहा...और फिर गुनगुनाने लगा।

*कुत्ती लेनी आ सितारेयाँ वाली...*
*सितारेयाँ वाली...*
*वे हरनाम सिंहा, ओ यारा, भावें तेरी महीं बिक जाये*

और हरनाम सिंह को आसमान पर हर तरफ सितारों वाले जूते बिखरे नज़र आये जो झिलमिल-झिलमिल कर रहे थे।

*जुत्ती ले देआँ सितारेयाँ वाली...*
*सितारेयाँ वाली...*
*नी हरनाम कौर, ओ नारे, भावें मेरी महीं बिक जाये*

यह गाकर यह मुस्कराया; फिर यह सोचकर नींद नहीं आएगी, उसने उठकर और सबको जगा दिया। नार के ज़िक्र ने उसके दिमाग में हलचल पैदा कर दी थी। वह चाहता था कि ऊटपटाँग बातें हों, जिससे इस गीत की हरनामकौरी कैफियत पैदा हो जाये। चुनाँचे बातें शुरू हुई, पर उखड़ी-उखड़ी रहीं। बन्तासिंह, जो उन सब में कम उम्र था और जिसकी आवाज़ सबसे अच्छी थी, एक तरफ हटकर बैठा

गया। बाकी अपनी जाहिरा तौर पर मजेदार बातें करते और जम्हाइयाँ लेते रहे। थोड़ी देर के बाद बन्तासिंह ने एकदम सोज़भरी आवाज़ में 'हीर' गाना शुरू कर दिया...

*हीर आख्या जोगिया झूठ बोले, कौन रूठड़े यार मनाउँदा ई*
*ऐसा कोई न मिलेया मैं ढूँढ़ थक्की जेहड़ा गयाँ नूँ मोड़ ल्याउँदा ई*
*इक बाज तों काँग ने कूँज खोही बेक्खाँ चुप है कि कुलउँदा ई*
*दुक्खाँ वालेयाँ नूँ गल्लाँ सुख दियाँ नी किस्से जोड़ जहान सुनाउँदा ई*

फिर कुछ रुक कर उसने हीर की इन बातों का जवाब, राँझे की ज़बान में गाया...

*जेहड़े बाज तो काँग ने कूँज खोही सब्र शुक्र कर बाज फनाह होया*
*ऐवें हाल है एस फकीर दा नी, धन माल गया ते तबाह होया*
*करें सिदक ते कम मालूम होवे तेरा रब्ब रसूल गवाह होया*
*दुनिया छड्ड उदासियाँ पहन लइयाँ सैयद वारिसों हुन वारिस शाह होया*

बन्तासिंह ने जिस तरह एकदम गाना शुरू किया था, उसी तरह वह एकदम ख़ामोश हो गया।

ऐसा लगता था कि खाकी पहाड़ियों ने भी उदासियाँ पहन ली हैं। जमादार हरनाम सिंह ने थोड़ी देर के बाद किसी अनदेखी चीज़ को मोटी-सी गाली दी और लेट गया। सहसा रात के आख़िरी पहर की उदास-उदास फिज़ा में एक कुत्ते के भौंकने की आवाज़ गूँजी। सब चौंक पड़े; आवाज़ करीब से आयी थी। सूबेदार हरनाम सिंह ने उठकर कहा, ''यह कहाँ से आ गया, भौंकू?''

कुत्ता फिर भौंका। अब उसकी आवाज़ और भी नज़दीक से आयी थी। कुछ पलों के बाद, दूर झाड़ियों में आहट हुई। बन्तासिंह उठा और उसकी तरफ बढ़ा। जब वापस आया तो उसके साथ एक आवारा-सा कुत्ता था, जिसकी दुम हिल रही थी। वह मुस्कराया, ''जमादार साहब! मैं 'हूकम्ज इधर' बोला तो कहने लगा—मैं हूँ चपड़ झुनझुन।''

सब हँसने लगे। जमादार हरनाम सिंह ने कुत्ते को पुचकारा, ''इधर आ चपड़ झुनझुन।''

कुत्ता दुम हिलाता, हरनाम सिंह के पास चला गया और यह समझकर कि शायद खाने की कोई चीज फेंकी गयी है, ज़मीन के पत्थर सूँघने लगा। जमादार हरनाम सिंह ने थैला खोलकर एक बिस्कुट निकाला और उसकी तरफ फेंका। कुत्ते ने उसे सूँघकर मुँह खोला, लेकिन हरनाम सिंह ने लपककर उसे उठा लिया, ''ठहर कहीं पाकिस्तानी तो नहीं।''

सब हँसने लगे। सरदार बन्तासिंह ने आगे बढ़कर कुत्ते की पीठ पर हाथ फेरा और जमादार हरनाम सिंह से कहा, ''नहीं जमादार साहब, चपड़ झुनझुन हिन्दुस्तानी है।''

जमादार हरनामसिंह हँसा और कुत्ते से मुख़ातिब हुआ, ''निशानी दिखा ओये।''

कुत्ता दुम हिलाने लगा। हरनाम सिंह ज़रा खुलकर हँसा, ''यह कोई निशानी नहीं। दुम तो सारे कुत्ते हिलाते हैं।''

बन्दा सिंह ने कुत्ते की काँपती दुम पकड़ ली, ''शरणार्थी है बेचारा।''

जमादार हरनाम सिंह ने बिस्कुट फेंका, जो कुत्त ने झट दबोचा लिया। एक जवान ने अपने बूट की एड़ी से ज़मीन खोटते हुए कहा, ''अब कुत्तों को भी या तो हिन्दुस्तानी होना पड़ेगा। या पाकिस्तानी।''

जमादार ने अपने थैले से एक और बिस्कुट निकाला और फेंका, ''पाकिस्तानियों की तरह पाकिस्तानी कुत्ते भी गोली से उड़ा दिये जाएँगे।''

एक ने जोर से नारा लगाया—''हिन्दुस्तान ज़िन्दाबाद।''

कुत्ता, जो बिस्कुट उठाने के लिए आगे बढ़ा था, डरकर पीछे हट गया। उसकी दुम टाँगों के अन्दर घुस गयी। जमादार हरनाम सिंह हँसा, ''अपने नारे से क्यों डरता है। चपड़ झुनझुन...खा...ले, एक और ले।'' उसने थैले से एक और बिस्कुट निकाल कर उसे दिया।

बातों-बातों में सुबह हो गयी। सूरज निकलने का इरादा ही कर रहा था कि चारों ओर उजाला हो गया। जिस तरह बटन दबाने से एकदम बिजली की रोशनी होती है, उसी तरह सूरज की किरणें देखते-ही-देखते, उस पहाड़ी इलाक़े में फैल गयीं, जिनका नाम टिटवाल था।

इस इलाक़े में काफी देर से लड़ाई चल रही थी। एक-एक पहाड़ी के लिए दर्ज़नों जवानों की ज़ानें जाती थीं, फिर भी क़ब्ज़ा ग़ैर-यक़ीनी होता था। आज यह पहाड़ी उनके पास है, कल दुश्मन के पास, परसों फिर उनके क़ब्ज़े में इसके दूसरे दिन वह फिर दूसरों के पास चली जाती थी।

जमादार हरनाम सिंह ने दूरबीन लगाकर आसपास का जायजा लिया। सामने पहाड़ी में धुआँ उठ रहा था। इसका मतलब यह था कि चाय वगैरह तैयार हो रही है। इधर भी नाश्ते की फिक्र हो रही थी। आग सुलगायी जा रही थी। उधर वालों को भी निश्चय ही उधर से धुआँ उठता दिख रहा था।

नाश्ते पर सब जवानों ने थोड़ा-थोड़ा कुत्ते को दिया, जो उसने खूब पेट भरके खाया। सब उसमें दिलचस्पी ले रहे थे, जैसे वे उसको अपना दोस्त बनाना चाहते

हों। पुचकार कर 'चपड़ झुनझुन' के नाम से पुकारता और उसे प्यार करता।

शाम के करीब, दूसरी तरफ, पाकिस्तानी मोर्चे में, सूबेदार हिम्मत खाँ अपनी बड़ी-बड़ी मूँछों को, जिनके साथ बेशुमार कहानियाँ जुड़ी हुई थीं, मरोड़े दे-देकर, टिटवाल के नक्शे को बड़े ध्यान से देख रहा था। उसके साथ ही वायरलैस आपरेटर बैठा था और सूबेदार हिम्मत खाँ के लिए प्लाटून कमांडर के निर्देश प्राप्त कर रहा था। कुछ दूर, एक पत्थर से टेक लगाये और अपनी बन्दूक लिये, बशीर धीमे-धीमे गुनगुना रहा था...

*"चन्न कित्थे गवाई आयी रात वे...*
*चन्न कित्थे गवाई आयी..."*

बशीर ने मजे में आकर आवाज़ ज़रा ऊँची की तो सूबेदार हिम्मत खाँ की कड़कदार आवाज़ बुलन्द हुई--"ओये, कहाँ रहा है तू रात-भर?"

बशीर ने सवालिया नज़रों से हिम्मत खाँ को देखना शुरू किया, तो बशीर की बजाय किसी और से मुख़ातिब था, "बता ओये।"

बशीर ने देखा—कुछ फ़ासले पर वह आवारा कुत्ता बैठा था, जो कुछ दिन हुए उनके मोर्चे में बिन बुलाये मेहमान की तरह आया था और वहीं टिक गया था। बशीर मुस्कराया और कुत्ते को सम्बोधित कर बोला—

*"चन्न कित्थे गँवाई आयी रात ये*
*चन्न कित्थे गँवाई आयी..."*

कुत्ते ने जोर से दुम हिलाना शुरू किया, जिससे पथरीली ज़मीन पर झाड़ू-सी फिरने लगी।

सूबेदार हिम्मत खाँ ने एक कंकड़ उठाकर कुत्ते की तरफ फेंका, "साले को दुम हिलाने के सिवा और कुछ नहीं आता!"

बशीर ने एकदम कुत्ते की तरफ ग़ौर से देखा, "इसकी गर्दन में क्या है?" यह कहकर वह उठा, पर इससे पहले एक और जवान के कुत्ते को पकड़कर, उसकी गर्दन में बँधी हुई रस्सी उतारी। उसमें गत्ते का एक टुकड़ा पिरोया हुआ था, जिस पर कुछ लिखा था। सूबेदार हिम्मत खाँ ने यह टुकड़ा लिया और अपने जवानों से कहा—"......... हैं। जानता है तुममें से कोई पढ़ना?"

बशीर ने आगे बढ़कर गत्ते का टुकड़ा लिया, "हाँ...कुछ-कुछ पढ़ लेता

हूँ।'' और उसने बड़ी मुश्किल से अक्षर जोड़-जोड़कर यह पढ़ा—''चप...चपड़ झुन...झुन...चपड़ झुनझुन...यह क्या हुआ?''

सूबेदार हिम्मत खाँ ने अपनी बड़ी-बड़ी ऐतिहासिक मूँछों को ज़बरदस्त मरोड़ दिया, ''कोडवर्ड होगा कोई।'' फिर उसने बशीर से पूछा, ''कुछ और लिखा है बशीरे?''

बशीर ने, जो अक्षर जोड़ने में लगा था, जवाब दिया, ''जी हाँ...यह... यह...हिन...हिन्द...हिन्दुस्तानी...यह हिन्दुस्तानी कुत्ता है।''

सूबेदार हिम्मत खाँ ने सोचना शुरू किया, ''मतलब क्या हुआ इसका? क्या पढ़ा था तुमने—चपड़...?''

बशीर ने जवाब दिया, ''चपड़ झुनझुन।''

एक जवान ने बहुत बुद्धिमान बनते हुए कहा, ''जो बात है, इसी में है।''

सूबेदार हिम्मत खाँ को यह बात माकूल लगी, ''हाँ, कुछ ऐसा ही लगता है।''

बशीर ने गत्ते पर लिखी हुई पूरी इबारत पढ़ी—''चपर झुनझुन...यह हिन्दुस्तानी कुत्ता है।''

सूबेदार हिम्मत खाँ ने वायरलैस सेट लिया और कानो पर हैडफोन लगामर प्लाटून कमांडर से खुद उस कुत्ते के बारे में बातचीत की। व्रह कैसे आया था, किस तरह उनके पास कई दिन पड़ा रहा, फिर एकाएक ग़ायब हो गया और रात-भर ग़ायब रहा। अब आया है तो उसके गले में एक रस्सी नज़र आयी, जिसमें गत्ते पर एक टुकड़ा था। उस पर जो इबारत लिखी थी, वह उसने तीन-चार बार दोहराकर प्लाटून कमांडर को सुनायी, पर कोई नतीजा हासिल न हुआ।

बशीर अलग कुत्ते के पास बैठकर उसे कभी पुचकार कर, कभी डरा-धमकाकर पूछता रहा कि वह रात कहाँ गायब रहा था और उसके गले में वह रस्सी और गत्ते का टुकड़ा किसने बाँधा था, पर कोई मनचाहा जवाब न मिला। वह जो सवाल न करता, उसके जवाब में कुत्ता अपनी दुम हिला देता। आखिर गुस्से में आकर बशीर ने उसे पकड़ लिया और जोर का झटका दिया। कुत्ता तकलीफ़ के कारण 'चाऊँ-चाऊँ' करने लगा।

वायरलैस से निपटकर सूबेदार हिम्मत खाँ ने कुछ देर नक्शे को गौर से देखा और फिर निर्णयात्मक भाव से उठा और सिगरेट की डिबिया का ढकना खोलकर बशीर को दिया, ''बशीरे, लिख इस पर गुरमुखी में...उन कीड़े-ककोड़ों में...''

बशीर ने सिगरेट की डिबिया का गत्ता लिया और पूछा—''क्या लिखूँ

सूबेदार साहब?''

सूबेदार हिम्मत खाँ ने मूँछों को मरोड़े देकर सोचना शुरू किया, ''लिख दे...बस, लिख दे।'' यह कहकर उसने जेब से पेंसिल निकालकर बशीर को दी, ''क्या लिखना चाहिए?'' उसने जैसे खुद से पूछा।

बशीर पेंसिल की नोक को होंठ से लगाकर सोचने लगा, फिर एकदम सवालिया अन्दाज में बोला—''सपड़ सुनसुन...?'' लेकिन फौरन ही सन्तुष्ट होकर उसने निर्णय-भरे लहजे में कहा—''चपड़ झुनझुन का जवाब सपड़ सुनसुन ही हो सकता है...क्या याद करेंगे अपनी माँ के सिखड़े।''

बशीर ने पेंसिल सिगरेट की डिबिया पर जमायी, ''सपड़ सुनसुन!''

''सोला आने! लिख...सप...सपड़...सुनसुन।'' यह कहकर सूबेदार हिम्मत खाँ ने जोर का ठहाका लगाया,'' और आगे लिखा, ''यह...पाकिस्तानी कुत्ता है।''

सूबेदार हिम्मत खाँ ने गत्ता बशीर के हाथ से ले लिया। पेंसिल से उसमें एक छेद किया और रस्सी में पिरोकर कुत्ते की तरफ बढ़ा, ले जा यह अपनी औलाद के पास।''

यह सुनकर सब जवान खूब हँसे। सूबेदार हिम्मत खाँ ने कुत्ते के गले में रस्सी बाँध दी। वह इस बीच अपनी दुम हिलाता रहा। इसके बाद सूबेदार ने उसे कुछ खाने को दिया और नसीहत करने के अन्दाज़ में कहा—''देखो दोस्त, गद्दारी मत करना...याद रखो, गद्दारी की सजा मौत होती है।''

कुत्ता दुम हिलाता रहा। जब वह अच्छी तरह खा चुका तो सूबेदार हिम्मत खाँ ने रस्सी से पकड़कर उसका रुख पहाड़ी की इकलौती पगडंडी की तरफ फेरा और कहा, ''जाओ, हमारा खत दुश्मनों तक पहुँचा दो...मगर देखो, वापस आ जाना...यह तुम्हारे अफसर का हुक्म है, समझे?''

कुंत्ते ने अपनी दुम हिलायी और आहिस्ता-आहिस्ता पगडण्डी पर, जो बल खाती हुई, नीचे पहाड़ी के दामन में जाती थी, चलने लगा। सूबेदार हिम्मत खाँ ने अपनी बन्दूक उठायी और हवा में फायर किया।

फायर और उसकी गूँज दूसरी तरफ हिन्दुस्तानियों के मोर्चे में सुनी गयी। इसका मतलब उनकी समझ में न आया। जमादार हरनाम सिंहा पता नहीं किस बात पर चिड़चिड़ा हो रहा था, यह आवाज़ सुनकर और भी चिड़चिड़ा हो गया। उसने फायर का हुक्म दे दिया। आधा घंटे तक दोनों मोर्चों से गोलियों के बेकार बारिश होती रही। जब इस शगल से उकता गया तो जमादार हरनाम सिंह ने फायर बन्द करा दिया और दाढ़ी में कंघी करनी शुरू कर दी। इससे छुट्टी पाकर उसने जाली के

अन्दर सारे बाल बड़े सलीके से जमाये और बन्ता सिंह से पूछा, "ओय बन्ता सिंहा! चपड़ झुनझुन कहाँ गया?"

दन्ता सिंह ने चीड़ की भूखी लकड़ी से बिरोजे को अपने नाखूनों से अलग करते हुए कहा, "पता नहीं।"

जमादार हरनाम सिंह ने कहा, "कुत्ते को घी हजम नहीं हुआ?"

बन्ता सिंह इस मुहावरे का मतलब नहीं समझा, "हमने तो उसे घी की कोई चीज नहीं खिलायी थी।"

यह सुनकर जमादार हरनाम सिंह बड़े जोर से हँसा, "ओये अनपढ़! तेरे साथ तो बात करना, पंचानबे का घाटा है।"

तभी वह सिपाही, जो पहरे पर था और दूरबीन लगाए, इधर-उधर देख रहा था, एकदम चिल्लाया, "वह...वह आ रहा है।"

सब चौंक पड़े। जमादार हरनाम सिंह ने पूछा, "कौन?"

पहरे के सिपाही ने कहा, "क्या नाम था उसका—चपड़ झुनझुन!"

"चपड़ झुनझुन?" यह कह कर जमादार हरनाम सिंह उठा, "क्या कर रहा है वो?"

पहरे के सिपाही ने जवाब दिया, "आ रहा है।"

जमादार हरनाम सिंह ने दूरबीन उसके हाथ से ली और देखना शुरू किया, इधर ही आ रहा है।...रस्सी बँधी हुई है गले में...लेकिन यह तो उधर से आ रहा है, दुश्मन के मोर्चे से।" कह कर उसने कुत्ते की माँ को बहुत बड़ी गाली दी। इसके बाद उसने बन्दूक उठायी और निशाना बाँधकर फायर किया। निशान चूक गया। गोली कुत्ते के कुछ फासले पर पत्थरों की किरचें उड़ाती, ज़मीन में दफ़न हो गयी। कुत्ता सहम कर रुक गया।

दूसरे मोर्चे में सूबेदार हिम्मत खाँ ने दूरबीन में से देखा कि कुत्ता पगडंडी पर खड़ा है। एक और फायर हुआ तो वह दुम दबाकर उल्टी तरफ भागा—सूबेदार हिम्मत खाँ के मोर्चे की तरफ। सूबेदार ने जोर से पुकारा, "बहादुर, डरा नहीं करते...चल वापस।" और उसने डराने के लिए एक फ़ायर किया। कुत्ता रुक गया। उधर से जमादार हरनाम सिंह ने बन्दूक चलाई। गोली कुत्ते के कान के पास से सनसनाती हुई गुजर गयी। उसने उछलकर ज़ोर-ज़ोर से दोनों कान फटफटाने शुरू किये। उधर से सूबेदार हिम्मत खाँ ने दूसरा फायर किया। गोली उसके अगले पंजों के पास पत्थरों में धँस गयी। बौखलाकर कभी वह इधर दौड़ा, कभी उधर। उसकी इस बौखलाहट से हिम्मत खाँ और हरनाम सिंह, दोनों बहुत खुश हुए और ख़ूब

ठहाके लगाते रहे। कुत्ते ने जमादार हरनाम सिंह के मोर्चे की तरफ भागना शुरू किया। उसने यह देखा तो बड़े ताव में आकर मोटी-सी गाली दी और अच्छी तरह निशान बाँधकर फायर किया। गोली कुत्ते की टाँग में लगी। आसमान को चीरती हुई एक चीख बुलन्द हुई। कुत्ते ने अपना रुख बदला। लँगड़ा-लँगड़ाकर सूबेदार हिम्मत खाँ के मोर्चे कि तरफ दौड़ने लगा तो उधर से भी फायर हुआ, पर वह सिर्फ डराने के लिए किया गया था। हिम्मत ख़ाँ फायर करते ही चिल्लाया, "बहादुर...बहादुर परवाह नहीं किया करते ज़ख़्मों की। खेल जाओ अपनी जान पर...जाओ...जाओ।"

कुत्ता फायर से घबराकर मुड़ा। उसकी एक टाँग बिल्कुल बेकार हो गयी थी। बाकी तीन टाँगों की मदद से उसने खुद को चन्द कदम दूसरी ओर घसीटा था कि जमादार हरनाम सिंह ने निशाना ताककर गोली चलाई, जिसने उसे वहीं ढेर कर दिया।

सूबेदार हिम्मत खाँ ने अफसोस के साथ कहा—"च...च...च...! शहीद हो गया बेचारा।'

जमादार हरनाम सिंह ने बन्दूक की गर्म-गर्म नाली अपने हाथ में ली और कहा, 'वही मौत मरा, जो कुत्ते की होती है।"

*(उर्दू कहानी : अनुवाद : शम्भु यादव)*

# भूतों का खेल

सन्त सिंह सेंखों

रात होने से पहले गाँव के सभी मुसलमान, लगभग पचास लोग, मर्द, औरतें और बच्चे, गाँव के एक छोर पर बनी धर्मशाला में इकट्ठे कर लिए गये। धर्मशाला के आसपास चार आदमियों को, जिनमें से एक के पास बन्दूक थी और शेष तीनों के पास तलवारें थीं, पहरे पर तैनात कर दिया। यह पहरा, कैदियों को भागने से रोकने के लिए था। किसी भी कैदी से सशस्त्र विरोध करने की सम्भावना नहीं थी। इसलिए चार पहरेदार, एक बन्दूक वाला और तीन तलवारों वाले पर्याप्त थे।

आधी रात का समय था जब एक नवयुवक ने दीवार फाँदकर भाग जाने की कोशिश की। इन कैदियों में इसकी एक बूढ़ी माँ ही थी—बीवी-बच्चे नहीं थे। पर जैसे ही यह दीवार फाँदकर बाहर खड़ा हुआ कि बन्दूक वाले की आवाज़ आयी—"हाल्ट, खड़ा हो जा, नहीं तो गोली मार दूँगा।"

दीवार फाँदने वाला सहमकर जहाँ खड़ा था वहीं खड़ा रह गया। बन्दूक वाला जल्दी-जल्दी कदम उठाता उसके पास आ गया—"क्यों ओए, मुसलया, कहाँ भागने लगा था? ऐसे मैं तुझे नहीं जाने दूँगा?"

"नहीं, सरदार जी, मैं तो जंगल-पानी के लिए बाहर निकला था," दीवार फाँदने वाले आदमी ने कहा। उसने बन्दूकधारी को पहचानने की कोशिश की, पर वह तो किसी दूसरे गाँव का था। दीवार फाँदने वाले को भरोसा था कि अपने गाँव का होता तो वह उसे भाग जाने देता। "मैं अभी ज़िन्दा हूँ, चौधरी, सरदारा"—वह कहता और गाँव का आदमी उसके आभार को नहीं भूलता।

"जंगल-पानी के लिए बाहर निकला है?" पहरेदार एक वकील की तरह बोला—"अच्छा तो हो आ जंगल-पानी।"

"दूर जाकर बैठूँ कि यहाँ ही?" दीवार फाँदने वाले ने डरते हुए पूछा।

"नहीं, चार कदम आगे हो जा! यदि भागने की कोशिश की तो गोली—।" पहरेदार ने दृढ़ता से कहा।

दीवार फाँदने वाला अभी दस क़दम ही आगे गया था कि हुक्म हुआ—''वहीं बैठ जा, और कदम न उठाना।''

दीवार फाँदने वाला जहाँ था वहीं बैठ गया। पाँच मिनट बीत गये—''ओए, अभी निकली नहीं तेरी टट्टी।'' पहरेदार ने ललकारा। टट्टी बैठे आदमी ने कोई उत्तर नहीं दिया, उसने थोड़ा-सा जोर लगा दिया।

दो-तीन मिनट और बीत गये, पहरेदार फिर बोला—''कब्ज हो गयी है क्या? अभी तक तेरी टट्टी निकली नहीं क्या? अच्छा, अब खड़ा हो जा।'' टट्टी बैठा आदमी एकदम उठ बैठा। पहरेदार उसके पास आ गया—''कहाँ की है टट्टी?'' उसने पूछा।

''जी, नहीं आयी।'' कैदी ने नम्रता से उत्तर दिया—''सुबह से कुछ खाया ही नहीं।''

''फिर टट्टी कैसे आ गयी तुझे?''

इस तर्कपूर्ण सवाल का कैदी से एकदम कोई उत्तर न बना। ''साले, भागना चाहता था, टट्टी का बहाना करके, पकड़ा गया। जब सुबह से कुछ खाया ही नहीं तो टट्टी कैसे आ गयी?''

''जी, ऐसी ही आदत बनी हुई है। खुदा की कदम सबेरे से कुछ नहीं खाया।''

''क्यों, कुछ खाया क्यों नहीं।''

''डरी और सहमी मेरी बूढ़ी माँ से कुछ काम ही नहीं हुआ। घर में मैं और मेरी बूढ़ी माँ दो ही प्राणी हैं।''

सरदार थोड़ा-सा मुस्करा पड़ा—''अच्छा बाऊंट टरन कर चलो, दीवार कूद जाओ।''

कैदी दीवार फाँदकर अन्दर आ गया। दीवार फाँदते समय पहरेदार ने बन्दूक का कुन्दा कुछ इस तरह से उसके कन्धे पर मारा कि सारी रात उसका कन्धा दुखता रहा। दूसरी बार भाग जाने की कोशिश करने की हिम्मत उसमें नहीं रही।

''यदि किसी और को टट्टी आये तो अन्दर ही कर लेना। बाहर कोई न आये, गोली मार दी जाएगी।'' पहरेदार सभी कैदियों को सुनाकर चला गया।

थोड़ी देर बाद ही पहरा बदल गया। वे चारों सोने के लिए चले गये। उनकी जगह चार और आ गये।

''साले टट्टी के बहाने बाहर निकलते हैं कभी-कभी। खयाल रखना।'' जा रहे बन्दूक वाले ने पहरेदार को चेतावनी दी।

पर नये पहरेदारों को दीवार फाँदकर टट्टी के बहाने आने वाले किसी आदमी का सामना नहीं करना पड़ा। हाँ, मर्दों के खुर्राटों के साथ-साथ औरतों की

सिसकियों की आवाज़ें लगातार सुनाई देती रही।

दिन निकलते ही लगभग पचास आदमियों का एक जत्था आ गया। इनमें से अधिकांश के पास बर्छे थे, कुछ के पास बन्दूकें भी थीं।

उस जत्थे के सरदार ने धर्मशाला के दरवाजे के पास आकर नेजे वाले पहरेदार को हाथ के इशारे से पास बुलाया—"अब हम इनको दस-दस करके उस खतान पर ले जाएँगे।" वह खतान धर्मशाला से लगभग एक फर्लांग की दूरी पर थी। "बहुत अच्छा," पहरेदार ने एक सिपाही की चुस्ती के साथ उत्तर दिया।

"अच्छा अब हम उसी खतान की तरफ चलते हैं," उस सरदार ने अपने जत्थे के लगभग आठ-दस आदमियों को सम्बोधित करते हुए कहा—"तुम यहाँ से दस-दस सूअरों को हाँककर उधर ले आओ।"

ये आठ आदमी, पहले से बनी योजना के अनुसार, बाकी के जत्थे से अलग हो गये, और जत्था उस खताने की ओर चला गया। "आओ, तुम में से दस आदमी," अन्दर आने वाले चार आदमियों में से एक ने लेटे हुए बन्दीवानों को ललकार कर कहा। कैदी सहम गये, जो जहाँ था वहीं पड़ा सो गया—"ओए, सो क्यों गये सभी?" इतना कहकर उसने आगे बढ़कर कैदियों को उठा लिया—"सालो, पहले लीग को वोटें देने के लिए जत्था बन-बनाकर जाते थे।"

जिस कैदी को उठाया गया था वह वृद्ध व्यक्ति था।

"हम गरीबों की वोटें ही कहाँ थीं, सरदारजी।" उसने धीरे से उत्तर दिया। "इस गाँव में दो-चार मुसलमान ही पाँचवीं पास हैं जिन्हें वोट देने का अधिकार था।"

"पता नहीं। पर गये तो सभी थे जत्था बनाकर।"

"ऐसे ही बच्चे वोटों का मेला देखने चले गये होंगे, मैं तो वैसे भी नहीं गया था।" उस बूढ़े ने उत्तर दिया। "अच्छा, अब चलो फिर" दूसरे ने एक और आदमी को उठा दिया।

इस तरह तलवारों, बर्छियों को चुभाकर उन्होंने दस आदमियों को उठाकर धर्मशाला से बाहर निकाला।

कैदियों के बच्चों और औरतों में शोर-शराबा मच गया। अब सभी कैदी जाग उठे। "सरदार जी, मुझे बर्छे से मत मारो, तड़पाओ नहीं।" उस बूढ़े ने बाहर निकलते हुए कहा, "तलवार से एक ही बार में झटका कर दो।"

"हलाल न करें, तुम तो मुसलमान हो?" जल्लादों में से एक ने बड़े कठोर स्वर में कहा। बूढ़ा चुप रहा।

"क्या पता तुम्हें न ही मारें। शायद लुधियाना कैम्प में तुम लोगों को छोड़ने की सलाह बन जाये। तुम लोगों के लिए दो ट्रक तैयार खड़े हैं।" एक अन्य ने उन

कैदियों का मन रखने के लिए कहा। खैर, वे दस आगे बढ़ आये और तलवारधारी चार पहरेदार उनको खतान की तरफ ले गये।

वे खतान से वापस आये तो दस आदमियों का एक और जत्था बाहर निकाला गया। पहले जत्थे से यह कम उम्र के लोगों का था। दो-तीन तो इनमें से केवल अठारह-बीस वर्ष के थे।

"सरदार जी! मेरा एक निवेदन है। हमें अमृत छकाकर सिंह ही बना लो। मुसलमान होकर भी आपकी गुलामी करते रहे, सिंह होकर भी करते रहेंगे। आपका काम ही करेंगे, हमने कौन-सा तीर मारना है।" एक कैदी ने हाथ जोड़कर कहा।

"तीर मार तो लिया, हमारा तो कुछ भी नहीं बना। वहाँ आपके भाइयों ने हमें निकाल दिया। इधर क्या पता बनिये-ब्राह्मण हमारे साथ क्या करते हैं?" सिखों में से एक समझदार ने कहा।

"बन गया पाकिस्तान जिनका बनना था, हमारी तो अब क़ब्र ही बनेगी। यदि तुम्हारे मन में थोड़ा-सा भी दया-भाव है तो हम तुम्हारी नौकरी यहाँ करते रहेंगे।"

"ओए! क्यों इसके साथ फालतू बातें करता जा रहा है?" दूसरे ने डाँटते हुए कहा—"चलो अब," उसने एक कैदी को तलवार की नोक चुभाते हुए कहा।

इसी तरह चालीस कैदी जिनमें बीस मर्द थे तथा शेष औरतें और बच्चे थे, धर्मशाला से निकालकर खतान ले जाये गये और आखिरी जत्था जिसमें लगभग दस स्त्रियाँ और बच्चे थे, दरवाज़े पर आकर खड़ा हो गया।

इनमें से एक जवान स्त्री, पच्चीस साल से भी कुछ कम उम्र की थी। एक चार साल का लड़का उसकी उँगली के साथ था और दूसरा लगभग एक साल का गोदी में था। यह स्त्री कुछ ज्यादा ही सुन्दर थी। इस दुर्दशा में भी उसका रूप प्रभावित कर रहा था।

"ओए, इसे न भेजो उधर" एक व्यक्ति ने भावुक होते हुए कहा—"मुझे दे दो।"

"नहीं, नहीं, धर्म के काम में इतनी बदनीति नहीं चाहिए," एक अन्य ने उत्तर दिया।

"बदनीति किस बात की। इसको अमृत छका लेंगे। मेरा घर बस जाएगा। यह बेचारी थी...पाकिस्तान जाकर क्या करेगी?" उसके शब्दों में निवेदन का स्वर था।

उस औरत को भी अनजानी नियति में इनकी बातों से बचाव की सूरत नज़र आयी। वह बाकी जत्थे से कुछ अलग होकर खड़ी हो गयी। वे सिख आपस में कुछ सलाह करने लगे। उस चार साल के बच्चे को ज़मीन पर पड़ी किसी चीज ने आकर्षित किया। उसने लपककर उसे उठा लिया।

"माँ देखो!" उसने माँ के पास आकर चहकते हुए कहा। यह किसी किताब की फटी हुई तस्वीर थी। उस औरत ने एक बार बच्चे की तरफ देखा, फिर मुँह कैदियों की तरफ कर लिया।

"अच्छा, इसे पीछे रहने दो, शेष को ले जाओ।" उस समझदार सिख ने खतान वाले आदमी से कहा। उन्होंने दो-चार को धक्के-मुक्के लगाये और इस आखरी जत्थे को आगे लगा लिया। यह जवान औरत और उसके दो बच्चे ही पीछे रह गये।

"क्यों बीवी, तुम सिंहनी बनोगी?" विचारवान सिख ने उस स्त्री से पूछा।

"मैं सिंहनी बनकर क्या करूँगी? जिधर इन मासूमों का बाप गया है, मुझे भी उधर भेज दो।" इतना कहकर वह रो पड़ी।

"हम तुम्हें इसके घर बैठाएँगे। अपनी जाति में शामिल कर लेंगे। यह ज़मीन घर-बार वाला है।"

"इसकी ज़मीन इसे ही मुबारक हो। हम गरीबों ने ज़मीन को क्या करना है।" यह रोते हुए बोली। उसका चार साल का लड़का एक सिख की लटक रही तलवार को हाथ लगाकर देख रहा था। कुछ समय के लिए सभी चुप हो गये।

"अच्छा भई, अब तो यह मान गयी।" विचारवान सिख ने स्त्री के चाहवान को कहा।

"नहीं मानती तो इसे ले चलो खतान की तरफ और दूसरों के साथ इसको भी..." एक सिख ने कहा।

उस स्त्री को प्रतीक्षा कर रही मृत्यु का अब पूरा ज्ञान हो गया। वह सिसकियाँ लेने लगी। उसका चार साल का बच्चा भी रोने लग पड़ा।

"मरने का मन नहीं करता तो सिंहनी बनने के लिए मान जाओ।"

"मुझे तो बेशक मार दो, मेरे बच्चों को रख लो। ये बड़े होकर आपका काम करेंगे।" वह रोते-रोते बोली।

"तेरे साथ ही तेरे बच्चे जाएँगे, हमने क्या करना है इनका?" यह सुनकर वह औरत सिसक-सिसककर रोने लगी। उसके बच्चे भी जोर-जोर से रोने लगे।

"देखो, ऐसे ही समय व्यर्थ मत गँवाओ," उसे चाहने वाले ने कहा—"यदि उधर से कोई आ गया तो फिर हमारे लिए तुम्हें रखना कठिन हो जाएगा।"

"इसके घर तो इसकी अपनी पत्नी होगी।"

"औरत तो इसके बाप के घर भी नहीं थी।" एक जवान सिख ने अपने साथी का भद्दा मज़ाक करते हुए कहा।

वह चुप हो गयी। उसके बच्चे भी चुप हो गये।

"देखो, इसकी पत्नी-वत्नी नहीं है। बीस घूमा ज़मीन है। विवाह हुआ था, वह दो साल बाद मर गयी। बच्चा अभी कोई नहीं हुआ था।" विचारवान सिख ने

सारी बात समझाते हुए कहा।

''विवाह की इसे कोई कमी नहीं है। पता नहीं तेरे पर इसका क्यों दिल आ गया है?'' एक अन्य ने मज़ाक़ करते हुए कहा।

''मुझे तो इसके बच्चों पर दया आ रही है।'' स्त्री के चाहने वाले ने बड़ा दयालु बनते हुए कहा।

''यह कोई ऐसे ही छोड़ देने वाला आदमी नहीं है।'' एक तीसरे ने कहा।

''भाग्यवान हाँ कह दे!'' विचारवान सिख ने उसे प्रेरित करते हुए कहा। वह फिर फूट-फूटकर रोने लगी।

''क्यों? सलाह नहीं बन रही।'' उसे चाहने वाले ने उसके पास आकर कहा। उस स्त्री के आकर्षण में वह अब सचमुच ही बँध गया था—''भाग्यशालिनी मैं समाज में इज़्ज़त वाला आदमी हूँ, ऐसे ही कोई लुच्चा-लफंगा नहीं हूँ,'' उसने खुद ही अपनी वकालत की।

''यदि लुच्चे-लफंगे होते तो क्या तेरी सलाह पूछते? यहाँ कौन है हमें रोकने वाला? जो मन में आये हम वह करें!'' एक अन्य ने पास आकर कहा।

यह बात सुनकर वह औरत काँप गयी। शायद उसकी आँखों के आगे एक भयानक तस्वीर आ गयी जो पहले से ही उसके मन के तहखाने में थी, जो संकेत मिलते ही ऊपर आ गयी।

''मेरे बच्चों का क्या बनेगा?''

''इनको मैं अपने बच्चे समझूँगा। वाहिगुरु का नाम लेकर लड़का मुझे पकड़ा दो।'' उसने उसका गोद का बच्चा जोर लगाकर लगभग आधा उठा लिया।

''अच्छा, अब तुम इसे लेकर गाँव की तरफ चले जाओ।'' विचारवान सिख ने कहा—''और लोग आये तो पता नहीं क्या बने?''

''आ भाग्यवान, मेरे साथ।''

''इन मासूम बच्चों की खातिर जो कुछ भी आप कहते हैं, मुझे मंजूर है।'' उसने कहा और अपने चार साल के बच्चे को उँगली से लगाकर वह उस आदमी की तरफ हो गयी।

''तू भी आ जा मेरे साथ,'' चाहने वाले ने अपने साथ खड़े एक अधेड़ व्यक्ति को कहा—''तेरे होते हुए राह में कोई शक नहीं करेगा।''

''अच्छा, कल सुबह आकर आपका यथाविधि विवाह करा देंगे। उससे पहले इसको कुछ मत कहना।'' उनको जाते हुए देखकर विचारवान सिख ने कहा।

*(पंजाबी कहानी : अनुवाद : गुरचरण सिंह)*

# ‘आदाब’
# से
# ‘माँ-बेटा’
# तक

# आदाब

## समरेश बसु

कँपती ख़ामोश रात। तभी एक फ़ौज़ी गाड़ी हड़हड़ाती हुई आयी और इस कँपकँपी को और भी झुरा गयी। इसने विक्टोरिया पार्क के गिर्द चक्कर लगाया और गुज़र गयी।

शहर में धारा 144 लगी हुई है और कर्फ्यू बहाल है। हिन्दू और मुसलमान के बीच दंगा हुआ है। आमने-सामने छिड़ी इस लड़ाई में हँसुआ, दाव, बल्लम, छड़-छुरा, लाठी, कटार और तलवार सबका खुलकर खेल हुआ है। इतना ही नहीं, घात लगाकर वार करने वाले गिरोह गुप्त और घातक हथियार लेकर अँधेरे में छुपे बैठे हैं।

चोर-उचक्के ओर लुटेरे भी मौके की टोह में बैठे हैं। मार-काट और मौत के आतंक में डूबी इस अँधेरी गूँगी रात ने उनके हौंसले और इरादे को और भी बढ़ा दिया है। किसी-किसी इलाके में मौत के डर से कातर स्त्रियों और बच्चों के चीत्कार और हाहाकार से वहाँ का वातावरण और भी डरावना हो उठा है। और इसके ऊपर से इन फ़ौज़ी गाड़ियों की आवाज़ाही। चारों ओर शान्ति और व्यवस्था बनाये रखने के लिए सैनिकों ने अन्धाधुन्ध गोलाबारी की है।

दो तरफ से दो गलियाँ आकर एक जगह मिल गयी हैं। इन दोनों गलियों के बीचोबीच एक डस्टबिन औंधी पड़ी है—टूटी-फूटी हालत में। तभी घुटने के बल चलता हुआ एक आदमी तेजी से गली के अन्दर से निकला और उसकी आड़ में छुप गया। फिर सिर उठाकर ऊपर या इधर-उधर देखने का उसे साहस नहीं हुआ। वह कुछ देर तक मुर्दे की तरह वहीं पड़ा रहा और चौकन्ना होकर दूर से आती हुई आहट को पकड़ने की कोशिश करता रहा। वह कुछ समझ नहीं पाया कि यह आवाज़ कैसी है, 'अल्ला हो अकबर' की या 'भारत माता की जय' की।

अचानक डस्टबिन में थोड़ी-सी हरकत हुई। उसकी देह की एक-एक रग और नस जैसे झनझना उठी। उसके जबड़े भींच गये और हाथ-पाँव अकड़ गये।

वह इस बात के लिए पूरी तरह तैयार हो गया कि अगला क्षण चाहे जितना भी कठोर हो, वह झेल लेगा। कुछ क्षण इसी तरह बीते। चारों ओर इसी तरह की अपाहिज खामोशी टँगी रही।

शायद कोई कुत्ता था। उसे भागने के लिए उस आदमी ने डस्टबिन को आगे की तरफ थोड़ा-सा खिसकाया। थोड़ी देर फिर चुप्पी रही। लेकिन यह क्या...वह फिर डुल गयी। उसे भय के साथ-साथ थोड़ा कौतूहल भी हुआ। धीरे-धीरे उसने अपना सिर उठाया—उधर से भी ठीक वैसा ही एक सिर हौले-हौले ऊपर उठता नज़र आया। अच्छा तो यह कोई आदमी है।

डस्टबिन के दोनों ओर दो प्राणी बिना कोई हलचल और हरकत के, माटी के लौंदे की तरह जमे बैठे थे। उनके दिल की धड़कनें भी जैसे थम गयी थीं। दो जोड़ी—पथरायी ठण्डी आँखों में, धीरे-धीरे भय—आतंक—सन्देह और उत्तेजना गहराती चली गयी। कोई किसी पर विश्वास नहीं कर रहा था। दोनों एक दूसरे की निगाह में हत्यारे थे। आँखों-आँखों में ही, वे एक-दूसरे पर हमला करने की तैयारी में बैठे रहे। इसी इन्तजार में दोनों की आँखों की पुतलियों से फूटती चिनगारियाँ धीरे-धीरे ठंडी हो गयीं। हमला किसी भी तरफ से नहीं हुआ। अब दोनों के मन में यही एक सवाल कौंध रहा था—'यह हिन्दू है या मुसलमान?' इस सवाल का जवाब मिलते ही, हो न हो, कोई प्राणघातक हमला जरूर होगा। लेकिन कोई किसी से यह पूछने का साहस जुटा नहीं पाया कि क्या पूछना चाहिए। दोनों अपनी जान के डर से, वहाँ से कहीं भाग भी नहीं सकते थे। पता नहीं, कौन कहाँ से, हाथ में कटार लेकर टूट पड़े।

काफी देर तक इसी सन्देह और पसोपेश में दोनों पड़े रहे और दोनों का ही सब्र टूटा जा रहा था। आख़िर में एक ने पूछ ही लिया, 'हिन्दू हो कि मुसलमान?'

"पहले तुम बताओ", दूसरे ने जवाब न देकर पहले का सवाल लौटा दिया।

पहचान की पहल करने के लिए दोनों में से कोई तैयार न था। सन्देह के झूले में दोनों का मन झूल रहा था। पहला सवाल दब गया और एक दूसरा साल उभरा। एक ने पूछा, "घर कहाँ है?"

"बूढ़ी गंगा के इस पार...सुबइडा में। तुम्हारा?"

"चाशड़ा में...नारायण गंज के पास। करते क्या हो?"

"मेरी एक नाव है...माझी हूँ मैं...और तुम?"

"नारायण गंज के सूती मिल में काम करता हूँ।"

फिर वही चुप्पी। हाथ को हाथ न सूझने वाले अन्धकार में दोनों की आँखें एक-दूसरे का चेहरा टोह-टटोल रही थीं। साथ ही, यह भी देखने की कोशिश कि

दोनों ने कैसे कपड़े पहन रखे हैं। अँधेरा तो था ही, डस्टबिन की आड़ की वजह से भी इसे देख पाने में कठिनाई हो रही थी। अचानक, बहुत पास ही कोई हो-हल्ला-सा मचा। दोनों ही पक्ष के लोग चीख-चिल्ला रहे थे। सूत कारखाने का मजदूर और नाव का माझी—दोनों ही थोड़ी देर के लिए विचलित हो उठे।

सूती मिल मजदूर के गले से भर्रायी-सी आवाज़ निकली, 'लगता है किनारे पर ही कहीं मारकाट मची है।"

"हाँ...चलो यहाँ से कहीं और चलें", माझी की आवाज़ भी बुझी हुई थी।

सूती-मिल मज़दूर ने रोका, "अरे नहीं भाई...उठना नहीं...अपनी जान देनी है क्या?"

माझी का मन एक बार फिर शंका में पड़ गया। कहीं इस आदमी की नीयत तो बुरी नहीं। उसने कारखाने के मज़दूर की आँखों में झाँकने की कोशिश की। सूती मिल का मजदूर भी उसे ही घूरे जा रहा था। आँखों चार हुईं तो बोला, "बैठे रहो। जैसे पड़े हो वैसे ही!"

माझी का दिल उसकी बात सुनकर बैठ गया। तो क्या वह उसे जाने नहीं देगा? उसकी आँखों में सन्देह का भाव एक बार फिर गाढ़ा हो गया। उसने पूछा, "क्यों?"

"क्यों...भला क्यों..." सूत-मिल-मजदूर बोला, "क्या मरना चाहते हो तुम?"

माझी को यह सुनकर कुछ अच्छा नहीं लगा। बात कही भी गयी थी बड़े बेतुके ढंग से। उसके मन में होनी-अनहोनी जैसी कई तरह की बातें बड़ी गहराई से जड़ें जमाकर बैठी हुई थीं। "जाऊँगा नहीं तो क्या यहीं इसी अन्धी गली के अन्दर पड़ा रहूँगा?"

इस आदमी की जिद देखकर मजदूर के मन में भी सन्देह पैदा हुआ। वह जैसे अँधेरे को अपने जबड़े से चबाता हुआ बोला, "मतलब क्या है तुम्हारा...मुझे तो तुम्हारी बात में खोट नज़र आ रही है। तुमने यह भी नहीं बताया कि तुम किसी जाति के हो...ऐसा तो नहीं कि बाद में अपने लोगों को बुला-बटोर कर मुझ पर ही टूट पड़ो।"

"यह क्या कह रहे हो तुम?" माझी स्थान और समय की नजाकत की अनदेखी करता, गुस्से और दुख में लगभग चीखकर बोला।

"मैंने ठीक ही कहा मेरे भाई...बैठे रहो। लोगों के मन की बात भी नहीं बूझ पाते?"

मजदूर की बातों में ऐसा कुछ तो था कि माझी को थोड़ा भरोसा हो आया।

बोला, "तुम चले गये तो मैं यहाँ अकेला थोड़े ही बैठा रहूँगा?"

शोरगुल कहीं दूर जाकर थम गया। अँधेरी रात एक बार फिर मौत की तरह ही ख़ामोश और ठंडी हो गयी। कुछेक क्षण मौत की प्रतीक्षा करते ही बीते जैसे। अँधेरी गली के बीचों-बीच और औंधे पड़े डस्टबिन के दोनों ओर दो प्राणी अपनी-अपनी मुसीबतों, घर के लोगों—माँ-बीवी और बच्चों के बारे में सोच रहे थे। क्या अब उन लोगों तक अपनी-अपनी जान बचाकर ये दोनों किसी तरह भी, पहुँच पाएँगे। और इसकी क्या गारण्टी है कि वे सब-के-सब जिन्दा ही मिलेंगे!—न कोई बात...न विचार...न सर न पाँव...पता नहीं कहाँ से यह हुआ दंगा। किसी अनहोनी की तरह सिर पर आ गिरा। अभी-अभी तो हाट-बाजार-दुकान में इतनी हँसी-खुशी, गप-बाजी और कहकहों का सिलसिला जारी था और पलक झपकते ही मारकाट और एक-दूसरे की जान लेने को तैयार और खून की गंगा बहाने को उतारू लोग। आखिर आदमी इतना निष्ठुर और निर्मम हो कैसे जाता है? कैसी अभिशप्त जाति है यह? सूत-मिल-मजदूर ने एक ठंडी उसाँस भरी। उसकी देखादेखी माझी ने भी लम्बी आह भरी।

'बीड़ी पिओगे', मिल-मजदूर ने जेब से एक बीड़ी बाहर निकाली और माझी की ओर बढ़ाते हुए पूछा। माझी ने बीड़ी को हाथ में लेकर आदत के मुताबिक एक-बार दबाया फिर दायें कान के पास ले जाकर कई बार घुमाया और फिर होंठों के बीच ठूँस लिया। मिल-मजदूर अब भी दियासलाई की तीली जलाने की कोशिश में लगा था। उसने पहले यह ध्यान ही नहीं दिया था कि उसका कुरता कब का भीग चुका है और कुरते की जेब में रखी दियासलाई बुरी तरह सील चुकी है। कई-कई बार तीली घिसने की खस-खस आवाज़ के साथ एकाध नीली चिनगारी कौंधी। अन्त में उसने मसाले से खाली तीली को झुँझालाकर फेंक दिया।

"साली माचिस की तीली भी गीली हो गयी है।" अब उसने एक दूसरी तीली बाहर निकाली।

माझी अब तक अपना धीरज खो चुका था। वह मज़दूर के तनिक पास खिसक आया।

"अरे जलेगी...जलेगी...लाओ मुझे दो...दो मुझे..." कहता हुआ माझी ने अपना हाथ आगे बढ़ाया और मिल-मज़दूर से उसने एक तरह से माचिस छीन ली। दो-एक बार खस...खस...की आवाज़ हुई और तीली सचमुच ही जल गयी।

"सुभान अल्लाह...हो...सुलगाओ...जल्दी...हाँ!"

मिल-मजदूर एकबारगी चौंक पड़ा। लगा कि उसने भूत देखा हो। भिंचे हुए होंठों के बीच फँसी बीड़ी नीचे गिर पड़ी।

"तो...तुम?"

तभी हवा का एक हल्का-सा झोंका आया और तीली बुझाकर चला गया। इस बीहड़ अँधेरे में एक बार फिर दो जोड़ी आँखें अविश्वास की उत्तेजना में बड़ी हो गयी। कुछेक पल इसी ठंडी ख़ामोशी में बीते।

माझी भी तेजी से उठ खड़ा हुआ। बोला, ''हाँ...मैं मुसलमान हूँ...तो क्या हुआ?''

मिल मज़दूर ने डरते-डरते जवाब दिया—''कुछ भी नहीं हुआ...लेकिन...'' उसने माझी के बगल में रखी पोटली की ओर हाथ बढ़ाते हुए पूछा—''उसमें क्या है?''

''बच्चों के लिए दो कुरते और उनकी अम्मी ख़की खातिर साड़ी। कल ईद का दिन है...मालूम है...?''

''दूसरी कोई चीज तो नहीं...'' सूती मिल का मज़दूर जैसे उसकी बातों पर विश्वास नहीं कर पा रहा था।

''मैं झूठ थोड़े ही कह रहा हूँ? भरोसा न हो तो देख लो'', माझी ने अपनी पोटली को मिल मज़दूर की तरफ बढ़ा दिया।

''अरे यह बात नहीं है भाई, देखने को क्या है भला। लेकिन आजकल जैसी हवा चल रही है...तुम देख ही रहे हो। किसी पर भरोसा किया जा सकता है? तुम ही बताओ...?

''बस यही तो रोना है...अच्छा भाई तुमने तो अपने पास ऐसा-वैसा कुछ रखा नहीं तो?''

''भगवान की कसम खाकर कह सकता हूँ कि एक सुई तक नहीं। अपनी जान बचाकर किसी तरह घर लौट सकूँ यही बहुत है'', और मिल मजदूर ने अपने कुरते और घुटने के ऊपर तक चढ़ी धोती को झाड़-झटक दिया।

दोनों अगल-बगल सटकर बैठ गये। फिर दोनों बीड़ी सुलगाकर चुपचाप सूँटा मारते रहे और उसी में डूबे रहे।

''अच्छा...'' माझी इस तरह घुलमिल कर बातें करता रहा मानो वह घर के ही किसी आदमी या नाते-रिश्तेदार से बतिया रहा हो।

''अच्छा...तुम बता सकते हो मुझे?...अरे...माँ-बेटी और बच्चों को काट-पीटकर क्या मिलना है?''

सूती मिल-मज़दूर को अख़बारों में छपी ख़बरों की थोड़ी-बहुत जानकारी थी। उसने सूखे गले से अटकते-अटकते कहा, ''अब गलती तो तुम्हारे उन्हीं लीग वालों की है। आग तो उन्होंने ही लगायी है और इस दंगे को इन्कलाब का नाम दिया है।''

माझी ने भी मीठी चुटकी लेते हुए कहा, ''मैं यह सब नहीं समझता। मेरा

कहना है कि इस मारकाट से होगा क्या? दो लोग तुम्हारे मारे जाएँगे और दो हमारे...उससे इस देश का क्या बनेगा-बिगड़ेगा?''

''अरे मैं भी तो यही कह रहा हूँ। किसको क्या मिलेगा, मिलेगा मेरा यह घण्टा...'' कहते हुए मिल-मजदूर ने अपना अँगूठा आगे बढ़ा दिया, ''मरोगे तुम...मारे जाएँगे हम...और हमारी बीवियाँ-बेटियाँ भीख माँगती फिरेंगी। अभी पिछली बार के दंगे में मेरे बहनोई के जिस्म के टुकड़े-टुकड़े कर फेंक दिया। बहन विधवा हो गयी। उसकी बेटी-बेंटे आकर मेरी गर्दन पर सवार हो गये हैं। अब किसके आगे जाकर रोएँ और अपना दीदा फोड़ें। हमारे नेता सब अपनी सतमंज़िली इमारत के ऊपर पाँव पर पाँव चढ़ाकर बस फ़रमान जारी कर देते हैं और मरने-कटने को तो हम सब हैं ही।''

''हम जैसे आदमी ही नहीं, कुत्ते के पिल्ले हो गये हैं, वर्ना इस तरह एक-दूसरे को काटते क्यों, एक-दूसरे पर झपटते और भौंकते ही क्यों?'' यह कहते हुए माझी ने उस गुस्से में, जिससे कुछ होने-जाने वाला नहीं था, अपने घुटने को पकड़ कर काँपने लगा।

''हाँ, बात ठीक ही है...।''

''हमारे बारे में कोई सोचता भी है? अब यही जो दंगा हुआ—उसमें ऐसा कौन नाते-रिश्ते वाला है साला...जो दो ठो दाना जुटा देगा। वापस घाट जाने पर नाव खड़ी मिलेगी भी...कोई बता सकता है... जमींदार रूपनाराइन बाबू के घर के मुंशी हर महीने एक बार मेरी नाव पर जाते रहे, वही नइराचर पर कचहरी के काम से। क्या बताएँ, बाबू का हाथ तो जैसे हजरत का हाथ है। पाँच रुपैया बख़्शीश के और पाँच रुपैये नाव का किराया...एक ही बार में दस रुपैया। बाबू के उसी दस ठो रुपैये में मेरे घर की महीने भर की खाना-खोराकी जुट जाती रही है। अब कोई हिन्दू बाबू मेरी नाव पर पाँव भी रखेगा...।'' माझी की आवाज़ बुझ गयी।

सूती कारखाने का मज़दूर कुछ कहना चाहता था लेकिन एक बारगी थम गया। भारी बूटों की तेज आहट सुनाई पड़ रही थी। यह आवाज़ सामने वाली मुख्य सड़क से गली की तरफ बढ़ती हुई जान पड़ी। अब इसमें कोई सन्देह नहीं रहा। दोनों के मन में एक शंका भरी उत्सुकता पैदा हुई और दोनों ने एक-दूसरे की आँखों में देखा।

''मैं क्या करूँ अब?'' माझी ने अपनी पोटली को काँख में दबाते हुए पूछा।

''चलो भाग चलें। लेकिन जाएँ भी तो कहाँ? मैं तो इस शहर की गलियों और राहों को ठीक से जानता तक नहीं।''

''जिस किसी तरफ भी...चलो भाग चलें। हम ख़ामख़ाह पुलिसवालों की मार क्यों खाएँ भला! मुझे इन जालिमों का एकदम भरोसा नहीं।''

"हाँ...ठीक ही कहा तुमने। लेकिन जाओगे किस तरफ...पुलिसवाले तो बस आये ही समझो..."

"उस तरफ"—इस गली का जो सिरा दक्खिन की ओर निकल गया था, उसी तरफ माझी ने इशारा किया। फिर धीमे स्वर में बोला, "चलो...अगर किसी तरह भी यहाँ से भाग सकें और बादामतला घाट तक पहुँच सकें तो फिर आगे कोई डर नहीं।"

दोनों ने अपना सिर नीचे की ओर किया और दम साधकर दौड़ पड़े सीधे पटुआटोली वाली सड़क की तरफ। सुनसान सड़क, बिजली की रोशनी से जगमगा रही थी। दोनों के पाँव एक साथ रुक गये अचानक...कहीं कोई घात लगा कर बैठा तो नहीं? लेकिन यह सब सोचने-समझने का भी समय कहाँ है किसी के पास? नुक्कड़ के पास एक बार इधर-उधर देखकर दोनों सीधे पश्चिम की तरफ भागे। कुछ आगे बढ़े ही थे कि उन्हें घोड़े की टाप की आवाज़ सुनाई पड़ी। उन्होंने गर्दन ऊँची कर देखा—दूर से एक घुड़सवार इधर ही आता जान पड़ा। सोचने का समय नहीं। बायी तरफ की उस सँकरी-सी गली में जिधर से संडास साफ करने के लिए मेहतर जाते-आते हैं—दोनों उसी में घुस गये और सिकुड़ कर बैठ गये। थोड़ी देर बाद ही, वह घुड़सवार बड़ी तेजी से हाथ में नंगी पिस्तौल लिये जैसे उनके सीने पर से गुज़र गया। दोनों के सीने में घोड़े की टाप काफी देर तक बजती रही। दिल में सिहरन पैदा करने वाली यह आवाज़ जब एकदम खामोश हो गयी तब दोनों एक बार फिर आहिस्ता-आहिस्ता कदम बढ़ाते हुए आगे निकल पड़े।

सूती मिल मजदूर बोला—"सड़क के किनारे-किनारे चलो।"

दोनों बुरी तरह डरे हुए थे और सड़क के एकदम किनारे लगकर तेज़ी से पाँव बढ़ाते चले जा रहे थे।

"रुको..." अचानक माझी ने दबे स्वर में कहा।

"क्या हुआ", सूत-मिल मज़दूर के पाँव रुक गये और वह बदहवास-सा दीखा।

"उधर देखो..."

माझी ने जिधर इशारा किया था, मजदूर ने उधर देखा। लगभग सौ गज की दूरी पर एक मकान था, जिसमें रोशनी जल रही थी। नीचे की तरफ ऊँचे से बरामदे पर दस-बारह बन्दूकधारी पहरेदार जले हुए पेड़ के तने की तरह दीख रहे थे। उनके सामने एक अँग्रेज अधिकारी तमक-तमक कर कुछ बोल रहा था। उसके मुँह से पाइप लगी थी और उसके बेतरतीब धुएँ में वह अपना हाथ-मुँह हिलाये चला जा रहा था। बरामदे के नीचे घोड़े की लगाम पकड़े कोई दूसरा घुड़सवार खड़ा था। घोड़ा उत्तेजित दीख रहा था और ज़मीन पर बार-बार अपने पाँव पटक रहा था।

माझी बताने लगा, "वह रही इसलामपुर पुलिस फाँड़ी। यहाँ से थोड़ी दूर पर फाँड़ी के पास से ही, बायीं तरफ एक गली आगे निकल गयी है। मुझे उसी गली से बादामतला घाट की ओर जाना होगा।"

मजदूर का चेहरा फक हो गया। उसने घबराकर पूछा—"तो फिर?"

"तभी तो मैं कह रहा था कि तुम यहीं रुको। घाट पहुँचकर तुम्हारा कोई काम नहीं बनेगा।" माझी कहता रहा, "यह हिन्दुओं का इलाक़ा है और इसलामपुर मुसलमानों की बस्ती है। तुम कल सुबह होने पर अपने घर की ओर निकल जाना।"

"और तुम?"

"मैं तो अभी जाऊँगा", माझी की आवाज़ उद्वेग और आशंका से जैसे बिखरती चली गयी, "मैं नहीं रुक सकता भाई! पिछले आठ दिनों से घर में क्या कुछ हुआ है, पता नहीं। अल्ला-ताला ही जानते होंगे। किसी तरह उस गली में घुस पाया तो आगे भी ठीक ही होगा। अगर नाव नहीं मिली तो बूढ़ी गंगा को तैरकर पार कर जाऊँगा।"

"अरे नहीं मियाँ भाई...यह क्या कर रहे हो तुम?" मिल मजदूर ने माझी की मैली-कुचैली कमीज़ का निचला सिरा कसकर पकड़कर फिरा कहा, "कैसे जाओगे तुम...वहाँ...हाँ... ?"

माझी की आवाज़ अब भी उत्तेजना में काँप रही थी।

"मुझे मत रोको भाई...जाने दो...तुम्हें पता नहीं शायद...कल ईद परब है। बीवी-बच्चों ने आज ईद का नया चाँद देखा होगा। उन सबके मन में कैसे-कैसे हौंसले होंगे...नये कपड़े पहनेंगे...अब्बाजान की पीठ पर चढ़ेंगे, गोद में बैठेंगे। बीवी की आँखों के आँसू तो सूख ही नहीं पा रहे होंगे। मैं अपने को रोक नहीं पा रहा भाई...मेरा मन कलप रहा है"—माझी का गला भर आया। मिल-मज़दूर के सीने में भी हूक-सी उठी और उसकी कसी उँगलियाँ ढीली पड़ गयीं।

"और अगर वे तुम्हें पकड़ लें," भय से कातर मिल-मजदूर की आवाज़ रुआँसी हो आयी।

"अरे नहीं पकड़ पाएँगे? तुम इतने डर क्यों रहे हो?" और सुनो, यहीं कहीं आसपास बैठे रहो।...मैं अब चलूँ...इस रात की बात कभी भूला नहीं पाऊँगा। नसीब में लिखा होगा तो कभी-न-कभी ज़रूर मुलाकात होगी...आदाब..."

"आदाब...मैं भी इस रात को कभी नहीं भूल पाऊँगा भाई।"

माझी दबे कदमों से आगे बढ़ चला। मिल-मजदूर मरे हुए दिल और भरी हुई आँखों से उसे निहारता रहा। उसके दिल की तेज धुकधुकी थम ही नहीं पा रही थी। उसके कान पूरी तरह चौकस थे—हे भगवान...बेचारा माझी किसी विपदा में न

फँस जाए।

वह थोड़ी देर तक इसी तरह दम साधे खड़ा रहा। कुछ देर बाद...उसे लगा कि माझी अब तक निकल चुका होगा। उसके सारे घरवाले...बीवी और बच्चे कितनी खुशी से नये-नये कपड़े पहनेंगे...खुशियाँ मनाएँगे। और बच्चे तो बाप के कलेजे का टुकड़ा ही होते हैं। मिल-मजदूर ने एक गहरी उसाँस भरी। मियाँ माझी की बीवी मीठे उलाहने के साथ आँखों में आँसू भरकर उसके सीने से लग जाएगी।

"मौत के मुँह तक पहुँचकर भी तुम बचे हुए हो न भैया माझी?" मज़दूर के होंठों पर हल्की-सी मुसकान खेल गयी। और इसके बाद माझी क्या करेगा? माझी तब...

"हाल्ट!...!"

मिल-मजदूर का कलेजा धक-से रह गया। और साथ ही भारी बूटों के दौड़ने की आवाज़। कौन हैं ये, जो ज़ोर-ज़ोर से चीख-चिल्ला रहे हैं?

"डाकू भाग रहा है.।"

मिल-मज़दूर ने अपनी गर्दन निकालकर देखा। पुलिस अफ़सर अपनी मुट्ठी में रिवाल्वर खींचकर दौड़ पड़ा है। फिर पूरे इलाक़े की सर्द ख़ामोशी को कँपाते हुए उसके रिवाल्वर की आवाज़ दो बार कौंधी—

गुडुम...गुडुम...म...म...म...!...!

दो बार नीली चिनगारियाँ-सी कौंधीं। मिल-मजदूर इस उत्तेजना में पता नहीं कब अपनी एक उँगली चबाता रहा। उसकी आँखें फटी की फटी रह गयीं। पुलिस अफ़सर पास ही घोड़े पर सवार होकर गली के अन्दर दाख़िल हुआ। उस 'डाकू' की आख़िरी चीख भी सुनी थी उसके कानों ने।

मिल-मज़दूर की बेचैन आँखों के सामने माझी के सीने का ख़ून बहता रहा। उस खून में उसके बीवी-बच्चे बह रहे थे—उसी ख़ून से उसकी बीवी की साड़ी-चोली लाल हो गयी थी। माझी कह रहा था—'मैं अपने घर तक नहीं पहुँच सका भाई। मेरे नन्हें-मुन्ने...मेरी बीवी...सभी परब के दिन आँसू की बूढ़ी गंगा में डूब गये। दुश्मनों ने मुझे उनके पास पहुँचने नहीं दिया...!'

*(बांग्ला कहानी : अनुवाद : रणजीत साहा)*

# डेढ़ आदमी

सुजान सिंह

जब उसे पागलखाने के मनोचिकित्सक के पास लाया गया तब वह बिलकुल शान्त थी। उसका शरीर चुस्त था और उसके कंघी किये हुए लम्बे बाल बंगाली जूड़े में बँधे हुए थे। उसके माथे के ऊपर के बाल बेतरतीब से कुछ ऊपर उठे हुए थे जैसे वह उनमें उँगलियाँ चलाती रही हो। वह एक निश्छल, घर-गृहस्थी वाली औरत लग रही थी।

डॉक्टर ने उसे सिर से पैर तक देखा। पैरों से उसकी नज़र फिर ऊपर की तरफ उठनी शुरू हुई। कमर से गले तक उसकी आँखें जाँच करती गयीं और आँखों पर पहुँचकर एकदम टिक गयीं। कुछ देर बाद उसकी आँखों-में-आँखें डाले डॉक्टर बोला—

''तुम...पागल...नहीं...हो।''

''हाँ, यही तो मैं कहती हूँ कि मैं पागल नहीं हूँ, पर यह भीड़ मुझे पागल बनाकर छोड़ेगी।''

उसे साथ लाने वाले लोगों से डॉक्टर ने कहा—''बाहर निकल जाओ, मूर्खो! यह पागल नहीं है।''

उनमें से एक औरत हाथ में पकड़े हुए कागजों को डॉक्टर की मेज पर रखने के लिए आगे बढ़ी। फिर बाहर निकल गयी। लकड़ी का स्प्रिंगदार दरवाज़ा कुछ देर झूलता रहा।

डॉक्टर ने अदब से मुस्कराते हुए कहा—''श्रीमती जी, बैठ जाओ।''

वह चार साल से अदब से बोलने और बेअदबी से भरे शब्दों को सुनने की आदी हो चुकी थी। डॉक्टर के शब्दों ने जैसे जली जगह पर मरहम लगायी हो। उसने जल्दी-जल्दी पलकें झपकाते हुए डॉक्टर की ओर देखते हुए कहा—''आप तो आदमी हैं।''

''क्या इसमें आपको शक़ है?'' डॉक्टर ने पूछा।

उसने बड़े गम्भीर लहजे में कहा—"आदमी तब ही आदमी होता है जब अन्त तक आदमी रहे।"

डॉक्टर कुछ क्षण चुप रहा। फिर उसने सामने पड़े हुए काग़ज़ की तरफ देखा और वहाँ से नज़रें हटाते हुए पूछा—"क्या आप पढ़ी-लिखी हैं?"

"हाँ, आठ कक्षाएँ।"

डॉक्टर के काग़ज़ों में शिक्षा का स्थान अभी रिक्त था, उसने कलम उठाकर कुछ लिखा। फिर होल्डर का पिछला हिस्सा दाँतों में दबाकर वह सोचता रहा कि इसकी बोलचाल का स्तर आठ कक्षाओं से कहीं अधिक ऊँचा है। उसे शायद पता नहीं था कि विचार जीवन के अनुभवों की उपज होते हैं!

डॉक्टर ने फिर पूछा—"क्या आपका नाम पार्वती देवी है?"

औरत ने अजीब तरह से उत्तर दिया—"पार्वती देवी! नहीं, पार्वती...नहीं-नहीं, पारू।"

"हाँ...हाँ, पारू। पार्वती देवी, तुम पागल नहीं हो। पर एक बात समझ में आ रही है कि तुम कोई बात करना चाहती हो...।"

"जिसे कोई सुनता नहीं!" पारू ने वाक्य पूरा करते हुए कहा।

"वह बात मैं सुनूँगा।"

"वह बात नहीं, वह एक कहानी है, एक सवाल है। उसका उत्तर यदि नहीं मिला तो मैं पागल हो जाऊँगी।"

"मैं उसका उत्तर देने की कोशिश करूँगा।"

पारू कुर्सी पर टिककर बैठ गयी। वह डॉक्टर की आँखों में देखते हुए बोली—"मेरा जन्म ढाका में हुआ। मेरा पिता मकान-मालिक था और मकान बड़ा होने के कारण उसके कई हिस्से किराये पर उठाये हुए थे। सारी उम्र उसने कोई काम नहीं किया था। हम दो बहनें और दो भाई थे। मेरा विवाह एक जनरल स्टोर के सेल्समैन के साथ हुआ, जिसका बस्तियों में छोटा-सा अपना मकान था। मैं अपने पति के घर बहुत सुखी थी। जब ढाका में गड़बड़ी शुरू हुई, उस समय मेरी गोद में दो साल का बच्चा था। हमारा घर मुसलमानी इलाके में था। इसलिए हम सब-कुछ वहीं छोड़कर पिता के घर चले आये। जब बाज़ारों में छुरेबाजी और घरों में सतीत्व लूटा जाने लगा तो हमने अपने देश को छोड़ दिया। मेरी बड़ी बहन का विवाह एक गाँव में हुआ था। उनका आज तक कोई अता-पता नहीं लगा। रास्ते में बहुत कठिनाइयाँ आयी, पर जैसे-तैसे हम स्यालदा स्टेशन पर पहुँच गये और साँस में-साँस आयी।

हमारा परिवार कई दिनों तक फुटपाथों पर धक्के खाता रहा। हमारा सब कुछ रास्ते में लुट गया था। माँगने के सिवाय और कोई काम नज़र नहीं आ रहा था। पेट

की भूख से तंग आकर माँगना शुरू किया। मेरा पति परिवार में सबसे अधिक स्वस्थ था। वह कई दिन काम ढूँढ़ने जाता रहा, पर काम कहीं नहीं मिल रहा था, भीख से प्राप्त चीजों को वह खाता नहीं था। पानी पीकर कोई कब तक जी सकता है? थोड़े दिनों में ही वह सबसे अधिक कमज़ोर हो गया। आखिर अपने बच्चे की कसम देकर मैंने उसे भिक्षा से प्राप्त अन्न खिला ही दिया। पर मुझे क्या पता था कि वह अन्न ही उसकी मौत का कारण बन जाएगा और मेरी दुनिया अँधेरी हो जाएगी।

कुछ दिनों बाद मेरे बड़े भाई को एक होटल में प्लेटें धोने की नौकरी मिल गयी। बस्ती में खपरैल की छत वाला एक कमरा हमें दस रुपये किराये पर मिल गया। दादा की तनख्वाह में से जो बीस रुपये बचते थे, उसके साथ भाभी और उसके बच्चों का गुजारा भी नहीं होता था। दादा भी कमज़ोर होते जा रहे थे। भाभी मुझसे नाराज़ थी क्योंकि मैं उसी के बच्चों का भात छीन रही थी। बूढ़े बाप ने कभी कुछ किया नहीं था। वह एक कोने में बैठा मुझे गालियाँ निकालता रहता। मैं तंग आकर बाहर चली जाती और भीख माँगने लगती। लंगड़े-लूलों और अन्धों-बूढ़ों को भीख तो मिल जाती थी, पर मुझे सारे दिन में दो-चार पैसे भी नसीब न होते। वह पैसे भी परिवार पर खर्च हो जाते और मेरा बच्चा दिनों-दिन कमजोर होता जा रहा था। एक दिन मैं फुटपाथ पर जब भीख माँग रही थी एक सूटिड-बूटिड अधेड़ साहब मेरे पास से गुज़रा। कुछ प्राप्त होने की आशा से मैंने अपना हाथ आगे बढ़ाकर आशीष दी। "हूँ..." उसने एक तरफ की मूँछ को ताव देते हुए कहा—"हट्टी-कट्टी जवान हो, माँगते हुए शर्म नहीं आती।"

"शर्म तो आती है, पर क्या करूँ?" मैंने पूछा।

"कोई काम करो, कोई काम?" उसने खड़े होते हुए कहा।

"काम तो मेरे पति को भी नहीं मिला और वह बेमौत ही मर गया।"

साहब ने हमदर्दी जतलाते हुए कहा—"तुझे तो काम मिल सकता है, यदि करना हो तो।"

"यदि काम मिल जाए तो और क्या चाहिए?" मैंने कहा।

"चल मेरे साथ, मैं तुझे घर दिखा दूँ। वहाँ घर का कामकाज करना पड़ेगा और गुजारे के लिए पैसे मिल जाएँगे।" उसने मुझे सिर से पैर तक देखते हुए कहा और फिर चल पड़ा।

मैं उसके पीछे-पीछे चल पड़ी। चौक पर पहुँचकर वह ट्राम की प्रतीक्षा करने लग पड़ा। हम ट्राम में बैठ गये। उसने मुझे पिछली सीट पर बैठाकर दो टिकटें लीं। एक जगह पहुँचकर उसने ट्राम रोकने के लिए रस्सी खींचकर घंटी बजायी। और मुझे भी उतरने के लिए इशारा किया। कंडक्टर ने ड्राइवर को कहा—"जनाना उतरेगा, बाँधकर," कहकर ट्राम पूरी तरह रोकने के लिए चेतावनी दी। मैं उसके

पीछे ही उतर गयी। एक बाड़ी के एकान्त कोने में एक घर था। उसने दरवाज़ा खटखटाया। एक नौकर ने अन्दर से दरवाज़ा खोला और मालिक के मुँह की तरफ देखता हुआ बाहर चला गया। मुझे पिछले कमरे का दरवाज़ा दिखाकर साहब ने बाहर का दरवाज़ा बन्द कर दिया। दरवाज़ा बन्द होने की आवाज़ से मुझे एक झटका लगा। वह साहब मेरे कमरे में आ चुका था। उसने वह दरवाज़ा भी बन्द कर दिया और साँकल लगा दी। इस कमरे में एक पलँग बिछा हुआ था। एक मेज और कुर्सी के अतिरिक्त किताबों से भरी हुई एक अलमारी भी थी। साहब ने मुझे पलँग पर बैठ जाने के लिए कहा। जब बाहर निकली, मेरे हाथ में पाँच रुपये का नोट था। बाड़ी के बाहर सिगरेट के कश लगाता हुआ मुझे वही नौकर दिखा जो मेरी ओर देखकर बहुत बेरहमी से हँसा।

ट्राम पर बैठकर मैं अपने घर जाने वाले रास्ते पर उतर गयी। पाँच रुपये मैंने तुड़वा लिये थे। घर जाकर जब पन्द्रह आने पिता के हाथ पर रखे तो वे प्रसन्न होने के बजाय हैरान अधिक हुए। घर में किसी ने नहीं पूछा कि मैं पैसे कहाँ से लायी हूँ?''

अब तक डॉक्टर ने कोई हामी नहीं भरी थी। अबतक वह पत्थर की मूर्ति की तरह अचल सुन रहा था। अब वह थोड़ा-सा हिला और उसने एक गहरी साँस ली। वह हिलकर फिर अचल हो गया जैसे कि आगे सुनने के लिए तैयार हो गया हो।

''अब मैं शाम को ज़रा तैयार होकर माँगने जाती। जाती भी क्यों न? इसी तरह तो मेरे पिता और बेटे को भात मिलता था। उस बाबू की तरह काम देने वाले मुझे अक्सर मिल जाते थे। वे मेरी शर्मीली, निर्लज्ज आँखों से मेरी रजामन्दी समझ जाते थे और काम देने का बहाना करके ले जाते थे। वे हर सम्प्रदाय और धर्म के लोग होते थे, पर होते सब सूटिड-बूटिड।

एक दिन जब मैं घर आयी तो हमारे पड़ोसी गणपति मुखोपाध्याय मेरे पिता के साथ बड़े जोश से बात कर रहे थे—''राम! राम!! कभी पहले भी ऐसा अनर्थ सुना था? ब्राह्मण ऐसी बातें करे। ब्राह्मण तो धर्म का आधार है। विधवा विवाह अधर्म है। हमारे बीच कुछ ऐसे लोग पैदा हो गये हैं जो कान्फ्रेंसों में बड़ी बेशर्मी से विधवा विवाह का प्रचार और समर्थन करते हैं। मैंने सुख का साँस लिया जब इस कान्फ्रेंस में विधवा विवाह का प्रस्ताव पारित नहीं हो सका। पर फिर भी अधर्मियों की गिनती बढ़ती जा रही है। पता नहीं भगवान क्या करने वाला है?''

मैं यह काम काफी समय करती रही और इस काम में निपुण हो गयी। जवान विधवाओं को जिस बात का डर होता है, उसकी रोकथाम मैंने अपने जैसी काम करने वाली और औरतों से सीख ली थी।

आखिर एक दिन वह भी आया जब मैं अनैतिक काम करने के अपराध में

पकड़ ली गयी। मेरे साथ अनैतिक कार्य करने वाला पता नहीं कैसे बच निकला। मेरे विरुद्ध गवाहों में शहर का एक सम्मानित व्यक्ति भी था जो उस शानदार कोठी में रहता था, जिसके पास से मैं पकड़ी गयी थी। मैंने उसे और पुलिस को अपनी मुसीबतों की कहानी बतानी चाही—"मुझे कोई काम नहीं देता, मेरा बच्चा भूख मर जाएगा।" पर कानून के सामने यह सब बहाने थे। मेरा पता लेकर मेरे भाई और पिता को ख़बर कर दी गयी। ऐसे अवसर पर उन्होंने भी मुझे अपनाने से इनकार कर दिया। मुकदमा चला और मुझे सजा हो गयी, पर पहला जुर्म होने के कारण मजिस्ट्रेट ने कुछ नरमी दिखायी।

जेल काटकर मैं घर गयी। पिताजी सूखकर काँटा हो गये थे। मेरा बच्चा मरने वाला था। दादा और उसके बच्चों का बुरा हाल था। मैं वापस लौट आयी और सबसे पहले परिचित व्यक्ति की सहायता से गैर कानूनी कामों को कानूनी बनाने में सफल हो गयी। मुझे खुले तौर पर बैठक में बैठकर काम करने का लाइसेंस मिल गया। सोनागाछी में एक छोटी-सी कोठरी में मैंने काम शुरू किया। नयी-नयी होने के कारण कई आदमी आते और अच्छे पैसे मिल जाते। मेरे भाई और पिता को इस बात का पता नहीं था। एक दिन मैं अपने बच्चे को भी वहाँ से उठा लायी। लगभग दो महीने के बाद मैंने एक अच्छी बाड़ी में दो कमरे ले लिये। मालदार आदमी आने लगे। मैंने बिजली, पंखा, रेडियो-सेट तथा और सजावट की चीज़ें भी खरीद लीं। अब मैं अपने ग्राहक को पैसों से परखती थी और मर्जी का ग्राहक ही रखती थी।

एक दिन मेरी पड़ोसिन मेरे कमरे में आयीं। पूछने से पता चला कि मेरी बिरादरी की ही हैं।

"अरे, तू अच्छी दुजाति है?" उसने कहा—"तेरे घर तो ठाकुर ही नहीं हैं। क्या तू रोज ठाकुर-पूजा नहीं करती?"

मैं हैरान थी। पूछने से पता चला कि हमारी बिरादरी की हर वेश्या के घर में शिवजी होते हैं और शिवपूजकों में वेश्याओं की ही तादाद ज्यादा है। पंडित आते हैं और फूल चढ़ाते हैं। दो मिनट पूजा भी करते हैं और पाँच रुपया महीना लेते हैं। मैंने उसे पण्डित लगा देने के लिए कहा। उसी दिन मैं एक ठाकुर की तस्वीर खरीद लायी। दूसरे दिन पण्डितजी आये। वे गणपति मुखोपाध्याय ही थे। पर मैंने यह प्रकट नहीं होने दिया कि मैं उन्हें पहचानती हूँ। पूजा की माहवारी रकम मैंने उन्हें पेशगी ही दे दी।

मेरे पास ऊँचे तबके के ग्राहकों के अतिरिक्त दरोगा और मजिस्ट्रेट भी आते थे। क्या आपको यह जानकार आश्चर्य नहीं होगा अगर मैं यह कहूँ कि एक दिन वह मजिस्ट्रेट भी आया जिसने मुझे सजा दी थी?"

डॉक्टर यह सुनकर कुछ इस तरह से हिला जैसे किसी ने उसे झकझोर दिया

हो। पारू ने कहानी जारी रखी—

"दूसरें ही महीने बाड़ी के दरबान ने मुझसे औरों से अधिक किराया माँगा। उसने अपनी मजबूरी जतलाते हुए कहा—"मेरे बस में कुछ भी नहीं है। मैं तो मालिक के हुक्म पर चलता हूँ। आप खुद मालिक को उनके दफ़्तर में मिल लें।"

मैंने उससे मालिक के दफ्तर का पता ले लिया। जब मैं वहाँ पहुँची तो आप हैरान न हों, बाड़ी के एक सौ कमरों की वेश्याओं से लगभग डेढ़ सौ रुपया माहवारी किराये के हिसाब से 15000 रुपये वसूल करने वाला सेठ वही आदमी था जिसने मेरे विरुद्ध अनैतिक और ग़ैरक़ानूनी काम करने की गवाही दी थी। वह मुझे मनाना चाहता था। पर मैं उसे इतनी नफ़रत करती थी कि मैंने उसकी कोई बात नहीं मानी और उसने भी किराये के मामले में मेरी एक न सुनी। मैं वापस लौट आयी और घर आकर पता चला कि सोनागाछी के इलाक़े में उसकी ऐसी और भी बाड़ियाँ हैं।

पता नहीं मेरी अमीरी का मेरे पिता और भाई को कैसे पता चल गया, शायद पुजारी से। वे मेरे पास पहुँच ही गये। उनका बुरा हाल देखकर मुझसे रहा नहीं गया। मैं उन्हें अक्सर कुछ-न-कुछ दे देती।

मैं अक्सर बाजार जाती। फुटपाथों पर माँग रही लड़कियों को दिल खोलकर दान देती। कितनी मूर्ख थी मैं! क्या मैं इस तरह उन्हें सोनागाछी पहुँचाने से रोक सकती थी?

एक रात मेरे पास मनपसन्द पंजाबी ग्राहक आये। उनके साथ एक अजीब आदमी अजीब-से लिबास में आया। चौड़ा पाजामा, खुला कुर्ता, पैरों में चप्पल, औरतों की तरह लम्बे बाल जो पीछे की ओर फेंके हुए थे। उसने कमरे के बीच खड़े होकर चारों तरफ घूमकर देखा। कोने में ठाकुर को देखकर उसने अपनी भाषा में मेरे ग्राहकों से पूछा—"ठाकुर की पूजा कौन करता है?" मेरे उत्तर को उसके साथियों ने अनूदित करके सुनाया जिसे सुनकर उसने कहा—"तो वह पुजारी कभी भी वेश्यावृत्ति के विरुद्ध और विधवा विवाह के पक्ष में नहीं हो सकता।" मेरे कहने पर जो भी बात यह अजीब आदमी कहता उसके साथी तुरन्त उसका अनुवाद करके मुझे सुना देते, चाहे वह बात मेरे लिए होती या न होती।

दीवार पर लगी लीडरों की तस्वीरें देखकर उसने पूछा—"क्या ये आपको बहुत अच्छे लगते हैं?" मेरे हाँ कहने पर उसने फिर पूछा—"क्या ये आपको बहुत अच्छे लगते हैं?" मेरे हाँ कहने पर उसने फिर पूछा—"क्यों?"

"क्योंकि इन्होंने भारत को आजाद करवाने में हिस्सा लिया," मैंने उत्तर दिया।

उसने गहरा साँस खींचकर अपने साथी से कहा—"जब तक सभी को काम

अच्छा खाना, जरूरी कपड़े, स्वास्थ्यवर्धक नहीं घर मिलते, वेश्यावृत्ति कभी नहीं हट सकती। चाहे तोपों, बन्दूकों से कोई देश कितना भी महान् हो, जब तक वेश्यावृत्ति किसी भी रूप में है वह देश असल में गुलाम है।''

बात को जारी रखते हुए उसने कहा—

''ये मजदूरी करें, यदि नहीं रह सकतीं तो अपना भार हल्का करने के लिए अपने जैसे मजदूरों से शादी करें, मिलकर बच्चों को पालें, अनुभव से ज्ञान प्राप्त करें, काम न मिले तो उनसे इकट्‌ठा होकर लड़ें जो उन्हें काम दे सकते हैं पर अपने लाभ के लिए और ऐश्वर्य का सामान कायम रखने के लिए काम नहीं देते यह है काम...असली काम। जो यह काम करता गोली खाकर मर जाता है, वह महान् है—वह असली लीडर है।''

अचानक उसकी नज़र गद्दी के ऊपर लटक रही शिवजी की तस्वीर पर पड़ी।

''क्या भगवान् सभी कुछ देखता है?''

''हाँ,'' मैंने कहा।

''क्या वह गद्दी पर हो रहे कुकर्म को भी देखता है?''

मुझे चक्कर आ गया। मैं पैरों के बल ही ज़मीन पर बैठ गयी। कुछ होश आने पर न जाने क्यों मैंने उसकी बेइज्जती करके बाहर निकाल दिया। उसने बाहर निकलते हुए अपने साथियों को, साधु की तरह कहा—''अभी इसकी बुद्धि मलिन है। हम एक बार इसके पास फिर आयेंगे।''

फिर वे चले गये। मुझे अपने ग्राहक के घर का पता था। बाद में मैंने एक दिन छोड़कर कई खत डाले। प्रायः पहली चिट्ठी के जवाब में ही वह रात को आ जाया करता था। पर इस बार कोई उत्तर नहीं आया। मैंने खुद खोज की। वह घर छोड़कर चला गया था।

अख़बारों में ख़बरें छप रही थीं कि नगर सभा वेश्याओं को सोनागाछी से निकाल शहर से पन्द्रह मील दूर बसाने की योजना पर विचार कर रही है। वेश्याएँ इसके विरुद्ध थीं। हमने चन्दा इकट्ठा करके एक-दो अखबारों के सम्पादकों को अपने साथ मिला लिया। नगर सभा के विशाल हॉल में इस बात पर विचार होना था। मैं भी प्रसिद्ध वेश्याओं में से एक गिनी जाती थी। इसलिए मैं भी और साथियों के साथ वहाँ पहुँची। बाड़ी का मालिक सेठ भी नगर सभा का प्रतिनिधि था। उसने वेश्याओं के शहर में रखे जाने के पक्ष में धुआँधार भाषण दिया—''वेश्याओं के शहर से बाहर जाने पर शरीफ आदमियों की बेटियों-बहनों के लिए शहर में रहना, घूमना-फिरना कठिन हो जाएगा। वेश्याएँ समाज का वह अंग हैं जो बदमाशों की कामवासना के जोश को खुद पर सहन कर शरीफजादियों की इज्जत को बचाती हैं।'' आज तो वह वेश्याओं के अनैतिक कार्यों को मानो सदाचार बना रहा था। मेरी

और वेश्या-बहनों को उसकी तकरीर बहुत अच्छी लगी। तकरीर उनके हक में थी। और मेरे भी। पर उस अजीब आदमी की बातें मुझे तकरीर के समय बार-बार याद आ रही थी। मैं इस भले मानस सेठ की असली मंशा को उनके सहारे समझने के योग्य हो गयी थी।

हमें शहर से बाहर निकालने की योजना रद्द हो गयी। मेरी साथिनें खुश थीं, पर मैं गम्भीर होती जा रही थी। मैं उनके साथ बाहर आ रही थी। सेठ को उसकी तकरीर पर बधाइयाँ मिल रही थीं, फोटो खींची जा रही थीं। मुझे पता नहीं क्यों बहुत गुस्सा आ गया। मैंने झुककर सैंडल उतार ली और खींचकर उसके मुँह पर दे मारी।

चारों तरफ हाहाकार मच गया। मुझे गिरफ्तार कर लिया गया। मेरी साथिनों ने मुझे बुरा-भला कहा। मुझ पर मुकदमा चला। मेरे बयान को मक्कारी कहा गया। सेठ की मेरे विरुद्ध गवाही का सहारा लेकर मेरी उससे दुश्मनी प्रमाणित की गयी। मुझे सजा दी गयी।

मैं अपनी कहानी जेल की दीवारों को सुनाती थी और कोई सुनता ही नहीं था। दिन में वे मेरा मुँह बन्द कर देते थे। मैं रात को सपनों में इकट्ठे हुए लोगों को सुनाती थी। आपके सिवा किसी ने भी मेरी बात नहीं सुनी। यही है मेरी कहानी, यही है मेरा सवाल, यही है मेरी समस्या। इसका उत्तर इसका हल?''

''मैं पूरा आदमी नहीं हूँ, बहन!'' डाक्टर ने कहा—''आधे आदमी के पास हमदर्दी होती है, समझ होती है, मैं आधा आदमी हूँ। पूरे आदमी को तो तुमने निकाल दिया, हल को तुमने ठुकरा दिया, पर वह तुम्हारे पास फिर ज़रूर आएगा। यदि जल्दी है तो तुझे खुद ढूँढ़ना पड़ेगा। वह किसी-न-किसी रूप में, कोई-न-कोई भाषा बोलता, किसी कारखाने में या किसी खेत में मिल जाएगा। पर मैं आधा आदमी हूँ। मैं सरकार का वेतनभोगी डॉक्टर हूँ। मेरे पास हल कहाँ? तुम पागल नहीं हो। तुम कभी पागल थीं, पर अब नहीं। तेरी सज़ा ख़त्म होने वाली है और अब तुम कोई 'काम' करना।''

'काम' शब्द पर डॉक्टर ने ज़ोर दिया। पारू ने उसे आँखें पोंछते हुए देखा।

*(पंजाबी कहानी : अनुवाद : गुरचरण सिंह)*

# अँधियारे में एक किरण

सुहेल अज़ीमाबादी

"चाची!"

"कौन है बेटा?"

"आ जा...आ जा।"

बूढ़ी बफातिन बकरी को हरा पत्ता और गाय को घास देने के बाद चरखा लेकर छाँव में बैठी गयी। और कपड़ा बुनने के लिए जड़ी भरने लगी। बूढ़ा तूफानी सुबह सबेरे बासी भात, प्याज की मोटी-सी एक गाँठ और दो मिर्चे खाने के बाद कपड़ा बुनने के लिए करघे पर बैठ गया था। घर के अन्दर दो प्रकार की आवाज़ें गूँज रही थीं, एक तो करघे की खटखट और दूसरा चरखे की चरख चूँ—बफातिन के बुलाने पर चन्दर घर के अन्दर आ गया और आते ही बोला—

"चाची दिनभर इस चर-चों से तेरा मन नहीं घबराता, उस पर चाचा अलग दिन भर ठक-ठक करता रहता है। इसका भी न तो हाथ दुखता है न जी घबराता है।"

"मन घबराये बेटा तो काम कैसे चले। हम दोनों बूढ़े पुरनिया खाएँ क्या? और सब कपड़ा भी कहाँ बुनता है। महीने भर में एक बंडल तो सूत मिलता है। जब तेरा चाचा जवान था और सूत भी मिलता था तो तेरा चाचा दो दिन में एक थान उतार लेता था। अब तो महीना भर ढक-ढक करने पर भी कुछ नहीं बुनता।"

"ठीक हुआ, चाची जो सूत कम हो गया। भगवान भी देखता है कि बूढ़ा-बूढ़ी अधिक काम नहीं कर सकते इसलिए सूत कम कर दिया...हा हा हा हा हा..."

चन्दर अपनी बात खत्म करके ज़ोर-ज़ोर से हँसा। बात ख़त्म करके ज़ोर से कहकहा लगाना उसकी आदत हो गयी थी। जब गाँव में रहता तो दिन भर में एक बार हर एक के घर ज़रूर जाता। थोड़ी देर बैठता, घरवालों से बातें करता और चला जाता। और अगर किसी को कोई काम पड़ जाता तो उसका इन्तज़ाम कर देता। मगर

अब तो गाँव में रहता बहुत कम था। ज़्यादातर बाहर ही रहता था। एक गाँव से दूसरे गाँव में और दूसरे से तीसरे में। उसकी साइकिल थी और वह...कभी तो हफ्तों वापस ही नहीं आता था। आज एक गाँव में किसानों की सभा है तो कल दूसरे में...आसपास के सारे गाँवों के किसानों पर उसका अधिक असर था और जमींदार उसे नफरत करते थे, खास तौर पर बलराम सिंह को तो उससे दुश्मनी ही थी।

छह वर्ष पहले उसने मैट्रिक की परीक्षा दी थी। उसे यकीन था कि वह जरूर सफल होगा। उसका इरादा था कि वह कॉलेज में दाखिला लेगा। और बी.ए. करके वकालत करेगा और नाम पैदा करेगा। यह उसका आत्म विश्वास था पर उसका पिता एक ग़रीब किसान था। सिर्फ कुछ बीघे खेत ही इसके पास थे। पर हिम्मतवाला आदमी था। खुद दिक्कत सह कर अपने सारे बच्चों को पढ़ा रहा था। चन्दर से छोटे दो भाई थे जो छोटी कक्षाओं में पढ़ रहे थे। चन्दर ने अपना भविष्य सोच लिया था और उसे यकीन था कि जो कुछ वह सोच चुका है उसमें वह ज़रूर सफल होगा। पर अचानक एक ऐसी घटना घटी कि उसकी पूरी ज़िन्दगी ही बदल गयी।

बात यह हुई कि परीक्षा देकर वह शहर ही में रह गया। एक तो अपना परीक्षाफल जानने के लिए और दूसरे वह अपना कुछ इन्तज़ाम भी करना चाहता था। उसका बाप एक गरीब किसान था और कॉलेज का खर्च उसके बस की बात नहीं थी। उसके दो भाई सातवीं कक्षा से आगे न बढ़ पाये थे। एक पाठशाला में गुरु का काम करता था और दूसरा बाप के साथ खेती-बाड़ी। उससे छोटा भाई हाईस्कूल में नवीं क्लास में पढ़ रहा था। और सब से छोटा सातवीं क्लास में। चन्दर जानता था कि कितनी दिक्कत में सब भाई पढ़ रहे हैं। दो साल पहले उसकी बहन का विवाह हुआ था। और विवाह में उसके पिता को दो जगह खेत बन्धक रखना पड़ा था। अगर शहर में रह कर कोई इन्तज़ाम न करता तो कॉलेज कैसे ज्वायन करता। उसका दोस्त नरसिंह, जो बड़ा जोशीला था और पढ़ाई के दौरान ही दो बार जेल जा चुका था, इसी वजह उसने चन्दर के साथ परीक्षा दी थी। नहीं तो वह कभी का बी.ए. कर गया होता। वह बराबर चन्दर को भी किसानों, मजदूरों और विद्यार्थियों की सरगर्मियों में सम्मिलित करना चाहता था, पर चन्दर चाहता था कि सबसे पहले वह पढ़ाई ख़त्म कर ले फिर कोई काम करे। नरसिह से उसकी बराबर बहस होती पर निचोड़ एक ही रहा, यानी चन्दर टस से मस न हुआ।

बात ऐसी न थी कि चन्दर के दिल में देश-विदेश के किसानों और मजदूरों और गरीबों का दर्द न था। जब काँग्रेसी मन्त्रियों ने इस्तीफा दिया था और दोबारा जेल में भर दिए गये थे, तो उसका खून खौलने लगा था। पर वह हाथ मसल कर रह गया। उसके एक मास्टर ने एक बात कही थी जो उसके दिल में जम गयी थी। मास्टर ने कहा था, ''तुम पढ़-लिख कर जितना अच्छा काम कर सकते हो उतना अज्ञानी रह कर नहीं। तुम जितना पढ़ कर जो काम करोगे उतना ही अच्छा

करोगे।'' यह बात चन्दर को बहुत अच्छी लगी थी, तभी उसने सोचा था कि पहले मैं अपनी पढ़ाई समाप्त कर लूँ फिर कोई काम करूँगा...वह अपने इस फ़ैसले पर दृढ़ रहा।

उन्हीं दिनों नरसिंह के घर पर एक आदमी और आया। दुबला पतला-सा, बहुत मोटे शीशे की ऐनक लगाये। उसके बाल हमेशा उलझे रहते थे। वह बहुत सिगरेट पीता था। नरसिंह ने उस बताया कि उसका नाम परेश है। और यह नरसिंह का रिश्तेदार भी था। कुछ दिनों रह कर चला जाएगा। परेश अजीब आदमी था। कहीं आता-जाता नहीं था। दिनभर कमरे में बैठा अख़बार पढ़ता, सिगरेट पीता था, कुछ लिखा करता या फिर वह और नरसिंह अकेले बैठ कर न जाने क्या बातें करते। नरसिंह के पिता बहुत धन छोड़ कर मरे थे। घर में माँ थी और एक छोटा भाई, जिसे चन्दर पढ़ाया करता था।

एक दिन परेश ने चन्दर से पूछा—

''आगे तुम क्या करोगे?''

और चन्दर ने उत्तर दिया था—

''वकालत पढ़ूँगा।''

फिर परेश ने मुँह बनाकर कहा था, ''वकालत पढ़ कर क्यो करोगे, भारत में वकील इतने हैं कि उनकी गिनती मुश्किल है।''

फिर चन्दर ने उससे सवाल किया था—

''तो फिर क्या करूँ?''

और परेश ने उसे जवाब दिया था—

''अभी देश को हजारों नौजवानों की ज़रूरत है। लड़ाई छिड़ चुकी है। अभी तक तो भारत प्रभावित नहीं हुआ है। मगर अँग्रेज़ दबाव में आ गये हैं। यही समय है कि हम अपना देश आज़ाद करा लें।''

और चन्दर ने थोड़ा सोचने के बाद जवाब दिया था—

''पर मेरे घरवालों को भी मेरज़ी जरूरत है। मेरे पिता बूढ़े हैं ज़मीन कम है, छोटे भाइयों को पढ़ाना भी है... ?''

और परेश ने अजीब-सा मुँह बनाकर कहा था—

''ठीक ही है।''

फिर परेश ने उससे कभी कोई सवाल नहीं किया, और न चन्दर ने परेश से कोई बात पूछी। वह बराबर इस चिन्ता में लगा रहा कि कॉलेज की किताबों का इन्तज़ाम कैसे करे?

एक रात तीनों खाना खाकर सो रहे थे। सुबह होने से पहले घर के चारों तरफ शोर हुआ और किसी ने दरवाज़े की ज़ंजीर खटखटायी। परेश उठ कर भागा। वह दीवार फाँद कर भाग जाना चाहता था। पर उसके पाँव फिसल गये और वह गिर

पड़ा। नरसिंह ने दरवाज़ा खोल दिया और बहुत से सिपाही और पुलिस के अफ़सर घुस आये और तीनों गिरफ़्तार कर लिये गये। थाना जाकर चन्दर को मालूम हुआ कि परेश मशहज़ूर मजदूर लीडर है। इसका नाम भी परेश नहीं 'नासिर' है। और वह बहुत दिनों से छिपा-छिपा फिर रहा था। चन्दर बहुत गुस्से में था, वह डेढ़ महीने तक हर रोज एक मुसलमान के साथ बैठकर खाना खाता रहा। उसकी जाति पर धब्बा आ गया। फिर तीनों को सजा सुना दी गयी। नासिर को तीन साल, चन्दर और नरसिंह को दो-दो साल।

चन्दर, नासिर के साथ एक साल तक जेल में रहा। इतने दिनों में चन्दर का दिलो दिमाग दोनों बदल गये और उसे अपने जेल जाने पर कोई अफ़सोस न हुआ। फिर जब वह जेल से बाहर निकला तो उसका मन बिलकुल साफ हो चुका था। उसके सामने एक राह थी। पर उसे जेल के दरवाज़े पर ही एक बुरी ख़बर मिली—वह यह कि कुछ दिन पहले ही उसकी बहन के पति को पुलिस ने एक पुल तोड़ते समय गोली मार दी और वह वहीं मर गया। इस बात से वह बड़ा आहत हुआ। उसकी बहन का पति अगर ज़िन्दा होता तो वह इसकी बहुत मदद कर सकता था। पर वह अब मर चुका था। जब चन्दर घर आया तो उसका पिता शोकग्रस्त था। दामाद की मृत्यु और एक होनहार बेटे का इस तरह बिगड़ जाना, फिर तो उन्हें उम्मीद थी कि चन्दर कॉलेज में नाम लिखवाएगा। पर चन्दर ने पढ़ने का नाम भी न लिया और गाँव में रहकर किसानों के साथ काम करने लगा। पहले तो चन्दर का पिता खुश नहीं था पर थोड़े ही दिनों में चन्दर ने अपने पिता को भी अपने ही रंग में रंग लिया और अब चन्दर ही नहीं, उसका सारा घर किसान सभा के जोशीले कार्यकर्त्ता थे, ख़ास तौर पर उसकी विधवा बहन 'डोलनी।'

"चाची बेटों ने पैसे कब से नहीं भेजे?"

चन्दर के हँसने पर बफातिर बोली—

"तीन महीने से बेटा। काम न करें तो पेट कैसे भरे। तोरे भाई सब को अकल थोड़े है। सब अपनी जोरू को पहचानते हैं। हम दोनों बूढ़े पुरनिया की कोई खोज-खबर ना ले है। सारी मेहनत अकारथ बेटा।"

चन्दर फिर हँसा और बोला—

"चाची तो थोड़ी-सी बात पर सबको बुरा कहने लगती है। सुना है कि शोबराती भाई तो खूब कमाता है। कलकत्ता में उसकी बीड़ी की दुकान खूब चलती है, वह कुछ नहीं भेजता?"

"सुअर, हरामी बेटा, एक आधी भी तो ना, सब जोय को देता है। ससुराल में खेत और ज़मीन खरीदता है। पक्का घर बनाइस है। ऐंहाँ खरीदेगा तो हम लोग न खा जाएँगे। वोंहाँ तो उसक जोरू बेटी के काम आएगा। हम लोग तो गैर हैं।"

"और चाची बफाती भाई भी तो बहुत कमाता है। वह भी कुछ नहीं

भेजता?''

''कमाता होगा। सुने तो हम भी, मगर न कभी खत भेजता और न अपने आता है। क्या कहें बेटा, तीनों ककड़ी तीनों कानी, कोई पूछे है भला हम लोग को...तो सब जियो बेटा। कोई खेती-बाड़ी की भी फिकर नहीं करता। तेरा बात न रहे तो हम लोगों का जीना भारी हो जाये। वही सब को देता है बेचारा।''

''चाची बात यह है कि सब जानते ही हैं कि दिन भर तुम दोनों काम करते हो। पैसे की आवश्यकता ही क्या है। फिर खेती-बाड़ी भी है। इसलिए भी कुछ मिल ही जाता है। चाची...सच मान, काम करना छोड़ दे...फिर देख सब पैसा भेजते हैं कि नहीं—हा हा हा हा...।''

''नाही बेटा, ओ सब जोरू का हो के रह गया है। हम सब को काहे को भेजेगा?''

चन्दर बोल ही रहा था कि एक मुर्गी हड़बड़ा कर चन्दर के सिर से होकर गुजर गयी। चन्दर भी चौंक कर खड़ा हो गया और बुढ़िया बड़बड़ाने लगी, ''मुर्गी निगोड़ी गन्दी...।''

''कोई बात नहीं चाची। मुर्गी का मांस कैसा होता है चाची, बड़ा स्वाद देता है...।''

''कौन है शोबराती की माँ।''

बूढ़े तूफ़ानी मियाँ की आवाज़ आयी। फिर कुछ पलों के लिए दोनों हाथ कमर पर रखे हुए बाहर निकले। चन्दर देखते ही खड़ा होकर बोला—

''सलाम चाचा।''

''जीते रहे बेटा, चन्दर, अरे हम तो तुम्हारे घर जाने को थे। अब छटाई-बटाई का इन्तजाम हो जाना चाहिए। फसल तैयार हो रही है। हमसे क्या होगा। इस साल तेरा बाप खड़ा होकर घर की मरम्मत न करा देता, तो हम दोनों तो पानी में भीग-भीग कर ही मर जाते।''

''नहीं चाचा, ऐसा भी कभी हो सकता है। आख़िर हम लोग किस दिन के लिए हैं।'' तूफ़ानी मियाँ जानते थे कि चन्दर जब घर में रहता है एक बार ज़रूर आता है। फिर भी सवाल कर ही बैठे—

''कैसे आना हुआ इतनी सवेरे बेटा?''

तूफानी मियाँ गाँव में सबसे बूढ़े आदमी थे और पुराने ढंग के पढ़े-लिखे। बचपन में पाँच वर्ष तक मौलवी साहब से गाँव ही में उर्दू-फारसी पढ़ते रहे थे। गाँव की मस्जिद में अजान देते और नमाज पढ़ाते थे। और शायद गाँवों बबत क़ायदे से नमाज पढ़ाने वाले और पढ़ने वाले अकेले आदमी थे। इनका एक विचार था कि जब भी कोई इनसे मिलने आता तो केवल राय लेने या इनके ज्ञान का फ़ायदा उठाने के लिए...जिसके लिए वह हर वक्त तैयार रहते थे। तूफानी मियाँ के सवाल पर चन्दर

थोड़ा गड़बड़ाया पर चुप रहने का वक्त भी न था, वह बोला—

"चाचा बाबूजी ने एक बात पूछने को भेजा है।"

"हाँ हाँ, कहो क्या बात है। शोबराती की माँ हुक्का तो देना भर के। हाँ बेटा, बोलो। चन्दर तेरा बाप भी अभी तक लड़का है। नाती-पोतों वाला हुआ पर जहाँ कोई बात हुई तो तूफ़ानी भाई। हा-हा—पर है तो मेरे सामने लड़का ही। रघुबर की उम्र की क्या होगी। यही पचास, पचपन...बस...।"

तूफानी मियाँ ने अपनी कमर सीधी की और बोले—

"हाँ तो क्या बात है?"

चन्दर ने तूफानी मियाँ के सन्तुष्ट चेहरे पर नज़र डाली। कितना सन्तुष्ट है यह बूढ़ा। आज भी सत्तर-पछत्तर साल की उम्र में भारत में साँस ले रहा है। फिर चन्दर बोला—

"चाचा थोड़ा धीरे बोलो, कोई आते-आते हमारी बात न सुन ले।"

"कोई सुनकर क्या कर लेगा?"

"नहीं चाचा बात ही ऐसी है। एक ज़रूरी बात पूछने को भेजा है बाबूजी ने।"

"अरे ऐसी क्या बात है?"

तूफानी मियाँ के चेहरे पर लकीरें खिंचने लगीं। उन फैली हुई लकीरों को चन्दर ने देख लिया और वह दिलासा देने के अन्दाज में बोला—

"घबराने की कोई बात नहीं चाचा, बाबूजी ने पूछने को कहा है, न जाने क्यूँ?"

"हाँ क्या बात है?"

चन्दर ने बात उस अन्दाज़ में कही जैसे इसका कोई महत्व ही न हो—

"चाचा शोबराती भाई के घर में कितने मुसलमान हैं?"

"क्यों क्या बात है! होंगे कोई तीस घर...।"

"और बफाती भाई के ससुराल में?"

"यही कोई चालीस-पचास घर।"

"और रमजानी भाई के ससुराल में?"

"कोई तीन सौ घर!"

"चाचा हैं तो सब मजबूत ना?"

"हाँ...हाँ...पठान हैं, जमींदार हैं।"

"तो बस ठीक है।"

"बात क्या है।" तूफानी मियाँ ने घबरा कर पूछा।

"हम कुछ नहीं जानते चाचा, बाबूजी ने कहा था कि पूछ आ...और जहाँ अधिक मुसलमान रहते हैं वहीं अपने चाचा और चाची को पहुँचा आ...।"

"काहे? आखिर कोई बात तो होगी?"

चन्दर ने गर्दन झुका ली। जैसे उसने चोरी की हो और पकड़ा गया हो। उसकी गर्दन फिर नहीं उठी। बफातिन हुक्का भर के लायी और तूफानी मियाँ गुड़गड़ाने लगे। फिर बफातिन ने पूछा—

"क्या सोच रहा है बेटा?"

चन्दर ने सिर उठाया और हँसता चेहरा बना कर बोला—

"चाची तेरा धान कटवाना है। फिर ये देख खम्भा भी ख़राब हो गया है। इसे बदलवाना है। तुझे और चाचा को इदन दीदी के घर पहुँचाना है। इदन दीदी ने सबको पर्व पर बुलाया है।"

तूफानी मियाँ गहरी सोच में पड़ गये। बात उनकी समझ में आयी कि अब केवल कुछ दिन ही पर्व को रह गये हैं। तो वो बेटी के यहाँ जाएँ।

"आखिर क्यूँ...।" बफातिन बोली, "सालभर के पर्व में अपना घर छोड़ कर कोई बेटी के यहाँ जाता है?"

मगर तूफानी मियाँ के दिमाग में बात आ गयी। चार दिन बकरईद को बाकी थे। शायद इस वर्ष कुछ हंगामे का डर हो। मगर उस गाँव में तो कभी कुछ न हुआ था, फिर भी बात कुछ जरूर थी। वे बोले—

"काहे बेटा—इस साल पर्व में कुछ डर है क्या?"

"हाँ चाचा।" चन्दर की गर्दन फिर झुक गयी। तूफानी मियाँ भी सोच में पड़ गये। अगर कोई बात न होती तो कभी भी रघुबर गाँव से जाने को न कहता। फिर उन्हें याद आया कि दो दिन पहले ही अली बख्श आकर उनसे कह गया था कि वो अपने बच्चों को लेकर कलकत्ता जा रहा है। फिर उन्हें गाँव में एक नयी बात भी नज़र आयी। मगर उस पर इन लोगों ने इतना ध्यान नहीं दिया था। पहले लोग बहुत रात गये तक रामायण पढ़ते रहते या कीर्तन करते रहते थे। मगर इधर कुछ दिनों से 'बजरंग बली की जय', 'महावीर की जय' पुकार रहे थे। 'बजरंग बली' जीवन में पहली बार इन लोगों ने इसी वर्ष सुना था। और वह बोले—

"चन्दर ये रात को लोग, 'बजरंग बली की जय' क्यों पुकारते हैं।"

"चाचा इन्हीं लोगों से तो डर है। यही सब हैं गाँव के कुछ लोग। बदमाशी करने पर तुले हुए हैं।"

तूफानी मियाँ फिर बोले—"कुछ नहीं होगा। कुछ नहीं होगा। हमारे गाँव में आज तक कोई बात नहीं हुई। डरने की कोई बात नहीं है।"

"चाचा जमाना बदल चुका है। पुरानी बातें भूल जाओ, अब चलने को तैयार हो जाओ।"

"अपने गाँव के लोग न बिगड़े। फिर कुछ डर नहीं।"

"चाचा मुश्किल तो यही है।"

अभी चन्दर की बात खत्म भी न हुई थी कि रमजानी बीवी-बच्चों के साथ आँगन में आ खड़ा हुआ। तीनों बच्चे दो और आठ साल के बीच के। दोनों बड़ी लड़कियाँ आते ही दादी के पास चली गयीं। छोटा बच्चा माँ की गोद में ही रहा। रमजानी की पत्नी आते ही सास के पास बैठ कर रोने लगी।

"भइया सब लुट गया।"

चन्दर उठ कर खड़ा हो गया और बोला—"कैसे आ गये रमजानी भाई। कोई खबर तो आने की न थी।"

"क्या बताएँ चन्दर, मुसीबत के मारे आये हैं। यहाँ का क्या हाल है?"

चन्दर बोला—

"हम भी तो सुनें बात क्या है?

"क्या बताएँ चन्दर, वहाँ के सारे हिन्दू बिगड़ गये हैं। मुसलमानों को मार डालते हैं। घर लूट कर, फिर आग लगा देते हैं। कोई राई-दुहाई नहीं, न थाना, न पुलिस—बस हर तरफ यही हो रहा है। सब मुसलमानों को मार रहे हैं और कहते हैं गाँधी जी का हुक्म है। सरकार का हुक्म है। मुसलमान को मार डालो। बहुत से लोग मारे गये चन्दर। हिन्दू भी मरे—मगर मुसलमान बहुत अधिक—औरत भी बच्चे भी...ओह...।"

चन्दर ने घबराकर पूछा—"तुम सब तो अच्छे रहे ना।"

"हाँ बस किसी तरह से बच गये। कुल छः घर तो मुसलमान थे ही। इसमें भी बहुत से आदमी कलकत्ते में रहते हैं। गाँव में औरत और बच्चे...और सब तो हिन्दू ही हैं। वहाँ कभी कोई बात नहीं थी चन्दर। पर राजू तेली ने सब बदमाशी की। उसी ने सबको बहकाया। कहता था, नोआखाली का बदला लो। मुसलमानों को मार डालो। पहले तो कोई भी उसके साथ न हुआ, फिर एक-दो उसके साथ हो गये। पर गाँव के और दूसरे लोग हमें दिलासा देते रहे। कल शाम को जाकर वह बहुत से आदमी बुला लाया, सभा हुई और गाँव के सारे लोग बिगड़ गये। हम लोगों को तो नत्थू बेचारा रातों रात भगा लाया। अब यहाँ पहुँच रहे हैं। रास्ते में दरगाही मिला था, वह किसी तरह जान बचा कर भागा, कह रहा था सब मारे गये, कोई भी नहीं बचा, बूढ़े, बच्चे, जवान, औरतें कोई भी...सारे घरों में आग लगा दी गयी। यही हाल हर जगह का है। हम लोग दस दिन तक गाँव से बाहर नहीं निकले थे।"

चन्दर ने लम्बी साँस ली और बोला—"अच्छा हुआ रमजानी भाई! तुम आ गये। हम चाचा से यही बात कर रहे थे, यहाँ भी गाँव का रंग-ढंग अच्छा नज़र नहीं आता। चमारी, बुधन, लोटन और रामदीन बदमाशी पर आतुर हैं। सच पूछो तो सबका माथा फिर गया है। किसी का दिल साफ नहीं रहा। चमारी कह रहा था, मुसलमान पाकिस्तान माँगते हैं। इनको कब्रिस्तान पहुँचा दो। हमने कहा कि भाई

हमारे गाँव के मुसलमानों ने तो काँग्रेस को वोट दिया है। ये सब तो पाकिस्तान के विरुद्ध हैं। तो वह बदमाश बोला—बला से, हैं तो मुसलमान और मुसलमान को जीवित नहीं छोड़ सकते। बाबूजी ने उसे बुलाकर डाँटा-फटकारा, हम सबने भी समझाया-बुझाया और हमारी साथी भी आये और बात खत्म हो गयी थी। मगर कल शाम को मालूम हुआ कि चमारी को बलराम सिंह ललकार रहा है। उसका तो यह कहना है कि जो हिन्दू, मुसलमानों को बचाने का प्रयत्न करे, उसे भी खत्म कर दो। यानी हम लोगों को भी मार जाये। इसमें उसकी बड़ी चाल है। हमें मालूम है कि बिहार भर में जमींदार बदमाशी पर आतुर हैं जिससे सरकार इसी झगड़े में उलझी रहे और जमींदारी न उठ सके। इसमें बड़ी चाल है जमीदारों की। पर हम लोग अनपढ़ हैं समझते ही नहीं। पर घबराने की कोई बात नहीं है। बाबूजी ने सबको कह दिया है—मुसलमानों पर हाथ उठाने से पहले हमसे लड़ना होगा। गाँव के आधे लोग तो खुल्लमखुल्ला हम लोगों के साथ हैं। और कुछ लोग चुप हैं। उन लोगों पर भरोसा नहीं। आज सुबह ही मालूम हुआ है कि चमारी, बुधन और रामदीन दूसरे गाँवों के हिन्दुओं को बुलाने गये हैं। अब जमाना बदला हुआ है। लूट की लालसा में बहुत से लोग इकट्ठे हो जाएँगे। इसलिए हम लोगों ने सोचा है कि आज रात को सब लोगों को इदन दीदी के घर पहुँचा दें।...क्या राय है तुम्हारी?''

रमजानी सोच में पड़ गया। फिर वह यहाँ क्यों आया। किसी ऐसे गाँव में चला जाता जहाँ मुसलमान अधिक थे। यहाँ तो कुल दस-बारह घर ही हैं। और वह भी गरीब, सब मेहनत-मजदूरी करने के लिए शहर में रहते हैं। कुल पाँच-सात आदमी, फिर बच्चे और औरतें। अगर कोई बात हो गयी तो कितनी देर सामना किया जा सकता है। और चन्दर आदि का भी क्या भरोसा, है तो यह भी हिन्दू ही। हालात को समझ कर वो उदास हो गया। इसे पूरा विश्वास हो गया कि हमला होगा ही। रास्ते में आते वक्त दुखो चमार से मुलाकात हुई थी, इसने खुशी-खुशी सलाम किया था। ''सलाम दुखो चाचा।'' पर दुखो ने उसे कोई उत्तर नहीं दिया, बल्कि विषभरी निगाहों से उसे देखा था।

रमजानी को परेशान देखकर चन्दर ने उसे दिलासा दिया—

''रमजानी भाई, घबराने की कोई बात नहीं, हम लोग घर में बारह जन हैं। पहले हम लोग मर जाएँगे तब ही कोई तुमको छू सकता है। डरने की कोई बात नहीं, चेतन को बाबूजी ने थाने भेजा है कि जाकर सूचना कर दे। वह साइकिल पर गया है फिर हीरामन चाचा और उनके सब लड़के, दुखो दुसाध के घर के सारे लोग, और भी बहुत से लोग तैयार हैं। कुछ भी हो जाये मगर अपने जीते जी गाँव में कुछ भी होने न देंगे।''

रमजानी ने चन्दर को देखा। उसके चेहरे पर भी परेशानी की लकीरें थीं। उसका मन चाहा कि चन्दर को छाती से लगा कर खूब रोये। इतनी जोर-जोर से रोये

कि आँगन में इकट्ठे होकर रोने और शोर मचाने वाली औरतों की आवाज़, उसकी आवाज़ में डूब जाये। एक ये भी हिन्दू हैं। इसके बाप, भाई भी हिन्दू हैं। इसके साथी भी हिन्दू हैं।...और हिन्दू रामदीन महतो भी है। सीताराम भी हैं जो खुलेआम कहते हैं मुसलमानों को मार डालो। घर लूट लो। आग लगा दो। औरतों की इज्जत लूट लो। सबको हिन्दू बना डालो। और हिन्दू भैरव भी हैं, लक्ष्मण भी हैं और दीना भी जो अन्त तक ढाढ़स बँधाते रहे, पर बाद में बदल गये। ये लोग भी हिन्दू हैं जो मुसलमानों को बचाने के लिए अपनी जान तक देने को तैयार हैं। और हिन्दू वो लोग भी हैं जो औरतों और बच्चों को भी मारने से नहीं शरमाते। पर फिर भी उसके उदास दिल में उम्मीद की कोई किरण न फूटी। कौन जाने हैं तो यह लोग भी हिन्दू ही। भैरव, लक्ष्मण, दीना भी तो ऐसी ही बातें बनाते हैं। वह नत्थू ने अपना धर्म निभा दिया।

चन्दर ने कहा, ''अच्छा मैं चलता हूँ, सब लोग चलने को तैयार हो जाओ, जल्दी, जल्दी। समय बहुत कम है। मैं जाकर और इन्तजाम करता हूँ।''

तूफानी मियाँ अब तक गहरे सोच में थे। अब तक कुछ न बोले थे। सारे आँगन में गाँव की मुसलमान औरतें और बच्चे भरे हुए थे। और मेले जैसा समा हो बच्चा था। वह कमर पर हाथ रखकर उठे और बोले—

''जाओ सब अपने-अपने घर। घबराने की कोई बात नहीं। अल्लाह सबसे बड़ी ताकत है। वही सबका मालिक है। वही जिलाता है, वही मारता है। आदमी कुछ नहीं कर सकता और हमारे गाँव में कभी कुछ नहीं हुआ और कभी कुछ नहीं होगा।''

चन्दर ने एक कदम आगे बढ़ाया चलने की तैयारी में फिर रुककर बोला, ''रमजानी भाई! सब तैयारी कर लो। दिल हारने की कोई बात नहीं है।''

फिर वह दूसरों से बोला—''जाओ सब अपने-अपने घर और जरूरी वस्तुएँ एक जगह इकट्ठी कर लो।''

तूफानी मियाँ के कहने को तो कह दिया कि कोई बात नहीं पर वह खुद घबराये हुए थे। अब इन्हें अपने अलावा रमजानी और उसके बच्चों की भी चिन्ता थी। इनके कान में पहले ही भनक पहुँच चुकी थी। मगर वो बूढ़े थे, कर भी क्या सकते थे।

अभी चन्दर दो ही कदम आगे बढ़ा था कि उसकी बहन डोलनी चीखती हुई आयी।

''चन्दर जल्दी कर, बाबूजी कह रहे हैं, सब मुसलमानों को अपने घर ले चल, हीरामन, सहाय और सबको पुकार ले, जल्दी कर।''

डोलनी पागलों जैसी हो रही थी। चन्दर उसका मुँह तकने लगा।

''मुँह क्या देखता है। ले चल सबको घर। समय नहीं रहा अब। जयकारे की

आवाज़ें नहीं सुनता। चलो सब जल्दी करो। बाबूजी, भइया और सब लोग लाठी, भाला लिए खड़े हैं। जल्दी-करो—और देखो हीरामन चाचा, बुधन चाचा, सहाय भइया और दुखो के घर के लोगों के सिवा किसी को मत घर की ओट आने देना। सब हम लोगों के दुश्मन हो रहे हैं। हे भगवान!''

और वह पागलों की तरह धक्का देकर मुसलमान औरतों को घर से निकलाने लगी—''जाओ, सब जल्दी करो, मेरे घर में, बाबूजी वहीं खड़े हैं। जल्दी करो...।''

वह जल्दी से निकल कर दूसरे घर में घुस गयी। वह बिलकुल दीवानी हो रही थी। रमजानी और चन्दर ने जल्दी-जल्दी सबको घसीटा और चन्दर के घर भेजा। बफातिन और उसकी बहू सामान इकट्ठा करने लगीं। पर चन्दर ने सबको डाँटा। वह एक घंटा पहले वाला चन्दर नहीं रहा था। धक्का देकर बाहर निकाल कर बोला—

''जाओ जल्दी घर पर।''

जब वह दरवाजे से बाहर निकला तो देखा कि उसका छोटा भाई, महावीर और हीरामन का बेटा शामू भाला लिये खड़े हैं। वह औरतों के दो तरफ हो गये। चन्दर ने इन लोगों को भेजा और दूसरी तरफ बढ़ा कि उसके कान में आवाज़ आयी ''जय बजरंग बली'', और जैसे उसे बिजली घेर गयी। और उसने देखा कि सारे मुसलमान औरतें, बच्चे, मर्द उसके धर की तरफ भागे जा रहे हैं।

फिर भी वह सीधा अपने घर की ओर भागा और सबको पुकारता गया—''जल्दी करो—जल्दी।''

और जब वह अपने दरवाजे पर पहुँचा तो उसे मालूम हुआ कि दंगाई बहुत बड़ी संख्या में आये हैं। अब वह साफ दिखाई दे रहे थे। खेतों से गुजर रहे थे। तीन हजार से कम आदमी न होंगे।

उसने पलट कर अपने लोगों को देखा। एक बूढ़ा बाप, सात भाई, तीन भतीजे, छः मुसलमान और...और गाँव के सत्तरह-अठारह हिन्दू। फिर भी वह घबराया नहीं। उसे विश्वास था कि गाँव के और हिन्दू उसका साथ जरूर देंगे। पर जैसे ही दंगाइयों ने जयकार लगायी—''जय बजरंग बली'', गाँव के घरों में भी यही आवाज़ उठी और उसे अनुमान हो गया कि उसे धोखा दिया गया है। फिर उसने देखा—सब घरों से भाला, गँड़ासा और कठियाँ लेकर निकल आये और शोर हुआ। मारो-मारो...फिर एक बार जयकार हुआ और उसने देखा कि दंगाई तीन भागों में बँट गये। दो दल दो ओर से मुसलमानों के घरों की तरफ चले और एक उसके घर की ओर। अब कोई रास्ता न था। ये लोग भी भला, गँड़ासा, और लाठी लेकर तैयार हो गये। उसे सन्तुष्टि इस बात की थी कि गाँव के सारे मुसलमान उसके घर में थे। जब बहुत से लोग उसके घर की ओर बढ़े तो चन्दर उनकी तरफ बढ़ा। इस जन-समूह में इसका साथी धर्मदेव भी था जो उसके साथ-साथ किसान

सभा में काम करता था। उसने धर्मदेव को पुकार कर कहा—

"धर्मदेव—तुम इन लोगों में? कल तक तुम सभाओं में क्या कहते थे? हिन्दू और मुसलमान भाई-भाई हैं। आज तुम उन्हीं मुसलमानों का कत्ल करने निकले हो। यह तुम्हें शोभा नहीं देता।"

धर्मदेव बोला—"वक्त बदल गया। चन्दर। मुसलमान हमारे भाई नहीं हो सकते। हम धोखा खा रहे थे। हम नोआखाली का बदला बिहार में लेंगे।"

बूढ़े रघुबर को क्रोध आ गया, वह बोला—"बहादुर हो तो नोआखाली में जाकर बदला लो उनसे जिन लोगों ने जुल्म किया है। वह सचमुच बदला होगा। मगर तुम तो मारने आये हो उन लोगों को, जो ये भी नहीं जानते कि नोआखाली है कहाँ..."

इतने में चमारी सामने आया और बोला—"रघुबर चाचा! सब मुसलमानों को हमारे हवाले कर दो। हम आज किसी को भी जिन्दा न छोड़ेंगे—ये साले मुसलमान... ।"

"शरम नहीं आती चमारी। कल तक जिन लोगों को चाचा और भाई कहता था आज उनको साला कहता है और इन्हें मारना चाहता है। हम किसी मुसलमान को जीते जी तुम्हारे... ।"

चमारी क्रोधित होकर बोला—

"मारो इस बूढ़े साले को। बड़ा आया है मुसलमान का जना-खच्चर-मूत दो साले के मूँछ पर।"

और जयकारा हुआ, गाँव के हर कोने से। रघुबर के छोटे बेटे महावीर को गाली सुन कर ताव आ गया। और वह भाला लेकर तड़पा कि एक-दो बार में चमारी का काम तमाम कर दूँ। अगर रघुबर ने उसे पकड़ न लिया होता तो चमारी का काम तमाम था।

रघुबर ने कहा—"बात बढ़ाने का वक्त नहीं है। जिनको तुमने बचाने का वचन लिया है उनकी जान का सवाल है। तुम गाली पर ही बिगड़ गये, धीरज धरो धीरज।"

जन-समूह और आगे बढ़ा। बिलकुल आमने-सामने केवल कुछ गज की दूरी बाकी थी। चन्दर, महावीर और सीतल ने पिता की ओर देखा। जैसे वे पूछ रहे हों अब क्या हुक्म है।

रघुबर ने कहा—"जल्दी न करो। अगर उनमें से कोई आगे बढ़े तो फिर ध्यान न धरना कि कौन आता है। कोई भी सामने आये, मार डालो। अगर न मारा तो खुद मारे जाओगे। और प्रतिज्ञा न टूटे। तुमने प्रतिज्ञा की है कि मरते समय तक बचाएँगे।"

फिर जयकार हुई "जय बजरंग बली"—फिर मुसलमानों के मोहल्लों से

धुआँ उठा। इस पर लियाकत चीख उठा—

''हाय हमारा घर।''

''रोने का वक्त नहीं लियाकत, हिम्मत से काम लो।'' हीरामन बोला, जो अभी-अभी अपने लड़कों के साथ इन लोगों के साथ आ मिला था जिससे रघुबर और चन्दर का साहस बढ़ गया था।

जन-समूह में से एक आदमी भाला लिये आगे निकल कर आने लगा। रघुबर ने चिल्ला कर कहा—''क्या कहना चहाते हो, कहो आगे मत बढ़ो।''

उसने कहा—

''सब मुसलमानों को हमारे हवाले कर दो।''

चन्दर ने उसे पहचाना। ये था जनक सिंह, बलराम सिंह का चेला जो किसानों की सभाओं में हंगामा करने जाया करता था। उसे भी मालूम हो चुका था कि बलराम सिंह ने उसे बहुत-सा धन और अनाज दिया है। इसलिए कि वह हर जगह घूम-घूम कर हंगामा कराये और दंगा कराता रहे।

चन्दर ने कहा—''हम तुम्हें जानते हैं जनका। हम जीते जी एक मुसलमान को भी मरने न देंगे।''

''साले तुम भी कुत्तों की मौत मरोगे।''

एक दूसरे ने पुकार कर कहा—''तुम हिन्दू हो इसीलिए समझा रहा हूँ। मुसलमान मलेछों के लिए क्यों अपनी जान दे रहे हो?'',

अब चमारी तड़प कर सामने आ गया, ''देखते क्या हो, मारो सालों को। ये सब मुसलमान के जने हैं। लातों का भूत बातों से नहीं मानेगा। और तुम सब इस साले चन्दरा से बात करते हो, इसका कोई धर्म है।''

अब के महावीर का हाथ रुक न सका। उसने पूरा भाला चमारी के सीने में उतार दिया और वह धम से धरती पर गिर पड़ा। जनक ने 'फाँसे' का पूरा हाथ महावीर पर चलाया लेकिन वह बैठ कर बच निकला। दूसरी और से हीरामन के बेटे और दादू ने तड़प कर गँड़ासे का पूरा हाथ जनक सिंह के सिर पर दे मारा जो सिर के आर-पार हो गया और वह धरती पर गिर पड़ा। महावीर ने दूसरा हाथ भाले का उसकी छाती पर मारा और वह ढेर हो गया। फिर एक और हाथ चमारी को लगा और दोनों तड़पने लगे। जनक और सब के सब भाग खड़े हुए। कोई भी न ठहरा।

जनक सिंह ने चिल्लाकर कहा—

''मैं तो मर रहा हूँ मगर देखो ये रघुबर का घर बचने न पाये...इसे खत्म कर दो...।''

और चन्दर ने कहा—''हम जानते हैं। बलराम सिंह यही चाहते हैं। अच्छा अब तुम चुप-चाप पड़े रहो।''

जन-समूह भाग कर थोड़ी दूर पर फिर ठहरा...और आपस में कुछ बातें करने

लगा। फिर मुसलमानों के घरों की ओर से धुएँ का तूफान-सा उठा। फिर शोले आसमान छूने लगे और उधर से दंगाइयों की एक टोली जयकारे लगाती हुई निकली। रघुबर का सिर चकरा गया। वह अब तक अपने लोगों के दिल बढ़ा रहा था।

''यह सब बदमाश हैं। चोर और लुटेरे। अगर थोड़ा भी साहस दिखाओगे तो एक भी न ठहरेगा।'' फिर उसने उत्तर की ओर हाथ उठा कर कहा—

''गंगा मय्या हम सब की इज्जत अब तोहरे हाथ। यह काल कट गया तो पाली चढ़ाएँगे।''

इतने में दूसरी टोली मुसलमानों के घरों की ओर बढ़ी। और इसने देखा कि बहुत सारे लोग मुसलमानों के घरों से बहुत-सी चीजें ले-लेकर दूसरे गाँवों की ओर भागे जा रहे हैं। चमारी खून में लथपथ पड़ा था। उसकी छाती से लगातार खून बह रहा था। पर जब जयकारे की आवाज़ उसने सुनी तो फिर एक बार उठ बैठा और चिल्ला कर बोला—

''अरे देखते क्या हो, यहाँ रघुबर ने सारे मुसलमानों को छुपा रखा है। हिन्दू जाति के असल दुश्मन है यह सब।''

और महावीर बोला—''चमारी भइया अब मरते वक्त तो शुभ-शुभ बोलो, भगवान का नाम लो।''

डोलनी ने जल्दी से एक लोटा पानी लाकर महावीर को दिया, जिसे वह एक ही साँस में पी गया। जन-समूह और भी करीब आ गया था। और इन सबने देखा वो लोग रजब की लाश को घसीटे ला रहे थे। वह बेचारा घर से बाहर न निकल सका था। छ: दिन पहले ही उसके घर बच्चा पैदा हुआ था। पत्नी घर पर ही पड़ी थी वह उसे छोड़कर कैसे निकल आता। वह इसी चिन्ता में था कि किसी तरह सबको ले चले। पर समय न मिला, इतने में दंगाई घर में घुसे और सबका काम तमाम कर दिया। वो लोग रजब की लाश को पाँव से पकड़े, घसीटे ला रहे थे। साथ में इसकी बीवी की लाश भी थी। नंगी, शरीर पर कपड़े का नाम तक न था। छ: दिन के बच्चे को एक नौजवान इस तरह लटकाये जा रहा था, जैसे छोटे-छोटे बच्चे मरी हुई चुहिया को पकड़कर लाते हैं। ये लोग रघुबर के घर की ओर बढ़ रहे थे। इनको पता चल चुका था कि सबको उसने छुपा रखा है।

हीरामन ने रजब, उसकी बीवी और बच्चे की लाश को इस तरह देखा तो उसका खून खौल उठा और वह चिल्ला कर बोला—

''रघुबर भाई, ये सब हिन्दू नहीं राक्षस हैं—मार डालो सबको।''

वह ' जय हनुमान जी', कह कर आगे बढ़ा मगर फिर रघुबर ने उसका हाथ पकड़ लिया और बोला—''हीरामन—बात मत बढ़ाओ—बस आज का दिन किसी तरह कट जाये—डटे रहो—चेतन थाने पहुँच चुका है। अब मिलिटरी आती ही

होगी।''

पर हीरामन जोश में था, बोला—''रघुबर भाई, जब तक मिलिटरी आएगी, गाँव बर्बाद हो चुका होगा। देखते हो रजब की लाश। वह मेरा भाई था। इसको मेरी माँ ने अपना दूध पिला कर पाला था। तुम जानते हो बुढ़िया की कितनी सेवा करता था। पर्व में जब तक बुढ़िया के कपड़े न बनवाता उस समय तक अपनी बीवी-बच्चों को कुछ न देता। रघुबर भाई मेरा खून खौल रहा है।'' बोलते-बोलते उस का गला भर आया।

रघुबर बोला—''हिम्मत से काम लो हीरामन, हिम्मत से'' इतने में किसी ने पत्थर फेंका जो रघुबर के माथे पर गया। ठीक बायीं आँख से थोड़ा ऊपर और खून बह निकला। दूसरी ओर से डोलनी की चीख सुनाई दी—''बाबूजी''—और वह दौड़कर बाप से लिपट गयी। रघुबर को पकड़ कर उसने घर में पहुँचाया। जाते-जाते रघुबर ने कहा—''कोई अपनी जगह से न डिगे।''

और कोई भी न हटा। रघुबर मुँह धोने लगा और जब कपड़ा जलाकर जख्म पर बाँध लिया तो उसने देखा, तूफानी मियाँ एक कोने में नमाज पढ़ कर दुआ माँग रहे थे। जैसे कोई बात ही न थी। उसे सन्तुष्ट तूफानी को देखकर हँसी आ गयी। और फिर सबके पास चला गया। जन-समूह से लोगों की गलियों और ललकारने की आवाज़ें बराबर आ रही थीं। पर कोई आगे न बढ़ता था। चमारी ज़ख़्म से कराह रहा था। और जनक सिंह ठण्डा हो चुका था। यही दोनों सरदार थे और इनकी मौत से सब ढीले पड़ गये थे। एकाएक फिर शोर उठा और सबने देखा, बलराम सिंह का छोटा भाई जगन्नाथ सिंह अपने काले रंग के घोड़े पर तेजी से चला आ रहा है। उसने दूर ही से ललकारा—

''तुम सब खड़े क्या हो, टूट पड़ो सालों पर, मार डालो सबको। आग लगा दो इस बुड्ढे साले के घर को—बदमाश—!''

वह तेजी के साथ चन्दर के बहुत करीब आ गया। उसके हाथ में तलवार थी। उसने चाहा कि चन्दर पर भरपूर वार करे, पर ठीक उसी समय असीम ने घोड़े को भाला मारा और वह अकड़ गया। चन्दर बच गया। स्वयं वह घोड़े से गिरते-गिरते बचा पर घोड़ा जो भागा तो न रुका। पर किसी ने लाठी खींच कर महावीर के सिर पर मारी और वह तिलमिला कर गिर पड़ा और चिल्लाया—

''बाबूजी'', हीरामन के बेटे कमल ने जल्दी से आगे बढ़कर महावीर को बचा लिया नहीं तो दूसरी लाठी फिर इसके सिर पर पड़ने वाली थी।

अब कोई बात नहीं रह गयी थी। चारों ओर एक शोर था, हंगामा था और लाठियाँ, भाले, तलवारें और गँड़ासे चल रहे थे। खट-खट और छन-छन की आवाज़ें गूँज रही थीं। न दंगाइयों के कदम पीछे जाते न हिफाजत करने वालों के। हीरामन ने फिर ललकारा।

"आगे कदम बढ़ाते जाओ बहादुरो।" पर दूसरी ओर से औरतों की चीख सुनाई दी। एक टोली ने दूसरी ओर से मकान पर हमला कर दिया था। सबसे आगे-आगे एक काँग्रेसी, झण्डा लिए हुए था। चन्दर ने जब उसके हाथ में काँग्रेसी झण्डा देखा तो उसका खून खौल उठा, वह चिल्लाया—

"अरे ओ मलेछ...राक्षस...अपने साथ इन झण्डों को भी अपवित्र करना चाहता है।"

और वह उधर टूट पड़ा। उसके साथ दो आदमी और भी दौड़े। वह चाहता था कि झण्डा उसके हाथ से छीन ले। पर किसी ने लाठी का पूरा हाथ मारा। वह चकरा गया। उसका भाई आगे बढ़ा कि उसे बचा ले। पर किसी ने भाले का भरपूर हाथ चन्दर की छाती में मारा, और उसके मुँह से निकला—"बाबूजी।"

लोग उसे उठा कर ले आये, और थोड़े से आदमियों के लिए हमले को रोकना मुश्किल हो गया। पर फिर भी जन-समूह में इतनी हिम्मत न थी कि कुछ आदमियों का सामना कर पाते। चन्दर ने आँखें खोलीं। मुसलमानों के घरों से उठी आग की लपटें आकाश को छू रही थीं।

उसने फिर एक बार अपनी पूरी शक्ति से कहा—"बाबूजी, मैं चला। मुसलमानों को बचाओ—महावीर घबराना नहीं मेरे भाई...तेरे भाई ने हमेशा कमजोरों का साथ दिया है। और कमजोरों को बचाते हुए उसने अपनी जान दी। ऐसी मौत बड़ी अच्छी है। महावीर...पीछे न हटना...मेरी तरह मरना।"

मालूम नहीं, किसने यह बात सुनी और किसने नहीं सुनी। डोलनी और सारी मुसलमान औरतें, चन्दर की लाश पर खड़ी फफक-फफक कर रो रही थीं। जन-समूह बढ़ता ही आ रहा था। बूढ़ा रघुबर सबको ललकार रहा था। एकाएक शोर उठा मिलिटरी...मिलिटरी...और सब लोगों ने देखा थोड़ी दूर पर मिलिटरी से भरे पाँच ट्रक आ रहे थे। दंगाई भागने लगे।

रघुबर ने ललकार कर कहा—"पकड़ लो इन लुटेरों को भागने न पाएँ।"

मिलिटरी समीप आ गयी—भागने वालों पर गोलियाँ बरसाती हुई। रघुबर ने कहा—"मेरी इज्जत रख ली भगवान—धन्न है तू!"

मिलिटरी के लिए आराम का वक्त न था। जल्दी-जल्दी सारे मुसलमानों को ट्रक में बिठाया और चले गये।

रघुबर ने कहा—"तूफानी भाई—ये चन्दर का खून लेते जाओ। अपने भतीजे का खून, जिसे तुमने गोदी खिलाया था। उसने अपना फर्ज निभा दिया...गवाह रहना?"

और सबकी आँखों से आँसू उबल पड़े।

*(उर्दू से अनुवाद : शम्भु यादव)*

# तुलसी का बिरवा

## सैयद वलीउल्लाह

वह एक दो मंजिला मकान था—सीमेण्ट के पुल के करीब सौ गज दूर। इन लोगों ने उस मकान पर कब्जा कर लिया। देश विभाजन के हंगामे में इस शहर में आने के बाद सुबह से शाम तक वे एक कामचलाऊ डेरे की तलाश में घूम रहे थे।

एक दिन उन लोगों ने यह मकान देखा। पहले वे हैरान रह गये। बाद में सारे दल के साथ आकर, ताला-वाला तोड़कर, हो-हल्ले के साथ उस घर में प्रवेश कर गये।

शाम तक सारे शहर को इस मकान का पता चल गया। और लोग भी आने लगे, पर वे लोग अकड़कर डट गये। दिमाग ठंडा रखकर बोले—"देखिए साहब, इस छोटे से अँधेरे कमरे में भी चार-चार बिस्तर लगे हैं...ज़रा-सी भी जगह खाली नहीं है।"

फिर वे आने वालों के प्रति हमदर्दी जताने लगे—"हम आप लोगों की तकलीफ महसूस कर सकते हैं! आप लोग ज़रा पहले आते तो यह कोने वाला कमरा मिल सकता था...अभी दो घंटे पहले ही तो एकाउंट्स दफ्तर के एक मोटे आदमी ने उस पर कब्जा किया है..."

वे लोग अपनी पुरानी जगहों के बारे में सोचते और खुश होते कि अब उन्हें वैसे सीलनभरी और रोगीली जगह में नहीं रहना पड़ रहा, कि अब उन्हें तपेदिक का डर नहीं है। दिन मजे से गुजर रहे थे।

मोदाब्बेर ज़रा हुल्लड़बाज आदमी था। एक दिन वह नीम की दातून करता हुआ आँगन में टहल रहा था। अचानक उसकी नज़र रसोई घर के बायें कोने पर चली गयी। वहाँ ईंटों का चौकोर, छोटा-सा चौरा बना था। उसमें तुलसी का एक बिरवा लगा था। तुलसी की पत्तियाँ कुम्हला गयी थी। और उनका हरा रंग कत्थई-सा हो

गया था। उसके नीचे घास उग आयी थी।

मोदाब्बेर मुँह से दातून निकालकर जोर से चिल्लाया। उसी चिल्लाहट सुनकर सभी लोग आँगन में इकट्ठे हो गये। वह जोर-जोर से बोल रहा था—तुलसी का पौधा हिन्दूपन की निशानी है। हमारे रहते हिन्दुओं की कोई निशानी नहीं रहेगी। इसे उखाड़ फेंको...''

सब लोग स्तब्ध रह गये। मकान का सूनापन शक्ल बदलने लगा। तुलसी का बिरवा खामोशी में भी बहुत कुछ कह गया।

हिन्दू रीति-रिवाज से यह लोग भली-भाँति वाकिफ नहीं। फिर भी सुन रखा है कि हिन्दू घरों में हर शाम को घर की मालकिन तुलसी के नीचे साँझ का दीया जलाती है और गले में आँचल लपेटकर प्रणाम करती है।

उनके सामने एक हिन्दू औरत की शक्ल उभरने लगी जो गले में आँचल लपेटे सँझबाती कर रही है। मतीन कभी रेलवे में काम करता था। वह सोच रहा है...इस घर की मालिकन अब कहाँ होगी? शायद कलकत्ता, आसनसोल या हावड़ा में! कहीं भी हो लेकिन हर साँझ को इस तुलसीचौरा की याद कर उसकी आँखें नम हो जाती होंगी!

मतीन के खयालों में नम आँखें लिए एक औरत उतर आयी। वह बोल पड़ा—''रहने दो उसे। हम लोग कोई पूजा तो कर नहीं रहे...मकान में तुलसी का एक पौधा होना अच्छा ही है...नजले-जुकाम में इसकी पत्तियों का रस फायदेमन्द होता है...कल से यूनुस को ही नजला हो रहा है...''

मोदाब्बेर ने इधर-उधर देखा। सभी की मानो यही राय हो। उनमें इनायत कुछ मौलवी किस्म का है—पाँचों वक्त की नमाज पढ़ता है, कुरान भी पढ़ता है। इस समय वह भी खामोश खड़ा रहा। शायद उसके जेहन में भी किसी की नम आँखें उतर गयी हों! सबको खामोश देखा, मोदाब्बेर ने भी हथियार डाल दिये।

एक दिन मोदाब्बेर घबराया हुआ आया और बोला—''पुलिस आयी है।''

''क्यों?'' एक प्रश्न सबके चेहरों पर चिपक गया।

मतीन बाहर निकल आया। पुलिस के सब-इंस्पेक्टर ने उसे आर्डर दिखाते हुए कहा—''सरकार ने यह मकान रिक्वीजीशन किया है। आप लोग चौबीस घंटे के अन्दर-अन्दर इसे खाली कर दीजिए।''

और एक दिन वे अपने सारे दल के साथ चले गये। और वह तुलसा का बिरवा एक बार फिर खामोश हो गया।

*(बांग्ला कहानी : अनुवाद : लेखक द्वारा)*

# रफ़ूजी

स्वदेश दीपक

नानी बिल्कुल अनपढ़। अस्सी के ऊपर आयु होगी, लेकिन अँग्रेजी के कुछ शब्द उसे आते हैं—जैसे कि रिफ्यूजी, जिसे वह रफूजी बोलती है। कुछ शब्द इतिहास की उपज होते हैं, जो प्रतिदिन की जिन्दगी का हिस्सा बन जाते हैं। ये शब्द राजा अथवा रानी की देन होते हैं। अँग्रेज़ जाते-जाते बँटवारा करा गये और विरासत में एक शब्द दे गये—रिफ्यूजी। जैसा कुछ वर्ष पहले हमारी महारानी मरी और विरासत में एक शब्द दे गयी—उग्रवादी।

सारा कस्बा उसे नानी कहकर बुलाता है। शायद परिवार के सदस्यों के अलावा किसी को भी असली नाम मालूम या याद नहीं। जिस्म के सारे हिस्से जिस्म का साथ छोड़ चुके हैं सिवा आवाज़ के। फटे ढोल की तरह की आवाज़—एकदम कानफाड़ और ऊँची।

बेटे तो बँटवारे की भेंट चढ़ गये, एक लड़की बची थी, इसलिए कि विभाजन से पहले वह जालन्धर में ब्याही गयी। अब यह भी नहीं। उसके बेटे, अपने दोहते के साथ नानी रहती है, इस कस्बे में। कलेमों में थोड़ी ज़मीन मिल गयी। मकान भी बनवा लिया। दोहता कॉलेज में पढ़ता है, लेकिन नानी उसे प्रोफेसर नहीं, मास्टर कहकर बुलाती है। उसकी समझ में सब पढ़ाने वाले मास्टर ही होते हैं। वह जालन्धर के कॉलेज में, जो यहाँ से दस किलोमीटर दूर है, रोज पढ़ाने जाता है, स्कूटर पर।

नानी आँगन में नीम के पेड़ के नीचे लेटी हुई। बच्चे स्कूल जा चुके हैं अपनी माँ के साथ, जो उसी स्कूल में पढ़ाती है।

आँगन में कदमों की आवाज़ें। नानी कमर पर हाथ रख चारपाई पर अध-उठ गयी। अध-अन्धी है। नज़र बाँधकर कदमों को, आवाज़ों को, जिस्मों के साथ जोड़ने की कोशिश की, लेकिन कोशिश, नाकाम।

"कोण। किस नूँ मिलना है? घर कोई नईं। शाम नूँ आँणा।"

नानी की आवाज़ सुनकर नीम पर बैठे कव्वे ने गर्दन घुमाया। कहीं कोई खतरा नहीं। फिर भी एक टहनी से दूसरी टहनी पर फलाँग गया।

"नानी, तेरी तो आँखों भी गयीं। चल, फिकर न कर, आँखों के बैंक से किसी जवान कुड़ी की आँखें तुझे डलवा देंगे। मरने से पहले जहान तो देख लेगी।"

"जीते, तू मोया साठ का हो गया, लेकिन जबान अब भी कैंची की कैंची। मैं मरने वाली नहीं। तेरा संसकार करके ही जाऊँगी। खातिरजमा रख।"

"नानी, बैंक से आँखें ला दूँ? एकदम जवान हो जाएगी।"

"कौन, मल्कियत। नानी को जवान बनाएगा। मोया, फिर सात फेरे भी लेगा न। तेरी घरवाली तो कब की मर गयी, मुझे घर ले चलना। इस उमर में लुत्तर-लुत्तर तो बन्द होगी।"

सरपंज सुरजीत सिंह ने नीम के नीचे दूसरी चरपाई बिछायी, तहमद टखनों तक खींची और पसर गया। नानी को फिर छेड़ा, "नानी बैंक से आँखें..."

"चुप ओये मोया। जीभ में कीड़े पड़ेंगे कीड़े। मुझे बेवकूफ बनाता है। बंक में तेरे बाप रुपये देते हैं कि आँखें...? तू तो अपनी माँ को भी ऐसे ही छेड़ता था।"

नानी को अचानक याद आया कि मल्कियत सिंह बिलकुल चुप है। जरूर कोई बात होगी, वरना यह तो कैंची है, कैंची लगातार चकट-चकट करती हुई।

"मलकीते, तैनूँ साँप क्यों सूँघ गया है? बोलता क्यों नहीं? रात बोतल नहीं मिली क्या? ठहर, मैं लस्सी लाती हूँ।" नानी ने उठने की कोशिश की।

"तू बैठी रह नानी, अबकी उठी शाम तक अन्दर से वापस आएगी। तेरे लारे और ब्याहे भी क्वारे।"

"मरजाँणा, बस महवारे डालना तो कोई तुझसे सीखे। अच्छा यह सवेरे-सवेरे यहाँ चढ़ाई किसलिए कर दी?"

सुरजीत और मल्कियत ने एक-दूसरे की तरफ पूछती निगाहों से देखा था—नानी से बात कौन करे? नानी ने उसकी चुप्पी को सूँघ लिया। उसे पता है इस इलाके के लोगों का एकदम चुप होना किसी बुरी बात के खतरे की निशानी होती है। वह थोड़ा-सा डर गयी इसलिए और ऊँची आवाज़ में बोली—

"ओये मोये, जीभ तालू से क्यों चिपक गयी? कुछ बकते क्यों नहीं? मेरे मास्टर की कहीं टक्कर तो नहीं लग गयी?"

इस बार आवाज़ का धमाका इतना ऊँचा था कि कव्वे बिल्कुल डर गये। उडारी भरकर छत पर जा बैठे।

"नानी की बच्ची, मास्टर नहीं, प्रोफेसर कह। तुझे कितनी बार बताया है कि जो कॉलेज में पढ़ाये, उसे प्रोफेसर कहते हैं।"

"चुप्प ओये, बड़ा आया मुझे सीख देने वाला। पढ़ाता ही है न, चाहे

कालेज-फालज में पढ़ाये, चाहे स्कूल में, मास्टर तो मास्टर होगा, थानेदार तो नहीं। अच्छा बताओ, की गल है?''

मल्कियत ने सुरजीत को कुहनी मारी कि तू ही बोल। ''सुन नानी, प्रोफसर को समझा दे कि फालतू न बोला करे। आजकल ऐसी बातें करना ठीक नहीं।''

''क्या फालतू बोलता है, ज़रा मैं भी तो सुनूँ। सारा दिन तो किताबें चाटता रहता हैं। अभी से ऐनक चढ़ गयी, बुड्ढा हो गया।''

नानी के लिए नज़र की ऐनक नज़र की शुरुआत है। ''नानी, उगरवादियों के ख़िलाफ़ सरेआम बोलता है। अपनी क्लासों में भी। गाँव के लड़के जो कॉलेज में पढ़ते हैं, उन्होंने हमें बताया।''

''खलाफ बोलता है तो क्या बुरा करता है। अब सच बोलने पर करफ्यू लग गया है क्या?''

''नानी, लगता है तेरा दिमाग भी चल गया।'' सुरजीत सिंह की आवाज़ सख्त हो गयी, ''तुझे पता नहीं कि अब मुल्क में सच बोलने की मनाही है। बस दो टैम की रोटी खाओ, और जो दिन खैर-खरीयत से गुजर जाए, सच्चे पातशाह की किरपा समझो। लोगों के सिर पर खून सवार है। लेकिन तेरा पढ़ा-लिखा प्रोफेसर तो झल्ला हो गया है, बोलने से बाज नहीं आता। क्या सरकार ने उसे सच का नम्बरदार बना दिया?''

नानी के अतीत से अपने पेड़ जैसे तीन लड़कों का अपनी आँखों के सामने कत्ल होने का दृश्य कूदा और उसकी अध-अन्धी आँखों में ठहर गया। उसने पूरा जोर लगाया और चारपाई पर गठरी बन गयी। आजकल जो कुछ हो रहा है, उसे वैसे भी समझ नहीं आता, लेकिन आतंक की बू को तो जानवरों तक की इन्द्रियाँ ग्रहण कर लेती हैं। नानी को बहुत-सी बातें सुनाई तो देती हैं, कारण समझ न आये। उसने याचना भरी आवाज़ में सलाह दी।

''मलकीयते, तू ही समझा मास्टर को। तुमसे तो दबता है। मैं कुछ कहूँ तो जवाब तक नहीं देता। उसकी घरवाली भी कोशिश करती है, लेकिन पता नहीं उसे अँग्रेजी में क्या कहता है कि वह भी चुप हो जाती है। मेरी तो आखिरी निशानी है मेरा इन्दर। उसे भी कुछ हो गया तो खानदान का बीज तक नाश हो जाएगा।'' अब नानी बेआवाज़ रो रही है। चेहरे की गहरी झुर्रियों में आँसू गिरकर अटक गये।

''ओये नानो, उसे क्या होगा। हमारे गाँव में किसी हिन्दू को आज तक किसी ने छुआ है क्या? मलकीयते की दोनाली बन्दूक को सारा दुआबा जानता है, समझी। दो कत्ल कर चुका है, दो।'' उसने इतना ऊँचा बोला की छत की मुँडेर पर बैठे कव्वों ने इस बार लम्बी उडारी भरी और मकान की हद से बाहर निकल गये।

''लेकिन नानी, बड़ा ख़राब वक्त चल रहा है। किसी पर भरोसा नहीं किया जा सकता। भाई को भाई शक्क की नज़रा से देखने लग पड़ा है। इस इन्दर को हम

भी समझाएँगे, लेकिन तू बात जरूर करना। चौरासी में जब दिल्ली में दंगे हुए थे, तो इन्दर हिन्दुओं के ख़िलाफ़ सरेआम बोलता था न। तब भी हमने समझाया, लेकिन नहीं माना न। हिन्दुओं ने ही ईंट मारकर उसका सिर फोड़ दिया था। कितना खून चढ़ा, तब जाकर बचा। उसे बता कि आजकल झूठ का बोलबाला और सच का मुँह काला।'' सुरजीत चारपाई से उठा, तहमद नीचे की। मल्कियत ने साफ देखा कि नानी के चेहरे पर से दहशत अभी नहीं हटी?

''नानी, तू खातरजमा रख, हमारे होते चिड़ी भी गाँव में नहीं फड़क सकती। ऐसा सूरमा किसी माँ ने पैदा नहीं किया, जो हमारे गाँव में आकर उस पर हमला कर सके। लेकिन शहर से तो स्कूटर पर अकेला आता है न, कहीं रास्ते में...'' मल्कियत ने अपनी बात पूरी करने की जरूरत नहीं समझी।

''अच्छा पुत्तरों, तुसी चलो, साईं रखे।''

दोनों ने आज पहली बार नानी को वहाँ से जाने से पहले छेड़ा नहीं।

कव्वे फिर नीम के पेड़ पर लौट आये। काँव-काँव, रोटी दे-रोटी दे की रट लगा दी। नानी ने उन्हें गाली दी, ''मोये, मरे जाते हैं। थोड़-सा भी सबर नहीं।'' चारपाई से उतरी। कमर पर हाथ रखे, लचीले बाँस का-सा दोहरा होकर मुड़ गया शरीर अब अन्दर की तरफ घिसटना शुरू हुआ। साथ-साथ यादें भी।

हाँ, दिल्ली के दंगों के बाद इन्दर का सिर हिन्दुओं ने फोड़ दिया था। वह सरे आम उन्हें गालियाँ जो देता था। यह बात तो नानी को कल की तरह याद हैं। अभी अतीत की धूल इन दृश्यों में जमी जो नहीं।

दिल्ली से सिखों के कुछ परिवार यहाँ के गुरुद्वारे में रफूजी बनकर आये थे। नानी भी गाँव की औरतों के साथ रोटियों की पोटली बनाकर वहीं गयी, उनसे मिलने। वह कहीं अतीत-वर्तमान के बीच जिन्दा है। सहमी बैठी औरतों से पूछा था।

''क्यों, पाकस्तान ने आये हो जी?''

लुट-पुटकर आयी एक बूढ़ी औरत का चेहरा तमतमाया, शायद कोई कड़ा जवाब देने लगी। गाँव की औरतों ने उसे सैनत की, अपने सिर को हाथों से छूकर इशारे से बताया कि नानी के दिमाग के पुर्जे ढीले हैं। एक ने समझाया, ''नानी, एह लोग दिल्ली से आये ने।''

नानी ने अध-अन्धी आँखें फाड़-फाड़कर सबकी तरफ देखा। हथेली की छतरी आँखों के आगे हाथ से बनायी। कुछ बच्चों के सहमे हुए चेहरे दृष्टि-दायरे में आये। उसने फटे-ढोल की आवाज़ में अपने गाँव की औरत को डाँटा, दिल्ली तो आये ने? हाय रब्बा, यह दिल्ली में पाकस्तान कब बन गया। मुसलमानों ने मारा है।''

''न, नानी, हिन्दुओं ने घर फूँक दिये, मरदों को ज़िन्दा जला दिया।''

नानी ने एक बच्ची के सिर पर हाथ रखा। बच्ची सुबकना शुरू हो गयी।

"न पुत्तर, रोंदे नईं। देखना, कल जवाहरलाल आएगा। तुम सबको मकान देगा, राशन भी देगा। हम पाकस्तान बनने पर कुलछेतर आये थे, हाँ। हर महीने जवाहरलाल कम्प में आता था। एक साल में सबको फिर से बसा दिया। मेरी गल पल्ले बाँध लो। उसे पता चल गया होगा, कल ज़रूर आएगा।"

कुछ बच्चे हँस पड़े। एक ने दूसरे को इशारे से समझाया कि बुढ़िया बिल्कुल पागल है। उस अधेड़ औरत ने नानी को बताया, "नानी, जवाहरलाल तो कब का मर गया, अब कहाँ से आएगा?"

"चुप्प नी, जवाहर ज़रूर आएगा। बड्डी आयी नानी नू बेवकूफ बनाणवाली।"

अपने गाँव की औरत ने याद दिलाया, "नानी, तेरे दिन पूरे हो गये लगते हैं। तुझे तो कुछ याद नहीं रहता। ट्रक में बैठकर दिल्ली गयी थी कि नहीं, जवाहरलाल के अन्तम दर्शन करने।"

नानी हक्की-बक्की। याददाश्त ने छोटी-सी छलाँग लगायी—"हाँ, दिल्ली तो गयी थी किसके मरने पर? मात्मा गाँधी मरे था, तब न। कुड़ी ठीक कहंदी होएगी। जवाहर भी मर गया होएगा।"

नानी ने अपने हाथों से पतीलों से सबको दाल परोसी। चुन्नी के किनारे में बँधी गाँठ खोली, हाथ से छूकर बच्चों को पैसे बाँटे, "जाओ पुत्तर, लाले की दुकान से चीजी खा लो। नानी रोज आएगी। अपने छोनो-मोनो को चीजों के पैसे देगी। खब्बरदार जे कोई रोया ते। कल जवाहर आएगा। हाँ, कुलछेतर आता था तो मुट्ठियाँ भर-भर बच्चों को पैसे देता था। तुहानूँ वी देगा।"

"चल नानी, बहुत गलाँ हो गइयाँ। इन लोगों के लिए रात को रोटी भी बनानी है।"

"न भेंणो, रहने दो। यहीं तो ईंटों का चूल्हा बनाकर काम चला लेंगे।" अधेड़ उमर की औरत ने सबकी तरफ से हाथ बाँधकर कहा।

नानी को गुस्सा आ गया, "चुप्प नी, बड़ी आयी चूल्हा बनाने वाली। रफूजी हो, पाकस्तानों आये हो। रोटी बणायोगे। न जी। हमारी गड्डी अम्बरसर रुकी थी। पन्दरा दिन उत्थे रहे। सरगार भरावाँ ने एक दिन चूल्हा नहीं बालने दिया। असी रोटी रोटी पुचाँवाँगे। देख लेना कल जवाहर आएगा जरूर-पर-जरूर। सब ठीक कर देगा..."

काँव-काँव, रोटी दे, रोटी दे। अतीत का दृश्य कट गया। मोये भूखे, ज़रा भी सबर नहीं। नानी घिसटती हुई बाहर आयी। कव्वे फुदककर नीम से नीचे। नानी उन्हें रोटी के टुकड़े डालने लगी।

बाहर के दरवाजे के पास फ़ौज़ी बूटों की आवाज़ें। सी.पी.आर.एफ. वाले आ गये। नानी ने इन दिनों अँग्रेजी का एक और शब्द सीख लिया—सी.पी.आर.एफ. दे

फ़ौज़ी।

नायक ने पैर ठौककर नानी को सैल्यूट दिया। उसके साथ के जवान हँस पड़े।

''नानी, तुम इधर से जाने का नहीं।'' नायक दक्षिण भारत का है। नानी से उलटी-सीधी हिन्दी बोलने में उसे मजा आता है।

''न पुत्तर, जाणा कहाँ है?''

''बिलकुल ठीक। इस गाँव के हिन्दू-सिख में बहोत प्यार है, फिर डरने का क्यों? तुम जाएगा तो हमारी बोत इज्जत खराब होगा।''

''न पुत्तर, पर जीता ते मल्कीयत सवेरे आये थे। कहते हैं इन्दर बहुत बकबक करता है। खतरा है।''

''हाँ नानी, तुम उसको थोड़ा समझाकर रखो। बोत बात करना अच्छा नहीं। अभी बुरे दिन खत्म नहीं हुआ। अच्छा, हम जाते।''

''चुप्प ओए हम जाते के पुत्तर, वोह जो लस्सी का घड़ा भरा रखा है, तेरा बाप आकर पीएगा। हम जाते। बड़ी अँग्रेजी मारता है। जा, अन्दर से उठा ला। सबको पिला। हाय, इतनी गरमी में बेचारे सारा दिन मारे-मारे फिरते हो। लस्सी पीके जाँणा।''

''नानी, तुम तो हमारे सी.ओ. साब से भी जादा गुस्सा करता। बहुत हुकूम मारता है!'' नायक ने छेड़ा।

''बड़ा देखा तेरी सीओ-फिओ। मेरे सामने ला किसी दिन। वोह फटकार दूँ कि आगे से तुम पर गुस्सा नहीं करेगा। हाँ, बड्डा सीओ-फिओ। बच्चों को डाँटता है हाँ...!''

जवानों ने लस्सी पी, सबने पैर ठोककर नानी को सैल्यूट किया और हँसते हुए घर से बाहर चले गये।

नानी ने सिर उठाकर ऊपर देखा। गर्दनें पेट के साथ लगाये कव्वे ऊँघ रहे हैं। भर गया पेट। मोयों को शान्ति पड़ गयी। अब सो रहे हैं।

वह फिर चारपाई पर लेट गयी। धूप सीधी माथे पर आ बैठी, शिस्त लगाकर। नानी उठी। चारपाई को थोड़ा परे खींचा, धूप को गाली दी—''मोयी, हाथ धोकर पीछे पड़े रहती है।'' उसने चुन्नी की गोली गठरी बनायी, सिर के नीचे रखी, आँखों बन्द कर लीं।

हम चाहे सो जाएँ, लेकिन स्मृतियाँ तो हमेशा जागती रहती हैं, इन्हें कभी नींद नहीं आती। नानी के सोये मन-माथे में उसके तीन जवान लड़के उग गये। लगातार लम्बे होते हुए। बुरछे जैसे जवान। इतने बड़े हो गये, फिर भी उनके कानों के पीछे नानी काला टीका लगाती थी। बड़ा बहुत गुस्सैल था। एक बार माँ को टोका था,

"टीका-फीका मत लगाया कर, यार लोग मखौल उड़ाते हैं।" नानी ने गाली देकर उसे बताया था कि मरजाणे किसी की नज़र खा जाएगी। बड़े ने माँ को घूरा और सख्त आवाज़ में जो कहा, वह वाक्य अब भी नानी के दिल पर खुदा हुआ है।

"कोई माँ का जाया नज़र उठाकर देखेगा, तब ही नज़र लगेगी न। है कोई बब्बर शेर जो मेरी तरफ देखने का हौसला करे।" उसने अपनी हथेली से कान के पीछे लगा टीका पोंछा और दनदनाता हुआ बाहर निकल गया था।

दूसरा दृश्य अँधेरी कोठरी से बाहर निकला। पहले बलवाइयों ने बड़े के टुकड़े-टुकड़े किये थे, फिर दो छोटे भाइयों के। उसे जिन्दा छोड़ दिया था, ताकि ताउम्र कलेजा जलता रहे। लेकिन बड़े की शक्ल क्यों बदल रही है। उसके कटे सिर की जगह अपने दोहते इन्दर का सिर क्योंकर लग रहा है। नानी की नींद एक झटके से खुली, बिना कमर पर हाथ रखे चारपाई पर उठ बैठी। हथेलियाँ मुँह पर फेरी। सारे दृश्य वापस अपनी गार में भाग गये। उसने खुद से कहा, "हे रब्बा, खैर रख। दिन को अपने आना तो चंगा नहीं होगा। मेरा इन्दर क्योंकर सपने में आया। कहीं टक्कर तो नहीं..."

सूरज ठीक सिर पर। इन्दर के लौटने का समय हो गया। आज तो घरवाली भी जल्दी लौटेगी। शनीचर को आधी छुट्टी सारी हो जाती है न।

नानी बाहर वाले दरवाजे पर खड़ी हो गयी। किसी आते-जाते से वक्त पूछेगा। सबके लिए गरम-गरम फुल्के जो उतारने हैं।

गली वीराना भी और चुप भी। नानी ने गाली दी, "सब मर गये क्या?"

बैलों के गले की घण्टियों की आवाज़।

"वे, कौन हैं?"

"नानी, मैं बख्तावर। जा, अन्दर बैठा। अभी सबके आने में देर है।"

"बख्ते, वकीलों की तरह बहस न किया कर। टैम बता, टैम? फुलके उतारने हैं।"

"ओए नानी दी बच्ची, स्कूल दो बजे बन्द होता है। अभी बच्चों के आने में देर है, अन्दर बैठ। धूप में क्यों सड़ रही है?"

"तू रहा खोता का खोता। आज शनीचरवार है। तेरे बाप स्कूल वाले आधी छुट्टी पूरी छुट्टी करते हैं। क्या टैम हो गया?"

"ओए नानी, टैम नहीं, टाइम कहते हैं।"

"अच्छा-अच्छा अँग्रेज दे बीज, टैम बता।"

बख्तावर दसवीं पास है। जाते-जाते नानी को छेड़ा, -"एलवेन फारटी हो गये, फुल्के उतारना शुरू कर दे।"

"ओए कंज़रा, ठीक से टैम बोल। यह फारटी तेरी माँ क्या होते हैं?"

बख्तावर हँसा। "ग्यारह-चालीस" कहकर आगे बढ़ गया।

नानी घिसटती हुई रसोई में आयी। उसे दिखाई नहीं देता, लेकिन छूकर सारी चीजें तलाश कर लेती है। सरक-सरककर स्टोव के पास आटा, तवा, चकला इकट्ठा किया। पहली माचिस की तीली बत्तियों वाले स्टोव के बाहर गिरी। उसे पता नहीं चला। थोड़ी देर बाद स्टोव के मुँह के पास हथेली की, आँच नहीं लगी। दूसरी तीली जलाई, गाली दी—मोया, कितनी तीलियाँ उाड़ता है।

वह जब भी रसोई में काम करे, साथ-साथ आरती शुरू—ओम जय जगदीश...

आँगन में स्कूटर रुका। इन्दर दो बच्चों और बीवी को साथ ले आया है। दोनों बच्चों भागते हुए अन्दर आये। एक साथ बोले, ''नानी, मुँह खोल, टॉफी खा।''

''फिर आ गये जूते समेत चौके में। निकलो बाहर। मैं नईं खाँणी टाफी फाफी।''

बच्चों ने एक-दूसरे की तरफ देखा, पति-पत्नी ने एक-दूसरे की तरफ देखा। आते ही नानी ने बच्चों को डाँट दिया, जरूर कोई बात होगी।

''दम्मो, चटाई यहीं रसोई में बिछा दे। गरम-गरम फुल्के खाओ।''

नानी आज तक सही नाम दमयन्ती नहीं बोल सकी। पहली बार नाम सुना तो गाली दी थी, ''मोया कितना मुश्किल नाम है? मैं तो दम्मो बुलाऊँगी।''

सबने खाना शुरू किया।

''नानी, क्या बात है, कोई आया था क्या?''

''हाँ, जीता और मल्कीयत आये थे, तेरी शिकायत लेकर।''

''क्या शिकायत?'' इन्दर ने ज़रा कड़ी आवाज़ में पूछा।

''और कौन-सी नयी बात करेंगे। कहरे थे तूने उगरवादियों के खलाफ बोलना बन्द नहीं किया।''

''जो गल्त बात है, उसे खिलाफ तो बोलूँगा ही।''

''क्यों, सिर फट चुका है पहले भी, अक्कल नहीं आयी? हिन्दुओं के खलाफ बोलता था न! जब दिल्ली में पाकस्तान बना, फाड़ दिया न सिर अगलों ने?''

''शी इज राइट।'' पत्नी ने समझाया।

''दम्मो, तुझे सौ बार कहा है मेरे सामने गिट-पिट मत मारो करो। अपनी बोली में कह, जो कहना है।''

इन्दर ने पत्नी को डाँटा, ''तुम बीच में मत बोलो। पढ़ी-लिखी हो फिर भी इतनी समझ नहीं कि हमारे चुप रहने से जो गलत है, ठीक नहीं हो जाता।''

''इन्दर पुत्तर, पढ़-लिखकर तेरी मत्त मारी गयी है क्या? तू सच का नम्बरदार तो नहीं। पहले तो सिर फूटा था, अब मारा जाएगा, मारा। सच्चा होने से अक्लमन्द होना चंगा है। एक चुप सौ सुख।'' वह चुप हो गया दोनों बच्चों ने ताली बजायी, ''पापा को पनिशमेंट, पापा को पनिशमेंट।'' नानी का मुँह उँगलियों से खोला, एक-एक टॉफी जीभ पर रखी। नानी ने लम्बी साँस अन्दर खींची? टॉफी का रस

जीभ पर बिछला और वह हँस पड़ी।

"इन्दर, रेडिया सुणा। आज तो कोई नहीं मारा गया न?"

"नानी, पाँच मरे।" और वह खाना बीच में ही छोड़कर उठ गया।

न हालात बदले, न ही इन्दर बदला। आदमी-तो-आदमी, अब जानवर भी दिन ढलने से पहले घर लौट आते हैं, बिना मालिक गायें और सड़की कुत्ते दुकानों के गलियारों में दुबके हुए हैं। इन्होंने भी सब जगह व्याप्त खतरे को सूँघ लिया, पहचान लिया।

पहले नानी के नाम एक पोस्टकार्ड आया। चेतावनी दी गयी कि अपने इन्दर शर्मा को समझा ले, नहीं तो...गाँववालों ने नानी को समझाया कि किसी शरारती लड़के ने लिख दिया होगा। लेकिन हमेशा गरजकर बोलने वाला मल्कियत सिंह यह ख़त पढ़कर कुछ न बोला, सिर्फ लम्बी उसाँस भरकर पानी के आँगन से उठ गया। हाँ, आजकल वह अपनी दोनाली बन्दूक हर वक्त पास रखता है। सूरज ढलने के बाद सुरजीत सिंह के साथ प्रत्येक हिन्दू परिवार के घर से सामने से गुरजता है, उन्हें हौसला बँधाता हुआ। नानी के घर दोनों रात गये तक बैठते हैं।

रात का पहला पहर ढल चुका होगा। मोटर साइकिल की आवाज़ नानी के घर की तरफ बढ़ती हुई। सबसे पहली सुनी भी उसने। डर हमारी इन्द्रियों को सान कर चढ़ाकर चौकस कर देता है। उसने पूरे जोर से इन्दर को आवाज़ दी, "इन्दर, उठ। अन्दर भाग। आ गये वो लोग।" उसने भी मोटर साइकिल की आवाज़ सुनी। नानी की फटे ढोल की आवाज़ ने उसे झटके से जगा दिया।

"सो जा नानी। यहाँ कौन आएगा? कोई पिक्चर देखकर शहर से लौटा होगा।"

नानी की आँखों में अपने बड़े बेटे के कटे सिर की जगह इन्दर के सिर लगने का दृश्य फिर कूद आया। चीख-चीखकर 'बचाओ, ए लोगों बचाओ' आसमान सिर पर उठा लिया। नीम पर सोये परिन्दे जाने, इन्दर की बीवी और बच्चे जागे, आँगन में कुहराम मच गया।

मोटर साइकिल उनके घर के आगे रुकी। नानी और दमयन्ती इन्दर को आँगन से अन्दर की ओर घसीटती हुई। बाहर का दरवाजा किसी ने लात मारकर तोड़ दिया। मुँह पर कपड़ा लपेटे एक आदमी अन्दर आया। कँधे पर बन्दूक रखी।

मोटर साइकिल की आवाज़ मल्कियत सिंह ने भी सुनी। दौड़कर अपने मकान की छत पर चढ़ा। नानी का घर साफ दिखाई दिया। इतनी दूर से निशाना तो क्या लगेगा, लेकिन फायर करके डराया तो जा सकता है। पहली गोली उसने नीम के पेड़ की तरफ चलायी। मुँह पर कपड़ा बाँधे आदमी के कन्धे पर रखी बन्दूक

गोली की आवाज़ से थोड़ा नीचे हो गयी। उसने भी फायर किया। गोली इन्दर की जाँघ पर लगी। मोटर साइकिल पर बैठे आदमी ने कुछ कहा। मल्कियत ने दूसरा फायर किया। वह आदमी आँगन में दौड़कर बाहर निकला। मोटर साइकिल के पीछे बैठा। दनदनाती 'बुलेट' गाँव से बाहर जाती सड़क पर मुड़ गयी।

गोलियों की आवाज़ गाँव के सारे लोगों ने भी सुनी। आँगन में सो रहे लोग घरों के अन्दर भाग गये। दरवाजे मजबूती से बन्द कर लिये। सबसे पहले मल्कियत और सुरजीत नानी के घर पहुँचे। पास खड़ी इन्दर की पत्नी को सुरजीत ने डाँटा, "बीबी, अन्दर जा और बच्चों को चुपा करा। तू कहाँ की डाक्टर है?"

मल्कियत ने इन्दर की लुंगी खोली। जाँघ को छुआ, जो खून से लथ-पथ हो चुकी थी। सुरजीत ने टार्च जलायी। मल्कियत ने हाथ से ही जाँघ का खून पोंछा, घाव देखने के लिए। "नानी, बच गया। गोली पट्ट के मांस पर ही लगी है। बाहर निकल गयी। हड्डी बच गयी है। चार दिन में चंगा हो जायेगा।"

मल्कियत का बड़ा लड़का गाँव की डिसपेंसरी के हिन्दू डाक्टर को साथ लेकर वहाँ पहुँचा। डाक्टर ने चौखट के सहारे बैठी नानी को गुस्से से देखा और जहरीली आवाज़ में क्या, "नानी, यह तेरा इन्दर गाँव के सारे हिन्दुओं को कत्ल करवाकर ही रहेगा।"

जवाब सुरजीत ने दिया, "भरावा। तू पहले इन्दर की पट्टी कर दे, फिर हिन्दू-सिक्ख का रोना रो लेना।"

"यह तो पुलिस-केस है। पहले रिपोर्ट दर्ज..."

"क्यों भाई डाक्टर साहब, बन्दूक बड़ी कि पुलिस?" मल्कियत सिंह ने अपनी बन्दूक कन्धे पर रखकर पूछा।

डाक्टर सहम गया। अपनी दवाइयों का बैग खोला।

इन्दर को सुबह तक होश आ गया। गाँव से बड़े-बूढ़े ने आपस में सलाह की कि पुलिस में रपट दर्ज कराने से कुछ न होगा। उलटा इन्दर की ज़िन्दगी बिल्कुल ख़तरे में पड़ जायेगी। सुरजीत ने भरी आवाज़ में इन्दर और नानी को सलाह दी कि अब उन्हें यहाँ से चले जाना चाहिए। मल्कियत आँखें नीचे किये धरती को घूरता रहा। वह कह या कर भी क्या सकता है। इन्दर पर रास्ते में भी हमला हो सकता है। तब कौन बचाएगा?

"हाँ पुत्तरो, अब हम हिन्दुस्तान चले जाएँगे।" नानी की आवाज़ में न दम, न नोंक-झोंक।

मल्कियत ने समझाया, "नानी, झल्ली तो नहीं हो गयी? कौन-स हिन्दुस्तान जायेगी?"

"न हम हिन्दुस्तान चले जाएँगे।"

इन्दर को करनाल के एक कॉलेज में नौकरी मिल गयी। दीवाली से एक दिन पहले

वहीं जाना तय हो गया। नानी ने गाँव की औरतों को बताया, ''हम हिन्दुस्तान जा रहे हैं। कुलछेतर कम्प लगा है।''

''नानी, इन्दर को करनाल नौकरी मिली है, हम कुरुक्षेत्र नहीं जा रहे।'' इन्दर की पत्नी ने समयाया।

लेकिन नानी तो पिछले महीने-भर से अतीत में जी रही है—विभाजन के दिनों ने गुफा से निकलकर उसके दिमाग के छोटे-से जाग्रत हिस्से पर क़ब्ज़ा कर लिया है। अतीत हमेशा अपने को दोहराता है इसलिए हमेशा वर्तमान से जुड़ा हुआ।

''देखो दम्मो, मुझे झूठे दिलासे मत दे, हाँ। हम कुलछेतर कम्प में जा रहे हैं। मुझे सब पता है।''

ट्रक का प्रबन्ध सुरजीत ने कर दिया। सुबह मुँह अँधेरे सामान लाद दिया गया। नानी को उठाकर ट्रक में मल्कियत ने लिटाया और हौसला दिया, ''नानी, मैं तुझे वापस लेने आऊँगा। यहाँ के मकान की फिकर न करना। रब्ब सब कुछ जल्दी ही ठीक कर देगा।''

''न पुत्तर मलकीते। हम तो अब कुलछेतर कम्प में ही रहेंगे।'' नानी ने आँखें बन्द कर ली।

सुरजीत और मल्कियत अपनी जीप में इनके साथ जाएँगे, पंजाब की सीमा तक पहुँचाने।

आगे-आगे ट्रक, पीछे-पीछे जीप। हवा में ठंडका आ गया है। नानी ने मोटा खेस मुँह पर लपेटा और सो गयी। छोटे बच्चे और दम्मो की भी आँख लग गयी। इन्दर आगे ड्राइवर के पास बैठा है।

लगभग तीन घण्टे में ट्रक हरियाणा की सीमा में पहुँच गया। धूप में थोड़ी गर्मी। पुलिस चौकी वालों ने चेकिंग के लिए रोका। इन्दर ने उन्हें करनाल में नौकरी मिलने की बात बतायी। सच पुलिसवालों को भी पता है। उन्होंने चुपचाप, उदास चेहरों से ट्रक के अन्दर देखा और आगे जाने की आज्ञा दे दी।

मल्कियत ट्रक में चढ़ा। नानी के पैर छुए, ऊँची और छेड़ती आवाज़ में कहा—

''नानी उठ, तेरा हिन्दुस्तान आ गया।'' लेकिन नानी ने कोई जवाब नहीं दिया।

सुरजीत ने नानी के मुँह से खेस हटाया। कान के पास जोर से बोला, ''नानी उठ, अपना हिन्दुस्तान देख ले।''

लेकिन नानी न हिली, न डुली, बस पथरायी आँखों खुली-की-खुली। मल्कियत ने हथेली से उसकी मरी हुईं आँखें बन्द कीं। नानी हिन्दुस्तान की सीमा के पार जा चुकी थी।

*(हिन्दी कहानी)*

# माँ–बेटा

## हयातुल्ला अंसारी

मोहिना आँधी और पानी में रात-भर भागती रही, ठिठुरती रही और भागती रही। अँधेरा इस गजब का था कि दो कदम आगे का दरख्त तक नहीं सुझाई देता था। खेत और मेढ़, टीला और खाई, पूरब और पश्चिम, ज़मीन और आसमान—सब असीम काली दिशाओं में गुम हो गये थे। हर कदम पर उसे अन्देशा था कि मैं किसी कुएँ या नदी या नाले में न जा गिरूँ, लेकिन फिर भी वह भागती रही। बल्कि यह अन्देशा तो भागने में उसका और साहस बढ़ा रहा था। मौत अचानक आकर मेरी इस दिशाहीन की जिन्दगी का अन्त कर दे। यह तो एक सुहावना सपना था। एक ओर तो उसने यह इरादा भी कर लिया कि सामने के कुएँ में जिसे बिजली ने चमककर दिखा दिया था, अपने को गिरा दूँ, लेकिन पापी दिल ने हामी भी भरी तो रोकर। शायद उसको अब भी उम्मीद थी कि कभी-न-कभी जिन्दगी के क्षितिज पर कोई-न-कोई किरन फूट आएगी—मूर्ख!

वह भागती रही और अन्धाधुन्ध भागती रही, लेकिन उसकी जिन्दगी ऐसी निकम्मी थी कि न खाई ने पूछा न खन्दक ने निगला, न भेड़िए ने फाड़ा, न साँप ने डसा, न कोई दरख्त फट पड़ा और न बिजली ने भस्म किया। पापिन ऐसी जली ना कोयला भई न राख।

मोमिना जब थककर एक पुराने बरगद की भीगी जड़ पर गिरी तो पौ फट रही थी, घटा छिट रही थी। कुछ दूर पेड़ों, मकानों और अँधेरे के टीलों के बीच में एक शिवाले की चोटी नज़र आ रही थी। शिवाला! इसी के मानने वालों ने तो मुसलमानों पर जुल्म ढाये हैं। कितने बच्चों को यतीम किया!! कितनी औरतों को बेवा किया है, कितने मासूम औरतों की इज्जत लूटी है!! एक दो दिन नहीं, लाखों घरों को बर्बाद किया है और अभी तक उनकी खून की प्यास बुझी नहीं है।

बारिश से धुली हुई सुबह के आने से दृश्य में रौनक आ गयी। हरे-भरे खेतों ने अँगड़ाई ली। कौवों ने काँव-काँव का शोर मचाया। पेड़ों ने नीम की लहरों पर

तालियाँ बजायीं और दूर पर किसी भैंस ने अपने कटड़े को पुकारा। सामने के शिवाले के गिर्द अब पेड़ों से ढके हुए कच्चे घर भी नज़र आने लगे थे। यह दृश्य उन लोगों के लिए जिनकी जिन्दगी देहात में गुजरी है बड़ा आकर्षण रखता है। मोमिना उसी में खो गयी और उसकी कल्पना की आँखें उन घरों के अन्दर की चहल-पहल को देखने लगीं। किसान बैल खोल रहे हैं। उनकी स्त्रियाँ गाय को दूह रही है, लड़कियाँ दूध बिलो रही हैं। धोबी कपड़ों की लादी गधे पर रखे घाट जा रहा है। सामने के पक्के घर में दबे हुए कंडों को कुरेद कर आग बनायी जा रही है। जवान डण्ड पेल रहे हैं। औरतें गगरियों को ले कुओं पर जा रही हैं। उनके बच्चे सोते से उठे हैं और भूख से रूँ-रूँ कर रहे हैं।

कल्पना ने यह भैरवी कुछ इस तरह अलापी कि मोमिना मस्त हो गयी और थोड़ी देर के लिए अपने गम को भूल गयी। फिर उसने सीने में जिन्दगी और उम्मीद की कोंपलें फूटने लगीं। गाँव के किनारे एक पुख्ता मकान भी था जो मामिना को अपना मकान याद दिला रहा था। उसमें भी बड़ा-सा फाटक लगा था। उसकी बगल में भी मर्दाना कमरा था। उसके भी दो बड़े-बड़े सायादार दरख्त थे। हाय अपने घर के सामने सायादार दरख्त, जिनके नीचे उसका बचपन गुज़रा था। उसके बच्चे महरून, शम्स और मेहताब भी वहाँ खेलते थे। उसी दाहिनी तरफ के नीचे ही तो मैंने तो हाज़राने तालाब से मिट्टी लाकर घरौंदा बनाया था। बनाने में हज्जे की उँगली में शीशे का टुकड़ा लग गया और खून निकल आया। हम दोनों खून देखकर कितना डर गये थे कि अब घर में डाँट पड़ेगी लेकिन चचीजान ने दोनों को बचा लिया। फिर उसी घरौंदे में हाज़रा के गुड्डे और मेरी गुड़िया की शादी हुई। बेवा शबरातन, बहारो, सुन्दरी और जाने कितनी लड़कियाँ इकट्ठा हुई और घरौंदा जो मेरा घर था वहाँ बारात आयी। बारात बैठी थी कि दरख्त से एक इमली गिरी और मैंने दौड़कर उठा ली। हज्जे बोली, वाह यह इमली तो बारातियों का हक है। मैंने कहा कि बाराती आये हैं वे खाना खायेंगे, दहेज लेंगे और गुड़िया को बियाह ले जाएँगे या सारा घर ले लेंगे। फिर तो हज्जे बिगड़ गयी। मैंने इस पर कहा कि चलो मैं बियाह नहीं करती। फिर क्या था सब बराती बिगड़ गये और सख्त जंग छिड़ गयी। इतने में उधर से आ निकले दादा मियाँ। उन्होंने मुझे और हज्जे को पुकारा और पूछा क्या मामला है! मैंने कहा कि इमली मैंने उठायी थी इसलिए मेरी हुई। हज्जे बोली कि नहीं मेरी हुई। दादा मियाँ ने सब लड़कियों को नाम लेकर पुकारा। हम सब डर रहे थे कि अब सब डाँटे जाएँगे। लेकिन दादा मियाँ पूरा मुकदमा सुनकर हज्जे से कहने लगे—बताओ बेटा तुम इमली लोगी या आम?

इमली से आम की बातें, यह पलटा बहुत मजे का था। हम सबके चेहरे पर बहाली आ गयी।

हज्जे लहककर बोली, ''आ।''

''क्यों लड़कियों कितने-कितने आम खाओगी?''

हज्जे, ''दो-दो!''

दादा मियाँ ने हर लड़की से पूछा, हरेक ने यही जवाब दिया ''दो-दो'', लेकिन फत्तो हिम्मत करके बोली, ''तीन-तीन'' फिर क्या था सब लड़कियाँ चिल्ला उठीं—''तीन-तीन'' मैंने दिल मजबूत करके कहा—''चार-चार''? फिर तो हर तरफ से शोर होने लगा—''चार-चार''। इसी तरह बोली बढ़ती गयी और दस पर आकर ठहरी। इससे आगे बढ़ते लड़कियाँ डर रही थीं।

कि कहीं ऐसा न हो कि दादा मियाँ नाराज हो जाएँ। और फिर जितने आम मिल रहे हैं वे भी न मिलें।

दादा मियाँ खामोशी से सुन रहे थे। जब नीलामी बोली आगे नहीं बढ़ी तो वह कहने लगे, ''अच्छा, अगर तुमको ग्यारह-ग्यारह मिलें?''

अब तो लड़कियों में जैसी खुशी की मिर्चें लग गयीं। वे बेसब्री से चीखने लगीं, ''हाँ दादा मियाँ, ग्यारह-ग्यारह।''

''और अगर बारह-बारह मिलें?''

लड़कियाँ ठट्ठे मारने लगीं। दो-चार दादा मियाँ से चिमट भी गयीं। सब शोर कर रही थीं। ''हाँ दादा मियाँ बारह-बारह।''

अब तो लड़कियाँ नाचने लगीं और गुल-शोर से उन्होंने सारा गाँव सिर पर उठा लिया। इतना शोर हुआ कि और बच्चे भी आने लगे और भीड़ बढ़ने लगी।

दादा मियाँ ने आवाज़ दी, 'मीको, आमों का टोकरा और बाल्टियों में पानी ले आओ।''

बाल्टियों में पानी आ गया। उसमें आम डाल दिये गये। और सब लड़कियाँ और लड़के चूसने लगे। आम खिलाने के बाद दादा मियाँ ने दूध मँगवाया। उसे देखकर रामदई, सुन्दरी और मोहन खिसकने लगे तो दादा मियाँ ने कहा, ''कहाँ चली तुम्हारे लिए भी दूध आ रहा है।''

उन बच्चों के लिए अलग दूध आ गया। साथ-साथ कुल्लढ़ भी। दोपहर तक यही हंगामा रहा।

मेरी शादी भी उन्हीं दरख्तों के नीचे हुई थी। बड़ा-सा शामियाना लगा था। नीचे दरियाँ, चाँदनियाँ और कालीन बिछे थे। रंडियाँ 'मुबारकबाद' गा रही थीं। कितना शोर था। पुलाव की देग दे जाओ। बफाती कहाँ उड़ गया? अरे, दूध का घड़ा किसने लुढ़का दिया। ऐ मीको, ऐ कल्लू, ऐ रमजानी, ऐ मंगलदास, ऐ बाबा जी! कान पड़ी आवाज़ सुनाई नहीं देती थी। इस पर रौशन-चौकी का शोर। बर्तनों की खनाखन। देगों की ठन-ठन। बच्चों का रोना। घोड़ों का हिनहिनाना। सब कैसा

अजीब-सा मालूम होता था।

मैं दुल्हन बनी पसीने में सराबोर एक कोठड़ी में मुँह ढके लेटी थी। दादा मियाँ की यही ख्वाहिश थी कि उनकी पोती-पोता में रिश्ता हो जाये। इसलिए उनकी मौत के बाद अब्बा और चाचा ने रिश्ता तय कर लिया। मँगनी होते ही मुझे तो उनके नाम से शर्म आने लगी और पर्दा करने लगी, लेकिन वे मुझे मौका निकाल-निकालकर ताकने लगे। उनकी यह शरारत कि इस दरख्त में झूला डाला और खड़े होकर इतने बड़े-बड़े पेंग लेने लगे कि मैं कोठे पर थी तिस पर भी उनसे नज़रें मिल गयीं। पर मैं हट गयी। फिर तो ताने मारने लगे—

काकुल की तरह आज तो बल खाये हो,
मालूम हुआ गैर के भड़काये हुए हो।

मैं अपने दिल में कहने लगी कि ये गैर या तो अम्मा को कह रहे हैं या अब्बा को। लेकिन उनमें से किसी पर यह इल्जाम लगाना कि उन्होंने मुझे भड़काया है, कैसी बुरी बात है।

मोमिना अपना यह भोलापन याद करके मुस्करा दी। आज उसे झूले का किस्सा बरसों बाद याद आया। वर्ना इसे कब की भूल चुकी थी।

मोमिना की जब आँख खुली तो सूरज चौथाई आसमान तय कर चुका था और वह धूप में पड़ी जल रही थी। खेत, बाग, मन्दिर और मकान—सब धूप से मालामाल थे। मोमिना ने अँगड़ाई लेकर रंगीन और सुनहरे, ज़मीन और आस्मान की तरफ देखा और उठी। उठते ही उसे खयाल आया कि कहीं किसी ने मुझे देखा न लिया हो और कहीं यह गाँव दुश्मनों का न हो। इस खयाल का आना था कि वह काँप गयी और अपने को इस तरह बेखबर हो जाने पर बुरा भला कहने लगी, लेकिन उसे किसी तरफ आदमी का नामो-निशान भी नज़र नहीं आया। खेत खाली, बाग खाली, कच्चा रास्ता खाली। गाँव के अन्दर भी न कोई आदमी चलता फिरता नज़र आ रहा था और न किसी की आवाज़ सुनाई दे रही थी। उसे यह देखकर इत्मीनान भी हुआ और हैरत भी कि गाँव खाली क्यों है?

कहीं ऐसी बात तो नहीं कि यहाँ के सब बसने वाले मुसलमान हों और वे डर कर पाकिस्तान भाग गये हों। मुमकिन तो है ऐसा? पर अभी ज़रा और देख लेना चाहिए कि वहाँ कोई हिन्दू या सिख तो नहीं है।

मोमिना को बहुत भूख लगी थी। एक बरसाती गड्ढे से पानी पीकर उसने पेट फुला लिया। उस समय उसे यह खुशखबरी मिली कि उसकी कमीज और दुपट्टा सूख चुके हैं। केवल सलवार कमर के पास भीगी रह गयी है। मोमिना ने यह इत्मीनान करके कि आसपास वाकई कोई आदमी नहीं है, दुपट्टे की तहमद

बाँध ली और सलवार सूखने फैला दी।

जब मोमिना की नज़र अपनी खुली पिण्डलियों पर पड़ी तो दिल पर एक सख्त घूँसा लगा कि हाय! इस जिस्म पर इन चार-पाँच दिनों में क्या-क्या बीत गयी। हाय! कैसी बेहयाई के दिन-रात काटना पड़े हैं। दो दिन तक मेरे और मेरे गाँव की पन्द्रह-बीस औरतों के जिस्म पर कपड़े की एक धज्जी तक न थी। इस हाल में सौ-दो सौ मर्दों के बीच में रहना पड़ा। वह उनका शराब पी-पीकर नंगे नाच और बेचारी औरतों के साथ बेशर्मी की हरकतें करना।

उफ! उस कलूटे मुए बदबूदार गाली बकने वाले के बाजुओं में, कमबख्त मुसलमानों से नफरत के कारण मुझे इस्तेमाल करता था। हाय, मैं क्यों यह नजारा देखती रही। क्यों न मैं भी इज्जे की तरह दौड़कर कुएँ में फाँद पड़ी। मैं बेहया यह शर्मनाक ज़िन्दगी लेकर अब कहाँ जाऊँ? शर्मनाक-सी शर्मनाक! उफ!

मोमिना को अपनी दूध-पीती बच्ची लाड़ली का आँखों के सामने मारा जाना याद आ गया और फिर एक 'हाय' के साथ पूरा दृश्य आँखों के सामने फिर गया।

दिन के नौ बजे होंगे, अब्बा बाहर की कोठरी में भूसा भरवा रहे थे ताकि बारिश में ख़राब न हो जाए। चचा ने बाहर पेड़ के नीचे हुक्का मँगवाया था। बच्चे मदरसे जाने के लिए रोटी माँग रहे थे। महरून जल्दी-जल्दी उनके खाने का बन्दोबस्त कर रही थी कि अब्बा, चचा और वह भागते हुए घर में आये। चेहरों पर हवाइयाँ उड़ रही थीं। आते ही चिल्लाये—पर्दे में जाओ। मैं, चची रूकैया और लड़कियाँ अभी कमरे में घुसने भी न पाये थे कि अब्बा ने पुकारा—अन्दर आ जाओ। आवाज़ के साथ ही खैराती, मौला, गनी, जुमेराती—सब लाठियाँ लिए अन्दर आ गये। फाटक बन्द कर लिया गया। अब्बा ने हुक्म दिया कि खैराती, तुम ऊपर छत पर चढ़ जाओ। चचा से कहा, तुम गनी और मौला को लेकर पिछवाड़े के दरवाज़े पर जाओ। खुद अब्बा उनको साथ लेकर फाटक की तरफ गये।

उन लोगों के आने से पहले मैं लाड़ली का दूध पिला रही थी। उस समय कुछ शोर कान में आया। मैं सोचने लगी कि एक तो आज बाजार का दिन नहीं है और दूसरे यह दिल्ली-वाली सड़क की तरफ से आ रहा है। यह शोर कैसा है? अब जो यह हंगामा हुआ तो मैं समझी कोई भयानक बात है।

अभी अब्बा और चचा वगैरह अपनी जगहों पर भी नहीं पहुँचे होंगे कि शोर हमारे घर के करीब आ गया और नारे सुनाई देने लगे—

बजरंगबली की जय!

मुसलमानों का नास हो!

खून का बदला खून है! मुसलमानों को भारत से निकाल दो!

महात्मा गाँधी की जय!

बन्दूकें चलीं। मरने वालों की चीखें सुनाई दी और ज़रा ही देर में हमारे फाटक पर धड़-धड़ होने लगा। फिर इतना शोर हुआ। कि कुछ समय में नहीं आता था कि क्या हो रहा है। कई बन्दूकें एक साथ छूटीं। अब्बा की चीख सुनाई दी और साथ ही बजरंगबली की जय और फिर हमारा आँगन हमलावरों से पट गया। उन लोगों में खद्दर की टोपियाँ भी, फ़ौज़ी वर्दियाँ भी थी, साधू और संन्यासी भी और हमारे गाँव के बहुत-से जान-पहचान वाले लोग भी थे। ज़रा देर में ये लोग एक बल्ली लाये और उसे दस-बारह आदमी पकड़कर झोंक देकर जिस कमरे में हम थे, उसके एक किवाड़ पर मारने लगे। वह चर-चर करने लगा। हम सबको अपनी मौत का यकीन हो गया। जो-जो आयतें याद आयीं पढ़ने लगे। बच्चों को समझया कि रोओ नहीं, खुदा को याद करो। इतने में चचा और मौला किसी तरफ से दौड़ते हुए कमरे की ओर आये और लाठियाँ तानकर दरवाज़े के सामने खड़े हो गये। वे अभी क़दम जमा भी नहीं पाये थे कि छह-सात बन्दूकें एक साथ छूटीं। वे दोनों जिस जगह थे वहीं ढेर हो गये। मेरी आँखों में दुनिया अन्धेर हो गयी और मुँह से चीख निकल गयी। चची ने कान में कहा—बीबी खुदा को याद करो।

उन दोनों के मरते ही दरवाजा टूट गया। हमलावर अन्दर आ गये और हम सबको पकड़-पकड़कर बात की बात में घर के बाहर पहुँचा दिया। एक जवान पिस्तौल हाथ में लिए खड़ा हुक्म दे रहा था। उसने मेरी और महरून की सूरतें देखकर कहा—यह लड़की तो काम की है और यह औरत भी कुछ बुरी नहीं, लेकिन उसकी गोद में क्या झंझट है, फेंको इसे।

मैं लाड़ली को चिमटाकर बैठ गयी, लेकिन तीन-चार जवानों ने मुझे पछाड़ कर लाड़ली को छीन लिया और एक टाँग पकड़कर ज़मीन पर दे मारा। उसका भेजा बह निकला। हाय! बुझती हुई वो नजरें! माँ मर जाती उसके बदले। जालिमों ने इस पर एक कहकहा लगाया।

लाड़ली का दम निकला ही था कि कुछ हमलावर उनको शम्स और मेहताब के साथ खींचते हुए लाये और सरदार ने कहा—यह अपने बच्चों को लेकर भाग रहा था।

वह जख्मी थे। हो सकता है कि बच्चों को बचाने के लिए उन्होंने कुछ मुकाबला किया हो। सरदार ने हुक्म दिया कि इसको इसी तरह कुएँ में डाल दो। सामने एक कुएँ में लाशें फेंकी जा रही थीं। उसी में वे झोंक दिये गये। हाय! वह अन्दर से रह-रहकर पुकारते थे—जालिमो! खुदा के लिए मुझे एक गोली मार दो। उनकी ओर से मैं भी एक-एक की खुशामद करती रही, पर किसी ने गोली न मारी।

शम्स और मेहताब को ठायें-ठायें गोलियाँ मार दी गयी और वे "हाय! अम्मा" कहकर ख़त्म हो गये। फिर मुर्दा बेटों को जिन्दा बाप के ऊपर फेंक दिया

गया। मुझे और महरून को नंगा करके नंगी औरतों की भीड़ में शामिल कर दिया गया। उसी भीड़ में हज्जे भी थी और महरून की तरह सिर झुकाये फूट-फूटकर रो रही थी।

उसी रात जालिमों ने खूब शराबें पीं और हम लोगों को बेदर्दी से इस्तेमाल किया। हमारे आँसुओं और चीखों में उन लोगों को मजा आता था और जोश में इजाफा होता था। हज्जे मौका पाकर उन लोगों के बीच से निकल भागी और तीर की तरह जाकर एक कुएँ में जो सामने कुछ दूरी पर था, कूद पड़ी। कैसी बहादुर और खुशनसीब थी वह! उन लोगों को एक माल निकल जाने का दुख तो बहुत हुआ लेकिन किसी से इतना नहीं हुआ कि निकालने की कोशिश करता।

सुबह औरतों का बँटवारा हुआ। महरून नामुराद को खुदा जने कौन ले गया, मैं कलूटे खबीस के हिस्से में आयी। वह लेकर अपने घर आया। हाय, वहाँ की शर्मनाक ज़िन्दगी! बातों से मुझे पता चल गया कि वहाँ से पाकिस्तान की सरहद करीब है। पिछली रात अँधेरे में किसी तरह वहाँ से निकल भागी और अपने हिसाब से पाकिस्तान की ओर चल पड़ी। अब पता नहीं कि कहाँ हूँ। हाय! मुझ बेहया में इतनी हिम्मत क्यों नहीं है कि हज्जे की तरह अपनी नापाक ज़िन्दगी को ख़त्म कर लूँ।

इन ख़यालों के साथ मोमिना के दिल में एक हूक उठी जो दिल और दिमाग को इस तरह तपाने लगी जैसे दहकती भट्टी में लोहा। आह! चारों ओर नाले, ताल, तलैया हद यह है कि ज़रा-ज़रा से गड्ढे तक पानी से ठिले हुए थे। लेकिन मोमिना की आँखें थीं कि दो बूँद पानी के लिए इस तरह तड़प रही थीं जैसे तपते रेगिस्तान में रेत के जर्रे।

कई दिन की बारिश के बाद जो धूप निकली तो चीटियाँ अण्डे सुखाने और अपना खाना जमा करने के लिए बाहर निकल पड़ीं। उनकी एक फौज ने एक जीती-जागती भिड़ को पकड़ लिया। दर्जनों की तादाद में उसके पैरों, बाजुओं, पेट और सिर में चिमट गयीं और फिर वे उसे घसीटकर ले चलीं। भिड़ फड़फड़ाती थी लेकिन उसके बाजू और पाँव उस निर्दयी फौज के सामने बेकार थे। अगर वह तड़पकर अपने जिस्म का कोई हिस्सा छुड़ा लेती थी तो फिर उस जगह एक की बजाय चार चीटियाँ चिमट जातीं। चीटियाँ भिड़ को जबरदस्ती लिये जा रही थीं। खींचे लिए जा रही थीं।

मोमिना जब अपनी कहानी को मन-ही-मन दोहरा रही थी, उसकी नज़र भिड़ और चीटियों पर जमी हुई थी। अपनी दास्तान के खात्मे पर पहुँचते ही उसे खयाल आया कि एक चींटी काट ले तो कितनी तकलीफ होती है, फिर उस बेचारी भिड़ का क्या हाल होगा, बेरहम चीटियों! किसी बेदर्दी से एक जिन्दा जिस्म को

खा रही हो। क्या अनाज के दाने तुमको मयस्सर नहीं होते? इस बेचारी ने तुम्हारा क्या बिगाड़ा भा कि एक जान पर हजारों टूट पड़ी हो। हो सकता है कि इस भिड़ के बच्चे हों और इसके न होने से भूखे प्यासे मर जाएँ।

मोमिना ने एक तिनका उठाकर उससे चीटियों को भगा दिया लेकिन भिड़ इतनी घायल हो चुकी थी कि वह आजाद तो हो गयी, पर उड़ न सकी।

अफसोस! अपाहित कर दिया इस बेचारी को। अब जिएगी भी तो सिसक-सिसक कर। इससे तो अच्छा होता अगर चीटियाँ उसे एक ही बार में निगल जातीं।

मोमिना ने एक पत्ते से भिड़ को उठाकर पेड़ पर बैठा दिया कि वह वहाँ सुरक्षित रहे। जब अच्छी हो जाये अपने छत्ते में चली जाये नहीं तो आराम से मर जाएँ।

सलवार सूख चुकी थी। दुःखी भिड़ को बचाने की खुशी के अलावा मोमिना को एक खुशी और भी हुई। वह यह कि रात बारिश में भीगने की वजह से उसके गन्दे कपड़े, गन्दा जिस्म और गंदा सिर—सब साफ हो गये थे, बस कंघी की कसर रह गयी थी।

मोमिना का ध्यान गाँव की ओर लगा हुआ था। इतनी देर हो चुकी थी, आबादी की कोई निशानी नज़र नहीं आती थी। न कोई आदमी आता-जाता दिखाई देता था। न बच्चे खेलने निकले थे और न खेतों से किसी ने किसी को पुकारा था। गाँव वाकई उजाड़ और खाली था।

मोहिना पगडण्डी-पगडण्डी जा रही थी, लेकिन बहुत चौकन्ना हो ऊपर कान लगाये हुए, पत्ते-पत्ते कि हरकत को भाँपती हुई। पगडंडी ने ज़रा-सा चक्कर देकर दूसरी ओर से गाँव में पहुँचा दिया। गाँव वास्तव में बिलकुल खाली था। हर तरफ आग की कारस्तानियाँ और तबाही नज़र आ रही थी। यह भी नज़र आ रहा था कि बारिश ने आकर कोयले को राख होने से बचा लिया है। छतें ढेर थीं, किवाड़ कोयला बनकर मकान के सामने आ रहे थे। घरों के अन्दर न कोई खटिया थी, न बर्तन और न किसी प्रकार का सामान। या तो कोयल था या फिर मिट्टी के ठीकरे जो हर घर के अन्दर और बाहर प्रायः नज़र आते थे।

मोमिना आगे बढ़ी तो हलवाई की दुकान नज़र आयी। उसका खौंचा सजाने वाला चबूतरा शेष रह गया था। यहाँ मोमिना की नज़र एक ऐसी चीज पर पड़ी कि वह ठिठककर रह गयी। ध्यान से देखने लगी। वह वाक्य था चबूतरे की दीवार पर कोयले से 'अल्लाहो अकबर' लिखा हुआ था जो बारिश से आड़ में होने की वजह से धुँधला—बाकी रह गया था। भड़भूजे का भाड़ मिला। यहाँ भी दीवार पर

'अल्लाहो अकबर' लिखा नज़र आया। कहीं ऐसा तो नहीं हुआ कि यह गाँव मुसलमानों का था और आग ने उनको भगा दिया? लेकिन ऐसा क्योंकर हो सकता है? देखो उन खेतों को जो लहलहा रहे है। भला उनको छोड़कर वो लोग कहीं दूर जा सकते हैं किन्तु यदि आसपास होते तो खेतों में तो नज़र आते। फिर क्या हुआ?

मोमिना को 'अल्लाहो अकबर' देखकर गाँव से एक लगाव-सा महसूस होने लगा। जैसे वतन से बहुत दूर, वीराने में उसे एक अपना मिल गया। यहा गाँव वीरान होने पर भी आबाद महसूस हो रहा है और जी तड़प-तड़प कर कह रहा था कि मोमिना उसके दरो-दीवार से लिपट-लिपट कर अपनी वह राम-कहानी सुना दे जिसको सुनने वाला कोई मौजूद नहीं है और यह पहाड़-सा बोझ उससे बँटा ले।

गाँव! मोमिना को सहसा अपना गाँव याद आ गया। जिस दिन मैं हसरत के साथ इससे विदा हो रही थी! कितनी वीरानी थी उसकी आबादी में! हर चेहरा अनजबी, हर आँख नफरत से भरी, हर मकान अपने मकानों की याद में में गमगीन। रहीम दर्जी की दुकान पर न वह था, न उसका लड़का, न मशीन, न कपड़े। एक अजनबी बैठा हुआ मोटे डंडे से भाँग घोंट रहा था। डंडे में बँधे घुँघरू छन-छन बोल रहे थे और वह उसकी गति पर झूम-झूम कर ताने उड़ा रहा था। मुरादी के दरवाजे पर जो मैदान था, जहाँ कल तक वह और उसके बेटे दौड़-दौड़ के लच्छे सुलझाते थे और ताना तानते थे और फिर थान बेलते थे, जिसमें ऐसे फूल डालते थे कि बस बैठे देखा करो, वहाँ अब मैली गन्दी औरतें सिर झाड़ मुँह फाड़ बैठी जुएँ देख रही थीं। सिर धो रही थीं और सबके सामने नहा रही थी और बच्चों को दूध पिला रही थीं। ड्योढ़ी में औरतों से ज़रा आड़ में एक जवान मुग्दर की जोड़ी हिला रहा था।

मुरादी के मिट्ठू मियाँ पेड़ से लटके हुए अपने खाने की कटोरी बजा रहे थे और बीबी जी—बीबी जी की रट लगा रखी थी। एक लड़की कुछ देने आयी तो मिट्ठू मियाँ ने ताल लगायी। 'नबी जी भेजो।'

यह सुनते ही लड़की ने हाथ रोक लिया और एक सत्तर-अस्सी बरस की बुढ़िया ने दूर से चिल्लाकर कहा, "अरी छोकरी! तू किसका पेट पाल रही है। देखती नहीं है कि यह माटी-मिला गैरजात है। मार डाल इसे?"

लड़की ने पिंजरा उठाकर पटक दिया। लेकिन मिट्ठू मरा नहीं है—है करने लगा। इसमें शिकायत थी कि आज तक किसी ने सिवाय मिट्ठू मियाँ, मिट्ठू मियाँ कहने के मेरे साथ बुरा बर्ताव नहीं किया। तुम लोग यह क्या कर रहे हो।

जहाँ पिंज़रा लटका था वह जगह मुग्दर हिलाने वाले जवान के सामने थी और वह यह सब-कुछ देख रहा था। उसने बाहर आकर लड़की से कहा, "वाह री छोकरी, मुट्ठी-भर का मिट्ठू तुझसे नहीं मरा।"

पहलवान ने रूमाल हाथ पर लपेटकर पिंजरे में हाथ डाला और मिट्‌ठू मियाँ की गर्दन मरोड़कर पिंजरे के बाहर फेंक दिया। फिर खुद जाकर पहले की तरह मुग्दर हिलाने लगा।

पिंजरे के पट खुले थे और वह भायें-भायें कर रहा था। उससे ज़रा ही दूरी पर तोता पड़ा था जिसकी सुर्ख चोंच गर्दन टूट जाने के कारण हरे परों के बीच में आ गयी थी। मिट्‌ठू मियाँ नबी जी भेजो, नबी जी भेजो की रट लगाने वाली जबान सदा के लिए चुप हो चुकी थी।

शाही युग की शानदार मस्जिद जिसे दूर-दूर से लोग देखने आते थे, उसकी कटावदार मेहराब को बेलचों से तोड़कर वहाँ गेरू से मूरत बना दी गयी थी और एक घण्टा लटका दिया गया था। अब वह मन्दिर था, जहाँ एक पुजारी भी बैठा हुआ था। अपने घर की हालत! उफ! याद करके कलेजा फटता है।

मोमिना ख़यालों में डूबी हुई शिवाले तक आ गयी। यहाँ एक चीज बिलकुल उम्मीद के खिलाफ नज़र आयी। उसके कलस से एक जानवर का सिर लटक रहा था, जिसकी आँखें और गोश्त कौवे निकालकर खा गये थे और खाल बिगड़ चुकी थी, किन्तु सींग और चेहरा बता रहे थे कि गाय का सिर है। शिवाले के अन्दर शिव का स्थान तोड़-फोड़ डाला था और कोयले से मेहराब बनाकर 'अल्लाहो अकबर' लिख दिया गया था।

मोमिना ने उधर मस्जिद को देखा और इधर उसकी नाक में इतनी सख्त सड़ाँध आयी कि जी मचलने लगा, लेकिन यह देखकर उसके दिल को कुछ सुकून हुआ कि दुनिया में एक जगह तो ऐसी निकली जहाँ मस्जिद ने मन्दिर पर फतह पायी है। हो न हो यह जगह पाकिस्तान है। खुदा चाहेगा तो यहाँ ऐसे-ऐसे नजारे और बहुत देखने में आएँगे।

मोमिना दोनों वृक्षों के नीचे खड़ी उस मकान को देख रही थी जो दूर से उसे अपने घर से मिलता-जुलता नज़र आया था। उसके घर की तरह उसमें भी बाहर बैठक और बगल में अहाता था। जिसमें बराबर-बराबर बहुत-सी नाँदें लगी हुई उन सिरों को याद कर रही थी जो उनसे घंटों कानाफूसी करते रहते थे। यहाँ भी अहाते के अन्दर और बाहर मिट्‌टी के बर्तनों के ठीकरे बिखरे पड़े थे। बैठक के सामने तीनों दरवाजे और एक वह दरवाजा जो बैठक के अन्दर घर में खुलता था, ये सब पाटो-पाट खुले थे। घर के अन्दर का बहुत-सा भाग नज़र आ रहा था। बैठक के बाद दालान था फिर बहुत-बड़ा सेहन फिर खपरैल जो जलकर नीचे ढेर हो चुकी थी। उसके पीछे एक और दालान और वह भी आग का शिकार हो चुका था।

यह बैठक देखकर मोमिना को अपने घर की बैठक याद आ गयी। वह भी इसी तरह फाटक के बगल में थी। वहाँ जाड़ों में रात गये तक ताश और शतरंज होती रहती थी और कहकहे गूँजा करते थे। कभी-कभी कोई ताने भी मारने लगता था। ग्रामोफोन का चस्का लग जाता था तो रोज वही बजा करता था। वही गिनती के कुछ रिकार्ड थे, सुनने वाले रोज सुनते थे। दिन में दो-दो, तीन-तीन बार। कभी-कभी तो दिन-दिन भर सुनते थे। मोमिना सोचने लगी, क्या इस बैठक में भी यही हुआ करता होगा। इस सवाल में और उस याद में कुछ इतना जोर था कि वह मोमिला को ढकेल कर बैठक के अन्दर ले गया। यहाँ पहुँचते ही उसकी निगाह एक ऐसी चीज पर पड़ गयी जिसके लिए सुबह से उसका जोड़-जोड़ बिलख रहा था। बैठक के अन्दर कुछ चने इस प्रकार बिखरे पड़े थे जैसे फूहड़पन से रखने-उठाने से अनाज बिखर जाता है, लेकिन बारिश की बौछार और नमी से उनमें अखुए फूट आये थे। मामिना उन चनों पर ऐसे टूट पड़ी जैसे भूखी मुर्गियाँ दाने पर गिरती हैं। वह उनको चुन-चुनकर खाने लगी। खाती जाती थी और सोचती जाती थी कि अखुआ फूटे चने भी मजे के होते हैं। न नमक, न मिर्च किन्तु कैसे सौंधे मालूम हो रहे हैं। सच है कि भूख में हर चीज मजा देती है। चने खाते-खाते मोमिना की नज़र बैठक और घर के बीच के दरवाजे पर पड़ी और कुछ देखकर उछल पड़ी। एक कुतिया खड़ी बहुत ध्यान से मोमिना की ओर देख रही थी। मोमिना पहले तो डरी कि कहीं यह मुझ पर हमला न कर दे, किन्तु उसकी आँखों में ख़ूँख्वारी न पाकर चुमकारा। फिर तो कुतिया कूँ-कूँ करती हुई दौड़ी और मोमिना के पाँव पर लोटने लगी और उस पर प्रेम न्योछावर करने लगी। उसकी बेताब मुहब्बत देखकर मोमिना को सुरूर-सा लगा। ओफ्फो, कितने दिनों के बाद मुहब्बत मिली है। उसने कुतिया को चिमटा लिया। जैसे बहुत दिनों के बिछुड़े हुए अचानक मिल गये हैं। चिमटाने के बाद मोमिना को ख़याल आया कि कुत्ता नापाक होता है।

अब प्यार हो चुका तो कुतिया अन्दर भाग गयी। दम-भर में वापस आकर मोमिना के कदमों पर लोटने लगी और फिर अन्दर भाग गयी। फिर बाहर आकर कदमों पर लोटने लगी। मोमिना समझ गयी कि यह मुझे अन्दर ले जाना चाहती है। वह उसी मकान में रात बसर करना चाहती थी। इसलिए उसका कुछ इरादा हो रहा था कि अन्दर का एक जायजा ले लूँ। कुतिया के कुलाबा देने से वह निडर हो गयी और उसके पीछे-पीछे अन्दर चली। मकान सादा बना हुआ था। बैठक के पीछे दालान था और बगल में एक छोटा-सा कमरा। मकान का सामने का हिस्सा तो जल गया था, पर आग सेहन पार करके उस तरफ नहीं आयी थी। यह हवा की मेहरबानी हो या बारिश की।

कुतिया कमरे की तरफ मुड़ी। मोमिना ने जसे ही उधर देखा उसका दिल

धक-से रह गया और मुँह से चीख निकलते-निकलते रह गयी, लेकिन उसने फौरन ही अपने को सँभाल लिया। डर की कोई बात ना थी उसके सामने सिर्फ एक छोटा-सा दुबला पतला हकीर-सा, नंगा मादरजात लड़का था।

लड़के का एक पहलू, एक बाजू सीना और सिर पर शायद दोनों आँखें आग ने चाट ली थीं। जख्मों से पानी बह रहा था और उन पर मक्खियों के झुंड भिनक रहे थे जिनको लड़का कराह-कराह कर कमज़ोर हाथों से उड़ा रहा था।

लड़का पतनाले के नीचे-वाले गड्ढे को टटोल रहा था। शायद पानी की तलाश में था। जब वह नहीं मिला तो उसके मुँह से "हाय! माँ" निकल गया और फिर वह हाथों और कूल्हे के बल घिसटता हुआ कमरे के अन्दर गया और ज़मीन पर करवट से लेट गया। उस लड़के के अलावा घर में कोई इनसान न था। और न किसी किस्म का साजो-सामान। यहाँ तक कि पीने के पानी के लिए एक बर्तन भी न था।

कुतिया जोश में लड़के के पाँव चाटने लगी।

लड़का कराह कर बोला, "क्या बात है आशा, तू भी भूखी प्यासी हो गयी।"

मोमिना के दिल में डर की जगह दया ने ले ली। और फिर दया, "हाय माँ" सुनकर ममता बन गयी। हाय यह नन्हा-सा अपाहिज बच्चा इस अँधेरी नगरी में बिलकुल अकेला है, बेचारा। आशा बेज़बान के सिवा कोई पूछनेवाला तक नहीं। कोई दो बूँद पानी देने वाला तक नहीं। बेचारा पतनाले के नीचे गड्ढे में पानी ढूँढ़ रहा था। एक बूँद भी न मिला।

मोमिना की आँखें ममता से नम हो गयीं और वह दबे पाँव ज़रा और करीब चली गयी। आशा खुशी से उछलने लगी।

लड़के ने कराह कर कहा, "हे राम!"

'हे राम' सुनते ही ममता पर बिजली गिर गयी और उसने आग की लपट बनकर मोमिना के तन-बदन को फूँक दिया।

यह मुसलमान नहीं, फिर तो यकीनन इस पर खुदा का कहर टूटा है। उन कमबख्तों ने किस बेदर्दी से मेरी हँसती खेलती लाड़ली को उठाकर पटका है और उसका कहकहा लगाया है। हाय, उन बेचारों को जिन्दा कुएँ में अपने बेटे की लाशों से दबा दिया जाना। उफ्! न जाने कितने दिनों में जान निकली होगी। मेरे प्यारे शम्स और मेहताब। उनका चीख मारकर 'अम्मा' पुकारना। बदनसीब महरून खुदा जाने ज़िन्दा भी है और अगर ज़िन्दा है तो उसकी कैसी कट रही है? हाय! कैसे-कैसे दाग हैं मेरे दिल पर। ये जालिम पापी तो इसी काबिल हैं कि उनका एक-एक

बच्चा इसी तरह सिसका-सिसका कर मारा जाये और मरते वक्त भी एक बूँद पानी न दिया जाये। मोमिना ने थोड़ी देर लड़के के कराहने और तड़पने का सुकूनबख़्श नज़ारा देखा और फिर वह जिस दबे पाँव आयी थी उसी तरह दबे पाँव बाहर चली। उसके मुँह मोड़ते ही फिर बदबू का एक झोंका आया जिससे उसकी रूह तिलमिला गयी।

बच्चे की अकेली उम्मीद आशा, मोमिना की ओर हसरत से देखने लगी और उसके कदमों पर लोटने लगी, लेकिन मोमिना के लौटते हुए कदमों में ब्रेक न लगा सकी।

बैठक में आकर मोमिना चने समेटकर आँचल में भरने लगी। उस समय उसकी नज़र एक ऊँची ताक पर पड़ी जिसमें सूँडवाले देवता की मूर्ति रखी हुई थी। इसका मतलब है कि यह घर किसी मुसलमान का नहीं है। ऐसे घर में पनाह लेने से उस पेड़ के नीचे ज़िन्दगी काटना लाख दर्जे अच्छा है जहाँ मेरी भिड़ रहती है।

धूप की तेजी जा चुकी थी। आसमान पर बादलों के बड़े-बड़े सफेद टुकड़े सुकून से एक तरफ से दूसरी तरफ जा रहे थे। खुशगवार हवा के धीमे-धीमे झोंके थके हुए बदन को सहला रहे थे। पेड़ के नीचे गोगाइयाँ शोर मचा रही थीं और आपस में आँख मिचौली खेल रही थीं। मोमिना अपने पेड़ से कुछ दूर एक तलिया के पास बैठ अँखुआ फूटे चनों को धो-धोकर खा रही थी, गोगाइयों के बचकाने शोर से आनन्द ले रही थी। उसके दिल में आज कितने दिनों के बाद खुशी की मौजें उठ रही थीं। मोमिना दिल में कह रही थी, देख शक भरे दिल देख। खुदा के यहाँ देर है, अन्धेर नहीं। देख सामने का गाँव जिस तरह जलकर खंडहर बन गया है और इसके बसने वालों को देश निकाला मिला है। एक बच्चा जो सबके पापों को भोगने के लिए रह गया है किस तरह सिसक-सिसक कर मर रहा है। यह खुदा का कहर नहीं तो और क्या है? उसकी लाठी में आवाज़ नहीं। किस जबान से तेरा शुक्र अदा करूँ, ओ करम करने वाले, तूने मुझ दुखियारी के शौहर और बच्चों की आहों को यूँ ही नहीं जाने दिया।

मोमिना क्योंकि चने खा रही थी और अपनी कल्पना की आँखों से सिसकते हुए बच्चे का तड़पना, एड़ियाँ रगड़ना और उसके मृत्यु-कष्ट भोगते हुए आँखों-आँखों से दरो-दीवार से पानी माँगना, देख रही थी। क्यों रे काफिर, अब महसूस किया तूने कि मेरी लाड़ली की जान किस तरह निकली होगी। अब जाना कि कत्ल करना और वह भी बच्चों को माँ के सामने और शौहर को बीवी के सामने।

बलात्कार करना और वह भी बेटी के सामने, ये कैसे पाप हैं और इस दुनिया का पालनहार इसकी सजा कैसी भयानक देता है।

इस दृश्य से मोमिना को कुछ ऐसा मजा आ रहा था कि कई बार यही कल्पना करने के बावजूद जी नहीं भरा था बल्कि जी में तो ये मौजें उठ रही थीं कि काश इसी कल्पना में सारी ज़िन्दगी बीत जाये। जालिम आसमान तू ज़रा देर भी किसी को हँसते-खेलते नहीं देख सकता है। मोमिना उन खयालों से आनन्द ले रही थी कि वह चारों तरफ से घिर आया। कड़क और गरज से उसने दुनिया को भर दिया। मोमिना के ख़यालों की उड़ान रुक गयी। वह सोचने लगी कि मैं कहाँ जाऊँ ताकि रात बिन भीगे कट जाये। एक रात भीग चुकने के बाद अब उसमें फिर इस मुसीबत के झेलने की बिलकुल हिम्मत न थी। दूसरी ओर उसे महरून याद आने लगी थी। खुदा जाने किस हाल में हो और कैसे जालिमों से वास्ता पड़ा हो? हो सकता है कि वह बीमार हो गयी हो और उसके दुश्मनों ने भी उसके साथ वही सुलूक किया हो जो कनीज के साथ किया कि वह बहुत बीमार हो गयीं तो उसे कहीं फिकवा दिया। हो सकता है किं महरून इस हालत में हो और उसकी मदद कर सकूँ। मोमिना इन खयालों को ड्रामे के रूप में देखने लगी कि महरून बीमार है। बेघर है कि एकाएक मैं पहुँच जाती हूँ और उसकी मदद करती हूँ। वह सोचने लगी कि मेरी जान महरून के लिए बहुत कीमती है इसलिए इसकी हिफाजत जरूरी है।

साथ-साथ एक बात और भी वह यह कि वह डर रही थी। थी तो वह बहादुर और बहादुर बाप-दादा की औलाद। एक बार चोरों को भी भगा चुकी थी लेकिन दिल मजबूत होने पर भी मुलायम किनारे रखती थी और इस वक्त छोटे-छोटे बहुत-से भय उसे घेरे हुए थे। डर, जंगल का डर, जानवरों का डर, साँप-बिच्छू का डर, चोरों-डाकुओं का डर, शरणार्थियों का डर। भीग कर बीमार होने और फिर एकान्त में एडियाँ रगड़-रगड़कर मरने का डर। ये सब डर महरून के लिए जिन्दा रहने की इच्छा में गड्डमड्ड होकर एक घबराहट में बदल गये थे कि क्या करूँ और कहाँ जाऊँ?

मोमिना ने फैसला कर लिया कि क्या करना चाहिए। यह फैसला उसने किसी तर्क से नहीं किया बल्कि उसी तरह किया जैसे उसने कलूटे के घर से निकल भागने का निर्णय किया था। यानी दोनों दिशाओं में से जो दिशा जज्बात के लिए अधिक आकर्षणपूर्ण होती है वह मोमिना को खींचे ले गयी।

मोमिना पगडंडी छोड़कर खेतों-खेतों होती हुई आशा के घर की ओर चली। वहाँ छत थी जो बारिश को रोकेगी। दरवाजे थे जो बन्द हो जाएँगे। आशा थी जो वक्त पड़ने पर ज़रूर काम आएगी। फिर यह बात भी है कि जब दुश्मनों ने मेरे बाप-दादा के घर पर क़ब्ज़ा कर लिया है तो मे। क्यों न उनके घर पर कब्जा कर लूँ।

जरूर करूँगी। आशा का घर मेरा घर ही है। हाँ, मेरा घर।

मोमिना अपने घर पहुँच गयी। बैठक में जाकर उसने जल्दी-जल्दी सब दरवाजे बन्द कर लिये। अब वह रात के आक्रमणकारियों से भी सुरक्षित थी और आशा की नज़रों से भी। वह आशा से और आशा उससे प्रेम करती थी। फिर भी मोमिना आशा की नज़रों से डरती थी।

मोमिना खैरियत से अपने घर पहुँच गयी। अपना घर। हाँ, अब यह अपना घर तो है ही। मैं यहाँ की घरवाली हूँ। महरून आएगी तो उसे भी यही रखूँगी। बैठक, दालान और कमरे को मैं साफ कर लूँगी। जीवन-यापन का कोई-न-कोई साधन हो ही जाएगा। यदि मुझे कोई यहाँ से निकालेगा भी तो मैं नहीं निकलूँगी। कहूँगी कि पहले तुम मेरा मकान मुझे दिला दो, तब इसे माँगना। किसी को क्या हक था मेरे बाप-दादा के घर को मुझे छीन लेने का।

रात हो गयी। सियार हूवा-हूवा पुकारने लगे। थोड़ी रात बीती थी कि उनके साथ दूसरे जानवरों की चीखें भी शामिल हो गयीं। मोमिना के दिमाग पर सिनेमा के पर्दे की तरह भयानक दृश्य अवतरित हो रहे थे। कभी वह यह देखती कि मैं अपने मकान में हूँ और अब्बा मियाँ घबराये हुए अन्दर आ रहे हैं और हमला हो रहा है। और मेरी लाड़ली मारी जा रही है। कभी यह कि मैं अपने नये मकान में हूँ और मुजाहिदीन का हमला हो रहा है। जले हुए लड़के के दादा ने घर को चारों ओर से बन्द करके मुकाबला करना चाहा किन्तु मुजाहिदों के जोश और नारों के सामने वे शिकस्त खा गये और मुजाहिदीन अन्दर घुस आये और दरवाजे पर उन्होंने लड़के के दादा को मारा। फिर मोमिना को ऐसा महसूस हुआ कि मैं खुद भी आक्रमणकारियों के साथ हूँ। मुजाहिदों ने औरतों को खींच-खींच कर घर से बाहर निकाला, लड़के की दूध-पीती बहन को माँ की गोद से छीनकर पटक दिया। फिर उसकी बहन और माँ के साथ बलात्कार...

मोमिना स्वप्न में भी यही सब-कुछ देखती रही। एक बार उसने देखा कि लाड़ली पटक देने से मरी नहीं बल्कि एक सूने कमरे में पड़ी सिसक रही है और कोई उसे दो बूँद पानी तक नहीं देता है। एक बार स्वप्न में उसकी आँखें आशा की आँखों से मिल गयीं। यह देखकर उसका दिल दुःख से भर गया कि आशा की पलकों के नीचे में शम्स की आँखें हैं। ओफ्फो, वह किस हसरत से मेरी ओर ताक रही है!! हाय मैं इसे जालिमों से कैसे छुड़ाऊँ? वह देखो, शम्स की आँखें प्यासी हैं और दो बूँद पानी के लिए तड़प रही हैं।

फिर मोमिना को ऐसा नज़र आया कि महरून भागी चली आ रही है और उसके पीछे बहुत-से लोग पकड़ने के लिए दौड़ रहे हैं। महरून चिल्ला रही है—'बचाओ, बचाओ' किन्तु कोई मदद को नहीं आता। भागते-भागते महरून बैठक के

दरवाजे पर आ गयी और गिड़गिड़ाने लगी "अम्मा दरवाजा खोल दो। अम्मा, अम्मा मेरी अम्मा! मुझे अन्दर ले लो। अम्मा जल्दी करो नहीं तो वे लोग आ जाएँगे। अम्मा, मेरी अम्मा, खुदा के लिए...!"

मोमिना के हाथ और पाँव और जबान से जैसे किसी ने जान निकाल ली है। उनमें कोई सत नहीं। न वह हिल सकती है, न बोल सकती है। बड़ी बेबसी की हालत में महरून की आवाज़ सुनती रही।

कुछ देर बाद जब मोमिना चेतना में आयी तो उसे पता चला कि बाहर के दरवाजे पर महरून नहीं, आशा है जा चौखट से अपना सिर रगड़ रही है और प्रार्थनाएँ कर रही है कि मरते हुए बच्चे के गले में दो बूँद पानी टपका दो। साथ-साथ मकान के अन्दर से कराहने की आवाज़ आ रही है।

माँ! हे माँ माँ...पानी...एक बूँद पानी। हे राम! हे माँ, माँ! मैं चला एक बूँद...हाय माँ तुम कहाँ हो माँ!"

किवाड़ों की दराजों से चाँद की मीठी किरणें आ रही थीं और हवा के खुशगवार झोंके भी। यानी घटा छिट चुकी थी और अब आसमान साफ था। मोमिना ने किवाड़ खोला और उसके खुलते ही आशा अन्दर आकर मोमिना के पाँव पर लोटने लगी। प्रार्थनाएँ करने लगी। उसकी लोटने में इल्तिजा थी। उसके लेटकर दोनों हाथों को उसकी ओर फैलाने में इल्तिजा थी, उसकी भिखमंगी नज़रों में खुशामद थी।

मोमिना ने चुमकाकर आशा को अपने साथ लिया और मिट्टी के बर्तन का एक बड़ा-सा टुकड़ा लेकर तलैया तक गयी। उसके पानी में उस समय चाँद-सितारों का प्रतिबिम्ब पड़ रहा था। जब मोमिन झुककर पानी भरने लगी तो उसे ऐसा महसूस हुआ कि मैं उस कत्ले-खून की दुनिया से निकलकर ऐसी दुनिया में आ गयी हूँ जहाँ ऊपर भी चाँद-सितारे हैं नीचे भी चाँद-सितारे।

मोमिना पानी लेकर ऐसी सावधानी से वापस चली कि उसने जो कुछ टूटे बर्तन में चाँद-सितारों की छाँव में भर लिया है, वह छलक न जाए। उसके आगे आशा थी। घर आते ही वह मोमिना से पहले लड़के के पास पहुँचकर खुशी से भौंकने और उछलने लगी और लड़के के पाँव चाटने लगी।

"क्या बात है आशा? क्यों इतनी खुश है?"

"हाय माँ!" मोमिना ने निकट जाकर पुकारा, "बेटा!"

बच्चे ने नहीं सुना। मोमिना समझ गयी कि आग ने जहाँ उसकी आँखें जला दी हैं, वहाँ कान भी खराब कर दिये हैं। अब की उसने जोर से पुकारा, बेटा!"

लड़का उछल पड़ा और अपनी खाली आँखों से इधर-उधर देखने लगा। मोमिना ने ढाढ़स देने वाली आवाज़ में पुकारा, "बेटा!"

''कौन?''

उसकी आवाज़ में डर भी था और आश्चर्य भी। मोमिना ने और पास आकर कहा, ''बेटा!''

बच्चा फिर उछल पड़ा। काँपती हुई आवाज़ से बोला, ''कौन? माँ!''

''हाँ, बेटा!''

''माँ!''

''हाँ, हाँ बेटा मैं हूँ।''

''माँ! तुम!''

''हाँ, हाँ बेटा! मैं हूँ? माँ!''

मोमिना ने लड़के का सिर उठाकर अपनी गोद में रख लिया।

''बेटा!''

''माँ! क्या तुम उस दुष्ट से बचकर आयी?''

''हाँ बेटा, मैं भाग आयी।''

''माँ...माँ...माँ...माँ...माँ...''

बच्चा मोमिना के गले में बाहें डालकर फूट-फूटकर रोने लगा।

मोमिना की आँखों से जो पति और बच्चों की मौत के दिन से लेकर आज तक आँसू की एक बूँद को तरसती रही थी, झरना फूट निकला। वह आँचल से बच्चे का घाव बचाकर उसके आँसू पोंछती और फिर अपने। जब ज़रा दिल हलका हो गया तो मोमिना बच्चे का ढाढ़स देने लगी।

''बेटा अब न रो। अब तो मैं आ गयी हूँ।''

लड़का हिचकियाँ लेते हुए कहने लगा, ''माँ! पानी!''

''लो बेटा!''

मोमिना लड़के को गोद में बैठाकर पानी पिलाने लगी और वह उस पर टूट पड़ा। उस समय मोमिना को आभास हुआ कि लड़के को बहुत तेज बुखार है। जब पानी पी चुका तो कहने लगा, ''माँ!''

''हाँ, बेटा!''

''अन्धा हो गया हूँ और शायद बहरा भी। किसी बात की खबर नहीं होती। माँ मेरा अब क्या होगा? बच्चा फिर रोने लगा।''

मोमिना की आँखों में भी आँसू आ गये। वह समझाकर कहने लगी, ''बेटा, घबराओ नहीं, अच्छे हो जाओगे।''

मोमिना ने बच्चे के माथे पर प्यार किया।

बच्चा रूठकर बोला, माँ, तुम मुझे रामू क्यों नहीं कहतीं?''

''कहती तो हूँ रामू, रामू बेटा...मेरा प्यारा रामू!''

"तुम्हारी आवाज़ और तुम्हारी बातें कुछ बदली मालूम होती है। मैं जल गया हूँ इस कारण से शायद ऐसा मालूम होता होगा, क्यों माँ?"

अन्तिम वाक्य में बच्चे ने जो प्रश्न किया था उसका सम्बोधन मोमिना से इतना नहीं था जितना उसके अपने दिल से।

"बेटा मैंने बहुत कष्ट झेले हैं।"

"हाय माँ...तुमको दुश्मनों ने बहुत दुःख पहुँचाया? क्या मारा?"

जलाया तो नहीं?

"बेटा अब इन बातों को...न याद दिलाओ। जब तुम अच्छे हो जाओगे तब मैं खुद बता दूँगी।"

"अच्छा माँ तुमको इन बातों को याद करके बहुत दुख होता होगा। हाय माँ, तुम ने अभी यहाँ जले पर हाथ रख दिया था तो जान निकल गयी।"

"चिच-चिच, मेरा प्यारा रामू अब मैं ख़याल रखूँगी, घबराओ नहीं। मैं आ गयी हूँ। अब तू अच्छा हो जाएगा।"

आशा निरन्तर उन दोनों के गिर्द खुशी से नाच रही थी। रामू के कान में उसकी आवाज़ की भनक पहुँची तो बोला, "माँ, आशा को भी प्यार कर लो, मेरी बड़ी ख़बर ली है। मुझे बचाया है।"

मोमिना ने आशा को चिमटा लिया और कहने लगी, "आशा, तूने मेरे बच्चे की सुरक्षा की है। तू मेरी बेटी के बराबर है।"

आशा अपनी तारीफ़ सुनकर इतराने लगी।

"मुसलमानों से तो यह कुतिया अच्छी है। इसके दिल में दया तो है।" रामू बोला।"

मोमिना के दिल पर एक बर्छी लगी, किन्तु वह सहन करके बोली, हाँ बेटा!

रामू माँ की गोद में खिसककर लेट गया। कुछ देर चुप रहकर बोला, माँ!

"हाँ रामू!"

"मेरी आँखें अच्छी हो जाएँगी।"

हाँ, बेटा! "जरूर अच्छी हो जाएँगी।"

"और कान?"

"वह भी।"

रामू खुश होकर माँ के गले में बाहें डालकर बोला,—माँ मुझे ऐसा लगता है जैसे मैं अच्छा हो जाऊँगा।"

"हाँ, मेरे चाँद, अल्लाह ने चाहा तो जल्द ही अच्छा हो जाएगा।"

रामू ऐसे चौंक पड़ा जैसे उसको गोली लग गयी। उसने अपनी बाँहे खींच

ली और मोमिना की गोद से सिर उठाकर बोला, ''माँ!''

मोमिना घबराकर बोली, ''क्या बात है रामू...क्या हुआ?''

''तुम...?''

''हाँ बेटा! कहो ना।''

''तुम अल्लाह कहती हो।''

बच्चा बहुत सहमा हुआ था और अपनी खाली आँखों से मोमिना का चेहरा देख रहा था मानो डर रहा था कि कहीं ऐसा तो नहीं है कि यह मेरी माँ न हो, बल्कि कोई मुसलमान हो। मोमिना के दिल पर यह दूसरी बर्छी लगी किन्तु उसने फिर हसन करके रामू का सिर अपनी गोद में खींच लिया। उसके हाथ अपने गले में डाल लिये और बोली, ''बेटा, मुझे इतने दिनों मुसलमानों में जो रहना पड़ा है।''

रामू ने कुछ सोचा और फिर कहने लगा, ''वो लोग तुमसे जबरदस्ती अल्लाह, अल्लाह कहलवाते होंगे। उसके लिए मारते होंगे।''

यह बात रामू ने प्रश्न के रूप में नहीं अपनी इत्मीनान दिलाने के लिए कही थी और वह सन्तुष्ट भी हो गया था। उसके समीप मुसलमानों के जुल्म हर परिवर्तन को सम्भव बना सकते थे।

''हाँ बेटा! किन्तु अब उन बातों को न पूछो।''

''माँ, जब मैं 'अल्लाहो अकबर' की उन पुकारों को याद करता हूँ तो...''

बच्चा सहमने लगा और उसके गले में फाँसी-सी लगने लगी। मोमिना ने उसके सिर पर हाथ फेरा और कहा, ''तुम भी इन बातों को भूल जाओ।''

रामू कुछ देर सोचता रहा, फिर हिचकिचाते हुए बोला, ''माँ!''

''रामू!''

''सच बताओ। तुम मेरी माँ हो?''

''और कौन तुझे इस प्रकार प्यार कर सकता है बेटा!''

''सच है। जाने क्या बात है। मुझे शक होता है।''

''शक न करो बेटा!''

रामू फिर कुछ देर के बाद पूछने लगा, ''कहीं यह स्वप्न तो नहीं?''

''नहीं बेटा!''

''ऐसा तो नहीं कि जब सुबह हो तो तुम न मिलो।''

बच्चे के दिल में वाकई डर पैदा हो चला था और उसने मोमिना को इस तरह टटोला कि कहीं वह वहम तो नहीं है।

''नहीं बेटा! ऐसा नहीं होगा। देख तेरी आशा भी तो मुझे देख रही है।''

रामू की बाँहें और अधिक मजबूती से मोमिना के गिर्द चिमट गयीं।

माँ मेरा मन भी अन्दर से ही कह रहा है कि तुम मेरी माँ हो और अब सचमुच आ गयी हो। मुझे 'रामू-रामू' कहो।

रामू जख्मों को सँभालकर माँ की गोद में सिमट आया और फौरन अचेत हो गया। मोमिना को ऐसा आभास होने लगा मानो उस बच्चे को गोद में लेकर मेरे घाव हरे हो गये हैं, दिल है कि उमड़ा चला आ रहा है और बच्चे को कलेजे से लगाकर दहाड़ें मार-मारकर रोने को जी चाह रहा है। साथ-साथ यह भी आभास हो रहा है कि एक बेसहारा को सहारा देने से अपनी ज़िन्दगी बेसहारा न रहे।

वास्तव में मोमिना अपने जज़्बात समझने में बिलकुल असमर्थ थी। उस समय से असमर्थ थी जब से वह सोकर उठी है और सीधी बच्चे के पास चलती आयी। मेरे अन्दर आखिर क्या उलट-पुलट हो गया जो मैंने इस बच्चे से नफरत करते-करते कलेजे से लगा लिया। एक हिन्दू से इतनी मुहब्बत करना कोई बुरी बात तो नहीं? किन्तु अन्दर से इस बात का यकीन जरूर था कि मैंने जो कुछ किया है, ठीक किया है।

पौ फटी और सुबह की रोशनी हर तरफ फैलने लगी। मोमिना ने दुलारे रामू की तरफ देखा। उसका चेहरा कितना भोला और कितना प्यारा है। थोड़ी ठंडक हो रही थी इसलिए मोमिना ने रामू को अपना दुपट्टा दोहरा करके ओढ़ा दिया। हलकेध्-से उसके माथे पर प्यार करके दिल में यह संकल्प कर लिया कि यह मेरा शम्स और मेहताब है और मैं इसको उसी प्रकार पालूँगी।

दिन चढ़े जब रामू की आँख खुली तो मोमिना ने अपना दुपट्टा तर करके उसका मुँह और बदन, जो जूठे बर्तनों की तरह घिनौने हो रहे थे, साफ किये। फिर जितना उससे हो सका और रामू सहन कर सका घावों को साफ किया और फिर किसी प्रकार की घृणा महसूस नहीं की। अपनी औलाद का गू-मूत करने में घृणा कैसी?

इन बातों से निपट कर रामू कहने लगा, जिस दिन गाँव लुटा है, मैं उस दिन का खाया हुआ हूँ। तबसे इस बरसाती पानी के अलावा तो पतनाले के नीचे गड्ढे में जमा हो जाता था, मेरे पेट में कुछ नहीं गया है। शायद छः दिन हुए मुझे खाना खाए? मोमिना ने कुछ खुश होकर पूछा, "तुम ने कैसे पहचाना कि छह दिन हुए? क्या इतना नज़र आता है?"

"रात को लाशों को खाने के लिए जो जानवर आते हैं, वे आपस में लड़ते हैं, चीखते हैं और शोर मचाते हैं। उनके आने से मालूम हो जाता है कि रात हो गयी और जाने से यह कि दिन हो गया?

मोमिना उसका हाल सुनकर काँप गयी।

रामू इतना भूखा था लेकिन इस पर भी उसे स्वीकार न था कि माँ पास से चली जाये। मोमिना उसे बहुत समझ-बुझाकर ढाढ़स देकर खाने की तलाश में निकली। बुखार में भुनते हुए छह दिन की भूख के मारे हुए बच्चे को चने देना तो उसे मौत के मुँह में झोंक देना है फिर और क्या किया जाये? आग तक तो मौजूद नहीं जो चनों को ठीकरों में उबाला जा सके। मोमिना को जो कुछ उम्मीद थी, एक आवाज़ से थी, जिसे वह कल कई बार सुन चुकी थी और आज सुबह फिर सुनी थी, उस समय उसने कुछ अन्दाजा कर लिया था कि वह किस तरफ से आ रही है। उस वक्त दरअसल वह उसी आवाज़ की तलाश में निकली थी। वह मिल जाये तो रामू के खाने का बल्कि खुद उसके खाने का भी प्रबन्ध हो जाये, शायद।

मोमिना अपने मकान के पिछवाड़े की ओर चली। उसे कुछ जले हुए घर मिले और उनसे निकलकर गाँव की हद आ गयी। गाँव छोटा-सा था सरहद पर पहुँचकर उसने भयानक दृश्य देखा और नाक में इतनी तेज सड़ाँध आयी कि वह सिर से पाँव तक काँप गयी। वह अपनी जगह स्तब्ध रह गयी। कुछ कच्चे घरों से मिला हुआ एक छूटा हुआ मैदान था, जिसमें जले हुए कुन्दे और जले हुए इनसानों के हाथ-पाँव, सिर और सीने के ढाँचे के ढेर थे। उनमें से कुछ तो मुर्दाख़ोर जानवरों के द्वारा बिलकुल साफ हो चुके थे और कुछ पर जले हुए गोश्त के रेशे लगे रह गये थे, जिनको उस समय कौवे, गिद्ध और आवारा कुत्ते बड़े चाव से साफ कर रहे थे। तीस-चालीस खोपड़ियाँ इधर-उधर बिखरी हुई अपनी आँखों के पलकों से मोमिना की ओर ताक रही थीं। उफ! उनमें जीने की कितनी हसरत थी।

मैदान दो तरफ से घरों से घिरा हुआ था। उनकी दीवारों पर कोयला रगड़-रगड़ कर बहुत स्पष्ट लिखा हुआ 'अल्लाह हो अकबर'। जाहिर था कि मुजाहिदीने इस्लाम ने अल्लाह की शान ऊँची करने के लिए यह सब किया था। मोमिना की नाक में रह-रहकर जो तेज सड़ाँध आती रही उसका कारण यही था। मोमिना ने इधर कुछ दिनों के अन्दर कत्लो-खून और आगजनी के इतने दृश्य देखे और सुने थे और अपने प्यारों को आँखों के सामने कत्ल होते देखा था कि वह तजुर्बेकार फ़ौज़ी की तरह लाशों को देखने की आदी-सी हो गयी थी, किन्तु इतना आदी होने पर भी उस दृश्य ने उसे दहला दिया।

मोमिना को एक कुआँ भी याद आ गया जिसमें उसके पति, बच्चों और सारे खानदान की लाशें थीं।

मोमिना अभी उस दृश्य की घबराहट से पूरी तरह निकल नहीं पायी थी कि उसने देखा कि आशा जो उसके पीछे-पीछे आयी थी एक रान को सूँघ रही थी। साथ-साथ जबान से चाट रही थी और भूँक-भूँक कर मोमिना की ओर देख रही थी—क्या आशा इनसानी कबाब खाने की इजाजत माँग रही है?

आशा क्यों न खाये जब उनको सैकड़ों जानवरों और गिद्धों ने खाया है तो आशा क्यों न खाये?

जब पेट-भरों ने खाया है तो छह दिन की भूखी आशा क्यों न खाये?

जब ईश्वर के पुजारी और इस्लामी मुजाहिद इनसानी जिस्म का अदब नहीं करते तो आशा क्यों करे। क्या आशा उनसे बुरी है?

आशा लाश को सूँघती रही और मोमिना से इजाजत माँगती रही, किन्तु जब उधर से कोई सुनवाई न हुई तो चाहते हुए भी मोमिना के पास आकर सवालिया नज़रों से देखने लगी, जैसे शिकायत कर रही थी जिस काम को सब कर रहे हैं उसको करने से तुम मुझे क्यों रोकती हो? यह कैसा जुल्म है?

मोमिना में आगे जाने की हिम्मत न थी लेकिन उसने लाशों के पास के एक घर के अन्दर से वही आवाज़ सुनी जिसकी तलाश में वह इधर आयी थी। जो माँ अपनी तीन औलादों को आँखों के सामने मरते देख चुकी हो वह चौथी के लिए जो अब फूटी आँख का दीदा है क्या न कर गुज़रेगी। वह हिम्मत करके चिता के किनारे-किनारे इनसानी हड्डियों को बचाती हुई उस आवाज़ वाले घर तक पहुँच गयी।

उस घर की छतें जल चुकी थीं। केवल दीवार में जुड़ी रह गयी थी और उन्हीं के अन्दर से यह आवाज़ आयी थी। दरवाजे के सामने मल्बे का ढेर था। इसलिए अन्दर जाना नामुमकिन था। मोमिना ने मल्बे पर से होकर ऊपर चढ़ने की कोशिश की। आशा आगे-आगे चढ़ने की कोशिश की। आशा आगे-आगे चढ़ने लगी। उसका सहारा मिल गया और मोमिना ऊपर पहुँच गयी। वहाँ से उसने नीचे झाँका।

चारदीवारी के अन्दर थोड़ी-सी जगह जिसमें पानी भरा हुआ था और उसमें भैंस का मुर्दा बच्चा फूला हुआ तैर रहा था। उसक बराबर जिन्दा भैंस पड़ी हुई थी जिसकी कमर को एक बड़े शहतीर और बहुत-से मलबे से ऐसा दबा रखा था कि वह हिल भी नहीं सकती थी। वह कराह रही थी और अपने बच्चे को चाट रही थी। भैंस तो वह ममता-भरी माँ होती है जो अपने बच्चे की महीनों की सूखी खाल तक को चाटती है और उसके लिए भी थनों में दूध उबल आता है। भैंस ने मोमिना को जो देखा तो बड़ी फरियाद भरी आवाज़ निकली। वह कह रही थी कि खुदा के लिए मुझे जल्दी इस कैद से रिहाई दो ताकि मैं अपने बच्चे का दूध पिलाऊँ। गरीब छः दिन से भूखा था।

मोमिना हसरत से भैंस को देखती रही कि छः हाथ नीचे दूध की नहर मौजूद है लेकिन बेकार। मेरी-जैसी चार औरतें भी इस बेचारी को आजाद नहीं करा सकतीं हैं। आज मेरे छः दिन के भूखे बच्चे को इसके दूध का एक कतरा भी नहीं मिल

सकता। मोमिन टूटे दिल से वहाँ से वापस हुई। दर्जनों खोपड़ियाँ बत्तीसी निकाले उसकी कोशिश पर हँस रही थीं और कह रही थीं—मूर्ख हमने अपने प्यारे-प्यारे बच्चों को बचाने के लिए क्या कुछ नहीं किया। खुशामदें कीं, गिड़गिड़ाये, नाक रगड़ी, लेकिन क्या हासिल हुआ? जाओ, अपने बच्चे को इसी चिता में लाकर रख दो।

मोमिना मस्जिदनुमा शिवाले के सामने से गुजरी तो वह सहसा सज्दे में गिर पड़ी और गिड़गिड़ा-गिड़गिड़ा कर दुआ माँगने लगी—ऐ सबको पैदा करने वाले, इस दुनिया में जो कुछ मेरे पास था जाता रहा। घर-बार, धन-दौलत, रिश्ते-कुबेदार, शौहर, बच्चे, इज़्ज़त सभी कुछ। अब तूने तक अपाहिज बीमार बच्चा मुझे दिया है, जिसने मेरे वीरान दिल को बागो-बहार बना दिया है। इसके लिए किस जबान से तेरा शुक्र अदा करूँ। मैं इसे मेहनत-मज़दूरी करके पाल लूँगी और जब तक जिऊँगी इसकी आँखों का काम करूँगी और अगर मरते दम भी महरून मिल गयी तो उसका हाथ इसके हाथ में देकर कह जाऊँगी कि यह मेरी अमानत है। देख, चाहे तू तकलीफ उठाये लेकिन इसे तकलीफ न हो। ऐ मेरे मालिक तू अब रामू को मुझसे न छीन। अगर मेरी जान के बदले जान बच सकती है तो मैं अपनी जान शौक से कुरबान कर दूँगी, जैसे बाबर ने हुमायूँ पर अपनी जान निछावर कर दी थी।

मोमिना की आँखों से मूसलाधार बारिश होने लगी। उसने उठकर गोद फैलाकर कहा, ''ऐ मालिक! तू बच्चे के लिए खाना और दवा दे।''

मोमिना के जिस्म की एक-एक रग, गोश्त का एक-एक रेशा, जज्बात का एक-एक सुर ममता बन गया। वह देर तक यूँ ही दुआ माँगती रही। इससे दिल को ढाढ़स हुई और आत्मविश्वास लौट आया।

मोमिना के आते ही रामू ने पूछा, ''माँ, कुछ मिला?''—

मोमिना ने कुछ जवाब नहीं दिया।

''कुछ नहीं मिला, कहाँ से मिलता, सब-कुछ तो मुसलमान ले गये।''

रामू ने टूटे दिल और मायूसी से दो बार 'हे राम-हे राम' पुकारा।

मोमिना ने खामोशी से रामू का सिर जख्मों को बचाकर अपनी गोद में रख लिया।

''अच्छा माँ पानी ही पिला दे।''

मोमिना ने दिल में बिस्मिल्लाह कहकर अपनी एक छाती रामू के मुँह में दे दी। रामू हैरत से चौंक कर बोला, ''माँ!''

''बेटा, तू इसी पर पला है, पी।''

''माँ!''

''कोई बात नहीं बेटा! तेरी जान मुझे बचानी है। पी, शायद कुछ कतरे तेरे

नसीब से उतर आएँ।''

मोमिना की ममता ऐसे जोश पर थी कि एक बार सूखने के बाद फिर गंगा दुनिया में उतर आयी और रामू के पेट में चन्द कतरे पहुँच गये।

मोमिना को रामू की कटी-कटी बातों से गाँव के उजड़ने का जो हाल मालूम हुआ वह यह था कि रामू अपने भाइयों, बहनों के साथ खेल रहा था। यकायक बाप चिल्लाता हुआ घर में घुसा कि मुसलमान हमला कर रहे हैं। सब जल्दी से भाग चलो। औरतें चीखने लगीं। दौड़-दौड़कर अपने जेवर और कपड़े बाँधने लगी। बच्चे रोने लगे और काम में रुकावट डालने लगे। मर्द औरतों को पकड़-पकड़कर खींचने लगे कि सामान की परवाह न करो। जल्दी निकल भागो। रामू की दादी चिल्लाने लगी कि यह कैसे हो सकता है कि अपनी सात पीढ़ियों की कमाई छोड़कर भाग चलूँ दरवाजे तोड़े गये और बहुत-से मुसलमान 'अल्लाहो अकबर' के नारे लगाते हुए घर में घुस आये।

बड़े दालान की छत को कोई जीना नहीं जाता था किन्तु रामू दीवार से खपरैल पर और उससे छत पर चढ़ जाता था और वहाँ से पतंग उड़ाता था जैसे ही उसके घर में हमलावर घुसने लगे वह जल्दी से छत पर चढ़ गया। खपरैल का जो हिस्सा छत पर टिकने के लिए ऊपर उठा हुआ था उसकी आड़ में छिपकर लेट गया। छत और खपरैल के बीच चौड़ी-सी दराज थी उससे खपरैल के अन्दर का और कुछ बाहर का हाल नज़र आता था। उस जगह से रामू ने देखा कि किस तरह हमलावरों ने औरतों के जेवर और फिर पकड़कर ले गये। घर के मर्दों और बच्चों में से कुछ को मारे जाते हुए रामू ने अपनी आँखों से देखा और कुछ की चीखें सुनीं।

जब हमलावर घर को लूटकर चले गये तो रामू ने सिर उठाकर इधर-उधर देखा। उसके पिछवाड़े कुछ घरों के पार जबरदस्त आग जल रही थी और उधर से हमलावरों के कहकहे और मरने वालों की चीखें सुनाई दे रही थीं। एक छत पर नज़र पड़ी तो देखा कि चार-छः आदमी एक आदमी के चारों हाथ-पाँव पकड़े उसको आग में झोंक दे रहे हैं और वह बेबसी से चीख रहा है। उन्होंने 'अल्लाहो अकबर' का नारा लगाकर उसे आग में झोंक दिया। जब वह शोलों की लपटों में आ रहा था तब रामू ने पहचाना कि वह मेरे पिता जी हैं।

यह देखकर वह बेहोश हो गया।

जब होश आया तो उसने देखा कि चारों ओर से आगे के शोलों में घिरा हुआ है। खपरैल धड़-धड़ जल रही है और छत दो जगह से जलकर नीचे गिर चुकी है। रामू मुँडेर-मुँडेर भागा लेकिन एक जगह से छत गिरी तो उसके साथ वह भी नीचे

आग में जा गिरा लेकिन हिम्मत करके उठा और उठकर अपने कपड़ों को, जिन्होंने आग पकड़ ली थी, फेंक कर भागा। अब उसे याद नहीं किस तरह और किस तरह से वह आगँन में आकर बेहोश हो गया।

जब होश आया तो उसे पता चला कि मेरी दोनों आँखें जा चुकी हैं और सारा बदन फुँका जा रहा है। वह चीखने लगा। कुछ आदमी उसके इर्द-गिर्द खड़े बातें कर रहे थे, ''सिसक-सिसककर मरने दो साले को, एक गोली क्यों बेकार करते हो?''

''बहुत ठीक। घर के दरवो़ खुले छोड़ जाएँ ताकि जंगली जानवरों को आने में दिक़्क़त न हो।''

दो-तीन कहकहों की आवाज़ सुनाई दी और कोई ज़रा तेज लहजे में बोला, ''लेकिन हमको मालूम कैसे होगा कि यह मर गया है।''

''मैं बता दूँगा। भला यह जी सकता है।''

किसी ने रामू को एक लात मार दी और कहा, ''बेटा आराम से मौत का इन्तज़ार करो।''

फिर सब चले गये। उनके जाते ही बारिश होने लगी और रामू आशा के सहारे कमरे में आ गया।

रामू को ये घटनाएँ बहुत कटे-कटे हिस्सों में याद थीं और कुछ बातें एक-दूसरे में गड़मड़ हो गयी थी। जैसे माँ की बेइज़्ज़ती के साथ वह अपने छोटे भतीजे का जिक्र जोड़ देता जिसके सिर को एक हमलावर ने ठोकर से चूर-चूर कर दिया था। जब भतीजे का ज़िक्र करता तो करते-करते मोमिना से कहने लगता कि माँ तुमको बहुत दुःख उठाना पड़ा और फिर रो देता।

रामू जब अपने घर की चहल-पहल की या उसकी तबाही की बातें करता तो मोमिना को ऐसा महसूस होने लगता जैसे मैं यह सब-कुछ देख चुकी हूँ। मेरे सामने रामू की माँ मुँह अँधेरे उठकर घर साफ करती और सामने के दालान में चौका लेपती और जब सब बच्चे सोकर उठते तो उनको लस्सी बनाकर देती। फिर दोपहर को सबकी उसी दालान में बैठकर उनके आगे थालियाँ रखकर उनमें दाल और तरकारियाँ परोसती। फिर गर्म-गर्म रोटियाँ देती जाती और लोग खाते जाते। बच्चे अचार के लिए ज़िद करते, बराबर की कोठरी में जाती और हाँड़ी उठा लाती और उसमें से अचार की फाँकें निकाल-निकालकर एक-एक सबको देती। छोटा चन्दर कहता कि मेरी फाँक छोटी है और जब तक वह रामू से ज्यादा न ले लेता न मानता।

रामू ने जब पिछली दीपावली की बातें की, तब भी मोमिना को ऐसा लगा जैसे सब-कुछ उसके सामने हुआ था। रामू की माँ ने दीये जलाकर सबको दिये थे और जब चन्दर अपने मिठाई के सब खिलौने चट कर गया तो फिर रामू का शेर

छीनने लगा और उसके लिए जिद करने लगा तो माँ ने रामू को समझा-बुझाकर उसका शेर चन्दर को दिला दिया था। रामू ने शेर तो दे दिया लेकिन हसरत से उसकी तरफ ताकता रहा।

केवल इतना ही नहीं, आबाद घर का पूरा नक्शा मोमिना की आँखों के सामने फिर जाता, दालान, कमरे और बैठक—सब भरे—पुराने नज़र आने लगते। बच्चे, मर्द और औरतें इधर से उधर आ रहे हैं। रामू की माँ इन्तजाम में लगी हुई है। एक दालान से दूसरे दालान में और उस दालान से कमरे में। कमरे से कोठरी में और फिर रसोई में आ-जा रही है। हर बात का फिक्र है। भैंस दूही गयी। जो दूध आया था वह आग पर क्यों नहीं रखा गया? दही जमा दिया या नहीं? नौकरों को खाना भिजवा दो। चन्दर इतना न शोर करो—रामू कमरे में जाओ और सबक याद करो। बाहर कहार किसी बात के लिए चिल्ला रहा है। अहाते में बैलों को सानी दी जा रही है।

घर की तबाही का हाल मोमिना यूँ देखती कि अहाते की तरफ के फाटक पर हमला होता है। रामू की माँ रामू और चन्दर को लेकर भागने की फिक्र में है कि हमलावर अन्दर घुस आये हैं। रामू बेबसी से 'माँ-माँ पुकारते हैं—साथ ही मोमिना को शम्स और मेहताब का मारा जाना और लाड़ली का पटक दिया जाना याद आ जाता है।

मोमिना को ऐसा महसूस होता कि रामू की माँ और मैं—चन्दर और रामू, शम्स और मेहताब दोनों घरानों की आबादियाँ और बरबादियाँ एक-सी है। वही ताश के बावन पत्ते, सिर्फ फेंट देने से बाजियाँ बदल गयी हैं। अपने नये अनुभवों पर उसे आश्चर्य होता था कि कहाँ मैं मुसलमान और कहाँ वह हिन्दू? हम दोनों क्यों खिचड़ी के दाल-चावल की तरह मिल गये हैं। कहीं मुझे कुछ हो तो नहीं गया है। लेकिन उसकी वह ममता जिसने रामू को कलेजे स लगा लिया था यकीन दिला देती थी कि नहीं भूली। तू पहले से अच्छी हो गयी है।

अगर कहीं मोमिना अपने इस बदलाव को समझ लेती तो फिर वह यह भी समझ लेती कि वह क्यों एकाएक रामू पर जान छिटकने लगी।

एक जलती हुई घड़ी थी जो कायनात के क्रम और गति के निर्धारण में हाथ बँटाती थी किन्तु नफ़रत की भट्टी ने उसे पिघलाकर मिट्टी में मिला दिया। एक पुर्जा जो बच गया था। गमों से छलनी दिल को लिये खिजाँ के पत्ते की तरह इधर-से-उधर और उधर-से-इधर मारा-मारा फिर रहा है। न कोई ऐसा है जो उससे सम्बन्ध जोड़े और न ऐसा जिससे वह सम्बन्ध तोड़े। न कोई ठौर न ठिकाना। न कोई ओर न छोर। न कोई काम-धाम। उसके लिए आबादियाँ भी ऐसा बंजर मैदान हैं जिसमें घास का एक तिनका तक नहीं। क्या उस पुर्जे के दिल में यह हसरत न

होगी कि मैं फिर किसी मशीन में लग जाता। ऐसी मशीन में जो मुझे समो लेती और मैं खप जाता। क्या यही हसरत अब उसकी कुल जिन्दगी न होगी?

मोमिना एक ऐसा ही पुर्जा थी और वह खिजाँ—मारे पत्ते की तरह मारी-मारी फिर रहती थी। न उससे कोई ऐसा जिससे वह मुहब्बत करे। कोई ऐसा भी न था जो उसका दु:खड़ा ही सुन लेता। ले-देकर एक महरून की याद थी लेकिन वह भी शंकाओं के दर्जनों आवरणों से ढकी हुई थी। पता नहीं महरून जिन्दा भी है या नहीं? और अगर जिन्दा है तो क्या मालूल उससे कभी मिलना होगा या नहीं। भला ऐसी जिन्दगी की नाव खेल सकती है?

रामू का मकान मोमिना के मकान से मिलता-जुलता था। फिर उसे हाल में आयी आशा, अपनी मुहब्बत लेकर। उन दोनों चीजों ने मोमिना की ममता को अपनी ओर खींच लिया और फिर वह अपने आप रामू तक पहुँच गयी। अगर जिन्दगी कहीं इतनी तंग-दामन हो जाती कि मोमिना को एक कुतिया और एक छोकरा तक मुहब्बत के लिए न मिलता तो यह बात असम्भव न थी कि वह भिड़ को बेटी बना लेती। जिन्दगी के फार्मूले हिसाब के फार्मूलों से कम जबरी नहीं।

एक बार रामू अपने घर की तबाही का हाल सुना रहा था और ऐसा डरा हुआ था मानो उस समय भी वह खपरैल की आड़ में कोठे पर छिपा हुआ है और डर रहा है कि कहीं मुझ पर भी कोई हमला न कर दे। मोमिना ने ढाढ़स देने के लिए उसे प्यार किया और समझाया कि जो कुछ हुआ है उसे भूल जाओ। इस ढाढ़स पर वह अपने पिताजी, दादाजी, चन्दर, छोटी बहन और नन्हें भतीजे—एक-एक को याद करके फूट-फूटकर रोने लगा। देर तक रोता रहा। जब कुछ शान्त हुआ तो कुछ सोचकर कहने लगा, ''माँ?''

''हाँ रामू!''

सब मुसलमान हमलावर यहीं पाकिस्तान में होंगे?

''पाकिस्तान?''

''हाँ वो लोग कह रहे थे कि अब यह जगह पाकिस्तान में शामिल है।''

''फिर जरूर यहाँ होंगे।''

''माँ!''

''कहो रामू!''

''मैं जब अच्छा हो जाऊँगा तो दो काम करूँगा—एक तो हवाई जहाज़ उड़ाना सीखूँगा और दूसरे बम बनाना।''

मोमिना इस ख़ौफ़नाक ख़याल को कुछ भाँप गयी।

"फिर क्या करोगे बेटा?"

"मैं बहुत-से बम हवाई जहाज पर रखकर उड़ जाऊँगा और जहाँ देखूँगा किसी मस्जिद में बहुत-से मुसलमान जमा हैं उन पर बम गिरा दूँगा और उड़ जाऊँगा। बम गिरेगा धम। किसी का कान उड़ जाएगा, किसी की नाक उड़ जाएगी, किसी का सिर उड़ जाएगा, किसी की तोंद चिथड़े-चिथड़े हो जाएगी, कोई रोएगा, कोई हाय-हाय करेगा—कोई अल्लाह को पुकारेगा।"

रामू इस कल्पना से मस्त हो गया और खिलखिलाकर हँस पड़ा। रामू पर जिन्दगी की कड़वी हकीकत, नफरत, इन्तकाम, कत्ल, मौत, तावारिसी की जिन्दगी यह सब अपने पूरे बोझ के साथ फट पड़ी थी। उसका मासूम बचपन इनके नीचे कुचलकर चूर-चूर हो गया था। वह दूसरों को कष्ट पहुँचाने और कत्ल करने की बातें इस तरह करता जैसे मैच में वह दूसरी टीम को हराने के इरादे बाँध रहा हो। इससे भी ज्यादा दुःखभरी बात यह थी कि उसकी तह में पूरा यकीन था।

मोमिना यह देखकर कि रामू के अन्दर बदले की बारूद भरी हुई है, सहम गयी। फिर प्यार से कहने लगी, "नहीं रामू, ऐसा न कहो। मुसलमानों में बुरे भी होते हैं और भले भी।'

जिस समय रामू बदले की बातें कर रहा था तो उस पर ख़ौफ़ और डर की बजाय हर्ष और विश्वास के जज़्बात आ गये थे लेकिन माँ की जबान से ऐसी बातें सुनते ही बेहद सहम गया और चेहरे पर हवाइयाँ उड़ने लगीं।

"माँ!"

"हाँ, रामू कहो ना!"

"माँ...तुम मुसलमानों की तरफदारी करती हो।'''

मोमिना को महसूस हुआ कि अगर मैंने कहीं तरफदारी पर जिद की तो बच्चा मुझे भी गैर समझने लगेगा और फिर मुसीबतों के बोझ और तन्हाई से उसका दिल टूट जाएगा। कुछ मोमिना को यह भी अंदेशा हुआ कि कहीं रामू भाँप न ले कि मैं उसकी माँ नहीं हूँ।

"तुम मुझसे क्यों हट गये रामू!"

"तुम मुसलमानों की तरफदारी जो करती हो।"

"कहाँ तरफदारी करती हूँ।"

"तरफदारी नहीं करती हो?"

"नहीं मेरा मतलब यह था कि उनमें से कुछ अपने को भला भी समझते हैं, लेकिन होते सब ऐसे ही हैं।"

मोमिना ने बात बना दी और रामू को समझाती रही। फिर भी रामू देर तक माँ से अलग-अलग रहा।

रामू के दिल में मुसलमानों से बदला लेने की यही एक सूरत नहीं थी, ऐसी-ऐसी दर्जनों सूरतें थी जिनसे वह मजे लिया करता था। कभी सोचता था कि मैं बहुत-से हिन्दू लड़कों को जमा करके डाकू बन जाऊँगा और मुसलमानों को लूट-लूटकर उनका पैसा हिन्दुओं को दिया करूँगा। वह कभी यह सोचता कि मैं जहर लेकर रातों को मुसलमानों के गाँव में चला जाया करूँगा और कुओं में डाल दिया करूँगा, बस वे पानी पीएँगे और सब-के-सब एक साथ तड़पने लगेंगे। कोई पानी तक देने वाला न होगा।

रामू के मुँह से ऐसी बातें सुनकर मोमिना को उससे नफ़रत हो जाना चाहिए थी लेकिन ममता ने उसे ऐसे आलम में पहुँचा दिया था कि वह ये बातें सुनकर तरस खाती थी कि हाय हमला करने वालों ने मेरे रामू के जिस्म ही को नहीं दिमाग को भी फूँक दिया है। वह रामू को लिपटा लेती और अपने दो-एक आँसू उसके बदले की आग पर छिड़क देती।

हमलावरों ने अनाज उठाने में बहुत लापरवाही से काम लिया था। इस वजह से घर में बैठक के अलावा जगह-जगह पर चने और गेहूँ बिखरे हुए थे जिनमें अँखुए फूट आये थे। चिड़ियाँ उनको बारिश की आशा की वजह से खत्म न कर सकी थी। चूहे या तो सब आग में जल गये थे या भाग गये थे। मोमिना ने अनाज को बटोरा तो ढाई सेर के करीब निकला। उस अनाज को मोमिना खुद खाती थी और अपनी छाती का दूध रामू को पिलाती थी।

मोमिना ने अपनी सलवार के दोनों पाँयचे फाड़कर अलग कर लिये। एक को फाड़कर लहँगे या पेटीकोट की तरह खुद पहन लिया और दूसरे को फाड़ कर दो टुकड़े किये और उसका रामू का बिछौना बना दिया। दुपट्टे को दो करके ओढ़ने की दो चादर बना दी ताकि मक्खियाँ उसे तंग न करें। जब उस ओढ़ने-बिछौने का एक जोड़ा रामू के जिस्म से बहने वाले पानी से तर हो जाता था तो मोमिना उसे धोकर सूखने को फैला देती और दूसरा जोड़ा बिछा-उड़ा देती थी। जब रात को ठण्डक होती थी तो सब कुछ रामू को उढ़ा देती थी और खुद भी उसे लिपटा लेती थी।

राम जब भी अपनी माँ का दूध पीता तो पहले से ज्यादा उस पर मोहित हो जाता। उससे बन नहीं पड़ता था कि वह अपनी भावनाओं को जाहिर कैसे करे। बस यह मोमिना के गले में बाँहें डालकर माँ-माँ पुकारता और अपनी खाली आँखों से उसके चहरे पर मुहब्बत और एहसानमन्दी की बारिश करता।

मोमिना रामू के इलाज के लिए बहुत बेचैन थी लेकिन इलाज कहाँ से और कैसे सम्भव था। उसको जलने की जो-जो दवाइयाँ मालूम थी उनमें एक भी यहाँ

नहीं मिल सकती थी। ऐसी हालत में बस दो सूरतें थी। एक तो यह कि मोमिना रामू को लेकर पास के गाँव चली जाये। शायद कोई भला मानुस तरस खाकर उन दोनों को टिका ले और इलाज कर दे या करवा दे। सो यह सूरत यूँ मुमकिन न थी कि रामू इतना जला हुआ था कि उसे गोद में उठाना मुश्किल था और मोमिना में इतनी ताकत भी न भी कि उसे लेकर कोस-दो-कोस जा सके। दूसरी सूरत यह थी कि उसी गाँव में बसने के लिए कुछ लोग आ जाएँ और वे तरस खाकर रामू के इलाज का इन्तज़ाम कर दें। बस यही उम्मीद थी जिस पर वह जी रही थी किन्तु पहला दिन गुज़रा, दूसरा दिन गुज़रा, तीसरा दिन गुज़रा, चौथा दिन गुज़रा, पर गाँव में बसने के लिए न तो हिन्दू आये और न मुसलमान। वह हैरान थी कि आजकल जबकि लाखों इनसान बेघर होकर मारे-मारे घूम रहे हैं, इस गाँव को जिसके खेत खड़े लहलहा रहे है कोई पूछता तक नही।

हकीकत यह है कि अगस्त और सितम्बर, 47 ई. का ज़माना पंजाब और उसके आसपास के इलाक़ों के लिए ऐसा हंगामों और उथल-पुथल और अराजकता का जमाना था कि पाकिस्तान के एक गाँव का, जो हिन्दुस्तान की सरहद पर रास्ते से हटकर स्थित था, भाग्यहीन लोगों की बहुतायत के बावजूद खाली रह जाना कोई अजीब बात न थी। सिखों या हिन्दुओं के वहाँ बसने का उस दौर में कोई मतलब ही न था। रहे मुसलमान पनाहगजीं सो वो विशेष रास्तों से गुजरते थे और जो खाली मकान मिल जाता था या जिसे खाली कराया जा सकता था वहाँ बस जाते थे लेकिन कोई ऐसा जरिया न था जिससे उनके दूरदराज के खाली इलाकों की खबर मिल सकें गाँव में आ जाते या अगर आ जाते तो बस भी जाते। बसने के लिए भी तो सौ तरह के इन्तजामों की जरूरत होती है जिनको हासिल करना आसान नहीं होगा। हो सकता है कि कोई व्यवस्था न होने की वजह से न आये हों। हो सकता है कि वह अपनी हिफाजत में या अपने पड़ोसियों को लूटने में ऐसे व्यस्त हों कि उधर ध्यान देने की नौबत ही न आयी हो। हो सकता है कि उनके पास काफी हथियार न हों, इस वजह से वे हिन्दुस्तान की सरहद के करीब बसते हुए डरते हों। हो सकता है कि वे मोमिना के आने से पहले वहाँ आये हों और गाँव को जला हुआ और बसने के नाकाबिल पाकर वे यहाँ की बची-खुची चीजों को लेकर लचे गये हों। खेत जरूर छोड़ने वाली चीज न थे, सो हो सकता है कि उन्होंने उनको आपस में बाँट लिया हो। लेकिन क़ब्ज़ा करने को हंगामों के शुरू होने पर उठा रखा हो।

मोमिना को कोई शख्स उधर से आता-जाता भी नज़र न आया, लेकिन यह भी कोई अजीब बात न थी। उस दौर में सफर करने वाले या तो हिन्दू, सिख और मुसलमान शरणार्थी होते थे या उन दोनों को लूटनेवाले मुजाहिद और सूरमा या

उनकी हिफाजत करने वाले फ़ौज़ी। उनके अलावा और कोई शख्स सफर करने की खासकर सरहद के इलाकों में हिम्मत ही नहीं करता था। ऐसी सूरत में एक गाँव जो शाहराहों से दूर सरहद पर बसा था, अगर आने-जाने वालों से खाली रहा तो कोई ताज्जुब की बात नहीं थी।

चार दिन की चाँदनी रातें गुज़र चुकी थी ओर अब अँधेरा पास था जिसे बार-बार आने वाली घटनाएँ और घना, डरावना बना देती थी। जले हुए दालान के सामने जली हुई खपरेल का ढाँचा अन्धकार का पहाड़ बन गया था। घर के हर दरवाजे और हर खिड़की के अन्दर अँधेरा ही अँधेरा था। इतना अँधेरा कि मालूम हाता था कि यह उबलने ही वाला है और उबलकर सारी दुनिया को भर देगा। लाशों को खाने वाले जानवरों की चीख-पुकार अब जो आती थी तो दिल में तरह-तरह के हौल पैदा करती थी। इस अँधेरे में सिर्फ आशा की आँखें थीं जो चमकती थीं और जिससे ज़रा ढाढ़स बँधती थी कि शायद वह आनेवाली नागहानी का मुकाबला कर ले।

मोमिना ने रामू को अपने जिगर का खून जो पिलाया तो उसमें कुछ ताकत तो जरूर आयी लेकिन जब बुखार बढ़ा और जख्म बिगड़ा तो यह ताकत चौगुनी कमजोरी में बदल गयी। दो दिन में वह बहुत चिड़चिड़ा और जिद्दी हो गया। वह नमकीन चीज माँगता था और कहता था कि गाँव में कहीं-न-कहीं कोई-न-कोई ऐसी चीज जरूर होगी, तुम ढूँढ़ती नहीं हो। उसके पास एक काठ का घोड़ा था जो बैठक में बराबर वाले दालान में रहता था। रामू कहता था कि उसे मुसलमान नहीं ले गये होंगे। उन्होंने कहीं फेंक दिया होगा। उसे ढूँढ़ लाओ। साथ-साथ वह यह भी नहीं चाहता था कि माँ कुछ देर के लिए भी उसके पास से हट जाये। जहाँ ज़रा देर के लिए मोमिना उसे छोड़ती वह रोने लगता और फिर उसे अपना बाप चन्दर, दादी, घर, आँखें सब-कुछ याद आ जाता।

मोमिना रामू की तकलीफ़ को समझती थी। जिस बच्चे का आधा जिस्म छाला बन गया हो और हर समय टपकता रहता हो उसकी क्या हालत होनी चाहिए। बहादुर था रामू जो इतना सहन करता था।

आज मोमिना को आये पाँचवीं रात थी कि रामू को घबराहट का दौर पड़ा और वह सब गुजरी हुई बातें याद करके फूट-फूटकर रोने लगा। मोमिना ने मुँह धुलाया, पानी पिलाया, दिल में दुआएँ पढ़-पढ़कर फूँकी। बहुत देर में जाकर उसकी हालत कुछ सँभली। तब बहलाने को मोमिना ने उसे 'मशीनी घोड़े' की कहानी सुनायी। कहानी सुनकर रामू बोला। 'माँ! अगर मेरा काठ का घोड़ा मिल जाये वह उड़ने लगे तो क्या मजा आये?''

''हाँ बेटा! फिर तुम जहाँ चाहो उड़कर पहुँच जाओ।''

"माँ, फिर मैं उसपर तुमको बिठाकर मामाजी के यहाँ पहुँच जाऊँ और उनके दरवाजे पर नहीं बल्कि कोठे पर उतरूँ और हम दोनों जीने से उतरकर नीचे आएँ। माँ, फिर मामाजी और नानीजी को कितनी हैरत होगी।'

रामू को इस ख़याल से मजा आ गया और वह हँस पड़ा, लेकिन फिर कुछ सोचकर बोला, "अगर ऐसा घोड़ा होता तो मैं एक काम और करता।"

"वह क्या?"

"वह यह कि उस पर जाकर किसी मुसलमान को उठा लाता और फिर उसके हाथ-पाँव बाँधकर किसी कुएँ में लटका देता और कहता—कहो बच्चा जी, अब मिला मजा, हमें मारने का।"

रामू के मुँह से फिर जहर के भभके निकलने लगे और फिर वह हवाई जहाज और बम वाली बातों के रंग में आ गया। मोमिना अब ऐसे मौके पर हाँ-हाँ कर दिया करती थी लेकिन कुएँ में लटकाने की बात सुनकर उसे अपने शौहर का कुएँ में जिन्दा दफन किया जाना याद आ गया और वह कोशिश के बावजूद भी हाँ में हाँ न मिला सकी।

"कैसा अच्छा होता माँ।" रामू ने कहा।

मोमिना खामोश रही, लेकिन वह डरती भी रही कि कहीं इस खामोशी से रामू भयभीत न हो जाये या उस पर फिर से घबराहट का दौरा न पड़ जाये, किन्तु ऐसा नहीं हुआ। रामू किसी गहरी सोच में डूब गया।

पिछले पहर रामू की हालत बिगड़ गयी। मोमिना के पास दवा के नाम को सिर्फ गड्ढे का बरसाती पानी था या दुआ—यूँ तो जब तक रामू की साँस थी तब तक मोमिना की आस थी लेकिन उसकी जबान से निकल गया, "उन तीनों का जैसा कुछ देखा, यह भी देख।"

हालत की खराबी कोई छः-सात घंटे तक रही। मोमिना उसका सिर अपनी गोद में लिये हालत देखती रही, दुआएँ माँगती रही और कुरआन की आयतें पढ़-पढ़कर फूँकती रही।

ज़रा दिन चढ़े रामू ने धीरे-धीरे अपनी आँखों खोलीं और कमजोर आवाज़ से पानी माँगा। मोमिना ने पानी देकर पूछा—"भूखे भी तो होगे?"

"हाँ, माँ!"

मोमिना ने रामू के मुँह में छाती दे दी। उसने मुँह में ले तो ली लेकिन दूध पिया नहीं। वह केवल माँ की गोद का भूखा था। उसने कोशिश करके माँ के गले में बाहें डाल दी और कहा, "माँ, अगर मैं बच जाऊँ तो जानती हो क्या करूँगा?"

"क्या करोगे बेटा? तुम बच जाओगे।"

"माँ मैं जिन्दगी-भर तुम्हारी सेवा करूँगा। अपनी जिन्दगी का एक-एक पल उसी में खर्च करूँगा। मैं पढ़ूँगा जो कुछ भी करूँगा तुम्हारे लिए करूँगा। तुमको हर

समय दूध, दही खिलाऊँगा। तुमको अपनी जगह से हिलने न दूँगा। हर काम खुद दौड़-दौड़कर करूँगा।''

मोमिना के गालों पर आँसूओं का हार-सा गुँथ गया। उसने अपनी आवाज़ को सँभालकर कहा, ''हाँ बेटा, तू बड़ा प्यारा है। तू ऐसा ही करेगा।''

रामू की हालत फिर नाजुक हो गयी।

''माँ!''

''बेटा!''

''मुसलमान अपने मुर्दों को दफन कर देते हैं।''

''हाँ, रामू!''

''लाश ज़मीन के अन्दर सड़ती होगी और उसे कीड़े-मकोड़े खाते होंगे। यह भी कितना बुरा तरीका है। हम लोग तो आग में फूँक कर सब-कुछ अपने सामने खत्म कर देते है।''

मोमिना अब तक समझती थी कि लाश का फूँकना बहुत ख़राब तरीका है और दफन करना बहुत अच्छा तरीका है। यह नयी बात सुनकर वह हैरान हो गयी लेकिन उसने सोचा कि इस तरह भी महसूस किया जा सकता है।

फिर रामू की हालत और बिगड़ गयी।

''माँ!''

''हाँ, बेटा!''

''क्या मरने में बहुत तकलीफ़ होती है?''

इस खयाल पर मोमिना की ममता तड़प उठी लेकिन उसकी हिम्मत ने कहा, ''मोमिना! अपने बच्चे को आख़िरी सफ़र के लिए तैयार करना है।'' वह अपना दिल थामकर बोली, ''नही, रामू तकलीफ सिर्फ उन लोगों को होती है जिनके दिल में बुराई होती है।''

''माँ, क्या मेरे दिल में बुराई है?''

''प्यारे, तेरा मन तो हीरा है।''

''सच?''

''हाँ बेटा!''

''रामू।''

''मगर रामू मरने की बात न करो। तुम तो अच्छे हो जाओगे।''

रामू ने कोई जवाब नहीं दिया।

''माँ!''

''हाँ, बेटा!''

''एक बात पूछूँ।''

''ज़रूर''

"बता देना।"

"हाँ, ज़रूर बताऊँगी।"

"माँ, क्या तुम मुसलमान हो?"

यह सवाल उम्मीद के बिलकुल ख़िलाफ़ था। मोमिना धक-से रह गयी। क्या रामू ने शुरू से ही पहचान लिया था और अब तक मुझे धोखे में रखा? लेकिन नहीं, अब तक तो वह मुझे माँ ही समझता रहा। उसकी बातों में कोई खोट न था फिर क्या बात है? कहीं ऐसा तो नहीं है कि मरते समय सच्चाई का पहचान लेने की जो एक ताकत-सी पैदा हो जाती है, वह रामू में पैदा हो रही है। रामू खुद ही कहने लगा।

"माँ, कुछ ऐसा लगता है कि मैंने अदबुदाकर बहुत-सी बातों को नहीं समझा था। मैं चाहता था कि तुम मेरी माँ होती इसलिए मैंने समझ लिया कि तुम मेरी माँ हो, लेकिन अब छिलका उतर गया और बात समझ में आने लगी। माँ तुमने जितनी मुहब्बत की है सगी माँ ने भी नहीं की, मुझे ऐसा सुख कभी नहीं मिला था। पिछले जन्म में तुम्हीं मेरी माँ होंगी।"

"हाँ, बेटा मैं मुसलमान हूँ।" मोमिना सच छुपा न सकी।

"माँ मुझसे कुछ न छिपाओ, अब मैं डरूँगा नहीं। तुम्हारा घर कहाँ है और तुम यहाँ कैसे आईं?"

"मेरा घर दिल्ली के पास था और सब-कुछ लूट लिया गया। सारे अजीज मार डाले गये और मुझे लोग पकड़ ले गये। फिर मौका पाकर मैं भाग आयी और यहाँ पहुँच गयी।"

"लूटने वाले कौन थे हिन्दू?"

"हाँ, बेटा हिन्दू थे।"

रामू की आवाज़ से मालूम हुआ कि उसके दिल पर सख्त चोट लगी है।

"मेरे भाई बहिन भी हैं?"

"दो भाई, एक छोटी बहिन, मार डाले गये और एक जवान बहिन महरून बाकी है।"

"कहाँ है?"

"पता नहीं।"

"हिन्दू उठा ले गये?"

"हाँ।"

"रामू के दिल पर सख्त चोट लगी और मुँह से आह निकल गयी।"

"माँ, अगर तुम बदला ले सकी तो हिन्दुओं से बदला लोगी?"

"देखता नहीं है मूर्ख, मैं तुझे कितना प्यार करती हूँ।"

रामू की आँखों में आसूँ भर आये। वह कहने लगा, 'क्षमा करो माँ, मुझसे

भूल हुई। तुम बदला लेना चाहती तो मुझसे न ले लेती। तुम्हारे दिल में तो दया ही दया है।

रामू कुछ सोचता रहा। फिर कहने लगा, "अगर मैं बच गया तो मैं भी अब बदला न लूँगा। अपनी बहिन महरून को ढूँढ़कर लाऊँगा।"

"बेटा, तू जरूर ऐसा करेगा। तू बड़ा अच्छा है। मेरा रामू तो हीरा है।"

"मेरी एक कामना और पूरी कर दो माँ!"

"क्या?"

"तुम मेरे मरने पर गम न करना और मेरी आत्मा उसी समय शान्त होगी, जब तुम सुखी होगी। माँ, तुम नहीं समझ सकती कि मैं तुमसे कितना प्यार करता हूँ।"

मोमिन ने पत्थर का दिल करके जवाब दिया, "मैं सब करूँगी लेकिन तू अच्छा हो जाएगा।"

"हमारे गाँव में सबसे मज़बूत चीज़ वह पत्थर है जिस पर शिवाला बना है। तुम मुझे वैसी ही की मजबूत मालूम होती हो। माताजी, तुम जो चाहो कर सकती हो। मेरी माँ का नाम प्रेमा है और बाप का नाम सूरज प्रसाद, उन्हें बुरे मुसलमान पकड़ ले गये हैं। हो सके तो उन्हें भी मेरी बहिन के साथ ढूँढ़ना।"

"मैं बेबस औरत हूँ। न पैसा है और न कोई मददगार, लेकिन जो कुछ कर सकती हूँ उन दोनों को छुड़ाने के लिए करूँगी। जो मुहब्बत मैं तुमसे करती हूँ वही प्रेमा से करूँगी। तुम शान्त रहो बेटा!"

"एक बात और है माँ—तुम्हारा जी चाहे तो दफन कर देना। मैं तुम्हारा ही बेटा हूँ। ईश्वर करे, दूसरे जन्म में तुम्हीं से पैदा होऊँ और तुम्हीं मेरा पालन-पोषण करो।"

बुझता हुआ चिराग लम्हे-भर के लिए इस तरह भड़ककर हमेशा के लिए खामोश हो गया।

मोमिना वाकई शिवाले का पत्थर बन गयी। वह कुरआन की आयतें पढ़ती रही और जब रामू चला गया तो उसने अपनी सलवार की बनायी की हुई चादर को धोकर उसे कफन दिया। वह अकेली न उस लाश को दफन कर सकती थी और न फूँक सकती थी लेकिन उसे यह भी पसन्द न था कि उसके बच्चे को मरने के बाद जंगली जानवर अपनी खुराक बनाएँ। इसलिए उसने लाश उठाकर बैठक में रख दी और उसकी दीवार पर कोयले से लिख दिया—

"यह लाश रामू की है। वह हिन्दू था लेकिन उसकी माँ मोमिना मुसलमान थी। अगर यहाँ मुसलमान आएँ तो इसे दफन कर दें, हिन्दू आएँ तो फूँक दें। मोमिना अगर जिन्दा बची तो यह एहसान करने वाले का शुक्रिया करने यहाँ एक बार ज़रूर आएगी।"

मोमिना ने बैठक के सब दरवाजे बन्द कर दिये और दहलीज पर कुछ जंगली

फूल लाकर चढ़ा दिये।

उस उजड़े गाँव में मोमिना की एक सहेली और थी और गाँव छोड़ने से पहले वह उसकी भी ख़बरगीरी कर लेना चाहती थी, यानी भैंस।

मोमिना वहाँ गयी। खण्डहर पर चढ़कर उसने झाँका। पानी सूख चुका था और माँ और बछड़े की लाशें एक-दूसरे से एक गुँथी हुई पड़ी थीं मानो वे दो जिस्म नहीं बल्कि एक ही जिस्म हों।

मोमिना वहाँ से रुख़्सत होकर जब गाँव से निकलने लगी तो आशा उसके इरादे को भाँप गयी और खुशामद-भरी निगाहों से मोमिना को देखने लगी। वह यह कह रही थी कि मैं रामू को छोड़कर नहीं जा सकती, मुझे माफ़ करो। मैं तो उसकी समाधि पर जोगन बनकर रहूँगी।

आशा अब पहले वाली आशा न थी। वह निराश हो गयी थी। मोमिना ने उसको चुमकारा और प्यार से समझाया, "भोली-भोली आशा क्या तू समझती है कि रामू वह था जिसे मैं बैठक में छोड़ आयी हूँ? वह तो एक बेकार की चीज थी। असल रामू तो अब मेरे मन में है और कहता कि तुम महरून और प्रेमा की खोज में निकलो, जब तक तुम उनकी खोज में लगी रहोगी मैं तुम्हारे मन में रहूँगा और अगर तुमने इस मकसद को भुलाया तो मैं चला जाऊँगा। चल आशा, तू अगर रामू से प्रेम करती है तो तू भी मेरे साथ आ।"

आशा समझी या नहीं, लेकिन मोमिना के साथ चल पड़ी। गाँव से निकलकर मोमिना शिवाले के सामने आ गयी और वह पत्थर देखने लगी। जिससे रामू ने उसकी उपमा दी थी। वाकई वह एक भारी लम्बी-चौड़ी चट्टान थी जो अपने सीने पर शिवाले या मस्जिद को उठाए हुए थी। जाने कब से उठाए हुए थी और न जाने कब तक उठाए रहेगी। दंगों और आग तथा क़त्लो-ख़ून का उस पर कोई असर नहीं पड़ा था।

मोमिना ने ऊपर नीचे देखा। पाँव-तले वही ज़मीन थी और सिर पर वही आकाश जिसके बीच उसके सुख के दिन बीते थे और दुःख के भी। उन दोनों के बीच में पहले की तरह हवा के झोंके हिन्दुस्तान से पाकिस्तान और पाकिस्तान से हिन्दुस्तान आते-जाते थे।

पत्थर वहीं रह गया और मोमिना, उसी धरती और उसी आकाश के बीच में अपने मिशन पर चल खड़ी हुई।

*(उर्दू से अनुवाद : डॉ. सादिक)*

□□□

णाणं

पयासयं

वीर नि.सं. 2470

ई.सन् 1944

भारतीय ज्ञानपीठ